KB093396

매스커레이드 나이트

MASQUERADE NIGHT

히가시노 게이고 장편소설 | 양윤옥 옮김

H
현대문학

1

바로 어제까지 로비를 아름답게 장식했던 거대한 크리스마스 트리가 자취를 감췄다. 그 대신 새롭게 등장할 차례를 기다리는 것이 설날 소나무 장식과 현수막, 거대한 연 등이었다. 올해 마지막 날 밤부터 설날 새벽까지 시설부 스태프들이 밤샘 작업으로 다시 로비를 꾸밀 것이다.

드디어 한 해가 저물어간다. 온몸이 바짝 긴장하는 것 같은 느낌이다. 새해맞이는 시티 호텔로서는 1년 중 가장 큰 행사다.

문득 시선을 올리자 툭 트인 통천장 아래로 2층 난간 손잡이에 하얀 풍선이 걸려 있는 게 보였다. 어젯밤에 로비에서 크리스마스 행사를 하면서 마치 눈이 쌓인 것처럼 흰색 풍선을 잔뜩 장식했는데 아마 그 풍선 하나가 흔적처럼 남겨진 모양이다. 나중에 담당자에게 얘기해서 떼어내도록 해야겠다고 야마기시 나오미는 생각했다.

유니폼 호주머니에서 스마트폰이 부르르 진동했다. 직장용이다. 개인적으로 사용하는 스마트폰은 호텔 유니폼으로 갈아입는 것과 동시에 탈의실 로커에 넣어둔다.

착신 표시를 확인해보니 신입 프런트 클러크 요시오카 가즈타카였다. 프런트 카운터 너머를 살펴봤지만 그의 모습은 없었다. 뭔가 일이 생겼구나, 라고 나오미는 직감했다. 그러지 않고서는 프런트 클러크가 컨시어지에게 전화할 일이 없다.

"네, 야마기시입니다." 목소리 톤을 낮춰 말했다.

"요시오카예요. 지금 잠깐 괜찮으세요?" 여유를 잃은 목소리가 들려왔다. 숨까지 약간 헉헉거리고 있었다.

"무슨 일이에요?"

"실은 좀 난처한 일이 생겨서……."

"어떤 일인데요?"

"조금 전에 여성 고객님이 체크인을 하셨는데 방이 마음에 안 든다고 하십니다. 예약 때의 조건과 맞지 않는다고요."

나오미는 미간이 찌푸려지는 것을 꾹 참았다.

"그렇다면 다른 방으로 옮겨드리면 되잖아요. 이 시간이면 아직 빈방이 있죠? 그런 일로 나한테 전화하지 말아요."

"아뇨, 그렇게 간단한 일이 아닙니다. 아무튼 잠깐 이쪽으로 와주시면 안 될까요?"

나오미는 주위 손님들에게 들키지 않게 몰래 한숨을 내쉬었다.

"알았어요, 지금 바로 가죠. 그 고객님의 방, 몇 호실이에요?"

"1536호실입니다."

나오미는 전화를 끊고 재빨리 단말기를 두드렸다. 고객 정보는 이미 호텔 데이터베이스에 등록되어 있다. 이름은 '아키야마 구미코', 주소는 시즈오카현으로 되어 있지만 그런 건 아무려나 상관없다. 나오미가 주목한 것은 예약 때의 희망 사항이었다. '도쿄 타워가 보이는 곳', 그리고 '실내 벽에 초상화나 인물 사진이 없을 것'이라고 적혀 있었다.

아, 이것인가.

나오미는 고개를 갸우뚱했다. 특이한 희망 사항이긴 하지만 그건 괜찮다. 문제는 이 호텔에 초상화 그림을 걸어둔 방이 있느냐, 라는 점이다. 장식 액자는 주로 풍경화나 추상화일 터였다.

하지만 고객이 조건에 맞지 않는다고 불평한 것을 보면 뭔가 그 비슷한 물건이 눈에 띄는 곳에 있었는지도 모른다. 그렇다면 얼른 그걸 치워버리면 되는 거 아닌가. 객실 담당자는 그런 일을 하라고 있는 것이다. 나는 나대로 이래저래 정신없이 바쁜 판에……. 불만과 의문이 커져가는 가운데서도 나오미는 엘리베이터 홀로 향했다.

15층에서 엘리베이터를 내리자 종종걸음으로 1536호실 앞으로 가서 차임벨을 눌렀다. 잠시 뒤에 문을 열어준 것은 요시오카였다. 평소에는 온화하던 얼굴이 살짝 굳어 있었다. 그렇게 봐서 그런지 눈동자까지 바짝 오그라든 것 같았다.

"실례합니다." 나오미는 안으로 들어갔다.

스탠더드 더블, 넓이는 약 25제곱미터다. 창가에 소파가 배치되었고 그 창문 너머로 도쿄 타워가 내다보이는 것이 홍보 포인트다. 호텔 공식 사이트에는 '타워 뷰'라는 제목으로 소개되어 있다.

투숙객, 즉 아키야마 구미코는 더블베드 끝에 걸터앉아 있었다. 나이는 50세 전후일까. 회색 스웨터에 검은 바지 차림이었다. 연보랏빛 렌즈의 큼직한 선글라스를 실내에서도 그대로 쓰고 있었다. 나오미 쪽은 돌아보려 하지 않고 지그시 벽 쪽만 보고 있었다.

나오미는 재빨리 실내를 둘러보았다. 하지만 초상화나 인물 사진 같은 것은 눈에 띄지 않았다.

약간 통통한 몸집을 움츠리듯이 서 있는 요시오카 옆으로 다가가 "뭐가 문제예요?"라고 작은 소리로 물어보았다.

그게요, 라고 요시오카가 대답하려고 했을 때였다.

"둘이서 속닥거리지 말고 나한테 들리도록 얘기해요!" 아키야마가 쨍하니 목소리를 높였다. 하지만 여기서도 그녀는 벽을 향해 소리칠 뿐 나오미와 요시오카 쪽으로는 얼굴을 돌리지 않았다.

"아, 실례했습니다." 나오미는 천천히 다가가 여성 고객 앞에서 허리를 숙였다. "이 호텔의 컨시어지를 담당한 야마기시 나오미라고 합니다. 이 방이 예약 때의 조건과 맞지 않는다는 지적을 하셨다고 들었습니다만, 구체적으로 어떤 점이 마음에 걸리셨는지 알려주실 수 있을까요?"

아키야마는 여전히 벽 쪽을 향한 채 턱을 치켜들었다.

"예약할 때 내가 초상화나 사람 얼굴 사진 등이 눈에 띄지 않는 방으로 해달라고 분명히 말했어요. 그런데 약속이 지켜지지 않았잖아요."

나오미는 당혹스러워하면서 다시금 실내를 둘러보았다.

"이 방 어딘가에 방금 말씀하신 그런 것이 있습니까?"

그러자 아키야마는 퉁명스럽게 쏘아붙였다. "저 사람한테 물어봐요."

나오미가 요시오카 쪽을 돌아보자 그는 창가로 이동해 슬쩍 손짓을 했다. 그래서 나오미도 아키야마에게 목례를 건네고 창가 쪽으로 갔다.

저거, 라면서 요시오카는 먼 곳을 가리켰다.

"어디?"

"저기예요. 갈색 빌딩 앞에 은빛이 나는 건물이 보이지요?"

그의 집게손가락이 가리키는 곳으로 시선을 던지던 나오미는 흠칫했다. 그 건물 벽면에 유럽인인 듯한 남자의 얼굴을 클로즈업한 거대한 포스터가 걸려 있었던 것이다. 남자는 예리한 눈빛으로 정면을 보고 있었다.

“저 포스터가 문제인 거예요?” 나오미는 목소리를 낮춰 요시오카에게 물었다.

“그렇습니다.” 요시오카는 입을 거의 움직이지 않은 채 대답했다.

“이봐요!” 아키야마가 날카로운 목소리로 말했다. “나는 사람 얼굴 사진이나 그림이 보이면 마음이 불안해서 공황상태에 빠져요. 자꾸 이쪽을 들여다보는 것 같다고. 그래서 그런 건 전부 치워달라, 그런 것이 눈에 띄지 않는 방으로 해달라고 예약 때 일부러 부탁했어요. 근데 저런 사진이 떡하니 버티고 있다니, 대체 어떻게 된 거예요!”

“대단히 죄송합니다.” 나오미는 두 손을 몸 앞에 맞대고 허리를 45도 각도로 꺾었다. “저희 호텔의 배려가 부족했습니다.”

“대체 어떻게 하죠? 계속 커튼을 닫아둬야 하나요? 모처럼 도쿄 타워가 보이는 방을 예약했는데 야경을 즐기지 말라는 건가요?”

“아뇨, 절대 그런 일은 없습니다.” 나오미는 고개를 들었다. “고객님의 희망 사항은 분명하게 파악했습니다. 혹시나 해서 여쭤보겠습니다만, 저 포스터가 보이지 않는 방으로 옮기시는 건 가능할까요?”

“방을 옮기는 거야 괜찮지만, 도쿄 타워가 보이지 않고서는 아무 의미도 없어요.”

“잘 알겠습니다. 어떻게든 대응책을 검토해볼 테니 잠시만 시간을 주시겠습니까?"

"그건 별수 없죠. 하지만 서둘러줘요, 지금 이대로는 창가 근처에도 갈 수 없으니까."

"네, 최대한 신속하게 대응하도록 하겠습니다. 그럼 저희는 일단 물러가겠습니다."

나오미는 요시오카를 재촉해 방을 나왔다. 복도를 걸어가면서 급히 머리를 굴렸다.

"난감하네요. 이런 클레임은 처음이에요." 요시오카가 답답하다는 듯이 말했다.

"이것도 좋은 경험이죠. 어떤 일에나 처음은 있게 마련이에요."

"하지만…… 어떻게 해요? 도쿄 타워가 보이면서 저 포스터는 보이지 않는 방은 아마 없을 텐데요."

"그건 '아마'라는 가정이잖아요. 잘 찾아보면 있을지도 몰라요. 속단하지 말고 찾아보자고요."

"결국 찾지 못하면 어쩌지요?"

"그럴 경우에는 포스터를 어떻게든 없애는 수밖에 없어요."

"그쪽 빌딩에 연락해 포스터를 철거해달라고 하자고요? 그건 안 됩니다. 오케이해줄 리가 없어요."

나오미는 그 자리에 멈춰 서서 요시오카를 쏘아보았다.

"방금 뭐라고 했죠? 안 됩니다, 라니. 요시오카 씨, 신입사원 연수에서 대체 뭘 배웠어요?"

요시오카는 슬쩍 두 손을 드는 포즈를 취했다.

"호텔리어에게 '안 됩니다'라는 건 금지어라고 배웠습니다. 그건 잘 알지만, 그래도 가능한 일과 불가능한 일이 있잖아요."

"시도해보기도 전에 포기하지 말 것. 아니, 시도해서 안 되더라도 결코 포기하지 말 것. 우선 요시오카 씨는 도쿄 타워가 보이는 방들의 바깥 상황을 모두 다 체크하세요. 다른 빌딩에 가려지거나 간판에 감춰져서 기적적으로 포스터가 보이지 않는 방이 있을 수도 있어요."

"알겠습니다."

1층 컨시어지 데스크로 돌아온 나오미는 우선 포스터가 걸린 빌딩이 어디인지 알아보기로 했다. 인터넷 지도를 참고로 대략 위치를 예상한 뒤에 몇 군데 빌딩에 문의해본 끝에 한 패션빌딩이라는 것을 알아냈다. 하지만 그다음부터가 어려웠다. 포스터를 설치한 주체는 빌딩의 홍보부지만 그걸 발주한 곳은 빌딩 관리회사였다. 그곳 광고 담당자에게 연락해 사정을 설명하고 오늘 하루만이라도 포스터를 내려줄 수 없겠느냐고 부탁해보았다.

말도 안 되는 소리를 하시면 곤란하죠, 라고 담당자가 딱 잘라 거절했다.

전화를 끊고 고민에 빠져 있으려니 요시오카가 다가왔다. 떨떠름한 표정이었다.

"틀렸어요, 도쿄 타워가 보이면서 포스터는 보이지 않는 그런 방은 없습니다."

"빠짐없이 살펴봤겠죠?"

"제 눈으로 모두 다 확인했습니다. 아깝다, 하는 방은 있었어요. 바로 앞 건물이 10미터만 높았으면 그 포스터가 완벽히 가려지는 위치였어요. 옥상에 대형 칸막이라도 세울 수 있으면 좋을 텐데."

지금 그런 걸 세우는 건 불가능하다. 과연 허락해줄지 어떨지도 알 수 없다. 애초에 어디서 그런 비용을 마련할 것인가.

나오미는 짧은 신음 소리를 내며 팔짱을 끼고 위를 올려다보았다. 그 순간, 눈에 들어온 것이 있었다. 저절로 아하 하는 소리가 새어 나왔다.

"왜 그러십니까?" 요시오카가 물었다.

나오미는 2층의 통천장을 가리켰다. "저걸 쓰기로 하죠."

아키야마 구미코는 여전히 노골적으로 불쾌한 기색이었다. 사람을 이렇게 기다리게 하다니, 대체 어쩔 셈이냐고 화가 난 것이리라. 그래도 나오미가 새 방을 준비했다고 말하자 삐뚜름했던 입가가 조금은 풀어졌다.

"그 방은 괜찮아요? 저 이상한 포스터는 보이지 않겠죠?"

"네, 분명 마음에 드실 겁니다."

끄응 하면서 아키야마는 침대에서 일어섰다. "어디예요?"

"제가 지금 안내해드리겠습니다." 나오미는 요시오카가 아키야마의 짐을 챙겨 드는 것을 확인하고 문으로 향했다.

그 방은 한 층 위에 있었다. 카드키를 사용해 나오미는 문을 열었다. 들어오시죠, 라고 아키야마를 재촉했다. 그녀가 반신반의하는 얼굴로 들어서자 나오미와 요시오카도 그 뒤를 따라 들어갔다.

방의 등급이 디럭스 더블이라 1536호보다 더 넓다. 아키야마는 당혹스러운 듯 침대 옆에 서 있었다.

나오미는 창가까지 들어가 커튼을 젖혔다. "아키야마 고객님, 이쪽으로 와서 확인해주시겠습니까?"

아키야마가 미심쩍은 얼굴로 다가왔다. 머뭇머뭇하는 느낌으로 포스터가 있는 쪽으로 고개를 돌렸다. 다음 순간, 깜짝 놀란 듯 입이 헤벌어졌다. "저건……."

"어떠세요?" 물어보면서 나오미는 포스터가 있는 쪽으로 시선을 옮겼다.

하지만 포스터는 보이지 않았다. 그 앞쪽에 하얀 뭔가가 떠 있었기 때문이다.

정체는 풍선이었다. 어제 행사에서 쓰고 남은 흰색 풍선에 헬륨가스를 주입해 포스터 바로 앞에 자리한 건물 옥상에 띄운 것이다. 그 숫자는 300개 정도였다. 물론 건물 관리회사에 허가를 얻었다.

"일부러 저런 곳에 풍선을……." 아키야마가 중얼거렸다.

"어떠십니까? 마침 계절이 계절이라서 저곳에만 눈이 쌓인 것처럼 보이기도 하는데요." 나오미가 물었다.

아키야마가 크게 감동한 듯한 얼굴을 나오미에게로 향했다. 이 여자 손님이 제대로 눈을 맞춰준 것은 그게 처음이었다.

"정말 대단해요. 미안합니다, 내 사정만 생각하고 몰아붙여서."

"아뇨, 고객님께서 사과를 하시다니, 천만의 말씀이십니다." 나오미는 살짝 손을 저었다. "저희야말로 고객님의 희망 사항을 여쭤봤으면서 그 의견을 미처 헤아리지 못하고 큰 폐를 끼쳤습니다. 진심으로 사과드립니다. 부디 오늘 밤 이 방에서 마음껏 야경을 즐겨주시기 바랍니다."

"그렇게 할게요. 고마워요."

"그러면 저희는 이만 실례하겠습니다. 편히 쉬십시오."

요시오카와 함께 방을 나온 뒤 나오미는 크게 숨을 토해냈다.

"진짜 대단하세요." 요시오카가 말했다. "아키야마 씨도 기뻐해주셨고, 정말 다행이에요."

"그러니까 내가 말했잖아요. 무슨 일이 있어도 포기는 금지. 호텔리어는 입이 찢어져도 '안 됩니다'라는 말을 해서는 안 돼요."

"새삼 몸에 스미도록 배웠습니다. 꼭 기억하겠습니다." 요시오카의 말투는 진지했다. 선배에 대한 단순한 공치사로는 들리지 않았다.

나오미가 컨시어지 데스크로 돌아왔더니, '시간 나는 대로 내 사무실로 오세요. 후지키'라고 적힌 메모가 붙어 있었다. 총지배인이 몸소 여기까지 찾아왔던 모양이다.

무슨 일일까. 이래저래 상상을 굴려보았다. 짚이는 것은 적지 않지만, 어느 쪽인가 하면 불길한 예감 쪽이 더 많았다.

총지배인실 앞에 가자 심호흡을 한 뒤에 문을 노크했다. 들어오세요, 라는 후지키의 목소리가 들려왔다.

문을 열고 머리를 숙이며 실례합니다, 라고 인사를 했다. 사무실로 한 걸음 들어가 문을 닫고서야 총지배인의 책상으로 시선을 던졌다. 평소와 똑같이 온화한 표정의 후지키가 의자에 앉아 있었다. 그 곁에 서 있는 사람은 숙박부장 다쿠라였다. 그 광경은 눈에 익은 것이지만 오늘은 또 한 사람, 나오미의 시야에 들어온 인물이 있었다. 옆의 응접용 소파에 양복 차림의 남자가 앉아 있었다. 나이는 오십 대 중반, 얼굴이 크고 턱이 가로로 길다. 얼핏 온화한 것처럼 보이지만 실제로는 눈빛이 날카롭다.

나오미가 아는 인물이었다. 너무 잘 알아서 순간 현기증이 날 것 같았다.

"굳이 그럴 필요는 없겠지만……." 후지키가 옅은 웃음을 지으며 말했다. "다시 소개하지. 경시청 수사 1과의 이나가키 경감님이셔."

이나가키가 마치 사냥감이라도 만난 듯한 얼굴로 쓰윽 자리에서 일어나 안녕하십니까, 라고 인사를 건넸다.

나오미는 혼란스러웠다. 인사말조차 선뜻 나오지 않았다. 그 대신 요시오카에게 그토록 강조했던 금지어, '안 됩니다'라는 말을 마음속에서 되풀이하고 있었다.

2

흘러나오는 노래는 〈원 핸드, 원 하트〉였다. 영화 「웨스트사이드 스토리」에 나오는 음악이다. 슬로왈츠의 단골 곡으로도 잘 알려져 있다.

"자아, 리버스 체인지부터 시작합니다. 원 투 쓰리, 원 투 쓰리, 원 투 쓰리."

여성 강사의 구령에 맞춰 닛타 고스케는 열심히 스텝을 밟았다. 저도 모르게 발밑을 쳐다볼 뻔했지만 고개를 숙이는 건 금지 사항이다.

"좀 더 팔을 넓게 펼치시고, 자세가 무너지지 않게. 네, 그렇죠, 좋아요."

버티컬 핸드 포지션으로 닛타와 손을 맞잡은 강사는 이 댄스 교실을 운영하는 부부의 외동딸이라고 들었다. 나이를 물어본 적은 없지만 서른을 앞둔 정도인 것 같았다. 눈도 입도 큼직큼직한, 화려한 용모의 상당한 미인이다. 새빨간 셔츠가 잘 어울렸다.

"아주 좋아요. 꽤 익숙해진 것 같은데요?"

"이제 겨우 몸이 기억해주는 모양이에요." 닛타는 그녀의 눈을 응시하며 말했다. "강사님 덕분이죠."

"아이, 그럴 리가." 상대는 미소를 지었다. "닛타 씨의 재능이에요. 개인 레슨 몇 번 받고 이렇게나 잘하시다니. 댄스는 중학생 때 이후로 처음이라고 하셨죠?"

"아버지 직장 전근으로 로스앤젤레스에서 살았던 적이 있는데, 그때 부모님이 반강제로 배우라고 했죠. 미국이나 유럽에서는 댄스를 못하면 제대로 사람대접을 못 받는다면서."

"좋은 충고를 해주신 것 같은데요."

"여기 댄스교실 포스터를 보고 오랜만에 춤추고 싶어졌는데, 오기를 잘했어요."

"그렇게 말씀해주시니 기쁘네요."

"어때요, 다음에 식사라도 함께할까요? 감사 인사를 하고 싶은데."

닛타의 제안에 그녀는 조금 놀란 듯 눈이 둥그레졌지만 곧바로 웃음을 지었다.

"감사 인사는 괜찮지만, 식사라면 언제든지."

"와, 다행이네. 그럼 가까운 시일 내에 꼭."

네, 라고 그녀는 눈을 깜빡이며 고개를 끄덕였다.

닛타의 스마트폰이 울린 것은 스튜디오 구석에 놓인 의자에 앉아 타월로 땀을 닦고 있을 때였다. 스포츠백에서 꺼낸 스마트폰의 착신 표시를 보고 저절로 입가가 삐뚜름해졌다. 일순 무시해버릴까 생각했지만 뒷일이 귀찮아질 것 같아서 받기로 했다.

"네, 닛타입니다."

"모토미야야. 어디서 핑핑 놀고 있나, 엉?"

여전히 성질이 못됐다.

"핑핑 놀다뇨, 지금 사회 공부를 하는 참이에요."

쳇 하고 혀 차는 소리가 들려왔다.

"또 승진 시험에 대비해 공부하는 거야? 대체 어디까지 출세하고 싶은데?"

"승진 시험과는 전혀 관계없어요. 그보다 모처럼 얻은 휴가인데 대체 무슨 볼일이십니까?"

"휴가가 아니라 대기 중이야. 따라서 호출이 걸리는 일도 있어."

"잠깐만요, 우리 팀은 지난주에 겨우 사건 하나 해결한 참이에요. 공식 재청 팀은 뭘 하고 있습니까. 벌써 다 나가고 아무도 없는 거예요?"

'공식 재청'이란 사쿠라다몬의 경시청에 출근해 사건 발생에 대비해서 대기하는 팀을 가리키는 말이다. 그다음 대기 팀은 '비공식 재청'이라고 하지만, 닛타 팀은 그것조차도 아니었다. 연달아 사건이 일어나더라도 호출이 걸릴 리 없는 것이다.

"잔소리도 많네. 공식이고 비공식이고 따질 거 없어. 아무튼 우리한테 호출이 걸렸다고. 한 시간 내로 사쿠라다몬으로 출근해. 알겠나?"

모토미야는 경시청 내 회의실 번호를 알려주고 닛타의 대답도 듣지 않은 채 전화를 끊었다.

스마트폰을 스포츠백에 챙겨 넣고 있는데 강사가 빙글빙글 웃으며 다가왔다. "닛타 씨, 충분히 쉬셨어요?"

닛타는 얼굴을 찡그리며 어깨를 으쓱 쳐들었다.

"네, 충분히 쉬긴 했는데 오늘 레슨은 여기까지만 해야겠어요. 급한 일이 들어와서."

"그래요?" 그녀는 진심으로 유감스럽다는 듯 눈썹 양 끝이 축 처졌다. "모처럼 새 스텝을 알려드리려고 했는데."

"그건 다음 기회에 배우기로 하죠. 근데 그것도 한참 나중이 될지 모르겠네요."

"그렇군요. 그럼 식사 얘기 쪽은?" 그녀는 궁금하다는 듯이 슬쩍 눈을 위로 치켜떴다.

그것도 당분간 어렵다, 라고 말하려다가 닛타는 고개를 가로저었다.

"아뇨, 그건 가까운 시일 내에 꼭 함께하죠. 제가 다시 연락드리겠습니다."

다행이네요, 라면서 강사는 환한 표정이 되었다.

닛타는 타월을 목에 건 채 스포츠백을 손에 들고 그녀에게 한쪽 눈을 찡긋한 뒤에 출구로 향했다.

약 40분 뒤, 양복으로 갈아입은 닛타는 경시청 안의 복도를 걸어가고 있었다. 모토미야가 지시한 회의실로 가보니 길쭉한 책상 몇 개가 줄줄이 놓였고 남자 30여 명이 단상 쪽을 향해 자리에 앉아 있었다. 중앙 통로를 끼고 왼편에 모여 있는 게 닛타와 같은 팀 사람들인 모양이었다. 모토미야의 모습도 눈에 들어왔다. 그 옆자리가 비어 있어서 닛타는 그쪽으로 다가가 자리를 잡았다.

"왜 이렇게 늦었어?" 모토미야가 낮은 목소리로 속삭였다. 해골 같은 얼굴에 머리는 올백, 가느다란 눈썹 위에는 흉터가 있다. 출퇴근 지하철에서 그의 옆자리가 비어도 웬만해서는 아무도 다가와 앉는 일이 없다는 소문은 과장이 아닐 터였다.

"한 시간 안에 오라고 하셨잖아요." 닛타는 손목시계를 선배 형사에게 내보였다. "아직 15분 전이에요."

모토미야는 흘끗 시계를 넘어다보았다. "어디 거야?"

"예?"

"어디 시계냐고. 세이코야, 시티즌이야, 아니면 카시오?"

"오메가인데요." 닛타는 검은 문자판에 시선을 던졌다. "시간, 틀리지 않을 텐데?"

"얼마야?"

"예?"

"시계 가격 말이야. 빨리빨리 대답해."

"20만 엔쯤 줬던 것 같은데……."

모토미야는 혀를 끌끌 차면서 얼굴을 홱 돌렸다. "흥, 좋겠다, 독신으로 사는 녀석은 돈도 펑펑 쓰고. 나는 황금 같은 휴가에도 가족 서비스를 하느라 녹초가 되는데."

아무래도 시간 확인이 아니라 괜한 트집을 잡고 싶었던 모양이다. 갑작스러운 호출에 모토미야도 그리 기분이 좋지는 않은 것 같았다. 그나저나 이 인물의 입에서 가족이라는 말이 나온다는 게 어쩐지 뜻밖이라는 마음이 들었다. 오늘은 가족과 함께 놀아주기라도 했던 것인가. 의외로 집에서는 다정한 아빠인지도 모른다.

닛타는 통로 오른편에 있는 사람들을 살펴보았다. 팀은 다르지만 아는 얼굴이 몇몇 눈에 띄었다.

"저쪽도 수사 1과지요?" 닛타는 모토미야의 귓가에 대고 물었다.

모토미야가 고개를 끄덕였다.

"야구치 씨 팀이야. 우리는 저 친구들이 맡은 사건을 지원하게 될 테니까 자네도 그렇게 알고 있어."

"우리 팀이? 대체 왜요?" 저절로 목소리가 커졌다. 몇 명의 시선이 이쪽으로 집중되었다.

"목소리 좀 낮춰." 모토미야가 얼굴을 찌푸렸다. "이유가 있어. 우리한테 지원해달라고 요청한 이유가 있다고. 하긴 뭐, 그 대부분이 자네와 관련된 것이지."

"저요? 무슨 말씀입니까?"

"이제 곧 알게 될 거야." 모토미야가 입가를 히쭉 틀었다. 아무래도 어느 정도는 사정을 알고 있는 모양이다.

닛타는 고개를 갸웃거리며 야구치 경감이 인솔하는 팀의 면면들을 새삼 살펴보았다. 같은 수사 1과라고 해도 다른 팀 형사들과 얼굴을 마주하는 일은 웬만해서는 없다.

한 인물에 이르러 시선이 멈췄다. 통통한 체형에 큼직하고 동글동글한 얼굴, 머리는 윗부분의 숱이 헤싱헤싱해져 있다.

아 참, 그렇지, 라고 닛타는 그제야 생각이 났다. 이 인물이 시나가와 관할서에서 경시청 수사 1과로 배속되었다는 소식을 본인이 보내준 메일로 알았던 게 올 4월이다. 축하드립니다, 한잔 하십시다, 라고 답장을 보냈지만 그 약속은 결국 이루어지지 못한 채 오늘에 이르렀다.

이름은 노세라고 한다. 그가 시나가와 관할서에서 근무할 무렵, 닛타는 딱 한 번 콤비로 활동한 적이 있었다. 어딘가 우둔해 보이는 겉모습과는 달리 민완 형사에 머리 회전도 빠르다는 것을 그때 실감했었다.

옆얼굴을 쳐다보고 있었더니 그 시선을 깨달았는지 노세가 닛타 쪽을 돌아보았다. 눈이 마주치자 희미한 웃음을 띠며 인사를 건네왔다. 닛타도 잠깐 고개를 숙여 응했다.

잠시 뒤에 앞쪽 문이 열렸다. 가장 먼저 들어온 사람은 닛타 팀의 상사 이나가키, 그리고 뒤를 이어 키가 훌쩍 크고 마른 몸매의 야구치가 모습을 드러냈다. 옆구리에 파일을 끼고 있었다.

마지막으로 나타난 사람은 관리관 오자키였다. 논커리어✦인

✦ 지방직으로 채용된 경찰관의 속칭. 국가직에 속하는 '커리어' 경찰과 구분하여 사용한다. 일반적으로 지방직 경찰은 승진 상한이 정해져 있다.

데도 경정까지 치고 올라온 인물이지만, 현역 형사 시절에도 밑바닥부터 올라온 인물 특유의 직인職人 같은 수사에는 흥미를 보이지 않고 독창적인 발상으로 수많은 사건을 해결했다고 알려져 있다. 고급 정장을 자연스럽게 소화해내는 세련된 분위기는 하루아침에 몸에 밴 게 아니라는 것을 잘 보여주고 있었다.

오자키가 한가운데 서서 회의실을 둘러보았다. 단숨에 분위기가 팽팽히 긴장했다.

"이렇게 급하게 소집해서 미안하다. 특히 이나가키 팀은 돌연한 호출에 당황했을 것이다. 하지만 자네들을 부른 데는 이유가 있다. 지극히 특수한 사태가 발생했기 때문이다. 자세한 것은 잠시 뒤에 양쪽 팀장이 설명하겠지만, 한마디로 정리하면 야구치 팀이 담당한 사건에 특이한 동향이 있었고 그에 따라 범인을 체포할 수 있는 절호의 기회가 생겼다. 단 이번 기회를 살리는 데는 반드시 이나가키 팀의 협력이 필요하다고 내가 직접 판단했다. 양해해주기 바란다."

각 반을 팀이라고 부르는 것은 오자키의 버릇이었다. 팀워크를 의식하도록 하기 위해서라는 말을 들은 적이 있다.

그나저나 특수한 사태라는 것은 어떤 일일까. 왜 다른 팀이 아니라 하필 이쪽 팀이 필요한 것인지 닛타는 전혀 짐작되는 게 없었다.

오자키는 야구치에게 고개를 끄덕여준 뒤에 단상 의자에 앉았다. 이나가키가 그 옆에 자리를 잡았다.

"그러면 현재 우리가 담당한 사건에 대해 먼저 설명하겠습니다." 그렇게 말하고 야구치는 등 뒤의 액정 모니터로 다가가 리모컨을 손에 들고 전원을 켰다.

가장 먼저 화면에 표시된 것은 '네리마구區의 원룸 여성 살해 사건에 관하여'라는 제목이었다.

그 사건이구나, 라고 닛타는 금세 생각이 났다. 이달 초순에 일어난 살인 사건이다. 네리마구의 한 원룸에서 혼자 살던 젊은 여성의 타살 사체가 발견되었던 것이다.

야구치가 파일을 펼쳐 들여다보면서 말했다.

"사체가 발견된 것은 이번 달 7일입니다. 익명 신고 다이얼을 통해 들어온 정보에 따른 것입니다."

그 명칭이 닛타의 귀에 새롭게 느껴졌다. '익명 신고 다이얼'이라는 것은 경찰청의 위탁을 받은 민간단체로, 주로 폭력조직에 의한 범죄나 마약사범, 청소년 범죄, 아동학대 사안 등에서 피해자를 보호할 목적으로 설치된 것이다. 유효한 정보 제공자에게는 보수가 지급되는 시스템이지만, 신고자의 신원은 경찰에게도 알리지 않는다는 것이 전제 조건이다. 닛타도 그런 시스템의 존재는 알고 있었지만, 지금까지 담당해온 사건에서 관계를 맺은 적은 없었다.

"해당 단체에서 전해온 정보는 네리마구에 소재한 원룸 '네오룸 네리마'의 604호실을 조사해주었으면 한다, 여성의 사체가 있을지도 모른다, 라는 내용이었습니다. 직접 전화한 것이 아니라 인터넷 웹사이트에 올린 신고였다고 합니다. 원래 익명 신고 다이얼에서는 통상 이 같은 정보는 접수하지 않지만, 단순한 장난으로 생각되지 않는다는 판단에 따라 관할 경찰서에 연락했다고 합니다."

야구치가 리모컨을 누르자 화면에 원룸의 외관 사진이 표시되었다. 벽면이 회색으로, 흔하게 볼 수 있는 건물이었다.

"가장 가까운 파출소에서 경찰관 두 명이 해당 원룸에 출동해 인터폰을 눌렀지만 응답이 없었습니다. 관리실에 사정을 말하고 그 원룸에 사는 사람에 대해 문의해본바, 거주자는 이즈미 하루나라는 여성으로 밝혀졌습니다. 관리실에 입주자 휴대전화 번호 기록이 있어서 걸어봤는데 통화 신호음은 울렸으나 연결되지 않았습니다. 참고로, 원룸은 임대였는데 보증인은 없었고, 긴급 연락처도 아마 가짜로 적어둔 것 같았다고 합니다. 경찰관은 지역 담당 상사와 협의한 다음, 관리실의 허락을 얻어 비상열쇠로 해당 원룸에 들어가기로 했습니다. 좁은 원룸이라서 경찰관들에 의하면 문을 연 순간에 변사 사건인 것을 알았다고 합니다."

야구치가 다시 리모컨을 눌렀다. 닛타는 저절로 미간이 좁혀졌다. 화면에 비친 것은 파란 원피스 차림의 사체였다. 피부는 연보라에 가까운 회색이고 눈은 감겨 있었다. 얼핏 본 바로는 그리 심하게 부패한 것 같지는 않았다.

이어서 원룸 안을 촬영한 사진이 떴다. 중앙에 소파와 테이블이 있고 벽 한쪽에 놓인 행거에는 아마 옷장에 미처 다 넣지 못한 것으로 보이는 옷들이 다수 걸려 있었다. 다만 바닥에 물건이 어질러져 있는 일은 없어서 대략 살펴본 바로는 잘 정리된 실내였다.

침대는 창가에 놓여 있었다. 사체는 그 위에 누워 있는 것이었다.

"보시는 대로 누군가와 다툰 듯한 흔적도 없고 어딘가를 뒤진 것도 아닌 걸로 보입니다. 즉시 관할서 형사과에서 출동해 현장 보존 작업을 하는 것과 동시에 사체는 도쿄도 감찰의무원✦으로 이송되었습니다."

화면에 운전면허증이 나타났다. 옆에서 모토미야가 오옷 하는 소리를 흘렸다. 상당한 미인이었기 때문일 것이다. 닛타도 저절로 눈이 휘둥그레졌다.

이름은 이즈미 하루나, 생년월일에 따르면 28세의 여성이었다. 사진을 찍은 것은 2년 전인 모양이지만 그렇다 쳐도 나이보다 훨씬 어리게 보였다. 아이돌이라고 해도 의심하지 않을지 모른다.

"부검 결과, 사망 후 사나흘이 경과한 것으로 나왔습니다. 우편물을 조사해보니 12월 3일 치의 우편물은 피해자의 방에 있었지만, 4일 이후의 것은 우편함에 그대로 꽂힌 채였습니다. 이 원룸에 우편물이 배달되는 것은 오후 5시 전후라고 하니까 사망한

✦ 도쿄도 내의 모든 변사체에 대해 부검을 시행하는 행정시설.

것은 3일 오후 5시 이후인 것으로 생각됩니다. 문제는 사망 원인인데, 현장에 입회한 검시관은 밝혀내지 못했습니다. 눈에 띄는 외상이 없고 괴로워한 흔적이나 뭔가 약을 먹은 영향도 나타나지 않았기 때문입니다. 심장마비가 아닌가 하는 것이 검시관이 내린 결론입니다. 실은 감찰의무원에서도 당초에는 똑같이 예상했었습니다. 하지만 사체 발견에 이른 과정이 부자연스럽고, 게다가 현장 감식반 쪽에서 실내 곳곳에 천 등으로 닦아낸 흔적이 있다는 보고가 들어옴에 따라 타살 가능성이 없는지, 부검에 들어가 신중하게 조사하게 되었습니다."

야구치는 파일을 다음 페이지로 넘기며 말을 이어갔다.

"그 결과, 가슴 표면에서 심장에 이르는 세포 조직, 그리고 등에서 심장에 이르는 조직에 부자연스러운 가열 흔적이 발견되었습니다. 나아가 혈액검사에서는 수면제를 복용한 것이 판명되었습니다. 그러한 내용을 바탕으로 감찰의, 감식반, 그리고 과학수사 전문가가 협의한 결과, 다음과 같은 가설이 세워졌습니다."

새로 표시된 화면을 보고 닛타는 헉 숨을 삼켰다. 한가운데 여성의 일러스트가 그려져 있었다. 그 가슴과 등 양쪽에서 두 줄로 길게 나온 선이 합쳐져 전기 콘센트와 연결되어 있는 것이었다.

"누군가 피해자에게 수면제를 먹여 잠들게 한 뒤, 두 갈래로 가른 전기 코드의 한쪽을 가슴에, 다른 한 쪽을 등에 부착하고 심장에 전기를 통하게 해서 감전사시켰다, 라는 것입니다. 아마도 즉사였을 터라서 저항할 수도 없습니다. 일이 이렇게 되면서 이 사건은 타살 혐의가 짙다고 보고 관할서에 특별수사본부가 설치되었습니다. 그리고 본청에서 담당을 맡게 된 것이 바로 우리 팀이었다, 라는 얘기입니다."

야구치는 가슴을 스윽 젖히듯이 하며 말했다. 본의 아니게 다른 팀에 도움을 청하게 되었지만 이건 어디까지나 우리 사건이다, 라고 선언하는 것처럼 닛타에게는 들렸다.

화면에 몇 군데의 가게를 촬영한 사진이 연달아 나왔다.

"피해자의 직업은 이른바 애견미용사입니다. 도쿄 시내에 소재하는 복수의 펫숍, 동물병원 등과 계약을 맺고 각각 일주일에 한 번 정도로 근무했습니다. 개인 집에 출장을 가는 일도 많았던 모양입니다. 스케줄을 적어둔 노트가 발견되었습니다. 12월 3일에는 이케부쿠로의 펫숍에서 일했습니다. 그 가게를 나온 것이 오후 4시 이후라고 하는데, 점장 등의 증언에 따르면 딱히 특이한 기색은 없었다고 합니다. 그다음 날인 4일은 다른 펫숍에 갈 예정이었지만, 3일 밤에 급한 일이 생겨서 갈 수 없게 되었다는 메일이 해당 펫숍으로 들어왔습니다. 피해자의 스마트폰을 확인해본바, 분명 그 발신 메일이 남아 있었습니다. 5일 오후에는 개인 집에서의 일이 들어 있었습니다. 그 집의 연락처도 밝혀졌기 때문에 문의해본바, 피해자가 오지 않았다는 얘기였습니다. 사전 연락도 없었고 전화를 해도 받지 않아서 이상하게 생각하고 있었다고 합니다. 이상의 증언과 부검 결과를 통해 범행 일시는 3일 저녁부터 4일까지로 추정됩니다. 3일 밤에 발신된 메일은 범인의 소행일 가능성도 있어서 그 시점에 피해자가 이미 살해되었는지 어떤지는 단정할 수 없습니다."

여기에서 야구치는 잠깐 숨을 고르며 닛타 일행의 얼굴을 둘러보았다.

"아까 사망 원인에 대해 얘기했지만 또 한 가지, 부검에 의해 중요한 것이 밝혀졌습니다. 피해자는 임신 중이었습니다. 4주째로 접어든 것으로 보입니다. 그것을 뒷받침하듯이 양성을 나타내는 임신 테스트 시약이 원룸에서 발견되었습니다."

남자가 있었던 것인가. 하지만 닛타는 그다지 놀라지 않았다. 어떻든 대단한 미모의 여성이다. 사귀는 남자가 없다면 그게 오히려 더 이상할지도 모른다.

"실은 이 원룸 근처를 탐문 수사 한 결과, 피해자 집에 드나드는 남자의 모습을 여러 사람이 목격했습니다. 유감스럽게도 얼굴을 기억하는 목격자는 없었지만, 키나 옷차림 등의 묘사를 통해 동일 인물인 것으로 생각됩니다. 그래서 그 인물의 신원을 밝혀내는 것을 최우선 과제로 삼고 피해자 주변을 철저히 훑고 있는 중인데 현재로서는 아직 이렇다 할 인물을 찾지 못했습니다. 그러던 참에 새로운 정보가 들어왔습니다. 경시청에 편지 한 통이 배달된 것입니다. 이 밀고장입니다."

야구치가 리모컨 버튼을 눌렀다. 화면에 나온 것은 봉투와 흰색 종이였다. 봉투에는 경시청 주소가 인쇄되어 있었다. 그리고 하얀 종이에 적힌 글씨도 프린터로 찍어낸 것이었다.

닛타는 그 문장을 얼핏 훑어보고 약간 거칠어진 호흡을 눈을 감고 진정시킨 뒤 다시 한번 천천히 읽어보았다.

피잉 가벼운 현기증이 났다. 동시에 어째서 이쪽 팀이 호출되었는지, 그리고 조금 전 모토미야가 내뱉은 의미심장한 말의 의미까지, 완전히 이해했다.

밀고장의 내용은 다음과 같은 것이었다.

경시청 여러분께

정보를 제공하고자 합니다.

네오룸 네리마 원룸에서 일어난 살인 사건의 범인이 아래와 같은 날짜와 장소에 나타날 것입니다. 반드시 체포해주십시오.

* 12월 31일 오후 11시

* 호텔 코르테시아도쿄 새해 카운트다운 파티장

밀고자 드림

3

기나긴 회의를 마치고 닛타가 경시청 문을 나설 무렵에는 주변이 완전히 어두워져 있었다. 사쿠라다몬에서 지하철을 타고 유라쿠초에서 내렸다. 한창 붐비는 연말인 만큼 어디를 가도 온통 사람들이 몰려나와 몸을 부딪히지 않고 걷는 것만으로도 지쳐버릴 정도였다.

목적지인 가게는 소토보리 대로가 내다보이는 빌딩 안에 있었다. 서민적인 인테리어의 이자카야였다. 남자 점원에게 이름을 밝히자 "일행분은 벌써 도착하셨습니다"라면서 카운터석으로 안내해주었다.

기다리고 있는 사람은 노세였다. 카운터에 팔꿈치를 괴고 찻잔을 입에 옮기고 있었다. 닛타를 알아보자 여기야, 하며 수더분한 웃는 얼굴을 이쪽으로 내보였다.

"늦어서 죄송합니다. 오래 기다리셨죠?" 코트를 점원에게 맡기며 닛타는 사과했다.

"에이, 그런 걱정은 하지 마. 이나가키 팀의 회의가 길어질 거란 건 알고 있었으니까."

미안합니다, 라고 다시 한번 말하고 닛타는 노세 옆에 자리를 잡았다.

조금 전 회의 중간에 딱 한 번 쉬는 시간이 있어서 그때 메시지를 주고받으며 각자의 회의가 끝난 뒤에 둘이서 한잔하기로 약속했던 것이다.

생맥주 두 잔과 술안주 몇 가지를 주문했다. 닛타가 몇 번 와본 적이 있는 가게였기 때문에 추천 메뉴는 대략 머릿속에 입력되어 있었다.

곧바로 생맥주가 나와서 우선은 건배부터 하기로 했다.

"인사가 늦었습니다만, 영전 축하드립니다."

닛타가 잔을 들자 노세는 쑥스러운 듯 쓴웃음을 지으며 고개를 갸우뚱했다.

"관할서에서 그저 나 편한 대로 조용히 움직이는 게 더 성격에 맞는데 말이야. 본청 쪽은 나하고 영 안 어울리지만 명령이 떨어졌으니 어쩔 수가 없더라고."

"무슨 말씀이세요, 노세 씨의 능력을 관할서에만 묶어두는 건 너무 아까운 일이죠."

"아이쿠, 그러지 좀 마. 비행기 태우는 건 질색이야." 노세가 얼굴을 찌푸리며 맥주를 마신 뒤, 입에 묻은 흰 거품을 닦아내고 닛타에게로 얼굴을 가까이 댔다. "그보다 일이 생각지도 못한 방향으로 전개되고 있지 뭐야. 닛타 씨를 다시 만나게 될 줄은 꿈에도 생각을 못 했어."

닛타는 슬쩍 몸을 뒤로 빼면서 노세의 둥글둥글한 얼굴을 마주 보았다.

"우리 팀의 회의 내용을 누군가 벌써 얘기해줬어요?"

노세는 웃으며 손을 저었다.

"굳이 듣지 않아도 뻔히 알지. 애초에 이나가키 팀이 소집된 것만 봐도 수사 1과 과장들……, 아니, 오자키 관리관이 노리는 것이 무엇인지 명백하잖아. 몇 년 전 그 작전을 다시 한번 펼치려는 거 아니냐고. 기이하게도 호텔은 그때와 똑같은 코르테시아도쿄. 기발하고 대담한 아이디어를 좋아하는 오자키 관리관이 그 생각을 안 할 리가 없지. 그리고 그 작전을 펼치는 이상, 아무래도 이나가키 팀이 꼭 필요한 거야. 좀 더 말하자면 닛타 씨, 당신이라는 주인공은 빠뜨릴 수 없어."

닛타는 미간을 좁히며 한숨을 내쉬었다. "아까 계장님도 완전히 똑같은 말씀을 하시더라고요."

"당연히 그렇겠지. 이나가키 씨 입장에서는 자신의 직속 부하가 구세주 대접을 받는 거라서 분명 자랑스러울 거야."

"명령하는 쪽은 그걸로 좋을지도 모르지만 그 명령을 실행해야 하는 쪽은 이게 보통 일이 아니에요." 닛타는 휘휘 머리를 내젓고 맥주를 마셨다.

몇 년 전, 도쿄 시내에서 연쇄살인 사건이 발생했다. 범행 현장에 남겨진 기묘한 메시지를 해독한 결과, 다음에 사건이 일어날 장소는 호텔 코르테시아도쿄라는 것이 판명되었다. 그러자 오자키 관리관이 생각해낸 것이 몇몇 수사원을 호텔 직원으로 위장해 잠입시킨다는 작전이었다. 그때 프런트 클러크로 위장하고 현장에 나가라는 지시를 받은 것이 닛타였다. 영어 회화가 유창하고 생김새가 세련되었다는 것이 그 이유였다.

다행히 범인은 체포할 수 있었지만 그때 일을 떠올리면 닛타는 지금도 식은땀이 난다. 수사하는 것보다 호텔리어로서의 업무에 완전히 녹초가 되어버렸던 것이다. 그 직업이 그토록 힘든 일이라고는 상상도 못 했었다.

두 번 다시 안 한다, 라는 것이 본심이었다. 그런데 이번에 또…….

"적임자는 자네밖에 없어. 그건 누구보다 자네가 가장 잘 알고 있지?" 이나가키에게서 들은 말이 귓속에 되살아났다.

문제의 밀고장을 처음 봤을 때부터 이미 각오는 했었지만, 각 팀으로 나뉘어 회의를 하는 자리에서 이나가키가 우선 꺼낸 말은 호텔 코르테시아도쿄에 잠입 수사를 한다는 것이었다. 그리고 가장 먼저 지명된 사람이 닛타였다. 그때와 똑같이 프런트 클러크로 위장하라고 했다.

어떻게든 고사하려고 했지만 중과부적이라기보다 아예 고립무원이었다. 모토미야에게서는 "어이, 괜히 이러니저러니 하지 말고 냉큼 수락해. 자네가 이렇게 엇박자를 놓으면 얘기가 진척되지를 않잖아"라는 말까지 들어야 했다. 결국 받아들일 수밖에 없었다.

이어진 회의에서 후배 형사 세키네도 지난번과 마찬가지로 벨보이로 위장하기로 했다. 다른 멤버는 호텔 손님으로 잠입하거나 하우스키핑처럼 일반인의 눈에 띄지 않는 부서에서 움직일 터였다. 하지만 호텔 손님의 눈에 띄지 않는 자리여서 실제로 하우스키핑 일을 할 필요는 없다. 애초에 그런 일을 하라고 해봤자 도저히 안 될 말이다. 하우스키핑이 지극히 숙련을 요하는 일이라는 것을 닛타는 지난번 경험을 통해 잘 알고 있었다.

주문한 요리가 나왔다. 닛타는 나무젓가락을 집어 들었다.

"그나저나 정말 뭔지 모르겠어요, 그 밀고장." 생선회를 젓가락으로 집어 올리며 고개를 갸웃거렸다. "목적이 대체 뭘까요?"

“범인 체포에 협조해주려는 선의의 밀고…….” 노세도 짜악 소리를 내며 나무젓가락을 갈랐다. “그렇게 순수하게 받아들일 마음은 안 들더라고, 나도.”

“그 편지글로 봐서 밀고자는 범인의 정체를 알고 있어요. 선의의 밀고라면 그냥 범인이 누군지 적어주면 끝날 일이죠.”

“맞아, 이건 아무리 생각해도 이상해. 범인의 정체는 모르지만 호텔에 나타난다는 것만은 알고 있다, 라는 상황은 생각하기 어려우니까 말이야.”

“그렇다고 못된 장난을 치는 것 같지는 않아요. 그 사진이 있었잖아요.”

밀고장에는 사진 한 장이 동봉되어 있었다. 두 명의 남녀를 몰래 촬영한 것으로, 여성 쪽의 얼굴은 분명하게 확인이 가능했다. 명백히 이번 사건의 피해자 이즈미 하루나였다. 그런데 함께 있는 남자의 머리 부분은 모자이크 처리를 해서 얼굴을 전혀 확인할 수 없었다. 장소는 이즈미 하루나의 원룸 앞, 두 사람이 현관을 지나 안으로 들어가기 직전에 촬영된 것으로 보였다.

피해자가 교제하는 남자와 함께 있던 사진을 갖고 있다, 당연히 남자 쪽의 정체도 파악했다……. 밀고자는 그런 말을 하고 싶은 것이다.

“애초에 이번 사건의 발단 자체도 밀고에 의한 것이었어.”

노세의 말에 닛타는 고개를 끄덕였다. “네, 익명 신고 다이얼을 통한 것이었죠.”

"직접 경찰에 전화하지 않고 그런 곳을 이용한 것은 신고자가 자신의 신원을 감추고 싶었기 때문일 거야. 익명 신고 다이얼이라면 전화를 걸어도 발신원을 캐낼 걱정이 없거든. 게다가 이번 신고자는 인터넷을 이용했어. 상당히 신중한 행동이야."

"그 신고자와 이번 밀고자가 동일 인물일까요?"

"아마 그럴 거야. 게다가 신고자는 그 방에서 여자가 살해된 것을 어떻게 알아냈는가. 그것도 역시 수수께끼야. 사건 현장인 원룸이 6층이었잖아."

닛타는 젓가락을 내려놓고 팔짱을 꼈다.

"신고자와 밀고자, 나아가 범인이 동일 인물이라는 추리는 어떨까요?"

노세는 가느다란 눈을 둥그렇게 떴다. "호오, 대담한 의견이네."

"그 밀고장은 경찰에 대한 도전이었어요. 호텔의 새해 카운트다운 파티에 나타날 테니 체포할 수 있으면 해봐라, 라는 것이죠. 그런 도전을 왜 하는지, 그것까지는 모르겠지만."

노세는 맥주잔을 비우고 큭큭큭 목을 울리며 웃었다.

"자네의 유연한 사고방식에는 항상 놀란다니까. 그런 건 아무도 생각을 못 했거든. 좋아, 내 머릿속 한 귀퉁이에 넣어둬야겠군. 흠, 놀랍네, 놀라워."

닛타가 반쯤 농담으로 얘기한 의견을 무시하는 일 없이 받아주고 있었다. 노세야말로 유연한 사람이다.

"이번에 노세 씨는 어떤 일을 맡으셨습니까?"

"주변을 훑어보는 탐문 수사를 맡았어. 특히 피해자의 교우 관계 등을 파고 있어. 근데 솔직히 말해서 전혀 걸리는 게 없어. 성과는 제로야. 월급 도둑이라는 말을 들어도 대꾸할 말이 없다니까."

"피해자는 혼자 살고 있었지요? 가족은 어디에 있습니까?"

"야마가타." 노세는 양복 안주머니에서 수첩을 꺼냈다. "피해자도 야마가타 출신이어서 본가에 연락했더니 모친이 유체를 인수하러 왔어. 그때 이런저런 이야기를 들었는데 아무래도 가정환경이 꽤 복잡했던 것 같아."

"어떤 식으로요?"

"모친은 그 지역에서 유명한 전통 화과자 가게의 외동딸인데 남편은 데릴사위였던 모양이야. 그렇게 피해자 이즈미 하루나 씨가 태어났고 딸이 초등학생일 때 남편이 외도를 해서 집을 나가버렸어. 그 뒤로 어머니 혼자 가게 경영을 맡았지만 이혼 소동이 일어났을 때 이래저래 집안 간에 다툼이 상당히 심했던 모양이라서 이즈미 하루나 씨가 주위 사람들과 거의 말을 하지 않게 되었다고 하더라고. 그러다가 고등학교 졸업하는 대로 집을 떠나고 싶다고 했던 모양이야. 실제로 졸업 후에 도쿄로 와서 본가의 계열 점포 등지에서 일하며 애견미용사 전문학교에 다니기 시작했어. 어머니는 원만한 가정을 이루지 못한 데 대한 마음의 빚이 있어서 그랬는지 딸이 원하는 대로 해줬던 모양이야. 도쿄에 온 뒤에도 생활비를 보내줬대. 단 연락은 거의 하지 않았던 것 같아. 특히 피해자가 애견미용사로 취직해 혼자 살 수 있게 된 뒤로는 금전적인 도움도 끊겨서 소식 두절 상태가 되었다더라고. 유체를 대면했을 때는 굵은 눈물을 흘리면서 좀 더 속내를 얘기했더라면 좋았을 텐데, 후회를 하더라고."

"좀 더 속내를 얘기했더라면, 이라고요? 그 말로 봐서는 어머니에게서 사건 해결의 단서를 기대하기는 어렵겠군요."

유감스럽지만, 이라면서 노세는 수첩을 덮어 호주머니에 다시 넣었다.

닛타는 풋콩을 입에 툭 던져 넣었다.

"우선 가장 중요한 것은 피해자의 임신 상대가 누구냐는 것이겠지요?"

"물론이지. 근데 어디를 어떻게 들여다봐도 남자와 교제한 흔적이 눈에 띄지를 않아. 스마트폰에도 연락을 주고받은 흔적이 전혀 없더라니까. 펫숍 관계자 쪽에도 알아봤는데 다들 하나같이 그녀에게서 사귀는 남자 얘기 같은 건 들어본 적이 없다는 거야. 애견미용사라는 직업은 고객과 대화를 나누는 것도 중요한 업무 중 하나라는데 그녀가 얘기했던 것은 동물이나 패션에 대한 것이 대부분이었고 남자를 화제로 삼은 적은 일단 없었다고 하더라고."

"사생활과 직업을 분명하게 구분했었다는 뜻일까요?"

"그럴지도 모르지만, 친구들에게도 남자 얘기는 털어놓은 적이 없어. 스마트폰의 기록을 조사해봤더니 SNS 등으로 전문학교 시절의 친구들과 연결은 되어 있는데 그런 쪽의 글은 일절 올린 적이 없더라고. 실제로 친구 몇 명과 직접 만나서 얘기를 들어봤는데 연인의 존재에 대한 말을 들은 사람은 없었어. 그러기는커녕 이즈미 하루나 씨는 남자에게는 전혀 관심이 없었던 것 같다, 평생 결혼할 마음이 없었던 게 아니냐는 사람도 있을 정도야."

"대단한 미모였는데 안타깝네요. 아니, 그래도 임신 중이었으니까 실제로는 남자가 있었던 거잖아요. 그게 아니면 우연히 만난 하룻밤의 상대였거나……."

"지금까지 내가 들은 이야기에서 형성된 이즈미 하루나 씨의 인상으로는 일단 그런 건 아닐 거야. 비교적 오랫동안 사귄 친구도 과거에 남자와 교제했다는 이야기조차 그녀에게서 들은 적이 없다고 했거든. 배 속 아기의 아버지는 원룸에 드나들던 그 남자라고 생각해도 일단 틀림이 없을 거야."

"그렇게 깊은 관계였으면서 친한 친구에게도 털어놓지 않았다는 건 비밀로 해야만 하는 상대였다는 얘기일까요?"

"응, 나는 그럴 거라고 생각해."

"상대 남자에게 가정이 있었다든가?"

그렇지, 라고 노세는 고개를 끄덕였다.

남자 점원이 옆을 지나가길래 닛타가 불러서 하이볼을 주문했다. 노세는 생맥주를 추가로 주문했다.

"조금 전에 성과는 제로라고 했지만, 실은 딱 한 가지 마음에 걸리는 게 있었어." 노세가 은근히 목소리를 낮추며 말했다.

닛타는 입 끝을 올리며 빙긋이 웃었다.

"역시 노세 씨죠. 아무것도 건지지 못했을 리가 없다고 아까부터 내심 기대했었어요."

"놀리지 마, 얘기하기가 힘들어지잖아. 그리 대단한 것이 아닐 수도 있으니까 그냥 가볍게 들어달라고. 마음에 걸린다는 것이 뭐냐면……, 아, 그걸 뭐라고 했더라." 노세는 다시 수첩을 꺼내 펼쳤다. "아, 그렇지, 워드로브였어."

"워드로브?"

"원래는 의류 서랍장을 가리키는 단어인데 그게 바뀌어서 그 사람이 소지한 옷 전체를 가리키는 단어가 되었다더라고. 이즈미 하루나 씨의 친구 중에 그 원룸에 몇 번 놀러 간 적이 있는 사람에게서 들은 얘기야. 우연히 옷장 안을 들여다볼 기회가 있었는데 옷의 취향이 평소와 너무 달라서 상당히 놀랐다는 거야."

"어떻게 달랐는데요?"

"그 친구의 말에 따르면 평소에 이즈미 씨는 보이시한 것을 좋아해서 섹시한 느낌이 전혀 없는 옷을 즐겨 입었다더라고. 그게 애견미용사 일을 하는 데도 편리했고. 그런데 자기가 본 그 옷장에는 소녀 취향의 옷이 잔뜩 걸려 있었다는 거야."

"소녀 취향?" 이야기의 방향이 너무도 뜻밖이었던 탓에 닛타의 목소리가 갈라져 나왔다.

"그게 그러니까, 어디 보자……." 노세는 다시 수첩을 꺼내 들여다보았다. "고스로리✦라느니 걸리✦✦라느니, 지칭하는 말은 여러 가지가 있는 모양이야. 나는 구체적으로는 잘 모르겠는데 아무튼 인형 같은 패션이라고 그 친구가 알려주더라고."

닛타가 머릿속에 그린 것은 아키하바라에서 이따금 볼 수 있는 젊은 여자의 특이한 옷차림이나 코스튬 의상이었다.

"취향이 특이했다는 얘기인가요? 그 친구는 본인에게 이유를 물어보지 않았답니까?"

"그건 물어보지 못한 모양이야. 아마 본인 모르게 슬쩍 옷장 안을 들여다봤던 것 같아."

점원이 하이볼과 생맥주를 내왔다. 닛타는 시원하게 얼린 잔을 손에 들었지만 하이볼을 마시기 전에 노세 쪽을 돌아보았다.

"남자의 경우에는 교제하는 여자가 바뀌면 옷차림도 바뀌는 경우가 꽤 많죠. 대부분 당신은 이런 옷을 입는 게 훨씬 더 잘 어울린다느니 하면서 교제하는 여자가 자기 취향에 맞게 유도하는 건데, 이즈미 씨도 그런 경우가 아닐까요?"

"소녀 취향은 연인의 지시에 따른 것이라는 얘기야? 전혀 있을 수 없는 얘기는 아니지만, 내 일천한 경험으로 보자면 그건

✦ 고딕 롤리타의 준말로, 진한 검은색이나 붉은색 드레스에 레이스와 프릴 등의 귀여운 장식을 한 소녀 패션, 혹은 그런 문화를 일컫는 말.

✦✦ 영어 girl에서 파생된 말로, 소녀다운 상태나 여성이 선호하는 것 전반을 가리키는 일본의 조어造語.

아닌 것 같아."

"왜요?"

"남자가 여자를 좋아하게 될 때는 그 여자의 패션까지 통틀어 받아들이는 경우가 많은 게 아닐까? 보이시한 옷차림의 여자를 좋아하게 된 남자가 갑작스레 인형 같은 옷을 입으라고 지시하지는 않겠지. 게다가 애초에 대부분의 남자들은 소녀 취향 패션에는 별로 끌리지 않아."

"그건 그러네요."

노세의 의견에 닛타는 반론을 하지 못했다. 역시 이 형사는 보통내기가 아니라고 감탄할 수밖에 없었다. 가만히 고개를 흔들며 술잔을 입으로 옮겼다.

"패션에 관한 얘기는 그것만으로 끝이 아니야. 실은 여기서부터 완전히 반대되는 이야기가 이어지거든."

"그건 무슨 말씀이시죠?"

"증거 수집팀에서 들어온 정보에 의하면, 이즈미 하루나 씨는 올가을부터 인터넷으로 자주 의류를 구매했다는 거야. 겉옷뿐만 아니라 속옷이며 액세서리 등도 사들였어. 스마트폰에 기록이 남아 있었던 모양이야."

"요즘은 인터넷 이미지를 검색하다가 충동구매를 하는 사람이 적지 않은 것 같던데요? 근데 그 이야기가 왜 완전히 반대라는 겁니까?"

"그러니까 그 패션이 그렇다는 거야. 이즈미 하루나 씨가 구입한 의류의 이미지를 몇몇 여자들에게 보여줬는데 평이 아주 좋았어. 28세의 여성이 입어도 아무 문제가 없다, 라는 거야. 소녀 취향 아니냐고 물었더니 전혀 아니다, 오히려 차분하고 어른스러운 느낌이라고들 하더라고."

노세는 유리잔을 기울여 생맥주를 마시더니, "어떻게 생각해?"라고 물었다.

"옷의 취향이 다시 달라졌다고 생각할 수밖에 없겠는데요."

"응, 그 말도 맞는데 문제는 왜 달라졌느냐는 거야. 방금도 말했지만 남자는 연인에게 이미지 변신 같은 건 원하지 않아. 이미지를 바꾸는 건 여성이 그렇게 하고 싶다고 생각했을 때야."

닛타는 낮은 신음 소리를 올리고 풋콩에 손을 내밀었다. "최면술이라도 쓴 건가……."

"최면술?"

"이미지 변신을 하고 싶게 누군가 최면술을 걸었는지도 모르죠." 그렇게 말하다가 닛타는 손을 가로저었다. "아, 죄송해요. 그냥 농담이니까 방금 한 말은 잊어버리세요."

노세는 진지한 얼굴 그대로 볼펜을 꺼내 들었다.

"또 참신한 아이디어를 내주는군. 잊지 않게 메모해둬야겠어." 정말로 수첩에 뭔가를 써넣고 있었다. 아이쿠, 하고 닛타는 혼자 중얼거렸다.

"아까 스마트폰에 남자 흔적은 없다고 하셨지요? 그러면 두 사람은 어떻게 서로 연락을 주고받았을까요?"

"그 점은 큰 의문이야. 하지만 생각해볼 수 있는 게 있어."

"어떻게요?"

"스마트폰을 하나 더 갖고 있었다는 것." 노세는 검지를 번쩍 세웠다. "그 남자와 연락할 때만 쓰는 스마트폰. 그걸 남자가 빌려줬고 이즈미 하루나 씨를 살해한 뒤에 가져갔다고 생각하면 앞뒤가 딱 맞아떨어져."

아하, 하고 닛타는 고개를 끄덕였다. "그 의견에 저도 한 표 던지죠. 역시나 노세 씨는 대단하십니다."

"별말씀을."

"만일 그게 맞는다면 이 남자는 아주 신중한 성격이군요. 피해자와의 관계가 파경을 맞이했을 때 자신의 흔적이 피해자의 스마트폰에 남을 것을 우려해 따로 연락용을 내줬을 테니까요."

노세의 표정이 약간 심각해졌다. "응, 맞는 말이야."

"그 정도로 두 사람의 관계를 감추고 싶었다는 얘기네요. 정체를 쉽게 밝혀낼 수 없는 것도 당연하군요."

"맞아, 강적이야. 그렇기 때문에 더더욱 닛타 씨 팀의 도움이 중요해. 물론 우리 쪽도 계속해서 진지하게 수사에 임할 거지만."

"내일부터 당장 코르테시아도쿄 근무예요." 닛타는 말했다. "호텔에 가면 우선 이발소부터 가야겠어요. 머리가 이래서는 불만이 들어올 테니까요."

"그 여성 호텔리어에게?" 노세가 흐뭇한 듯 실눈이 되어 웃었다. "보고 싶군. 그 여성분은 잘 지내시나?"

"예, 잘 지내는 것 같아요. 어제 우리 계장님이 호텔에 인사하러 갔는데 그때 만났다나. 지금은 컨시어지로 일하는 모양이에요."

"컨시……? 뭐지, 그게?"

"컨시어지예요. 3년쯤 전에 새롭게 만들어진 모양인데 호텔 고객의 다양한 희망 사항을 들어주는 담당이에요. 식당을 예약해주고 손님이 원하는 물품의 입수 방법을 찾아주기도 하죠. 한마디로 심부름센터 같은 곳이에요."

"거참, 힘들겠네."

"힘든 일이라서 그녀가 발탁된 거겠죠."

노세는 몇 번이나 고개를 끄덕였다. "그렇지, 그 여성이라면 훌륭하게 해낼 거야."

"자신이 옳다고 생각하는 일은 형사 앞에서도 한 치도 물러서지 않는 사람이니까요."

닛타는 하이볼의 거품을 응시하며 야마기시 나오미의 승부욕 강한 얼굴을 떠올렸다.

이번 작전에 임하는 것은 전혀 내키지 않지만, 그녀와의 재회를 기대하는 마음이 있다는 것은 부정할 수 없었다.

4

젊은 벨보이가 컨시어지 데스크로 뛰어왔다.

"조지 화이트 고객님이 방금 도착하신 것 같아요." 그는 귀에 인터컴을 꽂고 있었다. 도어맨에게서 연락이 들어온 것이리라.

"알았어요. 고마워요."

나오미는 내선전화 버튼을 누르고 수화기를 들었다.

전화는 즉시 연결되었다. "이그제큐티브 카운터입니다." 남자 목소리가 응답했다.

"야마기시예요. 조지 화이트 고객님이 도착했습니다. 체크인 준비 부탁해요."

"네, 알겠습니다."

"실수 없이 해주세요."

나오미는 수화기를 내려놓으며 고개를 갸우뚱했다. 방금 전화로 이야기한 상대가 누구인지 알 수 없었기 때문이다. 몇몇 프런트 클러크의 얼굴을 머릿속에 떠올려봤지만 해당자가 없었다.

하지만 그런 생각을 하고 있을 상황이 아니었다. 나오미는 정면 현관 옆으로 나가 등을 곧추세우고 섰다. 금발에 몸집이 큼직한 남자, 조지 화이트가 이중 유리문으로 들어오는 참이었다. 조금 전의 벨보이가 그의 것으로 보이는 캐리어를 옮기고 있었다.

조지 화이트는 나오미를 알아보고 조금 놀란 듯 눈이 큼직해졌다.

"나오미 씨, 마중을 나와주다니, 고맙군요." 웃는 얼굴을 던져왔다.

나오미는 상대의 눈을 응시하며 입가에 미소를 짓고, 물론 영어로 대답했다.

"기다리고 있었습니다. 다시 뵙게 되어 저도 반갑습니다."

"지난번에 왔던 게 두 달 전이지요? 그때는 나오미 씨에게 크게 신세를 졌어요. 이래저래 정말 도움이 되어줬죠."

"감사합니다. 만족하셨다니 다행입니다. 조지 화이트 님, 곧바로 체크인하시도록 할까요?"

"응, 그렇게 해줘요."

"조지 화이트 님의 객실은 이번에도 이그제큐티브 플로어입니다. 보통 카운터에서도 체크인이 가능합니다만 전용 카운터에서 수속하시겠습니까?"

"그렇게 하죠. 잘 부탁해요."

"그러면 제가 안내해드리겠습니다. 이쪽으로 오시지요."

나오미는 벨보이에게 눈짓으로 신호를 건네고 엘리베이터 홀을 향해 걸음을 옮겼다.

조지 화이트는 샌프란시스코에 사는 비즈니스맨이다. 요즘에는 일본의 문구류를 취급하고 있는지 빈번하게 일본을 방문했다. 그때마다 코르테시아도쿄의 이그제큐티브 플로어 객실에서 투숙하고, 때때로 호텔 안 레스토랑을 거래처와의 회식에 이용해주기 때문에 호텔 측으로서는 최고의 단골 고객이라고 해도 무방했다. 컨시어지 데스크를 활용하는 일도 많아서 나오미와는 낯익은 사이였다.

두 달 전에 방문했을 때, 나오미는 그에게서 미국에 화지和紙의 뛰어남을 다시 소개하고 싶은데 뭔가 좋은 아이디어는 없겠느냐, 라는 상담을 받았다.

그때 우연히 로비에서 웨딩드레스 전시회가 개최되고 있었기 때문에 나오미는 종이 재질로 만든 웨딩드레스는 어떻겠느냐고 제안해보았다. 어딘가의 신문 기사에서 그런 게 있다고 읽은 적이 있었다.

하지만 조지 화이트는 그리 내키지 않는 표정으로 고개를 저었다. 화지가 섬세하고 아름답다는 것은 모두가 알고 있다, 그런 정도로는 임팩트가 없다, 라는 것이었다. 이번에는 완전히 반전 이미지, 오히려 거칠게 다뤄도 될 만큼 질기다는 점을 어필하고 싶다고 그는 강조했다. 만일 종이로 옷을 만든다면 웨딩드레스가 아니라 이를테면 전투복 같은 것이라고 말했다.

겉으로는 전투복인데 실제로는 사용할 수 없는 것이어서는 의미가 없다. 실용성이 뛰어난 점을 보여주지 않으면 안 된다. 그런 옷을 만들어내는 공방을 찾아줄 수 있겠는가, 라고 그는 말했다.

고객의 부탁이라면 결코 노라고 하지 않는 것이 컨시어지다. 나오미가, 잘 알겠습니다, 찾아보겠습니다, 라고 대답한 것은 두말할 것도 없다.

하지만 이 작업은 그리 쉽게 진척되지 않았다. 단순히 종이로 기모노나 양복을 만드는 것이라면 몇 군데 업자들을 찾을 수 있었다. 실제로 웨딩드레스와 정장을 만들어내는 곳은 이미 알고 있었다. 하지만 전투복, 게다가 실용성이 뛰어난 옷이라고 하자 어디에서도 난색을 표했다.

디자인을 보여주면 그 모양대로 만들어줄 수는 있다, 다만 강도나 내구성은 보증할 수 없다, 라는 것이었다. 어떤 식으로 사용할지 아무도 예상할 수 없기 때문이다.

듣고 보니 맞는 말이었다. 나오미 역시 실제 전투복에 어느 정도의 기능성이 요구되는지 전혀 알지 못했다. 게다가 한마디로 전투복이라고 해도 용도에 따라 다양한 옷이 있을 터였다.

어떻게 해야 할지 나오미는 고민에 빠졌다. 조지 화이트의 의견을 다시 물어볼까도 생각했다. 하지만 그 전에 다시 한번 그와의 대화를 되짚어보았다. 컨시어지는 그저 고객이 하라는 것만을 하면 되는 것이 아니다. 고객이 원하는 게 무엇인지, 정확히 그 진의를 파악하는 것이 무엇보다 중요하다.

그 끝에 생각난 것이 '이를테면'이라는 말이었다. 조지 화이트는 '이를테면 전투복 같은 것'이라고 말했던 것이다. 섬세하고 아름답다는 이미지와는 반대로 거칠게 다뤄도 괜찮을 만큼 질기다는 점을 어필할 수만 있다면 꼭 전투복이 아니어도 될 터였다. 그런 점을 염두에 두고 다시 한번 조사해보았다.

종이 재질의 의류 제작은 크게 나눠 두 가지 방법이 있다. 하나는 지포紙布, 즉 종이 천을 사용하는 방법이다. 지포는 종이 원료의 실로 짜낸 천으로, 이것을 사용한 의류는 가볍고 감촉이 좋아 예전에는 여름용 의류 소재로 쓰였다. 또 한 가지는 지의紙衣, 즉 종이옷으로, 화지로 직접 의류를 만들어낸다. 어느 쪽인가 하면 전자는 고급품이고 후자는 저소득층이 애용해온 모양이었다.

지의에 대해 조사하다가 눈에 들어온 한 문장이 있었다. 야전에서 방한복으로 무장武將이 착용한 적도 있다, 라는 것이었다. 그 문장을 보고 번쩍 떠오르는 게 있었다. 즉시 몇몇 업자에게 문의해보았다.

그날 밤, 나오미가 조지 화이트에게 제안한 것은 지의로 만든 스노보드웨어였다. 그것이라면 만들어줄 수 있다는 업자를 찾아낸 것이다.

프로 스노보더 선수에게 그 옷을 입히고 실제로 눈 위에서 달리게 하면 그 실용성을 보여줄 수 있지 않겠느냐고 제안해보았다.

팔짱을 끼고 미간을 좁힌 채 생각에 잠겨 있던 조지 화이트는 돌연 자리에서 벌떡 일어나 나오미의 두 손을 움켜잡았다. "원더풀!"

그는 그녀의 아이디어를 절찬했을 뿐만 아니라 자신의 의도를 이해해준 것에 대해 연거푸 감사 인사를 건넸다. 마지막에는 앞으로도 꼭 이 호텔을 이용하게 해달라는, 호텔리어들이 가장 듣고 싶어 하는 말로 마무리를 해주었다.

그리고 얼마 뒤에 조지 화이트에게서 편지가 날아왔다. 화지 스노보드웨어를 사용한 실연 홍보가 대성공을 거두었다는 내용으로 나오미에 대한 감사의 말이 줄줄이 이어졌다. 이 편지는 나오미의 보물 중 하나로 소중히 보관하고 있다.

이번에 조지 화이트의 호텔 체재는 2박뿐이다. 짧은 기간이지만 어쩌면 또다시 생각지도 못한 요청이 들어올지도 모른다. 그것이 조금 두렵기도 하고 한편으로는 기대가 되기도 했다.

엘리베이터가 이그제큐티브 카운터가 있는 플로어에 도착했다. 조지 화이트와 벨보이가 내리기를 기다려 나오미도 뒤따라 내렸다. 그대로 카운터로 향했다. 프런트 클러크 한 명이 기다리고 서 있었다.

그 인물의 얼굴을 보고 나오미는 놀라서 흠칫 발을 멈췄다. 잘 아는 얼굴이다. 하지만 순간적으로 이름이 떠오르지 않았다. 이름표를 보고서야 '닛타'라는 성씨가 생각났다.

닛타는 나오미를 보자 의미심장한 웃음을 짓더니 다시 표정을 환하게 가다듬고 조지 화이트에게로 시선을 옮겼다.

"환영합니다, 조지 화이트 고객님. 지금 체크인 수속을 해드리겠으니 잠시만 자리에 앉아서 기다려주십시오." 유창한 영어 회화는 한층 더 세련미가 더해져 있었다.

닛타의 바로 뒤에는 프런트 오피스 매니저 구가가 있었다. 나오미와 눈이 마주치자 살짝 고개를 끄덕였다.

나오미는 어떤 사정인지 곧바로 이해했다. 벌써 그 작전이 시작된 것이다. 경시청 수사 1과에 의한 그 우울한 작전이.

카운터 앞 테이블석에 자리를 잡은 조지 화이트를 상대로 체크인 수속에 분주한 닛타의 모습을 나오미는 약간 떨어진 자리에서 지켜보았다.

"오래 기다리셨습니다. 마침 좀 더 넓은 방이 비어 있어서 업그레이드해드렸습니다." 카드키 홀더를 보여주며 닛타는 말했다.

조지 화이트는 만족스러운 듯 두 팔을 펼치고 "고마워요"라고 일본어로 말했다.

닛타는 머리 숙여 인사한 뒤에 벨보이에게 눈짓을 보냈다.

그에게서 카드키를 받아 든 벨보이가 조지 화이트를 방으로 안내하는 것을 나오미는 엘리베이터 홀까지 배웅했다. 엘리베이터 문이 닫히는 것을 지켜보고 발길을 돌려 카운터로 돌아왔다.

닛타는 카운터 쪽을 향해 전화로 누군가와 통화하는 참이었다.

"알겠습니다. 그럼 그렇게 수속하겠습니다. ……네, 수영장을 이용할 경우에는 그때 저희에게 말하면 됩니다. ……아뇨, 천만에요. ……네, 실례합니다." 아무래도 상대는 투숙객인 모양이다.

전화를 끊고 뭔가 메모한 뒤, 그는 나오미가 돌아온 것을 눈치챘는지 "오랜만이에요"라면서 돌아보았다.

나오미는 한 차례 심호흡을 하고, 몇 년 전과 똑같이 형사라고 생각되지 않는 세련되고 기품 있는 얼굴을 마주 보았다. "여전한 것 같군요."

"그쪽도 변함이 없는 것 같은데요?"

뭐가요, 라고 묻고 싶은 참이었지만 나오미는 꾹 참았다. 그리 좋은 대답이 나오지 않을 듯한 마음이 들었던 것이다.

"이번의 무모한 수사에 대해서는 이나가키 경감님께서 얘기해주셨지만, 설마 벌써 시작했을 줄은 몰랐네요. 더구나 이 플로어 카운터에 와 있다니. 저희 호텔로서는 특히 중요한 곳이라는 건 알고 있나요?"

"알고 있죠. 리뉴얼하면서 이 특별 카운터가 생겼다는 말을 듣고 그렇다면 꼭 경험해보자고 생각했어요. 구가 씨와 몇 차례 리허설을 했는데 합격점을 받았습니다."

바로 옆에서 구가가 쓴웃음을 지으며 말했다.

"나오미 씨 말대로 이 카운터에는 단골손님 같은 중요한 고객님이 찾아주시지만, 거꾸로 말하면 이쪽에 고객님에 관한 데이터가 잘 저장되어서 대응하기가 쉬워. 어떤 고객님이 나타날지 예상할 수 없다는 점에서 1층 프런트 쪽이 더 까다롭지. 그런 의미에서도 닛타 씨는 우선 여기서 연습을 해주셨으면 좋겠다고 생각했어."

"아, 일단 연습부터 하는 건가요?" 나오미는 닛타에게로 시선을 돌렸다.

"너무 오랜만이잖아요. 감이 둔해지지는 않았는지 걱정입니다. 뭔가 눈에 거슬리는 점이 있다면 서슴없이 지적해주시죠."

"그렇습니까. 자, 그러면 서슴없이 말씀드리죠." 나오미는 카운터의 전화를 가리켰다. "방금 고객님과 통화하셨지요?"

"예, 스포츠센터와 수영장을 이용하고 싶다는 사람이었어요."

"고객님."

"아차, 고객님이라고 해야지. 영어보다 우리말이 훨씬 더 어렵다니까."

"그런가요? 전화를 끊기 직전에는 어떤 말을 하셨지요?"

엇, 하고 당황한 듯 닛타는 눈이 큼직해졌다.

"천만에요, 라고 하셨어요." 나오미는 고개를 저었다. "그런 말투를 쓰면 안 됩니다. 천만의 말씀이십니다, 라고 하는 게 좋아요. 그리고 그 전에 수영장을 이용할 경우에는, 이라고 했는데 역시 예의에 어긋납니다. 수영장을 이용하실 경우에는 저희에게 말씀해주십시오, 라는 게 제대로 된 응대예요."

닛타는 얼굴을 찌푸리며 코 옆을 긁적인 뒤, 하얀 이를 내보였다. "변함없이 프로 호텔리어네요."

"그건 비꼬는 말씀인가요?"

"천만에……, 아, 이것도 주의해야 하는 단어였죠? 천만의 말씀이십니다, 라고 해야 된다. 지난번에도 야마기시 씨에게서 배웠는데."

"저한테 말하실 때는 '천만에요'로도 충분합니다. 물론 평소에도 경어를 쓰시는 게 좋지만요." 그렇게 말하고 나오미는 구가 쪽을 보았다. "이번에는 구가 매니저님께서 닛타 씨와 콤비를 짜는 건가요?"

"아니, 닛타 씨는 내일부터 1층 프런트에 서게 될 테니까 담당자는 다른 사람이 될 거야. 이쪽 플로어는 다른 형사분이 교대로 투숙객으로 위장해 감시에 나서게 되지. 닛타 씨 외에는 프런트 클러크로 위장할 수 있는 형사분이 없는 모양이니까."

그건 그럴 거라고 나오미는 납득했다. 닛타는 특별한 것이다.

"그러면 닛타 씨의 보좌는 누가 하지요?"

응, 그게, 라고 구가는 잠시 머뭇거리는 기척을 보인 뒤에 "우지하라 씨에게 부탁했어"라고 말했다.

"우지하라 씨에게? 아, 그렇군요……." 어떤 반응을 보여야 좋을지 망설이다가 어중간한 대답이 되고 말았다.

"그 우지하라 씨라는 분은 프런트 오피스 어시스턴트 매니저라면서요?" 닛타가 말했다. "오늘 아침까지 야간 근무를 했다고 해서 아직 만나지 못했어요. 어떤 분이에요?"

"어떤 분이냐면……." 나오미는 머릿속을 정리하고 신중히 말을 골랐다. "3년 전쯤에 코르테시아요코하마에서 이쪽으로 오셨어요. 한마디로, 성실한 분이에요. 업무에 결코 빈틈이 없고 규칙에 엄격합니다."

오호, 라고 닛타는 고개를 끄덕였다.

"인선은 구가 매니저님이?" 나오미는 구가에게 물었다.

"아니, 총지배인님의 지시야. 다쿠라 숙박부장님과 상의해서 정했다고 하셨어."

"왜 우지하라 씨에게?"

"모르지. 이유까지는 물어보지 않았어."

"우지하라 씨에게는 그런 내용이 이미 전달되었습니까?"

"응, 전달했어."

"놀라지 않았나요?"

그야 당연히, 라고 구가는 입가를 풀며 웃었다.

"상당히 놀라더라고. 지난번 사건 때 우지하라 씨는 여기 없었지만 누구에겐가 이야기를 듣고, 형사를 프런트에 세우다니 말도 안 되는 짓이라고 내심 어이없어했던 모양이야. 그런데 그것과 비슷한 사태가 일어나고 게다가 이번에는 자신이 형사와 한 조가 되라는 지시를 받았으니 당황하는 것도 당연하지."

"하지만 받아들였군요?"

"응, 받아줬어. 우지하라 씨가 하는 얘기로는, 잠입 수사에 협조한다는 것에는 반대하지만 기왕 결정된 일이라면 어쩔 수 없다. 그리고 아마추어를 프런트에 세우게 된다면 그 뒤를 봐주는 것은 자신 외에 다른 사람에게는 도저히 맡길 수 없다는 거야."

구가의 설명에 나오미는 크게 납득하고 고개를 끄덕였다. 그 말을 입에 올렸을 때의 우지하라의 표정이 눈에 선하게 떠올랐다.

"뭐, 저는 상관없어요, 보좌해줄 분이 어떤 사람이든. 수사에 협조해주기만 하면 되죠." 닛타는 가벼운 투로 말한 뒤에 나오미의 얼굴을 보았다. "그나저나 지금 잠깐 시간 좀 내줄 수 있어요? 야마기시 씨와도 상의할 게 있는데. 물론 저희 쪽의 본업에 대한 것입니다."

나오미는 손목시계를 보며 시각을 확인하고 고개를 끄덕였다.

"그럼 1층으로 가죠. 장시간 컨시어지 데스크를 비워둘 수는 없으니까요."

둘이서 엘리베이터에 탔다. 버튼을 누른 뒤, 닛타가 코를 몇 번 벌름거렸다.

"뭔가 좀 바뀌었는데요."

"바뀌다니, 뭐가요?"

"샴푸 아니면 향수……. 아니지, 야마기시 씨는 향수는 쓰지 않았지요?"

"글쎄 무슨 말이냐고요."

"냄새 말이에요. 그때와는 냄새가 미묘하게 달라졌어요."

나오미는 심호흡을 한 차례 한 뒤에 의도적인 듯한 표정으로 빙긋이 웃어 보였다. "시간이 지나면 인간이란 이래저래 변화가 생기게 마련이에요. 아니, 인간뿐만이 아니라 호텔도 그렇죠."

"그건 그래요. 무엇이 어떻게 변했는지 찬찬히 관찰하도록 하죠. 즐거움이 불어났네요."

"즐거움? 닛타 씨가 이 유니폼을 입은 것은 수사를 위한 거 아닌가요?"

"그야 물론 그렇지만 수사 이외의 즐거움을 찾아내는 게 잠복수사의 요령이거든요. 그러지 않고서는 몸도 마음도 버텨내지 못하니까."

"네에, 꽤 힘드시겠네."

"뭐, 힘든 건 그쪽도 마찬가지죠."

엘리베이터에서 내리자 컨시어지 데스크 옆의 벽 쪽에 나란히 섰다.

"또 이런 날이 올 줄은 꿈에도 생각을 못 했어요." 로비를 둘러보고 닛타가 절절한 어조로 말했다. "이 유니폼을 입고 야마기시 씨와 함께 있게 될 줄이야."

"완전히 동감이에요." 나오미가 응했다. "반갑다, 라는 태평한 말을 쓸 마음은 들지 않는군요. 요즘에도 생각하기만 하면 몸의 떨림이 멈추지 않을 때가 있어요."

"네, 야마기시 씨는 특히 끔찍한 일을 겪었으니 더 그렇겠죠."

"그런 일은 두 번 다시 겪고 싶지 않았는데. 그래서 이번 얘기를 들었을 때는 눈앞이 캄캄해졌어요."

"그랬을 거예요. 계장님에게서 들었지만, 후지키 총지배인은 야마기시 씨에게 휴가를 내라고 제안했다던데요?"

"네, 두 번 다시 나를 그런 일에 끌어들이고 싶지 않으셨던 모양이에요."

"당연하죠. 하지만 야마기시 씨는 그 제안을 거절했고, 그뿐인가, 잠입 수사를 하는 동안에는 기본적으로 혼자서 컨시어지 업무를 맡겠다고 대답했다면서요? 왜죠?"

나오미는 그쪽으로 얼굴을 돌리고 슬쩍 턱을 치켜들었다. "왜 그랬을 것 같아요?"

닛타는 어깨를 으쓱 쳐들고 고개를 저었다. "모르니까 물어봤죠."

나오미는 가슴을 살짝 뒤로 젖히면서 입을 열었다.

"컨시어지는 어떤 곤란한 요청에도 결코 노라고 말해서는 안 되고 도망쳐서도 안 되기 때문이에요. 이런 일에 냉큼 휴가를 내버린다는 건 너무 무책임하죠. 우리를 기대하고 찾아주시는 고객님도 계실 텐데. 다만 나 이외의 다른 컨시어지는 아직 경험이 부족한 데다 지난번 사건을 잘 모르고, 당연히 경찰의 잠입 수사에 어떻게 대응해야 할지도 모르죠. 그런 직원을 긴요한 컨시어지 데스크에 세워둘 수는 없잖아요. 결국 내가 맡는 수밖에 없어요."

"하지만 근무시간이 꽤 긴 것 같던데."

"오전 8시부터 오후 10시까지예요. 뭐, 괜찮아요. 체력에는 자신이 있으니까. 게다가 며칠이면 끝날 일이잖아요."

닛타는 감탄했다기보다 어이없다는 얼굴로 고개를 휘휘 저었다. "역시 대단하시네요."

"닛타 씨 일행이 힘들다는 것도 잘 알아요. 그러니 내가 할 수 있는 일이 있다면 어떤 일이든 협조해드릴게요."

"정말 든든한데요? 잘 부탁드립니다. 하지만 현재로서는 우리 쪽에서 손쓸 방법이 전혀 없는 상태예요. 정보가 들어오기를 기다리는 수밖에 없거든요."

"정보……? 밀고자에게서의 연락 말이군요."

살인 사건의 범인이 이 호텔의 새해 카운트다운 파티장에 나타난다……. 그런 내용의 밀고장이 경시청에 배달되었다는 얘기는 나오미도 들었다.

닛타는 입술을 깨물며 심각한 표정으로 고개를 갸우뚱했다.

"범인이 나타날 일시와 장소를 정확히 적었으면서 왜 범인의 정체는 밝히지 않았는지, 밀고자가 노리는 게 무엇인지, 아직 밝혀진 게 없어요. 그래도 경찰로서는 무시할 수가 없죠. 밀고자가 범인을 가르쳐주는 연락을 해온다면 증거의 유무와 관계없이 우선 그 인물의 신병을 확보하기로 했어요. 그 인물이 정말로 범인이라면 그야말로 만만세죠. 하지만 일이 그렇게 단순하게 풀릴 것 같지는 않아요. 앞으로 어떻게 전개될지 파악하지 못했기 때문에 어떤 상황에라도 대응할 수 있도록 준비할 필요가 있습니다."

"그렇겠네요. 호텔로서도 그건 마찬가지예요."

닛타는 표정을 누그러뜨리고 로비를 둘러보았다.

"듣기로는 이 호텔에서 개최되는 카운트다운 파티가 아주 특이한 취향으로 공들여 만들어졌다던데요?"

"맞아요. 다행히 호평을 얻어서 재방문 고객님이 아주 많죠. 구가 매니저님에게서 설명을 들은 건가요?"

"잠깐 얘기도 들었고, 티켓도 봤어요. 파티를 예약한 투숙객에게는 체크인 때 그 티켓을 건네줘야 한다고 해서."

"맞아요."

"참가자 수는?"

"작년에는 400명 정도였어요."

"400명? 진짜요?" 닛타는 얼굴을 찌푸리며 머리를 긁적였다. "미치겠네. 게다가 코스튬 파티라면서요?"

"단순한 코스튬 파티가 아니에요." 나오미는 집게손가락을 휘휘 저었다. "참가자 전원이 얼굴을 가린다는 게 약속 사항이에요."

"그야말로 가면무도회군요. 생각만 해도 머리가 아프네. 그 파티, 뭐라고 했죠? 뭔가 꽤 기다란 이름을 붙였던데."

나오미는 프런트 클러크로 위장한 형사의 얼굴을 지그시 바라보며 숨을 가다듬은 뒤에 말했다.

"고객님이 질문하시는 경우도 있을 테니까 똑똑히 기억해두세요. 이번 파티의 정식 명칭은 '호텔 코르테시아도쿄 새해 카운트다운 매스커레이드 파티 나이트', 통칭 '매스커레이드 나이트'예요."

5

이그제큐티브 카운터에서 체크인 수속이 가능한 시간은 오후 10시까지다. 닛타가 손목시계로 시각을 확인하고 있는데 엘리베이터 홀 쪽에서 한 남자가 나타났다. 프런트 클러크 유니폼을 입었지만 닛타가 알지 못하는 인물이었다. 그리 많지 않은 머리칼을 정확히 7 대 3으로 가르고 금테 안경을 쓰고 있었다. 하얀 피부에 윤곽은 얄고 눈도 눈썹도 가늘다. 옛날 귀족 차림을 하면 아주 잘 어울릴 것 같다고 닛타는 생각했다. 나이는 이제 막 마흔이 지난 정도인가.

가슴에 단 이름표에 시선을 던지고 흠칫했다. 우지하라, 라는 글자가 보였기 때문이다.

상대도 닛타의 가슴팍을 보고 있었다. 그러고는 무표정한 얼굴을 향해왔다. "구가 매니저님은 어디 계시지요?"

닛타는 몇 차례 눈을 깜빡이고 나서 입을 열었다.

"급한 호출을 받고 1층 사무실에 가셨습니다. 저어…… 저를 보좌해주실 우지하라 씨지요?"

예, 라고 상대는 차가운 얼굴로 대답했다.

닛타는 인사를 건넸다.

"경시청 수사 1과의 닛타라고 합니다. 이번 일로 이렇게 협조해주셔서 고맙습니다."

하지만 우지하라는 아무 대답도 없이 자신의 손목시계를 보았다. "아직 10시가 안 됐잖아. 대체 뭘 하는 거야, 아마추어를 혼자 세워놓고."

"예?"

닛타가 되묻는 참에 엘리베이터가 도착하는 소리가 들려왔다. 곧바로 나타난 것은 구가가 아니라 정장을 입은 남성이었다. 코트와 가방을 손에 들고 있었다. "아직 괜찮죠?"

"체크인이십니까?" 닛타가 물었다.

"예."

"물론 괜찮습니다." 방금 전까지 무표정했던 우지하라가 만면에 웃음을 짓고 닛타 앞으로 끼어들었다. "자, 이쪽으로 오시지요."

우지하라는 남자를 테이블석으로 안내한 뒤, 이름을 물었다. 남자가 구사카베라고 이름을 밝히는 소리가 닛타에게도 들렸다.

닛타가 단말기를 치려고 했지만 잽싸게 돌아온 우지하라가 옆에서 가로채버렸다. 검색을 마친 우지하라는 화면을 보며 가느다란 눈썹을 아주 조금 꿈틀했다.

닛타도 옆에서 화면을 들여다보았다. 이름은 구사카베 도쿠야, 로열스위트가 예약되어 있었다. 체크아웃은 1월 1일로 되어 있으니까 이 호텔에서 새해를 맞이할 생각인 모양이다. 하지만 카운트다운 파티는 신청하지 않았다.

우지하라가 작게 헛기침을 한 뒤에 숙박표를 집어 들고 남자 손님에게로 갔다.

"구사카베 도쿠야 고객님이시지요."

"응, 맞아요."

"오래 기다리셨습니다. 오늘부터 4박, 로열스위트를 이용하시는 것으로 괜찮겠습니까?"

"좋아요."

"그러면 여기에 사인을 해주시겠습니까." 우지하라는 숙박표와 볼펜을 테이블에 올려놓았다.

구사카베가 사인하는 모습을 닛타는 옆에서 관찰했다.

40세 전후, 중간 키에 적당한 몸집, 눈은 외까풀이지만 콧날이 우뚝해서 꽤 미남이라고 할 만한 용모였다. 잘 만든 고급 양복은 아마도 던힐일 것이고 코트는 진짜 캐시미어, 네모난 가방은 브릭스인가.

"구사카베 고객님, 결제는 어떻게 해드릴까요. 현금입니까, 아니면 신용카드로 하시겠습니까?" 구사카베가 숙박표 기입을 마칠 때까지 기다렸다가 우지하라가 물었다.

신용카드로, 라고 말하면서 구사카베는 양복 안주머니에서 지갑을 꺼냈다.

"여기 있어요. 복사하는 거죠?" 그렇게 말하며 카드를 우지하라에게 건넸다.

"네, 감사합니다."

로열스위트에서 4박이라면 요금은 백만 엔이 넘게 나온다. 이런 고액을 떼어먹고 도망가서는 곤란하기 때문에 호텔 측으로서는 예치금을 받거나 신용카드를 복사해두는 것이 통례다. 구사카베도 그걸 이미 알고 있는 것이다. 분명 호텔 이용에 익숙한 사람이다. 하지만 단말기에 표시된 정보에 의하면 이 호텔의 단골은 아니었다.

우지하라가 카운터로 돌아와 신용카드를 복사하기 시작했다.

최상층만 가입할 수 있는 블랙카드였다. 이어서 단말기를 두드려 카드키를 발행했다. 카드키와 신용카드를 손에 들고 우지하라는 구사카베에게로 돌아갔다.

"오래 기다리셨습니다. 이쪽이 객실 키입니다. 구사카베 고객님, 저희 호텔 이용은 처음이십니까."

"그렇습니다."

"그러십니까. 이번에 저희 호텔을 이용해주셔서 감사합니다. 실은 구사카베 고객님의 이번 이용에는 몇 가지 특전이 있습니다. 그것에 대해 잠시 설명을 드려도 괜찮겠습니까. 이를테면 조식입니다만……."

하지만 구사카베는 번거롭다는 듯 미간을 좁히며 손을 저었다.

"됐어요, 그런 건. 궁금한 게 있으면 내 쪽에서 물어보도록 하죠. 게다가 어떤 호텔이나 비슷비슷하니까. 스포츠센터와 수영장의 이용은 무료라든가 에스테틱 살롱의 이용은 할인이 된다든가, 그런 것이지요?"

"아, 죄송합니다. 실례했습니다." 우지하라는 머리를 숙였다. 손님이 오만한 태도를 취하면 우선은 사과부터 하라, 라는 호텔리어의 규칙을 착실히 지키는 것 같았다. "그러면 설명은 생략하도록 하겠습니다. 상세한 서비스 내용이 적힌 안내장을 동봉하오니 시간 나실 때 훑어봐주십시오."

"알았어요. 이제 됐지요? 내가 좀 피곤해서 빨리 방에 올라가

서 쉬고 싶은데." 그렇게 말하면서 구사카베는 카드키가 들어 있는 홀더를 집어 들고 자리에서 일어섰다.

"잘 알겠습니다. 아, 자네가 고객님의 짐을 방까지 옮겨드리도록 해." 우지하라가 말했다. 그 '자네'라는 게 바로 자신이라는 것을 닛타는 한순간 깨닫지 못했다.

"아니, 됐어요, 내가 직접 들고 갈 테니까." 구사카베는 가방을 들고 엘리베이터 홀로 향했다.

우지하라가 급히 그 뒤를 쫓아갔다. 닛타도 따라갔다. 우지하라는 구사카베를 앞서가서 엘리베이터 승강장의 버튼을 눌렀다.

근데, 라고 구사카베가 말했다.

"1층의 컨시어지 데스크는 몇 시부터 이용할 수 있죠?"

"컨시어지 말씀이십니까. 오전 8시부터 이용하실 수 있습니다." 우지하라가 대답했다.

"그래요, 8시."

"하지만 구사카베 고객님, 저희도 프런트에 대기하고 있으니 어떤 일이든 지시해주십시오." 우지하라가 인사를 건넸다. 구사카베는 대꾸하지 않았다.

엘리베이터가 도착했다. 문이 열리자 안에 구가가 타고 있었다. 손님이 서 있는 것을 보자마자 그는 옆으로 비켜섰지만 닛타 쪽을 보고는 의외라는 듯 눈을 깜빡였다. 아마 우지하라가 옆에 있었기 때문일 것이다.

구사카베가 엘리베이터에 타기를 기다렸다가 그제야 구가는 밖으로 나왔다.

"편히 쉬십시오." 우지하라가 머리를 숙였다. 닛타도 따라 했다. 고개를 들었을 때 엘리베이터의 문은 이미 닫혀 있었다.

옆을 보니 우지하라의 얼굴에서는 웃음기가 싹 사라지고 노멘✦ 같은 무표정이 되돌아와 있었다.

"어떻게 된 거예요? 우지하라 씨는 내일 아침부터 근무인 것으로 알고 있었는데?" 구가가 우지하라에게 물었다. 직위는 구가가 더 높을 텐데도 존댓말을 쓰는 것은 우지하라 쪽이 연상이기 때문일 것이다.

우지하라는 금테 안경의 위치를 바로잡았다.

"근무는 내일부터지만 아무래도 걱정이 되어서……. 최대한 빨리 상황을 파악해야지요. 유니폼은 이래저래 내가 나서야 할 일이 있을 것 같아서 일부러 입고 왔어요." 억양이 적은 말투로 구가에게 설명한 뒤, 안경 너머로 마치 품평을 하는 듯한 눈빛을 닛타에게로 던졌다. "그런데 오기를 잘했어요. 로열스위트를 처음 이용하시는 고객님을 가짜 프런트 클러크에게 맡길 수는 없잖아요."

"아뇨, 우지하라 씨, 그런 걱정이라면 괜찮아요. 닛타 씨는 수속 절차를 일단 마스터했거든요. 그래서 일반적인 수속이라면 아무 문제 없이 해낼 수 있어요. 내가 반나절쯤 함께 있었는데

✦ 能面. 일본 전통 가면극인 노能에 쓰이는 가면.

전혀 마음 졸이는 일 없이 지켜볼 수 있더라고요. 그래서 지금 잠깐 이곳을 맡겨둔 것인데……."

우지하라는 차가운 눈빛으로 구가를 보았다.

"일반적인 수속이라면 그렇겠지요. 하지만 오버부킹이나 더블 부킹이 있을 때는 어떻게 하죠? 혹은 워크인의 고객님이 나타났을 때는?"

"1층 프런트라면 모르지만 이쪽 카운터에서는 그런 일은 있을 수 없죠."

"그건 모를 일입니다. 만에 하나라는 게 있어요."

"그야 그렇지만……." 구가는 말을 얼버무린 뒤, 분위기를 바꾸려는 듯 닛타에게로 고개를 돌렸다. "자기소개는 이미 끝났습니까?"

"네, 뭐, 대충……."

닛타가 말끝을 흐리자 우지하라가 정중하게 상의 호주머니에서 명함을 꺼내 내밀었다.

"우지하라라고 합니다. 잘 부탁드립니다."

"아, 예에." 닛타가 명함을 잡으려고 하자 우지하라는 손을 쓱 거둬들였다.

"성인끼리의 인사인데 아, 예에, 라고 해서는 안 되지요." 웃음을 짓고 있었지만 눈빛은 차갑기만 했다.

불끈 화가 났지만 그런 감정을 얼굴에 드러내지 않을 정도의 냉철함은 닛타에게도 있었다.

"실례했습니다. 닛타라고 합니다. 저야말로 잘 부탁드립니다."

우지하라가 다시 명함을 내밀었다. 받아서 들여다보니 '프런트 오피스 어시스턴트 매니저 우지하라 유사쿠'라고 적혀 있었다.

"그쪽 명함도 주시겠습니까?" 우지하라가 말했다.

"명함? 아, 죄송합니다. 탈의실에 두고 왔어요. 경찰 배지라면 휴대하고 있는데……." 안주머니에 손을 넣었다.

우지하라는 시큰둥한 얼굴로 고개를 저었다.

"그런 건 보여주실 거 없고요. 내가 말하는 명함이란 호텔 직원으로서의 명함입니다. 설마 준비가 안 된 건 아니겠지요?"

"앗, 그건 아직……."

그 즉시 우지하라가 어이없다는 표정을 지었다. "예상했던 대로군요. 그럴 거라고 생각했어요."

"에이, 형사 일행의 잠입 수사가 오늘 막 시작된 참이잖아요."

구가가 옆에서 거들어줬지만 우지하라는 거기에는 응하지 않고 닛타를 쓰윽 노려보았다.

"만일 고객님이 명함을 달라고 하시면 어떻게 할 생각이죠? 지금 없습니다, 라는 말로 넘어갈 수 없는 일인데요."

닛타는 대답이 턱 막혔다. 약은 오르지만, 맞는 말이었다.

"우지하라 씨, 이제 그만하시죠." 구가가 달래고 나섰다. "명함쯤이야 어떻게든 둘러댈 수도 있는데."

"아뇨, 저희 쪽 실수였습니다." 닛타는 말하고 우지하라 쪽을 향했다. "지적해주셔서 고맙습니다. 즉시 명함을 준비하라고 연락하겠습니다."

우지하라는 턱을 쓰윽 치켜들고 닛타를 정면으로 마주 보았다.

"그게 좋아요. 이발을 하고 유니폼만 입으면 누구라도 호텔리어가 될 수 있는 건 아니니까 앞으로도 주의하세요."

"네, 주의하겠습니다." 닛타는 대답했다. 얼굴을 홱 돌리며 혀를 끌끌 차고 싶은 심정이었지만 꾹 참았다.

"미리 말해두겠는데, 나는 이런 잠입 수사에는 찬성할 수 없어요. 호텔 측에서 당연히 거절했어야 한다고 생각합니다. 하지만 총지배인님이 협조하기로 결정한 이상 따르지 않을 수 없겠지요. 단 모든 것을 경찰이 하라는 대로 해서는 호텔로서의 서비스가 무너지게 돼요. 나는 잠입 수사원의 보좌 역할을 승낙했지만 그 방식은 나한테 맡겨달라는 조건을 달았습니다. 그렇지요, 구가 매니저님?"

예, 라고 구가가 씁쓸한 표정으로 짧게 대답했다.

"어떤 방식입니까?" 닛타가 물었다.

"기본적으로 프런트에 있을 때는 내 지시에 따라주세요. 접객을 비롯한 업무는 내가 할 테니까 닛타 씨는 일절 관여하지 마시고요. 내가 없을 때는 절대로 프런트에 서지 말 것. 프런트에 걸려 온 전화는 받지 말 것. 함부로 고객님에게 말을 거는 것도 금지합니다. 아시겠습니까?"

한마디로 호텔리어로서의 업무는 아무것도 하지 말라는 뜻인 모양이다. 바보 취급을 하는 것 같아 화가 나긴 했지만, 형사 업무에 전념할 수 있다면 오히려 바라던 바였다. 알겠습니다, 라고 닛타는 대답했다.

우지하라는 고개를 끄덕이더니 손목시계를 들여다본 뒤에 엘리베이터 버튼을 눌렀다.

"이쪽 카운터는 이제 문을 닫을 겁니다. 나는 그만 퇴근하도록 하지요. 닛타 씨, 내일 예정은 어떻게 됩니까?"

"아직 모르지만, 아침 일찍부터 1층 프런트를 지켰으면 합니다."

"그럼 오전 8시에 사무실에서 만나기로 하지요. 자꾸 똑같은 말을 하는 것 같지만 그때까지는 마음대로 프런트에 나가서는 안 됩니다. 아셨지요?"

"알겠습니다. 잘 부탁드립니다."

엘리베이터의 문이 열렸다. 우지하라는 실례합니다, 라고 구가에게 인사를 건네고 엘리베이터 안으로 사라졌다.

닛타는 어깨를 으쓱 치켜들었다.

"이번 감시자는 야마기시 나오미 씨와는 또 다른 타입이군요."

"그녀도 말했었지만, 그야말로 성실하고 일 잘하는 사람이에요. 다만 약간 고지식한 면이 있죠. 얘기해보고 이미 짐작했겠지만."

"환영해주지 않는다는 건 확실히 알겠네요. 꾸중 듣지 않게 최대한 조심하겠습니다."

닛타는 시계를 확인했다. 우지하라가 말했던 대로 이제 슬슬 이쪽 카운터는 닫을 시간이었다.

"그럼 오늘은 이만."

"예, 수고했어요."

"실례하겠습니다."

닛타는 엘리베이터로 1층에 내려가 로비를 건너갔다. 컨시어지 데스크를 흘끔 살펴봤지만 그곳에는 이미 야마기시 나오미의 모습은 없었다.

6

직원 출입구를 통해 바깥으로 나와 도로를 건너갔다. 그쪽에 〈코르테시아도쿄 호텔 별관〉이라는 간판이 걸린 건물이 있다. 별관이라고 해도 이곳에는 숙박 시설은커녕 서비스 시설이라고는 아무것도 없다. 영업 본부와 관리 본부 등이 자리한 사무동이다. 직원 탈의실이나 휴게실, 회의실도 이쪽에 있다.

닛타는 건물로 들어서자 계단을 올라갔다. 2층 복도로 들어가 첫 번째 문을 열었다.

안에 들어서면 온몸을 휘감듯이 담배 연기가 자욱할 거라고 예상했다. 지난번 사건에서 이 사무실이 현지 대책 본부로 사용

되었을 때는 그런 상황이었기 때문이다. 하지만 뜻밖에도 실내 공기는 깨끗했다. 냄새도 없고 연기로 부옇게 흐려진 것도 아니었다.

사람이 없는 것은 아니다. 이나가키와 모토미야를 비롯한 경찰 동료들이 회의 책상을 에워싸고 앉아 있었다. 단 그 책상 위에 재떨이는 없었다.

"아하, 이곳도 금연이군요?" 넥타이를 느슨하게 풀고 자리에 앉으며 닛타가 말했다.

맞은편 자리에서 모토미야가 입을 삐죽거렸다.

"요즘에는 어디를 가든 다 금연이니까 그건 이해하겠는데 아예 흡연실까지 없애버리는 건 대체 뭐야. 호텔 쪽에는 흡연 가능한 객실이 있는데 직원은 담배를 피울 수 있는 장소가 없다는 건 좀 이상하잖아?"

"유니폼에 냄새가 배어서 근무 중에는 금연이에요. 냄새에 민감한 고객님도 많으니까요."

닛타의 대답에 모토미야는 한쪽 눈썹을 쭉 치켜 올렸다.

"고객님? 단 하루 만에 호텔리어로 완전히 감을 되찾은 거야? 역시 대단하네."

"그럴 리가 있습니까. 시스템도 이것저것 바뀌었고 새로운 서비스도 많이 생겼어요. 쉽게 익숙해질 것 같지 않습니다. 게다가 내일부터는 고지식한 감시자가 따라붙을 모양이에요."

"그렇다면 역시 일찌감치 시작하기를 잘했군." 이나가키가 말했다.

"예, 그건 뭐……." 닛타는 겸연쩍게 머리를 긁적였다.

오늘은 12월 28일이고 31일까지는 사흘 동안의 여유가 있는데 이렇게 일찍 잠입해봤자 별 의미도 없는 거 아니냐고 닛타는 말했었다. 하지만 되도록 빨리 익숙해지는 편이 좋다, 라는 것이 이나가키에게서 내려온 지시였다. 밀고장에는 범인이 새해 카운트다운 파티장에 나타난다, 라고 적혀 있었지만 호텔에 오는 것이 꼭 31일 당일이라고 한정할 수는 없다. 혹시라도 며칠 전부터 체재한다면 호텔 종업원의 면면을 어느 정도는 파악할 것이다. 31일에야 전혀 본 적이 없는 직원들이 프런트에 서 있다면 당연히 수상하게 여길 것이다.

문이 열리고 벨보이 차림의 세키네가 들어왔다. "아, 좀 늦었습니다."

수고했어, 라고 말하고 이나가키는 부하들을 둘러보았다.

"자, 그럼 곧바로 시작해볼까. 누구부터 하지?"

"제가 먼저 하겠습니다." 모토미야가 손을 들었다. "오늘 현재 시점까지 호텔 앞으로 온 수상한 우편물, 전화, 메일 등은 없었습니다. 클레임 전화는 지난 한 달 동안 몇 건이 있었다고 하는데 모두 경미한 것으로 이미 해결된 상태입니다. 조직폭력단 관계자와의 트러블 등은 현재로서는 전혀 없는 모양입니다. 하지만 요주의 인물은 어디에나 있게 마련이라서 지금까지 뭔가 문제를 일으킨 투숙객 리스트는 호텔 측에 요청해서 받았습니다.

이번 사건과의 관련 여부를 조사 중입니다. 단 대부분 이 지역 사람이고, 현재로서는 그리 큰 관계는 없는 것으로 보입니다. 이상입니다."

"알았어. 자, 그다음."

이나가키의 지시로 다른 수사원이 보고를 시작했다. 살해된 이즈미 하루나와 이 호텔의 관계를 조사한 내용이었다. 결론은 이즈미 하루나가 투숙한 기록도, 호텔 내의 음식점 등을 이용한 흔적도 없다는 것이었다. 과거 몇 년 치의 결혼 피로연 초대객 리스트까지 조사했지만 눈에 띄지 않은 모양이었다.

보고를 들으면서 닛타는 내심 놀랐다. 통상 호텔 측은 무슨 일이 있어도 고객의 프라이버시에 관한 자료는 제출해주려 하지 않는다. 이번에 이렇게까지 수사에 협조적인 것은 호텔 측이 본격적으로 위기감을 품었기 때문인 것으로 생각되었다. 거기에는 이나가키 팀이 출동한 것이 큰 영향을 끼쳤을 게 틀림없다. 몇 년 전, 자칫하면 이 호텔에서 살인 사건이 일어날 뻔했다. 그것을 닛타 일행이 막아준 것을 잊지 않고 있는 것이다.

한바탕 부하들의 보고를 들은 뒤, 이나가키는 팔짱을 끼고 끄응 신음 소리를 냈다.

"밀고 내용은 여전히 불가사의하고 범인이 정말 나타날지 어떨지도 확실하지 않지만, 왜 하필 이 호텔인지 우선 그걸 잘 모르겠단 말이야. 단순한 우연일 수도 있겠지만 나는 그게 아무래도 마음에 걸려."

"밀고장의 내용이 사실이라고 가정하고, 범인이 무슨 이유로 이 호텔을 찾아오느냐는 것이 포인트라고 생각합니다." 모토미야가 말했다. "밀고자는 어쩌면 그 이유도 알고 있을 가능성이 높습니다."

"범인이 이 호텔에 찾아오는 이유라……." 혼잣말처럼 중얼거리던 이나가키가 다시 전원에게로 얼굴을 돌렸다. "그 점에 대해 의견이 있는 사람은?"

"제가 말씀드려도 될까요?" 벨보이 차림을 한 세키네가 조심스럽게 입을 열었다. "그냥 얼핏 생각난 것이기는 한데……."

"괜찮아. 그런 게 중요한 거야. 어서 말해봐."

네, 라고 고개를 끄덕이고 세키네는 약간 긴장한 표정으로 말했다.

"어쩌면 범인으로서는 네리마 원룸 살인 사건만으로는 목적을 다 이루지 못했던 게 아닐까요? 그걸 완수하기 위해 12월 31일에 이 호텔에 온다……. 아, 이건 너무 엉뚱한 발상일까요?"

사무실에 있는 전원의 시선이 벨보이 차림의 젊은 형사에게로 향했다.

무슨 뜻이야, 라고 누군가 물었다.

"혹시 이런 얘기인가?" 세키네가 대답하기 전에 닛타가 말했다. "범인은 이즈미 하루나 씨 외에도 꼭 죽여야 할 사람이 있었다. 그 살인을 12월 31일에 이 호텔에서 실행하려고 마음먹었다. 즉 이건 연쇄살인 사건의 일부다. 그런 거야?"

“역시나 닛타 씨, 바로 그거예요.” 세키네가 크게 고개를 끄덕였다. “그 타깃이 되는 인물이 이 호텔에 올 것이고, 그래서 범인도 이곳에 올 수밖에 없다는 거죠.”

일순 회의실 안이 고요히 가라앉았다. 말도 안 되는 소리, 라고 누군가 비웃음을 날릴 수도 있을 만한 얘기였다. 하지만 분위기가 그렇게는 흘러가지 않았다.

“아닌 게 아니라 엉뚱하긴 하네.” 이나가키가 묵직하게 말했다. “12월 31일 밤에 최고급 호텔에서 살인이라니. 세상에 그런 어처구니없는 짓을 할 자가 있겠느냐고 웃어넘기고 싶기도 해. 하지만 이번 사건은 애초부터 엉뚱한 점이 있었어. 그렇기 때문에 우리 쪽도 엉뚱한 수사 방법으로 대항하는 것이지.” 진지한 눈빛을 옆자리의 모토미야에게로 향했다. “어떻게 생각하나?”

“네, 전혀 있을 수 없는 얘기는 아닙니다.” 모토미야는 미간에 주름을 잡은 채 말했다. “이즈미 하루나 씨를 살해한 동기에 대해 특별수사본부 쪽 사람들은 단순한 치정극으로 생각하는 것 같은데, 그런 결론을 내릴 근거는 사실 아무것도 없다는 것이 제 의견입니다. 뭔가 다른 동기가 존재한다고 생각하면 살해되는 피해자가 한 사람이라고 한정할 수는 없죠. 수수께끼의 밀고자가 범인의 다음 행동을 예측할 수 있는 것은 범행 동기를 알고 있고, 다음에 누구를 노리는지 알기 때문인지도 모릅니다.”

휴우, 하고 이나가키는 굵은 숨을 토해내더니 얼굴을 찌푸리며 책상을 타악 쳤다.

"저마다 불길한 추리만 펼치고 있군. 그런데 약은 오르지만 자네들이 하는 말에는 타당성이 있어. 그렇다면 불길한 추리를 전제로 하는 작전을 세우지 않으면 안 되겠지. 자, 어떻게 하는 게 좋을까?"

"밀고장에는 단순히 이 호텔에 나타난다고 한 것이 아니라 카운트다운 파티장에 나타난다고 일부러 콕 집어서 밝히고 있습니다." 와타베라는 베테랑 형사가 말했다. "그 점을 어떻게 해석하느냐는 것도 중요한 문제라고 생각합니다."

응, 하고 이나가키는 고개를 끄덕이며 부하들을 둘러보았다.

"그 카운트다운 파티라는 게 코스튬 파티인 모양이야. 누구 좀 더 상세히 설명해줄 수 있는 사람 있나?"

"상세하다고 할 정도는 아닙니다만……." 닛타가 오른손을 슬쩍 들었다. "12월 31일 오후 11시부터 3층의 가장 넓은 연회장에서 파티가 열릴 예정입니다. 정식 명칭은……." 호주머니에서 꺼낸 수첩을 펼쳤다. 야마기시 나오미가 알려준 것을 메모해두었다. "호텔 코르테시아도쿄 새해 카운트다운 매스커레이드 파티 나이트라고 합니다."

닛타의 맞은편에 앉은 모토미야가 입을 떡 벌렸다.

"뭐야, 그게? 무슨 주문 같잖아. 다시 한번 말해줘."

"호텔 코르테시아도쿄 새해 카운트다운 매스커레이드 파티 나이트. 너무 길어서 간단히 '매스커레이드 나이트'라고 줄여서 쓰고 있습니다. 참가비는 만 엔인데 투숙객의 경우는 3천 엔으로 할인이 됩니다. 하긴 참가자 거의 대부분이 투숙객이라는군요. 예약제여서 참가자가 500명을 넘으면 신청을 마감한다고 합니다."

"올해 참가자 수는?" 이나가키가 물었다.

"이미 300명 이상이 신청했습니다. 이런 파티가 있다는 것을 알지 못한 채 체크인했던 투숙객이 나중에 신청하는 일도 적지 않다고 합니다. 예년의 실적을 통해 추산해보면 앞으로 100명 이상이 막판에 예약할 것으로 예상됩니다."

"대체 어떤 프로그램이 준비되어 있지?"

닛타는 수첩에 시선을 떨구었다.

"몇 군데로 영역을 나눠서 재즈 연주, 마술 쇼, 서커스 등을 하게 됩니다. 맥주, 와인, 칵테일은 무한 제공, 그리고 가벼운 먹을거리도 준비한답니다. 일반 입식 파티와 다른 점은 참가자 전원이 코스튬을 한다는 것입니다."

이나가키를 비롯한 수많은 형사들이 쓴웃음을 지었다.

"지나치게 저속한 것이 아닌 한, 어떤 차림을 하든 상관없습니다. 원래 코스튬 애호가도 많고 요즘에는 핼러윈의 영향으로 일반인도 가장을 하는 데 저항이 없어서 꽤 공들여 만든 의상을 입고 나오는 사람이 전보다 많은 모양입니다."

"참가자 전원이 코스튬을 한다고 했지? 하지만 미처 의상을 준비하지 못한 사람도 있을 거 아냐. 갑작스럽게 참가를 신청한 손님은 어떻게 하지?"

"임대 의상도 있다고 하네요. 기발한 옷차림을 원치 않는 사람들은 평범한 옷에 가면만 쓰는 것도 괜찮다고 합니다. 그런 사람들을 위해서는 가면을 무료로 빌려주기도 한답니다."

"정말 빈틈이 없군." 모토미야가 질렸다는 듯이 말했다. "근데 왜 그렇게까지 하는 거야?"

"새해 카운트다운 파티는 어떤 호텔에서나 다 하고 있거든요. 따라서 이 호텔만의 특징을 강조하려는 영업 전략일 겁니다. 이게 꽤 인기를 끌어서 해마다 참가자가 증가 추세랍니다. 모르는 사람들끼리 서로 사진도 찍어주고, 상당히 재미있게 진행되는 모양이에요. 다만 코스튬과 가면 쓰기는 자정까지예요. 카운트다운을 시작해서 제로가 된 순간에 참가자 전원이 일제히 자신의 맨얼굴을 드러냅니다. 흥이 절정에 달하는 순간이죠. 그 직후에 전원에게 샴페인을 돌린다고 합니다."

"어휴, 듣기만 해도 벌써 속이 쓰려오는데……." 이나가키가 고개를 갸웃거렸다. "설마 그런 화려한 자리에서 살인을 저지르려는 건 아니겠지?"

상사의 의견에 부하들은 침묵했다. 닛타만 해도 그건 아니다라고 단언할 수 있는 근거가 없었다. 이번 사건은 처음부터 끝까지 이질적이다. 어떤 기묘한 일이 일어나도 이상하지 않다는 느낌이었다.

"그 파티, 예약제라고 했지? 참가자 목록은 입수할 수 있겠나?" 이나가키가 닛타에게 물었다.

"난색을 표하기는 하겠지만, 아마 괜찮을 겁니다. 단지 그 목록이 있어도 반드시 도움이 된다고는 할 수 없습니다. 범인이 본명을 쓰리라고는 생각할 수 없으니까요."

"참가자 대부분은 투숙객이잖아. 가명이라면 카드가 아니라 현금으로 결제하겠지. 그걸 단서로 잡는 것만 해도 목록 체크는 쓸데없는 일은 아니야."

"네, 알겠습니다."

"이미 체크인한 사람 중에 12월 31일 밤까지 계속 투숙하는 손님은 어느 정도나 되지?"

닛타는 다시 수첩을 펼쳤다.

"오늘 밤 시점에 30팀 정도가 있는데 대부분 외국인 손님입니다. 비즈니스맨이나 일본에서 새해를 맞이하려는 특이한 취향의 손님들입니다."

"입국한 시기가 최근이라면 외국인은 제외해도 무방하겠지. 일본인은 몇 팀이야?"

"다섯 팀입니다. 가족과 함께 온 일행이 네 팀, 커플이 한 팀이에요. 숙박표에 기재된 가족 손님들의 주소는 삿포로, 돗토리, 후쿠시마, 도야마로 나와 있습니다. 모두 어린 자녀를 데리고 온 3인 혹은 4인 가족입니다. 커플 손님은 남자 쪽 이름으로 예약했고 주소는 오사카. 접객한 프런트 클러크에 의하면 간사이 쪽 사투리를 썼다고 합니다. 가족 손님은 모두 이번 파티에 신청하지 않았고 아이들이 연령 제한에 걸리기도 합니다. 커플 손님은 신청했습니다. ……아 참, 그렇지." 보고를 하다가 닛타는 방금 전에 온 손님에 대한 것이 생각났다. "또 한 명 남자 손님이 체크인했습니다. 오늘 밤부터 4박입니다. 게다가 로열스위트."

와아, 라고 탄성을 올린 것은 세키네였다. 벨보이로서 로열스위트에 가본 적이 있어서 그 호화스러움을 잘 아는 것이다.

"그런 넓은 방을 혼자서 쓴다는 건가?" 이나가키가 물었다.

"예약 내용에 의하면 그렇습니다. 나중에 일행이 합류할지도 모르지요. 신용카드를 복사하도록 내준 것을 보면 가명은 아닌 것으로 생각됩니다. 그리고 파티에는 아직까지는 신청하지 않았습니다."

"복사를 하게 해줬다고 해서 꼭 진짜 카드라고는 할 수 없어. 파티에는 막판에 신청할 가능성도 있고. 일단 선입견을 버리고 뛰어들어야 해. 12월 31일에 혼자 투숙하는 남자 손님은 특히 주의해서 결코 눈을 떼면 안 돼. 조금이라도 부자연스러운 점이 있을 경우에는 철저히 마크하도록. 아니, 그것뿐만이 아니야." 이나가키는 수사원들을 둘러보았다. "설령 지방에서 온 가족 손님이나 커플 손님이라도 절대 방심하면 안 돼. 범인이 어떤 식으로 위장하고 나올지 알 수 없으니까 말이야. 내일부터는 1월 1일까지 체재하는 손님이 훨씬 더 많아질 거야. 그런 방은 청소를 할 때 하우스키퍼와 동행해서 가능한 한 짐을 체크하도록. 호텔 측에서 불만이 나올지도 모르지만, 그때는 또 그때 가서 내가 처리할 테니까 자네들은 신경 쓸 거 없어."

네, 라고 수사원들이 대답했다.

"살인 현장이었던 원룸의 공동 현관에 방범 카메라가 설치되어 있었다." 이나가키는 목소리 톤을 올려서 뒤를 이었다. "범행 일시는 12월 3일 저녁부터 4일 사이로 추정되고 있다. 그 시간 동안의 영상에 틀림없이 범인의 모습이 찍혀 있을 것이다. 그 영상을 전원의 스마트폰으로 보낼 테니까 각자 똑똑히 눈에 담아 두도록. 영상에 남아 있는 인물과 조금이라도 비슷한 사람이 발견되면 그 즉시 모토미야나 나한테 알리도록 한다."

"그건 남녀 불문이겠지요?" 모토미야가 확인하듯이 물었다.

"아 참, 그렇지. 피해자는 임신 중이었지만 범인이 꼭 남자라고는 할 수 없다. 몇 번이나 말하지만, 선입견은 버리도록 한다. 이 호텔을 찾아오는 사람 모두가 용의자라고 생각하도록. 절대로 놓쳐서는 안 된다. 범인이 나타나는 일시와 장소를 뻔히 가르쳐줬는데도 체포하지 못했다고 하면 경시청 내에서뿐만 아니라 전국 경찰의 웃음거리가 될 것이다. 12월 31일까지 어떻게든 단서를 잡아라. 이상!" 단단히 기합이 들어간 이나가키의 목소리가 회의실 안에 쩌렁쩌렁 울렸다.

7

탈의실은 사무동 3층에 있다. 샤워를 한 뒤, 닛타가 공용 책상에서 노트북을 들여다보고 있는데 누군가 들어오는 기척이 들렸다.

수고하십니다, 라고 그쪽에서 먼저 인사를 건넸다. 노세가 웃는 얼굴로 편의점 봉투를 들고 다가오고 있었다. 갈색 니트모자를 쓰고 양복 위에 다운재킷을 걸쳤다.

"엇, 노세 씨, 이 시간까지 탐문 수사를 하셨어요?" 닛타는 벽에 걸린 시계를 보았다. 이미 자정을 넘긴 시각이었다.

"어쩔 수 없지. 만날 사람이 밤중에나 시간이 난다잖아." 노세는 니트모자와 다운재킷을 벗으면서 가까이에 있는 의자를 끌어당겼다.

"밤중에나? 그게 누군데요?"

"피해자가 야마가타 출신이라는 건 지난번에 얘기했었지? 그래서 일부러 야마가타까지 출장을 나갔던 젊은 형사가 귀가 솔깃한 정보를 보내줬지 뭐야. 이즈미 하루나 씨의 중고등학교 때 친구가 거의 같은 시기에 도쿄에 왔다는 거야. 도쿄의 대학에 진학한 거였어. 그 어렵다는 닛타 씨의 모교야. 게다가 의학부."

"아, 예……." 닛타는 입을 헤벌리고 턱을 쓰다듬었다. 성적이 뛰어난 여학생이라면 법학부에도 여러 명이 있었다. 가볍게 사법시험에 합격하고 변호사 사무실 등에서 맹활약을 펼치는 이도 많았다. 다들 무시무시하게 기가 세다. 의학부라고 하면 그런 경우와 똑같거나 혹은 그 이상인가. "왜 밤중에나 시간이 나죠?"

"그야 바쁘니까 그렇지." 노세가 시원하게 답했다. "아직 레지던트라서 격무에 시달리는 모양이야. 어둠침침한 병원 대기실에서 만났는데 계속 호출기에 신경을 쓰더라고. 언제 호출이 떨어질지 모른다면서."

"레지던트가 얼마나 힘든지는 저도 들은 적이 있어요. 그나저나 피해자와는 정말로 친한 사이였습니까?"

"상당히 친한 편이었다고 생각한다, 라고 대답하더라고. 중학교 1학년 때 같은 반이 되면서부터 친해졌고 졸업 후에는 같은 고등학교에 들어갔어. 이즈미 씨가 그녀의 집에 자주 놀러 오기도 한 모양이야. 학교 성적도 엇비슷해서 시험 답안을 함께 맞춰본 적도 많았대. 단지 도쿄에 올라온 뒤에는 생활 패턴이 달라서 점점 왕래가 뜸해진 모양이야. 의대생과 전문학교에 다니는 사회인이었으니 시간을 맞추기가 좀 어려웠겠지."

"그러면 최근에는 피해자를 만난 적이……?"

"벌써 몇 년째 연락을 못 했다고 했어." 노세는 책상 위에 편의점 봉투를 올려놓고 안에서 맥주와 하이볼 캔을 꺼냈다. "자네도 한잔, 어때?"

"와아, 좋죠. 고맙습니다." 닛타는 하이볼에 손을 내밀었다.

어제 이자카야에서 닛타가 하이볼을 마신 것을 기억하고 있었던 것이다. 이런 것을 자상한 배려라고 하는가. 노세 씨가 자신보다 훨씬 더 호텔리어에 소질이 있다고 닛타는 생각했다.

"그 여자는 이즈미 하루나 씨가 살해된 것을 알고 있었어요?"

"몰랐다고 하더라고. 병원 일에 쫓겨서 뉴스 같은 건 볼 여유도 없고, 중고등학교 때 친구들과는 요즘 거의 왕래가 없었던 모양이야. 그래서 만나자마자 내가 도리어 질문 세례를 받았어. 대체 무슨 일이 있었느냐, 어째서 살해되었느냐, 연달아 묻더라고. 그것을 분명하게 밝히기 위해 조사하고 있다고 설명해주긴 했는데, 조금 전에도 말했듯이 최근의 이즈미 하루나 씨에 대해서는 전혀 모른다고 했어. 그래서 주로 학생 시절의 얘기를 물어보고 왔어."

"어떤 여학생이었습니까, 피해자는?"

노세는 맥주 캔을 테이블에 내려놓고 항상 그렇듯이 품속에서 수첩을 꺼내 들었다.

"딱히 눈에 띄는 편은 아니었던 모양이야. 동아리 활동도 안 했고, 적극적으로 남들 앞에 나서는 타입이 아니라서 점심시간 같은 때는 주로 책을 읽는 일이 많았대."

"남자를 사귄 적은?"

"자신이 아는 한 그런 일은 없었고, 아마 절대로 없었을 거라고 했어. 상당히 자신 있는 말투였으니까 틀림없을 거야."

"어제 얘기하실 때도 남자에게는 관심이 없었을 거라고 얘기한 친구가 많았다고 하셨죠. 옛날부터 그랬던 모양이네요."

"응, 그런 것 같아. 옷차림은 그 무렵부터 보이시한 것을 좋아해서 머리를 짧게 하고 다녔다고 했어. 사복일 때는 면바지만 입었던 모양이고."

"소녀 취향에 대해서는 물어보지 않았습니까?"

"물론 물어봤지."

"놀라던가요?"

"아니, 근데 그게……." 노세는 입을 동그랗게 오므렸다. "꼭 그렇지도 않은 것 같아."

"엇, 그래요?"

"옷차림은 보이시했지만 결코 여자애다운 것을 싫어한 건 아니라고 했어. 웬만한 장식품이나 필기도구 같은 것은 오히려 소녀 취향이었대."

"양면성이 있었다는 뜻일까요?"

"그럴 가능성도 있지. 그게 이번 사건과 관계가 있을지 어떨지는 확실하지 않지만." 노세는 수첩을 다시 호주머니에 넣고 캔맥주를 손에 들었다.

닛타는 보이시한 패션을 한 소녀가 친구들과 노는 광경을 머릿속에 떠올렸다. 그런 옷차림이라면 활발한 이미지가 연상되지만 이즈미 하루나는 그렇지 않았던 모양이다.

처음에 노세가 말했던 것이 퍼뜩 생각났다.

"그 레지던트와 이즈미 하루나 씨는 고등학교 때 성적이 엇비슷했다고 하셨죠? 그렇게 학업 성적이 우수했는데 왜 대학에 가지 않았을까요?"

맥주를 입에 머금은 채 노세는 고개를 끄덕였다.

"나도 그게 궁금해서 물어봤어. 레지던트 친구의 대답은, 실은 자기도 내내 마음에 걸린 일이라는 것이었어. 당연히 하루나도 대학에 갈 것이라고만 생각했었다는 거야."

"학업을 포기할 만큼 애견미용사가 되고 싶었을까요? 그렇다면 굳이 대학에 갈 필요는 없으니까요."

"바로 그 점인데, 레지던트 친구의 말에 따르면 뭔가 좀 이상하더라고."

"왜요?"

"자신이 기억하는 한, 하루나에게서 애견미용사가 되고 싶다는 말은 들어본 적이 없다는 거야. 기억나는 것은, 대학에 가지 않고 도쿄에 가서 일할 것이다, 라는 것뿐이래. 왜 대학에 가지 않느냐고 물었더니 필요성을 느끼지 못해서, 라는 대답이 돌아왔다고 하더라고."

"필요성……." 닛타는 하이볼 캔을 테이블에 내려놓고 팔짱을 꼈다. 대학생, 혹은 대학 졸업자의 몇 퍼센트가 이 의견에 당당히 반론을 던질 수 있을까. "대학에 들어갈 필요성은 느끼지 못했지만, 도쿄에 올라올 필요성은 있었다는 건가요?"

"완전히 똑같은 질문을 나도 그 레지던트에게 했어. 그랬더니 도쿄에 오는 건 하루나에게는 필수적인 일이었을 거라고 대답했어. 아무튼 하루빨리 집을 떠나고 싶은 눈치였다는 거야."

"역시 어머니의 이혼이 원인입니까?"

"그 점은 잘 모르겠다고 하더라고. 사람마다 제각기 집안 사정이라는 게 있으니까 친구 사이라도 그런 사적인 얘기는 최대한 꺼내지 않도록 조심했었대."

"상당히 어른스러운 대응이군요. 그 당시는 호기심 왕성한 나이였을 텐데."

"닛타 씨도 그렇게 생각하지? 나도 약간 위화감을 느꼈어." 노세는 엷은 웃음을 지으며 고개를 갸우뚱했다.

"무슨 말씀이세요?"

"얘기가 이즈미 씨의 집안 사정 쪽으로 흘러가기만 하면 그 레지던트 친구의 입이 무거워지는 거야. 기억이 안 난다, 근거 없는 추측을 함부로 얘기할 수는 없다, 라는 식으로 아무튼 대답이 시원찮더라고. 내 생각에는 그 레지던트가 뭔가 감추고 있는 게 아닌가 싶어."

"감추고 있다? 이를테면 어떤 것을?"

"그건 잘 모르겠지만, 공공연히 얘기하기 힘든 일이겠지. 적어도 방금 만난 형사에게는 쉽게 털어놓을 수 없는 내용이야."

"그게 뭘까. 진짜 궁금한데요?"

"길게 이야기할 시간이 없다고 해서 오늘은 쫓겨나다시피 돌아왔지만 내일 다시 한번 찾아가볼 생각이야. 하긴 그냥 내 지레짐작일 가능성도 있지만 말이야."

노세는 캔맥주를 손에 든 채 허공을 지그시 올려다보고 있었다. 그 표정을 보고, 확실한 뭔가를 잡았구나, 라고 닛타는 눈치챘다. 이 형사의 이른바 '예리한 감'이 보통이 아니라는 건 잘 알고 있다.

문득 정신을 차린 듯 노세가 닛타 쪽을 향했다. "아, 그쪽 팀은 어때?"

닛타는 고개를 가로저었다.

"현재까지는 아무 성과도 없었어요. 호텔에서 제출해준 기록을 빈틈없이 조사해봤는데 피해자의 흔적은 어디서도 나오지 않는 것 같고……."

노세는 씁쓸한 표정으로 한숨을 내쉬었다.

"역시 그렇군. 나도 여기저기 알아봤지만 피해자의 입에서 이 호텔 이름을 들었다는 사람은 하나도 없었어. 증거 수집팀 친구들도 피해자의 방을 샅샅이 훑어봤는데 이 호텔과 관련된 것은 전혀 안 나왔다고 하더라고. 스마트폰 사용 이력에도 없고 메일이나 SNS 속에도 없다는 것을 보면 피해자와 이 호텔 사이에는 직접적인 관련이 없는 것 같아."

"그렇다면……." 닛타는 수염이 희미하게 자라난 턱을 슬슬 쓰다듬었다. "이 호텔이 선택된 것은 역시 범인 쪽의 사정 때문일까요?"

노세가 눈썹을 꿈틀했다. "뭔 소리야, 그게?"

"조금 전 회의에서 상당히 무시무시한 의견이 나왔거든요."

닛타는 이번 사건이 단발성이 아니라 이즈미 하루나 살해를 포함한 연쇄살인이 아닌가, 라는 설을 이야기했다.

노세는 심각한 얼굴로 낮게 신음 소리를 냈다.

"그러면 범인이 다음 타깃을 살해하기 위해 이 호텔에 나타난다는 얘기잖아. 대담하고 엉뚱한 의견이지만, 닛타 씨, 그거 제법 날카로운 데가 있어."

"노세 씨도 그렇게 생각하시죠? 실은 저도 그럴 가능성이 높다고 보고 있어요. 살인을 저지른 인간은 여열이 식을 때까지 되도록 사람들 앞에 나서지 않게 마련이잖아요. 파티장이라는 화려한 자리에 나온다는 건 반드시 그럴 만큼 중대한 이유가 있다고 생각하는 게 합리적이죠."

"동감이야. 게다가 나는 처음부터 이 사건에서 독특한 냄새가 난다고 느꼈어." 그렇게 말하며 노세는 자신의 코를 손끝으로 튕겼다.

"오호, 민완 형사님께서 어떤 식으로 후각을 발동하셨죠?"

노세는 얼굴을 찡그리며 손을 내저었다.

"그런 소리 하지 마. 비행기 태우는 건 질색이라고 어제도 말했잖아. 냄새가 난다는 오만한 말을 하긴 했지만, 실은 그리 대단한 것도 아니야. 한마디로 지나치게 노련하다고 느낀 것뿐이야."

"노련하다……. 수법이 교묘하다는 말씀인가요?"

"그렇지. 수면제를 먹인 상태에서 전기 코드를 이용해 감전사시키다니, 평범한 사람으로서는 생각도 못 할 일이잖아. 목을 조르는 게 오히려 더 간편하지. 그렇게 하지 않은 것은 아마도 범인에게 뭔가 집착하는 게 있기 때문일 거야. 자신의 신원을 일절 알 수 없도록 해둔 것까지 포함해 이 범인은 아주 익숙해져 있는 것 같아." 노세는 그렇게 말하고 한 박자 쉬었다가 "살인에"라고 덧붙였다.

"요컨대 이즈미 하루나 씨를 살해한 것이 이 범인에게는 첫 번째 살인이 아니었을 거라는 말씀이군요."

"단언할 수는 없지만, 그럴 가능성이 높아."

"그렇군요……." 닛타는 다시 턱을 쓰다듬으며 고개를 끄덕였다. 조금 전 회의에서 그런 이야기는 나오지 않았다. 하지만 이것이 연쇄살인이라면 이즈미 하루나가 꼭 첫 번째 희생자라고 할 이유도 없는 것이다. "즉 미해결 살인 사건 중에 이번 사건의 범인이 저지른 일이 있을지도 모른다는 말씀이네요."

"맞아, 일단 조사해볼 가치는 있어. 그건 우리 쪽에서 맡을게." 노세는 수첩을 꺼내 뭔가 적어 넣었다.

"그러고 보니 지난번 사건에서도 비슷한 이야기가 나와서 미해결 사건에 대해 노세 씨가 알아봤었죠? 수사 1과 자료팀에 동기가 있다고 하셨었는데."

"응, 다행히 그 친구가 아직도 자료팀에서 푹푹 썩고 있어. 술을 좋아하는 친구니까 다음에 한잔 사겠다고 하면 정보를 흘려줄 거야." 노세가 입맛을 다시며 말했다.

"밀고자에 대해서는 어떻습니까. 뭔가 단서가 잡혔어요?"

아니, 그게 말이지, 라고 노세는 씁쓸한 것을 입에 넣은 듯한 표정을 보였다.

"밀고장을 인쇄한 프린터의 기종은 알아냈는데, 요즘 세상에 그런 건 단서라고도 할 수 없어. 동봉한 사진에 대해서도 그 원룸 근처 건물 뒤쪽에서 촬영한 듯하다는 걸 알아낸 정도뿐이고 새로운 정보는 나오지 않았어."

"그 사진 말인데요, 왜 몰래 숨어서 찍었을까요? 밀고자는 이즈미 하루나 씨가 살해된다는 걸 미리 알고 있었을까요?"

노세는 입을 시옷 자로 하고 머리를 내저었다.

"글쎄 나도 그걸 모르겠다니까. 범인에 대해서는 물론이고, 밀고자에 대해서도 전혀 손에 잡히는 게 없지 뭐야. 애초에 그 원룸에서 살인이 일어난 것을 밀고자가 어떻게 알았는지도 확실하지 않잖아."

"그거 말인데요, 한 가지 마음에 걸리는 게 있었어요. 익명 신고 다이얼에 들어온 정확한 문장이 어떻게 되지요? 그 맨션에 사체가 있으니 조사해봐라, 라는 것이었던가요?"

"흠, 잠깐만." 노세는 손끝에 침을 발라 수첩 페이지를 넘겼다. "정확하게는 이런 거야. '네리마구의 네오룸 네리마 원룸의 604호실을 조사해주십시오. 여성의 사체가 있을지도 모릅니다'라는 문장이었어."

"있을지도 모릅니다……." 닛타는 문장의 일부분을 뽑아 되풀이했다. "사체가 있다는 게 아니라 있을지도 모른다니……. 이 문장, 뭔가 좀 이상하지 않아요?"

"듣고 보니 그렇군." 노세가 수첩을 노려보았다. "왜 이런 식으로 애매하게 썼을까."

"밀고자도 확실한 것을 알지 못했기 때문이 아닐까요? 사체가 있을 것 같기는 한데 단정은 할 수 없다, 라는 식으로."

"사체가 있는 것 같다, 라고 짐작할 상황이라면 아주 한정적이야." 노세가 말했다. "혹시 이 밀고자는 원룸 안의 상황이 다 보였다는 건가?"

"네, 그것밖에 없겠죠. 사체가 발견되었을 때, 원룸 창문은 어떤 상태였지요? 특히 커튼은? 완전히 닫혀 있었던가요?"

"아, 잠깐만. 담당한 젊은 친구에게 확인해봐야겠어. 특별수사본부 쪽에서 밤샘 근무를 한다던데 아마 아직 잠들진 않았을 거야." 노세가 스마트폰을 터치하기 시작했다. 메시지를 보내고 있는 것이다. 굵은 손가락이지만 화면을 터치하는 손놀림이 상당히 익숙해 보였다.

메시지를 전송하고 노세는 닛타를 보았다. "밀고자가 어딘가 다른 건물에서 원룸 실내를 엿보고 있었던 걸까?"

"그게 가장 가능성이 높지 않을까요? 피해자는 침대에 누운 채 사망했잖아요. 그 방을 몰래 들여다보던 인물이 여자가 꼼짝도 하지 않는 것을 수상하게 여겨 신고했다, 라는 건 상당히 가능성이 높은 얘기죠."

"그래, 그렇지. 하지만 직접 경찰에 신고했을 경우, 왜 남의 방을 몰래 들여다봤는지, 그 이유를 설명하지 않으면 안 된다. 그래서……."

"네, 그래서 익명 신고 다이얼을 이용했다……."

노세는 함박웃음을 지으며 닛타의 얼굴을 가리켰다. "나왔네, 나왔어. 닛타 씨의 면도날 추리."

"에이, 그렇게 대단한 추리도 아니에요. 잘못 짚은 것일 수도 있는데요."

그때 노세의 스마트폰에 착신이 있었다. 전화를 받은 그는 한두 마디 대화를 나눈 뒤, 전화를 끊고 닛타 쪽을 향해 엄지손가락을 번쩍 세웠다. "창문 커튼이 열려 있었대."

"어느 정도나?"

"유리창 한 장 폭이라고 하니까 1미터 정도일 거야."

"그 정도면 근처 건물 중에서 원룸 내부가 보이는 곳을 조사해 보는 게 어떨까요?"

"그래, 해보자고." 노세는 자리에서 일어나 니트모자를 손에 들었다. "고마워. 아주 좋은 힌트를 얻었어."

"그걸로 밀고자가 밝혀지고 거기서부터 감자줄기 나오듯이 줄줄이 범인을 체포하는 데까지 이어진다면 최고일 텐데 말이에요."

닛타의 말에 노세는 "아니, 아니지"라고 고개를 저으면서 다운재킷을 걸쳤다.

"그렇게 술술 풀린다면 좋겠지만 이 사건은 그렇게 단순하게 해결되지는 않을걸?"

"노세 씨의 감입니까?"

"응, 그렇긴 한데, 닛타 씨도 동감이잖아. 게다가 이런 식으로도 생각하겠지. 이렇게 대규모 잠입 수사까지 펼쳐놓은 판에 사건이 그런 식으로 간단히 해결되다니, 그건 영 재미없다……. 어때, 맞지?"

닛타는 헛기침을 했다. "에이, 우리는 그저 상부의 지시에 따를 뿐이에요."

"괜찮아." 노세는 재미있다는 듯이 말했다. "아마도 범인은 닛타 씨 쪽의 그물망에 꼭 걸릴 거야. 그때가 기다려지네."

"아무리 그래도 일단 상대는 정체불명 상태예요. 그리고 정체불명의 사람들이 차례차례 찾아오는 게 바로 호텔이라는 곳이죠."

"닛타 씨라면 틀림없이 범인의 가면을 벗길 수 있어." 노세가 닛타를 향해 캔맥주를 높이 들었다.

"가면을 벗기기 전에 우리 정체나 들키지 않았으면 좋겠네요." 닛타는 한숨을 섞어 말하고 하이볼 캔을 손에 들어 노세의 캔맥주에 가볍게 마주쳤다.

8

컨시어지 데스크 업무는 오전 8시에 시작된다. 나오미가 오픈 준비를 하고 있는데 프런트 클러크 유니폼을 차려입은 닛타가 다가왔다.

"좋은 아침입니다."

"안녕하세요, 닛타 씨. 조금 전부터 로비를 돌아다니던데 왜 프런트에 가서 서 있지 않죠?"

닛타는 미간에 주름을 잡고 입을 삐뚜름하게 틀면서 바지 호주머니에 두 손을 찔러 넣었다. "나도 그러고 싶은데, 실은……."

나오미는 그의 손을 가리키며 작게 부르짖었다. "호주머니에서 당장 손 빼요!"

"아차, 실례." 그는 급히 호주머니에 넣었던 손을 꺼냈다. 잠깐만 어리광을 피워도 금세 이런 지적을 받고 만다.

"그래서요? 프런트에 서고 싶은데, 왜 그러고 있어요?"

닛타는 코끝을 엄지손가락 끝으로 튕겼다. "나 혼자 프런트에 서지 말라는 지시가 떨어졌어요."

"누가요?"

"어제 했던 이야기에 등장한 우지하라라는 사람."

"벌써 만났어요?"

우지하라는 어제 야간 근무였을 터였다.

"내가 어젯밤에 이그제큐티브 카운터에 있는데 거기에 불쑥 나타났어요. 그때 그런 지시를 하더라고요. 고객님 대응은 프로인 자기가 할 테니 형사는 조용히 빠져 있으라고."

"우지하라 씨가 그런 험한 말투를 썼을 리는 없지만, 그런 뜻의 말씀을 하긴 했을 거예요."

"게다가 고객에게 섣불리 말도 걸지 말라고 하더군요. 프런트 업무를 안 해도 좋다는 거야 나로서는 고마운 얘기지만, 우리는 임기응변으로 움직일 필요가 있어요. 경우에 따라서는 투숙객과 직접 대화해야 할 일이 생길 수도 있죠. 세세한 것까지 일일이 잔소리를 해서는 수사고 뭐고 못 해요. 솔직히 말해서 야마기시 씨가 감시 역할일 때가 그나마 나았어요."

"그나마, 라는 말에 저항감이 드는데요?"

"칭찬해드린 건데? 어쨌든 앞으로 계속 그 사람과 함께 지낼 생각을 하니 우울해지네요. 범인이 카운트다운 파티니 뭐니 할 거 없이 좀 더 빨리 나타나주면 좋겠는데 말이에요. 냉큼 체포해 버리고 철수하고 싶은 심정이에요."

"닛타 씨, 나한테 하소연하려고 오신 거예요?"

"아, 하소연은 그냥 서론이죠. 실은 연락 사항이 있어요."

"뭔데요?"

닛타의 얘기는 어젯밤 늦게 체크인한 구사카베 도쿠야라는 남자에 대한 것이었다. 로열스위트에 투숙 중인 그 인물이 컨시어지 데스크가 열리는 시각을 문의했다는 것이다.

"우지하라 씨가 오전 8시부터라고 알려줬으니까 아마 곧 이곳에 찾아올 겁니다."

"그래요? 일부러 알려줘서 고마워요."

닛타는 주위를 둘러본 뒤에 얼굴을 가까이 댔다.

"어쩐지 밉상인 사람이에요. 아주 보란 듯이 블랙카드를 내밀더라니까. 그딴 거, 약간만 실적을 쌓으면 누구라도 발급해주는 카드예요. 우리 아버지도 아마 갖고 있을걸?"

나오미는 눈을 깜빡이며 그의 얼굴을 마주 보았다. 방금 자신이 한 말도 상당히 마음에 안 드는 소리로 들린다는 것을 닛타는 깨닫지 못하는 것일까.

"왜요?" 닛타가 어리둥절한 표정으로 물었다.

"아뇨, 아무것도 아니에요." 역시 깨닫지 못한 모양이다.

"만일 그 사람이 이곳에 들른다면 어떤 내용의 상담을 했는지 나중에 좀 알려줄래요? 12월 31일 밤까지 투숙하는 손님에 대해서는 철저히 정보를 수집해두라는 상부의 지시가 있어서요."

"살인 사건의 범인이 컨시어지에게 볼일이 있을 것 같지는 않은데요?"

"그건 모르죠. 선입견은 금물이라고 위에서 단단히 주의를 받았어요. 자아, 부탁해도 되지요?"

"상담 내용에 따라 달라지겠죠. 프라이버시 문제도 있으니까."

닛타가 다시 얼굴을 가까이 댔다. "알고 있어요? 지금 비상사태라고요."

"잘 알죠. 하지만 그것과 이건 별개 문제예요. 고객님의 프라이버시를 지켜주는 것은 우리의 의무입니다." 다만, 이라고 나오미는 말을 이었다. "경우에 따라서는 고객님에 관한 정보를 공유하지 않으면 안 되는 일도 있겠죠. 그럴 때는 얘기할게요. 형사 닛타 씨에게가 아니라 프런트 클러크 닛타 씨에게."

닛타가 한숨을 내쉬며 뭔가 말하려는 참에 나오미의 시야에 우지하라가 다가오는 것이 포착되었다. 그녀는 그쪽으로 얼굴을 향하고 "안녕하세요, 우지하라 씨?"라고 인사했다. 닛타가 흠칫 놀란 기색으로 뒤를 돌아보았다.

"안녕? 아, 닛타 씨, 오전 8시에 사무실에서, 라고 어젯밤에 말했을 텐데요."

닛타는 손목시계를 보았다. "아직 2분 남았습니다. 화장실에 들렀다 가겠습니다."

그가 빠른 걸음으로 멀어지는 것을 지켜본 뒤, 우지하라가 낮은 목소리로 물었다. "저 형사하고 무슨 얘기를 했지?"

이 사람은 손님을 상대할 때 외에는 표정이나 말투에 거의 기복이 없다.

"로열스위트의 고객님이 컨시어지 데스크의 이용시간을 물어본 모양이던데요. 12월 31일 밤까지 투숙하시는 분이니까 뭔가 상담했을 경우에는 그 내용을 알려달라는 얘기였어요."

우지하라의 눈이 안경 렌즈 너머에서 가늘어졌다. "설마 그러겠다고 하지는 않았겠지?"

"경우에 따라서는 이야기하겠다고 말했습니다."

나오미가 닛타에게 말한 내용을 듣더니 우지하라는 노골적으로 눈가를 찌푸렸다.

"호텔리어 차림을 하고 있을 뿐이지 어디까지나 가짜고 외부인이야. 그리고 외부인에게 고객님에 대한 정보를 발설해서는 안 된다는 건 호텔리어의 철칙이지."

"하지만 총지배인님께서 닛타 씨를 정규 직원과 동등하게 생각해도 좋다고 지시하셨어요."

우지하라는 안경테를 잡더니 나오미의 얼굴을 찬찬히 쳐다보았다.

"왜 그러십니까?"

"나도 그 얘기는 들었어. 지난번 사건 때, 야마기시 씨가 그 형사를 보좌했다던데?"

"그렇긴 하지만, 그게 왜요?"

우지하라는 입가를 살짝 틀었다.

"그때 야마기시 씨가 너무 너그럽게 봐주는 통에 저 형사가 신이 나서 어울리지도 않게 프런트 클러크 흉내를 내려는 거 아닌가? 나는 야마기시 씨와는 달라. 내가 프런트에 있는 한, 저자는 단 한 걸음도 고객님에게 접근하지 못하게 할 생각이야."

"저분과 어떻게 접할지는 우지하라 씨의 자유라고 생각해요. 하지만 그래서는 수사를 하기 어렵다고 닛타 씨가 항의하지 않을까요?"

"그건 내 알 바 아니야. 나한테 중요한 것은 이 호텔이고 고객님이지. 저자들이 공훈을 세우건 실패를 하건 전혀 상관없어."

"닛타 씨 일행이 쫓고 있는 건 살인범이에요."

"알고 있어. 하지만 그게 어떻다는 거지? 이 호텔에는 매일 수백 명이 찾아오고 수백 명이 투숙하고 있어. 그 속에는 다양한 인간이 있지. 살인을 저지른 사람도 있을 수 있어. 아니, 야마기시 씨나 내가 지금까지 접해온 손님 중에 반드시 한두 사람, 아니, 좀 더 여러 명의 범죄자가 있었을지도 모르지. 밀고가 들어왔다는 것만 다를 뿐, 이번 12월 31일 밤에 투숙객 중에 살인범이 있을지도 모른다는 점은 여태까지의 어떤 밤과도 전혀 다를 게 없어. 그렇다면 우리는 평소와 똑같이 하면 되는 것뿐이야. 저 허술한 사람을 정규 직원과 동등하게 취급해도 좋다는 총지배인의 지시가 있었다고? 좋아, 그렇다면 그 지시에 따라야겠지. 저 형사를 정규 호텔리어로 봤을 경우, 반 명분, 아니, 그 이하야. 그런 신입에게는 프런트 업무를 맡길 수 없다는 것이 합리적인 판단 아닌가?"

얼굴 표정근을 거의 움직이지 않고 용케도 이만한 장광설을 늘어놓는구나, 라고 나오미는 내심 감탄했다. 하지만 물론 그런 생각은 얼굴에 드러내지 않고 한 박자 뜸을 들였다가 입을 열었다.

"방금도 말씀드렸지만 닛타 씨와 어떻게 접할지는 우지하라 씨의 자유예요. 하지만 외람되나마 한 말씀 드리자면 결론을 내리기 전에 좀 더 그분에 대해 알아보시는 게 좋지 않을까요? 그분은 우지하라 씨가 생각하시는 그런 사람이 아니에요."

우지하라의 뺨이 희미하게 떨린 것처럼 보였다.

"충고를 해주는 건가? 꽤 윗선의 눈높이로군. 컨시어지로 발탁된 자신감에서 나온 말이겠지?"

"그런 게 아니라……."

"야마기시 씨가 그런 말을 하지 않아도 그 닛타라는 형사에 대해서는 똑똑히 감시해야 한다고 생각하고 있어. 호텔에 얼마나 유해한 존재인지를 총지배인에게 보고할 필요가 있으니까 말이지. 그렇게 해서 앞으로 두 번 다시 이런 어리석은 수사에 협조해서는 안 된다고 진언할 작정이야."

나오미는 한숨을 내쉰 뒤, 일부러 우지하라에게 미소를 건넸다.

"그렇습니까. 네, 좋으실 대로."

우지하라의 미간에 미세한 주름이 생겼다. 하지만 곧바로 원래의 노멘 같은 얼굴로 돌아와 안경테를 손끝으로 슬쩍 올리더니 발길을 홱 돌려 멀어져갔다.

9

오전 11시를 지날 무렵부터 프런트 앞이 붐비기 시작했다. 체크아웃 시간인 정오가 다가왔기 때문일 것이다. 비즈니스 손님 대부분은 좀 더 이른 시간에 체크아웃을 하지만 요즘 같은 시즌에는 관광객이 대부분이다.

나오미는 컨시어지 데스크에서 프런트 카운터의 상황을 은근슬쩍 살펴보았다.

다른 프런트 클러크와 함께 우지하라가 체크아웃 업무에 쫓기고 있었다. 나오미와 둘이 있을 때는 결코 보이지 않던 상냥한 웃음을 얼굴에 붙이고 부지런히 수속을 해치우고 있었다. 그 움직임에는 낭비가 전혀 없고 자신감이 넘쳤다. 실제로 자신이야말로 이 호텔에서 최고로 손꼽히는 호텔리어라는 자부심이 있는 것이리라.

우지하라가 호텔 코르테시아요코하마에서 이쪽으로 옮겨 온 것은 나오미가 신설된 컨시어지 데스크로 이동한 직후의 일이었다. 나오미는 그의 경력을 자세히는 알지 못하지만 몇 군데 유명 호텔을 건너왔다는 얘기는 들었다. 장래 야망은 총지배인이 되는 것이라는 소문도 귀에 들어왔다. 어쩌면 평소부터 자신이 총지배인이 되는 날에는 이렇게 하자 저렇게 하자, 라고 머릿속에서 상상을 굴리고 있는지도 모른다. 그래서 이번 잠입 수사에 대한 후지키 총지배인의 판단에 그토록 노골적인 반발을 표하는 것이 아닐까.

우지하라의 뒤편으로 시선을 옮기자 닛타가 서 있었다. 단말기를 보는 척하고 있지만 실제로는 투숙객의 모습을 탐색하고 있을 게 틀림없다. 체크아웃하는 손님은 이 호텔에서 떠나는 것이라서 사건과는 관계가 없을 테지만 그의 말에 따르면 그런 선입견도 금물인 것이리라.

닛타의 모습을 보고 있으려니 이 호텔이 심상치 않은 사태에 직면했다는 현실이 새삼 가슴속에 얼얼하게 밀려들었다. 겉모습은 프런트 클러크지만 그는 어엿한 경찰관, 게다가 경시청 수사 1과 형사인 것이다.

부디 아무 일 없이 지나가기를, 이라고 나오미는 진심으로 기도했다.

프런트 카운터와 마찬가지로 컨시어지 데스크도 점점 바빠지기 시작했다. 이 시간대에는 점심 식사를 하려는데 어딘가 추천할 만한 식당이 없느냐는 상담이 많다. 단지 그것뿐이라면 별일도 아니지만, 대개는 어려운 조건이 붙는다. 어린아이가 좀 떠들어도 괜찮은 식당, 개인 칸막이가 있고 술은 무제한이고 일인당 만 엔 이내의 식당, 자기 자리에서 담배를 피울 수 있는 식당……. 컨시어지가 무슨 마법사인 줄 아느냐고 되묻고 싶을 만큼 손님들은 자기가 원하는 것만 말하곤 한다. 때로는 이미 반년 치 예약이 밀려 있는 유명한 식당에 지금 즉시 가고 싶다고 말하는 손님까지 있었다.

하지만 불평을 할 수는 없다. 단순히 요리가 맛있다거나 가격이 저렴한 식당이라면 요즘 시대에 스마트폰 하나로도 쉽게 알아볼 수 있다. 일부러 컨시어지 데스크까지 찾아왔다는 것은 그 나름의 특별한 이유가 있는 게 당연한 것이다. 그리고 컨시어지는 어떤 어려운 희망 사항에도 결코 '안 됩니다'라는 말을 해서는 안 된다. 손님의 요구를 들어주기가 어려울 경우에는 반드시 대안을 제시해 만족할 수 있도록 하는 것이 규칙이다.

조금 전 찾아온 이탈리아인 커플의 희망 사항은 자기 나라에 돌아가 친구들에게 자랑할 수 있는 요리를 먹고 싶다, 라는 것이었다. 초밥이나 튀김 정식 같은 흔한 것이 아니라 외국인이 웬만해서는 먹지 않는 것이 좋다. 그러기 위해서 입에 맞지 않는 것이라도 꾹 참고 도전하겠다는 것이었다. 얘기를 들어보니 낫토와 멍게는 이미 먹어본 모양이었다.

나오미는 이래저래 궁리한 끝에 두 가지 요리를 제시했다. 하나는 구사야,✦ 그리고 또 하나는 후나즈시✦✦였다. 둘 다 강한 냄새가 인상적이어서 일본인도 질색하는 사람이 많다는 말을 덧붙였다.

"당신은 어느 쪽을 좋아해요?" 남자가 나오미에게 물었다.

"저는 둘 다 나름대로 맛있다고 생각합니다." 실은 그렇지 않았지만 이런 때는 거짓말도 하나의 방편이다.

커플은 서로 상의해 답을 내렸다. 즉 양쪽 다 먹을 수 있는 식당을 알려달라는 것이었다.

눈앞이 캄캄해졌다. 구사야는 하치조지마, 후나즈시는 시가현의 특산품이다. 양쪽 모두를 메뉴에 올린 식당이 있으리라고는 생각되지 않았다.

우선은 하치조지마의 구사야 요리로 유명한 식당에 일일이 전화해 후나즈시도 하는지 문의해봤지만 역시 결과는 하나같이 노였다. 나오미는 수화기를 내려놓고 생각에 잠겼다. 후나즈시를 취급하는 식당에 전화해 구사야가 있는지 물어봤자 분명 대답은 똑같을 것이다.

✦ 신선한 생선을 독특한 냄새의 간장 발효액 '구사야 액'에 절인 뒤에 말린 것. 은행 비슷한 불쾌한 냄새를 풍긴다.

✦✦ 생붕어를 밥에 절여 발효시킨 일종의 식해.

이탈리아인 커플은 로비의 소파에서 스마트폰을 들여다보며 즐거운 듯 담소하고 있었다. 구사야와 후나즈시에 관한 정보를 검색하고 있는지도 모른다. 식당을 찾을 수 없다는 말은 입이 찢어져도 할 수 없었다.

손님 한 사람이 눈앞을 가로질러 갔다. 편의점 봉투를 들고 있었다. 도시락이 든 것을 보니 호텔 방에서 먹을 생각인지도 모른다. 식사비를 절약하기 위해 그런 식으로 사다 먹는 투숙객이 드물지 않다.

그 순간 퍼뜩 생각났다. 구사야와 후나즈시 양쪽을 다 먹을 수 있는 식당이 없다면 어느 쪽인가 하나를 들고 가면 되는 것이다. 구사야는 식당에서 직접 조리를 해야 하니까 들고 간다면 후나즈시 쪽이다.

검색해보니 시가현 관광물산정보센터가 도쿄 유라쿠초에 있었다. 후나즈시는 거기서 살 수 있는 모양이었다. 그다음에 다시 한번 하치조지마 요리점에 일일이 전화해 사정을 얘기하고 후나즈시를 들고 가도 되겠느냐고 협상해보았다. 그러자 세 번째 가게에서 흔쾌히 승낙해주었다. 냄새가 지독한 음식들의 조합이라니 재미있다, 라고 말해준 것이다.

나오미의 설명을 듣더니 커플은 크게 기뻐했다. 후나즈시를 판매하는 상점과 구사야를 먹을 수 있는 식당의 지도를 스마트폰에 입력하더니 손을 맞잡고 호텔을 나갔다.

그 두 사람은 후나즈시를 마주하고 어떤 얼굴을 할까. 나아가 구사야의 냄새를 맡았을 때의 반응은 어떨까. 상상만 해도 즐거워졌다. 어쨌든 해외여행의 좋은 추억이 되기를 마음속으로 빌었다.

멍하니 그런 생각을 하고 있는데 데스크에 한 남자가 다가왔다. 고급스러워 보이는 정장을 입었고 마흔 살 전후로 보였다.

"잠깐 실례 좀 할까요?"

나오미는 서둘러 자리에서 일어섰다. "네, 무슨 일이신지요."

"1801호실의 구사카베라고 하는데, 부탁할 게 좀 있어서……."

구사카베라는 이름을 듣고 그 즉시 나오미의 머릿속에서 한자로 변환되었다. 닛타가 얘기했던 게 생각난 것이다.

"알겠습니다, 구사카베 고객님. 괜찮으시다면 의자에 앉으시지요."

상대가 앉는 것을 지켜보고 나오미도 자리에 앉아 단말기를 두드렸다. 1801호실, 구사카베 도쿠야, 역시 닛타가 말했던 그 인물이 틀림없었다.

"구사카베 고객님, 이번에 저희 호텔을 이용해주셔서 감사합니다." 나오미는 머리를 숙였다. "서비스는 어떠셨습니까? 뭔가 거슬리는 점이 있다면 언제든지 말씀해주십시오."

"현재로서는 그럭저럭 괜찮아요, 조식도 맛있었고." 구사카베는 다리를 꼬고 앉아 의미심장한 눈빛으로 나오미를 올려다보았다. "하지만 문제는 지금부터예요."

나오미는 미소로 응했다. "어떤 것이신지요."

"이 호텔의 서비스가 일류인지 어떤지는 내 부탁을 어디까지 들어주는가, 라는 것으로 판단하도록 하지요."

닛타가 어쩐지 밉상이라고 하더니 그 말이 맞구나, 라고 나오미는 생각했다. 상당히 개성이 강한 인물인 것 같다. 하지만 소중한 고객님이라는 것에는 변함이 없었다.

"저희가 도와드릴 수 있는 일이라면 무엇이든 말씀해주십시오."

"실은……." 구사카베는 몸을 스윽 앞으로 내밀며 말했다. "오늘 저녁에 이 호텔의 프렌치 레스토랑을 예약했어요, 7시에."

나오미는 단말기 화면으로 시선을 떨구었다. 분명 프렌치 레스토랑에 예약이 들어와 있었다.

"네, 틀림없이 예약되었습니다. 19시부터, 두 분, 야경을 내다볼 수 있는 자리를 희망하셨지요?"

"그렇긴 한데, 조금 변경했으면 하는데."

"어떻게 변경하실 예정인지요?" 나오미는 호주머니에서 메모장을 꺼내고 볼펜을 집어 들었다.

"별거 아니에요. 레스토랑을 통째로 빌렸으면 좋겠어요."

나오미는 일순 숨을 멈췄다. 동요한 것이 얼굴에 드러날 뻔했지만 지그시 참아냈다.

"네, 잘 알겠습니다. 즉시 레스토랑에 확인해보겠습니다. 잠시만 기다려주시겠습니까?"

구사카베는 손을 한 차례 내저었다.

"그런 절차는 필요 없어요. 내가 레스토랑에 전화해 부탁해봤는데 안 된다더라고. 그래서 여기로 온 거예요. 어떻게 좀 해줄 수 없을까 하고."

"네에, 그러십니까……."

당연히 안 될 일이라고 내심 생각했다. 이 시즌이면 프렌치 레스토랑에는 당연히 수많은 예약이 들어와 있을 터였다. 그 손님들에게 일일이 양해해달라고 연락하는 것은 불가능한 일이다.

"어떻게 좀 안 되겠어요? 내가 꼭 단둘이서만 식사하고 싶어서 그래요. 물론 비용이라면 얼마든지 낼 거예요." 구사카베는 자신에 찬 표정으로 말했다.

"그러시다면 별실이 남아 있는지 확인해드릴까요? 혹시 빈 곳이 없다고 해도 파티션 등을 이용해 다른 고객님들과 칸을 구분해드릴 수 있을 텐데요." 무리한 요구에는 대안을 제시해 넘어가는 수밖에 없다.

하지만 구사카베는 손을 내두르며 고개까지 가로저었다.

"그런 좁아터진 곳은 안 되지. 그래서는 내가 계획하는 행사를 할 수 없어요. 더구나 벽 하나로는 다른 손님의 기척을 없앨 수 없잖아요. 파티션 같은 건 더더구나 말도 안 되고."

"그러시다면……." 나오미는 머리를 최대한 굴리며 다른 안을 찾아보았다. "구사카베 고객님의 방에서 프렌치 레스토랑의 풀코스 디너를 드시도록 하는 건 어떨까요? 로열스위트를 이용 중이시니 공간에 관해서는 충분히 여유가 있을 것으로 생각됩니다만."

구사카베의 표정에 변화가 나타났다. 그런 방법이 있었나, 하는 얼굴이었다. 드디어 받아들이겠구나 하고 나오미가 안도하려는 순간, "아니, 역시 그것도 안 돼요"라는 말이 튀어나왔다.

"사람이 드나들 때마다 문이 열고 닫히는 소리가 들리잖아요. 그래서는 내 계획이 다 어그러져요."

"조금 전에도 그 말씀을 하셨지요? 계획하는 일을 하실 수 없게 된다고요. 괜찮으시다면 어떤 계획인지 알려주실 수 있을까요?"

"괜찮고 말고 할 것도 없어요. 오히려 이래저래 도움을 받아야 하니까 내 얘기를 좀 들어줬으면 합니다. 한마디로 말해서, 서프라이즈를 준비하려는 거예요."

"어떤 서프라이즈인지요?" 다시 메모할 준비를 했다.

"장미." 구사카베는 눈을 둥그렇게 뜨고 콧구멍까지 벌름거리며 말했다.

"장미라고요?"

나오미는 당황스러웠다. 그것만으로는 무슨 얘기인지 알 수 없다.

"오늘 밤에 식사할 사람은 나에게는 아주 소중한 여성이에요. 저녁 식사를 한 뒤에 그런 내 마음을 전할 계획이에요."

"그건 그러니까…… 프러포즈를 하신다는 말씀입니까?"

구사카베는 크게 고개를 끄덕였다. "음, 그렇게 해석해도 무방해요."

나오미는 후우 숨을 토해냈다. 이제야 마음이 편해졌다. 그런 일이었구나, 그러면 그렇다고 일찌감치 말해줬으면 좋았을 텐데, 라고 생각했다.

드라마틱한 프러포즈를 하고 싶으니 도와달라—. 1년에 몇 번은 컨시어지 데스크에 반드시 날아오는 상담이다. 그런 때를 위해 평소에 이런저런 아이디어를 궁리해 바로 이거다 싶은 것들을 차곡차곡 저장해두었다. 하지만 아무래도 구사카베에게는 이미 뭔가 계획한 게 있는 모양이었다.

"어떤 연출을 계획하셨습니까?" 나오미가 물었다.

"타이밍은 디저트가 끝난 직후예요." 구사카베는 지휘봉처럼 집게손가락을 흔들었다. "디저트를 먹고 티타임에 들어가면 피아노를 연주해주었으면 해요. 곡목은 〈메모리〉. 어때요, 그 노래 알지요? 뮤지컬「캣츠」에 나오는 노래인데."

"네, 알고 있습니다." 나오미는 메모장에 재빨리 써넣었다. "뭔가 특별한 추억이라도?"

"첫 데이트 때 둘이서 그 뮤지컬을 함께 봤거든요. 이 노래를 들으면 그녀는 분명 감을 잡을 게 틀림없어요. 이제부터 뭔가 시작되는구나, 하고."

아무래도 지나치게 단순한 발상이라고 나오미는 생각했지만 입 밖에 낼 수는 없었다.

"그다음에는 어떤 식으로 하실 생각인지……."

"연주가 마무리되어갈 즈음 서서히 조명이 어두워져요." 구사카베는 두 팔을 크게 펼친 뒤 그 폭을 조금씩 좁혀갔다. "피아노 소리가 완전히 사라졌을 때, 조명은 우리 테이블 위에 놓인 양초의 불빛만 남게 됩니다." 목소리를 소곤소곤 낮춘 것은 그 시점에 실내의 어둠을 표현하려는 시도인 모양이었다.

미리 테이블에 양초를 세팅할 것, 이라고 나오미는 메모했다.

"갑작스러운 상황에 그녀는 무슨 일인가 하고 당황하겠지요. 하지만 나는 말없이 촛불을 훅 불어서 끌 거예요. 당연히 사방이 캄캄해지겠죠. 그때 내가 그녀에게 말합니다. 지금 그 자리에서 뒤를 돌아봐줄래, 라고. 그 순간 그녀의 등 뒤로 스포트라이트가 쫘악 비춰집니다." 구사카베의 목소리가 다시 커졌다. "그리고 그 불빛에 나타나는 것은 빨간 장미의 길!"

"장미의 길?" 나오미는 메모장에서 얼굴을 들었다. "그건 무슨 말씀이신지……."

구사카베는 두 팔을 앞으로 쭉 펼쳤다. "우선 우리 테이블에서 레스토랑 출입구까지 레드카펫을 깔아주세요. 폭은 1미터 정도면 되겠지요."

"레드카펫 말씀이시지요." 나오미는 메모를 했다. 레드카펫이라면 연회부에서 빌려 올 수 있다.

그다음에, 라고 구사카베는 말을 이어갔다.

"그 양쪽으로 장미꽃을 주르륵 장식하는 거예요. 반드시 새빨간 장미여야 합니다. 되도록 간격을 두지 말고 촘촘히."

아, 그래서 장미의 길인가. 메모를 하면서 나오미는 계산해보았다. 레스토랑 안에서부터 바깥까지 장미를 촘촘히 깔아놓는다고 하면 대체 얼마나 준비해야 할까. 일이백 송이 정도로는 어림도 없을 것 같다.

"아마 그녀는 깜짝 놀라서 아무 말도 못 하겠지요. 멍해져 있는 그녀에게 나는 발밑에 숨겨두었던 장미 꽃다발을 조용히 내밀 거예요. 빨간 장미로, 108송이를. 그 꽃다발 한가운데 반지를 넣어두는 거죠." 거기까지 말하고 구사카베는 헛기침을 했다. "그때 내가 어떤 말을 할지, 그건 지금 여기서 밝힐 필요는 없겠지요. 그런 다음에 나는 반지를 받아준 그녀와 둘이서 장미의 길을 지나 퇴장한다……. 어때요?"

"네, 그렇군요……." 나오미는 구사카베의 말을 곱씹으며 그 장면을 머릿속에 떠올렸다.

얘기만으로도 듣고 있는 이쪽이 오글거릴 만큼 어설픈 아이디어였다. 하지만 나쁘지는 않다고 생각했다. 나름대로 임팩트도 있고, 구사카베를 좋아하는 여자라면 충분히 감격할 것이다.

문제는 실현 가능성 여부였다. 그 여자에게 들키지 않게 등 뒤에 수백 송이의 장미를 단시간에 촘촘히 꾸며놓아야만 한다. 실내가 어두워져가는 타이밍에 하는 수밖에 없지만 스태프 한두 사람으로는 도저히 어려울 것이다.

자신의 방에서는 안 된다고 구사카베가 말했던 이유는 이해가 되었다. 아무리 로열스위트가 넓다고 해도 식사 중에 일절 소음을 내지 않고 외부에서 대량의 장미를 반입하는 것은 불가능하다. 역시 이 계획은 레스토랑을 통째로 임대해 사전에 장미를 어딘가에 감춰두는 수밖에 없다.

"어때요? 역시 이 호텔에서는 그런 다이내믹한 이벤트는 안 될까요?" 구사카베가 양쪽 눈썹을 꿈틀 치켜들며 말했다. 일류 호텔이라는 평가를 듣고 싶다면 이 정도의 희망 사항은 들어줘야 하는 거 아니냐고 말하고 싶은 눈치였다.

"아닙니다. 제가 어떻게든 해보겠습니다." 나오미는 딱 잘라 대답했다. "구사카베 고객님, 식사 시간을 조금만 뒤로 늦춰주시는 건 가능하겠습니까?"

"식사 시간을 늦춘다고? 얼마나?"

"이를테면 한 시간만 늦춰주시는 건 어떨까요. 그러면 레스토랑과 미리 협의해서 두 분의 식사가 끝날 무렵에는 다른 손님들은 모두 귀가하실 수 있게 요리 내는 타이밍을 조정할 수 있습니다. 즉 디저트가 나올 때쯤에는 두 분이 통째로 임대한 것이나 마찬가지인 상태가 됩니다."

어떻습니까, 라고 나오미는 상대의 표정을 살펴보았다.

구사카베는 손바닥으로 턱을 짚고 침묵하고 있었다. 새로운 제안을 혼자 음미해보는 것이다. 미간에 주름이 잡히는 것을 보고 나오미는 불안해졌다.

하지만 그 주름이 문득 사라졌다. 그녀의 얼굴을 지그시 바라보며 "응, 좋아요"라고 고개를 끄덕였다.

"그 정도라면 나쁘지 않겠지. 좋아, 그렇게 합시다. 식사는 8시로 변경하도록 하지요. 자아, 그렇게 하는 걸로 진행해줄 수 있겠어요?"

나오미는 가슴을 쓸어내렸다. "네, 맡겨주십시오."

"그럼 잘 부탁해요. 나는 지금 밖에 나가봐야 해요. 뭔가 얘기할 게 있으면 휴대전화로 연락해요." 구사카베는 품속에서 꺼낸 명함을 테이블에 내려놓고 자리에서 일어섰다. "식사 한 시간 전에는 돌아올 예정이에요. 그 전에 이곳에 들를 테니까 진행 상황을 들려줬으면 좋겠군요."

나오미도 자리에서 일어섰다. "네, 알겠습니다. 잘 다녀오십시오."

구사카베가 정면 현관을 향해 걸어가는 것을 배웅한 뒤, 나오미는 전화 수화기를 들었다. 우선은 레스토랑 스태프와의 협의다. 그다음에는 레드카펫과 장미. 오늘은 더 이상 또 다른 번거로운 상담이 들어오지 않기를, 이라고 마음속으로 주문을 외웠다.

10

"그럼 오후 6시 반에 직접 레스토랑으로 배달해주시는 것으로, 네, 잘 부탁드립니다. 무리한 부탁을 들어주셔서 고맙습니다.” 전화를 끊고 나오미는 후우 숨을 토해냈다. 빨간 장미의 조달이 무사히 끝났기 때문이다. 호텔 안에도 꽃집이 있지만, 그곳만으로는 도저히 다 맞출 수 없었다.

레스토랑 스태프와의 회의도 끝났다. 요리를 내는 타이밍을 조절하는 것이며 피아노 연주, 조명의 조정 등은 비교적 간단한 일이었다. 그리고 구사카베가 그녀에게 주기로 한 108송이의 장미 꽃다발은 미리감치 테이블 뒤편에 숨겨두면 된다.

역시 어려운 것은 ‘장미의 길’이었다.

레스토랑의 메인 플로어와 출입구는 문으로 구분되어 있어서 다른 손님들이 모두 떠난 뒤, 문 바로 앞까지는 미리 작업을 진행할 수 있다. 레드카펫을 깔고 장미꽃을 장식하기만 하면 된다.

문제는 레스토랑 문에서부터 내부 쪽이다. 어떻게 그녀에게 들키는 일 없이 바로 가까이까지 카펫을 깔고 장미꽃을 장식해둘 것인가. 그녀에게는 문을 등지는 자리에 앉도록 권할 예정이지만, 자칫 소음을 내서 그녀가 뒤를 돌아보기라도 한다면 모든 것이 물거품이 된다.

스태프 전원이 모여서 상의한 결과, 디저트가 나가기 전까지 여성 손님의 빈틈을 노려 등 뒤에 칸막이를 세우기로 얘기가 되었다. 그렇게 하면 혹시 뒤를 돌아보더라도 장미꽃을 장식하는 모습을 들키지 않을 수 있다. 그리고 피아노 연주가 시작되는 타이밍에 그 칸막이를 치우고 그녀의 바로 뒤쪽까지 단숨에 장미를 줄줄이 꾸며놓는 것이다. 〈메모리〉의 피아노 연주가 흘러나오는 것은 그녀에게는 예상 밖의 일이기 때문에 마음이 온통 그쪽에 쏠려서 등 뒤에서 뭔가 작업을 하고 있다고는 상상도 못 할 것이다. 만전을 기하기 위해 그녀의 얼굴이 똑바로 앞을 향하도록 피아노의 위치도 약간 옮기기로 했다.

컨시어지로서 할 수 있는 한 최선을 다했다, 라고 나오미는 생각했다. 그다음은 구사카베의 수완에 달렸다. 오늘 밤을 위해 프러포즈의 말을 준비했다고 했지만, 과연 어떤 것일까. 준비 작업이 마무리되고 보니 이번에는 그쪽이 걱정스러웠다. 하지만 108송이의 장미꽃이라는 말을 듣고는 대략 짐작이 되기는 했다.

머릿속에서 이런저런 상상을 하고 있는데 한 여자가 데스크로 다가왔다. 30세 전후, 아니, 그보다 조금 더 많을까. 침착한 분위기의 동양적인 미인이었다.

"잠깐 물어볼 게 있는데, 괜찮을까요?" 공손한 어조로 말을 건네왔다.

나오미는 얼른 자리에서 일어섰다. "네, 무슨 일이십니까?"

여자는 마음을 가라앉히려는 듯 한 차례 숨을 들이쉬고 내쉰 뒤에 입을 열었다.

"어제부터 이 호텔에 구사카베라는 분이 투숙 중이지요? 구사카베 도쿠야라는 분."

방금 전까지 머릿속에 떠올리고 있던 인물의 이름이 갑작스레 튀어나오는 바람에 나오미는 순간 당황했다. 하지만 이런 경우에 어떻게 대답해야 하는지는 미리 정해져 있어서 헤맬 일은 없었다.

"손님, 대단히 죄송하지만 그러한 문의에는 답하지 않는 것이 규칙입니다. 양해 부탁드립니다." 머리를 숙이고 정중히 사과했다.

여자는 잠시 난감해하는 기색을 보였지만 어쩔 수 없다는 듯 고개를 끄덕였다.

"이해합니다. 하지만 나는 그가 여기 있다는 걸 알고 있어요. 왜냐면 오늘 밤 그와 이곳 레스토랑에서 저녁 식사를 하기로 했으니까요."

이 여자였구나. 나오미는 상대의 얼굴을 찬찬히 바라보고 싶은 충동을 지그시 억눌렀다.

"그러시군요. 부디 즐거운 시간이 되시기를 바랍니다."

"그 사람, 혹시 이쪽 데스크에 뭔가 부탁하지 않았나요?"

"예?" 나오미는 저도 모르게 상대의 눈을 마주 보았다.

"저녁 식사 때 뭔가 특별한 서비스를 해달라든가 하는 부탁을 했을 텐데요."

여자의 질문에 나오미는 당혹스러웠다. 어떻게 그걸 알고 있는가 하는 의문이 든 탓도 있었지만, 여자의 눈빛이 너무도 진지한 것이 마음에 걸렸던 것이다.

나오미가 미처 대답하지 못하자 여자가 "그렇지요?"라고 재우쳐 물었다.

"죄송하지만 그 질문에도 저희로서는……."

"대답할 수 없다는?"

죄송합니다, 라고 머리를 숙였다. 사과하는 것도 호텔리어의 업무 중 하나다.

"알았습니다. 그렇다면 됐어요." 여자가 발길을 돌렸다.

나오미는 잠시 망설였다. 이대로 그녀를 보내도 괜찮을까. 조금 전에 내보인 진지한 표정은 아무래도 보통 일이 아니다.

손님, 하고 불렀다. 발을 멈추고 돌아본 여자를 향해 말을 이었다.

"다른 고객님의 프라이버시에 관한 질문에는 답해드릴 수 없지만, 저희가 뭔가 도와드릴 일이 있다면 말씀해주시겠습니까?"

여자는 잠시 생각해보는 듯이 시선을 떨구었다. 몇 초쯤 그 자세로 서 있더니 천천히 나오미에게로 돌아왔다. "그렇다면 부탁 좀 할까요?"

"네, 무엇이든 괘념치 마시고." 나오미는 의자를 권했다.

여자가 자리에 앉기를 기다려 나오미도 앉았다.

"무슨 일이시지요?" 새삼 물었다.

여자는 한 차례 심호흡을 했다.

"방금 말한 대로 오늘 저녁에 구사카베 씨와 식사를 할 거예요. 업무 관계로 그 사람은 미국에서 살고 있는데 정말 오랜만에 다시 만나게 됐죠. 새해 첫날이면 그 사람은 다시 그쪽으로 돌아가야 합니다. 그리고 그 뒤로는 한동안 일본에 돌아올 수 없다네요. 그래서 그 사람이 오늘 저녁에……." 침을 꿀꺽 삼키고 그녀는 말을 이었다. "나한테 프러포즈를 할 생각인 것 같아요. 화려한 것을 좋아하는 사람이라서 분명 이런저런 계획을 짜고 아마 호텔에도 도움을 청했을 텐데, 그것에 대해 얘기해주실 수 없다면 그것도 괜찮아요. 하지만 나는 털어놓아야 할 게 있어요."

"어떤 일인지……."

"그의 말에, 그의 프러포즈에, 나는 예스라고 할 수 없다는 거예요."

나오미는 숨을 헉 삼키며 여자를 빤히 쳐다보고 말았다. "혹시 거절하실 생각?"

네, 라고 그녀는 턱을 끄덕였다. "네, 거절할 생각이에요."

"그렇습니까. 저희는 섣불리 참견할 입장이 아니라서……."

구사카베 도쿠야의 얼굴이 떠올랐다. 프러포즈를 거절당한다면 그 자신감 넘치는 태도는 어떻게 되는 것일까.

여자가 문득 입가를 풀며 웃었다.

"이상한 여자라고 생각하시겠죠? 프러포즈를 한다는 것을 뻔히 알면서, 게다가 거절할 마음이면서 왜 식사 약속을 했는가 하고요."

"아뇨, 그렇지는 않지만……."

말끝을 흐렸지만 사실은 정확히 짚은 말이었다. 나오미는 가슴속에서 의문이 소용돌이치고 있었다.

"구사카베 씨를 만난 것은 3년 전이에요. 홋카이도 스키장에 갔을 때, 일시 귀국했던 그 사람과 곤돌라 안에서 우연히 만나 이야기를 나눈 것이 첫 만남이었죠. 그 사람은 본가가 요코하마고 나는 사이타마에 살고 있어요. 그래서 스키 여행 뒤에 곧바로 다시 만났습니다. 첫 데이트는 뮤지컬 「캣츠」를 관람한 거였어요. 하지만 나는 그 내용도 잘 생각나지 않아요. 마치 여중생처럼 내내 가슴이 설레서."

"그때 벌써 마음이 기울었군요, 구사카베 님께."

여자는 고개를 끄덕였다.

"그 사람은 미국에 돌아가야 했지만, 가기 직전까지 어렵게 시간을 내서 나를 만나줬어요. 물론 나리타 공항에도 배웅하러 나갔죠. 귀국하면 다시 만나자고 약속했고, 실제로 몇 달에 한 번씩은 만났어요. 그 사람이 미국에 있는 동안에는 메일이나 영상통화를 했죠."

"멋진 관계였네요."

고맙습니다, 라고 여자는 살짝 미소를 보였다.

"지금 이 관계를 끝내고 싶지는 않아요. 오히려 계속 이렇게 이어갈 수만 있다면 그게 가장 좋겠다는 마음도 있어요. 하지만 그건 역시 내 사정만 앞세우는 일이죠."

나오미는 고개를 갸우뚱했다. "그건 무슨 말씀이신지……."

"우리에게 결혼은 지금의 관계를 유지하는 것과 반드시 똑같지는 않아요. 결혼하면 나는 여기서 하던 일을 그만두고 미국으로 가야 하니까요."

"지금 어떤 일을 하시지요?"

"교사예요. 근데 일반 교사가 아니라 장애가 있는 아이들이 다니는 특수학교에서 근무하고 있어요." 그녀는 나오미의 눈을 똑바로 응시했다. 자신이 하는 일에 자부심을 갖고 있다는 것이 엿보이는 얼굴이었다.

"정말 멋진 일을 하시네요." 나오미는 말했다. 진심으로 그렇게 생각했다.

고맙습니다, 라고 그녀는 다시 인사를 건넸다.

"그렇기 때문에 더더욱 여기 일을 팽개치고 미국에 따라갈 수는 없어요. 내가 여기서 꼭 해야 할 일이 있으니까요. 장애아를 돌보면서 그들에게 자신감을 심어주고 스스로 살아갈 용기와 능력을 갖게 해주는 일이에요. 지금까지 계속 고민해봤지만 드디어 답을 찾았어요. 나는 이 길을 계속 걸어가는 수밖에 없다는 거. 그래서 오늘 밤에 만나자는 연락을 받았을 때, 처음에는 거절할까 했어요. 그가 분명 프러포즈를 할 거라고 짐작했으니까요. 하지만 전화나 메일로 이별을 고하고 싶지는 않았어요. 그래서는 그 사람도 받아들이기 어렵겠죠. 게다가 나도 그와 마지막 식사쯤은 즐기고 싶었어요."

"그 두 가지 일을 동시에 할 수 있는 길은 없을까요? 결혼하지 않더라도 지금까지 해왔던 대로 계속 만난다든가."

나오미의 제안에 여자의 입술에 옅은 쓴웃음이 번졌다.

"아까 말했잖아요, 그건 내 사정만 앞세우는 거라고. 내가 미국에 가지 못한다면 그 사람에게는 다른 반려자가 필요해요. 나 같은 사람에게 계속 묶어둘 수는 없죠. 그리고 어쩌면 나한테도 앞으로 또 다른 만남이 있을 수도 있고요."

"……네, 그건 맞는 말이네요." 상대의 냉철한 결심을 듣고 나오미는 침울한 말투가 되지 않을 수 없었다. 세상에는 참으로 다양한 형태의 연애가 있다. "그러면 저희가 어떤 일을 도와드리면 될까요?"

그래서, 라고 그녀는 등을 꼿꼿이 세우며 말을 이었다.

"그의 프러포즈에 나는 노라고 대답할 수밖에 없어요. 하지만 그래서는 소중한 오늘 밤도 뒷맛이 씁쓸한 시간이 되고 말 거예요. 그걸 어떻게 좀 해줬으면 좋겠어요."

"어떻게 좀, 이라니, 예를 들면 어떻게……?"

여자는 고개를 저었다.

"잘 모르겠어요. 그래서 상의하러 왔어요. 그 사람이 창피해하지 않게, 서로 어색해지지 않게 프러포즈에 노라고 대답할 수 있는 방법이 뭘까요?"

나오미는 당혹스러웠다. 그런 두루두루 좋은 방법이라는 게 과연 있을까. 하지만 안 된다는 말은 결코 할 수 없는 것이 컨시어지다.

네, 알겠습니다, 라고 대답했다.

"뭔가 방법을 생각해보겠습니다. 다만 시간을 좀 주시겠어요?"

"물론이죠. 잘 부탁드립니다." 여자는 핸드백을 열고 안에서 명함 한 장을 꺼냈다. "뭔가 정해지면 이쪽으로 연락 주세요."

명함에는 특수학교의 이름이 적혀 있었다. '강사 가노 다에코'라는 것과 휴대전화 번호, 메일 주소도 덧붙어 있었다.

나오미도 자신의 명함을 건네면서 말했다. "뭔가 변경 사항이 생기면 언제라도 저한테 연락해주세요."

"변경은 없어요. 프러포즈에 대한 대답은 노입니다." 그렇게 말하고 가노 다에코는 하얀 이를 내보이더니 잘 부탁한다고 말하고 자리에서 일어섰다.

11

연회부의 에가미 지배인은 그 직함에 어울리게 에비스✦ 같은 얼굴이 특징이지만, 오늘만은 씁쓸한 표정으로 서류 몇 장을 꺼내왔다. 서류의 맨 위에는 '매스커레이드 나이트 참가자 목록'이라는 제목이 인쇄되었고 그 아래로 줄줄이 이름이 적혀 있었다.

잠깐 보겠습니다, 라고 말하고 닛타는 서류를 손에 들었다.

사무동 3층에 와 있었다. 이곳에 연회부 사무실이 있다. 에가미 지배인의 자리는 창문을 통해 햇살이 환하게 비치는 장소에 있었다.

✦ 일본의 칠복신七福神 중의 하나로, 한 손에는 낚싯대, 다른 한 손에는 도미를 들고, 포동포동한 얼굴에 실눈이 되어 크게 웃는 모습을 하고 있다.

목록에 기재된 내용은 대표자 이름, 참가자 수, 대표자의 연락처였다. 연락처는 전화번호나 메일 주소, 혹은 그 양쪽 다였다. 주소는 없었다.

"대표자 이외의 참가자 이름은 알 수 없습니까?"

"그것까지는 모르지요." 에가미가 말했다. "거의 전원이 숙박 예약 때 이번 파티를 함께 신청했어요. 숙박 예약 자체가 대표자 이름만 적게 되어 있어서 동행한 손님들의 이름까지는 우리 쪽에서 알지 못합니다."

"그러면 파티장 입구에서 본인 확인은 할 수 없다는 얘기네요."

"체크인 때 파티에 신청한 대표 고객에게 인원수만큼 티켓을 전달해주는 거예요. 그건 이미 프런트 업무를 하고 있는 닛타 씨라면 잘 아실 텐데요."

"그 티켓만 있으면 누구라도 파티장에 들어갈 수 있겠군요."

"잘 아시겠지만, 파티에 참가하는 사람은 코스튬에 가면까지 쓰고 있어요. 본인 확인이라는 것은 별 의미가 없겠지요." 에가미는 성실하기 짝이 없는 얼굴로 말했다.

"예에, 그건 그렇죠."

"닛타 씨." 에가미가 쓰윽 눈을 들어 노려보았다. "이런 목록을 외부인에게 보여주는 것은 호텔로서는 지극히 본의 아닌 일이란 걸 분명히 알아주셔야 합니다."

닛타는 표정을 바로잡고 에가미의 시선을 맞받았다.

"잘 알겠습니다. 신중하게 취급하겠습니다."

사무실을 나와 계단을 내려갔다. 2층 회의실에서는 우에시마 형사가 노트북을 마주하고 있었다. 컴퓨터와 인터넷 범죄 쪽에 강한 젊은 형사다. 닛타는 뒤에서 노트북 화면을 들여다보았다. 아무래도 경시청 데이터베이스에 접속 중인 모양이었다.

"전과 기록을 조회하는 거야?" 닛타가 물었다.

"아뇨, 그냥 투숙객 이름으로 대조해보는 것뿐이에요."

"뭔가 좀 잡히는 듯한 느낌이 있어?"

"아직은 아무것도 잡히는 게 없어요. 애초에 경범죄와 교통위반에 관해서는 무시하고 넘어가고 있으니까요. 그런 것까지 일일이 살펴보기에는 시간이 너무 부족해요."

"중범죄의 전과가 있으면 가명을 사용했을 가능성이 높아."

"맞는 말씀이에요. 그래서 운전면허증도 검색해보고 있죠. 동성동명이 잔뜩 눈에 띄긴 하지만."

"얼굴 사진만 입수되면 그걸로 충분해. 진짜인지 아닌지는 내가 비교해줄게."

"잘 부탁드립니다."

닛타는 들고 있던 서류를 내주었다. "이거, 받아둬."

"뭡니까, 이건?"

"새해 카운트다운 파티의 참가자 목록이야. 대표자 이름만 적혀 있는데 그것도 본명인지 어떤지 확실하지는 않아."

"네, 알겠습니다."

닛타가 회의실을 나오면서 손목시계의 시각을 확인해보니 오후 2시가 되려는 참이었다. 체크인이 시작되는 시각이지만 이 시간대에 찾아오는 손님이 적다는 것은 지금까지의 경험을 통해 잘 알고 있었다. 방 청소 상태의 확인, 연박 예약이나 복수 예약의 방 배정 등, 프런트 업무 자체는 양이 아주 많다. 하지만 가짜 호텔리어인 닛타가 그런 일을 할 필요도 없고, 어차피 우지하라가 눈을 번뜩이며 부지런히 해치울 터였다. 그보다 우선 마음에 걸리는 것이 있었다.

본관으로 이동해 컨시어지 데스크로 다가가자 야마기시 나오미가 컴퓨터를 두드리고 있었다. 얼굴 표정은 진지하고 미간에는 가늘게 주름이 새겨졌다.

"바쁜 모양이군요."

닛타가 말을 건네자 야마기시 나오미는 그가 다가오는 걸 눈치챘었는지 "바쁘다기보다 고민 중이에요"라고 컴퓨터 화면에서 눈을 떼지 않은 채 대답했다.

"어려운 미션이라도 받았어요?"

야마기시 나오미가 흘끗 올려다보았다. "그보다 용건이 있으면 빨리 말씀해주세요."

"구사카베 씨에 대해 확인하고 싶어서요. 오전 중에 역시 이곳에 들른 모양이던데요? 프런트에서 봤어요. 어떤 상담을 했죠?"

야마기시 나오미는 빙그레 웃음을 건넸다.

"네, 구사카베 씨에게서 요청 사항이 있었어요. 하지만 이번 사건과는 아무 관계도 없다고 단언합니다. 부디 컨시어지로서의 저를 믿어주시기 바랍니다." 일부러 그러는가 싶을 만큼 공손한 말투로 매듭을 지었다.

"호텔리어끼리는 고객님에 관한 정보를 서로 공유할 필요가 있다, 라고 알려준 사람이 야마기시 씨예요."

"고객님의 프라이버시에 관한 일의 경우에는 별개라고 말씀드렸을 텐데요."

"그래도 야마기시 씨 이외의 다른 직원들에게 모두 다 비밀로 한 건 아니잖아요? 일을 도와줄 스태프들에게는 얘기했을 텐데?"

"네, 맞는 말씀이지만 닛타 씨가 도와주실 일은 없어요."

닛타는 떨떠름한 표정을 지었다.

"그러지 말고 부탁 좀 합시다. 12월 31일 밤까지 투숙하는 고객의 동향에 대해 샅샅이 체크하라는 지시가 내려왔다고 말했잖아요. 사건과 관계가 있는지 없는지는 내가 판단해요. 부디 수사에 협조를 부탁합니다."

야마기시 나오미는 어깻숨을 크게 몰아쉬었다.

"어휴, 어쩔 수 없네요. 하지만 함부로 입 밖에 내지 말아주세요."

"그거야 잘 알죠. 나를 믿어봐요."

실은, 이라면서 야마기시 나오미가 들려준 이야기는 맥이 빠질 만큼 흔한 것이었다. 구사카베 도쿠야가 장미꽃을 활용해 프러포즈를 계획하고 있다는 것이다.

"아닌 게 아니라 이번 사건과는 관계가 없을 것 같군요." 이야기를 다 듣고 저절로 그런 느낌이 닛타의 입에서 흘러나왔다.

"그래서 내가 말했잖아요. 이제 됐죠? 지금 그것 때문에 한창 고민 중이니까 이제 그만."

"고민 중이라……. 하지만 별로 어려운 문제도 아닌 것 같은데? 간단히 말하면, 장미를 대량으로 조달하고, 연출만 잘 준비하면 되잖아요."

"그렇게 간단히 처리할 수가 없는 일이 생겨버렸어요. 여자 쪽에서 또 다른 요청이 들어왔거든요."

"여자 쪽? 그건 또 무슨 말이죠?"

야마기시 나오미는 발설해도 좋을지 망설이는 기색이었지만 결국 소곤소곤 중얼거리듯이 사정을 털어놓았다. 그 말을 듣고 닛타는 저절로 몸이 젖혀졌다. "프러포즈를 거절한다고?"

"목소리가 너무 커요!" 나오미가 미간을 찌푸렸다.

"그건 좀 무모한 요구죠. 상대가 창피해하지도 않고 서로 어색하지도 않게 프러포즈에 노라고 대답할 방법을 찾아내라니, 너무 이기적인 얘기네."

"어렵더라도 생각해내야 하는 게 컨시어지의 업무예요." 강한 어조로 딱 잘라 말하더니 야마기시 나오미는 몇 번이나 고개를 주억거렸다. 자기 자신에게 다짐한 말인지도 모른다.

"남자가 프러포즈를 결심하는 것은 승산이 있다고 확신했을 때예요. 머릿속에는 여자 쪽이 예스라고 대답하는 장면이 이미 완성되어 있죠. 그런 판에 노라는 말이 나온다면 분명 공황상태에 빠질걸요."

"그게 걱정이에요. 구사카베 씨는 자신만만한 분이라 거절당한다는 건 요만큼도 머릿속에 없는 것 같았으니까요."

"그렇다면 아예 본인에게 미리 말해주면 어떨까요? 당신, 거절당할 겁니다, 라고."

야마기시 나오미는 볼이 불룩해진 얼굴로 닛타를 노려보았다. "참 내, 그런 말을 할 수 있겠어요?"

"안 됩니까?"

"당연하죠. 그걸 어떻게 아느냐고 물으면 뭐라고 대답해야 하느냐고요."

"사실대로 말하면 되잖아요, 여자분에게서 들었다고."

"그런 얘기는 내 맘대로 할 수 없죠. 가노 다에코 씨는 직접 만나서 자신이 말하고 싶다고 했다니까요."

닛타는 얼굴을 찌푸렸다. "어휴, 뭐가 이렇게 복잡해요?"

"물론 좀 번거롭기는 하지만, 두 사람의 인생이 좌지우지되는 일이니까 신중하게 판단해야 한다고 생각해요, 나는." 야마기시의 얼굴 표정은 진지함 그 자체였다.

"어휴, 고생이 많네요. 역시 당신은 프로예요. 어떤 식으로 처리하는지, 잘 보고 한 수 배워야겠는데요?"

닛타의 스마트폰이 착신을 알렸다. 꺼내서 표시를 보니 노세에게서 온 것이었다. 전화를 연결해서 네에, 하고 응했다.

"닛타 씨, 나야. 어젯밤에는 덕분에 고마웠어."

"아뇨, 그보다 무슨 일 있었습니까?"

"어젯밤에 우리 둘이 얘기했던 그 건이야. 이번 사건이 연쇄살인이라면 지금까지 일어났던 미해결 사건 중에 동일범의 소행이 있는 게 아니냐는 가설에 대한 것. 오늘 아침에 즉시 자료팀에 있는 동기에게 부탁했었어."

둔중해 보이는 겉모습과는 반대로 노세는 행동이 빠르다. 역시 대단하다, 라고 닛타는 새삼 감탄했다.

"뭔가 찾아냈습니까?"

아니, 그게 말이지, 라고 노세는 그리 탐탁지 않다는 목소리를 냈다.

"우선 과거 1년 치를 조사해달라고 했는데, 이번 사건과 연결될 만한 것은 눈에 띄지 않은 모양이야. 젊은 여성이 살해된 사건이 몇 건 있었지만 공통된 키워드가 없다는 거야."

"키워드?"

"자료팀에서는 과거의 사건 수사 자료를 모조리 데이터로 관리하고 있어. 그래서 열쇠가 될 만한 단어로 검색하면 그 단어를 포함한 자료가 줄줄이 나오게 되지. 이번 사건의 경우에는 감전사, 밀고장 같은 단어를 키워드로 했어. 피해자의 이름, 근무하던 펫숍의 이름, 맨션 이름 같은 것도 검색해달라고 했고. 물론 코르테시아도쿄라는 단어도."

"하지만 의심 가는 것이 눈에 띄지 않았다는 건가요?"

"그렇지. 검색 키워드를 좀 더 늘려볼까 하는데 어떤 단어를 선정해야 좋을지, 난감해하는 중이야."

"아, 검색 키워드 말씀이시군요."

"뭔가 생각나는 거 없나?"

닛타는 끄응 신음 소리를 냈다. 생각나는 것이라고 해봤자 자신은 이 사건에 대해 노세보다 더 알고 있는 게 없다. 그래서 지금까지 그와 대화했던 내용을 되짚어보았다.

"이미지 변신, 이라는 건 어떨까요? 혹은 소녀 취향이라든가."

"오, 그게 있었지. 알았어. 그런 쪽의 단어도 검색해달라고 해야겠네. 역시나 닛타 씨야."

"빗나갈 가능성도 많지만요."

"괜찮아. 서툰 총질을 마구 해대는 것이 형사의 일이야."

재미있는 비유였다. 지당한 말씀, 이라고 닛타도 동의했다.

"또 한 가지, 그 얘기도 알아보고 있어. 밀고자가 피해자의 원룸을 몰래 들여다본 게 아니냐는 가설에 대한 것."

"그건 뭔가 좀 나왔습니까?"

"유감스럽게도 그 근처에는 그럴 만한 건물이 없었어. 생각해보니까 그렇기 때문에 피해자는 커튼을 활짝 열어뒀던 거였어. 누군가 훔쳐볼 만한 건물이 가까이에 있었다면 당연히 커튼을 꽁꽁 닫아뒀겠지."

"아, 정말 그렇군요."

잘못된 예상인가 하고 닛타는 낙담했지만, 노세는 그다음 말을 이어갔다.

"그래도 혹시 배율이 높은 망원경을 사용했다면 좀 더 범위를 넓혀볼 수 있어. 1킬로미터 정도까지 넓히면 어떻게 되는지, 젊은 친구들에게 자세히 알아보라고 얘기해뒀어."

"1킬로미터? 그건 굉장하네요."

"아니, 생각해볼수록 나는 닛타 씨의 가설이 맞는 듯한 느낌이 들어. 어쨌든 좀 더 달라붙어서 뛰어볼 생각이야. 아 참, 그리고 그 레지던트 말인데, 오늘 저녁에도 만나러 갈 거야. 이번에는 죄다 털어놓게 할 테니까 두고 봐."

"알겠습니다. 수확이 있기를 빌겠습니다."

전화를 끊은 뒤, 닛타는 상대가 노세였다는 것을 야마기시 나오미에게 말해주었다. 지난번 사건으로 그녀도 노세 형사와는 안면이 있었다.

"그렇군요, 노세 형사님도 경시청으로……. 영전하신 거네요?"

"원래부터 우수한 형사였으니까요. 게다가 나 같은 사람과는 전혀 다른 타입이에요. 착실히 자신의 발로 뛰어서 정보를 수집하고 그걸 착착 쌓아 올려 사건의 진상에 가닿거든요. 뭔가 꽁꽁 숨기던 사람도 노세 형사님에게는 술술 불어버리는 경우가 아주 많아요."

"대화술이 뛰어난 모양이죠?"

"대화술? 그건 아닌데……." 닛타는 고개를 갸우뚱하며 말했다. "그보다 노세 씨에게는 큰 무기가 있어요. 나한테는 전혀 없는 무기."

"그게 뭔데요?"

"그건 바로 성의誠意예요." 닛타는 말했다. "어떤 사람에게나 우선 성의를 표합니다. 말투는 신중하고 항상 겸손해요. 그렇다고 은근무례한 건 결코 아니죠. 최대한 성의를 다해서 사람을 대하니까 누구라도 거기에 응하지 않으면 안 되겠다는 마음이 드는 거예요."

"성의……."

"네. 나는 깜빡 계산속을 발동하게 되는데, 그래서는 남의 마음을 움직일 수 없다는 것을 노세 씨는 누구보다 잘 아는 것 같아요."

"계산속……."

그렇게 중얼거린 직후, 야마기시 나오미의 눈이 큼직해졌다. 마치 지금까지 보이지 않던 뭔가를 마침내 보게 된 듯한 표정이었다. 그녀는 눈을 깜빡거리며 닛타의 얼굴을 멀거니 바라보았다.

"그래요, 계산속은 좋지 않겠죠."

"엇, 무슨 말이에요?"

"어쩌면 구사카베 님 건의 답을 찾아낸 것 같아요."

"정말요? 어떤 식으로?"

"지금까지 잔재주를 부리는 쪽으로만 머리를 굴렸는데, 그런 건 성의가 전혀 느껴지지 않잖아요. 가노 다에코 씨의 진심도 그래요, 어중간한 태도가 아니라 좀 더 스트레이트하게 표현하는 게 좋을 수도 있어……." 야마기시 나오미의 말은 중간쯤부터 중얼중얼 혼잣말로 변했다. 깊은 생각에 잠긴 듯 허공을 응시한 뒤, 문득 정신을 차린 기색으로 닛타에게로 시선을 되돌렸다. "아, 닛타 씨, 미안해요. 내가 지금 서둘러 이런저런 준비를 해야 되니까……."

"알았어요. 건투하시기를. 방해해서 미안해요."

야마기시 나오미는 다시 의자에 앉아 어딘가에 전화를 걸기 시작했다. 그 옆얼굴에는 그녀다운 자신감이 넘치고 있었다.

12

구사카베 도쿠야가 호텔로 돌아온 것은 오후 7시를 막 지났을 무렵이었다. 컨시어지 데스크로 다가온 그는 "어떻게 됐어요?"라고 나오미에게 물었다.

"지시하신 대로 진행 중입니다. 레스토랑 직원들은 전체적인 상황을 파악하고 있으니까 구사카베 님은 직원이 안내하는 자리에 앉아주시면 되겠습니다."

"알았어요, 그러면 나는 8시에 레스토랑으로 갈게요."

"저는 디저트가 나가기 전쯤부터 레스토랑 어딘가에서 대기하고 있겠습니다. 물론 눈에 띄어서 방해가 된다거나 하는 일은 없습니다. 안심하십시오."

"응, 잘 부탁해요. 이거, 슬슬 긴장이 되네." 구사카베는 만족스러운 웃음을 짓고 엘리베이터 홀로 향했다.

그로부터 약 30분 뒤, 이번에는 가노 다에코가 약간 굳은 표정으로 나타났다. 나오미는 2층으로 올라가는 에스컬레이터로 재빨리 그녀를 안내했다. 둘이 함께 있는 모습을 혹시라도 구사카베에게 들켜서는 안 되기 때문이다.

예식부 코너를 슬쩍 들여다보니 아무도 없어서 일단 구석 쪽 테이블을 쓰기로 했다.

"뭔가 좋은 방법이 있나요?" 가노 다에코가 물었다.

나오미는 등을 꼿꼿이 세우고 그녀의 눈을 똑바로 응시했다.

"나름대로 많은 고민을 했어요. 그 결과, 공연히 말을 빙빙 돌리거나 말끝을 흐리지 말고, 거절은 거절대로 좋은 것이 아닌가 하고 생각했습니다."

가노 다에코의 얼굴이 흐려졌다. "분명하게 말해버리라는 건가요?"

"거절에도 여러 가지가 있겠지요. 하지만 가노 씨는 구사카베 님을 거절하는 게 아니라 결혼해서 함께 미국에 갈 수는 없지만 사랑하는 마음에는 변함이 없다, 라는 것이잖아요. 그렇다면 그 마음을 그대로 솔직하게 전하는 게 가장 좋지 않을까요?"

"어떻게요?"

"어려울 거 없어요. 똑같은 이벤트를 준비하는 거예요."

"똑같은 이벤트를?" 가노 다에코는 무슨 말인지 모르겠다는 표정이었다.

네, 라고 나오미는 고개를 끄덕이며 미소 지었다. "구사카베 고객님과 똑같은 것, 즉 '길'이에요."

13

손목시계의 바늘은 오후 9시 50분을 가리키고 있었다. 조금 전에 들여다본 시각에서 10분밖에 지나지 않았다. 컨시어지 데스크로 시선을 던지자 야마기시 나오미는 자리에 앉아 뭔가 메모를 하고 있을 뿐, 행동에 나설 기미는 없었다.

"무슨 일이라도 있습니까?" 옆에서 구가가 작은 소리로 물었다. "아까부터 계속 시계에 신경을 쓰고 있군요."

"아뇨, 별일 아닙니다." 닛타는 대답했다. "오늘 밤에도 사무동에서 회의가 있어서 늦지 않게 가려는 것뿐이에요."

구가는 저런 저런, 이라는 듯 고개를 저었다. "새삼 힘든 직업이라는 생각이 드는군요. 나 같은 사람은 도저히 해낼 수 없을 것 같아요."

"그건 서로 마찬가지죠. 저도 단 며칠 동안이니까 흉내나마 내보는 것뿐이지 계속 호텔리어로 일하라고 한다면 아마 도망치고 싶을 거예요."

닛타의 말에 구가는 쓴웃음을 지었다. "그 말을 들으니 조금 마음이 놓이는군요."

"지금 당장 도망쳐도 괜찮아요." 카운터를 향하고 있던 우지하라가 한마디 던지면서 돌아보았다. "나로서는 오히려 대환영입니다."

그 말에 농담이라는 느낌 따위는 전혀 없었다. 진심으로 그렇게 생각하기 때문일 것이다.

우지하라 씨, 라고 제지하며 구가가 난감한 표정을 보였다. 닛타는 웃음을 지으며 손사래를 쳤다. 신경 쓰지 않아도 괜찮다는 몸짓이었다.

체크인 작업이 일단락되고 프런트에는 세 사람뿐이었다. 로비 전체가 조용해져서 마치 에어포켓과도 같은 시간대였다.

"사실은……." 닛타는 작은 소리로 구가에게 말했다. "수사 회의보다 프렌치 레스토랑 쪽이 너무 궁금해요. 지금쯤 일이 어떻게 되었나 하고."

아하, 하고 구가가 입을 헤벌린 채 컨시어지 데스크 쪽으로 시선을 내달렸다.

"그 얘기, 나도 들었어요. 레스토랑에서 화려한 프러포즈를 계획한 고객이 있다면서요?"

"네, 어제 밤늦게 체크인한 구사카베라는 사람이에요. 1월 1일까지 투숙하는 모양이라 상사에게서 동향을 파악해두라는 지시가 내려왔는데 딱히 그게 아니더라도 일이 어떻게 될지 마음에 걸리네요."

"프러포즈가 성공하느냐 마느냐, 라는 거 말인가요?"

"아뇨, 아마 일이 그렇게 단순한 게 아닌 모양이에요."

"무슨 말이에요?"

"그리 칭찬할 만한 일은 아니군요." 다시 우지하라가 돌아보았다. "고객님에 관한 정보 공유가 아니라 그저 가십거리 삼아 이야기꽃을 피우다니."

"엇, 실례. 이 정도만 해두죠." 구가는 쓴웃음을 지으며 사과한 뒤, 사무실로 들어가는 문을 열고 급히 사라졌다.

우지하라가 닛타의 얼굴을 보면서 말을 이었다.

"만일 닛타 씨의 업무와 관련 있는 일이라면 가서 상황을 살펴보고 오시죠. 프런트 오피스만 아니라면 닛타 씨가 어디서 무엇을 하든 나와는 관계없으니까." 그렇게 말하고 다시 앞을 향해 얼굴을 홱 돌렸다.

"네, 그러시다면 상황에 따라 그렇게 하겠습니다."

좋으실 대로, 라는 퉁명스러운 대답이 돌아왔다.

그러는 참에 키가 훌쩍 큰 여자가 정면 현관으로 들어와 프런트 카운터로 다가왔다. 서양인과의 혼혈인지 윤곽이 짙은 미인이었다. 옷깃 부분에 퍼가 달린 다크브라운의 코트를 걸치고 있었다. 캐리어를 끌고 있는 것을 보고 벨보이가 당황한 기색으로 달려왔다. 벨보이는 여자와 몇 마디 나눈 뒤 그녀의 캐리어를 들고 카운터로 다가와 "나카네 님이십니다. 체크인을 하신다고 합니다"라고 닛타와 우지하라의 얼굴을 번갈아 보면서 말했다.

닛타는 손맡의 단말기를 두드렸다. 예약자 목록에 올라온 것은 나카네 신이치로라는 이름이었다. 그 밖에 또 다른 나카네라는 성씨는 눈에 띄지 않았다.

여자가 카운터 앞에 섰다. "나카네라고 합니다."

"실례지만, 성함을 모두 말씀해주실 수 있을까요?" 우지하라가 닛타를 대할 때와는 다르게 완전히 딴사람이 된 것처럼 부드러운 말투로 응대에 나섰다.

아, 하고 여자는 입을 살짝 벌리더니 무슨 일인지 알겠다는 듯 고개를 끄덕였다.

"나카네 신이치로예요. 미안합니다, 예약한 본인은 나중에 올 예정이라 나한테 먼저 체크인을 하라고 했어요." 허스키하고 섹시한 목소리였다.

"네, 알겠습니다. 오늘부터 1월 1일까지 3박, 두 분, 객실은 코너 스위트룸으로, 틀림없으십니까?"

네, 라고 여자는 대답했다.

"아직 이그제큐티브 카운터의 이용이 가능한 시간입니다만, 이쪽에서 수속을 하셔도 괜찮으시겠습니까?"

"괜찮아요."

"그러면 여기 용지에 기입을 부탁드립니다." 우지하라가 여자 앞에 숙박표를 내밀었다.

여자는 볼펜을 손에 들고 잠깐 머뭇거리는 기색을 보이다가 내용을 적기 시작했다.

"이렇게 하면 되나요?"

그녀가 돌려준 숙박표를 닛타는 우지하라의 어깨 너머로 들여다보았다. 서명 칸에 적힌 것은 '나카네 미도리'라는 이름이었다. 주소는 아이치현이다.

원래는 예약자의 이름을 적어야 하지만 성씨가 일치하기 때문에 딱히 문제는 없었다. 우지하라도 다시 적어달라고 하는 일 없이 고맙습니다, 라고 받아 들었다.

"나카네 고객님, 결제는 어떻게 하시겠습니까? 신용카드입니까 아니면 현금이십니까."

우지하라의 물음에 그녀는 고개를 갸우뚱했다. "아마 신용카드일 거예요."

아마, 라고 한 것은 결제는 나중에 나카네 신이치로가 하기 때문일 것이다.

"그러십니까. 그럴 경우, 신용카드를 복사해두도록 하고 있습니다만."

"하지만 본인이 아직 안 와서……. 그 대신 돈을 맡겨도 되지요?"

"물론입니다만, 현금으로 예치금을 맡기실 경우, 숙박 요금의 150퍼센트 정도가 됩니다. 이번에 이용하시는 방의 3박 요금이라면……." 우지하라는 전자계산기를 두드렸다. 표시된 숫자는

60만 엔 이상이었다. 그것을 여자에게 내보였다. "이 정도의 금액입니다만."

역시나 그만한 현금은 갖고 있지 않은지 여자의 얼굴에 곤혹스러운 빛이 떠올랐다.

"나카네 고객님, 복사해둘 신용카드는 실제 결제하실 때 사용하는 카드가 아니어도 상관없습니다. 지금 뭔가 신용카드를 갖고 계시다면 그것으로도 가능합니다."

"내 카드여도 괜찮다는 건가요?"

"그렇습니다."

여자는 생각에 잠긴 듯 눈을 떨군 뒤 곧바로 고개를 끄덕이고 가방을 열었다. 지갑에서 꺼낸 금색 신용카드를 우지하라 앞에 내밀었다. "이거면 되나요?"

잠시 실례합니다, 라면서 카드를 받아 복사하려던 우지하라의 옆얼굴에 일순 의아해하는 기색이 떠오르는 것을 닛타는 놓치지 않았다.

복사를 한 뒤 "고맙습니다"라면서 우지하라는 여자에게 카드를 돌려주었다.

우지하라가 카드키를 준비하는 동안, 닛타는 슬쩍 신용카드 복사본을 확인했다. 그곳에 찍혀 있는 이름은 〈MIDORI MAKIMURA〉라고 되어 있었다.

"오래 기다리셨습니다, 나카네 고객님. 1701호실 방을 준비해드리겠습니다. 이쪽이 조식권, 그리고 이쪽이 카운트다운 파티 참가 티켓입니다." 우지하라의 말을 듣고 닛타는 카운터 위로 시선을 던졌다. 파티 티켓은 두 장이었다.

서비스 사항을 한바탕 설명한 뒤, 우지하라는 옆에서 대기하고 있던 벨보이를 손짓으로 불러 카드키를 건넸다. 벨보이의 안내를 받으며 여자는 엘리베이터 홀로 향했다.

"본명이 아닌 것 같은데요?" 숙박표를 손에 들고 닛타가 말했다. "미도리, 라는 이름은 똑같은데 신용카드 쪽의 성씨는 마키무라예요. 게다가 결혼반지를 끼지 않았습니다. 숙박표에 남자와 똑같은 성씨로 바꿔 쓴 것은 부부로 보이고 싶었기 때문이겠지요?"

이미 무표정으로 돌아온 우지하라가 입 끝을 삐죽 올리며 닛타의 손에서 숙박표를 빼앗아갔다. "그게 어떻다는 거죠?"

"결혼하지 않은 남녀가 호텔에 숙박한다고 해도 별문제는 없어요. 그런데도 굳이 똑같은 성씨를 써넣은 것은 뭔가 켕기는 일이 있기 때문인지도 모릅니다."

"불륜이라고 말하려는 건가요?"

"글쎄요, 단언할 수는 없지만."

"그래요, 그럴 수도 있겠지요. 하지만 그런 고객님은 우리 호텔의 귀중한 손님이에요. 남의 눈에 띄면 좋지 않으니까 레스토랑은 이용하기가 힘들어요. 필연적으로 냉장고 이용과 룸서비스가 많아집니다. 그리고 그 두 가지는 이익률이 아주 높아요." 우지하라는 담담히 말을 이어갔다. "우리끼리 하는 은어로 '러브 어페어'라고 합니다."

하하하, 하고 닛타는 웃었다. "정사情事라고요? 상당히 스트레이트한 은어네요."

"그럴싸한 말을 쓰다 보면 이 장사는 성립이 안 되니까요." 슬쩍 웃는 법도 없이 말한 뒤, 우지하라는 등을 돌려버렸다.

그 직후, 컨시어지 데스크 쪽에서 전화 소리가 들려왔다. 닛타가 바라보니 야마기시 나오미가 수화기를 드는 참이었다.

14

나오미에게 전화를 걸어온 것은 프렌치 레스토랑의 매니저 오오키였다.

"방금 전에 메인디시를 냈어. 이다음이 디저트야."

"알겠습니다. 금방 갈게요."

컨시어지 데스크 업무는 이미 종료되었다. 나오미는 엘리베이터 홀로 향했다.

엘리베이터에 타는데 뒤에서 닛타가 쫓아왔다. "나도 함께 가도 될까요?"

나오미는 눈을 깜빡거리며 그를 올려다보았다. "왜요?"

"어제 말했잖아요. 구사카베 씨는 주요 체크 인물이에요. 최대한 동향을 파악해야 한다니까요." 그렇게 말한 뒤, 닛타는 웃으면서 코 밑을 쓱쓱 비볐다. "실은 그건 핑계고, 옆에서 구경 좀 하려고요. 그 어려운 문제를 야마기시 씨가 어떤 식으로 해결했는지 너무 궁금해서. 아, 걱정 말아요. 절대로 방해는 안 할 테니까."

나오미는 쓴웃음을 지었다.

"뭐, 괜찮겠죠. 닛타 씨가 힌트를 주시기도 했고."

"노세 씨의 성의 얘기 말인가요? 그게 어떤 식으로 힌트가 됐지?"

"그건 직접 보면 알아요. 아, 하지만 잘될지 어떨지, 자신이 없네요. 어쩌면 나중에 구사카베 씨가 항의를 할지도 모르겠어요."

"와아, 이거 점점 더 궁금해지는데요."

닛타가 호기심의 눈빛을 보였을 때 엘리베이터가 도착했다.

"한 가지만 약속해요." 엘리베이터에서 내린 뒤, 나오미가 닛타에게 말했다. "레스토랑에 들어가면 절대로 소리를 내지 말 것. 몸짓도 손짓도 금지예요. 약속할 수 있죠?"

"입 다물고 보기만 하라는 거군요. 예, 물론 약속합니다."

"그렇다면 됐어요."

레스토랑으로 가자 입구 문은 닫혔고 그 앞에서 오오키가 공손한 표정으로 기다리고 있었다.

"시간이 좀 늦어졌네요?" 나오미가 물었다.

"외국인 한 팀이 식사하는 데 좀 오래 걸렸어. 그 바람에 구사카베 님 쪽은 아직 메인디시를 내지 못했었어. 하지만 이제 괜잖아. 지금은 구사카베 씨와 그 여자분뿐이니까." 그렇게 말하고 오오키는 의아한 듯한 시선을 닛타에게로 향했다.

"아, 저는 신경 쓰지 마십쇼." 닛타가 말했다. "그냥 지켜보기만 할 테니까요."

오오키는 석연치 않은 기색이었지만 굳이 되묻는 일 없이 "입구 쪽의 조명을 낮춰서 안이 상당히 어두워. 조심해요"라면서 문을 열었다.

오오키의 뒤를 따라 들어가니 아닌 게 아니라 어둠침침했다. 하지만 바닥에 레드카펫이 깔리고 양쪽으로 꽃 장식이 줄줄이 놓여 있는 것은 알아보았다.

꽃을 본 닛타가 뭔가 말하려는 낌새를 보이자마자 나오미가 급히 집게손가락을 입에 대며 제지했다.

레드카펫의 끝에는 문이 있었다. 그 너머가 메인 플로어니까 그쪽에서 구사카베 일행이 식사를 하고 있을 터였다.

문 바로 앞쪽에 스태프 여러 명이 대기하고 있었다. 그들 곁에는 장식용 꽃들이 한곳에 모여 있었다. 그 숫자는 스무 개가 넘을 것 같았다.

문을 열고 남자 스태프 한 명이 나오더니 오오키의 귓가에 뭔가 속삭였다.

"디저트가 나갔다. 칸막이 설치도 끝났고, 피아니스트도 준비 완료." 오오키가 대기 중인 스태프들에게 작은 소리로 말했다.

문이 열리고 스태프들이 잽싸게 행동을 개시했다. 한 사람은 레드카펫을 주르륵 바닥에 밀면서 앞으로 나아갔다. 다른 사람들은 장식용 꽃을 껴안고 허리를 숙여 이동했다.

나오미는 오오키 옆에 서서 안쪽의 상황을 점검했다.

빈 테이블이 잘 정돈되어 있었다. 아직 식사가 이어지고 있을 터인 유일한 테이블은 창가에 놓인 1.5미터 정도 높이의 칸막이 때문에 나오미의 위치에서는 보이지 않았다. 이미 그 바로 앞쪽까지 레드카펫이 깔렸고 꽃 장식도 진열이 끝나가고 있었다. 스태프들의 움직임에는 한 치의 낭비도 없었다.

왜건에 음료를 싣고 웨이터가 나타나 칸막이 너머의 테이블로 옮겨 갔다. 각자의 음료가 차려지는 것이 보였다. 이윽고 웨이터는 천천히 물러나왔다. 티타임의 시작이다.

"드디어 시작이네요." 나오미가 오오키에게 속삭였다. "조명을 조정하는 것은 문제없나요?"

"걱정할 거 없어. 시설부에서 스탠바이 중이야."

여성 피아니스트가 건반을 두드리기 시작했다. 뮤지컬 「캣츠」의 〈메모리〉다. 너무나도 유명한 곡이고, 느닷없이 가장 인상적인 멜로디부터 시작했기 때문에 임팩트가 컸다.

발소리를 죽인 채 스태프 두 명이 살금살금 다가가 칸막이를 옆으로 옮겼다. 테이블을 끼고 마주 앉은 구사카베 일행의 모습이 드러났다. 등을 보이고 앉은 쪽이 가노 다에코다. 피아노 연주에 마음을 빼앗겼는지 뒤를 돌아볼 기미는 전혀 없었다.

나오미가 숨어 있는 위치에서는 구사카베의 얼굴이 정면으로 보였다. 그쪽에서도 나오미가 보일 터였지만 일절 시선을 던지지 않고 몸을 틀어 피아노 쪽으로 고개를 돌리고 있었다. 가노 다에코에게 혹시라도 들킬까 봐 조심하는 것이리라.

이윽고 조명이 서서히 어두워졌다. 피아노 연주는 클라이맥스에 접어들었다. 그 즉시 스태프들이 가노 다에코의 바로 뒤쪽까지 카펫을 깔고 꽃 장식을 꾸며놓는 게 눈에 들어왔다.

무사히 진열을 마친 스태프들이 발소리를 죽여 이쪽으로 물러나왔다.

피아노 연주가 끝나는 것과 동시에 조명이 꺼졌다. 남은 불빛은 두 사람의 테이블에 놓인 양초의 불꽃뿐이었다.

뒤쪽에서는 가노 다에코가 어떤 반응을 보이는지 알 수 없었다. 뭔가 말을 하는 것 같았지만 나오미 일행이 있는 곳까지는 들리지 않았다. 하지만 정면으로 보이는 구사카베의 표정은 만족스러워 보였다.

그런 구사카베가 촛불에 입을 바짝 대고 후욱 껐다. 레스토랑 안이 한순간 완전한 암흑에 휩싸인 직후, 가노 다에코의 등을 향해 스포트라이트가 일직선으로 비춰졌다. 촘촘히 놓인 새빨간 꽃이 떠오른 광경은 저절로 숨을 헉 삼켜질 만큼 화려하고 박력이 있었다.

"다에코, 뒤를 좀 봐줄래?" 정적 속에서 구사카베의 목소리가 울렸다.

가노 다에코가 뒤를 돌아보고 깜짝 놀란 듯 눈빛을 반짝였다.

그녀는 이 연출을 이미 알고 있었지만, 그 표정은 연기로는 보이지 않았다. 예상보다 훨씬 더 아름다운 광경이었기 때문인지도 모른다.

다에코, 라고 구사카베가 다시 그녀에게 말을 건넸다. 자리에서 일어선 그의 팔에는 거대한 장미 꽃다발이 안겨 있었다.

"빨간 장미의 꽃말을 알고 있어?" 구사카베가 물었다.

"장미의 꽃말은…… 사랑?"

가노 다에코의 대답에 구사카베는 고개를 끄덕였다.

"그래. 하지만 이 장미 꽃다발은 좀 더 특별해. 108송이야. 이 숫자일 때는 특별한 의미가 담겨 있어. 혹시 모른다면 지금 바로 검색해봤으면 좋겠는데."

역시 그런 식으로 나오는가, 라고 나오미는 생각했다. 예상했던 대로였다.

가노 다에코가 가방에서 스마트폰을 꺼내 검색을 시작했다.

108송이의 장미, 그 꽃말은 '나와 결혼해주세요'인 것이다.

가노 다에코가 고개를 들고 구사카베 쪽을 향했다.

"고마워요. 정말 기쁘네요."

약간 긴장되어 있던 구사카베의 표정이 그 즉시 환하게 펴졌다. 그는 꽃다발 속에서 작은 상자를 꺼냈다. 아마도 그 안에 든 것은 반지일 터였다.

"부디 이 반지를 받아줘. 그리고 우리 둘이서 장미의 길을 걷고 싶어. 계속, 영원히." 반지 상자를 열어 그녀에게 내밀었다.

가노 다에코는 반지와 구사카베의 얼굴을 가만히 바라보았다. 하지만 반지 쪽으로 손을 내미는 일 없이 자리에서 일어섰다.

고마워요, 라고 그녀는 되풀이했다. "나 같은 사람을 위해 이렇게까지 해주다니…… 평생 잊지 못할 거예요. 이 추억은 내 인생의 보물로 삼을게요."

하지만, 이라고 그녀는 말을 이었다.

"우리가 앞으로 걸어갈 길은 유감스럽지만 장미의 길이 아니에요. 열정적인 사랑의 길이 아니랍니다."

가노 다에코가 무슨 말을 하려는지 짐작도 가지 않았던 것이리라. 구사카베는 반지 상자를 손에 든 채 우두커니 서버렸다.

"이쪽으로 와서 카펫 옆에 장식된 꽃을 잘 보세요."

그녀의 말에 구사카베는 테이블의 이쪽 편으로 돌아섰다. 그때까지 그의 위치에서는 바닥에 줄지어 장식된 꽃은 잘 보이지 않았을 터였다.

엇, 하고 구사카베가 놀란 소리를 올렸다. 눈이 휘둥그레져 있었다. 허리를 숙여 장식된 꽃에 얼굴을 가까이 댔다.

"뭐야, 이게 어떻게 된 거지? 장미가 아니잖아."

"그래요." 가노 다에코는 말했다. "장미가 아니라 스위트피예요."

"스위트피? 어째서……."

여기서 비로소 구사카베의 시선이 나오미 일행 쪽으로 향했다. 분노와 당황, 나아가 의문이 뒤섞인 얼굴이었다.

"야마기시 씨를 나무라지 말아요. 내가 부탁한 일이에요." 가노 다에코가 말했다. "실은 오늘 밤에 당신이 프러포즈를 할 거라고 짐작했어요. 그것에 대한 내 대답을 어떻게 전해야 좋을지 몰라 야마기시 씨에게 미리 상의했죠. 그녀가 제안해준 방법이 바로 이것이랍니다. 오늘 밤 장미의 길 대신 어떤 길을 선택하려는지 직접 보여드리는 게 어떻겠느냐고 하더군요. 그 말을 듣고 전적으로 공감했어요. 이거라면 당신의 진심 어린 프러포즈에 나름대로 성실한 대답이 될 것 같아서."

구사카베는 가노 다에코에게로 얼굴을 돌렸다. 선뜻 말이 나오지 않는 기색이었다.

"스위트피의 꽃말을 알고 있어요?"

그녀의 물음에 구사카베는 고개를 가로저은 뒤, 아하 하고 깨달은 듯 양복 안쪽에 손을 넣었다. 스마트폰을 꺼낸 것은 꽃말을 검색하려는 것이리라.

이윽고 구사카베가 얼굴을 들었다. 놀람과 허탈함, 그리고 낙담의 기색이 뒤섞인 듯한 표정이었다.

어때요, 라고 가노 다에코가 물었다.

구사카베는 마음을 가라앉히려는 듯 몇 차례 심호흡을 한 뒤에 쓸쓸한 웃음을 지었다.

"이별, 이라는 게 있는데."

"새 출발, 이란 것도 있죠. 그리고 우아한 추억, 이라는 것도."

"그게…… 나의 프러포즈에 대한 당신의 대답이야?"

"미안해요." 가노 다에코는 또렷한 어조로 말했다. "오늘 밤을 우리의 새 출발의 날로 만들었으면 좋겠어요."

"그렇군. 새 출발이라……." 구사카베는 들고 있던 반지 상자를 지그시 들여다보다가 그 뚜껑을 탁 닫았다. 그러고는 나오미 쪽을 돌아보았다. "이렇게 많은 스위트피를 용케도 준비했군."

나오미는 말없이 머리를 숙였다. 어떻게 대답해야 좋을지 알 수 없었다.

대단해요, 라면서 구사카베는 고개를 내저었다.

가노 다에코가 그에게 말을 건넸다. "스위트피의 이 길을 따라 나와 함께 퇴장해줄래요?"

구사카베는 촘촘히 놓인 스위트피 꽃 장식을 다시금 바라보았다. 팽팽히 당겨졌던 표정이 온화하게 풀리더니 그 입가에 웃음이 떠올랐다.

"얄궂은 일이네. 〈메모리〉라는 노래에 이 스위트피의 길이 더 잘 어울린다는 생각이 점점 드니까 말이야."

"멋진 밤, 정말 고마워요." 가노 다에코는 눈물 젖은 목소리로 감사 인사를 했다.

구사카베가 웨이터를 불렀다.

총총걸음으로 다가온 웨이터에게 구사카베는 샴페인 두 잔을 주문했다.

"퇴장하기 전에 우리 두 사람의 새 출발에 건배해야겠어." 그렇게 말하며 그는 가노 다에코에게 웃음을 건넸다.

15

닛타가 회의실에 도착했을 때, 이미 회의가 시작되어 선배 형사 와타베가 보고를 하는 참이었다. 와타베는 로비를 비롯한 호텔 내외의 잠복 수사를 맡아서 수상한 인물들을 체크하고 있었다.

"오늘 오후 4시경에 경비실 방범 카메라 담당 형사에게서 묘한 움직임을 보이는 남자가 있다는 연락이 왔습니다. 구체적으로는, 정면 현관으로 들어와 에스컬레이터를 타고 2층에 올라가 행사 일정이 없는 연회실이며 대기실을 살펴봤다고 합니다. 계속 동향을 감시해보니 남자는 계단으로 이동해 결혼식장 등을 기웃거리고 직원용 출입문을 열어보기도 했다는 얘기였습니다. 로비로 돌아온 뒤부터는 제가 미행을 시작했습니다. 남자가 에스컬레이터로 지하 2층에 내려가 거기서 직접 연결된 지하철역으로 향하길래 개표구를 통과하기 직전에 말을 걸었습니다."

즉 검문에 들어갔다는 것이다.

"호텔에서의 행동에 대해 질문했더니, 외동딸이 이 호텔에서 결혼식을 할 예정인데 제 엄마와는 이것저것 상의하면서 아빠인 자신에게는 하나도 알려주지 않는다, 하지만 어찌 됐든 내 눈으로 직접 결혼식 장소를 확인해두고 싶었다, 라는 얘기였습니다. 운전면허증을 제시해줘서 본명과 주소는 확인했습니다."

"소외된 아버지의 슬픔이라는 건가." 이나가키가 쓴웃음을 지었다. "이건 별문제는 없을 것 같군."

"다만 도리어 질문을 받은 게 있었습니다."

"어떤 질문을?"

"코르테시아도쿄 호텔에서는 항상 경찰이 감시하고 수상쩍은 사람은 검문을 하느냐고 묻더라고요."

이나가키의 한쪽 눈썹이 꿈틀 올라갔다. "그래서 뭐라고 대답했어?"

"오늘은 우연히 이렇게 된 거라고 답했습니다."

"곧이듣는 눈치였나?"

글쎄요, 라고 와타베는 고개를 갸웃거렸다.

"뭐, 됐어. 수고했어. 자아, 그다음."

와타베가 자리에 앉고 모토미야가 일어나 보고를 시작했다. 그는 오늘 객실 몇 군데의 하우스키핑에 동행해 투숙객의 짐을 체크한 모양이었다.

"1월 1일까지 체재하는 가족 네 팀의 방에 가봤는데 일단 짐을 조사해본 바로는 모두 다 수상한 점은 찾을 수 없었습니다. 돗토리에서 온 가족의 가방에서 약이 발견되었지만 혈당치를 낮추는 약이었어요. 아빠 쪽이 당뇨병인 것 같습니다."

"짐을 체크하는 거, 하우스키퍼가 눈치채지는 않았지?" 이나가키가 확인했다.

"네, 괜찮습니다. 그 사람들이 다른 일을 하는 틈을 노려서 체크했으니까요."

"그렇다면 됐어. 계속 얘기해."

"간사이 사투리를 쓰는 커플이 있었는데 그쪽도 캐리어에서 수상한 것은 발견되지 않았습니다. 일단 실제 남녀 관계인 것 같아요. 어젯밤에 최소한 두 번은 했습니다." 모토미야는 담담하게 말했다. '했다'라는 건 물론 섹스 얘기일 것이다.

"어떻게 횟수까지 알았어?" 그렇게 물어본 것은 와타베였다.

모토미야가 피식 웃었다. "쓰레기통에 콘돔 봉지 두 개가 있었어."

와타베가 얼굴을 찌푸렸다. "그런 데까지 들여다봤어?"

"당연하지. 무엇 때문에 방 청소에 입회한다고 생각해?"

"콘돔 자체는 회수하지 못했나?" 이나가키가 물었다.

"아, 역시 거기까지는 어려웠어요. 하우스키퍼들의 눈이 있어서."

"칫솔과 면도기는?"

"그것도 어려웠습니다. 하우스키퍼의 작업 속도가 워낙 빨라서 눈 깜짝할 사이에 새것과 교체하고 다 쓴 건 쓰레기봉투에 넣더라고요."

모토미야의 대답에 이나가키는 떨떠름한 얼굴이었다.

칫솔과 면도기를 입수하려는 것은 DNA 감정에 가장 적합한 물건이기 때문이다. 이번 피해자 이즈미 하루나는 임신 중이었다. 태아와의 친자 관계를 확인할 수 있다면 결정적인 단서가 될 터였다.

하지만 이 건에 관해서는 호텔 측의 협조는 일절 얻을 수 없었다. 무단으로 고객의 DNA를 조사한다는 건 절대 있을 수 없는 일인 것이다. 그래서 하우스키핑에 입회한 수사원이 몰래 회수해 오는 방법을 써보려고 했던 것인데, 모토미야의 얘기를 들어보니 그것도 여의치 않을 것 같았다.

"그 손님은 어땠어?" 이나가키가 물었다. "로열스위트를 혼자 쓰고 있다는 손님."

"구사카베라는 사람 말이죠? 그쪽도 자세한 건 모르겠어요. 가방이 큼직하긴 했는데 열쇠가 채워져 있었습니다."

그 브릭스 가방 말이구나, 라고 닛타는 생각이 났다.

"그 손님에 대해 뭔가 잡히는 것이 없나?" 이나가키가 이번에는 닛타에게로 얼굴을 향했다.

"미국에 거주하는 비즈니스맨입니다. 귀국한 목적은 좋아하는 여자에게 청혼하는 것이었던 모양이에요."

닛타의 말에 전원의 눈이 둥그레졌다. 무슨 얘기냐고 이나가키가 물어서 방금 전에 레스토랑에서 목격한 장면에 대해 설명했다.

"그런 드라마틱한 일이 있었어? 그 구사카베라는 남자, 꽤 충격을 받았겠는데?"

"하지만 마지막에는 후련해하는 표정이었어요. 어쩐지 밉상인 인물이었는데, 약간 다시 봤습니다."

"청혼에 실패했다면 앞으로 어떻게 할 생각이지?" 모토미야가 말했다. "로열스위트를 1월 1일까지 예약했다고 했잖아. 프러포즈를 받아주면 그 여자와 함께 묵을 예정이었을 텐데 말이야."

"네, 그러긴 했을 텐데 아직까지 방을 취소하지는 않았습니다."

"그럼 혼자 쓸쓸히 새해를 맞이할 생각인가. 어째 좀 서글프네."

"일이 그렇게 됐다면 그 구사카베라는 인물에 대해서는 앞으로는 마크하지 않아도 괜찮을 것 같군. ……아, 우에시마 형사." 이나가키가 맨 끝자리에 앉아 있는 젊은 형사에게 말을 건넸다. "이 사람은 데이터에서 뭔가 찾아낸 거 없었나?"

"전과 기록의 데이터베이스에 그런 이름은 없었습니다. 하지만 운전면허증 데이터베이스에는 동일한 이름이 있었어요. 도쿄에 거주하는 남성입니다." 그렇게 말하며 우에시마는 노트북을 빙글 돌렸다.

닛타는 화면을 들여다보았다. 그곳에 표시된 면허증 사진을 보고 고개를 저었다. "전혀 다른 사람이야."

"그렇죠?" 우에시마는 노트북을 원래 자리로 되돌렸다. "저도 아까 얘기를 들으면서 나이가 안 맞는다고 생각했어요. 이 사람은 올해 쉰여덟 살이거든요."

"그 밖에 동성동명의 인물은 없었어?" 닛타가 물었다.

"전국의 운전면허증을 검색해봤는데 비교적 드문 이름이라서 그 밖에는 없었습니다."

"어떻게 된 거야. 운전면허가 없는 건가." 이나가키가 중얼거리듯이 의문을 입에 올렸다.

"아뇨, 그건 아닐 거예요. 자동차 운전을 못해서는 미국에서 살기가 어려워요." 닛타는 단언했다.

"미국에서 거주한다면 그쪽 면허증을 갖고 있는 거 아닐까요?" 우에시마가 말했다.

어때, 라고 이나가키가 닛타에게 물었다.

"네, 그럴 가능성이 높아요. 일본인이 미국 운전면허를 딸 경우, 국내에서 취득한 면허증을 제시하고 시험을 치는 것이 일반적이라서 저희 부친도 그렇게 했습니다. 단 일본에서 면허를 취득하지 않고 미국에 건너가 면허를 따는 것도 가능해요. 오히려 미국 쪽은 시험이 간단합니다."

"흠, 그렇군." 이나가키는 공감하는 기색이었다. "그럼 다음 얘기로 넘어가자. 카운트다운 파티의 참가자 목록이 입수되었다면서? 뭔가 잡힌 게 있나?"

"구사카베 씨와 마찬가지로 전과 기록과 운전면허증 데이터베이스를 조회했습니다." 우에시마가 대답했다. "전과 기록에서 찾아낸 사람이 몇 명 있는데 동성동명일 가능성이 높습니다. 운전면허증도 대부분의 이름이 복수複數로 나와서 그중 어떤 인물인지 확정하지 못하고 있습니다."

"상관없으니까 모든 얼굴 사진의 데이터를 뽑아봐. 체크인 뒤에 어떤 인물인지 즉석에서 확정할 수 있도록 미리 준비해두라고." 이나가키가 말했다. "오늘 체크인한 사람들에 대한 자료는?"

"여기 있습니다." 닛타가 서류를 내밀었다. "체크인은 모두 합해 142팀, 그중 1월 1일까지 체재하는 건 45팀입니다."

이나가키가 숨을 헉 들이쉬는 표정을 보였다. "단숨에 많아졌잖아."

"내일은 좀 더 많아질 것으로 예상됩니다."

"눈에 띄는 손님이 있었어?"

"남자 혼자서 1월 1일 오전까지 투숙하는 사람은 열아홉 명이고, 그중 일본인은 열한 명입니다. 전원이 카드로 결제했고, 그중 일곱 명은 인터넷 예약 때 이미 결제를 완료했습니다. 즉 본명을 사용했을 가능성이 높아서 수상한 점은 없습니다."

"다른 손님들은 어떻지?"

"현재로서는 딱히 수상쩍은 손님은 없었습니다. 다만 딱 한 명, 숙박표에 가명을 기입한 인물이 있었습니다."

"가명이라고?"

이나가키가 덥석 달려들길래 닛타는 나카네 미도리, 즉 마키무라 미도리에 대해 이야기했다.

"부부로 위장하려는 게 아닌가, 추정하고 있습니다. 나중에 예약자 나카네 신이치로라는 인물이 호텔에 도착했는지는 아직 확인되지 않았습니다."

우에시마가 손을 들었다.

"그 이름, 카운트다운 파티 참가자 목록에 있어서 이미 운전면허증을 확인했어요. 아이치현에 거주하는 사람 아닌가요?"

"엇, 맞아. 숙박표에 기재한 주소가 아이치현이었어." 닛타가 대답했다.

우에시마는 키보드를 두드린 뒤에 조금 전과 마찬가지로 노트북을 빙 돌려서 보여주었다. 화면에 표시된 운전면허증에는 중년 남자의 사진이 실려 있었다. 네모난 얼굴에 온화해 보이는 표정을 하고 있었다.

"그 사람, 아마 도착했을 거예요." 그렇게 말한 것은 벨보이 차림 그대로 회의에 나온 세키네였다. "방금 전에 룸서비스로 샴페인을 주문해서 제가 가져다줬거든요. 잔이 두 개였어요."

"이 남자를 실제로 본 거야?" 이나가키가 노트북 화면을 가리키며 물었다.

"아뇨, 문 앞에서 여자 손님에게 건네줬기 때문에 방 안까지는 들어가지 않았어요."

"미인이었지?"

닛타가 말하자 "네, 이국적이던데요"라고 세키네도 동감이라는 듯이 표정이 풀어졌다.

"들어본 바로는 별다른 문제가 없을 것 같지만, 그 여자의 남편이 실제로 이 운전면허증의 인물인지 어떤지는 확인해보도록 해." 이나가키가 말했다. "호텔 내 방범 카메라 영상만으로는 잘 모를 수 있으니까 닛타와 세키네가 뭔가 이유를 대서 본인을 직접 만나보도록 해."

닛타는 세키네와 얼굴을 마주 본 뒤 "알겠습니다"라고 대답했다.

팀장님, 하고 모토미야가 말을 건넸다.

"1월 1일까지 투숙하는 사람이 45팀이라면, 하우스키핑에 동행해 방을 체크하는 데는 저 말고도 최소한 세 명은 더 필요합니다."

"그렇겠지. 좋아, 내일은 잠복팀도 그쪽으로 돌려줘야겠군. 그밖에 또 뭔가 있나? 없으면 내가 전달할 사항으로 들어간다. 새로운 영상이 도착했다. 이즈미 하루나 씨가 근무했던 여러 곳의 펫숍에 설치된 방범 카메라의 영상 세 점이다. 모두 한 달 이내의 것이고, 이즈미 씨가 찍힌 것은 처음 사흘 정도지만, 교제 상대가 펫숍 손님 중에 있었다면 카메라에 잡혔을 가능성이 높다. 이 영상도 각자의 단말기에 보낼 테니까 잘 살펴보기 바란다."

네, 라고 부하들이 대답하는 것을 들은 뒤에 이나가키는 자리에서 일어섰다.

"이제 이틀 남았지만 진정한 승부는 지금부터다. 범인은 반드시 이 호텔에 나타난다. 아니, 이미 와 있다고 생각하고 각자 신중하게 행동해주기 바란다. 경찰이 잠복 중이라는 것은 절대로 들키지 않도록 하라. 이상."

항상 그렇듯이 샤워를 한 뒤에 닛타가 노트북을 마주하고 있는데 스마트폰에 착신이 있었다. 노세에게서 온 것이었다. 시계를 보니 이미 자정을 넘긴 시각이었다.

"수고하십니다. 이런 시간까지 일하셨어요?"

"그렇게 말하는 닛타 씨도 어차피 노트북 앞에 앉아 있을걸? 눈에 선하네."

"우와, 딱 맞히셨어요. 노세 씨는 혹시 그 레지던트를 만나고 오시는 길?"

"그래. 지도교수에게 미리 찾아가 시간 좀 낼 수 있게 해달라고 부탁했어, 과자 선물 사 들고 가서. 그 덕분인지 레지던트 선생이 떨떠름해하면서도 만나주더라고."

"역시 대단하셔. 그래서 뭔가 건졌습니까?"

"응, 아주 흥미로운 것을 건졌지." 노세가 낮은 목소리로 말했다. "근데 전화로는 설명하기가 어려워. 피곤할 테지만, 지금 내가 그쪽으로 가도 괜찮을까?"

"대환영이죠. 얼른 오십쇼."

"30분이면 도착해. 하이볼은 두 캔이면 될까?"

"와아, 감사하죠. 가능하면 감씨 과자✦도."

"알았어. 그럼 잠시 뒤에 보자고."

전화를 끊고 정확히 35분 뒤에 "늦어서 미안해"라면서 노세가 나타났다. 오늘 밤에도 여전히 니트모자에 다운재킷 차림이었

✦ 쌀가루 반죽에 간장 양념을 발라 구운 과자. 감 씨앗柿の種 모양을 닮아서 붙여진 이름이다.

다.

"연말이라 그런지 택시가 안 잡히더라고. 게다가 이런 시간인데도 길거리에 사람들이 우글우글하고 편의점까지 붐비더라니까." 편의점 봉투를 책상에 내려놓고 다운재킷을 벗기 전에 닛타에게 하이볼 캔과 감씨 과자부터 꺼내주었다.

"일본인은 연말이 닥쳐오면 가만히 있지를 못하는 모양이에요. 미국인은 아예 휴가를 떠나거나 집에서 가족과 느긋하게 보내거나 둘 중 하나인데 말이에요. —아, 잘 먹겠습니다." 닛타는 우선 하이볼 캔을 집었다.

"민족성이 차분하지를 못한 모양이지. 오죽하면 12월을 시와스✦라고 하겠어." 노세는 다운재킷과 니트모자를 벗고 의자에 앉았다. 편의점 봉투에서 캔맥주를 꺼내더니 닛타를 향해 "오늘도 수고했어"라면서 번쩍 들어 올렸다.

"수고하셨습니다." 닛타도 마주 건배하고 캔의 풀탑을 땄다. "그나저나 오늘 어떤 것을 건지셨는지, 빨리 듣고 싶은데요. 그 레지던트에게서 들은 흥미로운 얘기라는 거."

노세는 맥주를 한 모금 마시고 캔을 책상에 내려놓았다.

"얘기할 때 불편하니까 우선 그 레지던트의 이름부터 알려주지. 하야카와 씨라고 하더라고."

✦ 師走. 평소에 점잖은 스승님이나 스님까지 바쁘게 뛰어다니는 달이라는 뜻에서 유래한 음력 섣달의 또 다른 이름.

"네, 그 하야카와 씨에게서 어떤 이야기를?"

노세가 턱을 끄덕였다. "아주 민감한 내용이야."

"민감한 내용? 어떤 건데요?"

"하야카와 씨가 미리 나한테 얘기를 하더라고. 지금 자신이 하는 말은 어디까지나 혼자만의 억측이니까 정식 증언으로는 취급하지 말아달라, 기록으로도 남기지 말아달라, 라고."

"아, 그렇군요."

닛타는 하이볼 캔을 책상에 내려놓고 자세를 바로잡았다. 유념해서 들어야 할 이야기라고 생각했기 때문이다.

"하야카와 씨의 말에 따르면, 이즈미 하루나 씨가 보이시한 옷을 입기 시작한 게 중학교 2학년 여름부터였대. 그리고 그게 집안 사정과 뭔가 관계가 있다고 생각하는 것 같아. 단 확실한 증거가 있는 것도 아니고 이즈미 씨 본인에게 확인한 것도 아니기 때문에 '억측'이라고 한 거야."

"집안 사정이 옷차림에 영향을 끼쳤다고요? 아닌 게 아니라 흥미로운 이야기네요."

"중학교 때부터 친한 사이여서 서로 속내를 털어놓곤 했는데, 이즈미 하루나 씨는 어머니의 험담을 자주 했었대. 어떤 험담이었을 것 같아?"

글쎄요, 라고 닛타는 고개를 갸우뚱했다.

"부모의 이혼 원인은 아버지 쪽이 바람을 피운 것 때문이었잖아요? 근데 어머니를 비난하다니, 그건 뭔가 좀 번지수가 틀린 것 같은데……."

노세가 빙긋이 웃으며 엄지손가락을 바짝 세웠다. "어머니에게 남자가 생긴 거야."

엇, 하고 닛타는 저절로 놀란 소리가 새어 나왔다. 하지만 이혼으로 혼자가 된 어머니가 누군가와 교제를 시작했다, 라는 것은 충분히 있을 법한 이야기다.

"어머니가 전통 화과자점의 후계자였다는 얘기는 지난번에 했었지? 사귀게 된 남자가 총무여서 그 가게를 실질적으로 꾸려온 사람이었어. 그야말로 측근과 사귀게 된 것인데 어쩌면 그 이전부터 서로 은근히 마음이 있었는지도 모르지."

"그렇다면 이즈미 하루나 씨도 이전부터 그 남자를 잘 알고 있었던 거 아닌가요?"

"응, 그래서 더더욱 저항감이 있었던 모양이야. 전혀 낯선 사람이라면 또 모르지만 전부터 뻔히 다 아는 아저씨와 엄마가 이상한 관계라니 생각만 해도 속이 느글거린다, 라는 식으로."

닛타는 끄응 신음 소리를 올렸다. "네, 저도 그런 심리는 어쩐지 이해가 되네요."

"그 아저씨를 절대로 아빠라고 부를 수 없다는 말도 했던 모양이야."

"그래서 어머니는 그 남자와 헤어졌습니까?"

"아니, 그러지 않았어. 지금도 함께 살고 있어."

"그래요? 하지만 혼인신고는 안 했잖아요?"

"안 했지."

"왜요?"

"할 수가 없기 때문이야." 노세가 즉각 답했다. "그 남자에게 정식 부인이 있으니까."

아하, 하고 닛타는 입을 헤벌린 채 고개를 끄덕였다. 흔히 듣는 이야기였다. 별거 중이지만 이혼은 못 한 상황일 터였다. 많은 경우, 남편 쪽은 헤어지고 싶어 하는데 생활비 보장을 원하는 아내 쪽이 이혼 서류에 도장을 찍지 않는 것이다.

"이즈미 하루나 씨가 중학교 2학년 때 그 남자가 아예 집에 들어와 살게 된 모양이야. 그 무렵부터 이즈미 씨도 별로 투덜거리지 않았대. 그래서 이제 그만 포기했거나 아니면 익숙해진 모양이라고 하야카와 씨 나름대로 해석했었다는 거야."

"그런데 그렇지 않았다는?"

"그렇지 않았던 것 같다……." 노세의 가느다란 눈이 번쩍 빛났다. "그게 하야카와 씨의 말이야. 그해 여름방학 때였는데 한밤중에 갑작스럽게 이즈미 씨가 집에 찾아왔었대. 그야말로 한밤중이었어. 창문 유리를 두드리면서 하야카와 씨를 부르는 소리가 들린 거야. 이즈미 씨가 울면서 오늘 밤에 여기서 자게 해 달라고 하더래. 사정을 물어봐도 고개를 저을 뿐, 아무 말도 안 했어. 그냥 울면서, 이제 진짜 싫다, 집에 돌아가고 싶지 않다, 그런 말만 중얼거렸던 모양이야. 그래서 하야카와 씨가 퍼뜩 감을 잡고, 누군가에게 무슨 일을 당했느냐고 물어봤더니 그때부터 조개처럼 입을 꾹 다물어버렸다는 거야."

"그래서요?"

"이윽고 하야카와 씨는 꾸벅꾸벅 잠이 들었는데 깨어보니 아침이었고 이즈미 씨는 그새 사라지고 없더래. 그리고 책상 위에 미안하다, 라는 메모가 남아 있었고." 노세는 캔맥주를 한 모금 마셨다. "다음에 만났을 때는 이즈미 씨가 아무 일도 없었던 것처럼 시치미를 뚝 떼면서 그날 밤의 일에 대해서는 한 마디도 하지 않았다는 거야. 단지 딱 한 가지 크게 변한 것이 있었어."

"혹시…… 머리를 짧게 잘랐다?"

"오, 대단한데? 맞아, 그거야. 남학생처럼 머리를 짧게 자르고 옷차림까지 보이시하게 변해 있었어. 하야카와 씨가 이유를 물었더니 그냥 더워서 잘랐다, 여름방학은 이미지 변신의 기회 아니냐, 라는 답이 돌아왔다는 거야."

닛타는 손끝으로 책상을 톡톡 두드렸다. "정말로 그런 건가……."

"그 이후로 하야카와 씨도 그날 밤 일은 한 번도 입 밖에 꺼내지 못했대. 그래서 실제로 어떤 일이 있었는지는 알지 못한다는 거야. 짐작되는 것은 있지만 어디까지나 억측에 지나지 않는다는 얘기야."

"모친이 교제하던 남자에게서 못된 짓을 당한 거군요."

"상식적으로 생각해보면 그런 답이 나올 수밖에 없지. 그 못된 짓이 어느 정도였는지, 빈도는 어느 정도였는지, 애초에 못된 짓이라는 태평한 단어로 끝날 수 있는 일이었는지, 그건 아무도 모를 일이지만."

"보이시하게 이미지를 바꿔버린 것은 자기방어를 위한 행동이었겠네요. 그러면 남자가 이상한 마음을 먹지 않을 거라고 생각해서."

"응, 아마도." 노세가 고개를 끄덕였다. "고등학교를 졸업하는 대로 어떻게든 도쿄로 떠나고 싶어 한 이유도 이걸로 확실해졌어. 한마디로, 그자에게서 벗어나고 싶었던 거야."

"모친은 알고 있었을까요?"

"글쎄, 어떤지 모르겠어. 하야카와 씨 말로는, 딸이 엄마에게 그런 얘기를 했을 것 같지는 않대. 엄마가 그런 말을 들었다면 아무리 그래도 남자를 쫓아내지 않았겠느냐는 거야. 하지만 내가 그 모친을 만났을 때를 돌이켜보면, 뭔가 뒤가 켕기는 듯한 느낌이었던 게 아무래도 예사롭지 않았어."

"딸에게서 직접 들은 것은 아니지만 어렴풋이 눈치는 챘던 게 아니냐는 말씀인가요?"

맞아, 라고 노세는 분명하게 대답했다. "그럴 가능성이 높아. 하지만 딸에게 그걸 확인하지 않았어. 왜냐면 그럴 용기가 없었고 진상을 알기도 두려웠던 거 아니겠어?"

닛타는 휴우 한숨을 내쉬고 하이볼을 꿀꺽꿀꺽 마셨다. "진짜 참담한 얘기네요."

"미안하네. 피곤할 텐데 불쾌한 이야기보따리를 들고 와서."

노세는 짧은 목을 더욱 움츠렸다.

"어쩔 수 없죠, 그런 정보를 수집하는 게 형사 일이니까. 문제는 그 얘기가 이번 사건과 어떻게 연결되느냐는 것이지요."

"맞는 말이야. 방금 그 이야기를 통해 밝혀진 것은 이즈미 하루나 씨의 이미지 변신과 도쿄 상경의 이유뿐이야. 그래서 우선 그건 잠깐 제쳐두고, 한때 그녀의 집에 소녀 취향의 옷이 잔뜩 걸려 있었다는 것을 생각해보자고."

"그건 무슨 말씀이신지……."

"지난번에 말했던 자료팀 동기에게서 귀가 솔깃한 정보가 들어왔어."

그 말에 닛타는 눈이 큼직해졌다.

"과거의 미해결 사건 중에 이번 사건과 유사한 것이 있는지 키워드로 검색해달라고 부탁하셨다면서요. 근데 그걸 찾아낸 거예요?"

"응, 찾아낸 것일 수도 있어." 노세는 신중한 말투였다. "기간을 1년 이전까지 거슬러 올라갔더니 감전사라는 키워드에 걸리는 사건이 몇 건 있었다는 거야. 그중에 '롤리타'라는 키워드를 포함하는 것이 있었어."

"롤리타?"

여기서 노세는 항상 들고 다니는 수첩을 꺼내 들었다.

"상황이 아주 흡사해. 수면제를 먹여 재운 뒤에 감전사시켰어. 이번 사건과 다른 점은 욕실 욕조에서 잠든 상태일 때 전기를 통하게 한 거야. 발견 당초에는 단순한 심장 발작이라고 생각했던 모양이지만, 아직 젊고 심장에 지병이 있었던 것도 아니야. 게다가 실내 곳곳에서 지문을 닦아낸 흔적이 발견된 것 때문에 타살이라고 의심하게 됐지. 그 경우, 가장 가능성이 높은 게 감전사였기 때문에 전기 사용 실태를 조사해본바, 순간적으로 전기 사용량이 치솟아서 두꺼비집의 스위치가 잠깐 끊겼던 시간이 있었다는 거야. 그런데 그게 사망 추정 시각과 일치했어."

"진짜 상황이 비슷하네요. 피해자는 여성이었어요?"

"26세의 여성이었어. 게다가 상당한 미인이야. 지방 출신이고 사망했을 때 도쿄에서 혼자 살고 있었다는 점도 똑같아. 평소 옷차림은 평범했는데 옷장 안에 롤리타 취향의 의류가 여러 벌이 있었던 모양이야. 그래서 롤리타라는 단어가 보고서에 남아 있었던 거야."

"그러면 이거, 극적으로 수사에 성공한 건가요?"

"아, 근데……." 노세의 목소리 톤이 조금 떨어졌다. "연쇄살인이라고 하기에는 간격이 약간, 아니, 상당히 많이 벌어져. 3년 반 전의 사건이니까."

"3년 반? 네, 그건 좀 길군요."

"하지만 영 마음에 걸려. 내일 좀 더 자세히 알아볼 생각이야." 노세는 수첩을 마치 소중한 보물처럼 품속에 챙겨 넣었다.

"그쪽 건은 어떻습니까? 밀고자가 평소에 피해자의 원룸을 몰래 들여다봤던 게 아니냐는 거요. 그럴 만한 건물이 있었어요?"

"아직 찾고 있는 중이긴 한데, 역시 1킬로미터까지 범위를 넓히면 몇 군데 그럴 만한 건물이 있는 모양이야. 근데 이게 아주 귀찮은 게 1킬로미터로는 어림도 없을지 모른다는 거야." 노세는 난감하다는 듯 양쪽 눈썹 끝이 아래로 축 처졌다.

"좀 더 먼 곳일 수도 있다는 거군요."

"꼭 천체망원경처럼 거창한 것이 아니더라도 시중에서 판매하는 망원렌즈로도 3킬로미터 거리의 사람을 확인할 수 있대. 그렇게까지 범위가 넓어지면 어느 건물인지 알아내기는 좀 어려울지도 모른다고 하더라고."

"3킬로미터……."

닛타는 도쿄 지도를 머릿속에 떠올려보았다. 예전에 자세히 측정해볼 기회가 있었는데 호텔 코르테시아도쿄에서 사쿠라다몬의 경시청 본부까지가 약 3킬로미터였다. 그 범위 안에 있는 건물 숫자라니, 생각만 해도 정신이 아득해지는 느낌이었다.

"그래도 일단 찾아볼 수 있는 데까지는 찾아볼 거야. 그보다 닛타 씨 쪽은 어때? 뭔가 수확이 있었어?"

"유감스럽게도 노세 씨에게 보고드릴 만한 것이 하나도 없어요. 호텔이 얼마나 유니크한 곳이고 얼마나 다양한 사람들이 드나드는 곳인지 통감한 일은 몇 가지 있었지만."

"그게 뭐지? 궁금하네."

"사건이 일단락되면 말씀드릴게요." 닛타는 말했다. 구사카베 도쿠야의 프러포즈 이벤트는 술안주로는 최고지만, 일단 시작하면 얘기가 길어질 것 같았다. "범인이 잡히는 날에."

"그 재미있는 이야기를 마음 편히 듣기 위해서는 우선 사건을 해결해야 한다는 얘기로군. 이거, 또 한 가지 큰 동기 부여가 생겼는데?" 노세는 농담처럼 말했지만 그것이 진심에서 나온 말이라는 것은 틀림이 없었다.

16

아침에 컨시어지 데스크에 앉으면 나오미가 가장 먼저 하는 일은 옆에 놓인 작은 날짜 패널을 확인하는 것이다. 야간 타임의 프런트 클러크가 프런트 카운터에 있는 패널을 바꿀 때 함께 바꿔주기로 되어 있다. 오늘의 표시는 정확히 12월 30일이었다.

올 한 해도 마침내 이틀이면 끝이 나는가.

지난 1년을 되돌아보며 눈 깜짝할 사이에 지나가버렸다고 느끼는 것은 이 시기에 으레 갖게 되는 감상이다. 하지만 올해만은 도저히 그런 태평한 감상에 젖어 있을 수 없었다.

경시청의 잠입 수사가 시작된 지 오늘로 3일째다. 아직까지는 살인 사건과 관련된 일도, 이제부터 뭔가 일어날 조짐 같은 것도 확인되지 않았다. 그렇다고 안심할 만한 근거 따위는 없었다. 무슨 일이 일어난다고 한다면 카운트다운 파티 때인 것이다. 그때까지 이제 40여 시간이 남았다.

프런트 카운터에 시선을 던지자 벌써 유니폼으로 갈아입은 닛타가 호텔리어로서는 있을 수 없는 날카로운 눈빛으로 단말기를 노려보고 있었다. 쓴소리를 한마디 던지고 싶은 장면이었지만, 그의 마음도 충분히 이해가 되었다. 올해의 마지막 날을 앞두고 호텔에서 새해를 맞이하려는 사람들이 오늘부터 본격적으로 체크인에 들어가는 것이다. 그 숫자는 100명을 훌쩍 넘는다. 그 사람들의 숙박 데이터를 모조리 체크하기로 하자면 사냥개 같은 눈빛이 되는 것도 어쩔 수 없다. 그 눈빛으로 불온한 기척을 간파해내서 불상사가 일어나기 전에 범인을 체포해주기를 누구보다 나오미 자신이 진심으로 바라고 있는 것이다.

엘리베이터 홀에서 나타난 큼직한 몸집의 외국인이 프런트 카운터로 다가가는 게 보였다. 조지 화이트다. 우지하라가 체크아웃 수속을 하고 있었다. 딱히 별문제는 없는 것 같았다.

정산을 마친 화이트가 컨시어지 데스크를 향해 걸어왔다. 그 얼굴에 온화한 미소가 떠 있었다. 나오미는 자리에서 일어나 그를 맞이했다.

"고마워요. 이번에도 나오미 씨 덕분에 쾌적하게 잘 지냈어요." 악수를 청해왔다.

나오미는 그의 두툼한 손을 맞잡았다. "출발이신가요? 이제 어디로?"

"교토에 갑니다. 친구가 그쪽에 있어서 함께 새해를 맞이하자고 청해줬어요."

"정말 멋지네요. 좋은 연말연시가 되시기를 기원합니다."

"나오미 씨도 잘 지내요. 그런데 휴가는 없습니까?"

"유감스럽지만 1월 3일까지 근무예요."

"새해 사흘 연휴 내내 근무로군요. 수고하세요. 부디 건강에 유의하기를."

"고맙습니다."

화이트는 웃는 얼굴로 고개를 끄덕이더니 몸을 돌려 로비를 둘러보고 고개를 살짝 갸우뚱했다.

"뭔가 마음에 걸리는 일이 있으십니까?" 나오미가 물었다.

화이트는 잠깐 머뭇거리는 표정을 보인 뒤, 입을 열었다.

"이번에 여기에 오면서부터 줄곧 느꼈던 건데, 분위기가 평소와는 달라요."

나오미는 가슴이 덜컥 내려앉았다. "어떻게 다르다는 말씀이신지……."

"기묘한 긴박감이 흐르는 것 같아요. 누군가 특별한 VIP가 투숙 중인가요? 아, 그게 누군지 알려달라는 건 아니에요."

나오미는 계속 웃는 얼굴을 유지했지만 뺨이 저절로 긴장하는 것을 자각했다.

"왜 그렇게 생각하셨을까요?"

그러자 화이트는 나오미 쪽을 향한 채 엄지로 뒤쪽을 가리켰다.

"에스컬레이터 옆에 서 있는 남자, 아까부터 아무것도 안 하고 계속 눈을 번뜩이며 주위를 살펴보고 있어요. 가만히 보니까 인터컴도 끼고 있던데요? 일반 경비원이라면 호텔 유니폼을 입고 있었겠지요. 게다가 그런 사람이 곳곳에서 눈에 띄어요. 이건 보통 일이 아니라는 생각이 들겠지요?"

어떻게 대답해야 할지 나오미가 생각을 가다듬고 있는데 화이트가 "노 프러블럼!"이라고 말했다.

"대답하기 어렵다면 굳이 대답하지 않아도 돼요. 하지만 위화감을 품은 손님이 나 한 사람뿐이라고는 생각되지 않는군요. 그걸 알려주고 싶었어요."

"감사합니다. 하지만 저희 호텔에 트러블이 발생한 것은 결코 아닙니다. 안심하십시오."

"알아요. 당신들에게는 강한 신뢰감을 갖고 있어요. 내가 쓸데없는 말을 한 것 같군요. 잊어버려도 좋아요."

"아닙니다, 귀중한 충고 감사드립니다. 조심해서 잘 다녀오십시오. 교토 여행이 멋진 추억이 되시기를 바랍니다."

화이트는 흐뭇한 표정으로 돌아와 일본어로 "아리가토"라고 대답하고 정면 현관을 향해 걸어갔다. 그 뒷모습을 배웅하고 나오미는 한숨을 내쉬면서 새삼 로비를 둘러보았다.

굳이 지적해주지 않아도 이미 빤한 일인지도 모른다. 일반인을 가장하고 있지만 어떤 사람이 수사원인지 나오미도 대략 짐작할 수 있었다. 에스컬레이터 옆에 서 있는 남자는 명백히 형사, 그리고 소파에 앉아 신문을 읽는 척하는 인물도 분명 형사일 것이다.

화이트가 말한 대로 다른 손님들도 이상한 분위기를 감지하고 있을 가능성이 크다. 이런 상황에서 만에 하나 중대한 사건이 발생한다면 그야말로 큰일이 아닐 수 없다. 모두 다 인지하고 있었으면서 왜 고객들에게 알리지 않았느냐는 사회적 지탄을 받을 게 틀림없다.

어떻게 해야 좋을까.

일개 직원이 고민해봤자 별수 없는 일이라는 것을 알면서도 자꾸 고민하게 된다.

그나저나 살인 사건의 범인이라는 자가 카운트다운 파티장에 나타나다니, 대체 어쩌자는 것인가. 무슨 목적으로 그런 짓을 하는가. 정말 민폐도 이런 민폐가 없다.

나오미는 단말기 화면에 파티 참가자 목록을 불러냈다. 줄줄이 기재된 이름을 보면서 이들 중에 살인범이 있을지도 모른다고 생각해봤지만 전혀 실감이 나지 않았다.

후우 한숨을 내쉬며 단말기에서 얼굴을 들었을 때, 눈앞에 사람이 서 있는 것을 깨닫고 흠칫했다. 게다가 한 사람이 아니라 커플이었다. 둘 다 서른 가까운 나이로 보였다.

"잠깐 상담 좀 해도 되겠습니까?" 남자 쪽이 머뭇머뭇 입을 열었다. 간사이 사투리 억양이었다. 옆에 있는 여자는 부루퉁한 표정으로 고개를 숙이고 있었다.

나오미는 자리에서 일어나 웃는 얼굴로 쾌활하게 대답했다.

"네, 무슨 일이신지요. 뭔가 어려운 일이라도 있으십니까?"

"어렵다기보다 확인할 게 좀 있어서요. 어디에 물어봐야 할지 몰라서 여기로 왔는데요."

"네, 잘하셨습니다. 어떤 일이신지요."

남자는 옆의 여자를 흘끔 돌아보고 나서 시선을 되돌렸다.

"우리가 그저께 체크인을 했어요. 그래서 어제는 오전에 외출했다가 호텔에 돌아온 게 밤 10시쯤이었는데요." 다시 한번 여자 쪽을 흘끔 돌아보고 나서 말을 이었다. "이 친구가 자기 가방을 누군가 뒤진 것 같다고 하는 거예요."

"예에?" 나오미는 저절로 목소리 톤이 높아졌다. "그게 무슨 말씀이신지……. 가방에서 뭔가 없어졌다는 말씀인가요?"

"아뇨, 없어진 건 아니고요. 나는 괜한 지레짐작이 아니냐고 말했는데……."

남자가 거북스러운 듯 말을 이으려고 했을 때 갑자기 여자가 얼굴을 들었다.

"지레짐작이 아니에요. 틀림없이 누군가 내 가방을 뒤졌다고요. 나는요, 화장품 파우치를 가방 맨 밑에 넣어둔 적이 한 번도 없어요. 혹시 호텔 청소 담당자가 손을 댄 게 아닌지 확인 좀 해주세요!" 간사이 사투리로 거칠게 몰아붙이는 목소리가 로비에 퍼져 나갔다.

노크 소리가 두 번 들렸다. 들어오세요, 라고 대답한 것은 총지배인석에 앉은 후지키였다.

문이 열리고 경시청 수사 1과의 이나가키가 나타났다. 그의 뒤를 따라 들어온 사람은 분명 모토미야라는 이름의 형사다. 처음 봤을 때는 완전히 야쿠자 같은 인상이어서 아무리 손님으로 위장한다고 해도 호텔 안에 있는 것조차 민폐로 느껴질 정도였다.

두 사람에 이어 얼굴을 내민 것은 닛타 형사였다. 험상궂은 모토미야 다음이라서 그런지 인사하는 모습이 평소보다 더 진짜 호텔리어처럼 보였다.

"갑작스럽게 오시라고 해서 죄송합니다." 후지키가 자리에서 일어서면서 말했다.

아뇨, 라고 짧게 대답하는 이나가키의 표정은 딱딱하게 굳어 있었다.

"일단 앉으십시오." 후지키가 소파 쪽을 가리켰다.

총지배인실의 응접 세트는 호화롭다. 큼직한 센터 테이블 주위로 전원이 자리를 잡았다. 호텔 쪽 사람은 후지키와 숙박부장 다쿠라, 이그제큐티브 하우스키퍼 하마시마, 그리고 나오미였다.

"어떤 일 때문인지는 이미 알고 계시지요?" 후지키가 이나가키에게 물었다.

"다쿠라 부장에게서 들었습니다."

"제가 말씀드린 것은 대략적인 내용입니다." 다쿠라가 말했다. "한 다리 건너서 듣게 되면 정확히 전달되지 않을 수 있으니까 야마기시가 직접 설명하도록 하겠습니다. 야마기시, 부탁해."

나오미는 고개를 끄덕이고 침을 꿀꺽 삼킨 뒤 형사들에게로 시선을 던졌다.

"저를 찾아온 분들은 0923호실에 투숙 중인 커플 고객님입니다. 어젯밤 10시경에 호텔 방에 돌아왔는데, 방 안에 있던 가방에 누군가 손을 댄 흔적이 있었다고 합니다. 가방 소유자인 여자분은 꼼꼼한 성격이라서 자신이 쓰기 편리하게 가방 속 배치를 항상 일정하게 하는 습관이 있다고 합니다. 그런데 그게 바뀌어 있었다, 방을 나올 때 돌아오는 대로 곧장 꺼낼 수 있게 화장품 파우치를 맨 위에 넣었는데 왜 그런지 맨 밑에 가 있었다, 누군가 손을 댄 게 틀림없다, 라고 하셨습니다. 잃어버린 물건은 없지만 이대로는 께름칙하니 분명하게 조사해달라고 컨시어지 데스크를 찾아오신 것이었어요."

이나가키는 팔짱을 끼고 허공을 지그시 보고 있었다. 그 얼굴에 표정은 없었다. 그와는 대조적으로 옆의 모토미야는 명백히 부루퉁한 얼굴이었다. 아마도 이 사람이 장본인일 것이다, 라고 나오미는 짐작했다.

"그래서 어떻게 대응하셨어요?" 닛타가 질문을 던져왔다.

"곧바로 이그제큐티브 하우스키퍼에게 연락해 사정을 설명했습니다." 나오미는 옆에 있는 하마시마를 돌아보며 말했다.

"네, 야마기시 씨의 말을 듣고 즉시 0923호실 하우스키핑 담당자에게 확인했습니다. 두 명의 하우스키퍼에 의하면 고객님의 가방을 뒤지는 일 따위는 절대 있을 수 없다, 라는 얘기였습니다." 약간 통통한 편인 하마시마가 긴장했는지 평소보다 높은 목소리로 말했다. "하지만 0923호실의 하우스키핑에는 수사원들이 입회했었습니다. 그분들이 고객님의 가방에 손을 댔는지 어떤지는 단언할 수 없다는 것이 담당자들의 대답이었습니다. 그런 얘기를 야마기시 씨에게 전달했습니다."

"그래서요?" 닛타가 다시 나오미 쪽을 보았다.

나오미는 크게 숨을 내쉰 뒤에 입을 열었다.

"그 시점에는 아직 단정할 수 없었지만, 고객님을 계속 기다리시게 할 수도 없어서 가방에 손을 댄 것은 수사원이었다는 전제에 따라 대응하는 게 합리적이라고 판단했습니다."

"어떤 식의 대응을?" 닛타의 눈에는 호기심의 빛이 가득했다.

"하우스키핑을 하던 중에 객실 담당자가 가방을 옮기려다가 깜빡 떨어뜨렸는데 그 참에 가방 속이 헝클어진 것 같다고 합니다, 라고 고객님께 설명하고 사죄했습니다. 담당자를 불러 직접 해명하도록 할지를 여쭤봤지만, 아마 마음이 놓였는지 그럴 것까지는 없다고 양해해주셨습니다."

"오, 역시 대단하시네요."

"감사합니다." 반사적으로 머리 숙여 감사 인사를 해버린 뒤에야 왜 내가 이런 자리에서 인사를 해야 하나, 하고 나오미는 후회했다.

"어떻게 생각하십니까, 이나가키 경감님?" 후지키가 말했다.

"얘기를 들어보니 야마기시가 짐작한 대로 저 역시 가방에 손을 댄 것은 수사원이라고 생각되는데, 뭔가 반론이 있나요?"

이나가키는 팔짱을 낀 채 옆자리의 모토미야 쪽으로 슬쩍 고개를 돌렸다. "손을 댔다고 할 정도는 아니었지?"

예, 라고 모토미야가 대답했다. "잠깐 가방 속을 들여다본 것뿐이에요." 퉁명스러운 말투였다.

"잠깐 들여다본 것뿐인데 맨 위에 넣어둔 것이 맨 밑으로 들어갈 수 있을까요?" 나오미는 입을 툭 내밀며 말했다.

"가방을 열어보려다가 떨어뜨렸어요. 그 바람에 안에 든 것이 뒤집힌 모양이죠. 야마기시 씨라고 했던가요, 댁이 그 고객에게 설명한 그 일이 실제로 일어난 겁니다."

"그런 무책임한 말씀을……. 애초에 고객님의 물건에 무단으로 손을 댄 것 자체가 규칙 위반입니다!"

나오미는 모토미야의 해골 같은 얼굴을 쓰윽 노려봤지만 상대는 전혀 개의치 않는 기색이었다.

이나가키 경감님, 이라고 후지키가 낮은 목소리로 입을 열었다.

"원래 고객에게 양해를 구하지도 않은 채 방에 외부인을 들이는 것은 호텔로서는 도저히 허용될 일이 아닙니다. 그래도 일부분에 한해 하우스키핑에 수사원의 입회를 인정해드린 것은 비상사태라고 인식했기 때문입니다."

"현명한 판단이시라고 생각합니다."

이나가키의 말은 나오미에게는 은근무례로밖에는 들리지 않았다. 후지키도 똑같이 생각했는지, 공치사는 생략해달라는 듯이 슬쩍 손사래를 쳤다.

"하지만 아무리 특수한 사정이라도 결코 범해서는 안 되는 규칙이라는 게 있습니다. 사건과는 아무 관계도 없는 고객님에게 피해를 끼치거나 불쾌감을 주는 일은 결코 있어서는 안 된다는 게 바로 그런 규칙입니다. 사건과 관계가 없는 고객님에게는 평소와 똑같이, 아니, 평소보다 더 질 좋은 서비스를 제공하도록 노력해야 한다는 게 제 생각입니다."

"그건 잘 알고 있습니다." 이나가키는 끼고 있던 팔을 그제야 풀고서 등을 꼿꼿이 세웠다. "이번 일은 좀 지나친 점이 있었던 것 같은데, 앞으로는 특히 조심하도록 부하들에게 주의를 주겠습니다."

"어떤 식으로 조심하라고 지시하실 생각입니까?"

"그러니까 그건…… 투숙객에게 피해를 끼치지 않도록 조심하라는 것이죠."

후지키가 입가를 풀며 웃었지만 그건 냉소로밖에는 보이지 않았다.

"실례지만 경찰관들 중에는 어떤 일이 고객님에게 피해가 되는지 혹은 어떤 일로 고객님이 불쾌감을 갖는지 판단을 잘 못 하는 분이 계시는 게 아닌가요?"

"그렇지는 않아요. 경찰관도 어엿한 사회인입니다. 다들 상식쯤은 갖고 있죠."

"그건 경찰관의 상식 아닙니까?"

이나가키가 미간을 좁혔다. "무슨 뜻입니까?"

후지키가 재촉하듯이 다쿠라에게 눈짓을 했다.

"어젯밤에 벨 캡틴에게서 보고가 들어왔습니다." 다쿠라가 이야기하기 시작했다. "로비에 있던 고객님에게 이런 질문을 받았다고 합니다. 호텔 직원 중에 인터컴을 낀 사람과 그렇지 않은 사람이 있던데 그 이유가 무엇이냐, 라고요. 이상한 질문이라고 생각했지만 일단 대답하는 게 선결 문제라고 생각해서, 이곳저곳 돌아다니면서 근무하는 직원, 즉 도어맨과 벨보이들이 인터컴을 끼고 있고, 프런트 클러크처럼 근무 장소가 일정한 사람은 인터컴을 쓰지 않는다고 답했다고 합니다. 그랬더니 그 고객님이, 호텔 유니폼을 입은 것도 아닌데 인터컴을 끼고 있는 사람이 있었다, 그건 어떤 사람들이냐고 다시 물었다고 합니다. 개중에는 로비의 소파에 계속 앉아 있는 사람들도 있고 어쩐지 호텔 분위기가 살벌하다, 라고요. 벨 캡틴은 호텔과는 관계없는 일인 것 같지만 일단 알아보겠다고 대답했다는데, 다음에 또 그런 질문이 들어오면 어떻게 대답해야 하느냐고 제게 문의해왔습니다. 그리고 야마기시에 의하면, 오늘 아침에도 그것과 똑같은 지적이 들어왔다고 합니다. 외국 분인데 단골 고객님이라서 다른 때와의 차이에 위화감을 느낀 것 같습니다. 그리고 또 한 건이 있습니다."

검지를 번쩍 들면서 다쿠라는 말을 이어갔다. "이건 총무부에서 들어온 연락 사항입니다. 어제 결혼식 피로연 장소를 사전 점검 하고 돌아간 고객님에게서 전화가 왔다고 합니다. 호텔을 나와 지하철을 타러 가는 참에 뒤에서 누군가 말을 걸었다, 경찰이라고 이름을 대면서 검문을 했다, 이유를 물었더니 호텔 안에서 수상쩍은 행동을 취했기 때문이라고 했다, 라는 얘기였습니다. 그 호텔에서는 손님의 행동을 일일이 경찰이 감시하느냐, 라고 항의했다고 합니다."

설명을 끝낸 뒤, 경찰관들의 반응을 살피듯이 다쿠라는 자리에 앉은 사람들을 빙 둘러보았다.

"어떻습니까, 이해하시겠어요?" 후지키가 이나가키에게 말했다. "경찰에서 수사에 열의를 보이신다는 것은 저도 잘 알고 있습니다. 인터컴을 끼고 호텔 내외를 감시하는 것도, 수상한 사람을 미행해 검문하는 것도, 경찰관으로서는 상식적인 행동이겠지요. 하지만 호텔을 이용하는 고객님에게는 지극히 비일상적인, 다시 말해 큰 민폐이자 불쾌한 일이라는 것을 잊지 말아주셨으면 합니다. 호텔이라는 곳에는 그야말로 다양한 분들이 찾아오십니다. 그것을 완전히 이해한다는 것은 경찰로서는 어려운 일이 아닌가 하는 말씀을 드리는 거예요. 실제로 가방에 물건을 넣는 순서를 정확히 기억하는 여성이 있다는 것까지는 상상을 못하셨겠지요." 나무람이 담긴 눈빛을 모토미야에게 던진 뒤, 후지키는 이나가키에게로 얼굴을 돌렸다. "어떻습니까?"

이나가키는 한 차례 헛기침을 했다. "그러면 우리에게 어떻게 하라는 말씀이신지……."

후지키는 살짝 가슴을 젖혔다.

"호텔 내부의 감시는 인정하겠지만 인터컴의 사용은 되도록 삼가주십시오. 고객님에의 검문은 웬만한 일이 아닌 한, 자숙해 주시고요. 또한 앞으로 하우스키핑에 입회한 수사원이 고객님의 짐에 손을 댈 경우, 그 이후의 입회는 일절 거부하겠습니다. 객실 담당자에게는 수사원에게서 절대로 눈을 떼지 않도록 주의하라고 지시하겠습니다. 하마시마, 모든 담당자에게 그렇게 전달하세요."

네, 알겠습니다, 라고 하마시마가 머리를 숙였다.

"총지배인님, 잠깐만요." 이나가키가 초조한 기색으로 제지했다. "그래서는 일이 안 돼요."

"뭐가 안 된다는 것이죠?"

"범인을 체포하는 일, 말입니다. 고객에게 충실한 서비스를 제공하려는 마음은 충분히 이해합니다. 우리도 그런 것을 가볍게 보고 있는 건 아니에요. 하지만 살인범을 체포하기 위해서는 약간 무리한 일도 밀어붙여야 하는 경우가 있어요. 인터컴의 사용은 최소한으로 줄일 것이고, 검문을 할 경우에는 호텔에 피해가 가지 않는 형태를 취하라고 철저히 주지시키도록 하지요. 다만 하우스키핑 때 짐을 조사할 수 없다는 것은 재고해주시면 안 되겠습니까? 수사상, 짐을 점검하는 건 아주 중요한 일이에요."

"그렇다면 점검 전에 고객님의 허가를 받아주세요. 허가를 받은 일이라면 우리도 불만이 없습니다."

이나가키는 어처구니없다는 듯 두 팔을 내둘렀다.

"그게 가능하겠습니까. 총지배인님도 다 아시잖아요."

"그렇다면 포기하시지요. 평소에도 하우스키퍼에게 고객님의 의류나 소지품에 절대로 손을 대서는 안 된다고 지도하고 있어요. 하물며 무단으로 고객님의 짐을 뒤지다니, 그건 도저히 인정할 수 없습니다."

"총지배인님, 생각 좀 해보세요." 이나가키가 몸을 앞으로 내밀며 말했다. "이 호텔에서 범죄가 일어나려 하고 있어요. 그것을 저지하는 게 무엇보다 최우선 아닙니까?"

후지키가 꿈틀 눈썹을 치켜들었다.

"처음에 하셨던 말씀과는 얘기가 다르군요. 카운트다운 파티장에 살인범이 나타날지도 모른다고 하셨지 범죄 예고 같은 건 없었잖습니까."

"밀고자가 노리는 게 뭔지, 그리고 살인범이 왜 이 호텔에 나타나는지, 둘 다 확실하게 밝혀진 것은 없어요. 하지만 밀고장 내용이 거짓이라든가 살인범이 단순히 새해맞이 카운트다운을 즐기기 위해 찾아오는 것뿐이라는 식으로 판단하는 건 너무도 낙관적인 생각이잖습니까."

"그건 맞는 말씀이지만, 그런 의미에서는 호텔이라는 장소는 항상 위험을 안고 있습니다. 고객님 중에 범죄자가 한 명도 없다, 나쁜 꿍꿍이를 가진 사람이 전혀 없다, 라는 보증은 어디에도 없으니까요. 하지만 그렇다고 객실 담당자가 매번 짐을 체크하는 일은 결코 없습니다."

후지키의 반격은 우지하라가 했던 말과 통하는 구석이 있었다. 호텔이라는 장소는 결코 우아하고 화려하기만 한 게 아니라 위험 요소도 수없이 떠안고 있는 공간이라고 각오한 직원들의 공통된 인식일 것이라고 나오미는 생각했다.

이나가키는 진한 한숨을 내쉬었다. "도저히 안 되겠습니까?"

아무래도 반론의 재료가 떨어진 모양이었다.

양해해주십시오, 라고 후지키가 머리를 숙였다.

"알겠습니다. 그러면 총지배인님, 이렇게 하는 건 어떻겠습니까. 범죄 방지에 가장 효과적인 짐 점검을 못 한다면 이제 기댈 것은 개인정보뿐이에요. 호텔 측에서 파악한 이용객의 정보는 모두 우리 쪽에 제출해주시지요. 그리고 우리 쪽의 문의에는 반드시 응해주실 것을 부탁드립니다." 이나가키는 결연한 태도로 말했다. 수사 책임자라는 자부심이 느껴졌다.

"예, 그 점이라면 협조하지 않을 도리가 없겠지요." 후지키가 진지한 눈빛으로 대답했다. "단 정보에 대한 취급은 최대한 신중하게 해주시기를 부탁합니다."

"정보가 외부에 새어 나갈 일은 결코 없다고 약속합니다. 그리고 또 한 가지, 오늘부터 체크인 업무를 맡은 프런트 직원들이 협조해줄 게 있습니다."

"어떤 것이지요?"

이나가키는 양복 안주머니에서 명함 한 장을 꺼냈다.

"체크인하는 고객이 카운트다운 파티에 신청할 경우, 그 티켓을 고객에게 내줄 때……." 이나가키는 명함을 얼굴 옆까지 올리면서 말했다. "이 정도 높이까지 올려달라고 해주십시오."

후지키의 얼굴에 경계의 빛이 떠올랐다.

"그건 말하자면 카운트다운 파티에 참가하는 고객님인지 아닌지 로비에서 감시 중인 수사관이 그때그때 확인할 수 있게 해달라는 건가요?"

"예, 말하자면 그렇죠. 프런트에는 닛타가 나가 있지만, 동시에 여러 명의 고객이 체크인하는 경우도 많으니까 혼자서는 도저히 다 파악할 수 없어요."

후지키는 이나가키를 지그시 바라보며 천천히 숨을 토해냈다.

"사건과 관계없는 고객님에게는 결코 피해를 끼치지 않겠다고 약속해주실 수 있습니까?"

"물론이죠."

후지키는 고개를 끄덕이고 다쿠라 쪽으로 얼굴을 향했다. "프런트 오피스에 그렇게 지시하도록 해요."

알겠습니다, 라고 다쿠라가 대답했다.

"그 밖에 또 다른 것은 없습니까?" 후지키가 물었다.

"현재로서는, 이상입니다. 협조해주셔서 고맙습니다." 그렇게 말한 뒤 이나가키는 자리에서 일어나 두 명의 부하를 내려다보았다. "자, 그만 돌아가자."

모토미야와 닛타가 일어서는 것을 보고 이나가키는 "실례합니다"라는 인사를 건넨 뒤 문으로 향했다. 두 사람도 그 뒤를 따라 나갔다.

후지키가 소파에 등을 기댔다.

"이만큼 단단히 당부했으니 괜찮기는 하겠지만, 만에 하나의 경우가 있어. 하마시마는 수사원이 입회하는 하우스키핑 담당자에게 잘 얘기해줘, 결코 수사원들에게서 눈을 떼어서는 안 된다고."

알겠습니다, 라고 하마시마가 대답했다.

"그 밖에 다른 안건이 없다면 해산하도록 하지. 아, 야마기시는 잠깐 남도록 해요."

"예? 아, 예에." 나오미는 몸을 일으키려다가 다시 소파에 앉았다.

다쿠라와 하마시마가 나가자 후지키는 나오미의 맞은편으로 자리를 바꿔 앉았다.

"지난번 사건에 이어서 자네가 또다시 고생이 많네. 미안하게 생각하고 있어."

"그러지 마세요, 총지배인님께서 사과하실 일도 아닌데요."

"하지만 지난번 사건 때 자네에게 경찰과의 통로 역할을 해달라고 제안한 것은 나였어. 그 일이 아니었다면 이번에 자네가 이렇게 휘말릴 일도 없었겠지. 미안하네."

"총지배인님, 그런 말씀은 이제 그만……."

후지키는 후우 하고 숨을 내쉬었다.

"그래, 그 이야기는 이쯤에서 끝내기로 하지. 자네에게 남으라고 한 것은 이번 사건과는 관계없는 일 때문이야. 오히려 자네에게 아주 좋은 일이 될 거야."

"어떤 일이신지요."

"자네도 들었는지 모르겠지만, 코르테시아 로스앤젤레스가 이번에 리뉴얼을 하기로 했어. 그 참에 일본인 스태프를, 그것도 프런트 오피스를 맡길 우수한 인재를 찾고 있는 모양이야. 나한테도 누군가 추천해달라는 의뢰가 들어왔어. 여기까지 이야기하면 내가 무슨 말을 하려는지 알겠지?" 후지키가 나오미의 얼굴을 들여다보았다. "자네를 추천하려고 하는데, 의향이 어떤지 물어보려는 거야."

뜻밖의 제안에 나오미는 한순간 머릿속이 하얘졌다.

17

총지배인실을 나와 복도를 걸어가면서 모토미야가 "죄송합니다"라고 사과했다. "제가 얼빠진 실수를 해버렸네요."

"신경 쓸 거 없어. 별일도 아닌데." 이나가키는 앞을 향해 걸음을 옮기며 가볍게 응했다.

"하지만 그 바람에 손님의 짐을 조사할 수 없게 됐잖아요."

"오늘부터 체크인하는 손님 대부분이 1월 1일까지 이 호텔에서 묵을 거야. 그런 손님의 짐을 모조리 다 조사했다가는 어차피 조만간 호텔 쪽에 들켰을 거야. 그랬으면 저 총지배인의 성격상, 이번과 똑같은 태도를 취했을 게 틀림없어."

"그건 그렇지만……."

"상관없어. 짐을 조사하지 않아도 하우스키핑 때 방에 들어가 보는 것만으로 충분히 참고가 돼."

"그 점은 저도 동감입니다. 그래서 총지배인이 입회 자체를 금지하는 건 아닌가 하고 내심 조마조마했어요."

모토미야의 말에 이나가키는 흐흥 하고 코를 울렸다.

"그건 안 되지. 이번처럼 고객에게서 클레임이 들어올 우려가 있으니까 짐에 손을 대는 건 중지하라고 강경하게 말하긴 했지만, 수상쩍은 고객의 방을 형사가 체크해주는 것 자체는 총지배인도 원하는 일일 거라고. 실제로 정보 제공이나 파티 참가자의 체크에 관해서는 양보해줬잖아. 이번 협상을 통해 그 사람은 호텔 측이 경찰에 양보할 수밖에 없다는 명분을 부하 직원들에게 여실히 보여준 셈이야."

닛타는 이나가키의 옆얼굴을 보았다. "후지키 씨의 항의는 부하 직원들을 향한 제스처였다는 말씀입니까?"

"그것도 겸하고 있다는 얘기지. 그 사람이 겉보기와는 달리 상당한 책사야. 선한 가면을 쓰고 있지만."

그렇구나, 라고 닛타는 그제야 이해했다. 동시에 그것을 간파해낸 이나가키의 혜안에 감탄했다. 아무래도 자신들은 너구리와 너구리의 협상 자리에 동석했던 모양이다.

"하지만," 이나가키는 발을 멈추고 닛타 쪽으로 몸을 돌렸다. "투숙객의 방을 들여다봤다고 꼭 뭔가 단서를 잡는다는 보증은 없어. 범인을 찾아내려면 역시 손님 한 사람 한 사람과 접하는 것이 가장 좋아. 즉 자네의 역할이 무엇보다 중요하다는 건 변함이 없다는 얘기야. 카운트다운 파티 참가자를 조사해보니까 반절 가까이가 오늘부터 체크인하는 고객이야. 상당한 숫자가 되겠지만, 조금이라도 수상쩍은 점이 있으면 빠짐없이 보고하도록 해."

"알겠습니다."

"잊지 마. 다른 모습으로 위장한 것은 자네만이 아니야. 상대 역시 둔갑술을 쓸 거야. 결코 속아 넘어가서는 안 돼."

상사의 말이 닛타의 마음속을 울렸다.

그 뒤에 자잘한 상의 몇 가지를 마무리하고 닛타가 로비로 돌아오자 야마기시 나오미는 컨시어지 데스크 의자에 막 앉으려는 참이었다. 뭔가 걱정되는 일이라도 있는지 떨떠름한 표정이었다. 닛타는 천천히 그녀에게로 다가갔다.

그를 알아보자 야마기시 나오미는 입을 한일자로 꾹 다물었다. 어깨가 약간 들먹거린 것은 심호흡을 했기 때문일 것이다.

"이래저래 걱정을 끼쳐서 죄송합니다." 닛타가 머리를 숙였다.

야마기시 나오미가 흘끗 올려다보았다.

"진짜 말도 안 돼, 고객님의 짐을 마음대로 뒤지다니."

닛타는 머리를 긁적였다.

"수사를 열심히 하다 보니 깜빡 그렇게 된 거예요. 모토미야 형사님은 총괄 경위 직급이라서 팀장님 다음이에요. 얼굴은 무섭게 생겼지만 남들보다 두 배는 책임감이 강하시죠."

"지나친 것도 정도가 있죠. 하긴 앞으로는 주의하겠다고 했으니까 내가 길게 잔소리할 건 없겠지만."

"그래요, 좀 봐줘요. 그나저나 어쩐지 기운이 없어 보이던데, 내 생각 탓인가?"

"기운이 없다니, 내가요?"

"방금 자리에 앉기 전까지 그랬어요. 걱정거리가 있는 듯한 얼굴이었죠."

"내가 그런 얼굴이었나?" 야마기시 나오미는 자신의 양쪽 뺨을 가볍게 탁탁 두드렸다. "그러면 안 되죠. 조심해야겠네."

"무슨 일 있어요?"

닛타의 물음에 아주 잠깐 그녀는 뭔가 답하려는 기척을 보였다. 하지만 곧바로 정신이 번쩍 든 것처럼 고개를 저었다.

"닛타 씨와는 관계없는 일이에요. 이번 사건과도 관계가 없고."

"야마기시 씨의 개인적인 문제라는?"

"네, 그렇다고 해두죠."

"그럼 더 이상 캐묻지 말아야겠군요."

닛타는 프런트로 돌아가려다 흠칫 발을 멈췄다. 티라운지에서 나카네 미도리, 즉 마키무라 미도리가 나오는 것이 눈에 들어왔기 때문이다. 짙은 감색 원피스 아래로 가느다란 다리가 길게 드러났다. 가게 앞에서 다크브라운의 코트를 걸치더니 다시 걸음을 옮겼다. 짐은 핸드백뿐이었다.

그녀의 등 뒤에 시선을 던졌지만 동행이 나오는 기척은 없었다. 그렇다면 그녀의 '남편'인 나카네 신이치로는 아직 티라운지 안에 있는 건가.

나카네 미도리는 뭔가 깊은 생각에 잠겼는지 심각한 얼굴로 정면 현관으로 향하고 있었다. 닛타 옆을 지나갈 때 "잘 다녀오십시오"라는 인사를 건네봤지만 이쪽을 돌아보는 일은 없었다.

"아름다운 분이네요." 어느새 야마기시 나오미가 닛타 옆에 와 있었다. "저 여자분이 무슨 문제라도?"

"약간 애매한 점이 있어서요."

닛타는 숙박표에 기재한 나카네 미도리는 가명이고 아마 본명은 마키무라 미도리일 것이라는 이야기를 했다.

"그래요? 하지만 그건 호텔에서는 흔한 일인데요."

"러브 어페어의 경우라든가?"

닛타의 물음에 야마기시 나오미는 뺨을 풀며 피식 웃었다. "뭐, 그런 경우라고 할 수 있죠."

"티라운지에서 혼자 나온 것도 그런 이유 때문인가? 남자와 함께 있는 장면을 남들에게 들킬까 봐 조심하는 건지도 모르겠네요. 아, 그렇다면 티라운지 안에서는 어떻게 했을까요?"

"일반적으로 생각해보면, 티라운지에서도 저 여자분 혼자였던 거 아닐까요?"

"그런가……."

확인해보기로 마음먹고 닛타가 티라운지로 향하는 참에 앞쪽에서 한 남자가 큰 걸음으로 걸어왔다. 어젯밤에 인상적인 프러포즈를 했다가 요란하게 실패해버린 구사카베 도쿠야였다.

야마기시 씨, 라고 구사카베가 그녀를 불렀다.

"안녕하세요, 구사카베 고객님." 야마기시 나오미가 인사했다. "어젯밤에는 편히 쉬셨습니까?"

"덕분에 기분 좋게 푹 잤어요. 오늘 아침에는 너무 상쾌해서 마치 새로 태어난 것 같더군요." 구사카베의 말투는 밝았다. 표정도 생생하게 살아 있었다.

아무래도 맷집이 상당히 좋은 성격인 모양이라고 옆에서 그의 말소리를 들으면서 닛타는 생각했다. 그런 드라마틱한 방식으로 뻥 차이고 나면 보통 사람은 한참 동안 다시 일어서지 못할 터였다.

"참으로 다행입니다." 야마기시 나오미는 미소로 답했다.

"그래서 말인데, 떠나버린 여자는 깨끗이 잊고 처음부터 다시 시작할 생각이에요. 내가 다시 일어설 수 있게 야마기시 씨가 이번에도 꼭 좀 도와줬으면 좋겠는데."

"물론 기꺼이 도와드리고말고요. 어떤 일이든 말씀해주십시오."

"그 말을 들으니 마음이 놓이는군요. 우선 그 여자에 대해서 알려줬으면 해요. 티라운지에서 찻값을 방 번호로 달아놓는 것 같았으니까 이 호텔 투숙객이라는 건 알고 있어요. 카페오레를 마셨는데, 곁들여 나온 쿠키에는 손도 대지 않은 걸 보면 단것은 그리 좋아하지 않는 것 같아."

구사카베가 빠른 말투로 주워섬기는 것을 들으면서 닛타는 혼란스러웠다. 이 남자가 대체 무슨 말을 하는 것인가.

"아, 저기, 구사카베 고객님." 야마기시 나오미도 마찬가지였는지 미소를 띠고는 있지만 그 눈빛에는 당혹스러움이 가득했다. "죄송합니다만, 무슨 말씀이신지 미처 알아듣지 못했습니다. '그 여자'라는 것은 어느 분을 말씀하시는 것인지요."

구사카베는 의아한 듯 미간을 좁혔다.

"그 여자요, 그 여자. 방금 둘이서 지켜봤던 그 여자."

엇 하고 야마기시 나오미가 드물게도 낭패한 목소리를 냈다. 당연하다. 옆에서 듣고 있던 닛타도 깜짝 놀랐다.

"방금 그 여자분이라고 하시면, 갈색 코트를 입은 그……." 야마기시 나오미가 머뭇머뭇하는 기색으로 물었다.

그렇지, 그렇지, 라고 구사카베가 반색하며 고개를 끄덕였다.

"어딘지 모르게 앤젤리나 졸리를 닮은 여자야. 내가 티라운지에서 커피를 마시고 있는데 바로 옆자리에 앉더라고. 그 여자를 보고 정말 충격을 받았어요. 아니, 이건 네거티브한 뜻이 아니에요. 여기, 여기에 쿵 하고 왔다니까." 자신의 가슴을 손끝으로 가리켰다. "큐피드의 화살이 날아와 박힌 거예요. 그토록 이상적인 여성이 이 세상에 있을 줄은 상상도 못 했어. 다에코도 참으로 훌륭한 여성이었지만, 그런 다에코보다 더 멋있는 사람이야. 그런 극적인 이별을 경험한 바로 다음 날에 이런 만남이 생기다니, 이건 기적이라고밖에는 표현할 방법이 없어요. 그야말로 운명의 여성이야."

닛타는 하마터면 입이 떡 벌어지려는 것을 꾹 참았다. 아픈 실연 직후에 또 다른 여자에게 한눈에 반해버렸다니, 이 정도면 맷집이 좋다는 것을 뛰어넘어 단순한 촐랑이로 생각될 정도다.

"저어, 구사카베 고객님." 야마기시 나오미가 초조한 기색으로 말했다. "고객님은 아직 그 여자분에 대해 아무것도 모르시잖아요? 그런데도 운명의 여성이라고 단언하셔도 괜찮은 걸까요?"

구사카베가 불끈한 표정으로 나오미를 내려다보았다.

"그게 뭐가 잘못됐나요? 이 세상에는 오로지 직감에 따라 결정해버려야 더 잘 풀리는 일들이 많아요. 결혼 상대도 분명 그렇다는 것이 어젯밤의 경험에서 내가 이끌어낸 결론이죠. 그랬는데 당장 그 여자가 내 눈앞에 나타나더라고. 이걸 운명이라고 하지 않고 뭐라고 해야 하죠?"

나오미는 연거푸 눈을 깜빡거리다가 말문이 막힌 듯 시선을 피해버렸다. 어떻게 대답해야 좋을지 알 수 없는 것이리라.

"당신은 컨시어지잖아요." 구사카베가 야마기시 나오미를 가리켰다. "그렇다면 손님의 요망에 응할 의무가 있는 거 아닙니까? 나는 내일, 즉 올해의 마지막 날 밤에 그 여자를 식사에 초대할 생각이에요. 그녀에 대한 정보를 수집해주세요. 식사 중에 재미있게 대화를 나누기 위해서는 어떤 화제가 필요한지 알아야죠. 어때요, 그건 안 됩니다, 라고 대답할 겁니까?"

18

네, 안 됩니다, 라고 대꾸하고 싶은 장면이었다. 하지만 컨시어지로서는 입이 찢어져도 그런 말은 할 수 없다. 그렇다고 쉽게 받아들일 수 있는 내용도 아니었다. 닛타 말에 따르면 그 나카네 미도리라는 여자에게는 동행이 있는 것이다. 게다가 동행과는 불륜 관계일 가능성이 높다고 한다. 호텔 입장에서는 되도록 건드리고 싶지 않은 손님인 것이다.

"구사카베 고객님의 말씀은 잘 알겠습니다." 나오미는 말했다. "다만 다른 고객님의 개인정보를 본인 허락 없이 알려드릴 수는 없습니다. 법률로도 금지된 일이에요. 알려드려도 좋을지 어떨지 본인에게 여쭤보고 흔쾌히 승낙해주셨을 경우에는 알려드린다, 라는 것으로 하면 어떨까요?"

구사카베가 짜증 난 기색으로 두 손을 허리에 척 얹었다. "이런 답답할 데가 있나."

"죄송합니다."

"좋아요, 그러면 이렇게 하죠. 그녀에 관한 자세한 정보는 단둘이 만났을 때 내가 직접 물어볼게요. 그러니까 야마기시 씨는 그녀와의 식사 자리를 주선해주세요. 내일 밤 6시. 어떤 레스토랑으로 할지는 야마기시 씨에게 맡길 테니까."

"저어, 구사카베 고객님." 나오미는 애써 웃는 얼굴을 유지하며 말했다. "그런 의향을 여자분께 전해드릴 수는 있지만 그걸 받아주실지 어떨지는 알 수 없다고 할까, 아마 받아주시지 않을 것 같은데요, 그럴 경우에는 어떻게 할까요?"

구사카베가 불만스러운 듯 입을 툭 내밀었다. "왜 미리부터 거절할 거라고 생각해요?"

"아니, 거절하죠, 대개는." 호텔리어답지 않은 말투로 옆에서 끼어든 것은 닛타였다. "어떤 남자분이 식사를 함께하고 싶다는데 어떻게 하시겠습니까, 갑작스럽게 그런 말을 듣고 좋다고 응해줄 여자는 별로 없죠."

구사카베가 어깻숨을 씩씩거리며 닛타 쪽을 향해 돌아섰다.

"닛타 씨!" 나오미는 입가에 웃음을 잃지 않으면서도 눈빛만으로 제발 그 입 좀 다물라고 제지하고 있었다.

구사카베가 그녀에게로 다시 얼굴을 돌렸다. "야마기시 씨도 같은 생각이에요?"

"어려울 것이라고는 생각해요." 나오미는 신중하게 말을 골랐다. "12월 31일은 누구에게나 중요한 날입니다. 더구나 호텔에서 새해를 맞이하려는 분이라면 이미 예정이 있을 가능성이 높지 않겠습니까? 그런 분에게 어느 고객님이 꼭 식사를 함께하고 싶다고 하시는데 어떠십니까, 라고 물어봐도 대개는 탐탁지 않은 대답이 돌아올 뿐이겠지요."

구사카베는 턱을 치켜들고 썰렁해진 눈빛을 나오미에게로 던졌다. "대체안은?"

"예?"

"컨시어지는 원래 안 됩니다, 라는 말은 할 수 없다면서요? 반드시 뭔가 대체안을 제시하라고 교육을 받는다던데? 그래서 내가 그걸 묻는 거예요. 비용에 관해서는 걱정할 거 없어요. 얼마가 들든 상관없으니까."

"대체안 말씀이십니까……." 나오미는 급히 머릿속을 정리했다. 대안을 내놓으려면 우선 고객이 요구하는 것의 본질을 파악해야 한다. 지금 이 자리에서 요구되는 것은 무엇인가.

"미리 말하겠는데, 다른 여자를 초대한다는 건 일단 논외예요. 그럴 거면 나 혼자 식사하는 편이 더 낫지. 다른 날에, 라는 것도 안 돼요. 나는 1월 1일에는 이곳을 떠나야 하니까."

즉 시간이 제한되어 있고, 상대는 그 나카네 미도리라는 여자가 아니면 안 된다는 얘기다.

아니, 그게 아니지.

나오미는 퍼뜩 깨달았다. 구사카베의 목적은 식사를 하는 것이 아닐 터였다.

구사카베 고객님, 하며 상대의 얼굴을 올려다보았다.

"이런 건 어떨까요. 구사카베 고객님이 이 호텔을 떠나시기 전까지 그 여자분과 단둘이 이야기할 기회를 만든다, 라는 것은?"

닛타가 놀란 얼굴로 쳐다보는 것이 시야 끝에 들어왔지만 나오미는 눈길을 돌리는 일 없이, 무리한 요구를 거듭하는 고객의 대답을 기다렸다.

구사카베는 팔짱을 끼고 생각에 잠겼다. 나오미의 제안을 음미하는 것 같았다. 이윽고 천천히 얼굴을 들었다.

"그거라면 할 수 있다는 얘기예요?"

"네, 뭔가 방법을 찾아보겠습니다."

"아니, 그래봤자 소용없어요." 닛타가 다시 끼어들었다.

"왜죠?" 구사카베가 닛타에게 물었다.

"그 여자한테는 동행이 있……."

"닛타 씨!" 나오미의 목소리가 거칠어졌다.

"그 여자, 동행이 있었어요?" 구사카베가 물었다.

"죄송합니다. 그 질문에도 대답해드릴 수 없습니다." 나오미가 머리를 숙이며 말했다.

구사카베는 입을 꾹 다물고 다시 생각에 잠겼다. 그 얼굴에서는 조금 전까지의 잔뜩 흥분한 기운은 보이지 않았다.

"에이, 상관없어." 짧게 중얼거리더니 그는 나오미를 지그시 바라보며 말했다.

"그 여자에게 동행이 있는지 없는지, 있다면 어떤 관계인지, 그것 역시 내가 본인에게 직접 확인해보면 될 일이에요. 어쨌든 그 여자의 왼손 약지에는 반지가 없었어요. 게다가 티라운지에서도 내내 혼자였어요. 즉 앞으로도 혼자일 가능성이 있다는 것이고, 그렇다면 내가 그 여자와 단둘이 대화할 기회도 전혀 없는 건 아니라는 얘기예요."

나오미는 고개를 끄덕였다. "네, 그렇습니다."

"방법을 찾아보겠다고 했지요? 그건 나한테 언제쯤 알려줄 수 있어요?"

"지금 당장은 좀 어렵고, 잠시만 시간을 주시겠습니까?"

"알았어요. 그러면 이렇게 하죠. 내가 지금 외출해야 하는데 저녁때는 돌아올 거예요. 그때까지 뭔가 방법을 좀 생각해봐요."

"잘 알겠습니다. 대체안을 준비해두겠습니다."

"드디어 얘기가 마무리됐네." 구사카베가 손목시계를 보았다. "벌써 시간이 이렇게 됐어? 얘기가 좀 더 간단히 끝날 거라고 생각했는데 말이야. 자, 그럼 잘 부탁해요." 그러고는 급한 걸음으로 정면 현관으로 향했다.

나오미는 깊은 한숨을 내쉬었다. 가벼운 두통이 몰려왔다. 손가락 끝으로 관자놀이를 꾸욱 눌렀다.

"괜찮아요?" 닛타가 옆으로 다가왔다. "저런 어이없는 요청을 받아들여도 되는 거예요?"

"어쩔 수 없어요, 내가 하는 일이 그런 일이니까."

"저 사람, 괴짜네. 여자에게 차이고 당장 그다음 날에 또 다른 여자에게 한눈에 반했다니. 엄청나게 긍정적인 성격이랄까."

"그만큼 다양한 고객님들이 있는 거예요. 그보다 닛타 씨, 이상한 순간에 불쑥불쑥 끼어들지 말아주세요. 말투까지 거칠어서 구사카베 고객님이 공연히 더 기분이 상할 뻔했잖아요."

"난처해하는 것 같아서 나는 도와줄 생각으로……."

"전혀 아무 도움도 안 됐어요. 애초에 닛타 씨는 이 호텔 사람도 아니니까 수사와 관계없는 일에는 끼어들지 말아요."

"아까 말했잖아요, 그 마키무라라는 여자는 우리 쪽 감시 대상 중의 한 사람이라고요."

나오미는 관자놀이를 누르던 손을 내리고 고개를 저었다.

"고객님 본인이 나카네 미도리라고 이름을 밝힌 이상, 다른 이름은 쓰면 안 돼요. 적어도 닛타 씨가 프런트 클러크 유니폼을 입고 있는 동안에는."

닛타는 아랫입술을 툭 내밀고 어깨를 으쓱했다.

"알았어요. 그나저나 어떻게 할 거예요? 나카네 미도리 씨에게 구사카베라는 사람이 단둘이 만나고 싶다고 하시니 부디 만나주십시오, 라고 얘기할 겁니까?"

나오미는 닛타의 얼굴을 아래에서 쓰윽 올려다보았다. "그렇게 하면 승낙해줄 것 같아요?"

"백 퍼센트 불쾌하게 생각할걸요."

"그럼 그런 방법은 쓰면 안 되잖아요?"

"그러니 당신이 어떤 방법을 생각하고 있는지 궁금하다니까요."

"솔직히 현재로서는 노 아이디어예요. 지금부터 생각해볼 거예요. 다만 31일 저녁 식사는 어렵더라도 잠깐 만나는 것뿐이라면 가능성이 전혀 없지는 않다고 생각해요. 닛타 씨의 설이 옳다면 그렇다는 얘기지만."

"내 설이라면, 나카네 씨와 그 동행의 관계가 러브 어페어, 즉 불륜이라면 가능성이 있다는 뜻이에요?"

닛타의 말에 나오미는 고개를 끄덕였다.

"동행한 분이 정말로 남편이라면 이건 상당히 어렵겠죠. 부부간에 여행 중인데 아내가 다른 남자를 만나다니, 상식적으로 있을 수 없는 일이니까요. 하지만 불륜 관계라면 얘기가 달라져요. 구사카베 고객님도 말했었지만, 앞으로도 그 여자분이 혼자서 기다리는 시간이 있을 거예요. 어쩌면 남자 쪽에 뭔가 사정이 있는 듯한 느낌도 들거든요."

"그건 무슨 얘기죠?"

"그 여자분이 티라운지에 혼자 있었던 것은 남자 쪽이 따로 가봐야 할 곳이 있었기 때문이겠지요? 이를테면 부인이나 가족에게 갔다든가."

아하, 하고 닛타는 이해했다는 표정으로 고개를 끄덕였다.

"도쿄 혹은 도쿄 주변에 갔을 거라는 얘기군요. 흠, 그건 그럴싸하네. 낮 시간에는 가족과 함께 지내다가 밤에는 뭔가 이유를 대고 이쪽으로 온다? 응, 가능한 얘기예요."

"예를 들어 그런 경우라면, 혼자서 기다려야 하는 여자 쪽으로서는 답답한 노릇이겠죠. 그런 때 기분 전환을 할 상대가 나타난다면……." 거기까지 말하고 나오미는 문득 입을 다물었다.

"새로운 러브 어페어도 나쁘지 않다고 생각할 것이다, 라는?" 닛타가 빙긋이 웃으며 입맛을 쩝쩝 다셨다. 그런데도 얼굴이 천박하게 보이지 않는 것은 아마도 좋은 환경에서 잘 자란 탓이리라.

"그렇게까지는 아니더라도 차를 함께 마시는 정도는 괜찮다고 해주지 않을까……."

"그렇군. 괜찮은 생각인데요?"

"하지만 상상만 해봤자 아무것도 안 돼요." 나오미는 고개를 가로저으며 컨시어지 데스크로 향했다. "우선 고객님의 정보부터 파악해야겠어요."

"방은 1701호실, 코너 스위트예요." 닛타가 뒤따라오면서 알려주었다.

나오미는 컨시어지 데스크로 돌아가 단말기를 두드렸다.

예약자 이름은 나카네 신이치로로 되어 있었다. 이 호텔은 처음 이용하는 것이었다. 카운트다운 파티에 신청한 것 외에 호텔 안의 다른 시설이나 레스토랑에 예약한 내용은 없었다. 어제 밤 늦은 시간에 샴페인을, 그리고 오늘 아침에는 조식을 룸서비스로 주문했다. 조식은 2인분이었다.

"아, 안타깝네." 나오미는 중얼거렸다.

"뭐가요?" 닛타가 물었다.

"오늘 밤에 나카네 씨 혼자 호텔 안의 레스토랑을 예약해둔 게 있다면 구사카베 씨도 같은 레스토랑에 예약해서 최대한 가까운 자리에 앉게 해달라고 부탁하면 되겠다고 생각했거든요. 자리가 가까우면 말을 걸기도 쉽잖아요. 그런 다음에 대화를 얼마나 재미있게 이끌어가느냐는 구사카베 씨의 솜씨에 달린 일이지만."

닛타는 쓴웃음을 지었다. "단둘이 만나고 싶다는 희망 사항과는 상당히 거리가 먼데요? 그걸로 구사카베 씨가 흡족해할까요?"

"어쩔 수 없죠. 이건 그야말로 대체안이에요. 그나저나 나카네 씨가 레스토랑을 예약한 게 없으니까 어차피 이 아이디어는 쓸모없는 얘기가 됐네요."

"31일은 어때요? 어딘가 예약한 거 없어요?"

"내일은……." 나오미는 단말기를 두드려보더니 한숨을 내쉬었다. "내일 밤에는 인룸다이닝을 예약했어요. 물론 두 명으로. 12월 31일은 룸서비스가 특별 메뉴라서 예약이 필요하거든요."

"방에서 식사를 할 생각인가. 이거, 점점 더 불륜의 의혹이 짙어지는군요."

식사 후에는 둘이서 카운트다운 파티에 참가할 생각인 것이다. 즉 구사카베가 나카네 미도리와 만날 수 있게 자리를 마련한다고 해도 내일 저녁 식사 전까지가 타임 리밋이라는 얘기다.

나오미는 단말기를 계속 들여다봤지만 그 밖에 별다른 정보는 적혀 있지 않았다.

옆에 서 있던 닛타가 아 참, 이라면서 뭔가 생각난 기색으로 스마트폰을 꺼내 어딘가에 전화를 걸기 시작했다. 입가를 손으로 가려서 대화는 잘 들리지 않았다. 하지만 하우스키핑이라는 말만은 알아들을 수 있었다.

닛타가 스마트폰을 얼굴에서 떼고 나오미 쪽을 보았다.

"아까 총지배인실에서 얘기했던 하우스키핑에 수사원이 입회한다는 거, 실은 1701호실도 그 대상이에요. 이제 곧 나갈 모양인데 내가 입회하기로 했어요. 야마기시 씨도 같이 갈래요?"

"나카네 미도리 고객님의 방에 간다는 거예요?"

"그렇죠. 뭔가 힌트를 얻을 수도 있을 텐데, 어때요?"

나쁘지 않은 제안이라고 나오미는 생각했다. 적어도 이렇게 단말기만 노려보고 있는 것보다는 그나마 의미가 있을 것 같았다.

"그렇다면 나도 잠깐 가볼까요." 나오미는 의자에서 일어섰다.

나카네 미도리 일행이 묵고 있는 코너 스위트는 그 명칭이 보여주듯이 건물의 모퉁이에 위치한 객실이다. 홍보 포인트는 물론 창밖으로 내다보이는 경치다. 서로 다른 두 군데의 각도에서 도쿄의 야경을 즐길 수 있는 것이다.

두 명의 여성 하우스키퍼를 따라 안에 들어선 나오미는 거실 입구에 서서 실내를 둘러보았다.

방을 아주 깨끗이 사용했다, 라는 것이 첫인상이었다. 나오미도 연수차 하우스키핑을 경험했었지만, 버릇 나쁜 손님의 방을 맡게 되었을 때는 얼굴도 모르는 그들을 저주하고 싶을 정도였다. 쓰레기를 여기저기 어질러놓은 정도라면 얼마든지 참겠지만, 천으로 된 제품이나 벽지를 적셔놓고 지저분하게 더럽힌 경우는 그야말로 최악이다. 시간도 노력도 두 배 이상이 든다.

하지만 나카네 신이치로와 나카네 미도리 커플은 상당히 매너가 좋은 손님이었다. 젖은 수건이나 목욕가운이 아무 데나 내동댕이쳐져 있는 일도 없고 스낵과자를 사방에 흘려가며 먹은 흔적도 없었다.

기록에 의하면 어제 밤늦게 샴페인을, 그리고 오늘 아침에는 조식 룸서비스를 이용했다. 빈 식기나 술병 등이 눈에 띄지 않는 것은 왜건에 실어 복도로 내놓았기 때문일 것이다.

소파는 2인용과 1인용이 L 자형으로 배치되었다. 센터 테이블 위에는 가죽 커버를 씌운 양장본 책과 담뱃갑, 그리고 네모난 은빛 라이터가 놓여 있었다. 이 방은 금연실은 아니다. 테이블에는 재떨이도 있었다.

“플랫 톱이군요.” 옆에 나란히 서 있던 닛타가 테이블을 가리키며 말했다.

“그게 뭐죠?” 나오미가 물었다.

“라이터. 지포의 빈티지 라이터예요. 하긴 복각판이니까 가격은 몇천 엔 정도일 테지만.”

"진짜 잘 아시네. 닛타 씨는 담배는 안 피우죠?"

"내가 담배를 안 피워서 피우는 사람의 심리를 이해해보려고 이것저것 조사했던 적이 있어요."

나오미는 그의 얼굴을 새삼 골똘히 바라보았다.

"직업 정신이 투철하네요. 나도 선배에게 자주 그런 충고를 들었어요. 취미나 기호가 다른 사람의 입장에 서서 생각하라고."

"그거 재미있군요. 형사와 호텔리어의 업무는 정반대라고 생각했는데 공통된 부분도 있었다니."

"서로 다른 것은 목적이겠죠. 우리는 최상의 접대를 하기 위해 상대를 이해하려고 하는데……."

"우리는 거짓말을 간파하기 위해 상대를 알아보려고 하죠. 정말 그런 점은 전혀 다르네." 그렇게 말하고 닛타는 테이블 위의 책을 손에 들었다. 어느 틈에 흰 장갑을 끼고 있었다.

"닛타 씨, 손대면 안 돼요. 아까 약속했잖아요."

"총지배인은 짐을 뒤져보는 건 절대 안 된다고 했을 뿐이에요. 만지는 것까지 금지하지는 않았어요. 이를테면 이 책이 바닥에 떨어져 있다고 합시다. 그걸 주워서 테이블에 되돌려놓는 정도는 호텔 서비스로서 당연한 거 아닙니까. 그것에 대해 불만을 가질 손님은 없을 것 같은데."

나오미는 한숨을 내쉬며 그를 가볍게 흘겨보았다. "여전히 말솜씨가 대단하네요."

"기왕이면 논리적이라고 말해주시죠." 닛타는 책을 펼쳤다.

"아, 이 책이었어?"

"뭔데요?" 나오미가 물었다. 검은 가죽의 북커버가 씌워져서 표지가 보이지 않는 것이다.

이거예요, 라면서 닛타는 커버를 벗겼다. "몇 년 전에 베스트셀러가 된 연애소설."

읽은 적은 없지만 그 소설이라면 나오미도 알고 있었다. 백만 명의 독자가 눈물을 흘렸다는 광고 문구를 어디선가 본 기억이 났다. 영화로 제작되었다는 얘기도 들었다.

책장을 넘겨보던 닛타가 고개를 갸우뚱했다. "이상하네."

"뭐가요?"

"이건 좀 마음에 걸리는데……."

닛타는 책을 테이블에 내려놓고 스마트폰을 꺼내 터치하기 시작했다. 뭔가 검색해보는 모양이었다.

"역시 그렇군." 화면을 보며 중얼거렸다.

"뭔데요?"

"이 소설, 올봄에 문고본이 나왔어요. 그런데 왜 굳이 양장본을 들고 왔지?"

"이 책을 구입할 때는 아직 문고본이 출간되지 않았던 모양이죠. 오랫동안 묵혀둔 채 읽지 못했던 책을 드디어 읽기 시작했다. 뭐, 그냥 그런 일인 것 같은데요?"

"하지만 굳이 여행길에 들고 올까요, 부피가 큰 이런 양장본 책을?" 닛타는 다시 책을 손에 들고 무게를 가늠하면서 말했다.

"글쎄요……. 아, 어쩌면 애독서일 수도 있어요."

"그건 아닐걸요?"

"왜요?"

닛타는 책장을 펼쳐서 내보였다. 그곳에는 출판사 광고지와 독자용 앙케트 엽서가 끼워져 있었다.

"읽은 책이라면 이런 건 버렸겠죠. 게다가 여행길에 들고 올 만큼 애독서라면 따로 문고본을 구입하는 게 일반적이에요."

형사의 지적이 날카로워서 나오미는 선뜻 반론이 생각나지 않았다. "네, 그럴지도 모르겠네요."

"하긴 별다른 이유가 없었을 수도 있죠. 여행 준비를 할 때, 우연히 눈에 띈 책이 아직 안 읽은 책이라서 가방 속에 던져 넣은 것뿐인지도." 그렇게 말하고 닛타는 책 커버를 원래대로 씌워서 테이블의 제자리에 내려놓고, 그 대신 이번에는 담뱃갑을 집어 들었다. 박스 타입이고 개봉되어 있었다. 뚜껑을 열고 뭔가 생각에 잠긴 얼굴을 한 뒤, 담뱃갑을 내려놓고 실내를 둘러보았다.

두 명의 하우스키퍼는 부지런히 작업을 하고 있었다. 수건 교환, 소모품 보충, 쓰레기 처리 등이다.

닛타는 한쪽의 하우스키퍼에게로 다가갔다. 그녀는 쓰레기통 속의 내용물을 비닐봉투에 옮기는 참이었다.

잠깐 실례, 라면서 옆에서 봉투 안을 들여다보았다. 그러고는 석연치 않은 표정으로 몸을 일으키더니 안쪽으로 들어갔다.

나오미가 뒤따라가자 닛타는 옷장 문을 열어보고 있었다. 행거에는 아무것도 걸려 있지 않았다.

닛타는 문을 닫고 말없이 옆의 침실로 이동했다. 퀸사이즈 침대는 사용한 흔적이 있었지만 말끔하게 정돈되어 있었다. 나카네 미도리가 한 것일 터였다.

침대 옆에 캐리어가 있었다. 닛타는 그 옆으로 다가가 찬찬히 살펴보고 있었다.

"그 짐에는 손대지 말아요." 나오미가 말했다. "자칫 잘못해서 열리기라도 하면 큰일이니까."

닛타는 한쪽 뺨을 올리며 쓴웃음을 지었지만 금세 진지한 얼굴로 돌아왔다. 다음에 그의 시선이 향한 곳은 인접한 욕실이었다. 유리벽이라 세면대까지 고스란히 보였다. 하우스키퍼가 곱게 접은 목욕타월을 선반에 얹고 있었다.

닛타가 욕실 안으로 들어갔다. 세면대를 가리키며 하우스키퍼에게 뭔가 묻고 있었다. 젊은 하우스키퍼는 당황스러운 얼굴로 대답하고 있었다.

닛타가 욕실에서 나왔다.

"잠깐 볼일이 생각나서 나는 그만 실례할게요. 야마기시 씨는 어떻게 할 거예요?"

"나는…… 기왕 왔으니까 좀 더 둘러보고 갈게요."

"그래요? 자, 그럼 이만." 닛타는 큰 걸음으로 방을 나갔다.

욕실에서 하우스키퍼가 나왔다.

"닛타 씨가 무슨 질문을 했어요?" 나오미는 그녀에게 물었다.

"어메니티 용품에 대해 물었어요. 무엇을 얼마나 보충했느냐고."

"뭐라고 대답하셨죠?"

"칫솔 세트, 샴푸와 린스, 바디샴푸 두 개씩, 그리고 비누 하나……. 그렇게 대답했어요."

"닛타 씨는 뭐라고 하던가요?"

"고맙다고……. 그 말뿐이었어요."

"그 밖에 다른 질문은?"

"없었어요."

나오미는 고개를 갸우뚱하며 생각에 잠겼다. 왜 닛타는 그런 것을 확인했을까. 잠깐 볼일이 생각났다고 했지만, 뭔가가 그의 뇌세포를 자극한 게 틀림없다.

"형사라는 직업도 무척 힘든 것 같아요." 젊은 하우스키퍼가 거실의 냉장고 속을 체크하면서 말했다. "범인을 체포하려고 쓰레기통까지 훑어야 하고. 정의감이 강하지 않고서는 할 수 없는 일인 것 같아요."

"그러게요. 근데 닛타 씨의 경우에는 꼭 정의감 때문만은 아닌 것 같아요."

"그래요?"

"두뇌 회전이 빠른 사람이라서 그런 능력을 발휘하는 것을 즐기는 면도 있는 것 같아요. 말하자면 게임이라도 하듯이. 아마 특이한 사건일수록 열의가 불타오르는 모양이에요. 이런 기묘한 사건을 저지르는 인간은 대체 어떤 사람일까, 일단 호기심이 자극을 받으면 그 정체를 알고 싶어서 견딜 수가 없는가 봐요."

"호기심? 아, 그렇다면 이해가 되네요. 나도 청소하면서 이 방을 쓴 고객님은 어떤 사람일까, 호기심이 생기곤 하거든요."

"그래요? 이를테면 방이 몹시 지저분할 때라든가?"

"아뇨, 그럴 때는 그냥 화만 나죠. 그런 게 아니라 조금 감동했을 때예요. 이를테면 최근에 어떤 고객님이 테이블 위에 '아주 쾌적했습니다. 정말 고맙습니다'라는 메모를 남겨주고 가셨더라고요. 진짜 가슴이 뭉클했어요. 당장 프런트로 내려가 그 고객님을 만나보고 싶었죠."

"네, 그건 감동이네요."

"얼굴도 모르는 고객이기 때문에 공연히 더 이런저런 망상을 하게 되더라고요. 진짜 멋진 남자가 아닐까라는 식으로. 어머, 너무 바보 같은가?"

자학적인 말을 하면서 깔깔 웃더니 그녀는 파트너와 작업을 확인하기 시작했다.

나오미는 다시 한번 실내를 둘러본 뒤에 출입구로 향했다. 하지만 중간에 발을 멈췄다.

얼굴을 모르기 때문에 공연히 더 이런저런 망상을 하게 된다…….

그거야, 라고 머릿속에 번쩍 아이디어가 떠올랐다. 구사카베에게 해줄 답을 마침내 찾아냈다.

19

파일을 훑어보던 이나가키가 닛타의 보고를 듣자마자 얼굴을 들었다. "없다고?"

"네." 닛타는 회의 책상 앞에 선 채로 대답했다. "두 사람이 동반으로 투숙한 척하고 있지만, 아무래도 남자 쪽은 없는 것으로 생각됩니다."

"근거는?"

"방에 담배와 라이터가 있었어요. 남자들은 보통 외출할 때 그걸 가져가잖아요."

"예비로 하나 더 갖고 있는지도 모르잖아."

"재떨이가 깨끗한 그대로였습니다. 쓰레기통을 들여다봤는데 담배꽁초 하나 발견되지 않았어요."

"어젯밤에는 우연히 피우지 않았던 거 아닌가?"

"샴푸며 칫솔 등은 두 개씩 사용했지만, 면도 크림과 면도날은 손도 대지 않았습니다."

"남자라고 반드시 그걸 사용한다고는 할 수 없어."

"룸서비스로 조식을 주문했고, 그걸 세키네 형사가 가져다줬다고 해서 제가 직접 확인해봤는데 어젯밤과 마찬가지로 남자의 모습은 본 적이 없답니다. 문 앞에서 여자 쪽이 왜건을 받았고 사인도 여자 쪽이 했어요."

이나가키는 파일을 내려놓고 팔짱을 꼈다. "그것만으로는 아직 단정할 수 없어."

"결정적인 것이 있어요. 방범 카메라 영상을 체크하고 왔거든요."

이나가키의 오른쪽 눈썹이 꿈틀 움직였다.

이 호텔에는 통상보다 더 많은 방범 카메라가 설치되어 있다. 몇 년 전에 일어난 사건 때 경시청에서 증설한 카메라를 호텔 측이 매입해서 그대로 사용하고 있기 때문이다. 모니터는 지하 1층 경비실에 줄줄이 늘어서 있었다. 객실 층은 엘리베이터 안과 엘리베이터 홀, 복도까지 샅샅이 감시할 수 있어서 사각지대란 없었다. 모든 객실의 출입문 앞은 영상으로 찍혀서 사람이 드나드는 것은 확실하게 파악할 수 있었다.

"체크해봤더니," 이나가키가 나지막한 목소리를 냈다. "어땠어?"

"어젯밤부터 하우스키핑이 시작되기 전까지 1701호실에 사람이 드나든 것은 두 번뿐입니다. 한 번은 어젯밤에 자칭 나카네 미도리가 체크인을 하고 방에 올라갔을 때, 그리고 또 한 번은 오늘 아침 10시 넘어서 마찬가지로 나카네 미도리가 방을 나왔을 때. 즉 그 여자 이외에는 아무도 그 방에 드나들지 않았어요."

이나가키는 닛타의 얼굴을 빤히 바라보며 가슴이 들먹거릴 만큼 심호흡을 하더니 바로 옆에 있던 모토미야 쪽으로 얼굴을 돌렸다. 지금 이 회의실에는 세 사람밖에 없었다. 다른 수사원들은 모두 하우스키핑에 입회하고 있는 것이다.

"이 친구의 나쁜 버릇이에요." 모토미야가 턱으로 닛타를 가리키며 말했다. "실컷 뜸을 들였다가 가장 중요한 사항은 마지막에 보고한다니까요."

"순서에 따라 설명한 것뿐인데요."

"그건 됐고. 알았어." 이나가키가 씁쓸한 얼굴로 말했다. "아무래도 자네의 감이 딱 맞아떨어진 것 같군. 아닌 게 아니라 수상해. 왜 그런 짓을 한다고 생각하나?"

"문제는 바로 그거예요. 단순히 예정이 바뀌어서 남자가 나타나지 않은 것뿐이라면 룸서비스를 2인분씩 주문하지는 않겠죠. 칫솔을 두 개씩 쓸 필요도 없고요. 명백히 호텔 측에 자신에게는 동행이 있다는 식으로 위장하고 있어요. 그렇게 해서 얻는 메리트는 무엇인가. 상식적으로 생각해보면 쓸데없이 요금만 두 배가 될 뿐, 좋은 일이라고는 없잖습니까." 닛타는 얼굴 앞에 검지를 번쩍 세웠다. "딱 한 가지 가능성만 빼고는."

모토미야가 끌끌끌 소리가 나도록 혀를 찼다.

"제발 뜸 좀 들이지 말라니까. 냉큼 결론을 말하라고."

닛타는 선배 형사에게 옅은 웃음을 내보인 뒤, 이나가키에게로 시선을 돌렸다. "알리바이를 조작하려는 거예요."

"알리바이?" 이나가키가 미간을 좁혔다.

"어제부터 내일 밤까지 남녀가 같이 이 호텔에서 투숙한 것으로 해두면 그사이에 남자는 어딘가에서 범죄 행위를 저지르고, 만에 하나 혐의를 받더라도 알리바이를 둘러댈 수 있는 겁니다."

"흠, 그런 거였나." 이나가키도 인정한 모양이다. "한패인 남자가 뭔가 범행을 계획했고, 나카네 미도리라는 여자는 그 범행의 알리바이 조작을 위한 공범자인 거네."

"실제로는 각 객실의 출입을 방범 카메라로 모니터링하고 있어서 경찰이 확인만 하면 간단히 발각되는데 그런 사정을 본인들은 알지 못했을 가능성이 있어요. 이 정도로 방범 카메라가 충실하게 설치된 호텔은 그리 많지 않으니까요."

이나가키는 가볍게 눈을 감고 손끝으로 책상을 톡톡 치다가 번쩍 눈을 떴다.

"그 추리가 맞는다고 치고, 그게 이번 사건과 관련되었을 가능성은?"

"그건 아직 어느 쪽으로도 말씀드릴 수 없습니다." 닛타는 즉각 대답했다. "다만 남자 쪽이 뭔가 범죄를 꾸미고 있다고 해도 그 장소는 이 호텔과 멀리 떨어진 곳이라고 생각합니다. 그러지 않고서는 알리바이 조작이 안 될 테니까요."

"하지만 그렇게까지 수상한 자를 이대로 방치해둘 수는 없지. 좋아, 그 여자…… 아, 이름이 뭐라고 했지?"

"자칭 나카네 미도리, 본명 마키무라 미도리입니다."

"번거롭네. 우선은 나카네 미도리로 통일하도록 하자고. 그 여자에 대한 감시를 강화하기로 하지. 이거, 호텔 측의 협조를 얻을 수 있으면 좋을 텐데."

"그 점에 대해서는 한 가지 흥미로운 일이 있습니다."

닛타는 구사카베가 야마기시 나오미에게 의뢰한 일에 대해 보고했다. 아니나 다를까, 이나가키도 모토미야도 어이없어하는 표정을 보였다.

"뭐야, 그게? 큰 실연을 겪은 그다음 날에 이름도 근본도 모르는 여자한테 한눈에 반했다는 거야? 거참, 성질도 급한 사람이네. 그 구사카베라는 자는 이미 용의선상에서 제외된 사람이잖아. 되도록 촐랑촐랑 눈에 띄는 짓은 하지 말아줬으면 좋겠는데 말이야." 모토미야의 그런 감상은 지극히 당연한 것이었다.

"야마기시 씨는 어떻게 대응할 생각이래?"

"아직은 별 뾰족한 수가 없는 눈치였어요. 하지만 야마기시 씨라면 분명 뭔가 대안을 생각해낼 겁니다."

"나카네 미도리의 동행이 나타난 적이 없다는 건 아직 야마기시 씨에게는 얘기 안 했지?"

"네, 아직 안 했습니다."

"응, 그러는 게 좋아. 일단 그건 비밀로 하고 자연스럽게 그쪽 정보를 알아내도록 해."

"알겠습니다."

닛타는 상사를 향해 고개를 끄덕였다. 야마기시 나오미에게 이 일을 비밀로 한다는 게 아무래도 마음에 걸렸지만 수사를 위해서라면 어쩔 수 없었다.

20

닛타는 사무동에서 본관으로 이동해 프런트 카운터로 돌아왔다. 컨시어지 데스크 쪽을 살펴보니 야마기시 나오미는 전화 통화를 하면서 메모하는 참이었다. 바로 그 구사카베의 의뢰를 해결하기 위한 준비에 쫓기고 있는 것인지도 모른다.

남자 손님의 체크인 수속을 하던 우지하라가 카운트다운 파티 티켓을 얼굴 높이까지 들어 올리며 설명을 시작했다. 이나가키가 후지키에게 요청한 수신호를 즉시 실천하고 있는 모양이었다.

로비의 소파에 앉아 스마트폰을 만지작거리던 중년 남자가 그 신호에 따라 자리에서 일어나 이동했다. 인터컴은 끼지 않았지만 수사원 중의 한 사람이다. 엘리베이터 홀로 가는 도중의 기둥 곁에서 발을 멈추고 프런트의 상황을 지켜보고 있었다.

체크인 수속을 마친 남자는 소파에 앉아 있던 여자에게 다가가 뭔가 이야기하면서 옆에 있던 캐리어를 손에 들었다. 여자도 자리에서 일어나 둘이 나란히 화기애애하게 엘리베이터 홀을 향해 걸어갔다.

기둥 뒤에 있던 수사원이 스마트폰을 터치했다. 몰래 이 커플을 촬영하는 게 틀림없었다. 남녀 커플이 눈치챈 기색은 전혀 없었다.

그 영상은 특별수사본부를 거쳐 수사원 전원의 스마트폰이나 노트북 등으로 전송된다. 손이 비는 수사원들은 촬영된 인물과 닮은 얼굴이 지금까지 수집된 방범 카메라 영상 속에 있는지 없는지 확인한다, 라는 식으로 대조 작업이 진행된다.

"고객님에게 들키는 일은 없어야 할 텐데." 우지하라가 닛타 쪽을 흘끗 쳐다보며 한숨을 섞어서 말했다. 그도 수사원의 행동을 알아본 모양이었다.

"괜찮아요. 설령 들킨다고 해도 호텔 측이 한패라는 건 절대로 발설하지 않을 거니까요."

"그야 당연하지요. 고객님을 몰래 촬영하는 것을 호텔에서 인정해줬다는 얘기가 사람들 사이에 퍼지기라도 하면 과연 무슨 일이 벌어지겠어요?"

"인터넷에 비난 댓글이 쏟아지겠죠."

"그 정도로 끝나지 않아요. 임원들은 전원 해고, 우리도 대대적인 감봉, 자칫하면 직을 잃게 됩니다."

"그래서는 안 되겠죠?"

"하긴 닛타 씨에게는 남의 일이겠지요." 우지하라는 다시 한번 닛타를 노려보고 시선을 앞으로 향했다.

정면 현관으로 새 손님이 들어왔다. 감색 더플코트를 입은 남자였다. 더플코트 속에는 재킷을 차려입은 것 같았다. 나이는 사십 대 중반쯤인가. 그 뒤를 따라 벨보이가 끌고 오는 카트에는 골프 캐디백과 캐리어가 실려 있었다.

남자가 프런트 카운터로 다가왔다. 우지하라 앞에서 발을 멈추더니 한일자로 꾹 다문 입을 열었다. "우라베라고 합니다만."

우지하라 뒤쪽에서 닛타는 손말의 단말기를 확인했다. 우라베 미키오라는 이름으로 예약이 되어 있었다. 스탠더드 트윈으로 2박이고, 카운트다운 파티에는 신청하지 않았다.

우지하라가 예약 내용을 본인에게 확인한 뒤에 숙박표 작성을 부탁했다. 우라베는 약간 어색한 손놀림으로 적어 내려갔다.

"이거면 됐어요?"

"네, 고맙습니다. 우라베 고객님, 이번 숙박비 결제는 어떻게 하시겠습니까. 신용카드신가요, 아니면 현금으로?"

"아……, 현금으로 할게요."

"알겠습니다. 그러시면 통상 예치금으로 숙박 요금의 약 1.5배를 받고 있습니다. 이번에 투숙하시는 객실이라면 6만 엔 정도입니다만, 그래도 괜찮으시겠습니까?"

"예치금이라니요?"

"알아듣기 어려운 단어라서 죄송합니다. 간단히 말해서 예상 비용을 미리 맡기시는 것입니다. 물론 정산하실 때 차액은 돌려드립니다."

"아, 그런 게 있군요."

"어떻게 하시겠습니까. 신용카드라면 복사만 해두면 됩니다만."

"아뇨, 현금으로." 우라베는 더플코트 안쪽에 손을 넣어 지갑을 꺼냈다. 오래 사용한 가죽 지갑이었다. "이거면 돼요?" 몇 장인가의 지폐를 카운터에 올려놓았다.

우지하라가 돈을 받아 세어보기 시작했다. 만 엔 지폐 다섯 장과 천 엔 지폐 열 장이었다. 천 엔 지폐는 거의 모두 구깃구깃한 상태였다.

"정확히 6만 엔, 예치금으로 받았습니다. 지금 즉시 예탁증을 발행하겠습니다."

우지하라가 예탁증을 작성하고, 이어서 객실을 선정했다. 닛타가 단말기를 들여다보니 방 번호는 0806으로 나와 있었다.

우지하라는 예탁증과 함께 카드키와 조식권을 우라베에게 건넸다. 카운트다운 파티 참가자는 아니라서 그 수신호는 할 필요가 없었다. 로비의 수사원은 관심 없다는 기색으로 스마트폰만 들여다보고 있었다.

저어, 라고 우라베가 카드키를 손에 들고 뭔가 불안한 기색으로 물었다. "이거, 어떻게 쓰는 거예요?"

"아, 실례했습니다." 그렇게 말하고 우지하라는 카트 옆에 있던 벨보이를 손짓으로 불러 카드키를 건넸다.

닛타는 한 걸음 앞으로 나가 카트에 얹힌 캐디백을 잽싸게 살펴보았다. 확인하고 싶은 게 있었기 때문이다.

우라베는 벨보이의 안내를 받아 엘리베이터 홀로 걸어갔다. 그 뒷모습이 어쩐지 침착성을 잃은 것처럼 보였다.

닛타는 카운터에 아직 놓여 있는 숙박표를 집어 들었다. 주소는 군마현 마에바시시市였다. 번지수에 이어 맨션 이름과 201호실이라는 것까지 정확히 적었다. 전화번호는 휴대전화 번호였다.

"이제부터 골프 여행을 가려는 건가. 아니면 돌아오는 길? 어쨌든 섣달그믐에 왜 도쿄의 호텔에서 2박씩이나 할 필요가 있을까요? 게다가 달랑 혼자서." 닛타는 의문을 입에 올렸다.

"다른 지역에서 오는 누군가와 내일 여기서 만나기로 약속한 모양이지요. 그리고 1월 1일에 함께 여행을 떠나는 겁니다." 우지하라는 여기서도 막힘없이 대답했다.

"상대는 여자일까요?"

"그럴 수도 있겠지요."

"그런 멋진 계획을 짤 정도의 사람이라면 좀 더 세련된 태도를 보이지 않을까요? 호텔을 이용하는 데 그리 익숙하지 않은 것 같던데요."

"어떤 일에나 처음은 있게 마련입니다." 우지하라의 대답은 흔들림이 없었다.

"연말연시에 골프 여행을 다니는 사람이 신용카드를 쓰지 않는 건 그렇다 쳐도, 소지한 현금이 너무 적은 거 아닌가요? 아까 보니까 예치금을 내고 남은 돈으로는 택시도 못 탈 정도인 것 같던데요."

"현금 인출을 깜빡한 모양이지요. 흔히 있는 일입니다."

"오늘이 12월 30일이잖아요, 내일부터는 지급이 중단되는 현금인출기도 많을 텐데요."

우지하라의 대답이 웬일로 조금 늦어졌다. 한 박자 틈을 두었다가 "연말연시에도 운용하는 현금인출기가 있겠지요"라고 말하고 닛타 쪽을 보았다. "그 고객님의 뭐가 그렇게 마음에 안 드는 겁니까?"

"이름표예요." 닛타가 말했다. "제가 아까 봤는데 골프 캐디백에 이름표가 없었습니다. 일일이 떼어내거나 하지 않잖아요, 보통."

"있는데 못 본 거 아닌가요?"

"아뇨, 찬찬히 봤어요. 이름표가 붙어 있지 않았습니다."

우지하라는 잠시 생각에 잠겼지만 결국 고개를 저었다. "드물지만 일일이 떼어내는 분도 있는 거 아닌가? 나는 별로 문제가 안 된다고 생각하는데요." 그렇게 말하더니 카운터 쪽으로 몸을 돌렸다.

그 뒤에도 체크인 손님이 쉴 새 없이 찾아왔다. 오늘 밤부터 투숙하는 손님 대부분이 2박 혹은 3박이었다. 한 해의 마지막 날과 새해 첫날을 느긋하게 호텔에서 즐기려는 것이다. 그런 손님들에 맞춰 호텔 측에서도 새해 첫 참배 투어, 설 명절 특선 요리, 니혼바시 칠복신 순례 투어 등, 다양한 플랜을 준비해놓고 있었다. 물론 그 첫 스타트는 새해 카운트다운 파티였다.

프런트 업무에는 관여하지 말라고 우지하라가 미리 못을 박아버린 것이 내심 못마땅했었지만 그 덕분에 닛타가 한시름을 덜게 된 것도 사실이었다. 일반적인 체크인 수속이라면 해낼 자신이 있지만, 숙박 플랜에 따라 그때그때 대응을 바꿔야 한다면 종류가 너무 많아서 도저히 다 외울 수 없었을 것이다.

또 한 팀의 남녀 손님이 카운터 앞에 섰다. 우지하라는 한창 손님을 상대하는 중이었다. 그 밖에 요시오카라는 젊은 프런트 클러크가 있었지만 그 역시 다른 손님의 체크인 수속에 쫓기고 있었다. 남녀 손님은 닛타가 손이 빈 것을 보고 이쪽으로 왔을 것이다. 실제로 두 사람은 닛타를 빤히 쳐다보고 있었다.

그 시선을 무시할 수도 없어서 닛타는 한 걸음 앞으로 나가 웃는 얼굴로 말을 건넸다. "숙박이십니까?"

예, 라고 남자 쪽이 고개를 끄덕였다. "소노라고 합니다."

나이는 50세 전후일까. 약간 뚱뚱한 편이고 정장 위에 베이지색 코트를 걸치고 있었다. 각진 얼굴에 눈썹이 짙었다.

닛타는 단말기를 두드렸다. 소노 마사아키라는 이름이 눈에 들어왔다. 디럭스 트윈의 객실을 예약했다. 엑스트라 베드를 넣어 3인이 이용하는 것이었다. 즉 이 두 사람 외에 또 한 명이 투숙하는 모양이다. 송년送年 국수, 설 명절 요리, 마사지숍도 예약되어 있었다. 카운트다운 파티에는 신청하지 않았다.

비고 칸에서 'R : GOLD. 현금 결제'라는 메모가 눈에 들어왔다. 'R'는 리피터, 즉 전에도 이 호텔을 이용했다는 뜻이다. 그다음에 적힌 것은 이용 빈도를 나타내는 코르테시아도쿄의 독자적인 표기인데, 'GOLD'라는 건 한 달에 한 번 이상 이용한 것을 나타낸다. 그보다 더 자주 이용했다면 'PLATINUM', 그리고 일주일에 한 번 이상 이용한 경우에는 'DIAMOND'다. '현금 결제'는 말할 것도 없이 계산을 현금으로 한다는 뜻이다.

"오래 기다리셨습니다. 소노 마사아키 고객님이시지요?"

예, 라고 소노는 고개를 끄덕였다.

닛타는 고개를 숙였다. "항상 저희 호텔을 이용해주셔서……." 감사합니다, 라고 뒤를 이으려는 참에 누군가 발을 꽉 밟았다. 흠칫 놀라 돌아보니 바로 옆에 우지하라가 와 있었다. 발을 밟은 것은 그였다. 나아가 소노 쪽을 향해 웃는 얼굴을 지으면서 카운터 밑으로 닛타의 옆구리를 쿡 쳤다. 닛타는 당황하면서 뒤로 물러섰다.

"소노 고객님, 디럭스 트윈을 트리플로 이용하시는 것으로, 괜찮으십니까?" 우지하라가 물었다.

"응, 틀림없어요." 소노가 대답했다. 그리 봐서 그런지 표정이 딱딱해져 있었다.

"그러면 여기, 작성을 부탁드립니다." 우지하라가 숙박표를 소노 앞에 내밀었다.

소노가 숙박표 기입을 마쳤다. 감사합니다, 라고 우지하라가 인사를 했다.

"고객님, 결제는 어떻게 하시겠습니까. 현금입니까 아니면 신용카드를 쓰시겠습니까?"

우지하라의 물음에 닛타는 내심 고개를 갸우뚱했다. 비고 칸에 리피터에 현금 결제라고 이미 고객 정보가 적혀 있는데 왜 또 새삼스럽게 물어보는 것인가. 단골 고객에게는 결제 방법 등의 번거로운 확인 절차는 생략해주는 것이 보통이다. 물론 예치금을 요구하는 일도 없다.

결제는 카드로, 라고 소노가 대답했다. 닛타는 저도 모르게 미간을 좁히고 있었다.

"알겠습니다, 소노 고객님. 저희 호텔은 처음이십니까?"

"아, 처음이에요."

그 대화를 듣고 닛타는 다시금 의아했다. 우지하라도 단말기의 정보를 봤을 텐데 왜 그런 것을 일일이 물어보는 것일까. 소노 쪽도 그렇다, 왜 거짓말을 하는가.

"소노 고객님, 죄송합니다만 처음 오신 경우에는 신용카드를 복사해두도록 하고 있습니다. 카드를 잠깐 보여주실 수 있을까요?"

"그러죠." 소노는 지갑에서 신용카드를 빼내 카운터에 올려놓았다.

당혹스러워하는 닛타는 아랑곳하지 않고 우지하라는 담담히 절차를 밟아나갔다. 그 모습은 처음 방문한 손님을 대할 때와 전혀 다른 게 없었다.

닛타는 소노 쪽을 유심히 지켜보았다. 시선이 오락가락하면서 어쩐지 들썽들썽한 기색이었다. 그와는 대조적으로 뒤에 서 있는 여자는 거의 움직임이 없었다. 나이는 삼십 대 후반 정도, 머리는 쇼트커트, 화장기가 적은 수수한 용모의 여자였다.

오래 기다리셨습니다, 라면서 우지하라가 소노에게 카드키와 서비스권 등을 건넸다. 나아가 매뉴얼대로 설명을 이어갔지만, 소노는 듣는 둥 마는 둥 하고 있었다.

우지하라의 설명이 끝나자 소노는 객실까지의 안내를 거절하고 카드키 등을 집어 들고는 총총히 카운터에서 멀어져갔다. 그것과 거의 동시에 저만치 떨어진 소파에 앉아 있던 소년이 소노 일행에게로 다가갔다. 중학생 정도일까. 파카 위에 다운재킷을 입고 있었다. 손에 든 것은 게임기인 것 같았다.

소노와 여자가 엘리베이터 홀을 향해 걸음을 옮기자 소년도 그 뒤를 따라갔다. 아무래도 부부와 중학생 아들이 함께 온 가족 여행인 것 같다.

닛타 씨, 라고 우지하라가 말을 걸어왔다.

"이러시면 곤란해요. 프런트 업무에는 관여하지 말아달라고 했잖습니까."

"상황이 상황이라 어쩔 수 없었어요. 나를 빤히 쳐다보는데 무시하는 것도 안 좋을 것 같아서요."

"그럴 경우에는 단말기를 보느라 바쁜 척하면서 잠시만 기다려달라는 식으로 말하면 됩니다. 고객님도 바보가 아니니까 체크인 업무를 못 하는 프런트 클러크가 있어도 이상하게 생각하지 않아요."

"그렇군요. 죄송합니다."

"앞으로 조심하세요."

"네, 알겠습니다. 그런데 방금 그 손님……, 아차, 그 고객님에의 대응은 뭔가 좀 이상하던데요. 아, 그보다 왜 제 발을 밟으셨는지……."

우지하라가 닛타 쪽으로 몸을 돌렸다.

"발을 밟은 것은 닛타 씨가 쓸데없는 말을 하려고 했기 때문입니다."

"쓸데없는 말이라뇨? 그 사람은 리피터잖아요. 게다가 골드 클래스예요. 항상 저희 호텔을 이용해주셔서 감사합니다, 라고 말하는 게 뭐가 잘못되었죠? 단골 고객에게는 그렇게 인사하라고 배웠는데요."

우지하라가 천천히 눈꺼풀을 감았다가 다시 떴다. "그것도 때와 상황에 따라 다른 거예요."

"잘못된 점이 있었습니까?"

"고객 정보를 잘 보세요." 우지하라가 단말기를 가리켰다. "이용 이력이 어떻게 되어 있죠?"

닛타는 화면을 다시 들여다보았다. 이용 이력까지는 확인하지 못했었다.

"데이 유스, 라고 되어 있네요?"

"그렇죠. 당일치기 이용이에요. 소노 고객님의 경우, 대개는 오후 5시 반경에 체크인, 그리고 체크아웃은 오후 7시 반경입니다. 그리고 일정하게 월요일이죠. 이게 무엇을 의미하는지, 형사님이라면 잘 아실 텐데요."

우지하라가 말하려는 것이 그제야 이해가 되었다.

"아하, 그렇구나. 그 아저씨, 바람을 피우고 있었네. 이 호텔에는 데이 유스로 불륜 상대를 만나러 드나들었군요."

"그렇게 생각하는 게 타당하겠지요."

"우지하라 씨도 대응한 적이 있었습니까?"

"몇 번 있었어요."

"상대 여성은요, 보셨습니까?"

닛타의 물음에 우지하라는 실소를 흘렸다.

"왜 웃으십니까?" 닛타는 조금 불끈했다.

우지하라는 새치름한 얼굴로 이쪽을 돌아보았다.

"바람피우는 남자가 상대 여자와 둘이 나란히 프런트에 오겠어요?"

"아, 그건 그렇군요."

듣고 보니 맞는 말이었다. 분하기는 했지만, 비웃음을 당해도 어쩔 수 없다고 닛타는 생각했다.

그때 우지하라가 턱을 슬쩍 치켜 올렸다. "어떤 여자인지 대충 짐작은 하고 있어요."

"예?" 닛타는 우지하라의 밋밋한 얼굴을 마주 보았다. "어떻게요?"

"소노 고객님이 체크아웃하는 동안에 매번 엘리베이터 홀에서 정면 현관을 향해 나가는 여자가 있었어요. 몇 번이나 그 모습을 봤기 때문에 아마 그 여자가 불륜 상대가 아닌가 하고 짐작한 겁니다. 함께 있는 모습을 누군가 보기라도 하면 안 되니까 소노 고객님보다 약간 늦게 방에서 나오는 거겠지요."

"그러면 그 여자는 조금 전에 소노 씨와 함께 있었던 여자분은 아니군요?"

"전혀 아니죠. 딴 사람이에요." 우지하라가 딱 잘라 말했다. "아드님과 동행한 걸 보면 오늘 함께 온 여자분이 부인일 거예요. 그리고 부인 쪽에서는 당연히 소노 고객님이 이 호텔에 자주 드나들었다는 것은 모르겠지요. 그런 상황에 닛타 씨가, 항상 저희 호텔을 이용해주셔서 감사합니다, 라는 말을 해버리면 일이 어떻게 되겠습니까."

"아, 네, 정말 그건……."

발을 빼히는 것도 당연하다, 라고 닛타는 생각했다.

"평소에 현금으로 계산하는 것은 신용카드 이용 명세표를 부인이 봤을 경우를 생각해 미리 조심한 것이겠지요. 하지만 이번에는 사정이 다르기 때문에 결제 방법을 다시 확인한 겁니다."

"그렇군요."

"하지만 이쪽이 오해했을 가능성도 제로는 아니에요. 그래서 혹시나 하고, 저희 호텔은 처음이시냐고 물어본 겁니다. 결과는 닛타 씨가 들으신 그대로예요."

닛타는 몇 번이나 고개를 끄덕이며 노멘 같은 우지하라의 얼굴을 바라보았다. "네, 덕분에 크게 배웠습니다. 순간적으로 그런 판단까지 하시다니, 그야말로 프로시네요."

우지하라가 아주 조금 눈길을 떨구었다. "호텔리어로 오래 일하다 보면 누구라도 이 정도의 대응은 당연하게 할 수 있습니다."

"아뇨, 정말 대단하십니다. 그나저나 그 아저씨, 불륜 상대와 올 때 왜 가명을 쓰지 않았을까요?"

"맨 처음 호텔을 이용했을 때, 깜빡 본명으로 예약해버렸겠지요. 가명이라는 게 순간적으로 척척 만들어낼 수 있는 게 아니에요. 아니면 그때는 현금이 없어서 신용카드를 써야 했었는지도 모르지요. 어쨌든 일단 처음 투숙 때 본명을 쓴 이상, 두 번째 이후부터는 다른 이름을 대기가 어려워요."

우지하라의 대답은 명쾌하고 설득력이 있었다. 생각을 더듬어 볼 것도 없이 척척 대답할 수 있는 것은 그동안 수없이 그 비슷한 경우를 경험해왔기 때문일 것이다.

"덕분에 중요한 것을 알게 됐네요. 아, 기왕 말이 나온 김에 한 가지 더 알려주셨으면 좋겠어요. 평소에 불륜 상대와 드나들던 호텔에 아내와 아들을 데리고 연말연시에 찾아온다는 것은 대체 어떤 사정 때문일까요? 호텔 직원들이 자기 얼굴을 기억하고 있을 가능성이 크잖아요. 일반적으로 생각해보면 이건 어떻게든 피해야 할 일이라고 생각되는데요."

"그 점에 대해서는……." 우지하라는 말을 어물거리며 입을 슬쩍 핥았다. "솔직히 나도 잘 모르겠군요. 닛타 씨의 말대로 일반적으로 생각해보면 어떻게든 피해야 할 일이지요. 다만 조금 전에 소노 고객님의 태도로 봐서는 본인도 몹시 거북스러워하는 눈치였어요. 아마 이번에 호텔을 찾아온 것은 소노 고객님의 제안이 아닐 것이라는 게 나 혼자 해본 추리예요."

"남편 쪽의 제안이 아니다, 즉 부인 쪽에서 원해서 오게 되었다, 라는 것이군요."

"이 시즌에 가족이 시티 호텔을 찾는 것은 대부분 부인 쪽의 아이디어예요. 연말연시에 이것저것 준비에 쫓기지 않아도 되고 정월 연휴쯤은 편하게 보내고 싶은 마음 때문이겠지요. 마사지 숍을 예약한 것만 봐도 그런 저간 사정을 알 수 있습니다."

닛타는 카운터 위로 시선을 던졌다. 소노 가족의 숙박표가 놓여 있었다. 그것을 집어 들고 내용을 확인했다. 주소 칸에는 도쿄의 주소가 적혀 있었다. 이름과 마찬가지로 이것도 분명 실제 주소일 것이다. 아내가 지켜보는데 거짓으로 기입할 수는 없었을 터였다.

"이 호텔을 선택한 것도 부인 쪽이라는 얘기겠네요. 남편은 큰일 났다고 생각했겠지만, 딱히 안 된다고 할 이유가 생각나지 않았다……?"

"그렇죠, 아마 그랬을 겁니다. 어쨌든 닛타 씨 쪽의 업무와는 관계없는 일이니까 더 이상 신경 쓸 필요도 없을 것 같군요."

"네, 그럴지도 모르겠네요."

"이번 일로 잘 알았겠지만, 고객님 중에는 복잡한 속사정이 있는 분도 아주 많아요. 그런 사정을 하나하나 헤아려가며 대응하는 것이 호텔리어의 일입니다. 수속 절차를 조금쯤 알고 있다고 함부로 응대에 나서는 것은 위험해요. 앞으로는 절대로 나서지 말아요. 아시겠지요?" 우지하라는 눈을 실처럼 가늘게 뜨고서 다짐하듯이 말했다.

알겠습니다, 라고 닛타는 새삼 머리를 숙였다.

새로운 여자 손님이 카운터 앞으로 다가오자 우지하라는 금세 상냥한 프런트 클러크의 얼굴이 되어 응대를 시작했다. 그 뒷모습을 바라보며 닛타는 내심 혀를 내두르지 않을 수 없었다. 그가 내뱉는 말 한 마디 한 마디가 비위에 거슬렸지만, 손님을 알아보는 능력만은 누구보다 뛰어난 면이 있는 것이다.

우지하라 씨, 당신은 형사가 되었어도 아주 우수한 형사가 됐을 거예요.

그의 등을 바라보며 마음속으로 중얼거렸다. 하긴 진짜로 입 밖에 내어 말했다고 해도 본인은 눈곱만큼도 좋아하지 않았겠지만.

정면 현관으로 누군가 들어오는 것을 닛타는 시야 끝에서 포착했다. 구사카베 도쿠야였다. 로비에 들어서자마자 한 치의 망설임도 없이 컨시어지 데스크로 직진하고 있었다.

야마기시 나오미가 의자에서 일어나 다가오는 그를 향해 공손히 인사를 건넸다.

21

데스크 위에 한 장의 서류를 펼쳐놓고 나오미는 구사카베에게 자신의 제안을 펼쳐나갔다. 구사카베는 서류를 훑어보며 그녀의 말에 지그시 귀를 기울였다. 한바탕 설명이 끝날 때까지 그가 뭔가 다른 얘기를 하는 일은 없었다.

"어떠십니까?" 나오미는 약간 긴장한 목소리로 구사카베에게 물었다.

흐흠, 하는 소리를 흘리며 팔짱을 끼고 구사카베는 의자 등받이에 몸을 기댔다. 말없이 나오미의 얼굴을 바라보았다. 그 눈빛에는 위압감이 있었다.

"마음에 안 드십니까?" 나오미는 거듭 물었다.

구사카베는 침묵한 채 눈을 꾸욱 감았다. 희미하게 가슴이 들먹거리고 있었다.

긴 시간으로 느껴졌다. 나오미는 숨이 턱턱 막혀왔다.

이윽고 그의 입가가 헤실헤실 풀렸다. 그러고는 천천히 눈을 떴다.

"아주 재미있어. 실로 재미있는 생각을 해냈어."

"그러시다면……."

구사카베는 책상에 놓인 서류를 손끝으로 타악 쳤다.

"야마기시 씨의 안을 받아들이기로 하지요. 성공할지 어떨지는 모르겠지만, 결과가 어떻게 될지 나는 벌써부터 기대가 되는군요."

"감사합니다." 가슴속에 꽉 막혀 있던 덩어리가 스르륵 내려가는 느낌이었다. 그 대신 크나큰 안도감이 퍼져나갔다. "그러면 즉시 준비 작업에 들어갈 생각입니다만, 고객님께서는 뭔가 다른 주문 사항은 없으신지요?"

"지금 당장은 생각나지 않지만 뭔가 떠오르는 게 있으면 곧바로 연락하죠."

"네, 잘 알겠습니다. 기다리고 있겠습니다."

아니, 라고 구사카베가 고개를 갸웃거렸다.

"여기에 적힌 것이 모두 다 가능하다면 그걸로도 충분할 것 같긴 한데……. 하지만 정말로 가능하겠어요?"

"가능할 것 같습니다만."

"가능할 것 같다……?" 구사카베의 목소리 톤이 툭 떨어졌다.

"아뇨, 가능합니다. 어떻게든 꼭 해내겠습니다." 나오미는 서둘러 결연한 각오를 담아 말했다.

흠, 하고 품평을 하는 듯한 눈빛으로 바라보며 구사카베는 고개를 끄덕였다.

"그렇다면 잘 부탁해요. 처음에도 말했지만 비용이라면 아낌없이 쓸 생각이에요."

"그러면 사전에 비용을 상의드릴 필요는……."

"그럴 필요 없어요, 나중에 보고만 해주면 돼." 구사카베는 탈탈 터는 듯이 손을 내둘렀다. "정말 기대가 되네. 잘하면 내일 밤에는…….” 거기까지 말하고 안타깝다는 듯 떨떠름한 표정을 내보였다. “아직 그녀의 이름은 알려줄 수 없어요?”

“죄송합니다. 그 점에 관해서는…….”

“응, 이해해요. 이제 괜찮아. 일단 우리끼리는 레이디라고 부르기로 합시다.”

“알겠습니다, 레이디 님이시라고요.”

하나하나 별스럽게 굴기는 했지만 이제 그것도 점점 익숙해지고 있었다.

“내일 저녁까지는 그 레이디와 단둘이 만날 수 있다고 생각하니 가슴이 두근두근해. 꼭 성공하기를 빌어봅시다.” 구사카베가 자리에서 일어섰다. “진행 상황은 빠짐없이 보고해줘요.”

나오미도 자리에서 일어섰다. “네, 잘 알겠습니다.”

구사카베가 의기양양하게 엘리베이터 홀로 걸어가는 것을 나오미는 눈으로 배웅했다. 가슴속에서는 제안을 받아준 것에 대한 안도감과 과연 잘될까 하는 불안감이 교차하고 있었다.

“방법이 정해졌어요?” 등 뒤에서 목소리가 날아왔다.

돌아보니 닛타가 컨시어지 데스크의 서류를 집어 들고 있었다.

“키다리 아저씨 작전? 이게 뭐예요?”

나오미는 그의 손에서 서류를 낚아챘다. “허락도 없이 보면 안 되죠.”

“구사카베와 마키무라를, 아니, 나카네 미도리를 단둘이 만나게 해줄 계획이군요."

"구사카베 고객님과 나카네 고객님이죠! 존칭도 없이 마구 이름을 불러대다니."

"꽤 재미있는 작전인 것 같군요. 얼핏 눈에 들어왔지만, 첫 줄에 서프라이즈 플라워라는 게 있던데." 닛타가 서류를 가리키며 말했다.

"닛타 씨 쪽과는 관계없는 일이에요."

"그건 아니죠. 내가 말했잖아요, 그 여자는 감시 대상이라고. 야마기시 씨가 그 여자에게 일반적인 서비스뿐만 아니라 뭔가 특별한 일을 주선하는 거라면 우리도 그 내용을 파악해둘 필요가 있어요."

나오미는 등을 꼿꼿이 세우고 형사 쪽으로 돌아섰다.

"그렇다면 닛타 씨가 쥐고 있는 카드도 보여주시죠."

"카드?" 닛타는 의아한 눈빛으로 고개를 갸우뚱했다. "무슨 말이에요?"

"나카네 고객님 방의 하우스키핑에 입회했을 때, 뭔가 단서를 잡은 눈치였어요. 그래서 급히 방을 떠났겠죠. 대체 어떤 단서를 잡았는지 알려줘요."

"아, 그거요?" 닛타는 고개를 끄덕이며 몸을 흔들었다. "별거 아닌데."

"뭐가 됐든 말해봐요."

"그걸 알려주면 그쪽도 키다리 아저씨 작전에 대해 얘기할 거예요?" 닛타가 나오미의 얼굴을 들여다보며 말했다.

나오미는 살짝 고개를 끄덕였다. "뭐, 그러죠."

닛타는 주위를 한 차례 살펴보고 그녀에게로 한 걸음 다가섰다.

"역시 부부 동반이 아니라는 거예요. 진짜 부부간이라면 신었던 양말이나 속옷이 든 비닐백이 놓여 있거나, 아니면 실내용 티셔츠나 바지를 벗어놓는다든가, 아무튼 생활의 흔적이 있어야 하잖아요. 근데 그 방에는 그런 게 전혀 없었어요."

나오미는 눈을 깜작거리며 닛타의 얼굴을 마주 보았다. "그리고 그 밖에는?"

"그것뿐이에요. 흘려 넘길 수 없는 중요한 단서잖아요?"

하지만 나오미는 미심쩍다는 표정이었다. 닛타의 지적은 그녀도 감지한 사항이었다. 하지만 정말 그것뿐일까. 그때 닛타가 내보인 반응을 돌이켜보면 뭔가 좀 더 결정적인 단서를 잡은 것으로 생각되었다.

"자, 나는 얘기했어요. 이번에는 야마기시 씨 차례예요." 닛타가 재촉했다.

약은 오르지만 딱히 거부할 이유가 생각나지 않았다. 나오미는 서류를 그에게 건넸다.

"나카네 님에게 특별 서비스를 제공하자는 게 내 작전이에요. 물론 구사카베 씨의 이름은 밝히지 않고 어디까지나 호텔에서 제공하는 것으로."

"어떻게?"

"이를테면 방에 꽃바구니를 배달할 거예요. 꽃 선물을 받고 기뻐하지 않을 여자는 없을 테니까요."

"그게 서프라이즈 플라워군요. 하지만 수상하게 여기지 않을까요? 왜 과분한 서비스를 해주는가 하고."

"서비스의 이유쯤은 어떻게든 갖다 붙일 수 있어요."

"추첨에 뽑혔다든가?"

"네, 그것도 나쁘지 않겠네요."

아무래도 이해하기 어렵다는 표정으로 닛타는 서류를 읽어보았다. "저녁 식사 때 샴페인이라는 것도 있군요."

"나카네 고객님 일행이 오늘 저녁 식사를 어디서 드실지는 아직 몰라요. 만일 호텔 안의 레스토랑이나 룸서비스를 이용하신다면 이것 또한 뭔가 이유를 붙여서 샴페인을 서비스할 생각이에요. 어제 밤늦게 샴페인을 주문했었으니까 싫어하시지는 않겠죠."

"그렇군요." 닛타는 고개를 끄덕였다. "그 밖에도 다양한 작전을 준비한 것 같은데, 그쪽에만 특별 서비스가 이어지면 역시 미심쩍어하지 않을까요?"

"맞는 말이에요. 그래서 나카네 고객님 쪽의 반응을 봐가면서 진행할 생각이에요. 본인은 괜찮더라도 함께 계신 남자분이 수상하게 여기시면 안 되니까."

"마지막에는 어떻게 되죠?"

"내일, 되도록 이른 시간에 나카네 미도리 님이 혼자 있는 틈을 노려 이번 작전을 사실대로 털어놓으려고요. 어젯밤부터 제공해드린 서비스는 실은 미도리 고객님과 단둘이 만나기를 원하는 분께서 부탁한 일이었다, 만일 그분과 만나도 괜찮으시다면 자리를 마련하고자 하는데 어떠시냐, 라고."

오호, 하고 닛타는 몸을 뒤로 젖혔다.

"이거, 괜찮은 작전인데요. 그렇게 하면 혹시 나카네 미도리 씨가 만남을 거절했을 경우에도 서로에 대해 모르는 상태에서 일을 끝낼 수 있겠군요. 구사카베 씨가 창피를 당할 걱정이 없어요."

"네, 그렇죠."

"근데 그 상황에서 상대의 정체를 궁금해하지 않을 여자는 없을 것 같은데……." 닛타는 거기서 손가락을 따악 튕겼다. "아, 그래서 키다리 아저씨구나!"

"네, 키다리 아저씨의 정체를 궁금해하지 않을 여자는 없죠."

"오, 굿 아이디어! 성공률이 꽤 높을 것 같은데요?"

"잘됐으면 좋겠어요."

그렇게 말하면서도 나오미는 성공률은 50퍼센트를 살짝 웃도는 정도일 거라고 생각했다. 만일 나카네 미도리가 정말로 부부간에 호텔에 온 것이라면 이번 일은 어려울지도 모른다. 하지만 상대와는 불륜 관계이고 그래서 낮에는 혼자 있어야 하는 처지라면 키다리 아저씨를 잠깐 만나는 정도는 괜찮다고 생각할 거라고 예상했다.

"한 가지 부탁이 있어요." 닛타가 말했다. "그 작전, 우리도 거들게 해주시죠."

"닛타 씨 쪽에? 왜요?"

"물론 우리도 그 여자를 예의 주시 중이기 때문이에요. 그 여자와 접촉 가능한 기회가 있다면 놓치고 싶지 않아요."

"미안하지만 나는 경찰을 위해서 이번 일을 계획한 게 아니고……."

"그건 나도 알죠. 방해할 마음은 없어요. 하지만 야마기시 씨 혼자서 모든 걸 다 할 수는 없어요. 주위에서 도와줄 사람이 필요하다고요. 어차피 누군가가 도와줄 거라면 그 역할을 우리에게 맡겨도 문제는 없잖아요, 그렇죠?"

닛타는 나오미가 대꾸할 틈을 주지 않고 빠른 말투로 몰아붙이며 날카로운 눈빛으로 쏘아보았다. 마치 사냥감에 달려드는 사냥개 같았다. 이런 때는 역시 형사라고 나오미는 생각했다.

나오미는 닛타가 손에 든 서류로 시선을 던졌다. 아닌 게 아니라 모든 것을 혼자서 하는 건 불가능하다. 만일 닛타 팀이 도와준다면 과연 어떤 역할이 좋을까.

생각을 가다듬고 있는데 마치 나오미의 속마음을 꿰뚫어 본 것처럼 닛타가 말했다. "우리 쪽에서 원하는 걸 말해도 될까요?"

"뭔가 원하는 역할이 있어요?"

예에, 라면서 닛타가 의미심장한 웃음을 지으며 서류의 한 부분을 가리켰다. "이 역할, 나한테 맡겨주시죠."

그 부분을 들여다보고 나오미는 살짝 눈을 치켜뜨며 형사의 얼굴을 살펴보았다. "왜요?"

"소소한 이유가 있어요. 아, 걱정 말아요. 절대로 야마기시 씨를 방해할 일은……." 거기까지 말한 참에 닛타는 시선을 옮기며 흠칫 입을 다물었다.

정면 현관을 지나 나카네 미도리가 이쪽으로 걸어오고 있었다. 어딘가 울적해 보이는 표정에 발걸음도 결코 가볍다고는 할 수 없었다.

닛타가 재빨리 다가가 "어서 오십시오, 나카네 고객님"이라고 인사를 건넸다. 그녀는 흠칫 놀란 듯 걸음을 멈추고 닛타의 얼굴을 바라본 뒤, 가만히 고개를 끄덕여 마주 인사하고 다시 엘리베이터 홀을 향해 걸어갔다.

"편안한 시간 되십시오." 멀어져가는 나카네 미도리의 등에 말을 건넨 뒤, 닛타는 나오미에게로 되돌아왔다. "여주인공의 등장이군요."

"역시 혼자네요. 상대 남자는 언제 돌아오는 걸까요?"

글쎄요, 라고 닛타는 고개를 갸웃거렸다.

"말 못 할 사연이 있는 사이라면 둘이서 당당하게 호텔로 돌아올 일은 없겠죠."

"그건 그렇죠." 나오미는 동의했다. 듣고 보니 맞는 말이었다. 이 호텔은 지하철역과 연결되었고 주차장도 지하에 있다. 지하층에서도 객실로 올라가는 엘리베이터를 탈 수 있어서 얼굴이 드러나는 것을 꺼리는 유명 인사 등은 그쪽을 이용하는 일이 더 많다.

점점 더 불륜일 가능성이 짙어졌다. 그렇다면 키다리 아저씨 작전이 성공할 확률도 높아진다.

나오미는 스마트폰을 꺼냈다. 서둘러 꽃바구니를 주문하기 위해서였다.

1701호실 문 앞에 서자 한 차례 심호흡을 한 뒤에 차임벨을 눌렀다. 미리 전화로 호텔에서 제공하는 선물을 전해드리겠다고 알렸기 때문에 방 안에 있는 나카네 일행이 당황할 우려는 없었다. 참고로, 전화를 받은 것은 나카네 미도리였다.

문이 열리고 이국적인 윤곽의 얼굴이 나타났다. 약간 당혹스러운 기색이었지만 나오미가 품에 안고 있는 것을 보자마자 표정이 환해졌다.

"저녁 시간에 죄송합니다. 조금 전에 전화로도 말씀드렸지만, 하우스키핑 담당자들 사이에서 나카네 고객님께 꼭 선물을 드리고 싶다는 의견이 나와서 이렇게 가져왔습니다." 나오미는 그녀에게 꽃바구니를 내밀며 말했다. 분홍색 백합과 장미를 한복판에 맞춰서 꽂아 넣은 것이다.

"정말 괜찮을까요, 이런 걸 받아도?" 나카네 미도리가 물었다.

"물론입니다. 방을 가장 깨끗이 쓰신 고객님을 한 팀 선정해 객실 담당자가 꽃바구니를 선물하는 것은 저희 호텔에서 해마다 연말이면 정기적으로 하는 행사입니다. 부담 없이 받아주세요."

"어머, 그런 행사가 있었군요. 정말 고마워요, 이렇게 예쁜 꽃을……."

"괜찮으시다면 어딘가 원하시는 자리까지 갖다드릴까요?"

"아, 그건 괜찮아요. 내가 들고 가면 되니까." 나카네 미도리는 웃는 얼굴로 꽃바구니를 받아 들었다. "정말 고마워요."

"실례했습니다. 그럼 즐거운 시간 되십시오." 나오미는 머리 숙여 인사하고 문이 닫히기를 기다렸다가 걸음을 뗐다.

우선은 제1단계 완료. 가슴을 쓸어내렸다.

22

벨보이 차림의 세키네가 왜건을 밀며 복도 안으로 들어갔다. 그 뒷모습을 닛타는 모퉁이에서 지켜보았다. 1701호실은 모퉁이 방이라 가장 안쪽이다. 막다른 곳의 왼편에 문이 있었다.

세키네가 문 앞에 멈춰 서서 차임벨을 눌렀다.

잠시 뒤에 문이 열렸다. 한두 마디 이야기를 한 뒤에 세키네는 왜건과 함께 방으로 들어갔다.

왜건에 실린 것은 룸서비스로 주문한 저녁 식사였다. 스페셜 디너 2인분과 샴페인 한 병이다. 술은 원래 두 잔을 주문했지만 병째로 나간 것은 바로 그 키다리 아저씨 작전의 일환이었다. 뜻밖의 샴페인 선물에 대해서는 세키네가 그럴싸하게 설명하기로 했다.

이윽고 세키네가 문밖으로 나오는 게 보였다. 안을 향해 인사를 하고 다시 복도를 건너오고 있었다.

"어땠어?" 닛타가 물었다. "안에까지 들어가는 데는 성공한 것 같은데."

세키네는 못내 아쉽다는 표정으로 고개를 저었다.

"거실 바로 앞에까지밖에 못 갔어요. 텔레비전 소리는 들리는데 그 너머의 상황은 전혀 알 수가 없더라고요."

"역시 실패인가."

둘이서 엘리베이터에 타고 1층 버튼을 눌렀다.

"샴페인 선물에 대해서는 어떻게 얘기했어?"

"잘못 가져왔다, 자신이 주문한 것은 한 병이 아니라 두 잔이었다고 하더라고요. 그래서 야마기시 씨가 알려준 대로 우선 사과부터 하고 저희 쪽 실수니까 서비스해드리겠다고 둘러댔어요."

"의심하는 기색은 없었어?"

"글쎄요, 미안해하기는 하더라고요."

"실제로는 별로 반가운 선물은 아니었을 거야. 술꾼이라면 또 모르지만, 여자 혼자 샴페인 한 병을 비우기는 힘들잖아."

"그건 그렇죠."

나카네 미도리가 룸서비스로 2인분의 요리를 주문했다는 말을 전해 듣고 닛타는 경비실로 달려가 방범 카메라 영상을 확인했다. 그 결과, 역시 1701호실에는 나카네 미도리 이외에는 아무도 드나들지 않았다는 게 밝혀졌다.

이제 나카네 미도리가 부부 동반인 것처럼 위장하고 있다는 것은 확실해졌다. 그 목적은 무엇인가. 닛타 팀에서 추적 중인 사건과 관련이 있는 건 아닌지, 어떻게든 알아내야 했다.

1층으로 내려와 컨시어지 데스크에 갔더니 목을 길게 빼고 기다렸는지 야마기시 나오미가 자리에서 벌떡 일어섰다.

"어떻게 됐어요?" 세키네를 향해 물었다.

"성공한 것 같아요. 샴페인 선물을 받아줬거든요."

"요리는? 정확히 세팅해드렸나요?"

"아뇨, 안에 들어가긴 했는데 왜건을 거실 문 앞까지 옮겨준 것뿐이라서 요리를 테이블에 차려내지는 못했어요."

세키네의 설명에 "그나마 다행이네요"라고 야마기시 나오미는 안도하는 표정을 보였다. 스페셜 디너라면 요리의 가짓수가 많다. 나카네 미도리에게 샴페인을 선물한다는 미션도 중요하지만, 그보다 아마추어나 다름없는 세키네가 과연 요리를 제대로 테이블에 차려낼지, 그녀는 내내 걱정하고 있었던 것이다.

"꽃바구니를 선물하고 샴페인을 병으로 서비스했어요. 자아, 그다음은 드디어 메인 이벤트군요." 닛타가 말했다.

야마기시 나오미가 불안한 눈빛을 던져왔다. "역시 닛타 씨가 직접 갈 생각이에요?"

"왜요, 안 됩니까? 야마기시 씨는 꽃바구니도 가져갔었는데 컨시어지가 연거푸 찾아가면 그것도 수상하게 생각할 거라고요."

"그건 그렇지만……."

"걱정 말아요, 잘할 테니까." 그렇게 말하고 닛타가 가슴을 가볍게 툭 쳤을 때, 상의 안쪽이 부르르 울렸다. 스마트폰을 꺼내 보니 모토미야에게서 온 전화였다. 네에, 라고 응했다.

"나카네 미도리에 대해 미리 알아둘 정보가 있어. 지금 별다른 일이 없으면 이쪽으로 잠깐 건너와."

"네, 알겠습니다."

전화를 끊은 뒤 야마기시 나오미에게 잠시 다녀오겠다고 말하고 닛타는 사무동으로 향했다.

회의실에는 이나가키와 모토미야가 진을 치고 있었다. 닛타는 세키네가 나카네 미도리의 객실에 룸서비스 요리를 전달한 상황을 보고했다.

"혼자 있으면서 스페셜 디너는 2인분? 점점 더 수상한 냄새가 나는데요?" 모토미야가 이나가키에게 말했다.

"호기를 부리거나 술에 취해서 하는 짓인 것 같지는 않아. 이번 사건과의 관련성은 확실하지 않지만 일단 그 이유는 파악해야겠어. 닛타, 어떻게 좀 안 되겠나?"

이나가키의 물음에 닛타는 고개를 갸웃거렸다.

"본인에게 물어볼 수도 없고, 난감하네요. 우선 야마기시 씨의 작전에 편승해 상황을 지켜볼 생각입니다."

이나가키는 답답하다는 얼굴로 한숨을 내쉬었다.

"지난번 사건에서도 느꼈던 일이지만, 호텔이라는 곳은 참 이상한 손님이 많아. 화려하게 프러포즈를 하는가 싶더니 그다음 날에는 또 다른 여자에게 한눈에 반했다질 않나. 게다가 그 여자까지 뭔가 비밀을 안고 있다니. 이거, 대체 어떻게 된 거야."

"가면을 쓰고 있는 거예요, 고객이라는 가면을." 예전에 야마기시 나오미에게서 들었던 말을 닛타는 다시 한번 읊조렸다. "아, 그보다 제가 알아야 할 정보라는 건 뭡니까?"

"이거야." 모토미야가 집어 든 것은 나카네 신이치로의 운전면허증 복사본이었다. "아이치 현경에 이 주소의 맨션을 알아봐달라고 협조를 요청했었는데, 이 사람은 그 집에 거주하고 있지 않았어."

"이사를 한 건가요?"

"아무래도 그런 것 같은데, 현재 거주하는 사람은 올여름에 입주했기 때문에 내용을 전혀 모르는 모양이야. 방금 좀 더 자세히 조사해달라고 연락했어. 그리고 또 한 가지, 호텔 예약 정보에 나카네 신이치로의 휴대전화 번호가 남아 있었는데 그 번호로 걸어봤더니 연결이 안 됐어."

닛타는 코끝을 엄지로 톡 튕겼다. "이거, 진짜 수상한데요?"

"나카네 미도리가 요주의 인물이라는 점은 변함이 없어. 하지만 그쪽에만 시선을 빼앗겼다가는 자칫 다른 중요한 것을 놓칠 우려가 있어." 이나가키가 나지막한 목소리로 묵직하게 말했다. "오히려 진짜는 지금부터 찾아올지도 모르니까."

"오늘은 제가 파악한 것만 해도 체크인이 100명이 넘었습니다."

"호텔 쪽도 내일 밤의 카운트다운 행사를 위해 본격적인 준비에 들어갔어. 여기저기서 일하는 사람들이 돌아다니면 범인이 목적을 이루기 쉬운 환경이 될 수 있어. 그 점을 특히 유의하면서 움직여야 해."

"네, 알겠습니다." 머리 숙여 대답하면서, 이번 사건으로 주의를 받은 게 이걸로 몇 번째인가 하고 닛타는 생각했다.

손목시계의 바늘이 8시 50분을 지나는 것을 보고 닛타는 우지하라에게 "잠깐 자리 좀 비워도 되겠습니까?"라고 양해를 구했다. 체크인을 하려는 사람들의 물결이 잠잠해져서 프런트에는 그들 두 사람밖에 없었다.

어디에 가느냐고 우지하라가 눈빛으로 묻길래 "잠깐 좀"이라고 대충 얼버무렸다. 그에게 일일이 동향을 보고해야 할 이유는 없다.

컨시어지 데스크에서는 야마기시 나오미가 긴장한 표정으로 전화를 걸고 있는 참이었다.

"네…… 그러면 예정대로 하는 것으로. ……네에. 갑작스럽게 어려운 부탁을 드려 정말 죄송합니다. ……네, 그러면 결제에 대해서는 그렇게 해드리도록 하겠습니다. ……네, 고맙습니다. 잘 부탁드릴게요." 물 흐르듯이 사과와 감사의 말을 거듭한 뒤에 그녀는 전화를 끊었다. 닛타를 올려다보며 숨을 후우 내쉬었다. "그쪽은 준비가 다 된 모양이에요. 신호만 해주면 언제라도 시작할 수 있대요. 드디어 본격적인 작전에 들어가네요."

"그러면 나는 출동하겠습니다."

야마기시 나오미는 진지한 눈빛으로 올려다보았다. "닛타 씨, 정말 괜찮은 거죠?"

"괜찮다니까요. 몇 번이나 똑같은 소리를."

"잊지 말아요, 지금부터 하는 일은 어디까지나 우리 호텔 서비스의 일환이에요. 부디 실례되는 일이 없도록 잘 부탁해요, 알겠죠? 수사가 아니라 서비스를 먼저 생각해야 돼요."

"알았어요, 걱정 말고 나한테 맡겨요."

정말로 알고 있는 거냐고 말하고 싶은 듯한 얼굴로 야마기시 나오미는 수화기를 집어 들었다. 길고 아름다운 손가락이 1701호실의 호출 번호를 꾹꾹 눌렀다.

수화기를 귀에 댄 야마기시 나오미의 얼굴이 바짝 긴장했다. 상대가 전화를 받은 모양이다.

"나카네 고객님, 갑작스럽게 죄송합니다. 컨시어지 데스크의 야마기시입니다. ……네, 조금 전에는 실례했습니다. 지금 잠깐 전화 통화, 괜찮으실까요? ……감사합니다. 실은 호텔 측에서 전해드릴 게 있어서 담당자가 방으로 찾아뵙고 싶다고 합니다. 지금 그쪽으로 가도 괜찮을까요? ……아, 그건 담당자에게 직접 문의해주셨으면 합니다. ……아, 그러십니까. 그럼 지금 그쪽으로 찾아뵙도록 하겠습니다. 잘 부탁드립니다. 실례합니다." 야마기시 나오미가 수화기를 내려놓았다.

"승낙해준 모양이네요?" 닛타가 물었다.

네, 라고 그녀는 고개를 끄덕이고 닛타를 마주 보았다. "순서는 잘 알고 있죠?"

"똑똑히 머릿속에 입력해뒀어요." 닛타는 자신의 관자놀이를 손끝으로 쿡 찌른 뒤, 엘리베이터 홀로 향했다.

17층으로 올라가 복도를 걸어갔다. 막다른 곳의 왼편이 1701호실이다. 버튼을 누르자 벨소리가 울렸다.

열린 문 틈새로 나카네 미도리가 얼굴을 내밀었다. 광택이 감도는 회색 원피스를 입고 있었다. 고급스러워 보이는 옷감이어서 아무래도 평상복으로는 보이지 않았다.

"갑작스럽게 죄송합니다." 닛타는 머리를 숙였다. "저희 호텔의 특별 이벤트 소식이 있어서 알려드리러 왔습니다."

"특별 이벤트?" 나카네 미도리가 긴 속눈썹을 깜빡였다. 희미한 객실 조명 불빛 아래 그 요염함이 더해지는 것 같았다.

"오늘 밤 한정 이벤트입니다. 바쁘시지 않다면 잠깐 설명해드리려고 합니다만, 괜찮으실까요?"

"네, 괜찮아요."

가능하면, 이라고 닛타는 상대의 표정을 살펴보며 말했다.

"방에 들어가서 설명을 드리면 훨씬 수월하겠습니다만, 어떻게 할까요?"

"방에?" 나카네 미도리의 얼굴에 당황하는 기색이 떠올랐다.

"물론 동행한 분과 상의하신 뒤에라도 괜찮습니다."

"그 사람은, 아니, 남편은, 지금 잠깐 외출 중이에요."

말끝이 살짝 떨리는 것을 닛타는 놓치지 않았다.

"그렇습니까. 그러면 남편분께서 돌아오신 다음에 다시 설명해드리도록 할까요?"

"아니, 괜찮아요. 언제 돌아올지 정확히 얘기하지 않아서." 나카네 미도리는 잠시 생각하는 표정을 보이더니 마음을 정한 듯 고개를 끄덕였다. "알았어요, 그러세요."

"안에 들어가도 되겠습니까?"

"좋아요."

"그럼 잠시 실례하겠습니다." 닛타는 한 차례 인사를 건네고 안으로 들어섰다. 도어가드를 세워 문이 닫히지 않도록 해두는 것은 상식이다.

나카네 미도리의 뒤를 따라 거실로 들어갔다. 낮에 하우스키핑에 입회했을 때와는 느낌이 사뭇 달라져 있었다. 코트가 소파 위에 던져져 있고 가방도 그 옆에 놓여 있었다. 아무래도 남녀 둘이 소파에 편히 앉아 있었던 것으로는 보이지 않았다. 그리고 테이블 위의 책과 담배, 라이터는 낮에 본 것과 똑같은 자리에 있었다.

“어떻게 하면 되죠?” 나카네 미도리가 돌아보았다.

“잠깐 창 쪽으로 가실까요.”

모퉁이의 객실이라서 창문은 남쪽과 서쪽, 양 방향으로 나 있다. 닛타는 남쪽 창으로 다가갔다. 바로 옆에 테이블, 그리고 그 옆에 왜건이 놓여 있었다. 테이블 위에는 디너를 마친 두 사람분의 식기가 있을 테지만 지금은 하얀 천이 그 위를 덮고 있어서 보이지 않았다.

왜건에는 샴페인병이 있었지만 반 이상 남은 것 같았다. 역시 혼자서는 다 마실 수 없었을 것이다.

닛타는 커튼을 활짝 열었다. 창밖에는 도쿄의 야경이 펼쳐져 있었다. 다음에는 스마트폰을 꺼내 전화를 걸었다. 곧바로 네에, 라고 야마기시 나오미가 받았다.

“이쪽은 준비됐어요.” 닛타가 말했다.

“알았어요. 그럼 시작할게요.”

닛타는 전화를 끊고 나카네 미도리를 돌아보았다.

“방의 불을 잠깐 꺼주실 수 있을까요?”

“아, 그래요.”

나카네 미도리가 벽의 스위치를 누르자 창밖의 야경이 한층 두드러졌다.

하지만 보여주고 싶은 것은 그것뿐만이 아니었다.

다음 순간, 눈앞에 자리한 빌딩의 벽면에 〈Welcome to

HOTEL CORTESIA TOKYO!〉라는 빛의 문자가 찬란하게 떠올랐다.

"어머, 저게 뭐야……." 나카네 미도리의 눈이 둥그레졌다.

문자가 사라지자 이번에는 벽면 전체가 분홍빛으로 물들었다. 만개한 벚꽃의 영상이었다. 이윽고 그것은 짙푸른 하늘이 되고 그곳에 무지개가 걸렸다. 그 하늘이 점차로 어두워지는가 싶더니 쏘아올린 불꽃이 차례차례 터지는 영상으로 바뀌었다.

"어떻게 된 거예요?" 나카네 미도리가 놀란 기색으로 물었다.

"저희 호텔의 특별 서비스입니다." 닛타는 공손히 머리를 숙였다.

23

스마트폰 화면에 차례차례 떠오르는 영상을 나오미는 숨을 죽인 채 들여다보았다. 이것과 똑같은 장면을 지금 나카네 미도리는 객실에서 보고 있을 터였다.

키다리 아저씨 작전의 가장 중요한 이벤트가 이 특별 영상 쇼였다. 일루미네이션 등의 빛 축제 작업을 전담해온 이벤트 회사에 급하게 의뢰한 것이다. 보통 2주일 전쯤에 발주해야 하는 일이어서 당일에 해내라는 것은 말도 안 된다고 했었지만, 보유한 영상을 닥닥 긁어온 것이라도 좋다고 몇 번이나 부탁해 겨우겨우 받아준 것이었다.

그다음은 협상이었다. 옆 빌딩의 벽면에 프로젝터로 투영하는 것이라서 당연히 그쪽 빌딩 측의 허가를 얻어야 하는데 막상 누구에게 연락해야 할지 몰라 몹시 애를 먹었다.

하지만 고생한 만큼 성취감도 컸다. 이걸로 나카네 미도리의 마음을 얼마나 사로잡을 수 있을지는 모르겠지만, 할 수 있는 한 최선을 다했다는 뿌듯함은 있었다.

나오미가 화면에 흠뻑 빠져 있는데 머리 위에서 누군가 "야마기시 씨!"라고 부르는 소리가 들렸다. 얼굴을 들자 우지하라가 앞에 서 있었다.

"닛타 씨는 어디 갔지? 아까 보니 엘리베이터 홀 쪽으로 가던데 설마 고객님 방에 올라간 건 아니지?"

"아뇨, 그 말씀이 맞아요. 지금 고객님 방에 가 있습니다. 저희 쪽 업무와 관련된 일이에요. 닛타 씨가 도와주겠다고 해서요."

우지하라는 어이없다는 얼굴로 고개를 내저었다. "몇 호실이야?"

"1701호실인데, 무슨 문제라도 있습니까?"

하지만 우지하라는 대답도 없이 성큼성큼 걸음을 옮겼다. 엘리베이터 홀로 향하고 있었다. 나오미는 그 뒤를 쫓아갔다. "대체 왜 그러시는데요?"

엘리베이터 홀에 도착하자 우지하라는 버튼을 누른 뒤에야 나오미를 보았다.

"프런트 오피스만 아니라면 어디서 무엇을 하든 상관없다고 닛타 형사에게 말했었어. 하지만 형사 혼자 고객님 방에 올라가다니, 그건 말이 안 되지. 야마기시 씨도 그 정도는 알고 있잖아?"

"그건 잘 알지만, 닛타 씨는 평범한 형사님과는 달라요. 게다가 객실 문 앞에서 용건을 전하는 것뿐이고……."

"그렇다면 왜 곧바로 돌아오지 않지? 뭔가 이상하다고 생각하지 않아?"

나오미는 선뜻 대답하지 못했다. 듣고 보니 맞는 말이었기 때문이다.

엘리베이터 문이 열렸다. 우지하라의 뒤를 따라 나오미도 안으로 들어갔다.

"그 사람을 지나치게 믿어주는 건 다시 생각해봐야 해. 어차피 형사야. 호텔에 피해를 끼치는 일 따위, 아무렇게도 생각하지 않아."

"그렇지는 않은 것 같은데……."

"야마기시 씨는 상황 파악이 너무 낙관적이야. 총지배인의 눈에 들었다고 너무 설치는 거 아닌가?"

나오미는 우지하라의 밋밋한 얼굴을 노려보았다. "제가 언제 설쳤다는 겁니까?"

엘리베이터가 17층에 도착했다. 나오미의 질문은 무시해버리고 우지하라는 복도로 나갔다. 종종걸음으로 1701호실로 향하고 있었다.

객실 앞에 가보니 문에 도어가드가 끼워져 있었다. 우지하라가 뒤돌아보았다. "어때, 내 말이 틀렸나?" 그러고는 즉각 차임벨을 눌렀다.

잠시 뒤에 문이 열렸다. 나타난 것은 닛타였다. "엇, 무슨 일이십니까?" 뜻밖이라는 얼굴로 나오미와 우지하라를 번갈아 보고 있었다.

"닛타 씨, 왜 객실 안에 들어갔어요?" 나오미가 물었다.

"아뇨, 어쩌다 보니 일이 그렇게……." 닛타의 대답은 뭔가 모호했다.

"무슨 일이에요?" 닛타의 등 뒤에서 나카네 미도리의 목소리가 들렸다.

"아, 실례했습니다, 나카네 고객님." 닛타가 말했다. "이번 특별 이벤트를 담당한 야마기시 컨시어지가 고객님의 감상을 듣고 싶은 모양입니다. 들어오라고 해도 괜찮을까요?"

"그래요, 어서 들어오시라고 해요."

닛타가 나오미에게 눈짓을 했다. 나오미는 옆에 선 우지하라를 보았다.

"나중에 분명하게 해명해야 할 겁니다." 우지하라가 둘 중 누구에게랄 것도 없이 쏘아붙이고 자리를 떴다.

실례합니다, 라고 말하고 나오미는 안으로 들어갔다.

거실로 가자 나카네 미도리가 창가에 서서 아직도 이어지는 영상 쇼를 홀린 듯 바라보는 참이었다. 그녀 혼자뿐이고 남자의 모습은 없었다.

나오미는 그녀에게로 다가가면서 물었다. "어떻습니까?"

나카네 미도리가 얼핏 뒤돌아보고는 금세 다시 창밖으로 시선을 던졌다.

"정말 멋있어요. 이런 멋진 걸 보여주다니, 상상도 못 한 일이에요."

"연말 이브 특별 이벤트랍니다." 나오미가 말했다.

"연말 이브?"

"네, 크리스마스이브라는 말이 있으니까 연말 이브라는 게 있어도 좋겠다고 생각했거든요. 물론 다른 객실에서도 보이겠지만, 이 방에서 보는 게 가장 멋진 풍경이라서 이렇게 감상을 여쭤보러 나왔습니다."

"그랬군요. 정말로 아름다워요. 덕분에 좋은 새해를 맞이할 것 같아요. 고마워요."

"그렇게 말씀해주시니 정말로 다행입니다. 아, 그럼 저는 이만 실례하겠습니다. 방해해서 죄송합니다."

나오미가 인사를 건네고 나오려고 했을 때, 옆에 놓인 테이블이 눈에 들어왔다. 하얀 천을 덮었지만 살짝 열린 부분이 있었다. 그곳을 보고 흠칫 놀랐다.

닛타와 시선이 마주쳤다. 그의 심각한 표정은, 일단 조용히 나가자, 라고 나오미에게 말하는 것 같았다.

실례합니다, 라고 다시 한번 인사하고 나오미는 출입구로 향했다. 닛타도 뒤따라왔다.

방에서 나온 뒤에도 엘리베이터 홀까지는 아무 말 없이 걸어갔다. 입을 연 것은 엘리베이터에 올라 자신들 외에 아무도 없다는 것을 확인하고 난 다음이었다.

"닛타 씨, 알고 있었죠?"

"뭘요?"

"시치미 떼지 말아요. 테이블 위를 보셨잖아요? 포크와 나이프 한 세트가 전혀 손도 대지 않은 상태였어요. 즉 디너를 2인분씩 주문했지만 음식을 먹은 건 한 사람뿐이에요. 나카네 미도리 씨에게는 동행한 남자가 없는 거예요."

닛타는 씨익 웃더니 손끝으로 코 옆을 긁적였다. "역시 대단하시네. 야마기시 씨라면 분명 놓치지 않고 알아볼 거라고 생각했어요."

"하우스키핑 때 이미 눈치를 챘군요. 근데 왜 나한테 알려주지 않았어요?" 냉정함을 유지하자고 생각하면서도 저절로 가시 돋친 목소리가 튀어나왔다.

"그때는 확증이 없었기 때문이에요. 나중에야 방범 카메라 영상을 보고 그 방에 드나든 사람은 그 여자뿐이라는 걸 확인했어요." 대조적으로 닛타의 말투는 침착하기만 했다.

"그렇다면 그 시점에 알려줬어야지요."

닛타는 겸연쩍은 듯 콧잔등에 주름을 잡았다.

"우선은 입을 다물어라, 라는 상부의 지시가 있었거든요. 근데 야마기시 씨를 만날 때마다 그게 영 마음에 찔리더라고요. 그래서 조금 전에 작은 트릭을 좀 썼죠."

"트릭?"

"내가 그 방에 들어갔을 때는 테이블 위가 하얀 천에 덮여서 아무것도 보이지 않았어요. 손대지 않은 포크와 나이프도."

엘리베이터가 1층에 도착했다. 닛타가 '열림' 버튼을 누르고 나오미가 먼저 내렸다.

"내가 볼 수 있게 그 하얀 천을 살짝 젖혀뒀다는 거예요?"

"뭐, 그렇죠. 고맙다는 인사까지는 바라지 않겠지만, 야마기시 씨에게 그 얘기를 안 했다고 너무 나무라지는 말아줬으면 합니다."

"아직 제대로 나무라지도 않았는데?" 나오미는 발을 멈추고 닛타를 보았다. "아, 그건 어찌 됐든 나카네 고객님은 왜 그런 거짓말을……."

"문제는 바로 그거예요." 닛타는 검지를 번쩍 들었다. "혼자 투숙하면서 왜 굳이 부부 동반인 척하는가. 요리를 매번 2인분씩 주문하다니, 아무리 생각해도 이상하죠. 비용이 두 배로 들 뿐, 아무 메리트도 없을 텐데 말이에요. 그게 우리가 감시를 중단할 수 없는 이유예요."

"그런 거였어요?"

"어찌 됐건 야마기시 씨에게는 큰 도움이 되는 정보 아닌가요? 동행한 남자가 없다, 그렇다면 구사카베 씨와의 약속을 지키는 데는 허들이 상당히 낮아진 것 같은데."

"나카네 씨가 왜 그런 엉뚱한 일을 벌이는지, 그 의도를 파악하지 못하고서는 아직 어떻다고 할 수 없어요. 마찬가지로……." 나오미는 닛타의 얼굴을 골똘히 쳐다보았다. "경찰 쪽에서 나카네 씨를 주시하는 이유는 잘 알겠는데, 제발 무리한 방법까지 동원해가면서 진의를 파헤치려고 하지는 말아주세요. 고객님마다 각자 개인 사정이라는 게 있어요. 이번에 나카네 고객님은 부부동반이라는 가면을 쓴 채 우리 호텔을 찾아주셨어요. 그렇다면 그 가면을 존중해드리는 것이 호텔리어의 의무입니다."

닛타는 빙긋이 웃었다. "그야말로 야마기시 씨다운 의견이군요."

나오미는 그를 노려보는 눈에 힘을 넣었다. "지금 비꼬는 건가요?"

"아뇨, 천만에요." 닛타는 손을 내젓고 다시 진지한 얼굴로 돌아왔다. "하지만 그 여자, 아니, 나카네 미도리 고객님의 가면은 조금 전에 단 한 순간이나마 벗겨졌던 게 아닌가 싶은데요."

"무슨 일이 있었어요?"

"그 영상 쇼를 구경할 때, 슬쩍 옆얼굴을 살펴봤는데……." 닛타는 손끝으로 자신의 오른쪽 눈 밑을 만지며 말을 이었다. "뺨에 눈물 한 방울이 또르르. 단순히 영상 쇼에 감동한 것 때문만은 아닌 것 같더라고요." 그리고 닛타는 나오미를 향해 고개를 끄덕였다. "아, 그냥 참고삼아 알아두시라고요."

"그건 정말 머릿속에 담아두는 게 좋을 듯한 얘기군요. 하지만 닛타 씨," 형사의 얼굴을 똑바로 마주 보며 나오미는 말했다. "고객님의 가면이 한순간 벗겨졌다고 해도 그걸 모르는 척해드리는 것도 호텔리어의 일이랍니다."

닛타는 한층 더 표정이 누그러들었다.

"네, 잘 알죠. 그건 우리 형사들도 마찬가지예요. 가면이 벗겨진 것을 눈치채지 못한 척하면서 최대한 민낯에 바짝 다가가려고 하니까요."

"그런 열의가 지나쳐서 고객님과의 거리를 잡는 데 실패하는 일이 없도록 특히 조심해주세요. 지나치게 가까이 다가가는 바람에 상대를 상처 입히는 일도 있으니까요."

"아, 그런 거라면 염려 말아요. 내가 이래 봬도 그런 거리감에는 자신이 있거든요." 닛타는 자신의 가슴을 툭 치며 말했다.

"그러세요? 그럼 딱 한 가지, 흥미로운 에피소드를 말씀드려도 될까요?"

"뭔데요?"

"최근 수십 년 동안 시계 산업이 비약적으로 발전하면서 그야말로 시간을 정확하게 알게 됐죠. 웬만큼 값싼 시계라도 하루에 단 1초도 틀리지 않아요. 하지만 그 바람에 약속 시간에 늦는 사람이 더 증가했다, 라는 설이 있다는 것을 아세요?"

"아뇨, 처음 듣는 얘기인데. 정말 그렇습니까?"

"정확한 시각을 알 수 있기 때문에 아슬아슬할 때까지 자신만을 위한 시간을 더 쓰려고 한다는 거예요. 그 결과, 지각을 하죠. 그런 사람에게는 그다지 신뢰할 수 없는 시계를 내준다는군요. 자칫 늦을지도 모른다는 생각 때문에 항상 여유 있게 시간을 잡아 움직이게 되니까요."

"아, 그렇군요." 닛타는 연거푸 고개를 끄덕이다가 이윽고 갸우뚱했다. "근데 그게 아까 그 이야기와 무슨 관계가 있죠?"

"시계라는 기계에 지나치게 의지해서는 안 된다는 것과 마찬가지로 닛타 씨 자신의 감각에 지나치게 기대는 건 위험할 수 있어요. 시간처럼 마음의 거리감에도 여유가 필요하다는 얘기를 하고 싶은 거예요." 나오미는 형사의 눈을 마주 보며 말했다. "과신은 금물입니다."

닛타는 가슴이 들먹거릴 만큼 크게 심호흡을 하고 고개를 끄덕였다. "네, 꼭 기억해두지요."

"건방진 충고라고 생각하셨겠지만."

"아뇨, 중요한 걸 배웠어요."

그리고 인사를 건네자마자 닛타는 발길을 돌려 성큼성큼 멀어져갔다.

24

"그런 이유로 나카네 미도리 고객님의 행동이 지극히 부자연스럽다는 건 이제 확실합니다. 뭔가 사정이 있는지도 모르지만, 그것이 이번 사건과 관계가 없다는 게 판명될 때까지 우리는 약간 무리한 방법을 써서라도 지속적으로 감시할 필요가 있습니다."

닛타에게서 일의 전말을 듣고 난 우지하라는 변함없이 무표정한 얼굴을 유지했지만, 불만과 불신의 빛만은 분명하게 드러내고 있었다. 오히려 무표정한 만큼 더욱 강하게 압박해오는 것이 있었다.

두 사람은 프런트 뒤편의 사무실에서 마주하고 있었다. 닛타가 돌아오자마자 해명을 요구한 것이다. 다른 프런트 클러크들은 센스를 발휘했는지 아니면 어색한 분위기를 눈치챘는지, 모두 자리를 뜨고 없었다.

"무슨 말인지는 알겠어요." 우지하라는 밋밋한 억양으로 말했다. "하지만 해도 될 일과 안 될 일이 있는 거예요. 우리 직원들조차 고객님의 방에 들어갈 때는 그야말로 세심한 주의를 기울입니다."

"안에 들어가기 전에 분명하게 허락을 얻었습니다."

우지하라는 가느다란 눈썹을 슬쩍 찌푸렸다.

"여성 고객님 방 앞에서, 들어가도 괜찮습니까, 라고 묻는 것 자체가 말이 안 되는 일이에요. 고객님 쪽에서는 당신도 어엿한 호텔 직원이라고 생각하겠지요. 무례한 호텔이다, 직원 교육이 형편없다, 라는 말을 들어도 답변할 수 없는 경우입니다. 감시할 필요성은 이해하지만, 뭔가 다른 방법을 택했어야 해요."

"하지만 그 여자는 불쾌해하기는커녕 영상 쇼를 보고 감격했어요."

"그건 결과론이죠. 그리고 고객님을 '그 여자'라는 식으로 불러서는 안 됩니다."

"아차, 실례." 닛타는 입가를 손으로 가렸다.

우지하라는 손목시계를 들여다보았다.

"내가 닛타 씨의 보좌역을 하는 것도 이제 스물네 시간이 남았군요. 제발 그때까지 점잖게 지내주기 바랍니다."

"점잖게 지내고 있죠, 호텔리어로서는. 하지만 형사가 점잖아서는 범인을 체포할 수 없어요."

닛타의 대꾸에 우지하라의 뺨이 움찔했다. 다시 잔소리를 늘어놓을 생각인가, 하고 닛타는 내심 방어 태세를 취했지만, 그의 어깨에서 스르륵 힘이 빠져나가는 게 보였다.

"야마기시는 이런 사람을 왜 높이 평가해주는지 모르겠네." 혼잣말처럼 중얼거리고 있었다.

"앗, 저를요? 영광이네요."

"하지만," 우지하라는 닛타의 얼굴을 빤히 들여다보았다. "나는 속일 수 없을걸요."

하하하, 하고 닛타는 가볍게 웃었다. "제가 뭘 어떻게 속이겠습니까?"

"나는 내 일에 자부심이 있어요. 실례지만 형사라고 해서 호텔리어보다 더 인간의 본질을 잘 간파하는 것 같지는 않군요. 그게 내가 하고 싶은 말입니다." 우지하라는 빙글 등을 돌렸다. "수고했어요, 내일 오전 8시에 다시 봅시다."

"형사도……." 걸음을 떼는 뒷모습을 향해 닛타는 말했다. "멋진 승부를 펼치겠다는 자부심이 있습니다."

우지하라는 발을 멈췄지만 돌아보는 일 없이 사무실을 나갔다.

그 직후에 스마트폰이 부르르 울렸다. 모토미야의 메시지였다. 밤 10시를 지난 시각이지만 닛타를 비롯한 형사들의 수사 회의는 이제부터 시작이었다.

회의실에는 이나가키 팀 수사원 전원이 거의 다 모였다. 지참한 두 대의 액정 모니터 앞에 진을 치고 영상을 노려보고 있었다. 닛타는 그들 뒤편에 붙어 섰다. 한쪽 모니터에 나온 것은 즐거운 듯이 걷고 있는 커플의 모습이었다. 장소는 이 호텔의 로비다.

"자, 다음으로 넘어갑니다." 우에시마가 모니터에 연결된 노트북을 터치했다.

모니터에 다음 영상이 표시되었다. 중년 여성 두 명이다. 뭔가 화기애애하게 이야기하며 걸어가고 있었다. 역시 배경에는 로비가 찍혀 있었다.

조금 전의 커플도, 이 중년 여성들도 닛타는 본 적이 있었다. 오늘 체크인한 투숙객이다. 게다가 양쪽 다 카운트다운 파티에 참가를 신청했다. 프런트 쪽의 신호를 받은 수사원이 몰래 찍은 동영상인 것이다. 프런트에도 방범 카메라가 설치되어서 체크인하는 손님들의 모습을 포착해내지만, 각도가 고정된 데다 화질이 별로 선명하지 않았다. 또한 당연한 일이지만 카운터에서 벗어난 장소에서 체크인 수속이 끝나기를 기다리는 동행인의 모습은 찍히지 않는다는 난점이 있었다.

아무도 발언하는 사람이 없는 것을 확인하고 우에시마가 "자, 다음으로 넘어갑니다"라면서 엔터키를 눌렀다.

이번에 등장한 것은 젊은 남자였다. 선글라스를 쓰고 가죽 롱코트를 걸쳤다. 이 남자 손님은 본 기억이 없었다. 닛타가 프런트를 비운 사이에 체크인한 것이다.

"아, 잠깐 멈춰봐." 목소리를 낸 것은 베테랑 형사 와타베였다. "이 사람, 어디선가 봤어. 아마 원룸 방범 카메라일 거야. 앞부분 쪽에서."

우에시마가 다른 노트북의 키보드를 잽싸게 조작했다. 옆의 모니터에 다른 영상이 표시되었다. 이즈미 하루나의 원룸 공동현관에 설치된 방범 카메라 영상이다.

"조금 더 뒤쪽이야. ……그렇지, 이 그룹이 나가고 조금 더 가면 나올 거야. 엇, 이 사람이야. 거기서 멈춰봐."

와타베의 지시에 따라 우에시마가 동영상을 일시 정지했다. 모니터에 나타난 것은 가죽점퍼를 입은 짧은 머리의 젊은 남자였다.

"어때, 이 남자. 얼굴 생김새와 몸매가 비슷하지 않아? 옷차림의 취향도 똑같아." 와타베가 모두의 의견을 물었다.

전원이 두 개의 화면을 비교하고 있었다. 닛타도 번갈아 들여다보았다. 선글라스를 쓴 남자와 짧은 머리의 가죽점퍼 남자. 아닌 게 아니라 말을 듣고 보니 상당히 비슷하다.

몇몇 형사들이 동의하려던 참이었다. "아, 와타베 씨, 미안한데 그 사람 아냐." 모토미야가 말했다.

"아니야?" 와타베가 물었다. 계급은 모토미야가 높지만 나이는 와타베가 한 살 많다.

"유감스럽지만 다른 인물이야. 저 남자, 특별수사본부에 영상이 전송되었을 때 똑같은 지적이 있어서 즉시 확인 작업을 한 모양이야. 그 결과, 귀의 형태가 전혀 다르다는 게 판명되었어. 게다가 키도 10센티미터 이상 차이가 나더라고. 아깝네, 와타베 씨." 모토미야가 손에 든 것은 태블릿이었다. 특별수사본부 쪽에서 보내온 정보를 보고 있는 것이다.

수사원이 몰래 찍은 영상은 특별수사본부에도 동시에 전송된다. 그쪽에는 방범 카메라 영상을 비롯해 범인이 찍혔을 가능성이 있는 이미지 및 동영상 전체와 비교하는 전담 수사원이 대기하고 있다가 그 자리에서 체크하는 태세가 갖춰져 있다. 그렇기 때문에 지금 이 회의실에서는 그쪽의 작업을 다시 한번 확인하는 셈이다.

우에시마가 그다음 호텔 손님을 모니터에 띄웠다. 전원이 시선을 집중했다. 이미 특별수사본부가 체크했다고 해도 안심할 수는 없다. 그러기는커녕 수사본부에서 놓쳐버린 사람을 이쪽에서 찾아낸다면 그야말로 통쾌한 일이다, 라는 욕구가 모두의 가슴속에서 활활 타고 있을 터였다.

하지만 그런 마음도 헛되이 영상 확인은 별 성과 없이 종료되었다. 오늘 체크인한 손님 중에는 지금까지 회수된 방범 카메라에 찍힌 사람과 동일인은 없는 모양이었다.

"좋아, 됐어. 수고했어." 맨 끝자리에서 지켜보고 있던 이나가키가 손뼉을 탁탁 쳤다. "일반 보고로 넘어가자."

모니터 앞에 모였던 수사원들이 각자 자리로 돌아갔다. 모토미야가 주재하는 가운데, 각 담당자가 보고를 시작했다. 우선은 문제의 하우스키핑 입회 결과부터였다. 와타베가 대표로 보고했지만 딱히 수상한 물품을 가져온 손님은 없는 모양이었다. 물론 가방 속까지는 조사할 수 없었기 때문에 눈으로만 둘러본 범위에서의 이야기다.

이어서 우에시마가 오늘 체크인한 손님의 신원 확인이며 전과 기록 등을 보고했다. 이름과 주소를 통해 운전면허증으로 추출해낸 인물들은 전원이 프런트에 설치된 방범 카메라의 영상과 일치한다는 것이었다. 또한 전과 기록도 특이사항은 발견되지 않았다. 다만 동행한 손님들 쪽은 이름을 알지 못하는 데다 이름으로는 운전면허증이 추출되지 않는 사람도 약 20퍼센트라고 했다. 가명을 쓴 것인지 아니면 애초에 운전면허를 취득하지 않았는지는 알 수 없었다.

"다음으로, 잠입팀은 어땠지? 뭔가 보고할 일은 없나?" 모토미야가 닛타 쪽으로 얼굴을 돌렸다.

"나카네 미도리라는 이름을 쓰는 여성인데, 여전히 동행한 남자는 나타나지 않고 있습니다. 하지만 본인은 마치 둘이서 투숙하는 척, 계속 위장하고 있습니다."

닛타는 야마기시 나오미가 기획한 작전에 편승해 나카네 미도리의 방에 들어갔다는 것, 그리고 그 참에 2인분의 디너 중 한 쪽은 손도 대지 않은 것을 확인했다는 것 등을 보고했다. 하지만 나카네 미도리가 눈물을 보였다는 것은 언급하지 않았다. 정서적인 것은 회의에서는 금기시되는 사항이다.

"목적이 뭘까요? 역시 남자 쪽의 알리바이 조작 때문일까요?" 모토미야가 이나가키에게 물었다.

"그럴 수도 있겠지. 아무튼 이번 사건과 관계가 있는지 없는지는 모르겠지만, 혹시 내일 호텔 밖으로 나간다면 미행을 붙이도록 하자고."

알겠습니다, 라고 모토미야가 대답하고 나서 닛타에게로 시선을 돌렸다. "그 밖에 또 뭔가 없었어?"

“마음에 걸리는 인물이 몇 명 있었습니다.”

닛타는 수첩을 펼쳤다. 조금이라도 수상쩍은 점을 감지한 손님이 있을 때는 즉각 정보를 수집하기로 되어 있다.

우선 체크인은 여자 쪽이 했지만 동행한 남성이 차림새나 태도 등으로 보아 조직폭력배 관계자인 듯한 커플에 대한 것이었다.

“벨보이가 남자의 서류 가방을 들어주려고 하자 강하게 거부하는 태도를 보였습니다. 안에 현금이나 상당히 중요한 것이 들어 있었던 것으로 생각됩니다. 그 가방 말고는 별다른 짐도 없었고, 1월 1일에 나리타 공항행 리무진 버스를 예약한 것으로 나왔습니다. 카운트다운 파티에는 신청하지 않았습니다.”

“설 연휴에 애인을 데리고 해외여행이야? 우아하게 노시네.” 베테랑 형사 와타베가 농담을 던졌다.

“서류 가방 안에 뭐가 들었는지 궁금한데요? 조폭대 팀 쪽에 연락할까요?” 모토미야가 이나가키에게 물었다. 조폭대란 조직폭력 범죄 대책부를 말한다.

“1월 1일 아침에 조용히 호텔을 떠나준다면 우리 사건과는 관계없어. 내버려둬.” 이나가키가 번거롭다는 듯이 대답했다.

모토미야가 닛타 쪽을 돌아보면서 계속하라는 듯이 턱을 끄덕였다.

닛타는 수첩을 들여다보며 보고를 재개했다. 다음은 명백히 미성년자로 보이는 소녀를 데리고 온 중년 남성이 워크인, 즉 예약 없이 투숙하려 한 건이었다. 남은 객실이 없다고 프런트 클러크가 양해를 구하자 중년 남자와 소녀는 뭔가 말다툼을 하면서 호텔을 나갔다.

와타베가 혀를 끌끌 찼다. "이번에는 연말이 닥쳤는데 원조교제야? 대체 어떻게 된 거야, 이 나라."

다음, 이라고 모토미야가 재촉했다.

그 뒤에도 닛타는 미심쩍은 자들에 대한 보고를 이어갔다. 하지만 딱히 특기할 만한 내용은 없었다.

마지막으로 닛타는 우라베 미키오 건을 이야기했다. 군마현 사람이 골프 여행 전후에 달랑 혼자서 도쿄 소재 호텔에서 2박을 하는 건 부자연스럽다, 신용카드를 쓰지 않았다, 그러면서 소지한 현금은 적었다, 호텔 이용에 익숙하지 않았다, 나아가 캐디백에 이름표가 부착되어 있지 않았고 가명을 썼을 가능성이 있다는 것 등을 열거했다.

"그건 좀 수상하네. 우에시마, 체크인 때의 영상을 불러봐."

모토미야의 지시에 우에시마가 노트북 자판을 쳤다. 모니터에 나온 것은 프런트의 방범 카메라 영상이었다.

우에시마가 영상을 빠른 재생으로 돌렸다. 우라베의 모습이 나타났을 때 닛타가 "저 사람이야"라고 손끝으로 가리켰다. 우에시마는 화면을 정지시킨 뒤, 얼굴을 가장 알아보기 쉬운 각도의 장면으로 옮겨 갔다. 그리 선명한 영상은 아니지만 얼굴은 확인이 가능했다.

“이 사람, 운전면허증은?” 모토미야가 우에시마에게 물었다.

“우라베 미키오라고 했지요? 아뇨, 해당하는 운전면허증은 찾지 못했습니다.” 우에시마가 대답했다.

하지만, 이라고 닛타가 말했다. “카운트다운 파티에는 신청하지 않았습니다.”

“그래?” 모토미야는 잠시 생각해본 뒤에 이나가키 쪽으로 얼굴을 향했다. “어떻게 할까요. 일단 이 영상을 특별수사본부에 전송하는 게 좋겠지요?”

“응, 그렇게 해. 확인차 보내는 거야.”

모토미야는 고개를 끄덕이고 우에시마 쪽을 가리켰다. 특별수사본부와의 데이터 교환은 우에시마의 업무였다.

“저는, 이상입니다.”

닛타가 말한 직후, 어딘가에서 전화 착신음이 울렸다. 품속에서 스마트폰을 꺼낸 사람은 이나가키였다. 이 시간에 지휘관에게 걸려 온 전화라니, 다급한 소식인 게 틀림없다. 회의실 분위기가 단숨에 팽팽히 긴장했다.

“이나가키입니다. ……수고하십니다. ……예? 정말입니까? 어떤 내용이에요? ……네. ……네. ……이상입니까? ……알겠습니다. 수사원들에게 전달하겠습니다. ……네, 들어가십시오.” 전화를 끊은 뒤, 후우 숨을 토해내고 이나가키는 부하들을 둘러보았다. “관리관에게서 온 전화야. 익명 신고 다이얼에 또다시 밀고가 들어온 모양이야.”

전원이 숨을 헉 삼키는 기척이 있었다.

"어떤 내용입니까?" 모두를 대표해서 모토미야가 물었다.

이나가키는 스읍 숨을 들이쉬고 나서 말했다.

"이즈미 하루나를 살해한 범인이 호텔 코르테시아도쿄의 카운트다운 파티에 코스튬과 가면을 쓰고 나타날 것이다. 어떤 가면인지 알려줄 테니 형사들을 대기시켰다가 반드시 체포해주기 바란다, 라는 내용이야."

25

회의가 끝나고 닛타 이외의 형사들은 히사마쓰 경찰서의 휴게실로 철수했다. 이나가키 팀이 임시로 그곳을 빌려 쪽잠을 청하는 것도 오늘 밤이 마지막이 될 터였다.

그리고 닛타가 올해의 마지막 잠을 청할 곳은 매번 그렇듯이 숙박부 사무실과 인접한 휴게실이었다. 그쪽으로 가보니 혼자 노트북을 마주하고 있는 야마기시 나오미의 모습이 눈에 들어왔다.

"아직도 일하고 있어요?" 닛타는 그녀에게로 다가갔다.

"내일 일을 생각하니 가만히 있을 수가 없네요." 야마기시 나오미는 두 손으로 자신의 관자놀이를 빙글빙글 돌리듯이 문질렀다.

"우리 형사들과 똑같군요. 하지만 야마기시 씨의 머릿속을 점령한 것은 이번 사건에 대한 걱정은 아니겠죠."

"사건에 대한 것은 형사님들이 해결해주셔야지요. 아, 물론 내가 할 수 있는 일이 있다면 어떤 일이라도 도와드리겠지만."

닛타는 그녀 옆의 의자에 앉았다. "기도해주세요, 우리가 무사히 범인을 체포하기를."

"기도로 범인이 잡힌다면야 얼마든지 해드리죠."

"네, 잘 부탁합니다. 그나저나 지금 고민하는 사안은 역시 그 수수께끼의 여자에 대한 것인가요?"

닛타가 은근슬쩍 노트북을 들여다보려고 했지만 그 전에 야마기시 나오미가 탁 닫아버렸다. "네, 맞아요."

"고민할 게 뭐가 있어요? 그 키다리 아저씨 작전은 착착 진행되고 있잖아요. 이제 그 여자에게 지금까지 호텔 특별 서비스라고 말했던 것들이 모두 한 남자의 요청에 의한 것이었다, 그 남자가 당신을 단둘이 만나고 싶어 한다, 그렇게 말하기만 하면 돼요. 그 여자, 동행 따위는 없잖습니까. 이 작전, 성공 확률이 꽤 높다고 생각되는데?"

하지만 야마기시 나오미는 닛타를 보며 조용히 고개를 가로저었다. "그렇게 뜻대로 풀릴 것 같지 않아서 고민하는 거예요."

"무슨 말인지 모르겠네. 대체 왜요?"

"만일 나카네 님 일행의 관계가 닛타 씨가 처음에 말했던 대로 러브 어페어라면, 즉 상대 남자분이 유부남이라서 나카네 미도리 씨가 낮 시간에는 호텔에서 혼자 지내야 하는 상황이라면 나도 이번 작전이 잘 풀릴 거라고 생각해요. 하지만 그런 것이 아니라 단지 혼자서 부부인 척 연기하고 있는 거라면 일이 상당히 어려워질 수 있어요. 왜냐면 디너를 매번 2인분씩 주문했잖아요. 어떻게든 남편이 함께 있는 것처럼 보이게 해야 한다는 강한 의지가 느껴져요."

"남편과의 여행을 즐기는 행복한 아내, 라는 가면을 쓰고 있는 거네요."

"그렇죠. 게다가 그 가면을 결코 벗으려 하지 않을 거예요."

"그런 여자가 설령 키다리 아저씨 작전을 펼친 남자에게 관심을 가진다 쳐도 과연 단둘이 만나주려고 하겠느냐는 얘기예요?"

야마기시 나오미는 심각한 표정으로 고개를 끄덕였다. "남편과 여행 중인 부인의 행동으로서는 적절하지 않은 처신이니까요."

닛타는 의자 등받이에 몸을 맡기고 다리를 꼬았다. "얘기를 듣고 보니, 정말 어려울지도 모르겠네."

"그렇다고 이제 새삼 작전을 물릴 수도 없고, 무슨 좋은 방법이 없을지 머리를 쥐어짜고 있는데……." 거기까지 이야기한 참에 야마기시 나오미는 닛타의 뒤쪽으로 시선을 던지며 말을 멈추고 어라, 하는 놀란 소리를 냈다.

닛타가 돌아보니 노세가 미안해서 어쩔 줄 모르는 표정으로 서 있었다. "이것 참, 내가 방해가 됐나?"

"아뇨, 방해라니, 무슨 말씀을." 닛타가 야마기시 나오미를 보았다. "괜찮지요?"

"네, 어서 들어오세요." 그녀도 노세에게 웃음을 건넸다. "오랜만에 뵙네요. 영전하셨다는 소식, 닛타 씨에게서 들었습니다."

노세는 얼굴을 찌푸리고 손을 홰홰 저으면서 다가왔다.

"영전이라니, 천만에요, 실컷 부려먹는 자리로 옮겨준 것뿐이지. 야마기시 씨야말로 컨시어지라고 했던가, 뭔가 훌륭한 부서로 올라갔다고 하던데."

"훌륭한 부서?" 뜻밖의 말이라는 듯 야마기시 나오미는 눈을 둥그렇게 떴다. "누가 그런 말을 했지? 저야말로 엄청 일거리가 많은 자리일 뿐이에요."

"아이구, 무슨 겸손의 말씀을. 그나저나 꼭 한 번 만나고 싶었는데, 좀체 기회가 없어서 인사도 못 했네. 아무튼 여기 올 때마다 항상 한밤중이었거든."

"항상 한밤중에 오셨다고요?" 야마기시 나오미는 눈을 깜작거리더니 닛타와 노세의 얼굴을 번갈아 바라보았다. "혹시 두 분이 매일 밤 여기서 만나셨어요?" 둘 중 누구에게랄 것도 없이 물었다.

"같은 수사 1과라도 팀이 다르면 상황이 이래저래 번거롭거든요." 닛타가 설명했다. "우리 둘 다 각자 상사의 눈치를 봐야 해요. 어쩔 수 없이 여기서 은밀히 정보 교환을 하고 있죠."

"그 참에 재충전도 하고." 노세가 편의점 봉투를 책상에 내려놓았다. 캔맥주, 하이볼, 스낵과자가 봉투 너머로 훤히 보였다.

야마기시 나오미는 어이없다는 듯 쓴웃음을 지었다.

노세가 하이볼 캔을 봉투에서 꺼내 닛타 앞에 내주었다.

"야마기시 씨도 하이볼이면 될까? 그거 말고는 맥주밖에 없는데."

"아뇨, 저는 괜찮습니다."

"한잔쯤 마셔도 괜찮을 텐데요. 가끔은 함께해주시죠." 닛타가 말했다. "술, 좋아하잖아요."

지난번 사건이 해결된 뒤 그녀와 식사를 한 적이 있었다. 그때는 가볍게 샴페인을 마시고 둘이서 레드 와인과 화이트 와인을 한 병씩 비웠다. 주량이 상당했던 것을 닛타는 기억하고 있었다.

"그럼 하이볼을 좀 마셔볼까요." 야마기시 나오미가 조심스럽게 말했다.

"좋지, 좋아. 올해의 마지막 밤이라서 내가 좀 넉넉히 사 왔어. 마침 잘됐네." 노세는 그녀에게도 하이볼 캔을 건넸다.

항상 하던 대로 노세가 캔맥주를 손에 들자 "수고하셨습니다!"라고 셋이 동시에 건배사를 하고 풀탑을 당겼다. 한밤중의 사무실에 톡톡 터지는 탄산 소리가 울렸다.

"그나저나 오늘은 어떤 성과가 있었습니까?"

닛타의 질문에 노세는 대답하지 않고 맥주를 연거푸 몇 모금 마셨다. 그러고는 캔을 내려놓더니 천천히 품속에 손을 넣었다. 그사이에 닛타 쪽에는 눈길도 주지 않았다.

"아하, 기세등등하신 것을 보니 뭔가 중요한 단서를 잡았군요?" 닛타는 괴짜 형사의 얼굴을 들여다보며 말했다.

무표정하던 노세의 입가가 바람 빠진 고무공처럼 흐물흐물 풀어졌다. "아직 확실한 말은 할 수 없지만, 응, 수확이 있었지."

"어서 얘기해주세요. 지난번 그 3년 반 전의 롤리타 살인에 관한 거예요?"

"딱 맞혔어."

저어, 라고 야마기시 나오미가 말했다. "두 분이 업무 얘기를 하시는 거라면 저는 이만……."

아니, 아니, 라고 닛타가 진지한 얼굴로 고개를 저었다.

"시간만 괜찮다면 야마기시 씨도 함께 들어주면 좋겠어요. 괜찮죠, 노세 형사님?"

"그야 괜찮고말고." 노세는 크게 고개를 끄덕였다. "실은 이번 건은 여성의 관점이 아주 중요해. 게다가 상사와 사전 협의 없이 나하고 닛타 씨 둘만의 독자적인 수사야. 그러니까 야마기시 씨의 의견을 꼭 들었으면 좋겠는데."

"그러시다면……." 야마기시 나오미는 일으켰던 몸을 다시 의자에 앉혔다.

"먼저 지금까지의 경위를 대략 알려드려야겠군요."

닛타는 이번 사건이 연쇄살인 중의 하나가 아닌가 하는 추리를 바탕으로 과거의 미해결 사건 중에 유사한 것이 없는지 노세가 조사해왔다는 것, 그 결과 감전사와 롤리타라는 키워드에 잡힌 3년 반 전의 살인 사건이 피해자의 특징이며 사건의 정황까지 비슷했다는 것을 야마기시 나오미에게 이야기했다.

"3년 반 전의 피해자도 이번 피해자도 자택에 대량의 롤리타 의상이 있었어요. 어때요, 관심이 생길 수밖에 없는 일이죠?"

"네, 정말 그렇군요." 야마기시 나오미는 당혹스러워하면서도 호기심을 자극받은 얼굴이었다.

닛타는 노세 쪽을 보았다. "근데 오늘은 어떤 것을 알아내셨어요?"

노세는 수첩을 펼치고 검지를 치켜들었다.

"그 사건의 피해자가 혼자 사는 여성이었다는 건 전에 말했었지? 내가 좀 더 자세한 프로필을 알아왔어."

그의 말에 따르면 피해자의 이름은 무로세 아미, 26세. 기후현 출신이고 세무사 사무실에서 일하면서 그림책 작가를 목표로 공부 중이었다고 한다.

"욕실에서 감전사를 당했고 혈액에서 수면제가 검출되었다는 것도 지난번에 얘기한 그대로였어. 사체를 발견한 사람은 연락도 없이 계속 무단결근을 하는 것이 이상해서 집에 찾아가본 직장 동료였어. 그리고 집 출입문은 열쇠가 잠겨 있었던 모양이야."

"그 당시의 수사는 왜 미궁에 빠졌을까요?"

"한마디로, 피해자의 인간관계가 도무지 잡히지 않았기 때문이야. 세무사 사무실 업무가 컴퓨터를 마주하는 사무 작업이 대부분이라서 거의 대화할 일이 없고, 그래서 직장에 친한 사람도 없었던 모양이야. 그러면 어느 누구와도 연결이 없었는가 하면 그런 건 아니야. 일부 사람들과는 빈번하게 연락을 주고받았어. 단 인터넷을 통해서."

"역시나 SNS 쪽이군요?" 닛타의 목소리에 저절로 체념하는 마음이 담겼다. 수사에 거의 도움이 안 되는 그야말로 공허한 인간관계인 것이다.

"그래도 다른 인터넷 인맥에 비해 상당히 진지하게 교류한 경우였어. 피해자가 그림책 작가를 목표로 공부 중이었다고 했잖아. 작품을 공개하고 서로서로 평가해주는 사이트가 있었는데 피해자가 그 사이트의 단골이었어. 거기서 친해진 사람들과는 꽤 대화를 주고받은 모양이야."

"오프 모임은? 실제로 얼굴을 마주하고 만난 일도 있었던가요?"

"그것까지는 아직 확인을 못 했어. 다만 수사 기록만 봐서는 그 사이트에서 친해진 사람들이 용의선상에 오른 일은 없었던 것 같아."

"흠……. 하긴 그렇겠네요."

인터넷 중매 사이트를 통해 알게 된 사람을 실제로 만났다가 살인 사건으로까지 발전한 일은 이따금 있었다. 하지만 친해진 곳이 그림책 창작 사이트라면 아무래도 그런 흐름은 상상하기 어려웠다.

"하지만 메일 사용 기록을 통해 단 한 사람, 중요한 인물이 발견되었어. 피해자에게는 그즈음에 막 교제를 시작한 남자가 있었어."

닛타의 눈이 큼직해졌다. 의외의 이야기였다. "신원이 밝혀졌습니까?"

"응, 밝혀졌어. 피해자가 자주 다니던 화방의 점원이었어."

이름은 노가미 요타, 피해자보다 한 살 연상이라고 노세는 말했다.

"당연히 수사진은 노가미에게서도 진술을 들었지. 그 기록이 남아 있기는 했는데, 아무래도 본인을 직접 만나는 게 얘기가 빠르겠다 싶어서 그 화방에 문의해봤더니 아직도 거기서 일하고 있더라고."

"혹시 만나고 오셨어요?"

"물론 만나고 왔지, 아까 저녁때. 좋은 일은 서두르라고 하잖아. 아차, 이미 자정이 지났으니까 어제 일인가?"

중요한 사항을 별일도 아닌 것처럼 스르륵 말해버리는 게 역시나 노세다운 면모였다.

닛타는 손가락을 따악 튕기고는 그 손가락을 노세에게로 향했다. "역시 행동력이 대단하시다니까. 그래서요, 어떤 것을 알아내셨어요?"

"노가미의 말에 의하면, 무로세 아미 씨와의 교제 기간은 두 달 정도였고, 함께 영화도 보고 식사도 하는 사이였다고 하더라고."

"육체관계는?"

야마기시 나오미가 흠칫 놀라는 것이 닛타의 시야 끝에 잡혔다. 너무 노골적인 질문이었기 때문이겠지만 지금은 그런 것까지 배려해줄 여유가 없었다. 중요한 일인 것이다.

"노가미는 분명한 언급을 피했지만, 피해자 무로세 아미 씨가 두 번쯤 그의 집에 왔었다는 것은 인정했어. 그러니까 관계가 있었다, 라고 봐도 무방할 거야."

"그 사건에 대해 노가미는 뭐라고 말했습니까?"

"그야말로 소스라치게 놀랐고 엄청난 충격을 받았다고 했어. 자신은 짐작 가는 일이 아무것도 없었다는 거야. 무로세 씨를 만나면 서로의 꿈에 대해 이야기했을 뿐, 실은 그녀에 대해 알지 못하는 것이 더 많았다, 라는 말도 하더라고. 참고로 노가미는 화가 지망생이야."

"알지 못하는 것이 더 많았다……. 그건 구체적으로 무슨 얘기지요?"

"이를테면……." 노세는 수첩을 들여다보았다. "우선 사는 곳이 어딘지도 알지 못했다는 거야."

설마, 라고 목소리를 높이며 닛타는 등을 곧추세웠다. 옆에서 야마기시 나오미도 놀란 기색이었다.

"무로세 씨가 자기 집과 가까운 지하철역은 알려줬지만 정확한 위치까지는 알려주지 않은 모양이야. 당연히 무로세 씨의 집에도 가본 적이 없었지. 한번 놀러 가겠다고 말했었는데 방 안이 어질러진 꼴을 내보이고 싶지 않다고 거절했대. 그런 진술에 대해서는 수사 기록에 사후 확인을 한 내용이 남아 있었어. 원룸의 방범 카메라 영상을 한 달 전까지 거슬러 올라가 조사해봐도 노가미인 듯한 모습은 찍히지 않았다는 거야."

"그러면…… 혐의 없음?"

"맞아, 그 친구는 무죄야." 노세는 진지한 얼굴로 대답했다. "그 시점에서 수사진도 노가미를 용의선상에서 제외했어."

"노가미는 피해자의 집에 가본 적이 없다……. 그렇다면 그녀의 집에 롤리타 취향의 옷이 많았다는 것도 알지 못했겠네요?"

"응, 그 점을 본인에게 직접 확인해봤지. 근데 노가미는 전혀 알지 못했대. 내 이야기를 듣고서야 처음 알았다고 하는 걸 보면, 당시에 경찰에서도 그런 얘기는 못 들었던 모양이야. 정말로 그녀가 그런 옷을 갖고 있었느냐고 나한테 몇 번이나 되묻더라고. 도저히 믿을 수 없다는 기색이었어. 그림책을 그리는 친구라서 생각이 동화적이기는 했지만, 패션은 전혀 그런 쪽이 아니었다고 하더라고. 오히려 정반대로 대부분 바지를 즐겨 입었고 화장도 옅은 편이고 머리 스타일도 사내애처럼 항상 쇼트커트였다는 거야."

"이즈미 하루나 씨의 보이시한 취향과 통하는 점이 있는데요?"

"동감이야." 노세는 수첩을 덮었다. "노가미에게서 알아낸 정보는 이상이야. 자아, 어떻게 생각해? 3년 반 전에 일어난 그 사건, 이번 사건과 동일범일까?"

끄응, 하고 닛타는 신음 소리를 흘렸다.

"판단을 내리기가 어려운데요. 이즈미 하루나 씨의 경우에는 남자가 집에 드나든 게 확인됐어요. 배 속 아이의 아버지는 아마 그 남자겠죠. 현재로서는 가장 수상쩍은 인물입니다. 그런데 그 남자가 3년 반 전 사건과 동일범이라고 한다면 동기는 무엇인가, 그 남자와 피해자의 관계는 어떤 것인가, 라는 문제가 있어요. 무로세 아미 씨에게는 노가미라는 연인이 있었다는 얘기인데……."

"혹시 양다리를 걸친 건 아닐까요?" 야마기시 나오미가 시원시원한 말투로 자신의 의견을 밝혔다.

닛타는 그녀의 얼굴을 마주 보았다. "양다리?"

"그 노가미라는 사람은 그녀의 집에 초대받지 못했다면서요. 방이 어질러졌기 때문이라는 건 핑계일 뿐, 실제로는 다른 남자의 흔적을 들킬까 봐 그랬던 게 아닐까요? 즉 여자 쪽에서 두 남자를 동시에 사귄 거예요."

닛타와 노세는 서로 얼굴을 마주 보았다. 그리고 동시에 고개를 위아래로 끄덕였다.

"응, 그럴싸하네." 노세가 말했다. "노가미라는 존재 때문에 수사진의 시선이 피해자의 남자관계에서 크게 어긋나버렸을 가능성이 있어. 실제로는 훨씬 더 깊은 관계의 남자가 있었는지도 모르는데 말이야."

"그리고 그자가 이번 사건의 범인이라는 것이군요."

"어때, 전혀 잘못 짚은 얘기인가?"

아뇨, 라고 닛타는 한 차례 고개를 저었다. "오히려 가능성이 높은 얘기예요." 그리고 그대로 야마기시 나오미에게로 시선을 옮겼다. "고마워요, 큰 힌트가 됐어요. 역시 야마기시 씨는 대단해요."

"별 얘기도 아닌 것 같은데?" 그녀는 미소를 지으며 말했다. "남자들은 왜 여자가 바람을 피운다는 쪽으로는 미처 생각을 못 할까요? 전부터 나는 그 점이 의아하더라고요."

"야마기시 씨, 그건 말이지, 남자라는 게 원래 어수룩한 동물이기 때문이야." 노세가 말했다. "자신은 못된 짓을 하고 다니면서도 아내나 연인이 바람을 피우리라고는 아예 상상조차 안 한다니까."

"어떤 의미에서는 행복한 거네요."

그렇지, 라고 노세는 실눈을 뜨고 웃으며 맥주를 마신 뒤, 진지한 얼굴을 닛타에게로 향했다.

"나중에 무로세 아미 씨의 원룸에 설치된 방범 카메라 영상을 보내줄게. 동일범이라면 이번에 곳곳에서 수집한 방범 카메라 영상의 어딘가에 틀림없이 그자가 찍혀 있을 거야."

"네, 부탁드립니다." 닛타는 노세의 예리한 시선을 맞받으며 말했다.

"아 참, 그게 있었지." 노세가 목소리 톤을 살짝 낮췄다. "밀고에 대한 소식, 들었어?"

"네, 들었습니다. 또다시 밀고가 들어왔더라고요, 익명 신고 다이얼로."

"범인이 어떤 가면을 쓰고 파티에 나타날지 알려줄 테니 형사들을 대기시켜라, 라는 내용이야. 이번에도 변죽만 울리는 밀고지 뭐야. 어떤 가면을 쓰고 나타나는지 알고 있다면 냉큼 말해주면 좀 좋으냐고."

"밀고자도 그때가 되지 않고서는 모르는 걸까요? 아니, 그렇게 되면 가면을 쓰고 있는데 어떻게 그 사람이 범인인 줄 아는가, 라는 모순이 생기네요."

"진짜 이상하다니까. 밀고자의 의도를 도통 모르겠단 말이야." 노세는 맥주 캔 하나를 비우고 손목시계를 들여다보았다. "엇, 벌써 시간이 이렇게 됐어? 너무 늦었네. 나는 이만 실례하도록 하지. 아, 아냐 아냐, 그냥 앉아 있어. 천천히 얘기들 나누라고. 나 혼자 쨍하니 갈 테니까." 그가 니트모자를 쓰고 다운재킷을 걸쳤다. "자아, 닛타 씨, 드디어 12월 31일, 결전의 날이야. 서로 간에 열심히 뛰어보자고."

닛타는 대답 대신 하이볼 캔을 높이 들어 올렸다.

"새해 복 많이 받으세요." 야마기시 나오미의 새해 인사를 받으며 노세는 휴게실을 나갔다.

"정말 형사가 되기 위해 태어나신 분 같아요." 그녀가 새삼 감탄한 목소리로 말했다.

"그렇죠. 나는 도저히 따라갈 수도 없어요."

"그건 아닌데? 다만……." 의미심장하게 말을 멈췄다.

"다만, 뭡니까?"

"닛타 씨는 꼭 형사가 아니더라도 성공했을 거예요. 실제로 호텔리어 일도 요령껏 잘 해내고 있잖아요."

닛타는 몸을 흔들며 크게 웃었다. "우지하라 씨에게 번번이 혼이 나고 있는데요?"

"그래도 고객님에게 혼이 난 건 아니죠. 오히려 나카네 고객님은 크게 감동하셨어요. 남에게 불쾌감을 주지 않는다는 건 타고난 재능이라고 생각해요."

"그렇게 말하기로 하면 야마기시 씨도 형사 쪽에 뛰어난 재능이 있죠. 조금 전의 지적도 아주 좋았어요."

"아니, 그건 닛타 씨와 노세 형사님이 여자를 너무 몰라서 그래요."

"그렇다면 말이 나온 김에 한 가지만 더 알려주시죠. 피해자 여성이 롤리타 취향의 옷을 갖고 있었던 거 말인데요. 그거, 남자의 영향이라고 생각해요?"

프로 호텔리어는 하이볼 캔을 책상에 내려놓고 고개를 갸우뚱했다.

"그건 뭐라고도 말할 수가 없네요. 인간은 저마다 다르니까요. 사귀던 남자를 사랑했다면 그가 원하는 패션을 택하는 데 저항감은 없었겠죠. 원래 여자들은 평소의 자신과는 다른 옷차림을 항상 꿈꾸니까요."

그렇구나, 라고 맞장구를 치면서 야마기시 씨도 그러냐고 묻고 싶은 욕구를 닛타는 지그시 억눌렀다.

다만, 이라고 그녀가 말을 이었다. "롤리타라면 뭔가 조금 더 뒷받침이 필요해요."

"뒷받침이라는 건 무슨……?"

"일반적인 성인 여성이라면 아무래도 롤리타 취향에는 저항감을 갖게 되겠죠. 그것을 뛰어넘을 만한 이유가 있어야 하는 거예요. 가장 강력한 이유라면 의식儀式이에요."

"의식?"

"뭔가 의식을 치르는 것이라고 하면 저항감이 훨씬 덜하겠죠. 그 좋은 예가 핼러윈 축제라든가 우리 호텔에서 하는 카운트다운 파티예요. 나중에 보시면 알겠지만, 참가자들이 여간 대담한 게 아니에요. 인간이란 변신에 대한 본능적인 욕구가 있구나, 라는 게 실감이 나더라고요."

의식. 그 단어가 닛타의 뇌 안에 있는 뭔가를 자극했다. 피해자들이 소녀 취향의 옷을 차려입은 모습을 상상하고 그 곁에는 어떤 남자가 있을 것인지 아무리 생각을 굴려봐도 지금까지는 어떤 이미지도 떠오르지 않았다. 하지만 의식이라고 이해하고 나니 얘기가 달라졌다.

"와아, 고마워요. 또 한 가지 힌트를 얻은 것 같아요."

"도움이 되었다면 다행이에요."

닛타는 하이볼을 마시며 무심코 벽에 시선을 던졌다. 그곳에는 카운트다운 파티를 홍보하는 포스터가 붙어 있었다.

"정말 일본인도 많이 변했어요. 새해맞이 코스튬 파티라니. 하긴 외국인의 코스튬이라면 원래 핼러윈이 있었으니까 그리 특이할 것도 없다고 생각했었죠."

야마기시 나오미는 캔을 입가로 가져가던 손을 멈췄다.

"아 참, 닛타 씨는 한동안 로스앤젤레스에서 살았다고 했지요?"

"그걸 기억하고 있었어요? 영광이네요."

"어떤 곳이에요?"

"나한테는 꽤 괜찮은 곳이었어요. 기후도 좋고 경치도 아름답고. 근데 그게 중학생 때라서 활동 범위가 좁았으니까 전체를 다 안다고는 할 수 없어요." 먼 과거를 머릿속에 떠올리다가 닛타는 퍼뜩 정신을 차렸다. "근데 왜 로스앤젤레스 얘기를?"

그러자 야마기시 나오미는 시선을 떨구고 잠시 망설이는 표정을 지은 뒤, 새삼 진지한 눈빛으로 닛타를 보았다.

"전근 얘기가 들어왔어요. 더구나 미국이에요. 코르테시아 로스앤젤레스가 리뉴얼 오픈을 하면서 일본인 스태프를 늘리려고 한다네요."

"일부러 일본에서? 현지에도 일본인이 꽤 많을 텐데?"

"호텔 코르테시아 그룹의 전통이에요. 현지인과 외부인을 섞어서 채용하는 걸 선호하는 것 같아요."

"그렇군요. 이건 경력을 쌓을 수 있는 좋은 기회죠. 괜찮은 제안인 것 같은데, 아니에요?"

야마기시 나오미는 즉답하지 않고 살짝 입술을 깨물고 있었다. 그것만 봐도 어떤 심경인지 명백히 드러났다.

"망설이는 중이군요."

그녀는 네, 라고 이번에는 분명하게 대답했다.

"컨시어지 데스크 업무가 재미있어지기 시작한 참이라서 아직 못 해본 일이 많다는 생각이 자꾸 들어요. 하지만 단순한 도피인가 하는 마음도 들고……."

"도피? 세상 무서운 줄 모르는 야마기시 씨가? 에이, 설마."

하지만 야마기시 나오미는 닛타의 도발에 응하지 않았다.

"닛타 씨, 최근에 점프하는 꿈을 꾼 적이 있어요?"

"점프?"

"어렸을 때 자주 꾸던 꿈. 폴짝 점프를 했는데 엄청 높은 곳까지 올라가서 도무지 떨어지지 않는 거예요. 팔다리를 버둥버둥하면서 그대로 새처럼 날기도 하죠. 그런 꿈 말이에요."

아, 하고 닛타는 고개를 끄덕였다. "듣고 보니 그런 꿈을 꽤 많이 꾸었죠. 하지만 최근에는 그런 적이 없는 것 같아요."

"나도 그래요. 어른이 된 뒤로 그런 꿈은 없어졌어요. 근데 그게 과연 좋은 걸까요? 그런 꿈은 좀 더 높은 곳에 오르고 싶은 마음이 반영된 것이라던데요. 이제는 현재 상태에 안주하다 보니 더 이상 그런 꿈은 꾸지 않게 되었다, 라는 건 지나친 비약일까요?"

"만일 그렇다면 나도 현재 상태에 안주하고 있다는 얘기가 되겠네요."

"앗, 아뇨, 닛타 씨는 그렇지 않을걸요."

닛타는 하이볼을 마셨다. 비어버린 캔을 꾹꾹 누르면서 "스키 점프"라고 혼잣말처럼 중얼거렸다.

"스키 점프는 높은 곳으로 날아오르는 것처럼 보이지만, 사실은 아래쪽을 향해 점프한다는군요. 도약 지점의 각도가 마이너스라는 거예요."

"아, 나도 그 얘기 들은 적이 있어요."

"높이를 추구하는 것만이 점프는 아니라고 생각해요."

"네에……."

야마기시 나오미의 얼굴이 그 순간 심각해졌다. 하지만 불쾌함 때문이 아니라 그녀 안에 있는 어떤 스위치가 켜졌기 때문이라고 닛타는 생각했다.

미안합니다, 라고 닛타는 사과했다. "프로를 상대로 아마추어가 건방진 말을 했네요."

"아뇨, 참고할게요." 그녀는 벽시계를 보더니 자리에서 일어섰다. "나도 그만 가봐야겠어요. 미안해요, 너무 오래 있어서."

"무슨 말씀을! 이곳은 야마기시 씨의 직장이에요. 그리고 또 한 가지." 닛타는 말했다. "만일 로스앤젤레스로 가게 된다면 떠나기 전에 연락해요. 야마기시 씨가 이 호텔에서 근무하는 동안에 투숙객으로 찾아오고 싶으니까."

야마기시 나오미는 일순 놀란 표정을 보였지만 곧바로 그것을 절묘한 미소로 바꿔나갔다. 그리고 배 위에 양손을 가지런히 얹고 머리를 숙였다. "참으로 감사한 말씀을. 꼭 찾아주세요. 기다리겠습니다."

"꼭 올게요. 오늘 수고 많았어요. 편한 밤 되기를."

"잘 자요." 자세를 되돌린 야마기시 나오미가 가볍게 몸을 돌려 문을 향해 걸음을 뗐다.

26

컨시어지 데스크의 날짜 표시 패널을 보고 나오미는 심호흡을 했다. 12월 31일. 드디어 결전의 하루가 시작되었다. 하지만 올해는 단순히 한 해의 마지막 날인 것만은 아니다.

프런트 쪽을 바라보니 벌써 닛타가 나와 있었다. 충분한 수면을 취했다고는 할 수 없을 텐데도 그의 날카로운 눈빛에서는 피곤 따위, 털끝만큼도 느껴지지 않았다. 오늘 밤, 그들이 추적 중인 살인범이 나타날지도 모르는 것이다. 고급스러운 호텔리어 유니폼 아래로 강한 투지가 넘실거리고 있을 터였다.

과연 범인이 카운트다운 파티에 나타날까. 나타난다면 그 목적은 무엇인가. 닛타의 말에 의하면, 이번에도 특수한 연쇄살인 사건일 가능성이 있다. 그렇다면 범인이 노리는 것이 제삼의 범행이라는 것도 생각해볼 수 있다.

닛타 앞쪽에서는 우지하라가 체크아웃 손님들을 마주하고 있었다. 친절한 웃음을 얼굴에 붙이고 담담하게 일을 처리하는 그의 모습은 뒤쪽에 물러선 형사와는 대조적이었다.

하지만 그런 우지하라도 결코 낙관적인 전망만 하는 것은 아니다. 오히려 누구보다 더 절실한 위기감과 각오를 마음속에 품고 있는지도 모른다. 호텔에는 매일매일 다양한 인간들이 찾아오고, 그 속에 살인범이 섞여 있지 않다고 단언할 수 있는 날이라고는 단 하루도 없다, 라는 것이 우지하라의 생각이다. 즉 나오미와는 달리 오늘을 특별한 날이라고 생각하지 않는 것이다. 그리고 그것은 후지키 총지배인의 생각과도 일치한다.

그들의 논리는 나오미도 충분히 이해하고 있었다. 그야말로 현실적이라고 할 수 있을지도 모른다. 고객의 가면을 끝까지 지켜주는 것이 호텔리어의 의무라는 신념은 갖고 있지만, 그 가면 밑에 반드시 선량한 인간의 얼굴만 있다고는 할 수 없다. 이곳은 결코 화려하기만 한 공간은 아닌 것이다. 새삼 절실히 그런 생각이 들었다.

하지만 걱정해봤자 별 뾰족한 수도 없다. 사건에 대해서는 닛타를 비롯한 형사들에게 맡길 수밖에 없는 것이다. 내가 해야 할 일은 호텔 업무에 전력을 다하는 것뿐이다.

그렇다, 나오미에게는 어려운 숙제 하나가 남아 있었다. 어떻게 하면 나카네 미도리를 구사카베와 단둘이 만나는 자리에 불러낼 수 있을지, 아직 명확한 답을 찾지 못했다.

고개를 숙인 채 생각에 빠져 있는데 데스크에 그림자가 졌다. 나오미는 얼굴을 들었다. 눈앞에 서 있는 사람은 그녀에게 어려운 숙제를 던져준 바로 그 인물이었다.

"앗, 구사카베 고객님." 서둘러 자리에서 일어났다. "안녕하십니까, 좋은 아침입니다."

"네, 좋은 아침이죠. 하지만 아주 심각한 얼굴을 하고 있던데요." 구사카베는 빙긋이 입 한쪽 끝을 올리며 웃었다. 눈 속에는 뭔가 꿍꿍이 가득한 빛이 깃들어 있었다. "혹시 내가 던진 미션이 야마기시 씨를 괴롭히고 있는 건가요?"

"괴롭히다니, 설마요." 나오미는 애써 웃음을 지었다. "저희 모두 즐겁게 일을 진행하고 있으니 부디 괘념치 마세요." 마음에 없는 말을 하는 것도 호텔리어의 일이다.

"그 말을 들으니 마음이 놓이는군요. 자아, 기대해도 된다는 얘기겠지요?"

"네, 기대에 부응할 수 있도록 전력을 다하겠습니다." 이런 대답이 그나마 최선이다.

"어젯밤의 영상 쇼는 아주 좋았어요. 내 방에서도 보이더라고. 아까 엘리베이터 홀에서 다른 손님들도 얘기하던데요. 놀랍고도 아름다웠다고 칭찬 일색이었어요. 짧은 시간에 용케도 그런 훌륭한 이벤트를 해냈더군요. 아마 레이디도 감격하지 않았을까요?"

나카네 미도리를 레이디라고 부른다는 것은 나오미와 구사카베 사이에 정한 일이었다.

"네, 흡족해하신 것 같습니다."

"키다리 아저씨의 서비스를 잔뜩 제공했겠다, 이제 드디어 실토할 차례지요? 레이디에게 어떤 식으로 접근할 계획이지요?"

"몇 가지 안이 있습니다. 그중 어떤 것이 가장 좋을지 궁리하던 참입니다."

"오호, 이를테면 어떤 안이?"

"그, 그건 지금 여기서는 말씀드리지 않는 게 좋을 것 같습니다."

구사카베는 허리를 숙여 나오미의 얼굴을 아래쪽에서 들여다보았다.

"정말 괜찮겠어요? 이제 시간이 별로 없어요. 내가 체크아웃하기 전에 정말로 단둘이 그녀를 만날 수 있을까요?"

"네, 어떻게든 자리를 마련하겠습니다." 이런 단언은 안 된다고 생각하면서도 입 밖에 내고 말았다.

음, 좋아요, 라고 구사카베는 목소리를 낮게 깔고 말했다.

"나는 오늘은 호텔 안에 있을 거예요. 온종일 내 방에서 일할 예정입니다. 레이디와 단둘이 만나는 자리가 만들어지면 언제라도 뛰어나갈 수 있도록 해두죠. 자아, 연락 기다릴게요."

"네, 알겠습니다."

구사카베는 말없이 고개를 크게 끄덕이고 힘차게 엘리베이터 홀로 걸어갔다. 그 뒷모습을 눈으로 배웅하며 나오미는 한숨을 내쉬었다. 입 안이 바짝 말라 있었다.

어떻게든 자리를 마련하겠노라고 장담했지만 아직껏 묘안은 떠오르지 않았다. 여차하면 나카네 미도리에게 사실대로 털어놓을 수밖에 없지만, 과연 그게 통할까. 당신이 남편과 동행이 아니라는 건 알고 있노라고 말하면 혹시……. 아니, 역시 그건 안 된다.

힘없이 의자에 앉아 이래저래 생각을 짜내고 있는데 두 명의 남녀가 다가왔다. 어제 외출 중에 누군가 가방에 손을 댔다고 항의했던 간사이 사투리의 커플이다. 나오미는 자리에서 일어나 애써 입 끝을 올리며 미소를 지었다.

"안녕하십니까? 어제는 짐 문제로 정말 죄송했습니다. 그 뒤로 뭔가 불편한 점은 없으셨습니까?"

"뭐, 이제 괜찮아요." 남자 쪽이 그렇게 말하고 옆에 선 여자에게 동의를 구했다. "그렇지?"

"네, 괜찮아요." 여자 쪽도 웃는 얼굴로 고개를 끄덕였다. "소란을 피워서 죄송해요."

"천만에요. 다시 한번 사과드립니다." 나오미는 머리를 숙이고 나서 새삼 두 사람의 얼굴을 보았다. "그런데 오늘은 무슨 일이신지."

"실은……." 남자가 재킷 호주머니에서 티켓을 꺼냈다. 카운트다운 파티의 티켓이었다. "우리가 오늘 밤에 이 파티에 참석할 예정이거든요."

"감사합니다. 마음껏 즐겨주시기 바랍니다."

"근데 우리가 옷이 없어요."

"예?" 나오미는 저도 모르게 남자의 재킷으로 시선을 던졌다.

"아, 아니에요. 그냥 입는 옷은 있죠." 옆에서 여자가 말했다. "근데 이 매스커레이드 나이트는 코스튬 파티라면서요? 우리가 그런 옷을 미처 챙기지 못했어요. 어떤 파티인지 잘 모른 채 신청해버렸지 뭐예요."

"그러셨군요. 하지만 괜찮습니다. 평소에 입는 옷차림으로 참가하시는 분도 많아요. 그런 분들께는 코스튬 분위기만이라도 내실 수 있게 저희 호텔에서 무료로 가면을 빌려드립니다."

하지만 그런 설명이 이 커플은 만족스럽지 않은 눈치였다. 특히 여자 쪽은 끄으응 하고 불만스러운 신음 소리를 흘렸다.

"모처럼 참석하는 파티니까 가능하면 화려한 코스튬을 입고 싶죠. 좋은 추억이 될 텐데."

"아니, 그렇게 화려한 옷차림은 아니어도 되는데……."

남자가 옆에서 끼어들자 즉각 여자에게서 일갈이 떨어졌다. "왜? 기왕이면 눈에 띄는 게 좋잖아!" 그 말에 남자는 입을 꾹 다물었다.

"잘 알겠습니다." 나오미는 책상 서랍을 열고 광고지 한 장을 꺼냈다. 이런 때를 위해 준비해둔 것이다. "실은 카운트다운 파티를 개최하면서 저희 호텔과 제휴한 가게가 이 근처에 있습니다. 파티용 코스튬 의상을 다수 구비해놓은 노래방 시설인데, 이번에 특별 할인요금으로 그 의상을 대여해주기로 했어요. 간소한 의상에서부터 수공이 많이 들어간 의상까지 다양하죠. 마음에 드시는 의상이 있다면 한번 검토해보시는 게 어떨까요?"

"어머, 이런 게 있었구나." 여자는 광고지를 손에 들고 얼굴이 환해졌다.

"예약제로 이용하실 수 있습니다. 사이즈가 한정되어 있으니 되도록 빠른 시간에 의상을 결정하시고 저녁 식사 후에 갈아입으러 가시는 게 좋겠습니다."

"진짜 재미있겠다. 자기야, 얼른 가보자." 여자가 신이 나서 남자의 팔소매를 잡아당겼다.

"가는 건 좋은데, 나는 관둘까? 그냥 가면만 써도 되는데." 남자는 지레 부끄러워진 모양이었다.

"무슨 소리야, 나 혼자만 입는 건 이상하잖아. 부부는 일심동체, 무슨 일을 하든 어디를 가든 둘이서 한 세트로 해야지."

"엇, 두 분이 부부셨어요?" 나오미는 저도 모르게 물었다. 전혀 그렇게 보이지 않았기 때문이다.

우후훗, 하고 여자가 웃음을 터뜨렸다. "우리, 지난달에 결혼했어요."

"와아, 축하드립니다. 그러면 오늘 밤 파티는 정말 좋은 추억이 되겠네요."

"고마워요. 이 광고지는 가져갈게요. 다녀오겠습니다." 여자가 광고지를 팔랑팔랑 흔들며 말했다.

남자는 꾸벅 머리를 숙였다. 두 사람이 화기애애하게 정면 현관으로 향하는 것을 나오미는 흐뭇한 마음으로 지켜보았다. 그들을 위해서라도 카운트다운 파티에서는 어떤 불상사도 일어나지 않기를 진심으로 빌었다.

그나저나 이렇게 사람 보는 눈이 없나, 하고 자신이 한심해졌다. 저 두 사람이 조금 어려 보인다는 이유만으로 부부 사이라는 건 상상도 못 하다니.

무슨 일을 하든 어디를 가든 둘이서 한 세트.

여자의 말이 나오미의 머릿속에서 재생되었다. 그 순간, 퍼뜩 생각나는 게 있었다. 그렇구나, 그런 방법이 있었어.

이런 간단한 것을 왜 여태까지 생각하지 못했을까. 스스로를 나무라고 싶을 정도였다.

27

정오를 지나자 북적거리던 프런트 카운터 앞이 차츰 잠잠해졌다. 체크아웃 업무도 일단락되었다. 여느 때처럼 닛타는 우지하라 뒤쪽에서 수속을 위해 찾아오는 손님을 살펴본 것뿐이었지만.

단말기를 들여다보며 현재 투숙 중인 손님들의 정보를 체크하고 있는데 닛타 씨, 라고 부르는 소리가 귀에 들어왔다. 얼굴을 들자 카운터 끝에서 벨보이 차림의 세키네가 쓰윽 몸을 내밀었다.

우지하라가 흘끗 돌아봤지만 즉시 흥미를 잃었는지 자신이 하던 일로 되돌아갔다.

닛타는 세키네에게로 다가갔다. "무슨 일이지?"

"투숙객에게 택배가 도착했어요."

"택배? 그게 왜?"

"받는 사람이 어제 닛타 씨가 요주의 인물이라고 지적했던 우라베라는 손님이에요. 소지한 현금이 너무 적고 캐디백에 이름표가 없었다던."

"아, 그 손님?" 금세 생각났다. "그래서 택배는 어디 있어?"

"벨 데스크에 받아뒀어요."

좋아, 라고 닛타는 카운터에서 나왔다. "한번 살펴보자고."

벨 데스크는 엘리베이터 홀로 가는 도중에 있다. 바닥에 가방이며 캐리어가 차곡차곡 임시 보관되어 있었다. 그 옆에 벨 캡틴 스기시타의 모습이 보였다.

"어떤 물건이야?" 닛타는 세키네에게 물었다.

"벽 쪽의 택배 박스예요."

닛타는 그쪽으로 다가갔다. 귤 상자보다 한 단쯤 크다. 운송장에는 보낸 사람도 받는 사람도 모두 우라베 미키오로 되어 있었다. 보낸 쪽의 주소는 도쿄 치요다구였다. 숙박표에는 군마현의 주소를 기재했었다. 어느 쪽이 진짜인가. 아니면 양쪽 다 가짜로 적은 것인가. 닛타는 일단 스마트폰을 꺼내 운송장을 촬영했다.

품명은 책이라고 기입되어 있었다. 닛타는 두 손으로 박스를 들어보았다. 상당히 묵직하다. 책이라고 하면 고개를 끄덕일 만했다.

"본인에게 연락은?"

"아직 안 했지요?" 세키네가 스기시타에게 확인했다.

"아까 세키네 씨가 잠깐 기다리라고 해서 아직 안 올라갔죠." 스기시타가 대답했다. 그는 지난번 사건 때도 닛타 팀과 함께했었기 때문인지 이번 잠입 수사에도 협조적이었다.

"그럼 이제 연락해주세요, 지금 택배 물건을 방에 가져가도 되느냐고."

스기시타는 손맡에 있던 수화기를 들었다.

두세 마디 이야기한 뒤 벨 캡틴은 전화를 끊었다. "가져와도 된답니다."

"방은 몇 호실이었지요?"

"0806호실이에요."

"좋아요, 그럼 내가 가져가죠. 세키네, 밀차 좀 가져와."

"닛타 씨가요?" 세키네가 눈을 깜작거렸다.

"골프 여행 전후에 도쿄에서 혼자 2박이야. 게다가 가짜 이름을 사용했을 가능성이 있어. 그런 판에 택배가 왔어. 아무래도 뭔가 냄새가 나. 본인을 만나보면 뭔가 잡을 수 있을지도 몰라."

"알겠습니다."

이미 실제 종업원 못지않게 백야드 쪽 일에 익숙해진 세키네는 채 1분도 안 되는 사이에 소형 밀차를 가져왔다. 거기에 박스를 싣고 닛타는 엘리베이터 홀로 향했다.

8층으로 올라가 0806호실 앞까지 밀차를 밀고 갔다. 벨을 누르자 곧바로 문이 열리고 우라베 미키오가 얼굴을 내밀었다. 위아래 똑같이 얇은 베이지색 추리닝 차림이었다.

"오래 기다리셨습니다, 우라베 고객님. 오늘 도착한 택배 물건을 가져왔습니다."

"아, 고마워요."

"꽤 무거워서요, 실내까지 옮겨드리겠습니다." 그렇게 말하고 닛타는 상대가 대답하기 전에 천천히 밀차를 밀기 시작했다. 우라베가 호텔 이용에 익숙하지 않다는 것을 미리 감안하고 해본 반강제적인 행동이었다.

"아, 예에……." 노렸던 대로 우라베는 거절하는 일 없이 당황한 기색으로 얼른 뒤로 물러섰다.

0806호실은 스탠더드 트윈이다. 욕실 문 앞을 지나자 침대 두 개가 나란히 놓여 있었다. 닛타는 재빨리 시선을 내달렸다. 캐디백은 침대 옆에 있다. 캐리어는 쓰지 않는 쪽 침대 위에 얹혀 있다. 방 한쪽 구석에 짐을 놓기 위한 배기지 랙*이 있었지만, 거기에는 아무것도 없었다.

"짐은 어디다 놓을까요. 여기, 괜찮겠습니까?" 배기지 랙을 가리키며 물었다.

"예, 부탁합니다."

닛타는 박스를 들어 올리려고 허리를 숙였다. 그때, 곁에 서 있던 우라베의 다리 쪽에 시선이 갔다. 베이지색 추리닝이 낡아 있었다. 평소에 집에서 입던 옷을 그대로 가져온 것으로 보였다.

박스를 배기지 랙에 내려놓고 닛타는 밀차 손잡이를 잡았다. "이만 실례하겠습니다."

"예, 수고하셨어요. 아 참……." 우라베가 머뭇거리면서 말했다. "오늘 밤에 이 호텔에서 파티가 열리지요?"

"카운트다운 파티 말씀이시군요. 네, 오후 11시부터 3층 연회장에서 합니다."

"거기에 대략 몇 명쯤이나 모여요?"

"글쎄요, 예년 같으면 400명 전후였습니다."

"어휴, 그렇게나?" 우라베의 시선이 허우적거렸다.

"파티에 신청하셨습니까? 혹시 안 하셨다면 지금도 가능합니다만."

"아뇨, 괜찮아요." 우라베는 초조한 기색으로 손을 저었다. "그냥 물어본 것뿐이에요."

✦ baggage rack. 호텔 객실 등에 비치된, 비교적 큰 짐을 올려놓기 위한 받침대.

“그러십니까. 혹시 마음이 내키시면 언제라도 신청해주십시오.”

실례합니다, 라고 다시 인사를 건네고 닛타는 방을 나왔다.

1층으로 내려오자 벨 데스크에 밀차를 돌려주러 갔다. 세키네가 기다리고 있다가 “어땠어요?”라고 작은 소리로 물었다. 닛타는 파티에 대해 물어봤다고 얘기해주었다.

“자기가 참석하지도 않는 파티에 대해 물어보다니, 좀 이상하네요.” 세키네도 경계하는 표정을 보였다.

그리고 또 한 가지, 라고 닛타는 손가락을 세웠다.

“그 사람, 추리닝 차림이었는데 좀 눈에 띄는 게 있었어. 발목 부분에 털이 묻어 있더라고. 강아지나 고양이 털이 아닌가 싶은데.”

하지만 세키네는 언뜻 감이 잡히지 않는지, 그게 어떻다는 거냐는 얼굴을 하고 있었다.

“잊어버렸어? 네리마의 원룸에서 살해된 피해자가 애견미용사였잖아.”

아하, 세키네가 입을 동그랗게 벌렸을 때, 닛타의 스마트폰이 부르르 진동했다. 꺼내보니 모토미야에게서 온 전화였다.

“네, 닛타입니다.”

“모토미야야. 지금 바로 이쪽으로 와줘.” 목소리가 심각한 게 평소의 느긋한 말투가 아니었다.

곧 가겠습니다, 라고 말하고 닛타는 전화를 끊었다.

회의실로 가자 안쪽 자리에서 모토미야와 우에시마가 액정 모니터를 뚫어져라 들여다보는 참이었다. 조금 떨어진 자리에서는 이나가키가 팔짱을 끼고 있었다. 화면에 올라온 것은 어딘가의 방범 카메라 영상인 것 같았지만, 닛타는 본 적이 없는 것이었다.

"그 영상은 뭡니까?" 닛타가 물었다.

이나가키가 이쪽을 흘끗 올려다보고 모토미야를 불렀다. 모토미야는 우에시마에게 "계속 진행해줘"라고 말하고 닛타와 이나가키 자리 쪽으로 다가왔다. 선 채로 책상 위에서 서류를 들었다.

"조금 전에 특별수사본부에서 새로운 영상을 보내왔어. 하긴 이번 사건과 직접 관련된 것은 아니지. 첨부자료에 따르면……." 모토미야는 서류에 눈을 떨구고 설명을 이어갔다. "3년 전 6월 13일, 세무사 사무실에서 근무하는 무로세 아미라는 여성이 살해됐어. 사건은 해결되지 않은 채 연쇄살인의 수사 대상에 올라 있었어. 이번에 우리한테 보낸 것은 당시 피해자가 살던 원룸에 설치된 방범 카메라 영상이야. 왜 이런 영상을 보냈는지에 대해서는, 닛타 경위가 잘 알 테니까 확인해주셨으면 한다, 라던데?" 거기까지 이야기한 뒤 모토미야는 서류를 책상에 다시 내려놓고 자리에 앉았다.

이나가키가 닛타를 지그시 쳐다보았다.

"어떻게 된 거야? 눈치를 보아하니 전혀 짐작 가는 게 없는 건 아닌 모양이지?"

닛타는 후우 숨을 내쉬며 어깨 힘을 뺐다.

"네, 그렇습니다. 야구치 팀장님 휘하의 노세 형사님과 상의해 추진한 일이에요. 보고하지 않은 것은 그냥 얼핏 생각난 것을 알아보던 중이라 아직 확신이 없었기 때문입니다."

"좋아, 그러면 지금 보고해봐." 이나가키가 굵직한 목소리로 지시했다.

네, 라고 대답하고 닛타는 그동안 노세와 이야기해온 것을 이나가키와 모토미야에게 설명했다. 즉 범행 수법을 통해 연쇄살인범일 가능성이 있다고 보고 노세에게 유사한 사건을 찾아봐 달라고 했더니 감전사와 롤리타라는 키워드로 3년 반 전의 사건에 가닿게 되었다는 경위다.

"두 가지 사건에 공통점이 꽤 있었어요. 다만 양쪽의 범인이 동일인이라는 확증은 없었습니다. 그래서 3년 반 전 사건 때 회수된 방범 카메라의 영상을 신청해 이번 영상과 비교해보자고 얘기가 된 것이죠. 원래 그런 이야기를 제안한 사람은 노세 형사님입니다만."

이상입니다, 라고 닛타는 이야기를 마무리했다.

이나가키는 꼬고 앉은 다리를 잘게 흔들더니 "어떻게 생각해?"라고 항상 하던 대로 모토미야 쪽에 의견을 청했다.

"착안점은 나쁘지 않은데요? 이런 중요한 일을 냉큼 보고하지 않는 건 이 친구의 못된 버릇입니다만."

"처음에 말씀드린 대로 노세 형사님과 이런저런 얘기 끝에 얼핏 생각난 것이었어요. 회의에서 보고할 만한 일은 아니었습니다."

"그래도 그렇지……."

아, 잠깐 잠깐, 이라고 이나가키가 모토미야를 달래는 손짓을 했다.

"실제로 움직인 것은 노세 형사인 모양이니까 닛타를 너무 나무라지 마. 지난번 사건 때와 마찬가지로 또다시 호텔리어 옷을 입어야 해서 제대로 경찰 배지 내밀고 움직일 수도 없는 상태야. 그 울분을 이런 형태로 풀려고 한 모양이네. 그렇지?" 얄밉다는 기미가 담긴 시선을 닛타에게로 던져왔다.

"딱히 울분이 쌓인 건 아니지만……." 닛타는 말끝을 흐렸다. 이나가키의 말도 전혀 빗나간 것은 아니었다.

"애써 부정할 거 없어. 그나저나 저쪽 팀의 노세 형사, 역시 예리한 데가 있어. 언젠가 우리 팀에 모셔 오기로 검토하던 중에 야구치 씨가 선수를 쳐서 데려가버렸지."

"이 친구하고 트레이드할까요?" 모토미야가 닛타 쪽을 턱 끝으로 가리키며 말했다.

"그래, 생각 좀 해봐야겠군." 이나가키가 짐짓 진지한 얼굴로 받아넘긴 뒤, 다시 닛타를 올려다보았다. "그 밖에 뭔가 보고할 건 없나?"

"한 가지 마음에 걸리는 게 있습니다. 어젯밤에 말씀드린 우라베라는 손님에게서 수상쩍은 움직임이 포착됐습니다."

닛타는 수상한 택배가 도착한 것, 카운트다운 파티에 대해 질문한 것, 나아가 입고 있던 추리닝에 동물 털이 묻은 것 등을 보고했다.

"택배를 보낸 사람의 주소도 이상해요. 치요다구로 되어 있었거든요." 그렇게 말하고 스마트폰으로 촬영한 택배 운송장을 액정 화면에 불러냈다.

"잠깐 볼까." 모토미야가 손을 내밀어 스마트폰을 받아 들더니 "이봐, 우에시마!"라고 젊은 형사를 불렀다. "여기 적힌 운송장 주소에 뭔가 있는지 알아봐줘."

우에시마는 스마트폰의 화면을 들여다보더니 노트북을 검색하기 시작했다.

"강아지나 고양이를 기르는 거라면 피해자와 접점이 있었을 가능성도 있잖아." 이나가키가 모토미야 쪽으로 얼굴을 향했다. "우라베의 방범 카메라 영상은 특별수사본부 쪽에 보냈지? 뭔가 얘기는 없었나?"

"아뇨, 현재까지는 아직 아무 얘기도." 대답하면서 모토미야는 스마트폰을 닛타에게 돌려주었다.

"찾았습니다." 우에시마가 말했다. "그 주소지에는 오피스빌딩이 있는데요? 최소한 맨션이나 원룸 같은 거주지는 아닙니다."

"뭔가 냄새가 나는데요." 모토미야가 말했다.

이나가키는 사냥개가 사냥감을 노리는 듯한 눈빛을 천천히 닛타에게로 던졌다.

"계속해서 그 우라베의 동향에 주목하도록 해. 경비실에서 모니터를 체크하는 친구들에게도 그자의 방은 특히 유념해서 들여다보라고 말해둘 테니까."

알겠습니다, 라고 대답하고 닛타는 발끝을 문으로 향했다.

28

시곗바늘이 오후 1시를 넘어선 것을 보고 나오미는 입 안이 바작바작 탔다. 나카네 미도리에게 전화할지 말지 망설이고 있는 것이었다.

어제, 나카네 미도리는 티라운지를 이용했다. 그래서 오늘도 아마 그곳에 들를 것이라는 생각에 지금까지 조마조마 지켜보고 있었다. 그녀가 나타나면 말을 걸어 그 작전을 행동에 옮길 계획이었다.

부부가 같이 온 것처럼 위장하고 있는 나카네 미도리에게 과연 어떤 말을 해야 구사카베와 단둘이 만나게 해줄 수 있을까. 어지간히도 고민했었지만 간사이 사투리 커플 덕분에 퍼뜩 떠오른 게 있었다. 부부는 둘이서 한 세트, 라는 말이 힌트가 된 것이다.

굳이 아내 쪽만 청할 필요는 없는 것이다. 어제의 몇 가지 서비스는 사실 호텔 측에서 제공해드린 것이 아닙니다. 구사카베라는 고객님의 의뢰에 따른 것으로, 그분께서 나카네 고객님 부부께 긴히 드릴 말씀이 있다고 하시는데 잠시 만나주실 수 있겠습니까……. 그렇게 말하면 되는 것이다.

아마 나카네 미도리는 난처할 것이다. 남편은 잠깐 외출했다, 라는 식으로 말할지도 모른다. 그럴 경우에는, 구사카베 고객님은 남편분께서 돌아오실 때까지 기다려도 좋으나 부인만 만나도 무방하다고 하십니다, 라고 대답할 생각이다. 그러시다면 잠깐만, 이라고 응해주지 않을까. 나카네 미도리도 상대의 정체나 용건이 궁금하지 않을 리 없다.

자화자찬이지만 내가 생각해도 꽤 괜찮은 안이라고 내심 흐뭇해하며 계속 기다렸던 것인데, 런치타임이 지나도 나카네 미도리는 나타나지 않았다. 나오미로서는 가능하면 직접 얼굴을 보고 이야기하고 싶었다. 전화로 전달할 만한 일이 아니라고 생각했기 때문이다.

다시 한번 손목시계를 들여다보았다. 아까보다 바늘이 훌쩍 가버린 것을 보고 초조감이 더해갔다. 이 바늘이 어디까지 갔을 때 결단을 내려야 할까.

이래저래 머릿속이 복잡해져 있는데 한 남자가 다가와 나오미 앞에 멈춰 섰다. "잠깐 좀 볼까요?"

"네, 무슨 일이신지요." 나오미는 자리에서 일어나 상대를 바라보았다.

나이는 쉰 살 전후일까. 관록 있는 체형에 얼굴도 큼직하다. 나오미가 호텔 안에서 몇 번 본 적이 있는 얼굴이다. 항상 오후 7시 반쯤에 체크아웃을 했으니까 데이 유스일 것이다. 호텔을 불륜 장소로 이용한다고 봐도 틀림없을 것이다. 상대 여성이 누군지도 대략 짐작하고 있다.

"이 근처에 혼자 시간을 때울 만한 장소가 없을까요?"

"아, 네, 혼자서……."

"아내는 마사지숍에 간다고 해서." 남자가 쓴웃음을 지었다.

"부부 두 분께서 투숙 중이십니까?"

"중학생 아들도 함께 왔는데 방에서 게임하는 게 더 좋은 모양이에요."

"저런, 서운하시겠네요."

평소 자신이 불륜 장소로 이용하는 호텔에서 가족과 함께 연말을 보내다니, 정신 체계가 어떻게 된 사람인가 싶었지만, 인간의 사고방식은 제각각 다른 법이다. 항상 드나들던 곳이 더 편리하다고 생각했는지도 모른다. 어쨌든 고객님은 고객님이다. 편견을 버리고 평등하게 대하지 않으면 안 된다.

"영화를 보시는 건 어떨까요? 가까운 니혼바시 무로마치에 시네콘 극장이 있습니다. 지금 상영 중인 영화를 알아봐드릴까요?" 부드러운 어조로 말해보았다.

"영화라……." 남자는 고개를 갸웃거렸다. 그리 내키지 않는 것 같았다.

"관광이 좋으시다면 니혼바시 칠복신 순례를 추천해드립니다. 두 시간 정도면 도보로 모두 돌아볼 수 있습니다."

"그런 쪽으로는 전혀 흥미가 없어서……."

그렇다면, 이라고 나오미는 책상 위에서 파일을 집어 들었다. 갖고 있는 소재가 아직 많다.

유명한 맛집, 화제의 쇼핑센터 등을 소개해봤지만 남자는 덥석 물어주지 않았다. 나오미는 조금 답답해지기 시작했다.

"니혼바시 미쓰코시 본점 7층에 이벤트 코너를 겸한 카페도 있습니다."

"카페……." 남자의 대답은 역시 시원치 않았다.

"현재 개최 중인 이벤트는 세계 야조 전시회입니다만."

엇, 하고 갑작스레 남자의 눈이 빛났다. "야조라면, 들새 말인가요?"

"네, 올해가 닭의 해였으니까 올 한 해를 마감한다는 의미에서 개최한 모양입니다."

"그게, 어디라고요? 미쓰코시?"

"네, 니혼바시 미쓰코시 백화점 본점입니다. 여기서 가시려면……."

"응, 그건 됐어요. 가는 방법은 내가 아니까. 아, 그렇군. 그런 전시회를 미쓰코시 백화점에서……. 마침 잘됐네."

고마워요, 라고 팔을 들어 인사를 건네고 남자는 정면 현관으로 향했다. 그 발걸음이 가벼웠다. 아무래도 마음에 꼭 드는 심심풀이를 찾아낸 모양이다.

안도하는 마음으로 파일을 책상에 내려놓으며 무심코 엘리베이터 홀로 시선을 던졌다가 흠칫했다. 나카네 미도리가 엘리베이터에서 내려서는 참이었다.

나오미는 숨을 가다듬었다. 어떤 말부터 꺼내야 할까. 몇 가지 패턴을 재빨리 더듬어봤다. 이때를 놓친다면 다시는 기회를 잡지 못할지도 모른다.

하지만 그럴 필요는 없었다. 나카네 미도리 쪽에서 컨시어지 데스크를 향해 다가왔기 때문이다. 예상 밖의 일에 나오미는 당황했다. 물론 그런 감정을 얼굴에 드러낼 수는 없다. 입술에 환한 웃음을 만들면서 태세를 정비했다.

나카네 미도리가 바로 앞까지 다가왔다.

"어제는 고마웠어요. 꽃다발을 받고 멋진 영상 쇼를 보고, 덕분에 정말 멋진 하루였어요."

"기뻐해주시니 참으로 다행입니다, 나카네 고객님."

마침 좋은 화제여서 말을 꺼내기가 쉬워졌다. 실은 어제의 서비스는, 이라고 실제 내막을 밝히기로 했다. 그런데 그 전에 나카네 미도리가 먼저 말문을 열었다.

"그렇게까지 잘해주셨는데 또 뭔가를 바라는 것은 지나친 일이겠지만, 그래도 꼭 부탁하고 싶은 게 있어요."

"……예?"

허를 찔린 듯한 마음에 나오미는 대응이 잠깐 늦어졌다.

"내 얘기 좀 들어줄래요?" 나카네 미도리가 절박한 표정으로 물었다.

나오미는 대응 태세를 취했다. 예상 밖의 전개였지만, 이런 장면에서 당황할 수는 없다.

"물론입니다, 나카네 고객님. 이쪽에 잠깐 앉으시겠습니까?"

나카네 미도리가 자리에 앉는 것을 보고 나오미도 뒤따라 앉았다.

"어떤 말씀이신지요."

"실은 급히 좀 만들어줬으면 하는 게 있어요. 가능하면 오늘 저녁 식사 때까지."

"어떤 것을 만들어드리면 될까요?"

나카네 미도리는 핸드백에서 사진 한 장을 꺼내 책상 위에 내려놓았다. "이거예요."

잠깐 보겠습니다, 라고 나오미는 사진을 손에 들었다.

그곳에 찍혀 있는 것은 케이크였다. 상당히 공들여 만들어서 딸기와 체리, 라즈베리 외에 과자로 만든 장미와 리본 등이 얹혀 있었다. 특히나 멋들어진 것은 초콜릿으로 만든 용 장식이었다. 구불구불 몸을 틀며 입을 크게 벌린 모습은 약동감이 넘쳤다. 그 옆에는 'Happy Birthday'라고 적힌 플레이트가 꽂혀 있었다.

"생일 케이크입니까? 이걸 저녁 식사 때까지 준비해달라는 말씀이시군요?" 확인차 물어보면서 나오미는 이미 머릿속에서 그 준비 순서를 생각하고 있었다.

생일 케이크를 준비해달라는 요청은 자주 들어오는 편이다. 그러기 위한 재료 등은 항상 각 레스토랑과 음료부 저장실에 구비되어 있어서 웬만한 요청에는 문제없이 응할 수 있다. 저녁 식사 때까지라면 아직 시간도 넉넉하다. 음료부 쪽과 상의해보면 어떻게든 될 터였다.

"그렇긴 한데, 실은 만들어줬으면 하는 건 평범한 케이크가 아니에요." 나카네 미도리가 말했다.

나오미는 사진을 든 채 그녀를 마주 보았다. "그러시다면 어떤 케이크인지……."

"모형이었으면 좋겠어요."

"모형?"

"식품 샘플이 있죠? 식당 진열장에 있는 그런 거. 실물과 흡사한 모형 케이크가 필요해요. 게다가 이 사진 그대로."

"네에, 모형 케이크가 필요하시군요."

나오미는 당혹스러웠다. 생각지도 못한 이야기였다. 이런 부탁은 처음이다.

"지금부터 저녁 식사 때까지는 도저히 만들어낼 수 없다고 한다면 나도 포기하겠지만……." 나카네 미도리가 슬쩍 눈치를 살피는 듯한 시선을 던져왔다.

그 시간 안에는 해낼 수 없다, 라는 것이 나오미의 솔직한 심정이었다. 하지만 그것을 넙죽 인정해버려서는 프로 컨시어지라고 할 수 없다.

네, 알겠습니다, 라고 나오미는 상대의 눈을 보며 말했다.

"다만 잠시 시간을 좀 주시겠습니까? 어떻게든 준비할 수 있도록 고민해보겠습니다." 상당히 힘에 부치는 일이지만, 이 자리에서는 이렇게 대답하는 게 최선이다.

"다행이네요. 그럼 정해지는 대로 내 방으로 연락해줄래요?"

"네, 알겠습니다."

나카네 미도리가 자리에서 일어섰다. 나오미는 마음속이 복잡해서 잠시 머뭇거렸다. 구사카베와의 만남에 대해 지금 여기서 얘기해야 할까. 아니, 일단 이 일부터 해결한 다음에 말하자.

나카네 고객님, 이라고 불렀다. "오늘, 어느 분 생신이십니까?"

예에, 라고 나카네 미도리가 고개를 끄덕였다. "남편 생일이에요. 용 장식이 있지요? 우리 남편이 용띠라서 기념 삼아 용 장식을 수집하고 있어요."

"……그러시군요. 네에, 진심으로 축하드립니다."

"고마워요. 케이크, 기대할게요." 그렇게 빙긋 미소를 짓더니 나카네 미도리는 엘리베이터 홀로 걸어갔다.

나오미는 다시 한번 사진을 들여다보고 노트북을 열었다. 인터넷에 연결하고 식품 샘플이라는 단어로 검색을 시작했다.

29

야마기시 나오미가 수화기를 내려놓고 고민에 빠진 듯 고개를 숙이고 있는 것을 보고 "잠깐 자리 좀 비우겠습니다"라고 닛타는 우지하라에게 말했다.

좋으실 대로, 라고 베테랑 프런트 클러크는 손맡에 시선을 떨군 채 퉁명스럽게 답했다.

닛타는 프런트를 나와 야마기시 나오미에게로 다가갔다. 기척을 느꼈는지 그녀가 얼굴을 들었다.

"조금 전에 나카네 미도리 씨가 왔었죠? 구사카베 씨를 만나주기로 했어요?"

"지금 그게 문제가 아니에요. 또 다른 일을 부탁하셨어요."

"어떤 부탁을?"

"좀 번거로운 일을……." 야마기시 나오미는 서랍에서 사진 한 장을 꺼내 내밀었다.

그것은 생일 케이크를 촬영한 사진이었다. 그녀의 말에 따르면, 이것과 똑같은 모형을 오늘 저녁까지 만들어달라고 나카네 미도리가 부탁했다고 한다. 게다가 오늘은 그녀 남편의 생일이라는 것이다.

"잠깐만요." 닛타는 스마트폰을 꺼내 전화를 걸었다.

곧바로 연결되었다. "네, 우에시마입니다."

"응, 닛타야. 나카네 신이치로 명의의 운전면허증은 확인되었다고 했었지?"

"네, 한 건 발견했었죠."

"생일이 언제로 되어 있지?"

"그건…… 앗, 12월 31일이네? 오늘이에요, 오늘." 우에시마도 이제야 눈치챈 모양이다.

"나카네 미도리와 함께 투숙 중인 나카네 신이치로도 오늘이 생일이래. 그 면허증의 인물이라고 봐도 틀림없겠지? 팀장님 쪽에 전해줘."

"알겠습니다."

전화를 끊은 뒤, 닛타는 스마트폰을 챙겨 넣으며 야마기시 나오미를 내려다보았다. "나카네 신이치로라는 게 가명이 아닌 모양이에요. 면허증이 확인됐어요."

"잘됐네요." 야마기시 나오미의 대답에는 명백히 마음이 담기지 않았다. 지금 그런 걸 돌아볼 때가 아니다, 라는 느낌이었다.

"그렇게 힘들어요, 이 케이크?" 닛타는 사진을 가리켰다.

"보통 때라면 별로 어렵지도 않아요. 식품 샘플을 만드는 공방이 이 근처에도 몇 군데 있으니까. 하지만 오늘 12월 31일이잖아요."

"아, 그렇군. 죄다 쉬는 날이네."

야마기시 나오미는 힘없이 고개를 끄덕였다. "아예 전화도 안 받아요."

그럴 만도 하다고 닛타는 납득했다. 나카네 미도리가 돌아간 뒤, 야마기시 나오미가 수없이 전화를 거는 모습은 아까부터 봤었다. 공방마다 일일이 연락해본 것이다.

"구사카베 씨 일은 어떻게 할 거예요?"

"우선은 뒤로 미뤄야죠. 이걸 먼저 처리해야 하니까."

"정말 번거로운 부탁을 했군요." 닛타는 다시 사진을 손에 들었다. "왜 모형이죠? 진짜 케이크면 왜 안 될까요? 그보다 생일의 주인공이 실제로는 이 호텔에 투숙하고 있지도 않잖아요."

하지만 그런 의문도 지금의 야마기시 나오미에게는 별 상관이 없는 일인지, 말없이 사진을 그의 손에서 빼앗아 책상 위에 내려놓고 자신의 스마트폰으로 촬영하기 시작했다.

"어떻게 할 생각이에요?"

"공방은 휴일이지만 상품을 파는 가게는 오늘도 영업을 하더라고요. 이미 만든 제품 중에 이 케이크와 비슷한 것이 있는지 문의해보려고요."

"이른바 대체안이군요."

그 말에도 대꾸하는 일 없이 야마기시 나오미는 심각한 얼굴을 향해왔다. "닛타 씨, 죄송하지만 그 밖에 다른 볼일이 없으시면……."

"아, 미안해요, 방해가 됐군요. 난 그만 갈게요."

닛타의 그 말에도 그녀는 반응이 없었다. 상당히 힘든 모양이라고 새삼 생각했다.

프런트로 돌아와 다시 우지하라의 등 뒤에 서서 로비를 오가는 사람들의 동향을 은밀히 눈으로 살펴보고 단말기로 투숙객 정보도 확인했다. 기록을 보니 우라베 미키오는 룸서비스로 샌드위치와 커피를 주문했다. 그걸로 방에서 점심을 때운 모양이다.

스마트폰을 꺼내 전화를 걸었다. 이번에는 모토미야에게 건 것이다.

연결되자마자 "무슨 일이야?"라고 모토미야가 물었다.

"우라베 미키오의 방에 누군가 사람들의 출입이 있었습니까?"

"아니, 없었을 거야. 경비실에서 방범 카메라를 계속 지켜보는 친구들한테서는 별다른 보고가 없었어. 근데 무슨 일이지?"

닛타는 우라베가 룸서비스를 주문했다는 이야기를 했다.

"계속 방에 틀어박혀 있는 게 마음에 걸려요. 지난번 택배 건도 있고 말이죠. 누군가 찾아오기를 기다리는 게 아닌가 싶은데요."

"알았어. 경비실 친구들에게 그 방을 특히 주의해서 지켜보라고 할게."

잘 부탁드립니다, 라고 말하고 닛타는 전화를 끊었다. 얼굴을 들자 우지하라가 싸늘한 눈빛으로 이쪽을 보고 있었다.

"가끔은 온종일 호텔에서 느긋하게 지내려는 사람도 꽤 많아요. 외출을 피하는 겁니다. 회사에서도 가족에게서도 완전히 해방될 기회란 웬만해서는 없으니까."

아무래도 방금 통화한 내용을 들은 모양이다.

"수상한 택배가 도착했습니다. 보낸 사람은 본인이에요. 게다가 주소가 치요다구였는데 그곳에는 오피스빌딩밖에 없었어요. 숙박표와 대조해보니 필적도 달랐습니다. 이건 이상하지 않습니까?"

"택배 박스 크기는 어느 정도였죠?"

"이 정도?" 닛타는 양손으로 60센티미터쯤의 폭을 만들어 보였다.

"무게는?"

"꽤 묵직했어요. 품명은 책이라고 적혀 있었고요."

우지하라는 짐작이 간다는 듯 고개를 끄덕였다.

"수상할 게 하나도 없어요. 주소가 치요다구라고 했지요, 정확하게는 어떻게 됩니까?"

닛타는 스마트폰을 꺼내 터치한 끝에 운송장 사진을 확인했다. "치요다구 사루가쿠초예요."

아, 하고 우지하라가 엷게 웃었다. "역시나."

"역시나, 라는 건 무슨……?"

"치요다구의 사루가쿠초라면 간다 진보초와 마찬가지로 헌책방이 많은 동네지요. 거기서 꽤 많은 책을 구입했고, 자신이 직접 들고 올 수 없어서 택배로 호텔로 보냈다, 운송장은 헌책방 점원이 기입했다. 분명 그런 것이겠지요. 올해의 마지막 하루를 독서로 마무리 짓자는 거 아니겠어요? 전혀 이상할 게 없어요."

막힘없이 술술 말하는 우지하라의 설명에 닛타는 선뜻 반론이 떠오르지 않았다.

"그 정도 무게라면 한두 권이 아니에요. 하루에는 도저히 못 읽을 텐데요?" 얼핏 생각난 의문을 입에 올렸지만, "굳이 하루에 다 읽을 필요가 있나요? 다 읽은 책까지 포함해 나중에 모두 자기 집으로 배송할 생각이겠지요"라고 간단히 격퇴해버렸다.

닛타는 하릴없이 빈 코를 들이켜고 눈썹 옆을 긁적였다. "혹시 우지하라 씨는 성선설 신봉파예요?"

우지하라의 뺨이 움찔 움직였다. "그런 닛타 씨는 성악설 신봉파입니까?"

"어떤 사람이든 나쁜 짓으로 내달릴 우려는 있다고 생각해요. 모든 인간을 의심하고 보는 것이 형사 일이니까요."

"그런 점은 호텔리어도 마찬가지예요." 우지하라는 즉각 대답했다. "모든 고객님을 한 사람도 빠짐없이 믿고 또한 한 사람도 빠짐없이 의심합니다. 당신들과 다른 점은 특정한 고객님만을 믿는 일도, 또한 의심하는 일도 없다는 것이지요."

"유감스럽게도 형사는 그래서는 안 됩니다. 거기서부터 조금씩 체에 걸러내서 진짜 악당을 찾아내야 하죠. 그런데 그 체라는 것이 항상 효과적이라고는 할 수 없어요. 오히려 따분하고 비효율적인 일이 대부분이죠. 그래서 잘못 짚는 경우도 많아요." 닛타는 스마트폰에 올라온 운송장 사진을 가리키며 말을 이었다. "특정한 인물을 쓸데없이 의심하는 것도 업무 중 하나예요."

우지하라는 질렸다는 듯 슬쩍 어깨를 들썩였다. "힘들겠군요.

수고가 많습니다, 라고 말해두기로 하죠."

"공감해주셔서 감사합니다." 닛타는 스마트폰을 다시 품속에 넣었다.

그리고 잠시 뒤에 체크인 타임이 닥쳐왔다. 역시 한 해의 마지막 날인 만큼 손님들이 차례차례 프런트를 찾아왔다. 수속을 기다리는 사람으로 긴 줄이 생기기 시작했다.

"우지하라 씨, 괜찮습니까? 제가 조금쯤 도와드려도 되는데요." 닛타는 우지하라의 귓가에 대고 슬쩍 말했다.

"걱정 말아요, 이 정도는 붐비는 축에 끼지도 않으니까. 그보다 주목해서 봐야 할 게 있어요." 투숙객의 카드키를 챙기면서 우지하라가 작은 소리로 말했다.

"뭔데요?"

"지금 이쪽 줄 세 번째에 있는 여자분. 아, 노골적으로 쳐다보면 안 되니까 주의해요."

우지하라의 말에 닛타는 주위를 둘러보는 척하며 재빨리 시선을 내달렸다. 세 번째 서 있는 사람은 모피 코트를 걸친 화려한 분위기의 여자였다. 머리는 밝은 갈색으로 대담하게 컬이 말려 올라갔다. 눈가는 스모키 화장으로 거무스름하고 눈썹은 가늘었다. 뺨의 색조 화장이 붉고 입술은 그보다 더 빨간색이다. 나이는 삼십 대로 보이지만, 정확한 것은 짐작하기가 어려웠다.

"저 여자가 왜요?" 닛타는 목소리를 낮춰 물었다.

"소노 씨라고 기억나요? 어제 내가 닛타 씨 발을 밟았을 때 왔던 그 고객님."

닛타는 흠칫했다. "평소에 데이 유스로 이용한다는 그 손님?"

우지하라는 미간에 주름을 잡고 고개를 저었다. "목소리를 좀 더 낮춰요!"

"앗, 죄송합니다." 닛타는 입가를 손으로 가렸다. "저 여자가 소노라는 고객님과 뭔가 관계가 있습니까?"

"내가 말했었지요. 소노 고객님이 데이 유스로 이용하실 때, 어떤 여자분과 함께 오는지 대략 짐작하고 있다고."

"네, 그런 얘기를 하셨죠. 엇, 그럼 그 여자가 혹시……." 닛타는 저도 모르게 다시 한번 여자 쪽을 쳐다보고 말았다. 눈이 마주칠 뻔해서 급히 시선을 돌렸다. "저 여자?"

우지하라는 턱을 끄덕였다. "틀림없습니다. 나도 놀랐어요." 평소의 노멘 같은 얼굴에서 약간 더 표정이 사라진 듯한 느낌이다. 이게 이 사람의 놀란 얼굴인지도 모른다.

"어떻게 하죠?"

"나중에 얘기해요."

우지하라는 카운터로 돌아가 수속 중인 손님을 향해 다시 응대에 나섰다. 그동안에 줄의 맨 앞에 섰던 손님이 옆쪽의 프런트 클러크에게로 옮겨 갔다.

이윽고 두 번째 손님도 다른 프런트 클러크에게로 가고 화려한 분위기의 그 여자는 우지하라가 맞이하게 되었다. 물론 그렇게 되도록 우지하라가 조정했다는 것은 뒤에서 지켜보던 닛타의 눈에는 분명하게 보였다.

"가이즈카예요." 여자가 말했다. 코에 걸린 목소리가 일부러 오만한 척하는 것처럼 들렸다.

닛타는 재빨리 단말기를 두드렸다. 가이즈카 유리라는 이름이 눈에 들어왔다. 디럭스 더블, 두 명, 일박, 금연, 그리고 카운트다운 파티에 신청했다.

우지하라는 다른 손님 때와 똑같이 공손하고 친절하게 대하고 있었다. 가이즈카 유리는 신용카드로 결제하는 모양이었다. 두 명이라고 했으니 동행이 있을 터였다. 디럭스 더블이라면 당연히 남자일 것이다. 그럴 만한 인물이 있는지, 닛타는 무심한 척 로비를 둘러보았지만 금세 찾기를 중단했다. 남편이든 연인이든 만일 떳떳한 사이라면 여자 쪽에서 체크인을 할 리 없는 것이다. 즉 이것 또한 러브 어페어라는 얘기다.

우지하라는 그녀에게 1206호실을 지정해주었다. 소노 일가가 투숙하는 방은 1008호실이다. 겨우 두 개 층 차이지만 투숙객이 계단을 이용하는 일은 일단 없다. 층이 다르면 복도에서 얼굴을 마주칠 걱정은 없을 것이다.

마지막으로 우지하라는 카운트다운 파티 티켓 두 장을 얼굴 높이까지 들고 설명을 시작했다. 로비에서 이쪽 상황을 지켜보던 수사원이 즉각 이동했다. 가이즈카 유리의 모습을 몰래 촬영할 생각인 것이다.

수속을 끝낸 가이즈카 유리가 코트 자락을 펄럭이며 성큼성큼 걸어갔다. 그 앞의 기둥 옆에 선 채로 주간지를 읽고 있는 사람은 수사원이다. 주간지 너머로 촬영을 위해 스마트폰을 겨누고 있다는 것은 말할 것도 없다.

체크인 손님들이 대략 처리되어서 낫타는 우지하라에게 소노 가족과 가이즈카 유리에게 어떻게 대응을 해야 하는지 물어보았다.

"우리 쪽에서 따로 신경 써서 관리해야겠지만, 손님들이 각자 어떤 생각을 하는지 정확히 알 때까지는 일단 상황을 지켜보는 게 좋아요."

"손님들 각자의 생각이라는 건 무슨 말씀이시죠?"

"우선 중요한 것은 가이즈카 씨가 우연히 찾아왔느냐 아니냐는 것이에요. 우연히 온 것이라면 우리가 주의해야 할 것은 단 한 가지입니다. 레스토랑이나 라운지, 스포츠센터, 수영장 등에서 가이즈카 씨와 소노 씨 가족이 덜컥 마주치지 않게 최대한 신경을 써드려야 해요. 만일 그런 상황을 피할 수 없을 경우에는 본인들이 되도록 빨리 알아차릴 수 있게 손을 써야겠지요. 물론 우리가 그런 식으로 조정하고 있다는 것은 양쪽 모두에게 눈치 채여서는 안 됩니다. 자신들의 관계를 호텔 측이 다 알고 있다고 하게 되면 앞으로 두 번 다시 이곳을 이용하지 않을 테니까요. 데이 유스라도 골드클래스의 단골 고객님을 그리 쉽게 포기할 수는 없지요." 우지하라는 가느다란 눈에 장사꾼 특유의 교활한 빛을 담고 있었다.

닛타는 입가를 틀었다. "어휴, 보통 힘든 일이 아니네요."

"분명 힘든 일이지만 그래도 이건 별것도 아니에요. 더 힘든 것은 우연이 아닐 경우, 즉 계획적일 경우지요."

"일부러 같은 호텔에 투숙하기로 했다고요? 설마 그럴 리가요."

"두 가지 가능성을 생각해볼 수 있어요." 우지하라가 손가락 두 개를 들었다. "첫째는 소노 씨와 가이즈카 씨, 둘이서 약속을 했다는 것입니다. 그럴 경우, 가이즈카 씨의 방이 디럭스 더블이라는 것을 생각해보면 그 목적은 쉽게 짐작할 수 있겠지요."

그가 하려는 말이 무엇인지 닛타도 알 수 있었다.

"소노 씨가 가족에게서 빠져나와 가이즈카 씨 방에서 몰래 만날 계획이라는 거군요."

"가족끼리 호텔에 왔다고 해도 스물네 시간 함께 있는 건 아니니까요. 한때의 밀회를 즐기는 정도는 가능하겠지요."

한때의 밀회—. 꽤 멋지게 포장하는구나 싶어서 닛타는 우지하라의 얼굴을 새삼 바라봤지만 베테랑 호텔리어는 특이한 말을 했다는 자각도 없는 모양이었다. 왜요, 라고 이상하다는 듯이 되물었다.

"아니, 상당히 대담한 계획인 것 같아서요."

우지하라는 오른쪽 뺨을 미묘하게 치켜들었다. "러브 어페어는 오히려 대담하게 나가야 발각될 확률이 낮아지는 법입니다."

그 말에는 묵직한 설득력이 있었다.

"가능성이 두 가지라고 하셨죠? 또 한 가지는 어떤 경우입니까?"

우지하라가 짧은 한숨을 내쉬었다.

"가장 큰 문제는 이 경우예요. 같은 호텔을 찾은 것이 우연한 일도 아니고 둘이서 약속한 것도 아니라고 한다면 남는 건 한 가지뿐입니다. 둘 중 한 사람이 상대의 일정을 알고 일방적으로 그것에 맞춰서 찾아온 경우."

"왜 그런 짓을 하죠?"

글쎄요, 라고 우지하라는 고개를 갸우뚱했다. "이유는 모르지요. 대략 짐작은 가지만."

"부인과 아이를 데리고 온 소노 씨는 그런 짓을 할 리가 없겠죠. 일부러 일정을 알고 찾아왔다면 가이즈카 씨 쪽이겠군요."

아마도, 라고 우지하라도 말했다.

"가이즈카 씨는 독신일 것이고, 어쩌다 보니 유부남인 소노 씨와 불륜 관계를 맺게 되었겠지요. 그런데 그 소노 씨가 연말연시에 하필 자기들이 불륜에 자주 이용하던 호텔에 가족과 함께 숙박한다. 그런 사실을 알게 된 가이즈카 씨는 소노 씨를 난처하게 해주자는 생각에 자신도 이 호텔에 오기로 했다……. 다들 말하지요, 질투는 세상 무엇보다 무서운 것이라고."

다시 한번 우지하라가 한숨을 지었다. 이번에는 조금 전보다 더 긴 한숨이었다.

"그나마 난처하게 해주는 정도뿐이라면 다행일 텐데……."

"무슨 말씀이세요?"

"결단을 미적미적 미룬다면 나도 이만한 각오는 되어 있다, 라고 압박하기 위해 들이닥쳤을 가능성도 있습니다."

"결단이라니, 무슨 결단을?"

우지하라는 풀썩 무릎을 꺾는 시늉을 했다. 그런 것도 모르느냐고 한심해하는 표정이었다.

"불륜 중인 유부남에게 그 애인이 뭔가 결단을 내리라고 조른다면 그야 뻔히 한 가지밖에 없잖습니까."

거기까지 듣고 나니 역시나 닛타도 감이 딱 잡혔다.

"부인과 헤어질 결단을 내리라는 거군요?"

"아내와는 이혼할 것이다. 애인의 마음을 얻으려고 그런 말을 가볍게 입에 올리는 남자가 꽤 많으니까요. 그 말을 철석같이 믿는 여자도 많고."

"가이즈카 씨가 독신이라면, 네, 그럴 경우일 가능성도 꽤 크겠네요. 와아, 이거 재미있네." 닛타는 저도 모르게 입가를 헤실헤실 풀며 웃어버렸다.

닛타 씨, 라고 우지하라가 미간을 좁혔다.

"대체 뭐가 재미있다는 거지요? 그 경우가 가장 대처하기 힘들다고 아까 말했을 텐데요."

"뭐, 별문제 없잖아요. 당사자가 자기 의사에 따라 그러겠다는데, 어떻게 되건 호텔 측에는 책임이 없을 텐데요."

우지하라는 도무지 뭘 모른다는 듯이 고개를 몇 번이나 좌우로 흔들었다.

"계속 애매한 태도를 보이는 남자에게 분노한 여인이 물불 가리지 않고 행동에 나섰다고 생각해보세요. 이를테면 소노 씨 가족이 식사하는 자리에 가이즈카 씨가 나타나 자신과 소노 씨의 관계를 부인에게 다 말해버리는 일이라도 생기면 어떻게 되겠습니까?"

"그, 그건 상당한 아수라장이 될 것 같군요."

상상만 해도 일이 귀찮아질 것 같았다.

"주위에는 온화하게 올해의 마지막 만찬을 즐기려는 고객님들이 많이 앉아 계십니다. 그런 분들의 귀중한 시간을 엉망으로 만들어버려도 괜찮다는 건가요?"

"아뇨, 그건 안 되죠."

"그렇게까지 극단적인 행동에는 나서지 않더라도 가이즈카 씨가 의도적으로 찾아온 것이라면 뭔가 계획하고 있을 우려가 있습니다. 그것이 다른 고객님께 폐가 될 것 같아서 걱정하는 겁니다."

닛타는 한숨을 내쉬며 어깨를 으쓱했다. "호텔리어는 정말 다양한 것을 살펴봐야 하는군요."

"뭘 이제야 새삼스럽게?" 우지하라는 어이없다는 듯이 말하고 등을 홱 돌렸다.

그 직후였다. 컨시어지 데스크에서 나온 야마기시 나오미가 로비를 가로질러 옆의 사무동으로 이어진 통로로 향하는 모습이 닛타의 시야 끝에 들어왔다.

30

호텔은 영업 중이지만 사무직은 휴가에 들어간 직원이 많았다. 나오미가 숙박부 사무실에 가보니 적은 인원으로 올해 마지막 업무를 하고 있었다.

대충 둘러보니 구석 회의 책상에 쓰치야 마호가 있었다. 유니폼이 아니라 사복 차림이다. 나오미를 보자 마호는 의자에서 일어섰다.

"미안해, 쉬는 날에 나오라고 해서." 나오미는 그녀에게 다가가 우선 사과부터 했다.

천만의 말씀이라는 듯이 마호는 고개를 저었다.

"전혀 상관없어요. 제가 오히려 야마기시 씨께 죄송하죠. 그러잖아도 이 시즌에는 일이 많은데 다 맡겨버리고……. 몸은 괜찮으세요? 피곤하시죠?"

"괜찮아. 설 연휴 끝나는 대로 나도 실컷 쉴 테니까 걱정 마. 그보다, 어땠어?"

"네, 일단 케이크라고 이름 붙은 것은 다 사 왔어요." 마호는 옆자리 의자에 놓인 종이가방을 회의 책상에 올려놓았다.

그녀는 숙박부 후배였다. 프런트 클러크 중에서도 젊은 축에 드는 직원이지만 작년부터 컨시어지 데스크 소속이 되었다. 컨시어지는 그 밖에도 한 명이 더 있어서 원래는 나오미를 포함해 세 명이 교대로 근무했다. 이번 잠입 수사 때문에 현재는 나오미 혼자 일하고 있지만, 오늘 밤의 카운트다운 파티가 무사히 끝나고 새해가 되면 평소의 교대 체제로 돌아갈 터였다.

마호가 종이가방 안의 케이크를 차례차례 책상 위에 꺼냈다. 그것을 보고 나오미는 저절로 와아, 하는 탄성이 터졌다. 영락없이 진짜 케이크로 보였기 때문이다.

"굉장하다."

"그렇죠? 저도 깜짝 놀랐어요. 여기 이건 딸기 향기까지 날 것 같지요?" 마호가 쇼트케이크 모형에 코를 대며 말했다.

모두 식품 샘플이었다. 오늘 영업하는 몇몇 점포에 문의해보니 케이크라면 있다고 해서 집에서 대기하던 쓰치야 마호에게 연락해 구입해 오라고 부탁한 것이다.

나오미는 나카네 미도리가 준 사진을 꺼내 책상 위에 줄줄이 놓인 샘플과 비교해보았다.

"이게 분위기가 가장 비슷한가?" 나오미가 가리킨 것은 직경 20센티미터 정도의 홀케이크였다. 하얀 크림 위에 딸기와 체리, 라즈베리가 올려졌다.

"저도 그거라고 생각했어요." 마호가 말했다.

"이제 남은 문제는 장식이야. 장미와 리본, 그리고 용……."

사진을 지그시 들여다보며 나오미는 중얼거렸다. 장미는 화이트 초콜릿을 소재로 만든 것 같았다. 얇게 깎아 꽃잎처럼 보이게 겹겹이 두른 것이다. 리본은 쿠키인가. 약간 탄 부분이 멋진 무늬가 되었다. 그리고 용은 색깔을 보니 비터 초콜릿인 것 같았다.

"장미, 리본, 용, 모두 원래는 먹는 게 아니죠. 근데 그걸 먹을 수 있는 과자로 만들었어요. 그러고는 다시 또 그걸 먹지 못하는 것으로 만들라니." 마호는 두 손으로 머리를 부여잡았다. "어휴, 나도 내가 무슨 말을 하는지 모르겠어요."

나오미는 시계를 보았다. 벌써 4시가 다 된 시각이다. 이제 이러니저러니 고민하고 있을 여유는 없었다.

"장미는 조화를 쓰고, 리본은 비닐 끈을 이용해보면 어떨까. 색깔을 입혀서 과자처럼 보이게 하는 거야."

"아, 그거 괜찮겠네요. 시설부에 다양한 종류의 페인트도 있고, 그림 그리는 사람도 많으니까 부탁해보면 어떻게든 되지 않겠어요? 지금 제가 가서 얘기해볼게요."

"정말? 그렇게 해주면 고맙지." 나오미는 후배를 향해 손을 맞댔다.

"네, 이건 저한테 맡겨주세요." 마호가 의자 등받이에 걸쳐둔 코트를 들고 총총걸음으로 나갔다.

마호를 눈으로 배웅한 뒤, 의자에 앉아 다시금 사진을 들여다보았다. 케이크의 토대는 입수했다. 장미와 리본도 아마 잘 해결될 것이다. 이제 남은 것은 용인데, 이게 가장 어려운 문제다. 비슷한 조각품을 기대하며 인터넷으로 찾아봤지만 어쩌다 눈에 띈 것도 모양이며 크기가 전혀 달랐다. 그렇다면, 하고 목각 주문 제작사에도 알아봤지만 예상했던 대로 어느 곳과도 연락이 닿지 않았다. 간혹 전화가 연결되어도 "올해 영업은 종료되었습니다. 새해 영업은 1월……"이라는 자동 음성 안내만 들려올 뿐이었다. 하긴 영업하는 곳이 있더라도 오늘 밤까지 해달라는 무리한 주문에는 응해줄 것 같지 않았다.

어떻게 해야 할까. 나오미는 팔짱을 꼈다.

"뭘 그렇게 끙끙거리고 있어?" 뒤에서 누군가 불쑥 말을 건네는 바람에 흠칫했다. 돌아보니 다쿠라 숙박부장이 와 있었다.

"아, 부장님." 급히 자리에서 일어섰다.

"아냐, 그대로 앉아 있어. 요즘 수고가 많지? 엇, 맛있겠다." 다쿠라는 책상 위를 보더니 눈이 큼직해졌다. "혹시 이거 전부 가짜 케이크?"

"그렇답니다. 식품 모형이에요."

나오미는 쇼트케이크 모형을 건넸다.

"와아, 정말 잘 만들었네. 예전에는 밀랍 세공품이라는 게 뻔히 보였는데." 다쿠라는 모형을 찬찬히 들여다본 뒤 책상에 내려놓았다. "그런데 왜 이런 것을? 고객님이 부탁한 거야?"

"네, 실은……." 나오미는 케이크 사진을 내보이며 사정을 설명했다.

다쿠라는 떨떠름한 얼굴을 보였다.

"진짜 케이크가 아니라 이것과 닮은 모형을 구해달라고? 하필 섣달 그믐날에 그런 까다로운 일을 하라니."

"용 조각을 어떻게 해야 좋을지 모르겠어요. 부장님, 혹시 지인 중에 조각하시는 분은 없나요?" 안 될 거라고 생각하면서도 일단 물어보았다.

다쿠라는 쓴웃음을 지었다.

"미안하지만 그런 사람은 없어. 전문가와는 상의해봤어?"

나오미는 팔을 번쩍 드는 포즈를 취했다. "여기저기 알아봤는데 목각 제작사는 모두 쉬는 날이에요."

그러자 다쿠라는 석연치 않은 표정을 그녀에게로 던져왔다. "왜 목각 제작사에?"

"그래도 이 사진의 용은……."

"물론 목각처럼 보이지. 하지만 실제로는 나무가 아니야. 소재는 초콜릿이지? 즉 이걸 만든 사람은 목각 전문가가 아니라는 얘기야."

나오미는 자신의 실수를 깨닫고 앗 하는 소리를 내며 입가를 손으로 가렸다.

다쿠라는 빙긋이 웃었다. "등잔 밑이 어둡다는 속담이 있지?"

"고맙습니다, 부장님. 실례합니다."

나오미는 다쿠라에게 인사를 건네고 뛰는 걸음으로 오피스를 나왔다. 자신의 아둔함에 다시 한번 화가 났다.

사무동을 나와 본관 뒷문으로 향했다. 그쪽이 1층의 다이닝 레스토랑 주방으로 가는 지름길이기 때문이다.

호텔 코르테시아도쿄 안의 레스토랑은 빠짐없이 자신들만의 오리지널 디저트를 만들고 있다. 그중에서 가장 다양한 스위트를 만들어내는 곳은 1층의 다이닝 레스토랑이었다. 그 주방으로 뛰어들자마자 요리장 가네코를 눈으로 찾았다. 가네코의 정식 직함은 조리과장이다.

역시나 연말연시를 맞은 주방은 활기가 넘친다, 라기보다 거의 살기등등한 상태였다. 큰 소리가 튀어 날고 요리사들은 하나같이 종종걸음을 치고 있었다.

큼직한 몸집의 가네코는 메인 조리대 옆에 있었다. 젊은 요리사에게 뭔가 지시하는 참이었다. 그것이 끝나기를 기다려 나오미는 말을 건넸다.

"무슨 일이야, 야마기시? 오늘은 내가 좀 바쁜데." 가네코가 미리 경계선을 치고 나왔다. 컨시어지가 일부러 여기까지 찾아온 것은 뭔가 부탁이 있는 게 틀림없다고 눈치를 챈 모양이었다.

"죄송해요. 급히 만들어주셨으면 하는 게 있어요."

나오미는 케이크 사진을 내보이며 자세한 사정을 이야기하고, 초콜릿으로 용을 만들 수 있는 요리사가 가네코 휘하의 직원 중에 있느냐고 물었다.

노안경을 쓰고 사진을 들여다보던 가네코의 표정이 심각해졌다. "잠깐 기다려줄래?"

사진을 손에 들고 가네코는 한 요리사에게로 다가갔다. 하야시다라는 키가 큰 셰프로, 사진을 내보이며 뭔가 이야기를 주고받고 있었다. 이윽고 둘이서 나오미에게로 돌아왔다.

"하야시다는 야마기시 씨도 잘 알지? 이런 걸 만드는 데는 이 친구를 따라갈 사람이 없어." 가네코가 말했다. "이 친구 얘기로는, 소재가 초콜릿이라면 못 만들 것도 없다는데?"

"정말요?" 나오미는 기대를 가득 담은 시선을 하야시다에게로 향했다.

"초콜릿이라면 그렇다는 얘기예요." 하야시다가 말했다. "하지만 소재가 달라지면 장담은 못 하겠어요. 실제로는 초콜릿으로 만들어달라는 게 아니라면서요?"

"목재라면 어떨까요?"

하야시다는 고개를 갸우뚱했다. "그건 좀 자신이 없는데…… 소재가 너무 단단해요."

"그렇다면……." 나오미는 목재 이외의 소재를 생각해봤지만 얼른 떠오르지 않았다.

혹시, 라고 하야시다가 말했다.

"어떤 소재든 괜찮다면 나보다 훨씬 더 적임자가 있어요."

"어, 어디에 있는데요?"

"여기 아래층에." 그렇게 말하면서 하야시다는 바닥을 가리켰다.

약 5분 뒤, 나오미는 지하 1층 중국요리 레스토랑의 주방에 와 있었다. 마주한 사람은 부조리과장 후지사와였다.

"하야시다가 그렇게 말했다고?" 마른 몸매에 자세가 꼿꼿해서 조리복이 잘 어울리는 후지사와는 사진을 들여다보며 말했다.

"언젠가 이벤트 때, 얼음 조각으로 하야시다 씨와 경쟁하신 적이 있다면서요? 후지사와 씨에게는 도저히 못 당한다고 하야시다 씨가……."

하하핫 하고 후지사와는 만족스러운 듯이 웃었다. "그거야 뭐, 내가 좀 먼저 배운 덕분이지. 그 친구는 아직 나이도 어린 사람이 아주 대단해."

"아, 그나저나 용은……, 어떠세요?"

"용이란 말이지?" 후지사와는 다시 사진을 들여다보았다. "소재는 뭐든 괜찮다고?"

"네."

후지사와는 근처에 있던 젊은 요리사를 불러 두세 마디 소곤소곤 말했다. 젊은이는 고개를 끄덕이고 빠른 걸음으로 멀어져 갔다.

"이 사진은 내가 갖고 있어도 되겠지?" 후지사와가 나오미에게 물었다.

"물론이죠. 만드실 수 있을까요?"

"무조건 만들어내야 하잖아? 시간은 얼마나 줄 수 있어?"

나오미는 시계를 보았다. 할머니의 유품인 손목시계는 오후 4시를 넘어가고 있었다.

"가능하면 두 시간 내로 만들어주시면 좋겠는데요."

"두 시간? 눈코 뜰 새 없이 바쁜 판에 이런 일에 그렇게 시간을 쓸 수 있나."

"그, 그러면……?"

"30분 뒤에 와. 그때까지 어떻게든 해볼 테니까."

"겨우 30분 만에……."

나오미가 아연하고 있는데 조금 전의 젊은 요리사가 돌아왔다. 이거면 될까요, 라고 후지사와에게 뭔가를 내밀었다.

"응, 딱 좋아." 후지사와가 만족스러운 듯 고개를 끄덕이며 받아 들었다.

그것은 20센티미터 정도 크기의 발포 스티롤 조각이었다.

31

프런트 앞이 다시 붐비기 시작했다. 시계를 들여다보니 이미 4시 반을 지나고 있었다.

오늘 체크인하는 손님들은 대부분이 카운트다운 파티에 참가를 신청하고 있었다. 방에서 잠시 쉬다가 레스토랑에서 식사하고 다시 방으로 올라가 멋진 가장을 한 뒤에 파티장으로 향한다, 라는 것이 거의 정해진 순서라고 한다. 그래서인지 손님들마다 큼직한 짐 가방을 들고 있었다. 가장을 위한 의상이 들어 있는 것이다.

로비에 잠입한 수사원들도 프런트 클러크 못지않게 바빴다. 호텔에 오는 손님들 거의 전원의 모습을 카메라에 담을 필요가 있었기 때문이다. 다른 손님들이 눈치를 채면 안 되는 일이기 때문에 셔터를 누르는 손을 감추느라 고심하는 모습이 멀리서도 느껴졌다.

닛타도 빈틈없이 살펴보고 있었다. 차례차례 프런트를 찾아오는 손님들의 얼굴을 주시하면서 머릿속에서 다양한 영상을 재생했다. 원룸 방범 카메라와 비슷한 얼굴은 없는가. 피해자의 근무지 방범 카메라 쪽과는 어떤가. 때로는 스마트폰을 터치해 그곳에 담긴 영상과 비교해보기도 했다.

실은 그 틈틈이 특별히 주시하는 게 있었다. 벌써 30여 분을 한 인물에게서 눈을 떼지 못하고 있는 것이다.

로비의 소파에 앉아 있는 여자 손님, 가이즈카 유리였다. 엘리베이터 홀에서 불쑥 나타나더니 계속 그 자리에서 스마트폰만 만지작거리고 있다. 체크인 때 입었던 코트를 두고 온 것을 보면 외출할 생각은 아닌 모양이었다.

경비실에서 근무하는 형사에게 확인해보니 현재까지 이 여자의 방에 드나든 남자는 없었다. 즉 그녀도 나카네 미도리처럼 혼자인데도 동행이 있는 척할 가능성이 있다.

그런 생각을 해가며 상황을 지켜보고 있는데 가이즈카 유리가 부스스 소파에서 일어섰다. 그 시선은 정면 현관을 향하고 있었다. 닛타도 그 시선을 따라갔다가 흠칫했다. 현관을 들어선 사람은 다름 아닌 소노 마사아키였다. 기분이 좋은지 온화한 표정으로 컨시어지 데스크로 가더니 컴퓨터를 들여다보던 야마기시 나오미에게 뭔가 말을 건네고 있었다.

그런 소노에게 가이즈카 유리가 급한 걸음으로 다가갔다. 그 모습으로 봐서는 여태까지 그가 돌아오기만을 기다린 모양이었다.

컨시어지 데스크를 나와 엘리베이터 홀로 향하려던 소노의 발이 멈칫했다. 가이즈카 유리가 부르는 소리를 들은 것 같았다. 그녀를 보고 소스라치게 놀란 표정을 짓고 있었다. 아무래도 소노 쪽은 그녀가 온 것을 전혀 알지 못한 기색이었다. 급하게 주위를 둘레둘레 살펴본 것은 누군가 보는 사람은 없는지 바짝 겁이 났기 때문일 것이다.

두 사람이 뭔가 말을 주고받으며 엘리베이터 홀로 이동하는 것을 보고 닛타는 프런트 밖으로 나갔다. 컨시어지 데스크 앞으로 가서 야마기시 씨, 하고 슬쩍 말을 건넸다.

야마기시 나오미가 얼굴을 들었다. "아, 무슨 일이에요?"

"방금 여기에 남자 손님이 왔었죠? 오십 대 정도의 남자, 정면 현관을 들어선 길로 이쪽에 오는 것 같던데."

"네, 근데 그게 왜요."

"무슨 얘기를 했어요?"

"별 얘기 아니었어요. 고맙다는 인사를 하러 오셨어요."

"고맙다는 인사?"

"그 고객님이 아까 점심때쯤 여기에 오셨어요. 이 근처에 시간을 때울 만한 곳이 없느냐고 문의하셨죠. 그래서 몇 군데 소개해드렸는데 니혼바시 미쓰코시 백화점에서 하는 야조 전시회에 관심이 있으셨어요. 실제로 거기에 가셨는데 아주 재미있었다고 감사 인사를 하러 잠깐 들르신 거예요."

정말 그것뿐이라면 별 얘기는 아니었다.

"그 뒤에 여자 하나가 급하게 이쪽에 왔었죠? 둘이서 무슨 이야기를 했는지, 혹시 못 들었어요?"

야마기시 나오미는 의아하다는 듯 미간을 좁혔다. "왜 그 두 분에 대해 궁금해하는데요?"

"우지하라 씨에게서 약간 마음에 걸리는 얘기를 들었어요. 야마기시 씨는 아직 모르는 모양이네."

"그 두 분이 데이 유스로 우리 호텔을 자주 이용하신다는 거?"

별일 아닌 듯이 말하는 그녀의 얼굴을 닛타는 뜻밖이라는 마음으로 바라보았다. "알고 있었어요?"

"고객님의 얼굴을 기억하는 것은 컨시어지로서 당연한 일이에요. 그 남자분은 항상 월요일 저녁 시간에 오세요. 그리고 오후 7시 반쯤에 체크아웃을 하시는데 그사이에 여자분은 엘리베이터 홀 쪽에서 나타나 여기 데스크 앞을 지나서 호텔을 나가셨어요. 어지간히 둔감하지 않는 한 금세 짐작할 수 있죠."

닛타는 머리를 내저었다.

"당신도 그렇고 우지하라 씨도 그렇고, 역시 프로는 다르군요.

이런 얘기를 들으면 세상의 불륜 커플은 같은 호텔은 이용하지 않을 것 같은데?"

"그래서 보고도 못 본 척하는 것도 아주 중요해요."

"러브 어페어 고객은 호텔로서는 귀한 손님이라니까 당연히 그러시겠죠. 그나저나 그 두 사람은 어떤 이야기를?"

"귀 기울여 엿들은 게 아니라 자세한 건 모르겠어요. 다만 서로를 보고 깜짝 놀라는 기색이었어요. 설마 오늘 같은 날, 여기서 덜컥 마주칠 줄은 생각도 못 했던 것이겠죠."

"둘 다 놀랐어요?" 닛타는 미간을 좁혔다. "그건 아닐 텐데? 남자 쪽은 모르지만, 여자 쪽은 태연하지 않았어요?"

"아뇨, 여자분이 먼저 말하던데요, 왜 이런 곳에 와 있느냐고. 그랬더니 남자분이 당신이야말로 왜 여기에 와 있느냐고 되묻더라고요. 그 뒤의 대화는 못 들었어요."

"정말요? 그렇다면 둘 다 우연히 여기에 온 건가……."

아무래도 석연치 않았다. 그렇다면 가이즈카 유리는 무엇 때문에 계속 로비의 소파에 앉아 있었는가. 소노 마사아키가 돌아올 때까지 기다린 게 아니었던가.

"뭐가 문제예요? 그 두 분이 이번 사건과 관계가 있을 것 같지는 않은데요." 야마기시 나오미가 답답함이 담긴 말투로 물었다.

"몇 번이나 말했지만 수상쩍은 움직임을 보이는 손님에게는 특히 주의하라는 지시가 있었어요." 닛타는 야마기시 나오미의 손맡으로 시선을 떨구었다. 펼쳐진 수첩에 뭔가 자잘한 메모가 잔뜩 적혀 있었다. "아, 야마기시 씨 쪽은 어때요. 그 케이크, 만들었어요?"

"가까스로 시간 안에 완성될 것 같아요."

"와아, 대단하시네. 정말 야마기시 씨에게는 불가능이란 없군요. 마치 도라에몽의 4차원 주머니 같네." 그렇게 말했을 때, 스마트폰이 착신을 알렸다. 모토미야에게서 온 것이었다.

"아, 나야. 자네한테 확인을 부탁할 게 있어. 특별수사본부에서 새로운 정보가 들어왔어." 긴박감이 감도는 목소리였다.

"어떤 내용입니까?"

"일단 이쪽으로 와. 직접 설명해줄게." 뚝 하고 전화는 끊겼다.

닛타가 사무동 회의실로 가보니 이나가키와 모토미야를 비롯한 몇몇 수사원들이 두 대의 모니터를 들여다보는 참이었다. 이나가키가 돌아보았다. "오, 왔나?"

"새로운 정보가 있다고 들었습니다만."

"응, 자네가 확인해줄 게 있어."

닛타는 두 대의 모니터로 다가갔다. 왼편 모니터에 나온 것은 우라베 미키오가 체크인할 때의 영상이었다. 오른편 모니터는 어딘가의 방범 카메라 영상인 모양인데 닛타는 처음 보는 장소였다. 정지 화면으로 되어 있었다.

"오른쪽은 피해자 이즈미 하루나 씨가 근무하던 펫숍의 방범 카메라 영상이야. 카메라가 입구 근처에 설치되어서 드나드는 손님뿐만 아니라 유리창 너머로 안의 상황을 들여다보는 사람도 찍혔어. 이 방범 카메라의 12월 5일 자 영상에 이 호텔의 투숙객인 듯한 인물이 찍혔으니 본인인지 아닌지 확인해달라고 특별수사본부에서 보내줬어. 근데 그 투숙객의 얼굴을 직접 본 사람은 자네뿐이라서 급히 호출한 거야."

"어떤 손님인데요?"

"보면 알 거야. 어이, 우에시마, 영상을 보여줘." 이나가키가 지시했다.

우에시마가 키보드를 누르자 영상이 움직이기 시작했다. 펫숍 앞으로 차례차례 사람들이 지나간다. 발을 멈추는 사람은 없었다.

이윽고 한 남자가 오른쪽에서 나타나 멈춰 섰다. 가게 안을 들여다보듯이 머리를 상하좌우로 움직이고 있었다. 그러고는 그 자리에서 잠시 서 있다가 남자는 불만스러운 표정으로 화면 밖으로 사라졌다.

영상은 거기서 멈춰졌다.

"어때?" 이나가키가 물었다.

닛타는 몇 번 머리를 위아래로 흔들고 상사를 돌아보았다. "틀림없습니다."

"역시 그렇지?"

"네, 우라베 미키오예요." 닛타는 딱 잘라 말했다.

모토미야가 스마트폰을 꺼내더니 자리에서 일어나 어딘가로 전화를 걸기 시작했다.

와타베 씨, 라고 이나가키가 부하 직원을 불렀다.

"경비실에 근무 중인 사람들에게 이 일을 전달하고, 우라베 미키오의 방에서 절대로 눈을 떼지 말라고 얘기해줘."

"넵, 알겠습니다!" 와타베가 기합이 잔뜩 들어간 목소리로 대답했다.

이나가키는 닛타의 어깨를 타악 쳤다. "응, 수고했어."

"저는 어떻게 할까요?"

"일단 프런트로 돌아가서 지금까지 해왔던 대로 다른 수상쩍은 손님의 동향을 잘 지켜봐. 우라베에 관해서는 우리 쪽의 방침이 정해지는 대로 연달아 지시가 내려갈 거야."

"알겠습니다."

힘차게 대답하면서도 닛타는 가슴속에 뭔가 꺼림칙한 것이 느껴졌다. 우라베가 범인이고, 이제 밀고자의 지시에 따라 체포만 하면 되는 건가. 이게 그렇게 간단하게 풀릴 사건인가.

만일 그렇다면 너무 시시하다, 라는 게 솔직한 심정이었다.

32

원하던 물건이 조리대 한쪽의 쟁반에 놓여 있었다.

"어때, 컨시어지, 그거면 되겠어?" 조금 떨어진 곳에서 주방 칼을 손에 든 후지사와가 말했다. 그는 이미 요리사 일에 쫓기고 있었다. 진짜 요리를 만들고 있는 것이다.

나오미는 시선을 집중해 그 작품을 들여다보고 할 말을 잃었다. 옆에 놓인 사진과도 비교해보았다.

똑같은 용이 기막히게 재현되었다. 박진감도 약동감도 손색이 없었다. 다른 것은 색깔뿐이다. 발포 스티롤이니 당연히 하얀색이다. 하지만 착색만 하면 사진 속의 용과 똑같아질 것이다.

"너무 멋있어요!" 진부하나마 우선 그 말밖에 나오지 않았다. "정말 대단하세요. 고맙습니다, 덕분에 살았어요. 근데 실례지만 이렇게까지 훌륭하게 만들어주실 거라고는 솔직히 기대하지 않았어요. 진짜 깜짝 놀랐네요." 찬사의 말을 아무리 열거해도 부족한 기분이 들었다.

"사실은 말이지," 후지사와가 주방 칼을 든 손을 멈추지 않고 말했다. "원래 내가 용이라면 자신이 있어. 중국에서는 행운을 불러오는 대표적인 동물이거든. 무와 당근으로 만들어본 적도 있어. 발포 스티롤쯤이야 식은 죽 먹기지."

"아, 그러셨군요."

"어쨌든 만족했다니 다행이야."

"대만족이죠. 나중에 꼭 따로 감사 인사 드릴게요."

후지사와는 쓴웃음을 지었다. "그런 건 됐어. 어서 가져가기나 해. 급하다면서."

맞는 말이었다. 네, 라고 대답하고 쟁반째로 조심스럽게 들었다. 공들여 만들어준 역작을 허술하게 다룰 수는 없다.

용을 시설부로 가져가 담당자에게 부탁해 갈색 페인트까지 뿌리자 처음에 원했던 그대로 나왔다. 장미와 리본은 쓰치야 마호가 전력투구해준 덕분에 거의 완벽한 것이 이미 들어와 있었다. 식품 샘플 케이크 위에 장미와 리본과 용을 얹고, 'Happy Birthday'라고 적힌 플레이트를 꽂았더니 완성이었다.

"와아, 드디어 다 됐네요." 마호가 작게 손을 마주치며 말했다.

"이제는 나카네 미도리 씨가 만족해주느냐는 것만 남았네."

"틀림없이 좋아하실걸요. 이렇게 멋진데."

"그렇다면 다행이지만." 나오미는 케이크를 가만히 내려다보았다. 말과는 달리 물론 자신이 있었다. 그렇게나 많은 사람들의 힘을 빌려 완성시킨 작품인 것이다.

음료부에서 사이즈가 딱 맞는 상자를 얻어다 케이크를 넣었더니 한층 더 리얼리티가 더해졌다. 만족감에 부푼 마음으로 마침내 나오미는 나카네 미도리에게 전화를 걸었다.

전화를 받은 그녀에게 케이크가 완성된 것을 알렸다.

"어떻게 할까요, 제가 지금 방으로 가져다드려도 되고, 어딘가 다른 장소에서 미리 보시는 것도 가능합니다만."

"그렇다면 내가 내려갈게요. 어디로 가면 되겠어요?"

나오미는 2층의 예식부 코너를 제안했다.

전화를 끊자마자 케이크가 든 상자를 안고 2층으로 이동했다. 예식부는 어둠침침했다. 역시나 섣달그믐에 결혼식 상담을 하러 오는 사람은 없어서 일찌감치 영업을 끝낸 것이다. 나오미는 조명을 켜고 나카네 미도리를 기다렸다.

기다리던 사람은 곧바로 모습을 드러냈다. 그녀를 안쪽 개별실로 안내한 뒤, 나오미는 상자를 열어 보여주었다.

나카네 미도리가 숨을 헉 삼키는 기척이 있었다. 눈을 둥그렇게 뜨고 손으로 입을 가렸다. 그대로 한동안 움직이지 않았다. 나오미는 질문을 던지지 않았다. 충분히 반응을 감지했기 때문이다.

이윽고 입을 가린 손을 내리고 나카네 미도리는 홍채의 빛깔이 옅은 눈으로 나오미를 보았다. 대단해요, 라고 속삭이는 듯한 목소리가 흘러나왔다.

"만족스러우신지요."

나카네 미도리는 천천히 눈을 깜빡거린 뒤, 깊숙이 고개를 끄덕였다.

"대만족이에요. 이 정도까지 만들어주실 줄은 생각도 못 했어요. 정말 놀랍네요."

"그렇게 말씀해주시니 고생한 보람이 있네요."

"역시 많이 힘들었지요?" 나카네 미도리가 눈썹 끝을 내려뜨리며 말했다.

"아뇨, 그런 건 신경 쓰지 마시고요. 그런데 이 케이크는 어떤 시간에 가져다드리면 될까요? 고객님께서는 오늘 밤에 룸서비스 다이닝을 예약하신 걸로 알고 있습니다. 디저트를 드실 때쯤으로 맞춰 드리는 게 좋으시다면 대략적인 시간을 지정해주셨으면 합니다만."

정말로 남편과 단둘이 식사를 한다면 그것이 일반적이다.

나카네 미도리는 잠시 생각해보더니 아뇨, 라고 대답했다.

"식사와 함께 가져오셔도 돼요."

"그러면 담당자에게 그렇게 전하겠습니다."

"잘 부탁해요." 그렇게 말하고 나카네 미도리는 찬찬히 케이크를 바라보다가 그 눈을 나오미에게로 향했다. "이런 날에 너무 무리한 부탁을 해서 미안해요. 하지만 덕분에 아름답게 한 해를 마무리할 수 있겠네요. 어제는 꽃 선물을 받고 영상 쇼도 보고, 행운이 한꺼번에 몰려와서 뭔가 꿈을 꾸는 것 같아요."

나오미는 가만히 숨을 가다듬었다. 드디어 때가 왔다.

"네, 바로 그건데요, 실은 긴히 드릴 말씀이 있습니다. 사과도 드려야 하고요."

"사과? 무슨 말이에요?"

"사실 꽃 선물과 영상 쇼는 저희 호텔에서 해드린 서비스가 아니었습니다. 어느 고객님의 부탁에 따른 것이었어요. 저녁 식사 룸서비스 때, 잘못 나갔다는 것으로 병 샴페인을 무료 서비스 해드렸지만, 그것도 그렇습니다. 1701호실 부부 고객님께 최고의 대접을 해드리라는 지시가 있었습니다. 그동안 말씀드리지 못해 정말 죄송합니다." 머리를 깊숙이 숙이며 사과했다.

너무 뜻밖의 이야기라서인지 나카네 미도리는 당혹스러운 표정으로 머뭇머뭇 입을 열었다. "어느 고객님이라니, 누구신지……."

"로열스위트에 투숙 중인 구사카베 씨라는 고객님입니다."

구사카베, 라고 중얼거리다가 나카네 미도리는 고개를 저었다. "전혀 처음 듣는 이름인데?"

"그러십니까. 저희는 자세한 사정에 관해서는 어떤 말씀도 듣지 못했어요. 다만 지시하신 대로 따랐을 뿐입니다."

구사카베가 라운지에서 당신을 보고 한눈에 반했다고 한다, 라는 말은 할 수 없었다.

"그분은 왜 그런 지시를?"

"방금 말씀드린 대로 그 이유에 대해서는 듣지 못했습니다. 하지만 또 한 가지 부탁하신 것이 있습니다. 꼭 한 번 두 분과 자리를 함께하고 싶다고 하셨습니다."

"우리하고?"

"두 분께 특별 서비스를 해드린 이유도 그 자리에서 말씀하시겠다고 합니다. 어떠세요, 만일 두 분께서 구사카베 씨를 만나시겠다면 지금이라도 자리를 마련하고자 합니다. 실은 구사카베 씨가 미국에 거주하는 분이라 내일 이른 시간에 비행기를 타실 예정입니다."

여기가 성공과 실패의 갈림길이다. 여기서 거절해버린다면 이제 더 이상 손쓸 방법이 없다. 지그시 상대의 눈을 응시했다.

나카네 미도리는 잠시 생각해보더니, "그분은 어떤 사람이지요?"라고 물었다. "우리 부부에 대해 전부터 알고 있는 듯한 느낌이었나요?"

"글쎄요, 그건……." 여기서도 말끝을 흐릴 수밖에 없었다. "자세한 말씀은 저희도 듣지 못해서요. 다만 저의 개인적인 느낌을 말씀드린다면 극히 평범한 남자분이에요. 신사적이고 말투도 정중하십니다. 반사회적인 일에 관여하실 분은 전혀 아니에요."

하지만 이런 정도의 설명으로 경계심을 풀어버릴 만큼 낙관적인 사람은 있을 리 없어서 나카네 미도리의 얼굴에서는 미심쩍은 기색이 사라지지 않았다.

"그래요? 하지만 이상한 얘기군요. 나로서는 전혀 짐작 가는 분이 없는데."

나오미는 망설였다. 아무리 컨시어지로서 구사카베의 의뢰를 들어줄 필요가 있다지만 더 이상의 강한 설득 행위는 역시나 지나친 일로 생각되었다.

"어떻게 할까요? 물론 남편분과 상의해보셔야 할 일이라고는 생각합니다만."

"아……, 그렇죠. 일단 방에 돌아가서 남편과 이야기해볼게요."

"그러시겠습니까. 무리한 말씀을 드려서 죄송합니다."

"아니에요, 나야말로 이래저래 도와주셨는데……. 남편의 의견을 물어보고 다시 연락하지요."

"번거로우시겠지만 잘 부탁드립니다."

둘이서 예식부 코너를 나오자 나카네 미도리는 2층 엘리베이터 홀을 향해 걸어갔다. 그 뒷모습은 나오미의 눈에는 복잡한 아우라에 감싸인 것처럼 보였다. 여전히 부부 동반인 척하고 있는 그녀는 과연 어떤 결정을 내릴 것인가.

나카네 미도리에게서 컨시어지 데스크로 전화가 온 것은 그로부터 약 10분 뒤의 일이었다. 남편과 상의했어요, 라고 그녀는 말했다.

"구사카베 씨가 어떤 분인지는 모르지만 그런 후한 서비스를 선물해주셨으니 우선 감사 인사를 드리기로 했어요."

"그러면 만나겠다는 말씀이십니까?"

"네. 그리고 장소는 우리 방으로 해주실래요?"

"아, 두 분의……."

"알고 있겠지만, 오후 7시 반에 방에서 식사하기로 예약했어요. 그 조금 전에 와주시면 좋을 것 같군요."

"잘 알겠습니다. 그러면 7시 조금 전에 제가 구사카베 고객님을 방까지 모시겠습니다."

"그래요, 기다릴게요."

"그럼 그때 뵙겠습니다."

전화를 끊은 뒤, 나오미는 꾹 움켜쥔 주먹을 살짝 치켜들었다.

33

꼭대기까지 시원하게 뚫린 로비의 천장 가까이에서 시설부 스태프가 작업을 시작했다. 새해를 맞이해 인테리어를 새롭게 바꾸는 준비일 것이다. 드디어 올해도 끝이 난다는 것이 실감 나게 다가왔다.

오후 6시를 지나자 프런트 카운터를 찾는 사람들은 줄었지만 로비는 사람들로 더욱더 붐비기 시작했다. 이 시간쯤에 함께 식사하기로 약속한 사람들이 여기저기서 인사를 나누고 있었다. 그 얼굴은 하나같이 환했다. 저마다에게 올해가 어떤 한 해였든 오늘 밤쯤은 웃는 얼굴로 마무리하고 싶은 것인지도 모른다.

벨보이로 위장한 세키네가 잰걸음으로 다가왔다. 닛타는 카운터 구석 쪽으로 이동했다.

"무슨 일이야?" 작은 소리로 물었다.

주위를 흘끗 살펴본 뒤에 세키네가 얼굴을 바짝 댔다.

"우라베 미키오가 카레라이스를 주문했어요."

닛타는 후배 형사를 마주 보았다.

"또 룸서비스? 점심때도 그러더니 저녁 식사도 방에서 해치울 모양이네. 게다가 섣달 그믐날 밤에 카레라이스라니. 끼니를 대충 때울 수만 있다면 뭐든 상관없다는 느낌이잖아."

"점점 더 수상하죠? 그래서 주문한 요리를 내가 직접 가져가기로 했어요. 방의 상황을 체크해보려고요."

"좋아. 그 택배 박스를 개봉했는지 아닌지 꼭 확인해. 개봉했다면 내용물은 어떤 것인지도 잘 확인해야 돼. 그리고 데스크와 테이블 위도 살펴봐. 책을 쌓아뒀는지, 현재 독서 중인지."

"독서?"

"택배 운송장에 내용물이 책이라고 적혀 있었잖아. 잘 부탁해."

알겠습니다, 라고 고개를 끄덕이고 세키네는 경쾌한 걸음으로 자리를 떴다.

닛타는 원래의 위치로 돌아왔다. 우지하라는 단말기의 키보드를 두드리고 있었다.

"어떤 상황인지는 잘 모르겠지만 그 다급한 기척으로 보아 그쪽에서 하는 일도 드디어 가경에 접어든 모양이군요." 화면에서 시선을 떼지 않은 채 우지하라가 말했다.

닛타는 쓴웃음을 지으며 어깨를 으쓱 쳐들었다.

"가경? 천만에요. 승부는 지금부터예요. 게임은 아직 시작되지도 않았습니다."

"그래요? 한시바삐 끝내주시면 우리로서는 큰 도움이 되겠습니다만."

"걱정 마세요. 정월 초하루까지는 다 처리될 겁니다."

"네, 꼭 그렇게 해주기를 부탁합니다." 우지하라가 차가운 목소리로 말했다.

닛타는 컨시어지 데스크 쪽을 살펴보았다. 야마기시 나오미는 컴퓨터를 들여다보고 어딘가에 전화를 걸기도 했다. 하지만 그 틈틈이 빈번하게 시계를 확인하고 있었다. 구사카베가 지시한 미션의 한계 시간이 닥쳐온 모양이다. 모형 케이크를 만들어내고 남녀의 만남도 주선해야 하고, 컨시어지는 정말 할 일도 많다. 도저히 흉내도 못 낼 일이라고 닛타는 새삼 생각했다.

잠시 뒤, 세키네가 다시 다가왔다. 조금 전처럼 카운터 구석 쪽으로 이동해 마주 섰다.

"어땠어?"

"택배 박스는 열었더라고요. 하지만 내용물이 뭔지는 잘 모르겠어요. 실내를 둘러봤는데 딱히 눈에 띄는 게 없었어요.

"책은? 있었어?"

아뇨, 라고 세키네는 고개를 저었다. "데스크에 스마트폰만 있었어요."

"그자는 뭘 하는 중이었던 것 같아?"

"그것도 좀 애매한데요, 일단 텔레비전은 켜져 있었어요. 닛타 씨가 갔을 때와 마찬가지로 추리닝 차림이었습니다."

"알았어. 팀장님에게도 보고해줘."

세키네가 사무동으로 향하는 것을 보고 닛타는 우지하라에게로 돌아왔다.

"유감스럽게도 우지하라 씨의 설은 빗나간 것 같군요. 지난번 그 수상한 손님은 책은 읽지 않는 모양이에요."

"그래요? 하지만 유감스러울 것은 없어요. 가능성을 말해본 것뿐이니까." 우지하라는 표정 변화라고는 없는 얼굴로 말했다. "그 남자가 당신들이 쫓는 범인입니까?"

"그건 아직 뭐라고도 말할 수 없어요. 하지만 요주의 인물이라는 건 분명해요."

"그렇군요. 범인인지 아닌지 확인할 방법은 없는 겁니까?"

"그런 편리한 방법이 있다면 우리가 왜 생고생을 하겠습니까. 그놈 이름이 본명인지 아닌지도 아직 모르는데."

우지하라가 불쾌한 듯 미간을 좁혔다. "현재까지는 어떻든 우리 고객님 중의 한 분이에요. 그놈이라는 식으로 말하는 건 안 됩니다."

"엇, 죄송합니다."

"수사에 대해서는 잘 모르지만, 당신들은 방범 카메라 영상에 상당히 신경을 쓰는 것 같더군요. 범인이라면 그중 어딘가에 찍혀 있지 않겠어요?"

"그건……. 네, 그런 쪽도 검토 중이에요."

닛타는 말끝을 흐렸지만 우지하라의 지적은 적확했다. 우라베의 모습은 펫숍의 방범 카메라에는 찍혔지만 피해자의 원룸 카메라에는 잡히지 않은 것이다.

"뭐, 아마추어의 의견이니까 무시해도 괜찮아요." 그렇게 말하고 로비 쪽으로 시선을 돌린 우지하라의 뺨이 움찔했다.

닛타도 그의 시선 끝을 따라가보았다. 소노 마사아키가 아내와 아들을 데리고 로비와 인접한 다이닝 레스토랑에 들어가는 참이었다.

맙소사, 라고 우지하라가 중얼거렸다.

"식사할 곳은 저기 말고도 얼마든지 있을 텐데 왜 호텔 안, 게

다가 하필 오픈 스페이스의 레스토랑에 들어가는 거야. 도대체 무슨 생각인지를 모르겠네."

"아까 그 애인과 덜컥 마주칠지도 모른다는 얘깁니까?"

우지하라는 아랫입술을 툭 내밀고 턱을 끄덕였다. "저 레스토랑은 혼자 온 손님이 이용하는 경우가 많아요."

"애인과는 이미 덜컥 마주쳤을걸요? 아까 로비 한쪽에서 두 사람이 만났었는데, 못 보셨어요?"

"물론 나도 봤습니다. 그 뒤에 당신이 야마기시에게 뭔가 물어본 것도 알고 있어요."

"그 두 사람이 만났을 때 어떤 모습이었는지 물어봤죠. 그녀 말로는 두 사람 모두 깜짝 놀란 얼굴이었답니다. 그러니까 오늘 여기서 두 사람이 마주친 것은 우연인 모양이에요. 그때 둘이서 이래저래 말을 맞췄을 테니까 또다시 덜컥 마주칠 염려는 없을 거예요."

우지하라는 시들한 표정이었다. "뭐, 그렇다면 다행이겠지요."

"또 뭔가 문제가 있습니까?"

"둘 다 깜짝 놀란 얼굴이었다는 건 단순히 야마기시의 느낌일 뿐이에요. 실제로 어떤지는 본인들만 아는 일이지요. 사람 마음 속까지 들여다볼 수는 없으니까요."

"깜짝 놀란 척했다, 라는 말입니까?"

"그럴 가능성도 전혀 없지는 않겠지요."

담담하게 말하는 우지하라의 얼굴을 닛타는 멀거니 바라보았다. “아, 그러고 보니…… 아까 말씀하신 그거군요.”

“뭐가요?”

“모든 고객님을 한 사람도 빠짐없이 믿고 한 사람도 빠짐없이 의심한다, 그게 호텔리어라고 하셨죠. 특정한 고객님만 의심하지도 않을뿐더러 믿어버리지도 않는다는.”

“그러지 않고서는 이 일은 해나갈 수 없으니까요.”

아닌 게 아니라 우지하라의 의견은 날카로운 데가 있었다. 가이즈카 유리가 소노에게 달려가는 모습을 봤을 때, 닛타 역시 남자가 외출에서 돌아오는 걸 미리 알고 기다렸다고 생각했었다. 야마기시 나오미의 말을 듣고 그 생각이 틀렸다고 판단했었지만 가이즈카 유리가 연기를 했을 가능성은 여전히 남아 있는 것이다.

만일 그렇다고 한다면 그 목적은 무엇인가.

닛타가 시선을 떨구고 생각을 굴리고 있으려니 “야마시타라고 합니다”라는 남자 목소리가 귀에 들어왔다. 체크인 손님인 모양이다.

“아, 네…….” 평소에는 즉각 반응하던 우지하라의 대답이 웬일로 조금 늦었다. 이상하다 싶어서 닛타는 고개를 들다가 흠칫했다.

카운터 너머에 서 있는 사람은 배트맨과 캣우먼이었다.

“뭐? 다시 말해봐.” 모토미야의 짜증 난 목소리가 닛타의 귓속을 울렸다.

그러니까요, 라고 스마트폰에 바짝 댄 입가를 한 손으로 가리고 말을 이었다.

“배트맨과 캣우먼 복면을 쓴 사람들이 프런트에 나타났다니까요, 체크인을 하러. 캣우먼 쪽은 여자인 것 같았어요.”

“뭔 소리야, 그게?”

“배트맨, 모르세요?”

“그 정도야 알지. 내가 바본 줄 알아? 근데 왜 그런 자들이 왔냐는 거야.”

“그야 오늘 밤 파티 참가자겠죠. 벌써 코스튬 차림으로 나온 거예요.”

모토미야가 혀를 차는 소리가 들려왔다.

“세상 참 별난 인간들이 다 있네. 그래서 호텔 측의 반응은 어때?”

“그게…….”

닛타는 카운터 쪽을 돌아보았다. 우지하라는 단말기를 두드리며 담담하게 수속을 진행하고 있었다. 그 뒷모습은 일반 평범한 고객을 상대할 때와 전혀 다름이 없었다.

“평소와 똑같아요.” 닛타는 스마트폰에 대고 말했다. “그대로 수속을 해주고 있어요.”

“맨얼굴도 안 보고?”

“네, 그렇습니다.”

"잠깐만. 그럼 방범 카메라가 아무 의미도 없잖아. 대체 어쩌자는 거야?"

"네, 문의해봐야겠네요. 나중에 다시 연락드릴게요."

전화를 끊고 닛타는 우지하라의 대응을 지켜보았다. 하지만 그 뒤에도 별다른 변화 없이 우지하라는 카드키를 배트맨 분장의 남자 고객에게 건넸다.

닛타는 그 손님들을 새삼 찬찬히 살펴보았다. 배트맨과 캣우먼 복면은 직접 만든 모양인데 솜씨가 여간 뛰어난 게 아니었다. 둘 다 후드 달린 검은 롱코트를 걸쳤고 그 속에 코스튬을 입은 것 같다. 남자의 발치에 놓인 캐리어 안에 갈아입은 옷이 들어 있는 것이리라.

우지하라가 카운트다운 파티 티켓을 얼굴 높이로 들고 설명을 하기 시작했다. 굳이 그 신호를 보내지 않아도 이 남녀가 파티에 참석한다는 건 한눈에 알 수 있다. 로비에서 대기하던 수사원은 다들 복잡한 표정이었다. 그들의 모습을 찍는 게 과연 무슨 의미가 있을지, 망설여졌기 때문일 것이다.

"즐거운 시간 되시기 바랍니다." 모든 수속을 끝내자 친절한 인사로 우지하라는 손님들을 배웅했다.

배트맨과 캣우먼은 신이 난 듯 팔짱을 끼고 멀어져갔다.

우지하라 씨, 라고 닛타가 말을 건넸다. "이거, 괜찮은 겁니까?"

"뭐가요?"

"손님 얼굴을 확인하지 않았잖습니까."

"어쩔 수 없지요. 고객님의 패션에 이의를 제기할 수는 없으니까요."

"하지만 혹시 스키퍼일 경우에도 단서를 잡을 수 없게 돼요."

스키퍼란 무전취식 및 무전 투숙객을 가리키는 말이다.

"그럴 우려는 없어요. 방금 오신 고객님은 인터넷 결제를 이용했어요. 만일 그렇지 않을 경우에는 예치금을 받거나 신용카드를 복사하면 됩니다. 꽤 놀라신 모양인데, 우리는 이미 상정했던 일이에요."

"이미 상정했던 일?"

"카운트다운 파티를 코스튬으로 시작한 건 몇 년 전부터지만 이 행사가 널리 알려지면서 체크인 때부터 코스튬 차림을 원하는 손님들이 많아졌어요. 그래서 숙박비 등의 결제에 별문제가 없는 고객님의 경우에는 인정해드리기로 대응책을 마련했죠."

"돈만 낸다면 어디 사는 누가 됐건 상관없다는 건가요? 그렇다면 무엇 때문에 방범 카메라가 필요하죠?"

"그러면 잠깐 묻겠는데요," 우지하라가 오른쪽 눈썹을 꿈틀 치켜들었다. "감기에 걸려 마스크를 쓴 고객님이 체크인을 하러 왔을 때, 그걸 벗으라고 명령해야 할까요? 혹은 시각장애인이 선글라스를 쓰고 왔을 경우, 그걸 벗어달라고 부탁할까요? 때로는 마스크와 선글라스, 둘 다 쓰고 나타나는 고객님도 있어요. 그런 것과 배트맨 복면이 뭐가 다르지요?"

닛타는 일순 대답이 턱 막혔지만, "그것도 때와 장소에 따라 다르죠"라고 대답했다. "오늘 밤은 특별하잖아요. 살인범이 나타날지도 모른다고요. 호텔을 찾는 손님이라면 전원, 얼굴을 확인해둘 필요가 있다니까요. 수사를 위한 일이에요."

"그래요, 닛타 씨 말대로 오늘 밤은 특별합니다. 고객님들을 마음껏 대담하게 즐기실 수 있도록 해드려야 하는 밤이에요. 일반 손님과는 아무 관계도 없는 경찰 수사 때문에 그런 행복한 시간을 빼앗을 수는 없어요." 그렇게 말하고 우지하라는 닛타의 뒤쪽으로 시선을 던졌다.

닛타도 덩달아 돌아보았다. 정면 현관으로 게임 캐릭터 마스크를 쓴 5인조가 들어오는 참이었다.

34

차임벨을 울린 뒤, 나오미는 지그시 문을 바라보며 심호흡을 했다. 마침내 일을 이만큼까지 이끌어왔다는 실감이 퐁퐁 솟아나고 있었다.

문이 열리고 검은 정장을 차려입은 구사카베 도쿠야가 나타났다. 방금 샤워를 마쳤는지 상큼한 향기가 은은히 감돌았다.

기다리게 해서 미안해요, 라고 그는 웃는 얼굴로 말했다.

"아닙니다. 자, 그러면 안내해드리겠습니다."

음, 이라고 그는 고개를 끄덕였다. "몇 층이지요?"

"17층입니다. 엘리베이터로 가시지요."

"전화로도 말했지만, 그쪽 방에서 만나자고 하길래 깜짝 놀랐어요." 나오미와 나란히 걸으면서 구사카베가 말했다. "무슨 이유 때문일까."

"저는 잘 모르겠습니다만, 그쪽 고객님은 저녁 식사를 룸서비스로 예약하셨으니까 식사가 끝나기 전까지는 방을 떠나고 싶지 않으신 게 아닐까요?"

"아하, 그런 거였군."

엘리베이터 홀에 도착하자 나오미는 올라가는 버튼을 눌렀다.

"그런데 새삼스러운 질문이지만, 그쪽은 지금 혼자신가? 섣달그믐날 밤에 달랑 혼자서 다이닝 룸서비스라니, 뭔가 좀 부자연스러운 느낌이 드는데."

나오미는 미소를 지으며 머리를 숙였다. "그 점은 고객님께서 직접 확인해주십시오."

구사카베는 음, 하고 코를 울렸다. "알았어요, 그렇게 하지요."

엘리베이터 문이 열렸다. 구사카베를 뒤따라 들어가 17층 버튼을 눌렀다.

실은 나오미도 나카네 미도리가 정말로 혼자 있는지 어떤지, 자신이 없었다. 어제부터의 일련의 일들을 돌이켜보면 이제야 갑작스럽게 그녀의 남편이 나타날 것 같지는 않다. 하지만 그렇다면 왜 구사카베를 방으로 초대했는가. 호텔 안의 다른 곳에서 만나기로 했다면 남편은 지금 외출 중이라서 나 혼자 나왔다, 라는 변명도 가능할 텐데.

엘리베이터가 17층에 도착했다. 구사카베가 내리기를 기다려 나오미도 밖으로 나섰다. 이쪽입니다, 라고 앞장서서 걸음을 옮겼다.

1701호실이 가까워질수록 심장의 두근거림이 빨라졌다. 문이 열린 순간, 혹시라도 남자가 나타나면 어떻게 해야 할까. 마지막 이 순간에 나카네 미도리의 남편이 합류할 가능성도 있는 것이다.

방 앞에 도착했다. 나오미는 발을 멈췄다. 여기군, 이라고 구사카베가 속삭이는 소리로 말했다.

숨을 가다듬고 나오미는 차임벨을 눌렀다. 기도하는 듯한 심정이었다.

달칵, 가벼운 소리가 나면서 문이 열렸다. 틈새로 얼굴을 내민 것은 나카네 미도리의 이국적인 얼굴이었다.

"구사카베 고객님을 모셔 왔습니다." 나오미는 등 뒤에 서 있는 구사카베를 손바닥으로 가리키며 말했다.

나카네 미도리는 눈을 깜빡거리며 그를 바라보더니 입가가 살짝 풀어졌다. "제가 상상했던 분과는 전혀 다르시군요."

"좀 더 젊은 미남이라고 생각하셨습니까?" 구사카베가 장난스러운 말투로 물었다.

"아뇨, 그 반대랍니다. 좀 더 연배가 있으신 분일 거라고 생각했는데……."

"젊은 편이라서 죄송합니다. 오늘 이런 무례한 부탁을 들어주셔서 참으로 감사합니다." 이번에는 장난기라고는 전혀 없는 정중한 인사였다.

"야마기시 씨에게서 얘기는 들었지만, 어제의 멋진 서비스는 모두 당신이 부탁하신 일이라지요? 정말 놀랐어요. 하지만 왜 그런 서비스를 해주셨는지 저희로서는 전혀 짐작되는 게 없군요."

"그러시겠지요. 자아, 그 점에 대해 지금부터 찬찬히 설명을 드렸으면 합니다만."

"알겠습니다. 그러면 들어오시지요." 나카네 미도리가 문을 활짝 열었다.

실례합니다, 라고 말하며 구사카베가 안으로 들어갔다. 문이 닫히기 직전, 그는 나오미를 향해 한 차례 크게 고개를 끄덕여주었다.

즐거운 시간 되시기 바랍니다, 라는 말을 해도 좋을지 말지 나오미는 한순간 망설이다가 결국 말없이 고개만 숙였다.

1층으로 내려와 컨시어지 데스크로 돌아온 뒤에도 나오미는 계속 마음이 들썽거렸다. 구사카베는 나카네 미도리에게 어떤 이야기를 하고 있을까. 설마 댓바람에 "당신을 보고 한눈에 반했습니다"라고 고백하지는 않겠지만, 그래도 구사카베라는 인물은 행동을 예측하기 어려운 면이 있다.

"미션은 무사히 완수했어요?" 머리 위에서 목소리가 쏟아졌다. 얼굴을 들자 닛타가 서 있었다.

"일단 구사카베 고객님을 나카네 씨 방까지는 안내해드렸어요."

닛타는 살짝 몸을 젖혔다. "와아, 대단하시네. 결국 해냈군요."

"아직 안심할 수는 없어요. 혹시라도 두 분 중 한 분이 불쾌해하는 일은 없어야 할 텐데."

"야마기시 씨가 그것까지 걱정할 필요는 없잖아요?"

"그럴 수는 없죠, 끝까지 책임을 져야 하는데." 나오미는 손목시계를 들여다보았다. 이제 곧 7시 정각이다. "이제 슬슬 나카네 고객님의 방에 식사가 들어갈 시간이에요. 그 방 안이 지금 과연 어떤 상황일지……."

"바로 그 나카네 씨 말인데요, 새로운 사실이 밝혀졌다는 소식이에요."

"어떤 새로운 사실이?"

"아직 모르겠어요. 방금 전에 전화를 받아서 자세한 것까지는 못 들었어요. 중요한 대목으로 넘어가는 참에 현장이 너무 혼란스러워서 전화로 차분히 얘기할 수가 없더라고요."

"뭐가 그렇게 혼란스럽죠?"

"그야, 저것 좀 봐요." 닛타가 로비 쪽을 가리켰다. 그곳에는 벌써 코스튬 그룹이 잔뜩 몰려들어 즐거운 듯 담소를 나누고 있었다. "카운트다운 파티 때까지 아직 네 시간이나 남았는데 벌써 저런 차림의 사람들로 북적거리잖아요. 투숙객이 방에서 코스튬을 하고 나온다면 그건 이해하겠는데, 설마 외부에서 미리 차려

입고 와서 체크인을 할 줄은 미처 생각을 못 했어요."

"작년쯤부터 그런 고객님이 꽤 눈에 띄게 되었죠. 하지만 올해는 부쩍 불어난 것 같네요."

"그렇게 남의 일처럼 얘기하지 말아요. 방범 카메라가 완전히 쓸모없게 됐잖아요. 지금까지 수집한 영상이며 이미지와 비교할 수도 없고, 몹시 난처한 상황이에요."

"항의를 하실 거라면 총지배인님께……."

"네, 지금 팀장님이 협의하러 갔을걸요. 하지만 별 기대는 안 합니다. 후지키 총지배인이 워낙 고집이 센 분이라서."

아마 어려울 거라고 나오미도 생각했다. 카운트다운 파티를 코스튬으로 해보는 게 어떻겠느냐는 의견을 처음 낸 사람이 후지키인 것이다.

그때, 탁상전화가 울렸다. 액정 화면에 1701호실의 착신이라고 표시되어 있었다. 급히 수화기를 들고 "네, 나카네 고객님, 컨시어지 데스크입니다"라고 답했다.

"아, 야마기시 씨?" 남자 목소리가 들려와서 흠칫 놀랐다. 순간적으로 나카네 미도리의 남편이라고 생각했던 것이다.

"네……, 그렇습니다."

"지금 다른 일이 없다면 잠깐 이쪽으로 와주겠어요?"

목소리의 주인은 구사카베였다. 말투가 온화했다. 뭔가 트러블이 생긴 건 아닌 것 같았다.

"방으로 와달라는 말씀이십니까?"

"그래요, 1701호실로. 야마기시 씨에게 잠깐 물어볼 게 있어요. 식사 시간은 조금 늦춰달라고 했으니까 괜찮아요."

"알겠습니다. 지금 곧 찾아뵙겠습니다."

전화를 끊고 나오미는 자리에서 일어났다. 닛타의 등은 이미 저만치 가 있었다. 그도 급히 사무동으로 가는 것이다. 나카네 미도리에 관한 새로운 사실이 뭔지 궁금했지만 그가 돌아올 때까지 기다릴 여유는 없었다.

나한테 물어볼 게 있다니, 뭘까. 그리고 두 사람은 어떤 이야기를 주고받은 것일까. 불안과 호기심을 안고 엘리베이터에 올랐다.

1701호실 앞에 도착하자 잠시 숨을 가다듬은 뒤에 차임벨을 눌렀다. 곧바로 문이 열리고 구사카베가 나타났다.

"갑자기 오라고 해서 미안해요." 그가 말했다. 온화한 표정으로 웃는 것을 보고 나오미는 안도했다. 두 사람이 거북스러운 분위기는 아닌 모양이다.

"물어보실 일은 어떤 것인지요."

"일단 들어와요. 하긴 내 방도 아니지만."

실례합니다, 라고 말하고 나오미는 안으로 들어섰다. 어제부터 이 방은 벌써 세 번째 방문이다.

구사카베의 뒤를 따라 거실로 가자 나카네 미도리가 2인용 소파에 앉아 있었다. 그녀도 미소 띤 얼굴이었다. 테이블 위에는 찻잔 두 개가 있었다. 일본차를 우려내고 꺼낸 티백이 보였다.

구사카베는 식탁 의자를 끌어다 옆에 앉더니, “야마기시 씨도 거기 앉아요”라면서 1인용 소파를 가리켰다.

“감사합니다. 저는 이대로 괜찮습니다.”

그래요, 라고 구사카베가 고개를 끄덕였다.

“덕분에 나카네 씨와 단둘이 이야기할 수 있었어요. 고마워요.”

“네, 만족스러우셨다면 다행입니다만…….”

“나카네 씨께 특별 서비스를 부탁한 이유는 이미 설명을 해드렸어요. 내가 한눈에 반한 것에서부터 어떻게든 단둘이 만나게 해달라는 무모한 부탁에 야마기시 씨가 ‘키다리 아저씨 작전’이라는 아이디어를 내줬다는 것까지 말했어요. 다행히 나카네 씨에게 꾸지람을 듣지는 않았어요. 오히려 크게 감사를 해주시는군요. 아주 즐거운 경험이었다고.”

나오미는 나카네 미도리에게로 시선을 옮겼다. “정말로 다행입니다. 미리 사실대로 말씀드리지 못해 대단히 죄송합니다.”

나카네 미도리는 미소를 띤 채로 고개를 저었다.

“감사 인사를 해야 할 사람은 내 쪽이겠죠. 아, 이건 미운 소리를 하려는 게 아니에요.”

“그렇게 말씀해주시니 저도 한결 마음이 놓입니다.”

“하지만 야마기시 씨, 나는 또 바람을 맞았어요.” 구사카베가 말했다. “나카네 씨는 남편분이 계셨어요. 이번에 부부가 함께 호텔에 오셨다던데요.”

나오미는 그를 향해 머리를 숙였다. "네, 저도 알고 있었습니다."

"그렇겠지요. 하지만 그걸 내게 밝힐 수는 없었던 거예요. 이래저래 힘들었겠어요."

"힘들다기보다 마음이 무거웠습니다."

"마음이 무거웠다. 그래, 그랬을지도 모르겠군." 구사카베는 크게 웃은 뒤, 진지한 눈빛으로 나오미를 바라보았다. "나카네 씨에게서 들었는데 내가 부부를 함께 만나고 싶어 한다고 얘기했다면서요, 그녀와 단둘이 만나는 게 아니라."

"……네."

"나카네 씨의 남편분께서는 급한 볼일이 있어서 외출하셨다는군요. 그래서 이렇게 단둘이 만날 수 있었지만, 만일 그러지 않았다면 어떻게 할 생각이었어요? 단둘이, 라는 나와의 약속은 지키지 못한 셈이 되는데."

그건, 이라고 말을 머뭇거리다가 나오미는 구사카베의 얼굴을 마주 보았다.

"구사카베 고객님, 혹시 제게 묻고 싶으시다는 것이……."

"맞아요, 그거예요. 나를 나카네 씨 부부와 만나게 해주고 대충 넘어간다는 식으로 일을 할 사람은 아니라서 아무래도 그 점이 마음에 걸리는군요. 아니면 그렇게 할 수밖에 없다고 포기한 건가요? 그게 야마기시 씨의 대안이었습니까?"

나오미는 대답이 막혔다. 이 질문에 제대로 답하자면 나카네 미도리의 비밀을 언급하지 않으면 안 된다. 동시에 남편이라는 사람은 이곳에 온 적이 없는 것을 호텔 측에서 알고 있다고 그녀에게 털어놓을 수밖에 없다. 과연 그래도 되는 것일까.

"왜 그래요? 왜 대답을 못 하지요?" 구사카베가 채근했다.

대안이었습니다. 그렇게 말해버릴까 하고 생각했다. 대안으로 부부 두 분을 함께 만나는 자리를 마련했습니다. 그렇게 해서 이 자리가 원만하게 수습된다면 자신이 꾸지람을 듣는 건 상관없었다.

하지만 입을 열려는 순간, 나카네 미도리가 "됐어요, 야마기시 씨"라고 입을 열었다. "사실대로 말하도록 하세요. 이미 알고 있었지요?"

"나카네 고객님……."

"내 남편 나카네 신이치로는 이 호텔에 투숙 중이 아니라는 것을." 그렇게 말하는 나카네 미도리의 눈 속에는 체념의 빛이 서려 있었다.

35

"사망했다고요?" 모토미야의 얘기를 듣고 닛타는 멀뚱히 선 채 몸이 딱 굳었다. "정말입니까?"

"이렇게 바쁜 때 거짓말이나 농담으로 자네를 호출했겠어?"

모토미야가 미간에 주름을 잡으며 들고 있던 서류를 손끝으로 따악 튕겼다. "아이치 현경에서 보내준 추가 정보야. 나카네 신이치로가 살던 집의 임대계약 담당자를 이제야 찾은 모양이야. 퇴거 이유는 본인의 사망이라는 것으로 틀림이 없대."

"사망 원인은 뭐였습니까?"

"폐암이야. 작년 말에 입원했는데 그길로 올해 3월에 병원에서 사망했어. 좀 더 자세한 내용은 조사 중이라는데, 살인 사건은 아닌 것 같아."

"결혼한 적은 있었어요?"

"확실하지는 않지만, 사망 시점에는 혼자 살았던 모양이야. 집의 퇴거 수속은 가족이 한 것으로 나와 있어."

닛타는 낮게 끄응 신음 소리를 냈다. "그러니 남편이 호텔에 나타날 수가 없었군요."

"설마 사망한 사람이었다니. 어때, 자네 생각에는 어떻게 된 일인 것 같아?" 모토미야가 날카로운 눈빛을 던져왔다. "죽은 남자의 이름을 사용해 부부인 척 위장하고 호텔에서 투숙 중인 수수께끼의 여자. 뭘 노리고 그러는 걸까? 어딘가에서 범죄를 계획 중인 남자의 알리바이를 위한 것이라는 설은 깨졌어."

닛타는 고개를 갸웃한 채 머리를 굴려보았다. 하지만 이 자리에서 당장 떠오르는 건 아무것도 없었다.

모르겠습니다, 라고 대답하려 했을 때 스마트폰에 착신이 있었다. 확인해보니 야마기시 나오미에게서 온 것이었다. 잠깐 실례합니다, 라고 모토미야에게 양해를 구하고 전화를 받았다.

"닛타예요. 무슨 일이죠?"

"야마기시입니다. 지금 한창 바쁘실 텐데 미안하지만 잠깐 시간 좀 내주실 수 있을까요? 10분 정도면 될 거예요."

말투를 들어보니 누군가의 부탁으로 전화를 한 것 같았다.

"무슨 일인데요?"

"실은 지금 1701호실에 와 있습니다. 나카네 고객님의 방이에요. 고객님께서 저희에게 설명하실 일이 있다고 하십니다. 남편분에 관한 것이라고 하시네요."

닛타는 스마트폰을 잡은 손에 저절로 힘이 들어갔다. "그래요?"

"나카네 고객님께서 간밤에 영상 쇼를 설명해준 분도 시간이 허락된다면 이 자리에 함께해줄 수 있겠느냐고 하십니다. 그날 좀 안 좋은 모습을 보여서 변명도 할 겸 와주면 좋겠다고 하셨어요."

"안 좋은 모습? 아하……."

눈물을 보인 것이구나, 라고 이해가 되었다. 닛타에게 들킨 것을 알고 있었던 모양이다.

"알았어요. 지금 바로 갈게요."

전화를 끊고 모토미야에게 사정을 설명했다.

"본인의 고백을 들을 수 있다면 그게 가장 확실하지. 어서 다녀와."

네, 라고 대답하고 닛타는 실내를 둘러보았다. "그런데 팀장님은요?"

"코스튬 문제로 총지배인을 찾아갔는데 아직 안 오시네. 오래 걸리는 걸 보면 설득하는 데 애를 먹는 모양이야."

"웬만해서는 후지키 씨를 설득하기 어려울 거예요."

"성공을 바라기는 어렵겠지?" 모토미야도 포기한 말투였다.

닛타는 회의실을 나와 본관으로 돌아왔다. 1701호실로 가자 나카네 미도리와 야마기시 나오미 외에 구사카베 도쿠야의 모습도 있었다.

"일부러 오라고 해서 미안해요." 나카네 미도리는 닛타의 얼굴을 보며 사과했다. "그쪽도 내 이야기를 들어주었으면 해서."

고맙습니다, 라고 닛타는 감사 인사를 했다. 일이 어떻게 흘러서 여기까지 왔는지는 나중에 야마기시 나오미에게 듣기로 하고 일단 조용히 상황을 지켜보자고 마음먹었다.

내 남편이, 라고 말하다가 나카네 미도리는 고개를 저었다.

"아니, 정확하게 말해야겠지요. 내 남편이 아니라 내 남편이 되기로 했던 사람이 세상을 떠난 것은 올 3월이었어요. 폐암이었죠. 암이라고 판명된 게 작년 연말이었는데 정말 눈 깜짝할 사이에 불귀의 객이 되고 말았답니다." 이 내용은 방금 전에 모토미야에게서 들은 이야기와 완전히 일치하고 있다. "입원 전에 우리에게는 작은 즐거움이 있었어요. 남편의 생일인 선달 그믐날을 우리가 만난 도쿄에서 보내자는 약속이었어요. 호텔은 이곳

코르테시아도쿄. 그 사람이 이 호텔의 유명한 '매스커레이드 나이트' 행사를 알고 있어서 한번 와서 묵고 싶다고 했죠. 하지만 유감스럽게도 그 계획은 실현되지 못했어요. 섣달 그믐날을 둘이 함께 보낸 것은 이 호텔이 아니라 병실이었어요."

그녀가 거기까지 말한 참에 방의 차임벨이 울렸다.

"디너가 도착한 모양이네. 야마기시 씨, 좀 받아줄래요?"

나카네 미도리의 말에 예, 라고 대답하고 야마기시 나오미는 거실을 나갔다.

잠시 뒤 돌아온 그녀의 뒤를 따라 룸서비스 담당자가 왜건을 밀고 왔다. 알록달록한 요리가 실려 있었다.

"나카네 고객님, 요리는 어떻게 할까요? 테이블에 세팅해드릴까요?" 야마기시 나오미가 물었다.

"아뇨, 그건 나중에 내가 하지요. 그보다 먼저 케이크를 내주시겠어요? 여기 테이블에 차려주면 좋겠는데."

네, 라고 룸서비스 담당자가 대답하고 왜건 아래 칸에서 네모난 상자를 꺼냈다.

"뚜껑은 열지 않아도 괜찮아요."

룸서비스 담당자는 상자를 테이블에 올려놓고, 실례하겠습니다, 라면서 방을 나갔다.

"그 사람이 입원 중에 우리 둘이 약속한 게 있었어요." 나카네 미도리가 다시 이야기를 이어갔다. "다음번 생일에는 반드시 호텔 코르테시아도쿄에서 축하하자고. 그 사람이 세상을 떠난 뒤에도 그 약속이 내 머릿속을 떠나지 않더군요. 실제로 그의 생일이 다가오니 가만히 있을 수가 없어서, 문득 깨닫고 보니 3박씩이나 예약을 했어요. 작년에 계획했던 게 그런 일정이거든요. 물론 그 사람 이름으로 예약했지요."

"본명은……." 닛타가 입을 열었다. "마키무라 미도리 님이시죠?"

그녀는 입가를 풀며 웃었다.

"그렇답니다. 나카네 미도리라고 이름을 댔던 것은 신용카드를 보여줘야 한다는 게 내 머릿속에 전혀 없었기 때문이에요."

실례했습니다, 라고 닛타는 사과했다.

"나도 들켰다고는 생각했는데, 솔직히 그런 건 어떻든 상관없었어요. 나는 작년에 그 사람과 못 했던 것을 꼭 하고 싶었을 뿐이에요. 방에 들어와 야경을 보면서 샴페인으로 건배. 아침에는 룸서비스를 부탁해 뜨거운 커피 마시기. 당연히 주문은 언제나 2인분이었죠. 테이블 위에는 그 사람이 읽던 책을 올려두었어요. 그리고 암이 발견된 뒤로 한 개비도 피우지 못했던 담배. 그 사람이 마지막 한 개비를 피웠을 때의 담뱃갑을 지금도 간직하고 있답니다."

"지포라이터도."

닛타의 말에 "그렇죠"라고 그녀는 고개를 끄덕였다. "그 사람이 늘 소중히 지니고 다니던 물건이죠. 이제 오일은 넣지 못하지만."

그렇게 된 거구나, 라고 닛타는 모든 것을 이해했다. 샴푸와 칫솔을 두 사람분씩 사용한 것도 부부인 척 위장하려던 게 아니라 사랑한 사람을 위한 공양이었던 것이다.

"어젯밤의 영상 쇼는 정말 훌륭했어요. 그것을 바라보면서 생각했지요. 아, 그 사람도 함께 봤으면 얼마나 좋았을까. 그런 생각을 하다 보니 그만 감정이 북받쳐서……." 나카네 미도리는 잠깐 굳은 표정을 보이더니 크게 숨을 들이쉬고 애써 웃는 얼굴을 지으며 닛타에게 말했다. "그쪽에게 눈물을 보이고 말았죠."

어떤 말을 해야 할지 몰라 닛타는 그저 고개를 위아래로 끄덕였다.

나카네 미도리가 옆에 놓인 핸드백에서 사진 한 장을 꺼내 상자 옆에 놓았다. 그 케이크 사진이었다.

"작년 오늘, 병실에서 그 사람의 생일을 축하했어요. 잘 아는 제과점에 특별히 주문한 케이크로."

그녀는 야마기시 나오미 쪽을 보았다.

"오늘 아침에 이 사진을 들여다보고 있으려니 올해도 어떻게든 똑같은 케이크로 축하해주고 싶더군요. 하지만 이런 케이크, 도저히 혼자서는 다 먹지 못하지요. 그리고 가능하면 해마다 장식하던 걸로 했으면 좋겠다고 생각했어요."

"아, 그래서……." 야마기시 나오미가 이해한다는 듯이 고개를 가만히 끄덕였다.

"무리한 부탁을 해서 미안해요."

"아뇨, 천만의 말씀이십니다."

나카네 미도리가 두 손으로 흰 상자의 뚜껑을 열었다. 그 안의 것을 보고 와아 하는 탄성을 올린 것은 구사카베였다. 닛타도 저절로 눈이 휘둥그레졌다. 사진 속 케이크와 똑같았기 때문이다. 도저히 모형으로는 보이지 않았다. 역시 야마기시 나오미답다고 새삼 감탄했다.

"이렇게 멋진 케이크, 아마 그 사람도 천국에서 감동하고 있겠지요."

"고맙습니다. 최고의 칭찬을 해주시네요." 야마기시 나오미가 고개를 숙였다.

"자, 그러면," 나카네 미도리는 가슴 앞에 두 손을 맞대며 말을 이었다. "내가 고백해야 할 이야기는 이제 끝이에요. 아직도 궁금한 것이 있나요?"

야마기시 나오미가 닛타 쪽에 뭔가 있느냐고 묻는 눈빛을 던져왔다. 닛타는 말없이 고개를 가로저었다.

"저희는 이제 여쭤볼 것이 없습니다." 야마기시 나오미가 대답했다.

"아, 나는 묻고 싶은 것이 산더미같이 많아요." 구사카베가 말했다. "다만 이 일이 아니라 당신에 관한 겁니다. 취미라든가 좋아하는 음악이라든가."

우후훗, 하고 나카네 미도리는 자연스러운 웃음을 지었다.

"그러시다면 제가 제안 한 가지를 할까요? 오늘 밤 식사 약속이 아직 없으시다면 구사카베 씨도 이 방에서, 어떠세요? 디너가 2인분이 와 있으니까요."

엇, 하고 구사카베가 엉덩이를 들썩였다. "정말 괜찮겠습니까?"

"저도 혼자 하는 식사가 몹시 쓸쓸하던 참이랍니다. 더구나 혼자서는 다 먹지 못해서 화장실에 흘려보내는 것도 역시 마음에 걸리네요."

그랬구나, 라고 닛타는 내심 고개를 끄덕였다. 어지간한 대식가가 아닌 한, 스페셜 디너 2인분을 다 먹는 것은 무리한 일이다.

"네, 그러시다면 기꺼이." 구사카베는 얼굴이 환해져서 닛타와 나오미를 바라보았다. "지금 샴페인 한 병을 추가로 주문해도 되겠지요?"

알겠습니다, 라고 닛타와 나오미는 동시에 대답했다.

36

"또 한 번 깜짝 놀랐네요." 방을 나와 엘리베이터 홀로 향하는 길에 닛타가 말했다. "정말 호텔이라는 곳은 다양한 사람이 찾아오는 곳이군요. 세상에 이런 일이 있나 싶은 일들이 총출동한 것 같잖아요."

"하지만 미리 눈치챘어야 하는데 깜빡 놓쳤어요. 생일인데 먹을 수 없는 모형 케이크를 준비하다니, 그건 이상한 일이잖아요. 처음에 그런 부탁을 했을 때, 고인에게 올리는 공양이라는 걸 눈치챘어야 했어요." 나오미의 목소리는 오히려 침울해져 있었다.

엘리베이터 홀에 도착하자 닛타가 내려가는 버튼을 눌렀다.

"그걸 눈치챘다고 해도 당신이 할 일은 전혀 달라질 게 없었잖아요."

나오미는 눈을 가늘게 뜨면서 고개를 저었다.

"아뇨, 미리 알았다면 신경 써드릴 수 있는 일이 아주 많았어요. 애초에 나카네 고객님이 저런 고백까지 하시게 된 것도 내 판단 실수가 원인이에요. 사실은 끝까지 아무에게도 이런 일은 알리고 싶지 않으셨을 텐데."

엘리베이터가 도착했다. 둘이 나란히 탄 뒤에 닛타는 어이없다는 듯 쓴웃음을 지었다.

"여전히 책임감덩어리군요. 그렇게 지나치게 신경을 쓰면 피부에 안 좋아요."

나오미는 형사를 노려보았다. "내 피부까지 걱정해주실 거 없어요."

엘리베이터가 12층에서 멈췄다. 문이 열리고 안에 들어서는 여자를 보고 나오미는 흠칫 긴장했다.

그 여자였다. 데이 유스로 이 호텔에 자주 드나드는 커플, 아마도 불륜인 듯한 커플의 여자 쪽이다.

흘끗 닛타의 눈치를 살펴보았다. 그는 모르는 척하고 있었지만 물론 알아보지 못했을 리 없다.

엘리베이터가 1층에 도착했다. 여자는 빠른 걸음으로 내렸다. 그 뒤를 따라 나오미 일행도 밖으로 나왔다.

여자가 로비 안쪽으로 걸어갔다. 아무래도 다이닝 레스토랑에 갈 생각인 모양이었다. 그것을 보고 닛타가 어라라, 하는 묘한 소리를 냈다.

“왜 그래요?”

“아니, 실은…….”

닛타의 말에 따르면, 한 시간쯤 전에 여자의 불륜 상대 남자가 가족과 함께 그 레스토랑에 들어갔다는 것이다.

“어떻게 된 거야, 마주치지 않게 둘이서 상의한 게 아니었나?”

“남자분은 그러자고 했겠죠. 하지만 여자 쪽에서 반드시 거기에 동의했다고는 할 수 없잖아요.”

“왜요?”

아니, 그게요, 하고 나오미는 닛타의 얼굴을 보았다.

“레스토랑에서 마주쳐도 여자 쪽에서는 전혀 문제가 없거든요. 오히려 남자가 허둥거리는 모습을 보면서 고소해하지 않을까요? 평소에 남자가 어떤 식으로 가족과 어울리는지 찬찬히 관찰하는 기회도 될 수 있고.”

닛타는 멍하니 나오미를 마주 보았다.

“어젯밤의 여성의 바람기에 대한 얘기도 그렇고, 야마기시 씨는 번번이 아무렇지도 않은 얼굴로 무서운 걸 가르쳐주는군요.”

"무서웠나요? 여자라면 극히 일반적인 일이라고 생각하는데?"

"만일 그렇다면 남자 쪽이 좀 딱하죠. 지금쯤 바늘방석에 앉은 기분이겠네. 애인의 시선이 마음에 걸려 가족과의 단란한 시간이고 뭐고, 정신이 없겠는데요."

"그거야 어쩔 수 없죠. 자업자득이에요."

둘이서 컨시어지 데스크 근처까지 갔을 때, 젊은 커플이 다가오는 게 시야 끝에 잡혔다. 그쪽을 보고 나오미는 얼굴이 환해졌다. 그 간사이 사투리의 신혼부부였다.

"안녕하세요, 외출하십니까?"

"저녁 식사가 끝나서, 아직 시간은 좀 이르지만 그 가게에 가서 코스튬 의상을 빌려 입고 오려고요." 남자가 말했다.

"좋으시겠어요. 의상은 결정하셨습니까?"

네, 라고 여자가 시원시원하게 대답했다.

"이것저것 망설였는데 지금의 우리에게 가장 잘 어울리는 것으로 정했어요."

"그렇습니까. 어떤 캐릭터인지 지금 여기서는 여쭤보지 않는 게 좋을 것 같군요."

"네, 만일 보여드릴 기회가 있다면 그때 봐주세요."

"그럼 기대하겠습니다. 잘 다녀오십시오."

젊은 두 사람이 신이 난 모습으로 나가는 것을 배웅한 뒤, "저 사람들도 오늘 밤 파티에 참석할 모양이죠?"라고 닛타가 말했다. "가게에 간다고 하던데 어떤 가게예요?"

"노래방이에요. 다양한 코스튬 의상을 빌려주는 노래방이 이 근처에 있거든요."

아, 하고 고개를 끄덕이고 닛타는 한숨을 쉬었다.

"그러고 보니 의상 임대도 가능하다고 했죠? 어휴, 점점 더 괴상한 차림새가 많아지겠네."

"네, 그게 이 호텔의 인기 아이템이니까요."

미치겠네, 라고 얼굴을 찌푸리면서 닛타가 상의 안주머니에 손을 넣었다. 스마트폰이 울린 모양이었다. 귀에 대고 네에, 라고 응하고 있었다.

"……엇, 정말요? 이번에는 어떤 내용인데요? ……예? 뭡니까, 가면 인형이라니? ……네, 야마기시 씨라면 지금 옆에 있어요. ……알겠습니다. 상의해보겠습니다." 닛타는 전화를 끊고 나오미에게 물었다. "지금 잠깐 나하고 함께 가줄 수 있어요?"

"무슨 일이에요?"

"파티를 3층 연회장에서 한다고 했죠? 이미 준비가 다 된 모양인데, 지금 함께 보러 갔으면 해서요."

"그건 괜찮지만, 왜요?"

"얘기는 가면서 하죠. 어서 갑시다."

닛타가 빠른 걸음으로 앞장서는 바람에 나오미도 급히 뒤따라갔다.

"밀고자에게서 새로운 연락이 들어왔다는 거예요." 엘리베이터에 오른 뒤에 닛타가 말했다. "이번에는 경찰이 정말로 이 호텔에 와 있는지 확인하기 위한 연락이에요. 형사가 현장에 대기 중이라면 자신이 지시한 대로 움직여달라는 내용이었대요."

"지시한 대로?"

나오미가 되물었을 때, 엘리베이터가 3층에 도착했다.

3층에는 연회장 두 군데가 있다. 안쪽의 넓은 곳이 다이아몬드 홀이라고 불리는 대연회장으로 입식立食이라면 천 명 이상, 정찬이라도 700명을 수용할 수 있다. 일반적인 축하 파티는 물론, 패션쇼에 사용된 적도 있었다. 오늘 밤의 '매스커레이드 나이트'는 바로 이 연회장에서 하게 된다.

둘이서 대연회장 쪽으로 가보니 복도 중간에 〈관계자 이외 출입 금지〉라고 적힌 입간판이 서 있었다. 그 너머로 시선을 던지면 검은 롱드레스에 빨간 가면을 쓴 여성 마네킹이 원형 받침대 위에 전시되어 있다. 마네킹의 왼손에는 금빛 와인 잔이 있었다.

"아, 저게 가면 인형이구나." 닛타가 중얼거렸다.

"마담 매스커레이드라고 이름을 붙였어요. 이 파티의 주최자로서 참석자들을 맞이한다는 설정이거든요."

"해마다 이렇게 세워둬요?"

"그렇죠. 그러기 위해 제작한 인형이니까요."

닛타는 팔짱을 끼고 고개를 끄덕이며 중얼거렸다. "아, 그게 이거였구나."

"혼자 뭔가 납득한 것 같은데 조금 전 얘기, 아직 안 끝났어요. 밀고자에게서 어떤 지시가 날아온 거예요?"

나오미가 말하자 그는 인형을 가리켰다.

"마담 매스커레이드가 손에 든 황금 와인 잔에 꽃을 꽂아두라는 게 지시 내용이에요. 오후 10시까지 그게 실행되지 않을 경우, 경찰이 움직이지 않은 것으로 판단하고 앞으로 일절 연락하지 않겠다, 살인범이 어떤 차림새의 가장을 하고 나타나는지도 알려주지 않겠다, 라고 전해온 모양이에요."

"와인 잔에 꽃을……."

"일단 꽃은 야마기시 씨에게 부탁해도 될까요?"

"알았어요. 오후 10시라고 했죠?" 나오미는 손목시계로 시간을 확인했다. 이제 곧 오후 8시다. "뭔가 멋진 꽃을 준비할게요."

"응, 부탁해요. 그나저나," 닛타는 턱에 손을 짚었다. "밀고자가 노리는 게 대체 뭘까……."

"단순히 범인을 체포할 수 있게 하려는 의도만은 아닌 것 같죠?"

그런 목적이라면 이렇게 번잡스러운 짓은 하지 않을 것이다.

"방범 카메라 영상을 확인해본 바로는, 인형이 이곳에 장식된 게 방금 전이고 그 뒤로는 호텔 관계자 외에는 아무도 이곳 3층에는 들어온 사람이 없어요. 인형이 황금 와인 잔을 든 것을 알고 있다면 밀고자는 호텔 관계자거나 혹은 예전에 파티에 참가한 적이 있어서 이 인형이 해마다 장식된다는 것을 알고 있는 사람이라는 얘기예요."

"아, 그런 경우는 생각할 수 없어요, 호텔 관계자라는 거."

나오미는 강한 어조로 항의했지만 닛타는 말없이 뭔가 생각에 잠겨 있었다. 제 식구 감싸기의 의견에는 귀를 기울이지 않겠다는 듯한 태도였다.

닛타의 가슴팍에서 진동음이 울렸다. 다시 연락이 들어온 모양이다. 그가 스마트폰을 꺼내 귀에 댔다.

"네, 닛타입니다. ……인형을 확인하고 꽃은 야마기시 씨에게 부탁했습니다. ……네, 알겠습니다. 지금 즉시 가겠습니다." 닛타는 전화를 끊고 스마트폰을 다시 안주머니에 넣었다. "대책 본부에서 온 호출이에요. 나는 사무동으로 갈 겁니다. 꽃, 잘 부탁해요."

"무슨 일 있어요?"

"대책 회의예요. 드디어 승부의 시간이 다가왔네요." 그렇게 말하면서 닛타는 엘리베이터 홀을 향해 뛰었다.

37

회의실에는 다급한 분위기가 감돌고 있었다.

화이트보드 앞에는 우에시마를 비롯한 젊은 수사원들의 모습이 보였다. 그들은 사진에 서류를 첨부해 화이트보드에 줄줄이 붙이고 있었다. 그 사진을 보고 닛타는 저절로 눈이 둥그레졌다. 첫 번째 사진은 조금 전에 체크인한 배트맨이다. 첨부된 서류는 야마시타 가즈유키라는 인물의 운전면허증 복사본이고, 옆에 전화번호와 메일 주소도 적혀 있었다. 그 배트맨이 야마시타라는 이름으로 체크인했던 것이 생각났다. 배트맨 사진 옆에는 캣우먼의 사진이 나란히 붙었지만 이쪽에는 참고 자료는 아무것도 없었다. 맨얼굴도 이름도 밝혀지지 않았다는 뜻이다.

사진은 그 밖에도 줄줄이 이어졌다. 모두 다 코스튬 차림의 사람들이다.

"가장을 하고 체크인한 손님들의 정보야?" 닛타가 물었다.

"그렇긴 한데요, 이런 걸 해봤자 과연 무슨 의미가 있는지 모르겠어요." 우에시마가 말했다. "이 배트맨만 봐도 인터넷 결제를 이용했다지만, 실제 야마시타 가즈유키라는 인물인지 어떤지는 확인할 수 없거든요. 복면 속의 얼굴이 꼭 이 운전면허증 사진의 인물과 동일인이라고는 할 수 없으니까요."

"그건 그렇지."

"그렇다고 마냥 손 놓고 있을 수도 없잖아." 모토미야가 닛타 뒤쪽에서 다가오며 말했다. "우선은 코스튬 손님의 모습과 이름을 대조해보자는 거야."

"하지만 개중에는 이런 장난을 치는 자들도 있어요. 여기 이 이름 좀 보세요." 우에시마가 사진과 메모를 내밀었다. 얼굴을 하얀 붕대로 칭칭 감은 인물이었다.

"어휴, 이건 또 뭐야. 어디 보자, 이름이 기노 요시오? 좀 이상하긴 하지만 이 이름이 어떻다는 거지?" 모토미야가 메모를 보면서 말했다.

"어라, 아무 생각도 안 드세요?" 오히려 우에시마가 눈이 둥그레졌다.

"잠깐 나도 좀 볼게요." 닛타는 모토미야가 건네준 메모를 보고 저절로 푸훗 웃음이 터졌다. 이름이 '木乃伊男'이었기 때문이다. 다만 후리가나✦ 칸에는 모토미야의 말대로 '기노 요시오'라고 적혀 있었다.

"왜? 뭐가 우스운 건데?" 모토미야가 불끈했다.

"이 한자어의 앞 세 글자는 '미라'라고도 읽히거든요. 즉 이 이름은 '미라 남자'라는 뜻이에요."✦✦

"미라였어? 참 내, 그런 이름으로 숙박해도 되나?"

"예약을 할 때는 기노 요시오라고 했을 거예요. 오퍼레이터도 한자를 확인했겠지만 모토미야 선배처럼 이 한자를 '미라'라고 읽는다는 건 알지 못했던 모양이죠. 일단 이 이름으로 접수한 이상, 호텔 측으로서는 거절할 수가 없어요. 메모에 적힌 걸 보면, 현금으로 결제했고 예치금을 7만 엔이나 냈다는데요?"

"즉 이 사람은 완전한 가명이라는 얘기네." 모토미야는 붕대를 칭칭 감은 남자의 사진을 우에시마에게 돌려주었다.

✦ 한자 위에 히라가나로 읽는 법을 적어두는 것을 말한다.

✦✦ 앞의 세 글자 木乃伊는 중국에서 유래한 한자어로, 과도한 건조로 부패 없이 원형을 유지한 사체 '미라'를 말한다. 여기에 男을 붙이면 '미라 남자'라는 의미가 되고, 한편으로 일본식 훈독訓讀을 하면 '기노 요시오'로 읽힌다.

"그래서 장난을 쳤다고 얘기한 거예요." 그렇게 말하면서도 우에시마는 미라 남자의 사진과 메모를 화이트보드에 붙였다.

모토미야가 답답한 듯 머리를 북북 긁었다.

"에휴, 가장 파티라니, 왜 이런 괴상한 짓거리를 하는지 모르겠네."

"호텔 측과의 협상은 결렬됐습니까?" 닛타는 이나가키를 슬쩍 돌아보며 모토미야에게 물었다. 이나가키 팀장은 전화로 누군가와 이야기하는 참이었다.

모토미야는 입가를 삐뚜름하게 틀고 고개를 끄덕였다.

"일부러 그걸 기대하고 찾아오는 고객님에게 맨얼굴을 보여달라고 요구하는 건 말이 안 된다고 후지키 총지배인이 단칼에 거절한 모양이야."

"역시 그렇군요."

차갑게 대꾸하는 후지키의 얼굴이 눈앞에 선하게 떠오르는 것 같았다.

"경비실에서 들어온 얘기로는, 일반 투숙객들도 이제 슬슬 가장을 끝내고 방을 나오기 시작한 모양이야."

"그러고 보니 로비에도 그런 사람들이 몰려 있더라고요."

"파티 때까지 아직 두 시간이나 남았는데, 참 다들 성질도 급하네."

"모처럼 어렵게 코스튬을 했으니까 좀 더 오랫동안 즐기고 싶겠죠. 우리로서는 일이 점점 더 힘들어졌지만."

"어떤 방에서 어떤 차림새의 사람들이 나갔는지, 방범 카메라로 최대한 자세히 확인하라고 경비실 친구들에게는 당부했어. 근데 최종적으로는 수백 명에 달하는 숫자야. 그 사람들 전부를 체크한다는 건 도저히 안 될 얘기지."

"수상한 인물들로 어느 정도 범위를 좁히는 수밖에 없겠네요. 아 참, 그러고 보니 우라베는 어떻습니까?"

"방 근처를 감시하는 형사에게서 들어온 보고로는 전혀 아무 움직임도 없대. 룸서비스로 카레라이스를 주문해서 세키네가 갖다줬는데, 그 이후로 문이 열린 적도 없어."

"우라베는 카운트다운 파티에 신청하지 않았으니까 이대로 방 밖으로 나오지 않더라도 딱히 이상할 게 없긴 해요."

"하지만 그 영상이 있잖아. 펫숍을 유리창 너머로 들여다본 남자는 틀림없이 우라베였지?"

"틀림없어요. 그러니까 우라베는 반드시 뭔가 움직임을 보일 겁니다."

"무슨 짓을 할 생각인지는 모르지만, 그 우라베가 범인이라면 일이 간단할 텐데 말이야."

모토미야가 찌뿌둥한 얼굴로 중얼거렸을 때, 밖에서 웅성거리는 소리가 났다. 곧바로 문이 열리고 와타베가 얼굴을 내밀었다.

"야구치 팀장님 일행이 도착했습니다."

"이쪽으로 들어오시라고 해." 이나가키가 지시했다.

와타베가 문을 활짝 열었다. 키가 큰 야구치가 들어서면서 이나가키를 향해 손을 번쩍 들었다. "수고가 많으시네."

"그쪽도 마찬가지죠." 이나가키가 답했다.

야구치의 뒤를 이어 그의 팀원들이 줄줄이 들어왔다. 그중 몇몇은 박스를 안고 와서 차례차례 바닥에 내려놓았다.

노세의 모습도 보였다. 그는 닛타를 발견하더니 사람들을 헤치듯이 이쪽으로 다가왔다.

"방범 카메라 영상, 확인했어?" 노세가 작은 소리로 물었다. "3년 반 전에 살해된 무로세 아미 씨가 거주하던 원룸의 영상이야."

"네, 대충 봤어요. 하지만 사건 당일의 영상만 확인한 바로는 이번 사건과 공통된 사람은 없는 것 같던데요?"

노세는 안타깝다는 얼굴로 고개를 끄덕였다. "유감스럽지만 맞는 말이야. 내 짐작이 틀렸는지도 모르겠어."

"아뇨, 결론을 내리는 건 아직 이릅니다. 범행 후에 방범 카메라에 찍히지 않고 원룸에서 나가는 방법도 있을 테니까요."

"하지만 이번 사건 현장인 네오룸 네리마는 정면 현관 이외에 출입이 가능한 곳이라면 비상구밖에 없었어. 그쪽은 경비회사에서 스물네 시간 관리하고 있는데 사건 전후에 누군가 드나든 기록은 없었어."

"그럼 3년 반 전의 그 사건 때는 어땠어요? 맨션에 다른 출입구는 없었습니까?"

"그건 아직 모르겠어. 확인해볼 필요가 있겠군."

"네, 부탁드릴게요. 두 가지 사건이 공통점이 너무 많아요. 분명 뭔가……." 거기까지 얘기한 참에 닛타는 입을 다물었다. 자신의 목소리가 유난히 크게 울린다고 느꼈기 때문이다. 문득 깨닫고 보니 주위가 조용해져 있다. 머뭇머뭇 옆을 봤더니 이나가키와 야구치 일행이 썰렁한 눈빛으로 두 사람을 바라보고 있었다.

"열심히 얘기하는 것 같던데, 이제 밀담은 끝났나?" 이나가키가 물었다. "둘이 얘기가 다 끝났다면 대책 회의를 시작하고 싶은데 말이야."

"앗, 죄송합니다." 닛타는 목을 움츠렸다.

이나가키는 씁쓸한 얼굴로 한숨을 내쉬더니, "배치도 좀 가져와"라고 모토미야에게 지시했다.

모토미야는 우에시마 등과 함께 책상 위에 큼직한 종이를 펼쳤다. 그곳에는 도면이 그려져 있었다. 넓은 공간을 사각으로 구분한 벽에는 양쪽으로 열리는 문 여러 개가 있었다. 카운트다운 파티를 여는 대연회장이다. 호텔 연회부에서 입수했을 터였다. 군데군데 빨간 펜으로 마술, 공연, 댄스 등의 구역이 적혀 있었다. 음료와 간단한 식사를 할 수 있는 테이블의 배치도 한눈에 알아볼 수 있었다.

"파티 참석자는 현재 밝혀진 것만으로도 450명 이상이다. 조금이라도 방심했다가는 목표물을 놓칠 우려가 있다." 이나가키가 우렁우렁한 목소리로 전원에게 말하고, 야구치에게로 얼굴을 향했다. "파티장에는 몇 명을 배치할 예정이에요?"

야구치는 책상 옆에서 도면을 내려다보았다.

"참석자가 450명이라는 건 굉장한 규모죠. 하지만 수사원을 최대한 많이 배치한다고 해서 반드시 효과가 높아진다고는 할 수 없어요. 삼면의 벽을 따라 두 명씩 여섯 명, 입구 부근에 두 명, 그리고 문제는 중앙부에 몇 명을 배치하느냐는 거예요."

"거기도 두 명으로 하죠. 총 열 명입니다. 실은 호텔 측에서 손님으로 위장해 파티장에 잠입하는 수사원을 최대 열 명 정도로만 해달라는 요청이 있었어요."

"그래요? 그건 왜죠?"

"먹지도 않고 마시지도 않고 대화도 없이 오로지 눈을 번뜩이며 주위만 감시하는 사람이 너무 많으면 그것만으로도 파티장 안의 분위기가 확 달라진다네요. 듣고 보니 그것도 맞는 말이에요."

"그러면 일부 수사원들은 호텔 직원 유니폼을 입히는 건 어때요?" 야구치는 닛타의 옷차림을 돌아보며 말했다.

"아니, 그것도 거절했어요. 직원이 일도 안 하고 계속 서 있으면 호텔의 평판이 떨어진다면서."

야구치는 얼굴을 찌푸리며 뒤통수를 긁적였다. "그렇긴 하네."

"열 명으로 가죠. 입구에 가까운 쪽과 먼 쪽의 두 팀으로 나누는 것으로, 어떻습니까."

"그게 좋겠네. 다른 수사원은 유격대로 파티장 밖에서 대기하도록 하면 되겠죠?"

"그래요, 좋습니다."

백전연마의 경감들의 회의라서인지 얘기가 빨랐다. 배치될 수사원의 면면도 차례차례 정해져갔다.

닛타는 유격대 쪽으로 가게 되었다.

"닛타는 유니폼 차림이니까 범인에게 의심을 사는 일 없이 어디든 갈 수 있어. 문제는 다른 수사원들이야." 이나가키가 전원을 둘러본 뒤, 야구치 쪽을 향했다. "파티 참석자는 전원이 코스튬에 가면까지 쓰고 있어요. 일반적인 옷차림에 가면만 쓰는 것도 허용된다고 했지만, 호텔 측의 설명에 따르면 그런 참가자는 해마다 줄어드는 추세랍니다. 즉 수사원들의 지금 옷차림은 금세 눈에 띌 거예요. 파티장 분위기에 녹아들자면 어떤 식으로든 코스튬이나 가면을 쓸 필요가 있죠. 아까 전화로 상의한 거, 준비됐어요?"

"물론 가져왔죠. 젊은 형사들이 알아서 이것저것 준비한 모양이에요." 야구치가 씨익 웃은 뒤 부하들에게 눈짓을 했다.

젊은 형사 둘이 곁에 내려놓은 상자를 열어 안에서 천으로 만든 것을 꺼내 모두에게 펼쳐 보였다.

오옷, 하는 함성이 일어났다.

그것은 스파이더맨과 가면라이더 의상이었다.

38

대책 회의는 일단 해산하기로 해서 닛타는 본관으로 돌아가려고 회의실을 나섰다. 하지만 계단을 내려가는데 뒤에서 닛타 씨, 라고 부르는 소리가 들렸다. 뒤를 돌아보니 노세가 쫓아오는 참이었다. 종이가방을 들고 있었다. 안에 든 것은 코스튬 의상과 가면일 것이다. 단지 그는 파티장 안에 배치되지 않고 주변에서 대기하는 유격대 쪽에 가담하기로 했다.

"잠깐 할 얘기가 있어. 시간 좀 낼 수 있지?"

"그러시면 함께 본관으로 가시죠. 밀담을 나누기에 안성맞춤인 장소가 있거든요."

도로를 건너 뒷문을 통해 본관으로 이동했다. 로비로 들어서다가 흠칫 놀랐다. 사람들이 아까보다 부쩍 늘었다. 게다가 온통 코스튬과 가면으로 북적였다. 다스베이더와 호빵맨이 선 채로 이야기를 나누고 있다. 어떤 행사를 앞두고 있는지 알지 못한다면 그야말로 초현실적인 광경으로 보일 것이다.

"다들 아주 본격적으로 차려입었네." 노세가 주위를 둘러보며 감탄의 목소리를 냈다.

"형사들이 양복 차림 그대로 나오면 당장 눈에 띈다는 말도 과장이 아니지요."

"정말 그렇군."

닛타는 2층으로 가는 에스컬레이터에 올랐다. 예식부 코너를 이용할 생각이었다. 선달 그믐날 밤에 그쪽에 볼일이 있을 사람은 없다.

에스컬레이터에서 내려 무심코 아래쪽 1층 로비를 둘러보다가 흠칫했다. 다이닝 레스토랑에서 소노 마사아키 일행이 나오고 있었다. 닛타가 흠칫 놀란 것은 소노와 아들 뒤쪽으로 두 여자가 보였기 때문이다. 한 사람은 소노의 아내, 그리고 그녀와 웃어가며 이야기하는 사람은 다름 아닌 가이즈카 유리였다.

"엇, 저 두 사람, 아는 사이였어?"

"무슨 일이야?" 노세도 아래를 내려다보았다.

닛타는 로비를 가로질러 엘리베이터 홀로 향하는 소노 일행을 가리키며 그 남자와 가이즈카 유리의 관계를 간단히 설명했다.

"평소 불륜에 이용하는 호텔에서 애인을 덜컥 마주쳤다고? 게다가 가족과 함께 있을 때? 저 남자의 평소 행실이 어지간히 안 좋았거나 아니면……." 노세는 의미심장하게 말을 끊었다.

"뭔데요?"

노세는 돌아보면서 재미있다는 듯 실눈이 되어 웃었다.

"애인이 일부러 쳐들어왔거나. 유부남과 사귀는 여자에게 크리스마스나 새해 명절은 정말 짜증 나는 날이거든. 자기는 혼자 쓸쓸하게 지내는데 남자 쪽은 가족과 함께 즐거운 시간을 보내는 거야. 한바탕 깜짝 놀라게 해주자는 마음이 드는 것도 이상하지 않지."

"야마기시 씨도 똑같은 말을 했어요. 그렇다면 여자가 무서워지는데요. 하지만 저 소노라는 남자도 최악이죠. 하필 아내의 친구와 바람을 피우다니."

"실은 그런 경우가 아주 많아. 나이 지긋한 남자들은 새로운 여성을 만날 기회라는 게 거의 없어. 그런 점에서 여자들의 인맥은 다방면에 걸쳐 있지. 좋은 사례가 유치원이나 초등학교의 엄마 모임이야. 그런 아내의 인맥에 슬쩍 편승해서 불륜에 빠지는 남자가 적지 않아."

어디서 그런 정보를 입수했는지 모르겠지만 노세의 말투는 자신만만했다. 최근에 그런 불륜에 얽힌 사건을 수사했는지도 모른다.

"최악인 데다 한심하기 짝이 없는 사내들이군요. 그렇게 생각하면 약간은 따끔한 꼴을 당하는 것도 나쁘지 않겠는데요."

예식부 코너는 예상대로 아무도 없었다. 조명도 꺼져 있어서 우선 벽의 스위치를 눌렀다.

"그나저나 참 난감하네. 이 나이에 코스튬이라니." 의자에 앉으면서 노세는 큰 한숨을 내쉬었다.

"노세 씨는 어떤 의상이에요?" 닛타가 종이가방을 가리키며 물었다.

"아니, 이런 걸 줬는데……." 노세가 가방에서 주섬주섬 새하얀 의상을 꺼냈다. 터번과 선글라스도 딸려 있는 모양이다. "요즘에 이게 누군지 아는 사람이 있을까?"

"아, 추억의 드라마 같은 거 방영할 때 본 적이 있어요. 그거, 이름이 무슨무슨 가면 아닌가요?"

"그래, 월광가면이야. 닛타 씨가 모르는 것도 당연하지. 우리 부모님 세대가 아직 어린애였던 시절의 히어로야." 노세는 지겹다는 얼굴로 다시 의상을 종이가방에 넣었다. "기왕이면 좀 더 멋진 걸로 해줄 것이지."

"하실 이야기라는 게 코스튬에 관한 거예요?"

"아니, 아니지." 노세가 손을 내둘렀다. "지난번에 얘기한 그 수상쩍은 인물에 대한 거야. 이름이 우라베라고 했었지?"

"네, 우라베 미키오. 그 사람에 대해 뭔가 알아내셨어요?"

"펫숍을 들여다보는 장면이 방범 카메라에 찍혔었지? 그래서 아까 오후에 내가 네오룸 네리마에 다녀왔어."

"이즈미 하루나 씨가 거주하던 원룸 말이죠?"

"응, 그렇지. 이즈미 씨의 집에 이따금 남자가 드나들었다고 증언해준 목격자들이 있었는데, 닛타 씨도 그건 알고 있지? 그래서 그 사람들에게 우라베의 영상을 보여줬어. 그랬더니 모두가 하나같이 전혀 아니라는 거야. 그 집에 드나든 남자의 얼굴을 정확히 기억하지는 못하지만, 이 영상 속 인물과는 일단 몸집이 전혀 다르대. 훨씬 더 마른 몸매에 얼굴도 작았다는 거야."

"아, 그렇군요."

닛타는 우라베의 생김새를 머릿속에 떠올렸다. 비만까지는 아니어도 약간 뚱뚱한 몸집이다. 얼굴도 좀 큰 편에 속할 것이다.

"아닌 게 아니라 우라베는 그 원룸의 방범 카메라 영상에도 나온 적이 없고, 역시 범인이라고 보기엔 무리라고 생각했어요." 닛타는 말했다. "하지만 펫숍의 영상이 있잖아요, 주목하지 않을 수는 없죠."

"바로 그거야. 우라베가 펫숍을 들여다본 것은 12월 5일이었어. 이미 이즈미 하루나 씨가 살해된 뒤야. 우라베가 범인이라면 왜 그 펫숍에 찾아가 안을 들여다봤을까. 항상 잘 나오던 애견미용사가 오지 않아 가게 측에서 쩔쩔매는 모습이라도 보러 갔을까? 나는 그럴 가능성은 낮은 것 같아."

노세가 말하려고 하는 것이 무엇인지 닛타도 짐작이 갔다.

"아, 그 반대군요. 우라베는 이즈미 씨가 거기에 있는 게 아닐까 하고 가게 안을 들여다봤다. 즉 그는 이즈미 씨를 찾고 있었다. 살해된 것도 모른 채."

딱 맞혔다는 듯이 노세가 손을 탁 치며 닛타 쪽을 가리켰다.

"바로 그거야. 그러면 왜 우라베는 이즈미 씨를 찾으러 갔을까. 뭔가 볼일이 있다면 직장으로 찾아가는 것보다 먼저 해야 할 일이 있잖아?"

"전화나 메일, 혹은 SNS 등으로 연락을 했겠죠. 실제로 우라베는 그런 방법으로 이즈미 씨에게 연락을 취하려고 했을지도 모르지요. 그런데 전화는 연결되지 않고 메일이나 메시지에도 응답이 없었다. 그래서 걱정이 되어 펫숍으로 찾으러 갔다?"

"응, 내 생각에는 그런 게 아닌가 싶어." 노세는 신중한 말투가 되었다. "물론 우라베는 이즈미 씨의 전화번호나 메일 주소도 알지 못했고 그냥 단순히 자기 혼자 좋아하던 사람을 보러 간 것뿐일 가능성도 있어. 그런 걸 알기는커녕 우라베가 펫숍을 들여다본 것은 원래 동물을 좋아했기 때문일 뿐, 이번 사건이나 이즈미 씨와는 아무 관계가 없을 수도 있고."

"아뇨, 아무리 그래도 펫숍의 방범 카메라에 찍힌 남자가 이 호텔에, 게다가 이 타이밍에 우연히 나타났다고 하기는 어렵죠. 애초에 그자는 수상한 점이 많아요. 가명을 썼을 가능성도 높습니다. 펫숍에 나타난 타이밍을 생각해봐도 우선 전화나 메일로 이즈미 씨에게 연락을 취하려다가 이루어지지 않자 직장으로 상황을 보러 왔다, 라고 생각하는 게 타당합니다."

"닛타 씨가 그렇게 말해주니 나도 든든하네. 그러면 우라베와 이즈미 씨는 어떤 관계였다고 생각해?"

"관계…… 말입니까?"

"단순히 아는 사이일까?"

"아뇨, 그건……."

닛타는 생각을 더듬어보았다. 전화번호나 메일 주소를 교환했고, 그런 쪽으로 연락이 취해지지 않자 걱정이 되어 직장까지 상황을 보러 갈 만한 관계라는 건 어떤 것인가.

우라베는 이즈미 하루나의 직장을 알고 있었다. 하지만 집은 알지 못했다. 알고 있다면 집으로 찾아갔을 것이다. 그리고 집으로 찾아갔다면 방범 카메라에 모습이 잡혔을 것이다.

집을 알지 못한다……. 그렇게 생각한 순간, 머릿속의 안개가 걷히고 햇살이 비쳐 들었다.

"그거하고 똑같아요!" 닛타는 말했다. "3년 반 전에 살해된 피해자 무로세 아미 씨도 사귀던 남자가 있었지요? 이름이 뭐라고 했더라, 분명 화가 지망생이라고 얘기하셨는데."

노세가 잽싸게 수첩을 펼쳤다. "노가미 요타, 화방 점원이야."

"그 화가 지망생에게도 피해자가 자기 집을 알려주지 않았어요. 우라베도 똑같아요. 이즈미 씨와 사귀면서도 어디서 사는지는 알지 못했습니다."

노세가 빙긋이 웃으며 쩝 입맛을 다셨다. "그래, 닛타 씨도 나하고 똑같은 결론에 달한 것 같군."

역시나 여간내기가 아닌 선배 형사의 얼굴을 닛타는 슬쩍 흘겨보았다.

"노세 씨도 참 짓궂으십니다. 이미 다 추리를 했으면서 내가 아는지 어떤지 시험해보셨군요?"

"시험을 했다니, 천만에. 내 추리가 단순한 선입견은 아닌지 확인해본 거야. 하지만 덕분에 확신을 갖게 됐어."

"그 추리가 옳다면 이번 사건은 점점 더 3년 반 전의 사건과 흡사하다는 얘기네요. 화가 지망생 청년에게 그 연인이 자기 집을 알려주지 않았던 것에 대해 지난번에 야마기시 씨는 양다리를 걸쳤기 때문일 거라고 했어요. 그리고 이번 피해자 이즈미 씨의 집에 드나든 남자는 우라베가 아닌 다른 남자예요."

"응, 양쪽 다 피해자들이 양다리를 걸쳤다, 라는 공통점을 새롭게 알아낸 셈이야. 하지만 닛타 씨, 이건 어떻게 생각해야 할까. 범인이 질투심 강한 남자여서 교제 중인 여자가 다른 남자를 사귀자 화가 나서 살해했다, 라고 생각하는 건?"

닛타는 노세의 코를 가리켰다.

"민완 형사님의 얼굴에 그런 단순한 사건일 리가 없다, 라고 적혀 있는데요? 롤리타 건도 있고, 뭔가 좀 더 깊은 속사정이 숨겨져 있을 거예요. 하지만 우라베의 정체를 파악하게 된 것만 해도 큰 성과입니다. 아직 추측 단계이기는 하지만."

"문제는 이 정보를 수사에 어떻게 살려나가느냐는 거야."

"네, 바로 그것이죠."

두 형사는 서로를 마주 본 뒤, 동시에 고개를 끄덕였다.

이나가키는 팔짱을 낀 채 눈을 감았고, 야구치는 반대로 크게 뜬 눈을 천장으로 향하고 있었다. 모토미야는 이야기를 듣기 전과 다름없이 부루퉁한 얼굴로 몸을 숙인 자세 그대로였다.

평소의 회의실이지만 다른 사람은 없었다. 긴히 할 얘기가 있다고 닛타와 노세가 이나가키와 야구치에게 건의를 하자 뭔가 심상치 않다고 생각했는지, 다른 수사원들에게 잠시 자리를 비워달라고 한 것이다.

"저희가 해본 추리는 여기까지입니다만, 어떻습니까?" 닛타는 머뭇머뭇 상사들에게 물었다.

이나가키가 눈을 번쩍 뜨고 야구치 쪽을 보았다. 먼저 의견을 말씀해보시죠, 라는 듯이 손바닥을 그에게로 향했다.

야구치는 생각에 잠긴 얼굴로 턱을 문지른 뒤, "나름대로 설득력은 있어"라고 말했다. "우라베가 피해자의 연인, 아니, 연인까지는 아니더라도 어느 정도 깊은 관계였을 가능성이 있어."

"하지만 문제는," 이나가키가 뒤를 이었다. "그렇다고 쳐도 우라베가 무엇 때문에 이 호텔에 왔느냐는 거야."

"그렇습니다. 만일 방금 말씀드린 추리가 옳다면 우라베는 범인이 아니고 범인이 누군지도 알지 못합니다. 즉 밀고자도 아니라는 얘기가 됩니다. 그런데도 그는 왜 오늘 밤 이곳에 와 있는가. 여기서 생각해볼 수 있는 것은 한 가지밖에 없습니다. 여기로 오라는 지시를 받았기 때문입니다."

야구치는 눈이 휘둥그레졌고 이나가키는 낮은 목소리로 "누가 그런 지시를?"이라고 물었다.

"그 질문에 답하기 전에 또 한 가지 우리가 세워본 추리부터 얘기하겠습니다. 밀고자가 노리는 게 무엇이냐는 것이에요. 파티장 앞 인형의 와인 잔에 꽃을 꽂아라, 라는 지시는 경찰이 정말로 배치되었는지를 확인하기 위해서입니다. 당연히 밀고자는 이 호텔에 와 있겠지요. 그 목적은 무엇일까요? 단순히 범인이 체포되는 장면을 보기 위해서?"

닛타의 물음에 야구치와 이나가키는 동시에 침묵에 잠겼다. 부루퉁한 표정이었다. 부하에게 추리력을 시험당하고 있다는 식으로 느꼈는지도 모른다.

“괜히 뜸 들이지 말고 뭔가 생각한 게 있으면 빨리 얘기해.” 옆에서 모토미야가 답답한 듯이 말했다. “지금 시간이 없다고, 시간이.”

닛타는 고개를 끄덕이고 입을 열었다. “한마디로, 범인과의 거래라고 생각합니다.”

거래, 라고 소리 없이 야구치의 입술이 달싹였다.

“애초에 밀고자는 어떻게 범인이 이 호텔에 나타난다는 것을 알고 있었는가. 우연히 알게 된 것이 아니라 자신이 범인에게 그렇게 지시했기 때문이다, 라고 생각하는 게 가장 타당한 게 아닐까요? 즉 밀고자는 오늘 밤 여기에서 범인과 만나기로 약속한 거예요. 그 목적은, 거래 때문이라는 것 말고는 없습니다.”

“거래 내용은?” 이번에는 야구치가 질문을 던졌다.

“단정할 수는 없지만, 금품 수수 가능성이 높다고 생각합니다. 밀고자가 이번 일을 신고하지 않는 것을 조건으로 범인에게 돈을 요구한 거 아니겠습니까.”

“그렇다면 거래라기보다 협박이네.”

“네, 그렇게 말할 수도 있습니다.”

“하지만 밀고자는 범인이 나타난다는 것을 경찰에 알렸어.” 옆에서 이나가키가 말했다. “그건 어떻게 된 거지? 최종적으로는 범인을 배신할 생각인가? 거래하는 척하면서 이 호텔로 불러들이고, 경찰에게 체포하게 하려는 속셈이야?”

"그런 거라면 우리로서야 고마운 일이지만, 그런 정의감이었다면 진즉에 범인에 관한 자세한 정보를 넘겨줬을 거예요. 밀고자가 노리는 것은 어디까지나 돈뿐이라고 생각합니다. 범인이 체포되느냐 마느냐는 별 관심도 없는 것이죠. 그런데도 왜 경찰에 밀고를 했는가. 제 생각에는 범인 측에서도 조건을 걸었던 게 아닌가 싶습니다."

"어떤 조건을?" 이나가키가 다시 물었다.

"범인의 입장에서 생각해보죠. 당신이 범인이라는 증거를 잡고 있다, 경찰에 신고하지 않는 대신 돈을 내라, 라는 제안을 듣고 순순히 그 말대로 해줄까요?"

그렇게는 안 하지, 라고 대답한 것은 야구치였다.

"내가 범인이라면 뭔가 보증을 요구할 거야. 앞으로도 절대로 경찰에 알리지 않겠다는 보증. 그러지 않으면 몇 번이고 협박을 당할 우려가 있으니까."

"바로 그겁니다." 닛타는 크게 고개를 끄덕였다. "어떻게 이 거래를 성사시킬 것인가, 밀고자와 범인 사이에 서로 밀고 당기는 얘기가 오고 갔을 거라고 상상할 수 있죠. 그 결과, 쌍방이 납득할 만한 방법으로 결론이 내려졌다. 하지만 밀고자 쪽은 실제로는 처음부터 그 약속을 지킬 마음이 없었고 배신하는 것을 생각했었다. 그게 경찰에 밀고하는 것이었다고 생각합니다. 범인에게서 돈을 받은 뒤, 경찰이 그 범인을 체포하게 할 계획을 세운 것이죠. 그렇게 하면 원래 자신이 짊어졌어야 할 위험을 피할 수 있을 테니까요."

이나가키가 얼굴을 일그러뜨리며 끄응 신음 소리를 냈다. "정말로 일이 그렇게 복잡하게 얽혀 있을까?"

"팀장님, 생각해보십시오. 코스튬 파티장 같은 곳을 거래 장소로 선택했습니다. 이건 제법 복잡한 사정이 얽혀 있다고 봐야 하지 않겠습니까? 밀고자와 범인은 상당히 치밀한 거래 방법을 계획하고 있는 겁니다."

하지만, 이라고 야구치는 닛타에게서 노세에게로 시선을 옮겼다.

"그 구체적인 방법까지는 자네들도 알지 못한다는 건가?"

"네, 그렇습니다." 노세가 대답했다.

"그렇다면 대응할 도리가 없잖아. 예정대로 밀고자가 연락해주기를 기다릴 수밖에 없어."

"아뇨, 그건……." 노세가 말을 이으려다가 닛타 쪽을 가리켰다. 이곳에 오기 전에 상사에게 설명하는 일은 닛타에게 맡기기로 했던 것이다.

"거래 내용을 알아낼 방법이 있습니다." 닛타는 두 팀장을 번갈아 바라보며 말했다. "우라베를 만나보는 게 어떻겠습니까."

이나가키와 야구치는 여기서 그 이름이 나오는가 하고 허를 찔린 듯한 얼굴이었다.

"조금 전에 우라베는 이곳으로 오라는 지시를 듣고 호텔에 찾아온 것으로 보인다고 말씀드렸죠. 그렇다면 무엇 때문에 그를 이곳에 불렀는지, 이미 짐작하셨을 겁니다."

"거래와 관련된 것이겠지?" 이나가키가 물었다.

네, 아마도, 라고 닛타는 대답했다.

"그를 불러낸 사람이 범인 쪽인지 밀고자 쪽인지는 모르겠습니다. 하지만 거래를 유리하게 진행하려는 속셈을 가진 쪽에서 우라베를 이용하고 있는 게 아니겠습니까?"

"그런데 우라베는 왜 시키는 대로 하고 있는 거야?" 야구치가 물었다. "상식적으로 생각해보면 경찰에 알렸어야 하잖아."

"그건 아직 모르겠어요. 그래서 본인에게 직접 물어보려는 겁니다. 우리가 세운 추리가 맞는다면 그를 통해 밀고자와 범인이 어떤 거래를 했는지 파악할 수 있겠죠. 피해자는 우라베와 연인 사이였던 것으로 보입니다. 범인 체포를 위해서라고 말하면 반드시 협조해줄 거라고 생각합니다."

이나가키와 야구치는 서로를 바라보았다. 상대의 의견을 기다리는 눈치였지만 둘 다 확실한 의견을 선불리 밝히지 못하고 있었다.

이나가키가 닛타를 올려다보았다.

"우라베를 이용하려는 자가 있다고 치자. 근데 우리가 우라베를 접촉한 것을 혹시라도 그자가 알게 되면 거래를 중단해버릴 수도 있어."

"물론 그 점은 엄중하게 주의해야 합니다. 하지만 지금 이대로라면 밀고자의 연락에만 의지해야 할 형편이에요. 경찰이 밀고자에게 이용당하는 꼴이 될 수 있습니다."

"아닌 게 아니라 상대가 손에 쥔 카드를 알아낼 수만 있다면 우리가 선수를 치는 것도 가능하지." 그렇게 말하며 야구치는 이나가키 쪽을 보았다.

이나가키는 두세 번 고개를 위아래로 끄덕였다. "예, 그렇죠."

"오자키 관리관에게 전화합시다." 야구치가 상의 안쪽에 손을 넣었다.

39

인형을 올려다보며 나오미는 한숨을 내쉬었다. 멀리서 보면 마담 매스커레이드가 왼손에 든 황금 와인 잔에서 빨간 액체가 흘러넘치는 것처럼 보인다. 실은 액체가 아니라 남천촉 열매였다. 닛타에게서 와인 잔에 뭔가 꽂을 꽂아달라는 말을 듣고 급하게 호텔 안을 돌아다닌 끝에 찾아왔다. 로비의 새해맞이 인테리어에 사용하는 것을 한 가지 나눠달라고 한 것이다.

이제 곧 10시가 된다. 파티장 입구는 문이 닫혀 있지만 이제 준비는 거의 끝이 났을 터였다.

나오미 주위로 성급한 손님들이 모여들기 시작했다. 미국 코믹스의 히어로가 있는가 하면 디즈니 캐릭터도 있었다. 본격적인 코스튬을 준비해온 사람도 있고 턱시도에 플라스틱 가면만 쓴 사람도 있었다. 마담 매스커레이드 옆에는 그녀와 기념사진을 찍으려는 사람들이 길게 줄을 서 있었다. 저마다 코스튬 파티를 마음껏 즐기는 모습이어서 옆에서 지켜보는 것만으로도 저절로 흐뭇해질 만한 분위기였다.

하지만 실제 상황은 그런 평화로운 게 아니다.

파티가 시작되면 살인범이 나타날지도 모르는 것이다. 아니, 어쩌면 지금 눈앞에서 그야말로 즐겁게 환담을 나누는 손님들 속에 그자가 있는지도 모른다.

나오미는 닛타가 얘기해준 밀고자의 지시라는 것을 떠올렸다. 오후 10시까지 황금 와인 잔에 꽃을 장식하라는 내용이었다. 즉 살인범은 어찌 됐든, 밀고자는 이미 이 근처에서 잔에 든 빨간 남천촉을 확인하고 있다는 얘기다.

나오미는 주위를 둘러보았다. 그런 생각을 하고 보니 모두가 수상쩍게 보였다. 맨얼굴을 알지 못하기 때문에 더더욱 두려움에 박차가 가해졌다.

파티장 문이 살짝 열리고 안에서 한 남자가 나왔다. 유니폼 차림이라서 호텔 직원이라는 것은 알 수 있었다. 하지만 누구인지 나오미의 위치에서는 잘 보이지 않았다. 가면을 썼기 때문이다. 좀 더 현실감을 주기 위해 '매스커레이드 나이트' 파티장에서는 음료나 가벼운 식사를 서비스하는 직원들도 눈 주위를 가리는 가면을 쓰기로 한 것이다.

가면의 직원이 나오미에게로 다가왔다. 가슴팍의 이름표에

'오오키'라고 적힌 것을 보고 저절로 안도의 미소가 지어졌다. 구사카베의 프러포즈 작전 때 크게 신세를 진 프렌치 레스토랑의 매니저였다. 파티에 그도 동원된 모양이었다.

나오미 앞에 오더니 오오키는 가면을 벗었다. "앞이 잘 안 보여. 내 얼굴에 안 맞는 것 같아."

"그래도 아주 잘 어울리는데요."

"이미 알고 있겠지만 오후 11시 이후에는 야마기시 씨도 여기 3층에서는 가면을 써야 돼."

"네, 알고 있죠. 혹시나 해서 저도 준비해뒀어요." 나오미는 윗옷 호주머니를 두드리며 말했다.

오오키는 파티장 입구를 돌아보며 뭔가 떨떠름한 표정을 지었다.

"어떻든 무사히 파티가 끝나기를 기도할 뿐이야. 솔직히 말해서 살인범 따위는 아예 나타나지 않았으면 좋겠어."

"네, 그런 마음은 이해해요."

실은 나오미도 동감이었다. 한시라도 빨리 일상으로 돌아가고 싶었다. 하지만 아무 일 없이 끝나버린다면 그건 그것대로 걱정스러운 일이었다.

"근데 그 고객님은 어떻게 됐어? 프러포즈를 했다가 크게 한 방 먹은 그 남자분."

"구사카베 씨 얘기시라면, 이제 완전히 마음을 정리하셨어요. 지금은 다른 여자분과 식사 중일걸요?" 손목시계를 보며 고개를 갸웃했다. "아, 식사는 이미 끝났는지도 모르겠네요."

"다른 여자하고? 와아, 진짜 변환이 빠른 분이네. 그렇다면 그건 역시 관계없는 일이었나." 오오키가 혼잣말처럼 중얼거렸다.

"무슨 일 있었어요?"

"아니, 실은 우리 스태프가 그 두 사람을 봤다고 하더라고."

"두 사람이라니, 누구랑 누구요?"

그러니까 그게, 라고 오오키는 쓴웃음을 지었다.

"그저께 밤의 주인공들 말이야. 한 사람은 구사카베 고객님, 그리고 또 한 사람은 구사카베 고객님의 프러포즈에 스위트피로 응답한 여자분이었잖아."

"가노 다에코 씨 말씀이신가요?"

"아니, 난 이름은 모르지."

"그 두 분을 어디서 보셨다는 거예요?"

"시오도메에서. 일 때문에 그쪽에 갔었는데, 그 두 사람이 카페에 있는 걸 봤대."

"언제요?"

"어제였어. 그래서 그 여자가 마음이 바뀌어서 역시 프러포즈를 받아들이기로 한 모양이라고 다들 얘기했었어. 하지만 방금 야마기시 씨 얘기를 들어보니 그럴 가능성은 희박한 것 같네."

"그 두 사람, 분명히 구사카베 씨와 가노 씨였어요?"

"분명히 그 사람들이었느냐고 물으면 대답하기가 좀 어려운데? 내가 직접 본 게 아니잖아. 그냥 그런 일이 있었다는 얘기일 뿐이야." 오오키는 손목시계를 보았다. "이제 가봐야겠다. 야마기시 씨는 오늘 밤에 어떻게 할 거야? 퇴근해?"

"아뇨, 내일 아침까지 근무할 예정이에요. 경찰과의 연락도 있고 해서."

"아이고, 수고가 많네. 혹시 파티장 안을 들여다볼 거라면 이거, 잊지 않도록 해." 오오키는 웃으면서 다시 가면을 쓰고 "자, 그럼"이라면서 한 손을 들어 보이고 멀어져갔다.

나오미는 고개를 갸우뚱했다. 방금 들은 이야기가 아무래도 마음에 걸렸다.

어제 구사카베가 외출한 것은 사실이었다. 호텔에서 나가는 것을 닛타와 함께 지켜봤었다. 하지만 그 전에 나오미는 구사카베에게서 큰 숙제를 받았다. 라운지에서 보고 한눈에 반해버린 여자, 즉 나카네 미도리와 단둘이 만나는 자리를 만들어달라, 라는 것이었다. 오오키의 이야기가 사실이라면 그 직후에 구사카베는 가노 다에코를 만났다는 얘기가 된다. 하지만 그때 구사카베는 그녀와의 관계에 대해서는 깨끗이 체념한 듯한 말투였다. 아니면 그 뒤에야 가노 다에코에게서 연락이 와서 다시 만나게 된 것일까. 하지만 호텔에 돌아온 구사카베에게서는 그런 기미는 털끝만큼도 느껴지지 않았다. 한눈에 반한 여자에 대한 것만 머릿속에 가득한 기색으로 나오미가 제안한 '키다리 아저씨 작전'에 열심히 귀를 기울이지 않았던가.

모락모락 피어나는 의문을 품은 채 나오미는 그 자리를 떠났다.

컨시어지 데스크로 돌아오자마자 파일을 꺼냈다. 고객이 건네준 명함을 정리해둔 것이다. 가노 다에코의 명함은 맨 앞 페이지에 있었다.

명함을 들여다보는 사이에 문득 이상한 게 눈에 띄었다. '강사 가노 다에코'라고 적힌 부분이다. 그녀에게서 들은 얘기로는 아이들을 돌보고 공부를 가르치는 일을 하는 것 같았다. 그렇다면 교사라고 하는 게 일반적이 아닌가.

아니면 학교에 따라 호칭이 다른 것일까.

나오미는 컴퓨터를 두드려 명함에 인쇄된 특수학교의 이름을 검색해보았다. 요즘에는 어떤 학교나 공식 사이트가 있다.

그런데—.

눈에 띄지 않았다. 공식 사이트뿐만 아니라 그 학교에 관한 정보가 단 한 가지도 나오지 않는 것이다. 나오미는 당황스러운 마음으로 지그시 명함을 들여다보았다.

40

오후 11시까지 이제 채 20분도 남지 않았다. 여전히 정면 현관에서는 다양한 코스튬의 손님들이 밀려들고 있었다. 하지만 그들은 로비를 지나 곧장 엘리베이터 홀로 향했다. 파티장은 아직 문을 열지 않았지만 입구 앞 공간에서 전초전을 시작하려는 것이다.

로비에 무리 지어 있던 사람들도 이제는 한 명도 보이지 않았다. 감시하던 수사원들의 모습도 사라졌다. 지금쯤 가장을 끝내고 파티를 즐기려는 손님들 틈에 섞여 있을 것이다.

하지만 그들의 마음속은 바로 한 시간 전과는 아마 크게 다를 것이다. 가면을 쓴 모습으로 감시하면서 사실인지 아닌지도 모르는 밀고자의 정보에 의지해 정체불명의 범인이 나타나기를 마냥 기다려야 한다는 것은 정신적으로도 무척 힘든 일이다. 단순한 장난질은 아닐까, 그저 놀아나는 것이 아닐까, 하는 의심이 계속 머릿속 한 귀퉁이를 떠나지 않는다.

하지만 현재 상황은 전혀 다르다. 감시해야 할 대상이 한 사람 발견되면서 장난질에 놀아나는 건 아니라는 확증을 잡을 수 있었다.

닛타가 노세 그리고 모토미야와 함께 0806호실, 즉 우라베 미키오의 방을 찾아간 것은 지금으로부터 약 30분 전의 일이다. 이나가키와 야구치의 제안을 들은 관리관 오자키가 오케이 사인을 내려준 것이다.

닛타를 호텔리어라고 믿고 있는 우라베는 전혀 경계하지 않았다. 거기에 편승해 세 명이 우격다짐으로 방 안까지 들어갔다.

무슨 영문인지 모르겠다는 얼굴로 한순간 멍해져 있던 우라베는 모토미야가 제시한 경찰 배지를 본 순간, 얼굴이 핼쑥해졌다.

먼저 모토미야가 신분증을 보여달라고 요구했다. 이유를 묻는 우라베에게 살인 사건 수사의 일환이라고 답했다.

"양심에 걸리는 게 없다면 보여줄 수 있지요? 아니면 신분을 밝힐 수 없는 사정이라도 있습니까?"

조폭 못지않게 험상궂은 모토미야의 말에 우라베는 완전히 위축되어 있었다. 떨리는 손으로 지갑에서 운전면허증을 꺼냈다.

그의 본명은 우치야마 미키오라고 했다. 도쿄에 거주 중이다. 더구나 네리마구여서 이번 사건 현장과도 가까웠다.

왜 가명을 사용했느냐는 모토미야의 질문에 우치야마는 대답하지 않았다. 고개를 숙인 채 눈을 질끈 감고 있었다. 마치 태풍이 지나가기를 기다리는 사람처럼 보였다.

이래서는 도저히 진척이 안 되겠다고 판단했는지 모토미야가 곧장 핵심으로 파고들었다. 현재 수사 중인 살인 사건의 피해자가 이즈미 하루나라는 여성이라고 밝힌 것이다.

그 순간 우치야마의 몸이 움찔하는 것을 닛타는 놓치지 않았다. 물론 모토미야와 노세도 마찬가지일 것이다.

"당신, 이즈미 하루나 씨를 알고 있지? 모른다는 말은 못 할 거야. 12월 5일에 당신이 펫숍 안을 들여다보는 모습이 방범 카메라 영상에 선명하게 남아 있어. 이즈미 씨가 일하던 펫숍 말이야."

모토미야의 추궁에 우치야마는 한껏 움츠린 채 버텨보려고 했다. 의자에 앉은 채 등을 말고 있었다.

"우라베 씨, 아니, 우치야마 씨인가? 어느 쪽이건 상관없지만, 당신과 이즈미 하루나 씨의 관계를 얘기해주시죠. 우리도 대략 짐작은 하는데 일단 본인의 입으로 들어봐야 하니까."

그래도 입을 열지 않는 우치야마에게 모토미야가 위협조의 말을 건넸다. "여기서 말을 못 하겠다면, 장소를 바꿔서 얘기할까?" 취조실에서의 얼굴이 되어 있었다.

마침내 우치야마가 작은 목소리로 입을 열었다.

"이즈미 하루나 씨와, 가끔…… 만났어요."

모토미야가 흐흥 하고 코를 울렸다.

"우치야마 씨, 우리 서로 간에 어엿한 성인인데 그런 식으로 답답하게 말하지 맙시다. 남녀 관계가 있었는지 없었는지, 그걸 얘기해주쇼."

우치야마는 시선을 아래로 향한 채 "있었습니다"라고 조그맣게 대답했다.

닛타는 노세와 얼굴을 마주 보았다. 역시 이쪽에서 짐작한 대로였던 것이다.

"하지만 그런 관계가 된 건 아주 최근이에요. 처음에는 그럴 생각이 아니었는데……."

우치야마가 변명 같은 말을 하려는 것을 모토미야가 가로막았다.

"오늘은 시간이 없으니까 그런 자세한 얘기는 나중에 찬찬히 듣도록 합시다. 그보다 지금 우리가 알고 싶은 것은 당신이 무엇 때문에 이 호텔에 왔느냐는 거야. 그걸 얘기해주쇼."

우치야마는 눈동자가 허우적거릴 뿐 침묵했다. 묵비권 같은 걸 행사하려는 게 아니라 어떻게 대답해야 좋을지 모르는 것이라고 닛타는 판단했다.

우치야마 씨, 라고 옆에서 말을 건넸다.

"형사인 내가 이런 옷차림인 것을 보고 이미 짐작했겠지만 현재 이 호텔은 경찰이 장악하고 있어요. 당신이 지금부터 무슨 일을 할 계획인지는 모르겠어요. 하지만 당신의 행동은 하나부터 열까지 방범 카메라로 추적되고, 잠입 중인 수사원도 당신에게서 눈을 떼지 않을 겁니다. 지금 이 상황에서 사실을 숨겨봤자 소용없어요. 당신이 이즈미 씨를 살해한 범인이 체포되기를 원한다면 우리에게 다 털어놓고 협조해주세요."

우치야마는 괴로운 듯 어깨를 들먹였다. 숨이 거칠어져 있었다. 잠시 뒤, 신음하듯이 그가 말문을 열었다.

"협박을, 받고 있어요."

"누구에게?" 모토미야가 물었다.

"누군지는 모릅니다. 얼마 전에 메일로 연락이 왔어요. 자신이 지시하는 대로 따르지 않으면 이즈미 하루나와의 관계를 세상에 공표해버리겠다고……."

그 말을 통해 아무래도 우치야마와 이즈미 하루나가 깊은 관계였던 것이라고 짐작할 수 있었다. 자세히 묻고 싶었지만 지금은 그런 것을 추궁할 때가 아니었다.

모토미야가 지시 내용을 물었다.

"호텔 코르테시아도쿄에 투숙하라는 거였어요. 우라베 미키오라는 이름으로 예약이 되어 있다, 30일에 체크인해서 2박을 해라, 그다음 일은 나중에 지시하겠다고……."

"골프 캐디백은 왜 들고 왔지요?" 닛타가 던진 질문이다. 내내 마음에 걸렸던 것이다.

가족에게 핑곗거리를 만들려고, 라는 것이 우치야마의 대답이었다.

"12월 30일 밤부터 설날까지 외박이라는 건 아무리 봐도 부자연스럽잖아요. 회사 일로 크게 신세 진 사람의 급한 호출로 규슈에 골프 여행을 가야 한다고 했습니다. 원래 같이 갈 예정이던 사람이 갑자기 올 수 없게 되어서 대타로 나를 불렀다고."

제법 잘 둘러댔구나, 라고 닛타는 내심 감탄했다. 하지만 가명을 사용한 이상, 캐디백에 이름표를 그대로 붙여둘 수 없었던 것이다.

"그래서 그다음 지시는 내려왔어요?" 모토미야가 이야기를 재촉했다.

"예, 왔습니다. 이미 아시겠지만 오늘 택배가 도착했어요." 그렇게 말하며 우치야마는 바닥에 놓인 박스로 시선을 돌렸다.

닛타와 노세가 다가가 박스 안을 확인했다. 카운트다운 파티의 티켓, 펭귄 얼굴 가면과 연미복, 그리고 큼직한 가방이었다. 첨부된 메모에는 '오후 11시까지 옷을 갈아입고 방에서 대기할 것. 다음 행동은 전화로 지시하겠다'라고만 적혀 있었다. 가방은 제법 묵직하고 열쇠가 채워져 있었다.

닛타는 다시 한번 시계를 보았다. 오후 10시 45분. 지금쯤 우치야마는 펭귄 가면과 연미복을 입고 협박자에게서 연락이 오기를 기다리고 있을 터였다.

협박자의 정체는 아마도 범인일 것이다. 가방의 내용물은 현금인 것으로 판단되었다. 다만 실제로 지폐가 들어 있는지 어떤지는 알 수 없다. 어찌 됐든 밀고자에게 건네주기 위한 가방이다. 협박자가 우치야마에게 어떤 일을 지시할지, 구체적인 것까지는 알 수 없다. 하지만 밀고자와 주고받은 거래에 어떤 형태로든 우치야마를 이용할 생각이라는 것은 틀림이 없다. 그래서 현장에서 잠복 중인 수사원들과 방범 카메라 담당자들은 우선 우치야마의 동향을 중점적으로 추적하기로 했다.

11시 정각에는 닛타도 프런트를 떠나 파티장으로 가라는 지시를 받았다. 여기서는 아직 쓸 수 없지만 인터컴도 이미 호주머니 안에 준비해두었다.

크흠, 하고 옆에서 헛기침하는 소리가 났다. 우지하라가 단말기를 마주하고 키보드를 두드리고 있었다. 오후 근무자에게서 인계받은 사항을 확인하는 모양이었다.

"죄송합니다." 닛타는 옆에 있는 우지하라에게 사과했다. "연말인데 저 때문에 야간 근무를 하시게 됐네요."

"상관없어요." 손말에 시선을 떨군 채 변함없이 담담한 어조로 말했다. "연말이든 뭐든 야간 근무 당번이 되면 퇴근은 못 하니까. 호텔리어 일을 선택한 이상, 크리스마스나 연말연시를 다른 사람들과 똑같이 즐길 생각은 하지 말아야지요. 그런 점은 형사도 마찬가지 아닙니까?"

"네, 그건 그렇죠."

프런트 카운터에 남은 직원은 닛타와 우지하라뿐이었다. 오늘 밤 예약 손님의 체크인은 모두 끝났기 때문에 원래는 직원이 자리를 지키지 않아도 별문제가 없었다. 하지만 오후 11시 직전까지 정면 현관으로 들어오는 사람을 체크하라는 이나가키의 지시에 따라 닛타는 이곳에 남기로 했다. 그러니 우지하라도 함께 남지 않으면 안 되게 된 것이다.

"그보다 아까 닛타 씨가 자리를 비운 사이에 그 여자분이 체크아웃을 하고 떠났어요." 우지하라가 뒤를 돌아보며 말했다. "닛타 씨가 주목했던 여자분, 부부 동반인 척하는데 사실은 혼자 온 게 아니냐고 했던."

"엇, 나카네 씨가?"

우지하라는 단말기를 흘끔 들여다보고는 "체크아웃 때의 사인은 마키무라 미도리 씨였어요"라고 정정해주었다.

"그 여자분, 내일까지 있기로 했을 텐데요?"

"일정을 앞당기기로 했다더군요. 원하던 것도 이뤘고 덕분에 즐거운 시간을 보냈다고 했어요. 닛타 씨에게 감사 인사를 전해 달라더군요. 잠깐 자리를 비웠다고 했더니 무척 아쉬워하던데요."

"저는 딱히 한 것도 없었어요. 무리하게 그 방에 들어갔다가 우지하라 씨에게 혼이 나기도 했고요."

"자기 이야기를 들어준 것만으로도 고마웠다고 했어요. 혼자서 쓸쓸한 연말이었을 텐데 아주 멋진 추억이 생겼다면서."

"감사 인사를 받아야 할 사람은……." 닛타는 컨시어지 데스크로 시선을 던졌지만 야마기시 나오미의 모습은 없었다.

"공교롭게도 야마기시까지 자리에 없어서 나한테 그런 말을 남기고 간 거예요. 부디 두 사람에게 인사를 부탁한다고 몇 번이나 머리를 숙인 뒤에 정면 현관으로 향했죠. 실로 속이 후련하다는 표정으로."

"그렇습니까."

복잡한 심경이었다. 닛타는 단지 형사로서의 시선으로 나카네 미도리를 지켜봤을 뿐이었다. 그녀의 비밀을 찾아내려고 한 것도 수사의 일환이었던 것이다.

"그 여자분, 역시 동행한 남자분은 없었던 거군요." 우지하라가 가라앉은 목소리로 말했다. "닛타 씨와 야마기시가 들었다는 이야기가 바로 그것과 관련된 것일 테고."

"네, 실은 남편이라는 분은……."

잠깐, 이라고 우지하라가 왼쪽 손바닥을 내밀었다.

"고객님이 비밀을 털어놓았다는 것은 호텔리어로서는 큰 훈장이에요. 소중히 마음속에 담아두는 게 좋아요. 설령 진짜 호텔리어가 아니라고 해도."

우지하라의 말투는 어딘가 씁쓸한 느낌이 나는 것이었다. 닛타는 가만히 고개를 끄덕였다. "네, 그렇게 하겠습니다."

그때, 시야 왼편 끝으로 인기척이 잡혔다. 돌아보니 한 남자가 엘리베이터 홀에서 프런트로 다가오고 있었다. 이제 그 남자의 이름은 닛타의 머릿속에 새겨져 있다. 소노 마사아키. 양복 위에 베이지색 코트를 걸쳤다. 어딘가에 외출할 생각인 것인가.

소노가 프런트 카운터 앞에 섰다. "잠깐 실례 좀 할까요."

"네, 무슨 일이신지요." 우지하라가 즉각 대응에 나섰다.

"1008호실의 소노라고 합니다. 가족 셋이 묵는 중인데 갑작스럽게 나만 집에 가봐야 할 일이 생겼어요. 아내와 아들은 오늘 밤에도 여기 있을 건데 우선 지금까지 비용 나온 것만 계산해줄 수 있죠? 냉장고 이용한 것 등은 내일 아내가 키를 반납할 때 현금으로 낼 테니까."

"알겠습니다. 잠시만 기다려주십시오."

우지하라가 단말기를 두드리며 정산 수속에 들어갔다. 잠시 뒤에 프린터가 이용명세서를 토해내기 시작했다.

닛타는 소노의 모습을 슬쩍 살펴보았다. 이제 한 시간 뒤면 새해가 되는 참에 가족을 호텔에 남겨두고 집에 가봐야 한다니, 대체 무슨 일이 생겼다는 것인가. 무슨 일이냐고 물어보고 싶었지만 우지하라가 옆에 있어서 선불리 입을 열 수가 없었다.

그러다가 소노와 눈이 마주쳐버렸다. 닛타는 급히 시선을 돌렸다.

우지하라가 명세서를 소노 앞에 내밀었다. "확인을 부탁드려도 될까요? 틀림이 없다면 사인을 해주셨으면 합니다만."

소노는 명세서를 슬쩍 훑어보고 "응, 됐어요"라면서 볼펜으로 사인을 했다. 그러고는 지갑에서 신용카드를 꺼내 카운터에 올려놓았다.

우지하라는 카드를 IC 단말기에 넣고 소노에게 비밀번호를 입력해달라고 말했다. 소노는 잠시의 망설임도 없이 키를 눌러나갔다. IC 단말기는 그의 신용카드가 아무런 문제도 없다는 것을 표시해주었다.

"허 참, 미치겠어요." 우지하라에게서 카드 영수증을 받아 들면서 소노는 하소연하듯이 말했다. "연말 홍백가합전도 한창 종반으로 달려가는 참인데 말이야."

"무슨 일 있으셨습니까?" 우지하라가 물어본 것은 손님이 자신의 사정을 말하고 싶어 한다고 짐작했기 때문일 것이다.

"우리 맨션 관리회사에서 연락이 왔는데 주차장에 세워둔 내 차에 누군가 못된 장난을 쳤다잖아요. 최대한 빠른 시간 내에 상황을 확인하고 피해 신고를 할지 말지 결정해달라네요."

"어휴, 저런." 우지하라는 몸이 젖혀질 만큼 크게 숨을 들이쉰 뒤 "거참 큰일이네요"라고 안타깝다는 듯 공감을 표했다.

"원, 재수가 없으려니. 게다가 정초부터 귀찮을 것 같아요. 이래서야 새해도 뭐, 보나 마나네."

"아니, 그런 말씀은 마시고요. 소노 고객님께 멋진 한 해가 되시기를 진심으로 기원합니다." 우지하라가 깊숙이 머리를 숙이며 말하는 바람에 옆에서 닛타도 따라 했다.

"고마워요, 댁들도 새해 복 많이 받아요." 그렇게 말하는 소노의 목소리가 들렸다. 조심하십시오, 라고 우지하라가 답했다. 닛타가 고개를 들었을 때, 그의 등은 정면 현관을 향하고 있었다.

"한 해를 마무리해야 할 시간에, 진짜 딱하게 됐네요." 그렇게 말하고 닛타는 우지하라 쪽을 향했다. "저 사람이 하는 말이 사실이라면 그렇다는 얘기지만."

"설령 사실이라고 해도 본인이 말하는 만큼 재수가 없다고 생각하지는 않을 것 같군요. 오히려 다행이라고 생각하지 않을까요?"

"네, 가족과 함께 온 호텔에 애인이 떡하니 나타났으니 본인으로서는 한시라도 빨리 도망치고 싶었겠죠. 그러고 보니 부인과 그 애인, 아무래도 서로 아는 사이인 것 같던데요?"

닛타는 조금 전 2층에서 본 광경을 우지하라에게 들려주었다. 우지하라는 별반 놀란 기색도 없이 "뭐, 흔한 일이에요"라고 노세와 비슷한 감상평을 입에 올렸다.

"아까 제가 본 인상으로는 두 여자가 상당히 친한 모습이었어요. 아마 그 뒤에도 계속 함께 있는지도 모르겠네요. 바람피운 남편으로서는 거북하기 짝이 없는 상황이죠. 그렇다면 누군가 차에 장난을 쳤다는 얘기도 역시 미심쩍은데요?" 그렇게 말하며 고개를 갸웃거리는 참에 스마트폰이 울렸다. 모토미야에게서 걸려 온 것이었다.

"팀장님 지시가 떨어졌어. 인터컴을 장착하고 언제든 파티장으로 이동할 수 있게 준비해."

알겠습니다, 라고 말하고 닛타는 스마트폰의 통화 종료를 터치했다.

41

오후 11시 정각, '매스커레이드 나이트'가 시작되었다. 입구의 문이 활짝 열리고 줄을 서서 기다리던 참가자들이 차례차례 파티장으로 들어갔다. 배트맨이, 고릴라가, 호빵맨이 들어간다. 게게게의 기타로와 눈알 아저씨✦도, 다스베이더도, 가면 때문에 얼굴 표정은 전혀 보이지 않지만 온몸으로 환희의 아우라를 풍기면서 입장했다.

입구 앞에서는 가면을 쓴 스태프들이 음료를 차려놓고 파티

✦ 미즈키 시게루의 애니메이션 〈게게게의 기타로〉의 등장인물들.

참가자들을 맞이했다. 입장 티켓을 제시하면 어떤 음료든 원하는 만큼 마실 수 있다.

조금 떨어진 자리에서 그런 모습을 지켜보던 나오미도 여기에서는 빨간 가면을 쓰고 있었다. 컨시어지 유니폼은 다른 스태프들과 디자인이 전혀 달라서 사실은 별 의미도 없었지만 분위기를 띄우는 데는 협조하지 않으면 안 된다.

부디 이 파티가 무사히 끝나기를—. 지금 나오미가 바라는 건 그것뿐이었다. 이렇게 이곳에 서 있는 것도 참가자 전원이 행복한 그대로 이 자리를 떠나는 모습을 지켜보고 싶은 마음 때문이었다.

하지만 한편으로는 내가 이러고 있어도 괜찮을까, 하는 불안감이 머릿속 한 귀퉁이에 자리 잡고 있는 것도 사실이었다. 뭔가 다른 해야 할 일이 있는 게 아닐까.

가장 마음에 걸리는 것은 구사카베 도쿠야였다. 아니, 정확하게는 그에게 실연의 아픔을 안겼던 가노 다에코까지 두 사람에 관한 일이다. 오오키가 전해준 얘기로는 어제 그들이 만나는 장면을 본 사람이 있다는 것이다. 오오키에게는 대수롭지 않은 일이겠지만 나오미로서는 간단히 흘려들을 수 없는 얘기였다.

게다가 가노 다에코의 직장이 아무래도 미심쩍었다. 그 뒤로 계속 검색해봤지만 명함에 인쇄된 학교는 눈에 띄지 않았던 것이다. 주소지를 인터넷으로 알아보니 그 자리에 있는 것은 쇼핑센터였다. 그 쇼핑센터의 공식 사이트에 따르면 20여 년 전부터 지금까지 그곳에 있었다고 하니 최근에 학교가 이사를 한 것도 아닐 터였다.

그 명함은 가짜, 즉 가노 다에코가 거짓말을 했다고 생각할 수밖에 없다. 만일 거짓말이라면 어떤 문제가 생기는가. 보통 때라면 딱히 상관없는 일이다. 나오미 스스로 항상 말했던 것처럼 고객님은 가면을 쓰는 존재인 것이다. 때로는 신분을 위장해야 할 일도 있을 것이고, 굳이 그 이유를 꼬치꼬치 따져볼 필요 따위는 없다.

하지만 지금은 보통 때와는 다르다. 비상사태인 것이다.

중요한 것은 가노 다에코의 거짓말을 구사카베는 알고 있느냐는 것이다. 그가 알지 못하는 일이라면 그리 심각하게 생각할 게 없는지도 모른다. 구사카베도 속아 넘어가 그녀의 정체를 알지 못한 채 휘둘린 것이라면 그건 그것대로 오히려 그에게는 좋은 일인지도 모른다.

하지만 만일 구사카베가 알고 있다면 얘기가 달라진다. 그 역시 거짓말을 하고 있다는 얘기가 된다. 그가 했던 말의 어느 것이 사실이고 어느 것이 거짓인지, 왜 거짓말을 하는지 밝혀내지 않으면 안 된다. 왜냐하면 지금 비상사태의 한복판에 서 있기 때문이다.

실은 조금 전에 1701호실에 내선전화를 걸어볼까 하는 생각도 했다. 구사카베와의 저녁 식사가 어땠는지 나카네 미도리에게 물어보려고 한 것이다. 하지만 단말기를 확인하고 어깨를 툭 떨궜다. 나카네 미도리는 이미 체크아웃을 한 상태였다. 모든 것을 털어놓고 이제 더 이상 이 호텔에 머물 필요가 없어졌는지도 모른다. 그나마 만족스럽게 이 호텔을 떠난 것이라면 좋을 텐데, 라는 마음만 들었다.

구사카베에게 직접 전화하는 것은 생각하지 않았고 지금도 그럴 생각은 없다. 만일 그가 이번 사건과 관련이 있다면 자칫 수사에 큰 영향을 끼칠 수도 있기 때문이다.

"상당히 절박한 아우라를 발산하고 있군요." 옆에서 불쑥 날아온 말에 퍼뜩 정신을 차렸다. 닛타가 고개를 기울여 나오미의 얼굴을 들여다보고 있었다. 인터컴을 달고 있지만 가면 없이 맨얼굴이었다.

"닛타 씨, 이거." 나오미는 자신의 가면을 가리켰다.

"아차, 깜빡했네." 그는 호주머니에서 파란 가면을 꺼내 얼굴에 썼다. "어때요?"

"괜찮아요. 그보다 뭔가 움직임이 있었어요?"

"이제 곧 있을 것 같아서 이쪽으로 이동했어요." 닛타는 가면 쓴 얼굴을 파티장으로 향했다. "그나저나 분위기가 굉장한데요. 재방문자가 많을 만도 해요. 게다가 아직도 참가자가 줄줄이 들어오고 있고."

그의 말대로였다. 엘리베이터가 도착할 때마다 다양한 코스튬으로 몸을 감싼 사람들이 나타났다. 파티장 입구를 약속 장소로 정한 사람도 많은 것 같았다. 나오미 바로 옆에서는 미라 남자가 스마트폰을 들여다보고, 선글라스를 쓴 마이클 잭슨은 누군가를 기다리는 얼굴로 서 있었다. 하긴 마이클 잭슨의 얼굴도 고무 마스크라서 실제 표정은 알 수 없다.

"현재까지 뭔가 마음에 걸리는 일은 없었어요?" 닛타가 물었다.

"네, 딱히……."

"그래요? 뭔가 알아낸 게 있으면 어떤 사소한 것이라도 좋으니까 말해줘요."

"네……."

어떻게 할까, 하고 머뭇거렸다. 가노 다에코에 관한 이야기를 한다면 지금밖에 없다. 뭔가 움직임이 있다면 닛타는 윗사람의 지시에 우선 따라야 하기 때문에 나오미의 이야기에 귀를 기울일 여유라고는 없을 터였다.

실은, 이라고 말을 건네는 순간, 그녀의 스마트폰이 부르르 울렸다. 호주머니에서 꺼내 들여다보고 숨을 헉 삼켰다. 구사카베에게서 온 것이었다.

벽 쪽을 향하고 반대편 귀를 손끝으로 막은 채 전화를 받았다.

"네, 구사카베 고객님, 야마기시입니다."

"아, 연결됐네. 연말 밤늦은 시간이라 안 받을 줄 알았어요."

"아뇨, 괜찮습니다." 스마트폰을 움켜쥔 손에 땀이 뱄다.

"주위가 꽤 소란스럽군요. 거기, 혹시 파티장인가요?"

"죄송합니다, 파티장 앞이에요. 소리가 잘 안 들리시면 장소를 옮겨서 제가 다시 전화를…….”

“아니, 괜찮아요. 잠깐 물어볼 게 있는데, 카운트다운 파티 끝난 뒤에 야마기시 씨는 뭔가 예정이 있어요? 누군가를 만난다든가 일이 남았다든가.”

“아뇨, 현재로서는 별다른 예정이 없습니다.” 가슴이 술렁거리는 것을 자각하면서 대답했다.

“그렇다면 잠깐 호텔 안에서 볼 수 있을까요, 야마기시 씨에게 얘기할 게 있는데.”

“그건 저어…….” 가노 다에코에 관한 것이냐고 묻고 싶은 것을 애써 참았다.

“내가 다시 연락하지요. 자, 그럼 이따가.” 구사카베는 그렇게 말하고 일방적으로 전화를 끊었다.

나오미는 혼란스러웠다. 물론 동요하기도 했다. 이 타이밍에 무슨 이야기를 한다는 것인가.

역시 닛타에게 상의해보자고 마음먹고 뒤를 돌아봤지만 이미 그의 모습은 없었다. 어디로 가버렸는가. 주위를 둘레둘레 찾아봤지만 사람이 많아서 눈에 띄지 않았다.

그때였다. “야마기시 씨!”라고 부르는 소리가 들렸다. 여자 목소리였다.

이쪽으로 뛰어오는 사람은 웨딩드레스에 하얀 가면 차림의 여성이었다.

“나예요, 나. 아시겠어요?”

그 목소리는 귀에 익은 것이었다. 무엇보다 간사이 사투리의 억양이 특징적이다. 아하, 하고 나오미는 크게 고개를 끄덕였다.

"알고말고요. 신혼 커플이시죠? 와아, 웨딩드레스를?"

"어떤 코스튬을 할지 그이랑 한참 고민했는데 노래방 직원이 이런 것도 있다고 추천해줬어요. 둘 다 당장 이걸로 하자고 결정했죠. 왜냐면 우리가 아직 정식 결혼식을 못 올렸거든요. 당연히 나도 웨딩드레스를 입어본 적이 없어서……."

"그랬군요."

요즘은 결혼식을 올리지 않는 커플이 많다. 역시 비용 부담이 만만치 않기 때문일 것이다.

"솔직히 이 호텔에서 빌려주는 의상에 비하면 싸구려 티가 팍팍 나겠지만, 가격 대비 이 정도면 괜찮은 것 같은데, 어때요?" 그렇게 말하며 여자는 가볍게 두 팔을 펼쳐 보였다.

"좋은데요? 아주 멋있어요."

공치사도 위로도 아니었다. 가장용 의상치고는 정말 근사했다. 요금은 기껏해야 천 엔 남짓일 것이다. 호텔에서 빌리기로 하면 아무리 급을 낮춰도 20만 엔은 든다.

"정말요? 와, 다행이다."

"저어…… 남편분은?"

"지금 화장실에 갔어요. 그쪽 의상도 그럭저럭 괜찮아요. 그래서 말인데요, 야마기시 씨, 긴히 부탁드릴 게 있어요. 내 평생의 소원이에요." 그렇게 말하며 가면을 쓴 신부는 하얀 장갑을 낀 손을 맞댔다.

42

'마루타이, 0806호실 나옵니다.'

인터컴을 통해 들려온 것은 경비실에 진을 치고 있는 형사의 목소리였다. '마루타이'는 경찰의 은어로, 수사나 호위 대상자를 가리킨다. 피의자도 피해자도 아니다. 이번 경우는 우치야마 미키오다. 바로 몇 분 전, 우치야마의 스마트폰에 협박자로부터 전화가 왔다. 카운트다운 파티장으로 가라는 지시였다.

닛타는 조금 전에 파티장 입구에서 엘리베이터 홀 부근으로 이동했다. 우선은 다른 수사원들과 마찬가지로 우치야마의 움직임을 지켜보는 수밖에 없었다.

인터컴에 착신음이 들렸다. 우치야마 미키오가 소지한 스마트폰에 걸려 온 것이다. 협박자와의 대화를 엿들을 수 있게 기기를 세팅해두었다.

네, 라고 우치야마가 전화를 받았다.

'엘리베이터를 타고 2층에서 내려.' 협박자가 말했다. 음성변조기를 이용한 날카로운 목소리여서 남자인지 여자인지도 판별할 수 없었다.

'2층? 파티장은 3층인데요?' 우치야마가 묻고 있었다.

'시키는 대로 해. 2층에서 내려서 예식부 코너로 가.'

'예식부?' 우치야마가 되물은 참에 전화는 끊겼다.

인터컴의 음원이 바뀌었다.

'이나가키다. 경비실, 마루타이의 현재 위치는?'

'여기는 경비실, 마루타이는 8층 엘리베이터 홀에서 대기 중. 지금 엘리베이터에 탔습니다. 엘리베이터 안 방범 카메라를 확인하겠습니다. 먼저 탄 사람은 세 명. 전원 코스튬이라서 얼굴은 알 수 없습니다.'

'알았다. C팀의 닛타. 내 말 들리면 응답하라.'

닛타는 급히 인터컴의 응답 스위치를 켰다. "닛타, 잘 들립니다."

'눈에 띄지 않게 2층으로 이동해 상황을 보고하라.'

"알겠습니다."

이나가키가 내린 지시의 의미는 명백했다. 2층 상황도 어느 정도는 방범 카메라로 확인이 가능하지만 자세한 것까지는 알기 어렵다. 역시 누군가 직접 가서 감시하는 게 좋다. 하지만 이 시간대에 2층은 사람이 전혀 없을 게 틀림없다. 그런 곳에 가 있어도 부자연스럽지 않은 것은 호텔리어 차림을 한 닛타뿐이다.

계단으로 내려가 살펴보니 역시 2층은 한산했다. 게다가 필요 최저한의 조명밖에 없어서 어두컴컴했다.

"닛타, 2층 도착. 일단 살펴본바, 수상한 물건이나 수상한 인물 없음."

'이나가키, 알았다.'

예식부 코너 옆에서 대기하고 있으려니 펭귄 마스크에 연미복을 입은 남자가 들어왔다. 손에 든 것은 의사 가방이었다. 펭귄 의사, 라는 설정인가. 다른 한 손에는 스마트폰을 들고 있었지만, 마스크 너머로도 대화에 별 지장은 없는 모양이었다.

펭귄은 예식부 코너로 들어갔다. 닛타 쪽을 흘끗 쳐다보는 듯한 느낌이 들었지만 그건 이쪽의 선입견 때문인지도 모른다.

잠시 뒤에 다시 인터컴에서 착신음이 울렸다. 네, 라고 우치야마가 답했다.

'예식부 코너에 도착했나?' 협박자가 물었다.

'예.'

'안쪽에 상담실이 있다. 그곳 소파에 가방을 내려놓고 나와라. 그런 다음에 3층 파티장으로 가서 지시를 기다리도록.'

'알았습니다.'

전화가 끊겼다.

펭귄이 예식부 코너에 들어갔다가 곧바로 나왔다. 손에 든 가방이 없어졌다. 엘리베이터 홀로 향하는 것을 지켜본 뒤, 그런 사항을 닛타는 인터컴으로 보고했다.

'알았어. 자네도 3층으로 가서 마루타이의 움직임을 감시해.'

"알겠습니다."

닛타는 뛰는 걸음으로 계단을 올라갔다. 마침 엘리베이터 홀에서 펭귄이 걸어 나오는 참이었다. 다른 코스튬 손님들과 함께 파티장으로 향하고 있었다. 그 속에는 월광가면의 모습도 있었다.

파티장 입구 근처에 야마기시 나오미가 있었다. 그쪽도 닛타를 알아봤는지 뭔가 불안한 눈빛으로 이쪽을 보고 있었다. 하지만 지금 이야기를 나눌 여유는 없었다.

우치야마와 약간의 시간 차를 두고 닛타도 파티장 안으로 들어섰다. 내부를 한 차례 둘러본 순간, 정신이 아득해지는 느낌이었다. 호화찬란한 장식과 화려한 오브제에 시선을 빼앗긴 게 아니다. 몇백 명에 달하는 코스튬 집단의 열기에 압도된 것이다.

여기서는 완벽하게 고객들이 주인공이었다. 쇼를 연기하는 마술사도 저글러도 그들을 돋보이게 하는 역할에 지나지 않았다. 주위를 둘러싼 고객들이 훨씬 더 화려하게 눈에 띄었다. 하지만 아마도 그게 좋은 점일 것이다. 평소에는 상식의 울타리에 갇혀 있던 사람들이 오늘 밤 이 자리에서만은 자신이 아닌 뭔가로 변신할 수 있다. 그런 공간을 제공한다는 것이 호텔 코르테시아도쿄의 서비스인 것이다.

인터컴의 착신음이 귀에 뛰어들었다. 협박자가 우치야마에게 건 전화였다. 자칫 분위기에 휩쓸리려던 닛타는 다시 마음을 다잡았다.

'파티장 오른편 끝에 제야의 종이 있다. 보이는가?' 협박자가 물었다.

닛타는 시선을 옮겼다. 오른편 벽 쪽에 거대한 종이 매달려 있었다. 물론 실물이 아니고 발포 스티롤 등으로 만들어진 모형이다.

'예, 보여요.' 우치야마가 대답하고 있었다.

'그 종 앞까지 이동해서 오른손을 들어라. 전화는 끊지 말고.'

닛타는 펭귄의 움직임을 눈으로 따라갔다. 펭귄은 천천히 종 쪽으로 걸어갔다. 아주 조금 거리를 두고 월광가면도 그 뒤를 따라갔다.

펭귄은 종 앞에 멈춰 서서 오른손을 들었다.

좋아, 라는 협박자의 목소리가 들렸다.

'파티장 안쪽에 샴페인 잔 타워가 있다. 그쪽을 향해 이번에는 왼손을 들어라.'

샴페인 잔 타워는 열 단이 넘게 정교하게 쌓아 올려져 장관을 이루고 있었다. 테이블 위에 장식되어서 맨 위의 잔은 높이가 대략 3미터에 달했다. 그 주위에서 코스튬 고객들이 번갈아 사진을 찍고 있었다.

펭귄이 그쪽을 향해 왼손을 들었다.

이건 신호를 주고받는 것이라고 닛타는 해석했다. 범인과 밀고자가 거래를 계속하고 있는 것이다.

좋아, 라고 협박자가 말했다. '스마트폰을 계속 귀에 댄 채로 기다려. 잠시 뒤에 다음 지시를 내리겠다.'

그러고는 전화가 뚝 끊겼다.

43

나오미는 스마트폰으로 정확한 시각을 확인했다. 새해까지 이제 20분 남짓 남았다.

닛타가 뭔가 심각한 기색으로 파티장에 들어간 것이 불과 몇 분 전이다. 그때 뭔가 움직임이 있었던 게 틀림없다. 그 뒤로 일이 어떻게 되었을까. 범인이 나타난 것일까.

구사카베에게서 온 전화도 마음에 걸렸다. 얘기하고 싶다는 것이 무엇일까. 닛타와 상의하고 싶었지만 지금 그는 그런 얘기를 들어줄 상황이 아닌 것 같았다.

나오미는 파티장 입구에 서서 장내를 둘러보았다. 파티 분위기는 최고조에 달해 있었다. 파티장 한편에는 댄스 공간이 마련되었지만 처음에는 다들 부끄러운지 춤추는 사람이 없었다. 하지만 지금은 곳곳에서 서로 몸이 부딪힐 만큼 흥이 올랐다. 사교댄스를 제대로 출 줄 아는 사람이 별로 없기 때문에 대부분은 손님들끼리 짝을 지어 적당히 몸을 흔드는 것뿐이지만 그래도 무척 즐거워 보였다.

춤추는 사람들 속에 그 커플도 있었다. 간사이 사투리를 쓰는 젊은 신혼부부다. 여자는 하얀 웨딩드레스, 남자는 턱시도를 멋지게 차려입었다. 둘 다 가면을 썼지만 활짝 웃고 있는 입매가 신이 난 기분을 보여주고 있었다.

조금 전에 부탁받은 것이 생각났다. 여자 쪽에서 나오미를 찾아와 몰래 결혼식 사진을 찍을 수 있게 해달라고 한 것이다.

"딱 5분이면 돼요. 그게 어렵다면 3분이라도 좋아요. 호텔의 교회식 예식장을 잠깐만 쓰게 해주시면 안 될까요? 그곳에 있는 건 절대 손끝 하나 대지 않을 거예요. 기념사진 몇 장만 찍고 나오면 돼요. 제발 부탁드려요."

그녀의 마음은 충분히 이해가 되었다. 코스튬이라고 해도 모처럼 웨딩드레스를 입었으니 사진으로 남기고 싶은 것이리라. 게다가 호텔 예식부에는 교회처럼 꾸며둔 예식장이 있다. 기왕이면 그곳에서 사진을 찍고 싶은 마음이 드는 것도 당연하다.

문제는 규칙이었다. 그런 식의 이용은 호텔로서는 인정할 수가 없다. 일단 인정해주기 시작하면 외부에서 의상을 빌려다가 마음대로 사진만 찍어가려는 커플이 끊이지 않을 것이다.

하지만 그래도 이 신혼부부의 바람을 저버리는 것은 괴로운 일이었다. 그들로서는 아마 이런 기회는 두 번 다시 없을 터였다. 게다가 나오미는 그 신혼부부에게 마음의 빚이 있었다. 외출 중에 형사가 마음대로 짐을 뒤진 것을 알면서도 그걸 입 다물고 있는 것이다. 아니, 거짓말을 해서 대충 얼버무리기까지 했다.

컨시어지로서의 자부심도 있었다. 그런 건 안 된다는 말은 결코 할 수 없었다. 그래서 뭔가 방법을 찾아보겠다고 웨딩드레스 차림의 신부에게 깜빡 대답해버렸다.

카운트다운 파티가 끝나고 손님들이 빠져나간 다음이라면 가능하지 않을까, 하고 나오미는 생각하고 있었다. 아직 손님들이 있는 동안에 눈에 띄는 차림새로 예식장으로 이동한다는 건 결코 안 될 일이다. 자칫 구경꾼이 지켜볼 수 있기 때문이다. 직원에게 들키는 것은 상관없다. 상사들에게 말하지 말아달라고 부탁하면 해결될 일이다.

하지만—.

가장 중요한 교회식 예식장이 현재 어떤 상태인지 모른다는 것을 깨달았다. 연말연시에는 예약이 들어온 게 없다. 크리스마스 이후에 보수 점검에 들어간다는 이야기를 들은 것 같기도 했다. 두 사람을 그쪽 예식장에 안내한 것까지는 좋았는데 제단이 파란 방수포로 뒤덮여 있어서는 체면이 서지 않는다.

일단 지금 즉시 가서 확인해보자고 마음먹었다. 이곳에 있어봤자 닛타 일행에게 뭔가 도움이 되는 것도 아니다.

나오미는 파티장을 나와 넓은 복도를 건너갔다. 이쪽은 사람이 거의 없었다. 드디어 카운트다운 시간이 바짝 다가왔기 때문에 대부분의 참가자가 파티장 안에 들어간 것이다.

계단을 이용해 4층으로 올라갔다. 4층에 교회식 예식장, 전통식 예식장, 포토 스튜디오, 대기실 등이 있는 것이다. 당연한 일이지만 온통 괴괴하게 가라앉아 있었다. 복도의 조명은 최소한으로 켜두어서 마치 미술관 안에 들어온 듯한 느낌이었다.

교회식 예식장의 입구도 어두웠다. 전기 스위치를 켜자 양쪽으로 열리는 장엄한 입구 문이 떠올랐다. 바로 옆의 작은 방은 신랑 신부와 신부 쪽 아버지가 대기하는 공간이다. 예식 참석자가 모두 자리에 앉은 뒤에 우선 여기서 신랑이 나와 제단 앞까지 걸어간다. 그 뒤 신부가 아버지와 결혼 행진을 하는 것이다. 이런 공간이 있다는 것도 그 간사이 사투리 커플에게 알려주면 좋아할지도 모른다.

나오미는 교회식 예식장의 왼편 문을 열었다. 예상대로 안은 깜깜했다. 문을 열어둔 채 조명 스위치가 있는 위치까지 이동했다.

어둠 속에서 스위치를 확인했다. 그것을 켜려고 손끝을 댔을 때, 갑자기 등 뒤에서 기척이 느껴졌다.

뒤를 돌아보려고 했지만 불가능했다. 다음 순간 엄청난 충격이 덮치면서 온몸의 힘이 빠져버렸기 때문이다. 서 있을 수도 없고 목소리조차 나오지 않았다. 정신이 들었을 때는 바닥에 쓰러져 있었다.

뭔가 입을 막은 것이 있었다. 접착테이프라는 것을 깨달은 순간, 머리에 자루가 씌워졌다. 나오미는 팔다리를 버둥거리려고 했지만 다시 한번 강한 힘이 머리를 내리쳤다.

44

닛타의 인터컴에 목소리가 들려온 것은 협박자와 우치야마의 마지막 대화가 있고 5분쯤 지났을 무렵이었다.

‘여기는 경비실, 2층 방범 카메라 영상에 수상한 자 발견. 응답 바람.’

‘이나가키다. 상세히 보고하라.’

‘엘리베이터 홀에서 예식부 코너로 향하는 인물이 있습니다. 옷은 평범한 정장 차림이지만 머리에 뭔가 하얀 것을 썼습니다. 파티 참가자인 것으로 보입니다.’

‘하얀 것이라니, 그게 뭐야, 복면인가?’

‘엘리베이터 안의 영상으로 확인했습니다. 하얀 것은 붕대예요. 미라 얼굴입니다. 응답 바람.’

그놈인가, 라고 닛타는 퍼뜩 생각이 났다. 한자로 ‘木乃伊男’이라고 쓰고 기노 요시오라고 이름을 댔던 손님이다.

‘야구치다. D팀과 E팀, 정해진 위치에서 대기하라. 미행을 준비한다.’

야구치가 지휘를 맡은 D팀과 E팀은 호텔 출입구 근처를 감시하는 수사원들이다. 범인의 도주를 저지하는 것은 물론이고 수상한 인물이 호텔에서 나왔을 경우에는 미행을 하고 기회를 봐서 불심검문을 하게 된다.

‘경비실, 수상한 자의 동향을 계속 보고하라. 응답 바람.’ 이나가키가 말했다.

‘방금 예식부 코너로 들어갔습니다. 이상.’

‘미라 모습을 한 채로 들어갔나?’

‘그렇습니다. 앗, 지금 나옵니다. 가방을 들고 있습니다.’

'어디로 향하고 있지?'

'엘리베이터 홀인 것 같습니다.'

'D팀과 E팀, 엘리베이터 홀에 주목하라. 호텔을 떠날 가능성이 있다.' 야구치가 말했다.

그런데 다음에 들려온 것은 예상 밖의 보고였다.

'여기는 경비실, 수상한 자가 위층으로 향했습니다. 방금 9층 버튼을 눌렀습니다. 이상.'

자신의 방으로 돌아가는 건가. 미라 남자의 방이 어디였지, 라고 닛타가 생각했을 때, 거기에 답하듯이 이나가키의 목소리가 들어왔다.

'미라 남자는 0905호실에 투숙 중이다. 경비실, 움직임을 계속 보고하라. 이상.'

'여기는 경비실, 알겠습니다. 이상.'

그 뒤, 이나가키의 지시에 따라 미라 남자의 동향은 경비실을 통해 상세한 보고가 이어졌다. 9층에서 엘리베이터를 내린 뒤, 0905호실에 들어갔고 금세 다시 나왔다. 그 손에는 가방이 없었다고 하니까 방에 두고 온 것으로 보인다. 그다음에는 엘리베이터를 타고 3층으로 이동해서 다시 파티장으로 돌아갔다는 것이다.

지금 미라 남자는 닛타와 5미터쯤 떨어진 곳에 와 있었다. 치즈 얹은 크래커를 먹고 레드 와인도 홀짝홀짝 마시고 있다. 얼굴 표정은 알 수 없지만, 한 가지 큰 일거리를 해치우고 한결 마음이 놓인 것 같기도 했다.

하지만 왜 다음 행동으로 옮겨 가지 않는 것인지, 그게 아무래도 이상했다.

예식부 코너에 가서 가방을 들고 나온 것을 보면 이 미라 남자는 밀고자 측 사람일 것이다. 가방에 열쇠가 채워져 있었지만 어떤 방식으로든 그 안에 든 것은 확인했을 게 틀림없다. 게다가 안에 든 것이 무엇이든 간에 지금쯤은 그다음 행동에 들어갔어야 하는 것이다.

닛타는 시계를 지그시 들여다보았다. 카운트다운까지 이제 몇 분밖에 남지 않았다. 초조감이 밀려들었다. 우치야마를 협박하던 자의 연락도 끊겨버렸다. 미라 남자와 펭귄이 이 파티장에 와 있는 한, 수사원들도 어떻게 움직여볼 도리가 없다.

앗, 잠깐.

불길한 생각이 뇌리를 스쳤다.

혹시 우리가 범인의 조종에 놀아나고 있는 게 아닐까…….

45

공포와 혼란이 나오미의 머릿속에서 소용돌이쳤다. 대체 무슨 일이 일어난 것인지 알 수가 없었다. 하지만 심상치 않은 사태에 직면했고 이대로 가다가는 돌이킬 수 없는 결과가 나온다는 것은 명백했다.

접착테이프로 입이 막혀 소리를 지르는 것은 불가능했다. 머리에는 자루 같은 것이 씌워져 시야마저 깜깜했다. 두 손과 두 발도 접착테이프로 꽁꽁 묶였는지 움직여지지 않았다. 그런 상태로 바닥에 쓰러져 있었다.

선불리 저항해봤자 소용없다는 생각에 가만히 숨을 죽이고 있는데 뭔가 소리가 들렸다. 교회식 예식장의 문이 열리고 누군가 들어오는 것 같았다. 그 직후, 또 다른 사람이 움직이는 기척과 동시에 으윽 하는 신음 소리가 들렸다. 여자 목소리였다. 이어서 접착테이프를 떼어내는 소리. 뭔가를 질질 끄는 듯한 소리.

나오미는 누군가도 자신과 똑같은 일을 당했다고 짐작했다. 어쩌면 이곳에 잠복하고 있던 습격자의 원래 목적은 저 사람이었는지도 모른다. 저 사람을 기다리며 숨어 있는 참에 전혀 예상하지 못한 내가 뛰어든 것인가.

잠시 뒤 정적이 찾아오자 습격자는 다시금 기묘한 일을 시작했다. 나오미의 블라우스 단추를 풀기 시작한 것이다. 이런 판에 폭행을 당하는 것인가 하고 몸이 바짝 긴장했지만 그런 게 아니었다. 가슴 한복판에 뭔가를 붙이는 느낌이 있었다. 다음에 등판으로 손이 들어왔다. 역시 뭔가를 붙이는 것 같았다. 맨살을 더듬고 들어온 것에 대한 굴욕감보다 무슨 짓을 하는지 알지 못하는 데 대한 두려움이 더 커서 한층 깊은 혼란에 빠져들었다.

잠깐의 정적 뒤에 습격자는 다시 뭔가 작업을 시작하는 기척이었다. 중간에 나오미의 왼쪽 손을 잡았다. 손목에 찬 시계의 시각을 확인하는 것 같았다.

머리에 씌워진 자루가 갑작스럽게 홱 벗겨졌다. 조명은 여전히 꺼져 있지만 어둠에 눈이 익었는지 희미하게나마 사물이 보였다. 눈앞에 있는 것은 가면을 쓴 얼굴이었다. 턱이 가늘고 입가는 기품이 있었다.

"카운트다운." 가면의 인물이 나오미 앞에 작은 시계를 내려놓으며 말했다. 그 바늘은 12시 10분 전쯤을 가리키고 있었다.

찬찬히 살펴보니 그 시계는 타이머였다. 거기서 전기 코드가 길게 늘어져 나오미의 가슴팍에 연결되어 있었다. 퍼뜩 정신이 나서 주위에 시선을 내달렸다. 바로 옆에 또 한 사람이 쓰러져 있고 그 몸에도 전기 코드가 길게 이어진 것 같았다. 이윽고 그 코드가 자신의 등과 연결되었다는 것을 나오미는 깨달았다. 닛타에게서 들은 이야기가 생각났다. 이번에 그들이 수사 중인 사건의 피해자가 전기 코드를 이용한 감전으로 사망했다고 하지 않았던가.

가면의 인물이 자리에서 일어나 문을 향해 걸음을 옮겼다. 그 옷차림을 보고 나오미는 아연실색했다.

호텔 코르테시아도쿄의 유니폼이었다.

46

호출음이 세 번 울렸을 때 전화가 연결되었다. "뭐야, 지금 한창 바쁜 판에." 모토미야의 부루퉁한 목소리가 들려왔다.

"모토미야 선배, 뭔가 좀 이상하지 않아요?" 닛타는 스마트폰을 귀에 대고 재빨리 주위를 살펴보며 말했다. 미라 남자의 움직임에는 역시 아무런 변화도 없었다.

"뭐가 이상해?"

"미라 남자가 가방을 가져갔죠? 그런데도 밀고자에게서 아무 연락이 없잖아요."

"이제 곧 연락하겠지."

"아무래도 우리가 걸려든 것 같아요."

"걸려들다니, 무슨 말이야?"

"미라 남자가 나타난 뒤로 우리 쪽의 시선은 완전히 그자에게만 집중하고 있어요. 거꾸로 말하면, 다른 장소에서 어떤 일이 벌어져도 우리는 전혀 모르게 된 거예요."

"다른 장소라니?"

"그건 저도 모르죠. 호텔 안의 어딘가일 거예요."

"이봐, 그건……."

"아무튼 팀장님께 얘기 좀 해주십쇼. 모든 방범 카메라의 녹화 영상을 체크해야 합니다. 미라 남자가 움직이는 동안에 어디서 어떤 일이 있었는지 확인할 필요가 있어요."

"말도 안 되지, 카메라가 몇 대나 되는지 알기나 해? 이 상황에서 그런 걸 확인할 여유가 있겠느냐고."

"그래도……."

"일단 카운트다운 때까지 기다려. 그게 끝나면 호텔 손님들은 맨얼굴을 드러내게 돼. 승부는 그때부터야. 그만 끊는다." 닛타가 대답하기 전에 전화가 끊겼다. 입술을 깨물며 스마트폰을 챙겨 넣었다.

미라 남자를 보니 여전히 이것저것 먹고 마시는 것뿐이었다. 그 모습은 다른 손님들과 전혀 다를 게 없었다.

만일 닛타의 추리가 옳다면 미라 남자는 단순한 미끼일 뿐이다. 주범은 경찰이 우치야마를 주목하고 있다는 것까지 간파했는지도 모른다.

닛타는 급히 파티장을 빠져나왔다. 엘리베이터 홀로 향하면서 인터컴으로 들었던 대화를 머릿속에서 되짚어보았다. 미라 남자는 엘리베이터로 2층에 내려가 예식부 코너에 있던 가방을 들고 다시 엘리베이터를 타고 자신의 방으로 돌아갔다. 그 모습은 경비실에 진을 친 형사들이 모니터로 감시하고 있었다.

미라 남자가 미끼라면 실제로 일이 터진 곳은 정반대의 장소일 것이다. 이곳은 3층. 미라 남자가 엘리베이터로 2층에 내려갔으니까 그 반대라면 4층보다 높은 층…….

닛타는 발의 방향을 바꾸었다. 엘리베이터 홀이 아니라 계단으로 향했다.

그때 계단 쪽에서 한 남자 직원이 나타났다. 연회부 유니폼이었다. 가면을 쓰고 있어서 얼굴은 알아볼 수 없었다. 닛타와 시선이 마주치자 말없이 인사를 건넸다. 손에는 가방을 들고 있었다.

서로 스쳐 지나가 몇 초쯤 걸어간 참에 닛타는 발을 멈추고 돌아보았다. 남자 직원이 옆의 화장실로 들어가는 것이 보였다.

닛타는 천천히 그쪽으로 걸어가 화장실 안을 들여다보았다. 주르륵 이어진 소변기 앞에는 사람이 없었다. 칸막이 문이 한 군데만 닫혀 있었다. 거기서 희미하게 소음이 들려왔다.

닛타는 화장실에서 나왔다. 조용히 인터컴 스위치를 눌렀다.

"닛타입니다. 수상한 자 발견. 방범 카메라 영상, 확인 부탁합니다. 이상."

'이나가키다. 장소는 어딘가?'

"3층입니다. 동측 계단 근처 화장실 앞에 있습니다. 이상."

'경비실, 닛타의 현재 위치를 확인하라.'

10초쯤 지나서 '확인했습니다'라는 경비실의 연락이 들어왔다.

'닛타, 수상한 자는 어디에 있나?' 이나가키가 물었다.

"화장실 안입니다. 옷을 갈아입는 것 같습니다. 그 직전에 직원 유니폼으로 변장하고 계단 위에서 나타났습니다. 그때까지 어디 있었는지 확인 바랍니다. 이상."

'변장이라는 것은 확실한가?'

"확실합니다."

'알았다. 근거는 나중에 묻겠다. 감시를 계속하라.'

"알겠습니다."

닛타는 그 자리를 떠나 오늘 밤에 사용하지 않는 연회장 문 뒤쪽으로 몸을 감췄다.

잠시 뒤 화장실에서 한 인물이 나왔다. 닛타가 예상한 대로 조금 전과는 차림새가 달라져 있었다.

선글라스를 낀 마이클 잭슨이었다.

벽에 설치된 거대한 스크린에 올해의 주요 사건들이 나오고 있었다. 밝은 화제와 어두운 뉴스, 스포츠에서 활약한 선수, 결혼한 아이돌, 지난 1년이 눈 깜짝할 사이에 지나갔다고 느껴지는 내용이었다.

댄스 공간에서는 젊은이들에게 인기 있는 노래를 탱고로 재해석한 음악이 흘렀다. 코스튬에 가면을 쓴 남녀가 제각기 원하는 동작으로 춤을 추고 있었다.

마이클 잭슨으로 위장한 수상쩍은 인물은 딱히 뭔가 하는 것도 없이 멀뚱히 서 있었다. 발치에는 가방이 놓여 있었지만 그 안에 든 것은 호텔리어의 유니폼일 터였다.

이윽고 그가 가방을 손에 들었다. 철수할 준비구나, 라고 닛타는 직감했다. 이제 곧 카운트다운이 시작된다. 파티장의 분위기가 절정에 달한 순간에 빠져나가려고 하는 것이다.

"닛타입니다. 아직 확인이 안 됐습니까? 이상." 인터컴을 향해 물었다.

'여기는 경비실. 조금만 더 기다려주십시오. 이상.'

아무래도 확인하는 데 애를 먹는 모양이다. 그럴 만도 하다. 호텔리어 유니폼을 입은 남자라면 이 근처 모든 방범 카메라에 다 떠 있을 게 틀림없다.

닛타는 마음을 정하고 마이클 잭슨에게로 다가가 선글라스를 쓴 얼굴을 들여다보았다. "혼자 오셨습니까?"

마이클 잭슨은 놀란 듯 등을 곧추세운 뒤, 슬쩍 고개를 끄덕였다.

"모처럼 나왔는데 춤이나 출까요? 어때요, 함께 추죠."

잠시 틈을 두고 마이클 잭슨은 가방을 내려놓더니 두 팔을 가볍게 펼쳤다. 아무래도 동의해준 모양이다.

닛타는 왼손으로 상대의 오른손을 가볍게 잡았다. 상대가 그의 오른쪽 어깨에 손을 얹어서 닛타는 팔을 돌려 등을 잡았다. 음악에 맞춰 스텝을 밟아보았다. 놀랍게도 상대 역시 경험자인 것 같았다.

"아르헨티나 탱고는 남자들끼리 춤을 춰도 괜찮다던데요." 닛타는 선글라스를 응시하며 말했다. "하긴 나는 탱고는 별로지만."

마이클 잭슨은 말이 없었다. 고무 마스크라서 어떤 표정을 하고 있는지도 알 수 없었다. 하지만 대략 짐작이 되었다. 감정 없는 차가운 얼굴이리라.

음악이 갑작스럽게 멈췄다. 그 대신 팡파르가 파티장 안을 울렸다. 거대한 스크린에 '10'이라는 숫자가 뜨더니 '9'가 되고 '8'이 되었다. 약속을 한 것도 아닌데 손님들이 한목소리로 숫자를 합창했다.

제로, 라는 함성과 함께 박수 소리가 들끓고 음악이 흐르고 여기저기서 샴페인 마개를 펑펑 뽑았다.

그리고 여기서부터 약속대로 하는 모양이었다. 코스튬으로 얼굴을 감췄던 손님들이 일제히 마스크며 가면을 벗기 시작했다. 그 아래 나타난 것은 하나같이 웃는 얼굴이었다.

닛타는 눈앞에 있는 인물을 응시하며 마이클 잭슨 마스크를 움켜잡았다. 상대가 저항하는 기색이 없어서 그대로 들어 올렸다.

"놀랍군요." 상대의 맨얼굴을 보고 닛타는 중얼거렸다. 전혀 알지 못하는 남자 얼굴이 있었다.

"뭐가요?" 상대가 물었다. 예상대로 차가운 표정을 하고 있었다.

닛타도 스스로 가면을 벗었다.

"인간의 눈이란 정말 신기하죠. 만일 처음부터 이 맨얼굴을 봤다면 나는 아마 눈치채지 못했을 겁니다. 하지만 이렇게 가면을 쓰면," 닛타는 자신의 가면을 상대의 얼굴에 댔다. "당신의 눈과 입매밖에 안 보여요. 그러면 신기하게도 그 화장이 눈에 떠올라요. 눈가에 했던 화려한 메이크업이." 가면을 내리고 말을 이었다. "나카네 미도리 씨의 얼굴이."

상대의 표정이 마침내 바뀌었다. 냉소라고 할 만한 표정을 띤 것이다.

"그래봤자 카운트다운은 제로가 됐어. 내가 이겼다고." 나카네 미도리는 중성적인 목소리로 말했다. "닛타 형사, 당신들이 완벽하게 졌어."

닛타는 흠칫했다. 그 직후, 인터컴에서 목소리가 들려왔다.

'알아냈어요. 그 남자, 4층 교회식 예식장에서 나왔습니다!'

닛타는 나카네 미도리를 남겨두고 냅다 뛰었다. 달리면서 인터컴을 눌렀다.

"지원 부탁해. 조금 전의 그자를 체포해!"

계속해서 인터컴에서는 누군가의 목소리가 들렸지만 닛타의 머릿속에는 한 마디도 들어오지 않았다. 나카네 미도리가 말한 카운트다운의 의미가 마음에 걸렸기 때문이다.

계단을 뛰어올라 복도를 내달렸다. 교회식 예식장의 문을 열었지만 안은 깜깜했다. 급히 벽에 붙은 조명 스위치를 찾아 눌렀다.

바닥에 누군가 쓰러져 있었다. 게다가 두 명이다. 둘 다 전기 코드가 연결되었고 그 끝은 벽의 콘센트로 이어져 있었다. 닛타는 콘센트로 덤벼들어 플러그부터 뽑았다.

찬찬히 보니 한 사람은 야마기시 나오미였다. 그녀가 왜 이곳에 와 있는지 알 수 없었다. 하지만 그 얼굴을 보고 진심으로 안도했다. 그녀는 눈을 깜빡이고 있었다. 무사했던 것이다.

옆으로 다가가 입의 접착테이프를 조심조심 떼어냈다. "괜찮아요?"

"네……. 아, 다행이다." 동시에 깊은 한숨이 새어 나왔다.

손을 뒤로 돌려 묶은 접착테이프도 떼어줬더니 야마기시 나오미는 "이제 내가 할 수 있어요"라고 말했다. 가슴팍에서 전기 코드를 뜯어낼 때는 닛타에게 등을 돌렸다.

쓰러져 있는 또 한 사람은 기절한 것 같았다. 피에로 마스크를 쓰고 있었다. 그 마스크를 벗겨내고 드러난 얼굴이 눈에 익었다. 가이즈카 유리, 즉 소노 마사아키의 불륜 상대였다.

왜 이 여자가 이곳에 쓰러져 있는가. 전혀 짐작도 가지 않았지만 본인에게서 사정을 들어보는 게 가장 빠를 터였다.

닛타가 플러그를 뽑아버려서 타이머는 멈춰 있었다. 그 바늘을 보고 뭔가 이상하다고 생각했다. 타이머는 아직 자정이 되지 않은 것이다. 10초쯤을 남겨두고 바늘이 멈춰 있었다. 그 덕분에 두 사람은 무사했던 것이다.

"왜 이 타이머가 늦게 설정되었지?" 닛타가 중얼거렸다.

"그거, 혹시?" 야마기시 나오미가 왼손을 내밀었다. "내 손목시계를 보고 시간을 맞췄기 때문인지도 모르겠어요."

닛타는 자신의 시계와 비교해보았다. 그녀의 시계는 4분 가까이나 늦었다.

"외할머니의 유품인데 항상 몇 분이 늦어요."

"그런 시계를 왜……." 그렇게 말하다가 닛타는 문득 깨달았다. 놀란 얼굴로 그녀의 얼굴을 마주 보았다. "시계가 너무 정확하면 여유를 가지려 하지 않는다는?"

네, 라고 야마기시 나오미는 고개를 끄덕이며 빙긋이 미소를 지었다.

닛타는 위를 우러러보며 후유 하고 숨을 토해냈다.

"야마기시 씨가 프로다운 자부심을 가진 사람이어서 정말 다행입니다."

47

소노 에이타의 진술

아빠 카메라를 맨 처음 몰래 꺼내본 건 작년 여름이에요. 버드워칭을 취미로 하는 아빠가 재작년에 구입한 초망원 카메라예요. 굉장한 사진을 찍을 수 있다고 해서 전부터 저도 꼭 한 번 찍어보고 싶었어요.

초망원이라는 이름처럼 배율이 정말 대박이에요. 아주 먼 곳에 있는 건물의 창문과 그 안에서 움직이는 사람들까지 다 보이거든요.

점점 재미가 붙어서 여기저기 창문을 차례대로 살펴봤어요. 사무실에서 일하는 사람, 레스토랑에서 식사하는 사람들이 바로 옆에 있는 것처럼 잘 보여요.

그러다가 어느 날 그 원룸 창문에 초점이 딱 맞아버렸어요.

아니, 아니에요. 진짜 우연이었어요. 그 창문에 초점을 맞춘 건 커튼이 열려 있어서 안의 상황이 잘 보였기 때문이에요. 다른 창문들은 레이스 커튼이나 블라인드가 내려져서 볼 수 없었어요.

……네, 방에 있는 사람이 젊은 여자라서 관심을 갖게 된 건 맞아요.

그날부터 거의 매일같이 그 원룸을 들여다보게 됐어요. 커튼이 열려 있는 때가 많았거든요.

무엇 때문에 들여다봤느냐고 하면 그건 저도 잘 모르겠어요. 이상한 목적은 없었어요. 누군가 살아가는 모습을 그쪽에 들킬 걱정 없이 들여다볼 수 있는 게 재미있어서 그냥 계속 보고 있었던 것 같아요.

만일 그 여자가 아니라 다른 아줌마나 남자였다면 금세 그만뒀겠죠. 그 사람이었기 때문에 계속 들여다본 것도 있어요. 젊고 예쁜 사람이었으니까요.

거기서 남자를 발견한 것은 아마 8월 중순쯤이었을 거예요. 항상 하던 대로 카메라로 그 원룸 창문을 들여다봤는데 방에 웬 남자가 있었어요. 거무스름한 옷을 입은 사람이에요. 그런 일은 처음이라서 셔터를 몇 번 눌렀어요. 왜 찍었느냐고요? 그건 잘 모르겠고, 그냥 그러고 싶었어요. 평소에 없었던 일이 일어나면 우선 사진을 찍어두려고 하잖아요.

그 뒤에도 남자가 이따금 찾아오는 것 같았어요. 두 사람이 뭘 했는지는 저도 몰라요. 창문 너머로 보이는 범위가 별로 넓지 않았거든요. 뭐, 저도 중학생이니까 대충 짐작은 했죠.

그 남자가 누구인지 알게 된 건 진짜 우연한 일 때문이었어요.

그 원룸이 제가 학교 다니는 길과 가까워서 가끔 들러보게 됐어요. 그 여자가 어떤 사람인지 좀 더 자세히 알고 싶었거든요.

사실은 그 원룸 건물에 들어간 적도 있어요. 어쩌다 1층 현관을 무사히 통과할 수 있었죠. 우편함이랑 복도를 살펴보니까 그 원룸은 604호실인 것 같았어요. 근데 문패가 없어서 이름까지는 알아내지 못했어요.

어느 날, 다른 때처럼 그 원룸 근처에 갔는데 바로 옆의 주차장에 차가 들어오고 그 두 사람이 내리는 게 딱 눈에 들어왔어요. 저는 건물 뒤쪽에 숨어서 스마트폰으로 사진을 찍었어요. 왜냐면…… 그런 때는 그냥 나도 모르게 사진을 찍게 돼요.

두 사람이 원룸 현관으로 들어가는 것을 지켜보고 저는 주차장으로 갔어요. 두 사람이 내린 차의 조수석을 들여다보니까 큼직한 봉투가 있는데 거기에 '레이신카이禮信會'라는 글씨가 찍혀 있었어요. 그래서 집에 와서 인터넷으로 검색했더니 의료법인이라고 나왔어요. 그게 뭔지 몰라서 그때는 거기까지만 하고 아무것도 안 했어요. 10월 중순쯤의 일이었던 것 같아요.

그러고는 별로 달라진 건 없었어요. 아니, 그보다 저도 슬슬 싫증이 나서 카메라를 별로 안 봤거든요. 근데 12월에 심심해서 잠깐 들여다봤더니 그날도 커튼이 열려 있더라고요. 그 여자는 누워 있는지 발끝 부분만 보였어요. 한참 기다렸는데 움직이는 기척이 없어서 잠들었나 보다 하고 그날은 그걸로 끝이에요.

이틀쯤 뒤에 어쩐지 마음에 걸려서 들여다봤더니 그 여자가 지난번과 똑같은 자세로 누워 있는 거예요. 무슨 일이 난 거 아닌가 하고 좀 불길한 예감이 들더라고요.

어떻게 할까 고민하면서 카메라를 들고 베란다에 멍하니 앉아 있다가 엄마한테 들켜버렸어요. 뭘 하느냐고 묻는데 제대로 대답을 못 하는 바람에 카메라를 뺏겼죠. 그러고는 엄마가 사진 찍은 걸 봐버렸어요. 실은 여자가 꼼짝도 않고 계속 누워만 있는 게 좀 이상해서 딱 한 장 사진을 찍었거든요. 그걸 보고 엄마가 대체 뭐냐고 캐물었어요. 몰래카메라 범죄가 얼마나 나쁜 짓인 줄 아느냐고 막 혼내길래 아니다, 혹시 죽었는지도 몰라서 확인해본 거다, 라고 둘러댔어요. 엄마도 내 말을 듣고 카메라에 찍힌 여자를 다시 찬찬히 들여다보더니 고민에 빠졌죠. 경찰에 신고하는 게 좋은데 아들이 몰래카메라를 찍었다는 얘기는 할 수가 없다면서요. 몰래 찍은 건 아니라고 몇 번이나 말했는데 엄마는 내 말을 믿어주지 않았어요.

엄마가 나한테 신분을 밝히지 않고 신고할 수 있는 방법이 있는지 알아보라고 했어요. 그래서 인터넷 검색으로 익명 신고 다이얼이라는 게 있다는 것을 알아냈어요. 제가 그 사이트에 들어가 신고 글을 올렸어요.

엄마가 아빠한테는 비밀로 하자고 했어요. 내가 몰래 남의 집을 들여다본 걸 알면 펄펄 뛰면서 화를 낼 거라면서요.

그러고는 바로 사체가 발견됐다는 뉴스가 나왔어요. 장소는 자세히 밝히지 않았지만 그 원룸이라는 거, 금세 알죠. 내가 했던 신고로 사건이 밝혀진 것을 보고 뭔가 신기한 느낌이 들더라고요.

그 뒤에도 사건 결과가 어떻게 되었는지 계속 궁금했는데, 살인 사건일 가능성이 높다는 얘기만 하고 범인이 잡혔다는 뉴스는 안 나왔어요.

엄마도 이 사건이 마음에 걸렸는지 아빠가 집에 없을 때, 그 뒤에 어떻게 되었는지 모르겠다고 자꾸 걱정하는 얘기를 했습니다. 그래서 제가 깜빡 그 남자에 대한 말을 해버렸죠. 그 집에 이따금 드나들던 그 남자에 대한 얘기요.

엄마가 깜짝 놀란 얼굴로 저한테 이것저것 물어봤어요. 그래서 원룸 건물 옆 주차장에서 두 사람을 봤다는 거, 사진도 몇 장 찍었다는 거, 그리고 '레이신카이'라고 인쇄된 봉투가 조수석에 있었다는 거, 그런 것을 말했습니다.

엄마가 좀 더 자세히 알아보라고 해서 인터넷으로 검색했습니다. '레이신카이'라는 곳은 이런저런 병원과 요양 시설이 많아서 사이트 여러 곳에 접속할 수 있었어요. 대부분 담당 의사들의 얼굴 사진이 실려 있어요. 그래서 찾아낸 게 〈모리사와 클리닉〉

이에요. 처음에 원장 사진을 보고 깜짝 놀랐어요. 그 남자가 틀림없어서요.

엄마가 꽤 오랫동안 고민했어요. 옆얼굴이 무서울 만큼 진지해서 말을 걸 수가 없을 정도였어요. 한참이 지나서 저한테 말했는데, 이 일은 아무에게도 말하지 말라고 했습니다. 저는 경찰에 알려야 할 것 같은 생각도 들었는데, 그건 엄마가 알아서 할 테니까 에이타는 아무것도 몰랐다는 것으로 해라, 앞으로 아무에게도 말하면 안 된다, 아빠에게도 입을 꼭 다물어라, 라고 했습니다. 그렇게만 하면 뭐든지 내가 사달라는 건 다 사줄 거라고 갑자기 다정한 목소리로 말했어요.

그러고는 그 뒤에 엄마가 어떻게 했는지는 전 하나도 몰라요. 그 뒤로 이 일에 대해 얘기한 적이 한 번도 없었어요.

연말에 온 가족이 호텔에 간다는 말을 들은 것은 한참 더 지난 다음이에요. 아빠와 엄마가 상의해서 결정한 것 같은데 언제 결정했는지는 모르겠어요. 아빠는 연말연시에라도 엄마를 쉬게 해주자고 하더라고요. 저는 그런 곳에 가고 싶지도 않았고, 중학생이나 되어서 가족끼리 호텔에 여행이라니, 별로 내키지도 않았지만 맛있는 거 실컷 먹을 수 있다고 했고 방에서 텔레비전을 보거나 게임을 해도 된다고 해서 그냥 따라가기로 했어요.

12월 31일 밤에는 솔직히 뭐가 어떻게 된 건지 저는 하나도 몰라요. 저녁을 먹고 났는데 아빠는 집 주차장에 세워둔 차에 누군가 못된 장난을 친 것 같다면서 먼저 집에 가버렸고, 엄마는 호텔에서 우연히 친구를 만나서 파티에 갈 거라면서 나갔어요. 저는 방에서 게임을 하다가 그냥 잤습니다. 그래서 무슨 일이 있었는지 하나도 몰라요. 자다가 깨어난 건 누군가 차임벨을 자꾸 눌렀기 때문이에요. 잠이 덜 깬 상태로 문을 열었더니 낯선 아저씨들이 잔뜩 몰려와 있었어요.

맨 앞에 있던 아저씨가 경찰 배지를 보여주면서 뭔가 말했어요. 제가 그때 뭐라고 대답했는지 잘 생각도 안 나지만, 그 아저씨들이 우르르 방으로 들어왔어요.

무슨 일이 일어났는지 전 진짜 하나도 몰랐어요. 그 아저씨들이 여기저기 방 안을 둘러보는 걸 멍하니 보면서 설 명절 요리는 어떻게 되는 건가, 그리고 다른 때처럼 세뱃돈을 받을 수 있을까, 그런 생각만 했어요.

가이즈카 유리의 진술

소노 마치코, 결혼 전 이름은 기무라 마치코였는데, 그녀와는 우리 고향의 고등학교를 다닐 때부터 친하게 지낸 사이였어요. 네, 같은 반이었으니까요. 하지만 서로 죽이 잘 맞았다는 것과는 약간 달랐던 것 같아요. 어느 쪽인가 하면 성격은 정반대가 아니었나 싶은데요. 나는 뛰어노는 것을 좋아하는 아웃도어파였고, 마치코는 독서나 예술 쪽을 좋아하는 인도어파였어요. 하지만 함께 얘기하다 보면 나름대로 재미있었고, 내가 모르는 것은 잘 가르쳐주고 반대로 내가 가르쳐주기도 하면서 새로운 세계를 접하는 게 자극적이었습니다. 주위 친구들이 나한테는 화려하고 기가 센 편이다, 마치코는 수수하고 내성적이다, 라는 말을 자주 했었는데요, 실제로는 전혀 그렇지 않았어요. 마치코가 오히려 나보다 더 기가 센 편이었죠. 겉으로 드러내지는 않았지만 일단 원한을 품으면 절대로 잊지 않고, 목적을 이루기 위해서라면 약간 대담한 짓도 해치우는 성격이에요, 걔가.

고등학교 3학년 때, 이런 일이 있었어요. 우리 둘 다 친했던 친구가 임신을 해버렸어요. 상대는 아르바이트하던 곳의 선배인데 대학생이었습니다. 그 사람이 아이를 지우기 위한 비용으로 5만 엔을 줬다는데 그 말을 들은 마치코가 펄펄 뛰면서 화를 내는 거예요. 그러고는 당장 그 남자한테 따지러 가자고 하더라고요. 여자 몸에 상처를 내놓고 그런 푼돈으로 일을 끝내려고 하다니, 도저히 용서할 수 없다는 거예요. 그래서 결국 그 남자를 불러내서 그 친구하고 나하고 마치코, 셋이서 담판을 하게 됐죠.

마치코가 그 남자한테, 당신 부모님과 대학교에 다 말해버리겠다, 아니면 백만 엔을 내라, 라는 거예요. 옆에서 듣고 있던 우리가 오히려 깜짝 놀랐죠.

그 남자는 얼굴이 새파래져서 어떻게 좀 깎아줄 수 없겠느냐고 애원을 하더라고요. 30만 엔 정도는 어떻게든 마련할 수 있다고 했었던가. 임신한 친구는 그 정도면 된다고 했는데 마치코가 받아들이지 않았어요. 그 남자가 차를 갖고 있다는 걸 알고 그 차를 팔아서라도 달라고 했어요. 결국 그 남자가 차를 팔았죠.

그래서 50만 엔 정도를 받아냈는데, 마치코가 대단한 건 그다음이었어요. 그 돈 중에서 10만 엔을 수수료로 받아 챙기더라니까요. 내가 그때 얘하고 척이 졌다가는 큰일 나겠다고 생각했죠.

고등학교를 졸업하고 나는 도쿄로 와서 아르바이트를 하면서 전문학교에 다녔습니다. 마치코는 고향에서 전문대학에 진학했고 거기 졸업한 뒤에는 그 지역 회사에 취직했어요.

마치코하고는 내가 고향에 갈 때마다 만났습니다. 고등학교 시절로 돌아간 것처럼 즐거운 자리여서 새벽까지 술을 마시는 일도 자주 있었어요.

이윽고 마치코가 직장 선배와 결혼했습니다. 아마 스물여섯 살 때였을 거예요. 그 결혼식에 나도 참석했습니다. 마치코가 임신 중이었으니까 말하자면 속도위반 결혼이었어요.

나는 결혼과는 인연이 없었어요. 이자카야에서 아르바이트를 하다가 클럽 쪽에서 제의가 들어와 그쪽에서 일하게 됐죠. 그래서 경제적으로는 부족함이 없는 대신에 남자와 사귈 여유는 없었어요.

나는 그렇게 지냈고 마치코는 아이 키우기에 바빴고, 그래서 그 뒤로 한동안 서로 연락이 뜸해졌습니다. 아마 10년 가까이 못 만났던 것 같아요. 하지만 전화나 메일은 이따금 주고받았습니다.

다시 만나게 된 것은 마치코의 남편이 도쿄로 전근하면서부터였어요. 아들이 초등학생이 되었더라고요. 오랜만에 만나보고 완전히 엄마가 됐구나, 주부가 됐구나, 라고 생각했죠. 이렇게 말하면 실례가 되겠지만 생활에 찌든 기색이 온몸에 배어 있고 여자다운 곡선은 없어지고 두루뭉술해진 느낌이었어요. 하긴 나도 남의 말을 할 형편은 아니었죠. 서른네 살 때 독립해서 롯폰기에 자그마한 가게를 마련했지만 장사는 마음먹은 대로 풀리지 않고 인간관계는 복잡하게 꼬이고, 이래저래 고민거리를 떠안고 있었으니까요.

마치코 가족이 도쿄에 온 뒤로 옛날처럼은 아니지만 이따금 만났습니다. 2년 전에 그녀 가족이 맨션을 구입했을 때는 내가 축하 선물을 들고 찾아가기도 했어요.

마치코에게서 그 연락이 온 것은 12월 중순이었습니다. 아주 중요한 얘기가 있으니 급히 만나자고 해서 그날 오후에 내가 갔었죠.

그녀가 꺼낸 얘기는 나로서는 전혀 생각도 못 한 것이었어요. 근처 원룸에서 일어난 살인 사건에 관한 것이었습니다. 사건을 신고하게 된 경위부터가 깜짝 놀랄 일이었지만, 더욱더 놀란 것은 마치코가 범인으로 보이는 남자의 신원을 알고 있다는 거였어요. 자세히 얘기를 들어보니, 범인이라는 증거를 잡은 것은 아니지만 그 남자가 살해된 여자와 깊은 관계였다는 건 확실한 것 같더라고요. 여자의 원룸 방에 있는 장면, 그리고 여자와 함께 있는 장면을 찍어둔 사진이 있다고 했으니까요.

어떻게 해야 좋을지 망설이는 중이라고 마치코는 말했습니다.

보통은 경찰에 한시바삐 알려야 할 일이다, 하지만 이걸 신고해봤자 나한테는 아무 득 될 것도 없다, 살해된 여자가 딱하기는 하지만 범인이 체포된다고 다시 살아나는 것도 아니다, 그보다 이런 정보를 유효하게 이용하는 쪽으로 생각하는 게 좋지 않겠느냐, 라는 거였어요.

그녀가 노리는 게 뭔지 감이 딱 오더라고요. 사진 속 남자와 거래하겠다는 것이죠. 피해자 집에 드나든 것을 경찰에 신고하지 않는 대신 돈을 요구하겠다는 거예요. 내가 그런 거 아니냐고 단도직입적으로 물어봤더니 마치코도 순순히 인정했습니다. 게다가 나한테 좀 도와달라, 즉 공범이 되어달라고 슬슬 유도하더라고요. 자기 혼자서는 제대로 할 자신이 없다면서.

어떻게 그런 엄청난 짓을, 이라고 생각하면서도 마음이 흔들렸어요. 요즘 가게 장사가 안 돼서 돈줄이 꽉 막혔으니까요. 대출 빚도 연체됐고 직원에게 월급 주기도 힘든 상황이에요. 어디서든 목돈을 좀 마련할 수 없을까, 골머리를 썩이던 참이었어요.

마치코 얘기를 들어보니, 그 남자가 대형 의료법인 집안의 데릴사위고 이름은 모리사와 히카루, 신경과 클리닉을 경영하고 있다더라고요. 분명 경제적으로는 부유할 테니까 우리가 어떻게 하느냐에 따라 1, 2억 엔쯤은 거뜬히 받아낼 수 있지 않겠느냐고 그녀는 말했습니다.

그리고 만일 협상이 잘 안되더라도 그때는 경찰에 신고해버리면 된다, 라는 말을 듣고 나도 마음을 정했죠. 알겠다, 도와주겠다, 라고 대답했습니다.

그때부터 마치코와 둘이서 작전을 짰어요. 둘 중 누가 주도권을 쥐었느냐고요? 그런 질문을 하시면 곤란하죠. 모두 둘이서 함께 결정했습니다.

우선 문제는 어떻게 모리사와 히카루와 접촉하느냐는 것이었어요. 그가 경영하는 클리닉의 연락처는 알고 있었죠. 사이트에 문의처로 메일 주소도 실려 있었지만 아무래도 기록이 남게 되는 인터넷을 이용하는 건 위험하다고 판단했습니다.

이래저래 고민하다가 역시 직접 전화로 얘기하는 게 가장 확실하다는 결론이 나왔어요. 전화 발신 기록은 남겠지만 착신의 경우, 번호를 차단해두면 어디서 걸려 왔는지 나중에 조사해도 알아내지 못한다는 얘기를 들은 적이 있거든요.

전화한 것은 12월 15일입니다. 내가 걸었어요. 마치코가 자기는 임기응변으로 대답할 자신이 없다고 꽁무니를 뺐기 때문이에요.

전화는 접수처 여직원이 받았어요. 내가 원장 선생과 직접 얘기하고 싶다고 했더니 잠시 뒤에 남자가 받더군요. 먼저 모리사와 본인인지 아닌지 확인한 뒤, 이즈미 하루나 씨 일로 긴히 할 얘기가 있다고 말했습니다. 모리사와가 시치미를 떼려고 하길래 그렇다면 이즈미 하루나 씨 이름으로 우편물을 보낼 테니 그걸 보고 나서 판단해달라, 라고 말하고 전화를 끊었죠. 그리고 곧바로 모리사와가 이즈미 씨의 원룸 방에 있는 장면이 찍힌 사진을 복사해서 클리닉 주소로 우송했어요.

그다음에 전화한 것은 17일이에요. 그때는 모리사와도 태도가 사뭇 달라져서 자기 스마트폰 번호를 알려주더라고요. 그 번호로 다시 걸어서 거래를 제안했습니다. 당신이 이즈미 씨와 함께 있는 사진은 그 밖에도 또 있다, 그중에는 범행을 입증할 만한 것도 있다는 뜻의 말을 슬쩍 내비치면서 1억 엔을 요구한 거예요.

그 제안에 대해 모리사와는, 돈은 주겠다, 그 대신 그쪽의 정체를 밝혀달라고 하더군요. 서로 대등한 입장이 되지 않고서는 안심할 수 없다는 거예요. 돈만 받으면 배신하지 않겠다고 내가 누차 말했지만 구두 약속만으로는 믿을 수 없다고 했어요.

모리사와의 말을 마치코에게 전해주고 둘이서 다시 작전을 짰습니다. 거래를 추진하기 위해서는 어차피 상대의 조건을 받아들일 수밖에 없죠, 뭐.

그래서 생각해낸 것이 호텔 코르테시아도쿄의 '매스커레이드 나이트' 이벤트였어요.

내가 3년 전 연말연시에 다른 친구와 둘이 그 호텔에서 투숙하면서 카운트다운 파티에 처음으로 참가했었거든요. 아주 재미있고 멋진 체험이어서 다음에도 또 가자고 마음먹고 있던 참이었는데, 이 일에 그 파티를 잘 활용하면 괜찮을 것 같더라고요.

모리사와에게 제시한 방법은 이런 거였어요. 서로 간에 코스튬 가장을 하고 파티에 참석한다, 그때 모리사와는 돈이 든 가방을 호텔 어딘가에 숨겨둔다, 그 가방에는 열쇠를 채워둔다는 거예요.

한편 우리는 마치코와 나, 둘이서 파티에 참석합니다. 우선 내가 모리사와에게 전화를 걸어 지정해준 장소에 가서 신호를 보내라고 지시합니다. 그 신호를 보고 코스튬 차림의 그를 알아보는 것이죠. 그의 모습을 확인하면 이번에는 우리가 있는 장소와 코스튬 차림새를 전달합니다. 알아봤다면 신호를 보내라고 이것도 전화로 지시하는 거예요.

그다음에 우리는 모리사와에게 접근해 가방 열쇠를 건네라고 말합니다. 직접 말을 거는 것은 우리가 전화로 통화했던 사람과 동일인이라는 것을 보여주기 위해서예요. 열쇠를 받으면 나는 파티장을 나와 가방을 감춰둔 장소로 이동해요. 마치코는 그동안 모리사와 옆에서 기다리는 거예요.

가방의 1억 엔을 확인하면 나는 그 가방을 들고 파티장으로 돌아오죠. 그리고 카운트다운이 끝나는 대로 서로 간에 가면을 벗고, 우리 두 사람은 모리사와에게 운전면허증을 보여주면 거래가 종료되는 거예요.

우리 쪽의 제안을 모리사와는 받아들였습니다. 협상 성립이죠. 그다음은 거래가 실행되는 날을 기다리는 것만 남습니다.

하지만 사실 이 계획에는 또 다른 작전이 숨겨져 있었어요. 그게 바로 경찰을 이용하는 것이었죠. 거래 전에 경찰에 밀고장을 보낸다, 그러면 파티장에 형사들이 출동해 감시하겠지요. 나는 돈을 확인하는 즉시 경찰에 연락해서 범인이 어떤 코스튬과 가면을 썼고 어디에 있는지 알려준 뒤에 마치코에게 신호를 보내는 거예요. 그 신호로 마치코는 도주할 준비를 하면 돼요. 곧바로 형사들이 모리사와를 체포하러 달려올 테니까 그 틈에 신속히 자리를 뜬다는 계획이에요. 이렇게 되면 모리사와는 우리가 누군지 결국 알지 못한 채 잡혀가겠죠.

마침내 12월 31일 오후, 나는 코르테시아도쿄에 체크인을 했습니다. 투숙자를 두 명으로 했던 것은 파티 입장권을 마치코 몫까지 두 장을 확보하기 위해서였어요.

마치코 가족은 그 전날부터 셋이서 와 있었습니다. 연말연시에는 집안일에서 벗어나고 싶다고 남편을 설득했던 모양이에요. 그녀 가족과는 저녁 식사 때 다이닝 레스토랑에서 우연히 마주친 척하면서 만나기로 미리 약속했어요. 그리고 남편과 아들 앞에서 마치코를 반강제로 파티에 데려가는 척하기로 했죠.

내가 마치코에게 호텔 상황을 물어봤더니 형사들이 감시 중인지 어떤지 잘 모르겠다고 하더라고요. 그래서 경찰을 떠보기로 했습니다. 감시 체제가 정리되면 파티장 앞의 인형이 들고 있는 와인 잔에 꽃을 꽂아달라고 한 거예요. 그 지시대로 꽃이 장식된 것을 보고 우리는 작전을 실행에 옮기기로 했죠.

파티가 시작되고 잠시 뒤에 모리사와에게 전화했습니다. 파티장에 와 있다고 하길래 제야의 종 앞에 가서 오른손을 들어보라고 했어요. 이윽고 펭귄 옷을 입은 사람이 오른손을 드는 모습이 보였어요. 그래서 이번에는 우리가 있는 장소를 알려줬죠. 우리는 샴페인 잔 타워 앞에 있었거든요. 우리 두 사람의 코스튬을 알려주고 확인했다면 왼손을 들어보라고 했습니다. 잠시 뒤에 정말로 펭귄이 왼손을 들더군요. 응답이 조금씩 늦어지는 것은 마스크를 썼기 때문일 거라고 생각했어요.

확인 작업이 끝나서, 모리사와에게 이제 당신 옆으로 갈 테니 가방 열쇠를 건네달라고 말했습니다. 그랬더니 그가 예상 밖의 대답을 하더라고요.

가방을 잠그지 않아서 열쇠는 필요 없다, 4층의 교회식 예식장에 숨겨뒀으니까 확인해라, 라는 거예요.

그래서 내가 파티장을 나와 4층 예식장으로 향했습니다.

그다음 일은 나도 잘 모르겠어요. 예식장에 들어선 순간, 느닷없이 뒤통수를 가격하는 바람에 아픈 건지 뜨거운 건지, 뭐라고 표현할 수 없는 충격을 느꼈어요. 그길로 의식을 잃었던 모양이에요. 정신이 돌아왔을 때는 낯선 사람들에게 둘러싸여 있었죠. 경찰입니다, 라고 하는데 나는 정말 뭐가 어떻게 된 건지 모르겠더라고요.

진짜 마치코가 나를 속인 건가요? 형사님들 얘기를 들어보니 아무래도 그런 것 같은데, 마치코가 대체 왜 나한테 그런 짓을 했을까요?

뭔가 짚이는 건 없느냐고요? 아뇨, 아무것도 없어요. 왜냐면 그녀는 여태껏 내 친구였으니까요.

소노 마사아키 씨? 마치코의 남편이 왜요, 무슨 일 있었어요?

……아, 그거요?

물론 둘이 몇 번 만났죠. 그 신혼집에 찾아갔을 때였는데, 마침 마사아키 씨가 중소기업 진단사 자격증을 갖고 있다고 하길래 우리 가게의 경영에 대해 상담 좀 해달라고 부탁했던 게 계기가 됐어요.

남녀 관계? 뭐, 아무 일도 없었다고 한다면 거짓말이 되겠죠.

둘 중 누가 먼저 유혹했느냐고요? 나는 마사아키 씨가 먼저 청했던 것으로 생각하는데, 그쪽에서는 다르게 얘기했나요? 내 쪽에서 먼저 청한 기억은 없지만 혹시 그런 식으로 받아들일 만한 언동이 있었다고 한다면 뭐, 미안합니다, 제가 경솔했습니다, 라고 말할 수밖에 없겠죠.

처음에는 딱 한 번만 만날 생각이었어요. 성인끼리의 작은 장난이랄까, 그저 잠깐 마음이 동했던 것뿐이에요. 하지만 마사아키 씨는 그렇지 않았던지 자꾸만 만나자고 끈질기게 조르더군요. 이래저래 신세 진 것도 있어서 냉정하게 거절할 수가 없었어요.

근데요, 그렇게 자주 만난 건 아니에요. 단둘이 만난 건 지난 1년 동안에 대여섯 번, 아니, 좀 더 적었는지도 모르겠네요.

물론 마치코에게는 미안하게 생각했죠. 누구보다 소중한 친구라고 생각했으니까 더욱더 마음이 무거웠어요. 이런 관계는 빨리 정리해야 한다고 마음먹고 있었고, 실제로 요즘에는 그 사람과 전혀 만난 적이 없어요.

혹시 그게 동기였던 거예요? 그래서 마치코가 나를 죽이려고 했어요?

그렇다면 나는 진짜 이해가 안 되네요. 마치코는 남편에 대한 애정이라고는 눈곱만큼도 없다고 항상 말했었거든요. 몇 년째 한 침대를 쓴 적도 없다, 앞으로도 함께 안 써도 괜찮다고 했어요. 밖에서 처리하고 오겠다면 얼마든지 좋으실 대로 하라는 느낌이라나?

근데 왜 내가 살해되어야 하죠?

소노 마치코의 진술

가이즈카 유리는 고등학교 동창이에요. 아뇨, 중학교는 각자 다른 곳이었죠. 교실에서 처음 일주일 동안 우리 반 아이들을 관찰한 끝에 나는 유리를 특히 조심해야 한다고 생각했어요. 우리 반의 중심인물이 그 애라는 것을 알았거든요.

실은 중학교 때, 지독한 따돌림을 지켜본 경험이 있었어요. 내가 직접 따돌림을 당한 건 아니지만, 잠깐 방심하면 나한테도 불똥이 튈 만큼 따돌림이 거의 일상이었죠. 그런데 자세히 보니까 따돌림을 하는 그룹에도 계급이 있더라고요. 누가 정점에 서서 아이들을 조종하는지 잘 파악하는 게 무엇보다 중요하다는 걸 그때 깨달았어요.

여기서는 그 중심인물이 가이즈카 유리라고 판단을 했죠. 그

근거 중 하나는 생김새였어요. 유리는 얼굴이 예쁘고 몸매도 늘씬하고 교복도 누구보다 멋지게 입었어요. 행동 하나하나가 화려하고 자신감이 넘쳤습니다

또 하나의 근거는 냄새였어요. 아니, 실제로 맡아본 것은 아니에요. 이를테면 분위기나 기척 같은 것이지요. 말로 정확히 설명할 수는 없지만, 중학교 때 따돌림을 주도했던 여학생과 똑같은 냄새를 유리에게서 감지했습니다.

그런 후각을 가진 것은 나뿐만이 아니었어요. 여자라면 많든 적든 그런 능력을 갖추고 있지 않을까요? 유리와 친해지려는 여학생이 많았지만, 다들 의식적으로든 무의식적으로든 그런 감을 발동했던 거라고 생각해요. 남자들은 이런 거, 잘 모르겠지만요.

유리와 친해지고 보니 역시나 그게 올바른 판단이었어요. 따돌림까지는 아니어도 어디에나 다툼이라는 건 생기기 마련이죠. 서로 대립하는 그룹이 생기고 각각 뒤에서 험담을 하는 일은 늘 있잖아요. 하지만 유리와 한편이 되면 결국은 항상 이길 수 있었어요. 마치코는 유리의 그림자다, 아첨꾼이다, 라는 말을 듣기도 했지만 나는 아무렇지도 않았어요. 유리가 가진 그런 미모도 없고 아무 특기도 없는 내가 즐거운 학교생활을 보내기 위해서는 힘 있는 사람 옆에 붙어 있는 게 가장 빠른 길이죠.

실은 기가 드셌다고요? 내가요? 그게 무슨 말인지 모르겠네요. 누가 그런 말을 했지요?

임신한 친구? 아, 그 얘기인가요? 그런데 그 친구가 왜요?

내가 돈을 받았다고요? 어머, 말도 안 돼. 물론 5만 엔은 너무 적다고 했던 것은 나였어요. 하지만 그 대학생을 불러내 돈을 좀 더 받아내야 한다고 말한 건 유리였습니다. 실제로 그녀가 협상에 나서기도 했고요. 나는 옆에서 조용히 듣기만 했어요. 유리가 아는 사람 중에 야쿠자가 있다는 얘기를 은근히 내비치면서 협박하는 것을 듣고 정말 대단하다고 연신 감탄만 했었는데요.

차? 차를 팔아서 돈을 내라니, 내가 어떻게 그런 말을 하겠어요. 나는 임신한 친구에게 대학생인데 차를 갖고 있구나, 그러면 집이 꽤 부자겠다, 라고 했을 뿐이에요. 그 말을 듣고 유리가 그렇다면 그 차를 팔아서 돈을 마련하게 하자고 했죠.

수수료 10만 엔? 글쎄요, 그랬었나? 나는 기억이 안 나요. 아무튼 그 건에 관해서는, 아니, 그 건뿐만 아니라 어떤 일이든 유리가 다 주도적으로 나섰어요. 나는 항상 그림자였죠.

고등학교를 졸업한 뒤에도 유리와의 관계는 계속되었습니다. 그녀가 도쿄로 가게 된 건 나한테는 반가운 일이었어요. 나도 이따금 도쿄에 놀러 가고 싶었는데 그쪽에 친구가 있으면 든든하니까요.

유리가 호스티스로 일하게 됐을 때도 별로 놀라지 않았어요. 오히려 그녀와 잘 어울린다고 생각했죠. 그녀가 그런 얘기를 해주면 재미있었어요. 가게에 이따금 유명한 사람도 찾아온다면서 그런 사람들을 접대한 얘기를 은근히 자랑하듯이 들려줬어요.

네, 우리가 도쿄로 이사 온 것은 6년 전이에요. 남편의 전근 때문이었죠. 그래서 아주 오랜만에 유리를 만났는데 롯폰기에 자기 가게를 냈다고 해서 깜짝 놀랐습니다. 얘기를 들어보니까 후원해주는 남자가 돈을 대줘서 개업했다고 하더라고요. 근데 그 남자가 그만 헤어졌으면 하는 눈치여서 이별 위자료로 얼마나 받아낼지 생각 중이다, 라는 거예요. 그 얘기 듣고, 참 여전하구나, 변한 게 없구나, 하고 어이없다기보다 내심 감탄했었어요.

네, 그녀가 우리 집에 찾아온 것은 2년 전이에요. 맨션을 사들인 지 석 달쯤 됐을 때였어요. 축하한다면서 큼직한 화분을 들고 왔는데 솔직히 그런 선물, 전혀 반갑지 않았어요. 놓아둘 데도 없고, 난감하기만 하죠. 고맙다는 인사는 물론 여러 번 했지만요.

돌이켜보면 내가 너무 세상 물정에 어두웠어요. 뭐가 그러냐면 유리를 우리 남편과 만나게 해준 거요. 그녀가 남의 것을 탐내는 성격이라는 걸 깜빡 잊고 있었어요. 하지만 설마 내 남편을……. 사실은 아직도 믿어지지 않아요.

남편이 바람을 피우는 게 아닌가, 의심하기 시작한 것은 이번 가을부터예요. 남편 회사 동료의 부인이 나하고 꽤 친한 사이인데, 하루는 좀 마음에 걸리는 얘기를 하더라고요.

소노 씨는 월요일만 되면 칼퇴근을 한다던데 그날 집에 무슨 일 있느냐고 묻는 거예요. 뭔가 이상하다 싶었죠. 왜냐면 남편은 월요일에 일찌감치 집에 온 적이 한 번도 없었으니까요.

그 뒤부터 나는 남편을 주의 깊게 관찰했습니다. 그랬더니 정말로 의심스러운 일들이 한두 가지가 아니더라고요. 이따금 집에 오자마자 묘하게 다정하게 굴고 말수가 많아지는 날이 있었는데 그게 매번 월요일이었어요. 그리고 내 일정을 물어볼 때도 유난히 월요일을 궁금해하는 것 같았어요. 월요일에는 평소보다 옷차림에 더 신경을 쓰는 것 같기도 하고, 내 의심은 점점 확신으로 바뀌었습니다.

확실한 증거를 잡으려면 스마트폰을 훔쳐보는 게 가장 빠르지요. 당연히 잠금 설정이었지만 남편은 지문 인증을 쓰고 있었어요. 어느 날 밤, 남편이 깊이 잠든 사이에 그의 손가락을 스마트폰에 터치해 잠금을 풀고 내용을 확인했습니다. 죄의식 같은 건 없었어요. 의심을 살 만한 짓을 하는 사람이 더 나쁘죠. 애초에 스마트폰을 잠금 설정으로 해둔 것 자체가 이상한 일이에요.

하지만 메시지에도 메일에도 바람피운 게 드러날 만한 것은 없었어요. 단지 이따금 남편이 Y라는 인물에게 기묘한 메일을 보낸 게 있더라고요. 문장도 없이 그냥 네 자릿수의 숫자만 보낸 거예요. 발신 날짜를 달력으로 확인해보고 가슴이 덜컥 내려앉았습니다. 모두 다 월요일이고, 매번 오후 5시 반쯤이었어요.

Y는 대체 누구인가. 메일 주소록을 살펴봤지만 그 메일 주소도 스마트폰 번호도 내가 알지 못하는 것이었습니다.

이 기묘한 네 자릿수는 무엇을 뜻하는 것인가. 아무래도 마음에 걸려서 어느 월요일 오후 5시경, 나는 남편의 회사 쪽으로 나갔습니다. 남편의 뒤를 밟아보기로 마음먹은 거예요.

5시를 조금 지났을 무렵에 남편이 회사 빌딩에서 나오더군요.

조금 거리를 두고 조용히 뒤따라갔습니다. 혹시 택시를 타고 가버리면 미행이고 뭐고 끝이라고 생각했는데 아무래도 지하철역으로 향하는 것 같더군요.

하지만 남편이 탄 노선은 우리 집과는 전혀 다른 방향이었어요. 어디로 가려는 건가, 하고 나는 그의 옆얼굴을 이만치에서 지켜봤죠. 그는 미행당하는 것은 전혀 알지 못하는 기색이었습니다.

이윽고 남편은 그와는 아무 관련도 없는 역에서 내렸습니다. 물론 나도 그의 등을 보며 쫓아갔습니다. 그렇게 그의 목적지를 알게 된 거예요.

호텔 코르테시아도쿄.

프런트에서 체크인하는 남편의 모습을 멀리서 지켜보며 드디어 그 네 자릿수의 의미를 알았습니다. 바로 호텔 방 번호였어요. 남편이 먼저 체크인을 한 다음에 상대 여자에게 메일로 알려주면 나중에 여자가 그 방으로 찾아가는 거예요.

그날부터 내가 겪은 고통과 번민은 내 입으로 표현하기가 어렵네요. 일도 손에 잡히지 않고, 노이로제에 걸릴 것 같았습니다.

하지만 남편을 추궁한다는 생각은 내 머릿속에는 없었어요. 왜냐면 나는 이혼할 마음이 애초에 없었으니까요. 이 나이에 이혼하면 먹고살기도 힘들어지죠. 위자료 몇 푼 받아본들 몇 년이나 먹고살겠어요. 아들이 성인이 되려면 아직 한참 더 기다려야 해서 그쪽에 기댈 수도 없잖아요. 이혼하지 않을 거라면 되도록 부부 사이에 평지풍파를 일으키지 않는 게 당연히 좋겠지요. 집에서 지내기가 거북스러우면 남자는 도망치려고 할 거 아니에요. 그저 아무것도 모르는 둔감한 아내인 척하면서 평생 나와 아들을 부양하도록 하는 게 그나마 남편을 벌줄 수 있는 가장 좋은 방법이죠.

남편의 불륜 상대가 누군지 궁금했지만 그런 건 별로 중요하지 않았어요. 문제는 어떻게 하면 조용히 남편의 바람을 잠재우느냐는 거였죠. 하지만 아무리 생각해봐도 묘안은 떠오르지 않았습니다.

에이타가 그런 사진을 찍은 걸 알게 된 것은 내가 한창 그런 고민에 빠져 있을 때였어요.

그런 사진을…… 네, 그 몰래카메라 사진입니다.

큰 충격을 받았죠. 왜 그런지 요즘 들어 거의 말도 안 하고 학교에서 돌아오면 제 방에 틀어박혀 있기만 하고, 그 또래 남자애들은 대체 무슨 생각을 하면서 사는가 싶었지만 설마 그런 것에 빠졌을 줄은 상상도 못 했어요. 그러잖아도 남편의 바람 때문에 속을 끓이고 있는 참에 아들까지 나를 괴롭히는 것 같아서 정말 죽고 싶은 심정이었습니다.

내가 한탄을 하고 있는데 에이타가 이상한 변명을 하더라고요. 몰래 들여다본 그 원룸의 여자가 꼼짝도 하지 않는다, 어쩌면 죽었는지도 모른다, 경찰에 알리는 게 좋겠다, 라는 거예요. 설령 그런 일이 있다고 쳐도 내 아들이 몰래카메라로 그 방 사진을 찍었다는 말은 할 수도 없잖아요. 그래서 에이타에게 신원을 밝히지 않고 신고하는 방법을 찾아보라고 했더니 익명 신고 다이얼이라는 것을 찾아내더군요.

신고한 지 얼마 안 되어서 정말로 살인 사건 뉴스가 나오는 것을 보고 나도 약간 관심이 생겼습니다. 그래서 에이타와 여기저기 검색해보다가 '모리사와 클리닉' 사이트까지 들어가게 됐죠.

굉장한 것을 발견했구나, 라고 생각했습니다. 그 모리사와 히카루라는 사람이 진짜 살인범이라면 내 아들이 큰 공헌을 한 셈이에요.

하지만 나는 전혀 다른 쪽으로 생각하기 시작했어요. 익명으로 경찰에 신고하는 거야 간단한 일이지만 그래봤자 우리가 무슨 득을 보는 것도 아니잖아요. 이만큼 중요한 정보라면 뭔가 따로 활용할 방법이 없을까 하고…….

그때 퍼뜩 유리가 머릿속에 떠올랐습니다. 그녀라면 어떻게 할까, 상상해본 거예요.

유리는 교활한 친구입니다. 이런 일을 순순히 신고만 하고 끝낼 리가 없겠지요. 유리라면 이 정보가 꼭 필요한 인물에게 가장 비싼 값으로 팔아줄 거라고 예상했습니다. 그 인물은 물론 모리사와 히카루 본인이죠.

한번 상의해보자고 생각했어요. 유리에게 이 얘기를 하면 틀림없이 덥석 달려들 거라는 확신이 있었습니다. 이런 거래라면 나는 도저히 감당을 못 하지만 유리한테는 식은 죽 먹기일 테니까요.

유리에게 연락해 오랜만에 만났습니다. 잠시 잡담을 주고받은 뒤에 본론으로 들어갔습니다. 에이타가 찍은 사진과 '모리사와 클리닉' 사이트 등을 보여주면서 그간의 일을 설명했더니 유리의 얼굴빛이 홱 달라지더군요. 나한테 어떻게 할 생각이냐고 물었습니다. 거기서 나는 거꾸로, 너라면 어떻게 할 생각이냐고 되물었습니다.

그랬더니 유리가 눈을 부릅뜨더군요. 눈동자에서 번쩍 빛이 나는 것 같았습니다. 그리고 내가 예상한 대답, 즉 모리사와 히카루 본인을 만나 입막음용으로 돈을 요구하자, 라고 하더군요.

과연 잘될까, 내가 불안해했더니 유리는 괜찮다고 고개를 끄덕였어요. 자기한테 다 맡기라면서.

그렇게 둘이서 작전을 짰습니다. 아니, 이건 정확하지 않네요. 정확하게 말하면 유리가 작전을 짜고 나는 그 설명에 귀를 기울이는 식이었어요. 어설피 메일이나 편지 같은 건 보내지 말고 직접 전화를 하자고 말한 것도 유리였습니다. 대담하고 배짱이 두둑하고, 정말 이런 일에는 대적할 사람이 없다고 새삼 감탄했어요.

매스커레이드 나이트 행사에 대한 계획을 들었을 때는 무서울 만큼 영악한 것에 내심 혀를 내둘렀을 정도예요. 모리사와 히카루에게 우리 얼굴을 드러내는 일 없이 돈을 받아내다니, 처음에는 그런 게 가능할까 싶었는데 매스커레이드 나이트 행사의 규칙을 이용하면 아닌 게 아니라 잘될 것 같았으니까요.

하지만 그 얘기를 들으면서 마음에 걸리는 게 있었어요. 장소가 호텔 코르테시아도쿄라는 것이었죠. 당연히 우연일 거라고 생각하면서도 그게 머릿속에서 떠나지 않았습니다.

그래서 그날 저녁에 에이타에게 스마트폰을 스피커폰으로 해놓고 Y의 전화번호로 전화해서 "야마모토 씨입니까?"라고 물어보라고 했습니다. 에이타는 어리둥절한 표정이었지만 내가 시키는 대로 해줬어요. 전화가 연결되고 상대는 "아닙니다"라고 대답했습니다.

아닙니다, 라는 짧은 한 마디였지만 그것만으로도 충분했어요. 그 목소리의 주인은 유리였습니다.

아연실색했습니다. 남편과 친구에게 배신을 당했다는 억울함에 피잉 현기증이 나더군요. 바로 몇 시간 전에 만났던 유리의 모습이 생각나면서 분노로 온몸이 부들부들 떨렸습니다.

유리는 그 호텔에 얼마나 자주 드나들었는지, 그곳에서 하는 카운트다운 파티가 이번 계획에 얼마나 안성맞춤인지, 눈을 반짝여가며 나한테 신나게 얘기했거든요. 자기가 가로챈 남자의 아내에게 둘이서 불륜을 저지른 장소를 실컷 자랑한 거예요.

그때의 표정을 떠올리면서 나는 확신했습니다. 유리는 나한테 눈곱만큼도 죄책감 따위는 갖고 있지 않다는 거.

오히려 내심 고소해했을 게 틀림없어요. 자기들이 불륜을 저지른 호텔에 멍청한 마누라를 끌어들여 함께 나쁜 짓을 꾸미는 상황이 너무 재미있었던 거라고 그제야 알았습니다. 그런 심리의 이면에는 당연히 나를 얕잡아 보는 마음이 작동했겠지요. 그것을 뒷받침해주는 게, 이런 일이 과연 잘될까 하고 불안해하는 나에게 유리가 이런 말을 했습니다.

"괜찮아, 너는 항상 하던 대로 내 팔다리가 되어서 움직여주기만 하면 돼."

그 말을 되짚어본 순간, 내 가슴에 생겨난 증오가 한층 더 커졌습니다. 유리는 결코 내 친구가 아니다, 나를 저 좋을 대로 이용해먹을 생각밖에 없다는 것을 깨달았으니까요.

얼마나 후회했는지 모릅니다. 설령 이 계획이 잘 풀려서 큰돈을 손에 쥐게 되더라도 공범인 나는 평생 유리와 하나로 엮이게 됩니다. 내 남편과의 관계를 비난해봤자 그녀로서는 별것도 아닌 일이겠죠. 불륜을 까발리고 싶다면 얼마든지 까발려보라고 오히려 나한테 대들지도 모릅니다. 게다가 자칫하면 협박을 당할 수도 있어요. 남편의 불륜, 아들의 몰래카메라에다 내가 사기 공갈로 돈을 취했다는 새로운 비밀까지 움켜쥐게 될 테니까요.

그런 내 속마음은 아랑곳할 것도 없이 유리는 계획을 착착 진행해나갔습니다. 모리사와 히카루에게 매스커레이드 나이트 행사를 이용한 거래를 제안한 거예요. 모리사와는 그 제안을 받아들인 모양이었습니다.

나는 초조했습니다. 그제야 새삼스럽게 돌아설 수도 없잖아요. 완전히 주범 노릇을 하고 있는 유리에게 계획을 중단하라고 하는 건 도저히 불가능합니다.

그런 나한테 힌트를 던져준 것은 다름 아닌 유리였어요. 그녀가 이런 말을 했거든요. 무슨 일이 있어도 모리사와에게 우리가 누구인지 들켜서는 안 된다, 그게 알려지면 목숨을 노릴 수도 있다…….

흠칫 놀랐어요. 듣고 보니 맞는 말이었으니까요.

그래서 마음먹고 모리사와에게 전화를 했습니다. 발신 제한 번호였으니까 모리사와는 유리의 연락이라고 생각한 모양이었습니다.

나는 우선 거래 상대의 공범이라는 것을 밝히고, 이번 거래는 함정이라고 알려줬습니다. 주범인 여자는 돈을 무사히 받으면 경찰에 연락해 당신을 체포하게 할 계획이라고 알려준 거예요.

모리사와는 당황한 눈치였습니다. 내가 전화한 목적이 뭔지 알 수 없었기 때문이겠지요. 왜 그런 계획을 나한테 알려주느냐, 원하는 게 무엇이냐, 라고 묻더라고요.

주범인 여자를 죽여주기를 원한다고 말했습니다. 그 약속만 해준다면 주범 여자가 누구인지 알려주겠다, 돈은 한 푼도 필요 없고 사진은 모조리 없애겠다, 앞으로 절대로 연락하지 않겠다, 라고 덧붙였습니다.

모리사와가 하루만 생각할 시간을 달라고 하더군요. 그래서 그날은 그걸로 통화가 끝났고 다음 날 같은 시간에 다시 연락을 했습니다.

우선 모리사와는 내가 죽여주기를 원하는 여자가 이번 협박의 주범이라는 증거를 원한다고 말했습니다. 전혀 관계도 없는 사람을 살해하는 데 이용당하고, 혹시 그걸 신고까지 해버리는 경우가 생긴다면 말도 안 된다는 거예요. 절대로 거짓말이 아니다, 그 여자가 틀림없는 주범이다, 라고 말했지만 받아주지 않았습니다. 나는 어떻게 해야 좋을지, 그저 쩔쩔매고 있었죠.

그랬더니 뜻밖에도 모리사와 쪽에서 먼저 제안을 해주더라고요.

그의 말을 듣고는 깜짝 놀랐습니다. 왜냐면 유리가 생각해낸 매스커레이드 나이트 작전을 거꾸로 이용하겠다고 했으니까요. 원래 계획으로는 모리사와가 현금 가방을 숨겨두면 유리가 거기로 가서 내용물을 확인하는 것이었어요. 그런데 그는 자신이 그곳에 숨어 있다가 유리가 오면 살해하겠다고 제안한 거예요.

나아가 모리사와는 좀 더 상세한 계획을 알려줬습니다. 매끈한 어투로 논리정연하게 얘기하는 게 그저 얼핏 생각나서 하는 말이 아니라는 것이 느껴졌어요. 치밀하고 주도면밀한 점에서는 유리 따위, 그의 발꿈치도 못 따라가죠. 그런 얘기를 듣고 나는 이 승부에서 그가 틀림없이 이긴다고 확신했어요. 이 사람에게 맡기면 아무 문제 없다는 생각이 들더라고요.

그 뒤에도 전화로 몇 번이나 상의를 했습니다. 12월 30일에 우리 가족이 호텔에 체크인을 한 뒤에도 몰래 통화를 했었어요. 모리사와도 이미 호텔에 와 있는 것 같았지만 실제 모습은 못 봤습니다.

그리고 31일에 유리가 호텔에 왔어요. 저녁 식사 때, 우리 가족이 식사를 하는 다이닝 레스토랑에서 우연히 만난 것처럼 꾸몄습니다. 유리는 내내 당당하게 굴었지만 남편은 아주 난처해하더라고요. 처자식이 함께 있는 자리에 불륜녀가 나타났으니 당연하지요.

아무래도 거북했는지 내가 맨션 관리회사에서 전화가 왔다고 얘기했더니 남편은 투덜투덜 못마땅한 척하면서 잽싸게 집으로 갔습니다.

네, 전화가 왔다는 건 거짓말이었어요. 남편을 호텔에서 내보내기 위한 구실이었죠. 사건이 터지면 경찰이 투숙객 전원에게 호텔에 남으라는 조치를 내릴 거라고 예상했으니까요. 그건 혹시라도 남편에게 혐의가 가지 않게 하기 위한 일이었어요.

오후 11시, 유리와 함께 매스커레이드 나이트 파티장으로 갔습니다. 나는 평소에 입던 옷에 호텔에서 빌린 은색 가면을 썼어요. 유리는 피에로 마스크를 썼더라고요. 저 모양새로 살해되겠구나, 혼자 상상하면서 참 꼴좋다고 생각했습니다.

48

닛타가 모토미야와 함께 취조실에 들어가자 우치야마 미키오는 등을 웅크린 채 고개를 떨구고 있었다. 형사들을 올려다보고 꾸벅 인사를 건네더니 다시 고개를 숙였다.

"그렇게 겁낼 거 없어요." 모토미야가 쓴웃음을 지으며 의자를 당겼다. "잡아먹으려는 것도 아닌데."

"아뇨, 그게……." 목소리가 침울하게 잠겼다. 우치야마는 헛기침을 한 뒤에 말을 이었다. "내가 너무 큰 폐를 끼쳐서……."

"그렇죠, 조금만 더 일찍 이름을 밝히고 나서줬으면 상황이 크게 달라졌겠지요. 우리가 그런 생고생을 할 필요도 없었고." 모토미야가 요란한 소리를 내며 의자에 앉았다.

"죄송합니다." 우치야마는 목을 한껏 움츠렸다.

닛타는 옆의 책상 앞에 앉아 품에 안고 있던 노트북을 내려놓았다. 우치야마의 진술을 내 귀로 직접 듣고 싶어서 기록 담당을 자원한 것이다.

"자, 그러면 시작해볼까요. 본명이 우치야마였지요?" 모토미야가 손에 든 서류를 보며 말했다. "그리고 이름은 미키오. 맞습니까?"

"지난번에도 말했지만, 우라베라는 건 범인이 지시한 가짜 이름입니다. 그 이름으로 호텔에 예약해뒀다고 했어요."

"예, 그랬죠. 그러면 이즈미 하루나 씨에 대해 얘기해주시겠습니까? 처음에 어디서 알게 됐어요?"

"실은 서로 알게 된 것은 공원에서였습니다."

"공원? 어디 있는 공원이에요?"

"공식 명칭은 잘 모르겠어요. 우리 집 근처 공원입니다."

우라베 미키오, 본명 우치야마 미키오가 중언부언 털어놓은 내용은 다음과 같은 것이었다.

자택 인근에서 입시학원을 경영하는 우치야마는 점심시간에 개를 산책시키는 것을 일과로 삼고 있었다. 개는 닥스훈트, 열 살이 넘었지만 아직 건강하다.

그 공원은 산책 코스의 중간쯤에 있었다. 작은 공원이라 언제 들러도 사람이 별로 없었다. 그곳 벤치에서 잠시 쉬면서 들고 온 강아지용 빵을 애견에게 주는 것이다.

어느 날, 공사를 하느라 평소의 벤치에는 앉을 수 없게 되었다. 우치야마는 다른 벤치를 찾아갔다. 그네 옆에 두 개가 나란히 놓인 벤치 중에 한쪽이 비어 있길래 거기에 자리를 잡았다.

또 다른 벤치에는 소년 같은 옷차림의 젊은 여자가 앉아 있었다. 그 공원에서 이따금 눈에 띄는 여자였지만 이야기를 나눈 적은 한 번도 없었다. 그날도 말없이 우치야마는 개를 데리고 그 자리를 떴다.

공사는 며칠 만에 끝났지만 그 이후에도 계속 그네 옆의 벤치를 이용했다. 딱히 이유는 없다, 라고 한다면 거짓말이 될 것이다. 옆의 벤치에 앉은 여자가 마음에 걸렸던 것이다. 하지만 자주 만나면서도 인사조차 나누지 못했다. 그것을 거절하는 어떤 아우라 같은 것이 그녀의 온몸에서 풍기는 것처럼 느껴졌기 때문이다.

기회는 우연히 다가왔다. 어느 순간 줄이 풀리면서 닥스훈트가 그녀에게로 달려가 발치에 엉겨 붙었던 것이다.

우치야마는 크게 당황했지만 그녀의 반응은 뜻밖이었다. 허둥거리는 기색이라고는 전혀 없이 닥스훈트를 번쩍 안아 올리더니 머리를 쓰다듬고 그다음에는 몸을 더듬어보기 시작했다. 그 손놀림은 동물을 다루는 데 익숙한 전문가의 것이었다.

우치야마는 미안하다고 말하고 닥스훈트를 데려오려고 했다. 그녀는 개를 건네주면서 생각지 못한 말을 했다. 뒷다리 관절에 이상이 있으니 병원에 가서 진찰을 받아보는 게 좋겠다는 것이었다. 만져보기만 해도 아느냐고 우치야마가 물었더니 걷는 모습을 보고 전부터 마음에 걸렸었다, 라는 대답이 돌아왔다. 직업이 애견미용사라는 말을 듣고 그제야 이해가 되었다.

즉각 병원에 데려갔더니 그녀가 지적한 대로 뒷다리 관절에서 이상이 발견되었다. 태생적인 것이라고 했다. 지금 당장 수술해야 할 정도로 중하지는 않지만 정기적으로 검진을 받는 것이 좋다는 얘기였다.

다음에 그녀를 만났을 때 감사 인사를 했다. 그녀는 심한 게 아니라서 다행이라고 말해주었다.

그 일을 계기로 만날 때마다 이야기를 나누게 되었다. 이즈미 하루나라는 이름과 스마트폰 번호도 알려주었다.

둘이서 반려동물의 출입이 가능한 카페에 갔던 것은 말을 트고 2주일째 되던 날이었다. 다시 그 일주일 뒤에는 식사를 함께

했다.

둘이서 많은 이야기를 나눴다. 요즘 사회적으로 화제가 되는 것에서부터 서로 개인적인 일까지 털어놓게 되었다. 하루나에게서 애견미용사 일에 대한 얘기를 듣는 것은 재미있었다.

그녀를 알고 두 달쯤 지났을 무렵, 러브호텔로 청해보았다. 거절당하면 두 번 다시 만나지 말자고 결심했었는데, 하루나는 고개를 끄덕여주었다.

그 이후, 일주일에 한 번 정도로 관계를 갖게 되었다. 하지만 우치야마는 그녀에게 뭔가 비밀이 있다고 생각하게 되었다. 중요한 뭔가를 감추고 있는 것처럼 느껴졌다. 그 근거의 하나가 전화였다. 걸핏하면 연결이 되지 않았다. 전원을 꺼둔 것 같았다. 이유를 물어봤지만 분명한 대답은 돌아오지 않았다. 그리고 우치야마가 아무리 부탁을 해도 자기 집이 어딘지 알려주지 않았다.

혹시 다른 남자가 있는 게 아닐까, 하고 의심했다.

그런 식으로 끙끙 고민하고 있을 때, 충격적인 사건이 일어났다. 하루나가 사체로 발견된 것이다. 게다가 살해되었다는 소식이었다.

그 며칠 전부터 뭔가 이상하다고는 생각했었다. 공원에도 나오지 않고 전화를 해도 전혀 연결이 되지 않았다. 걱정이 되어 애견미용사로 일하는 가게 앞까지 가본 적도 있었다.

사건에 대한 뉴스는 들어볼수록 아연해질 뿐이었다. 암담한 기분이었다. 범인은 잡히지 않은 모양이었다. 대체 누가 하루나를 살해한 것인가.

경찰에 가야 할지 말지 고민했다. 우치야마는 아내와 자식이 있는 처지였다. 신고를 했다가는 불륜을 저질렀다는 것이 가족에게 알려질 것이다. 주위에 소문이 나는 것도 두려웠다. 자신이 경영하는 학원은 사립 명문 중학교 합격 실적으로 인기를 끌고 있지만, 이런 일이 알려지면 이미지가 추락하리라는 것은 명백했다. 게다가 자신이 이름을 밝히고 나서봤자 수사에 아무 도움도 안 될 것 같았다. 이 사건에 대해 짐작되는 게 아무것도 없는 것이다.

하루나의 죽음을 슬퍼하면서도 우치야마는 나서지 않는 쪽을 선택했다. 사건이 조기에 해결되기만을 간절히 빌었다.

그런데 생각지도 못한 일이 일어났다. 우치야마에게 메일이 도착한 것이다. 보낸 사람은 다름 아닌 이즈미 하루나였다. 이미 고인이 된 그녀가 메일을 보냈을 리 없으니까 이건 다른 사람이 그녀의 스마트폰을 사용했다는 얘기가 된다.

그 내용을 보고 우치야마는 파르르 떨 수밖에 없었다. 지금부터 지시하는 대로 따르도록 하라, 그러지 않으면 하루나와의 관계를 세상에 밝혀버리겠다, 라는 것이었다.

"최소한 그때라도 신고를 했으면 좋았을 거 아니에요." 모토미야가 한숨을 섞어 말했다. "그랬으면 범인의 속셈을 간파해서 우리 쪽에서 덫을 놓을 수도 있었는데."

“정말 죄송합니다.” 우치야마는 더욱더 몸을 웅크렸다.

“아무튼 그 지시라는 게 호텔 코르테시아도쿄에 가라는 것이었어요?”

“네, 맞습니다…….”

“흠, 그렇게 된 거였군.” 모토미야는 의자에 등을 기대고 두 손을 머리 뒤에 댔다. “그야말로 감쪽같이 이용해먹었네.”

“그쪽이 내 비밀을 거머쥐었다는 것에 그만 넋이 나가서…… 정말 어리석었습니다.”

“부인에게는 이번 일을 얘기했어요?”

“아뇨, 아직. 오늘 여기에 온 것도 차마 말을 못 했습니다.”

“그렇군요. 뭐, 우리 쪽에서 부인에게 알리는 일은 없을 겁니다.”

“그렇게 해주시면 정말 고맙겠습니다.” 우치야마는 공손히 머리를 숙인 뒤에 “저기, 그런데요”라면서 머뭇머뭇 모토미야와 닛타를 번갈아 보았다. “하루나는 왜 살해되었습니까? 역시 범인은 그녀의 원래 연인이었고, 따로 나를 만난다는 것을 알고 화가 나서 살해한 건가요?”

모토미야가 닛타 쪽을 흘끔 돌아보고 다시 우치야마에게로 얼굴을 돌렸다.

“그건 아직 모릅니다. 피의자가 계속 묵비권을 행사하고 있어서요.”

“……그렇군요.”

다시 고개를 떨구는 그에게 닛타가 말을 건넸다.

"우치야마 씨, 가까운 시일 내에 DNA 검사를 요청할 거예요. 그때는 꼭 협조해주시기 바랍니다."

"DNA 검사?"

"……이즈미 하루나 씨는 임신 중이었어요."

우치야마의 눈이 휘둥그레졌다.

모토미야가 얼굴을 찌푸리며 혀를 끌끌 차는 모습이 닛타의 시야에 들어왔지만 그대로 말을 이어갔다.

"이즈미 하루나 씨의 방에서 임신 테스트기가 발견되었어요. 분명하게 양성으로 나와 있었습니다. 자녀를 둔 여자분에게 물어봤더니 양성으로 나온 테스트기를 버리지 않고 보관하는 이유는 단 한 가지, 그 임신을 기뻐했기 때문이라는군요. 참고로 말씀드리면, 피의자의 아이가 아니라는 건 확인이 됐습니다."

우치야마는 말이 없었다. 고개를 떨군 채 몇 번이나 크게 숨을 내쉬었다. 그때마다 어깨가 들먹였다.

49

총지배인실의 호출을 받으면 항상 심장의 박동이 조금 빨라진다. 어릴 때 교무실로 오라는 말을 들으면 가슴이 두근거렸던 것과 똑같다. 딱히 잘못한 일도 없는데 혹시 꾸지람을 듣는 게 아닌가 하는 생각이 들고 만다.

나오미는 한 차례 심호흡을 한 다음에 문을 노크했다. 들어와요, 라는 후지키 총지배인의 목소리가 들렸다.

문을 열고 실례합니다, 라고 머리를 숙이고 안으로 들어갔다. 후지키는 노안경을 쓰고 흑단 책상을 마주하고 있었다.

"몸은 좀 어떤가?" 후지키는 안경을 벗고 자리에서 일어섰다.

"괜찮습니다. 덕분에 한동안 푹 쉬었습니다."

"그렇다면 다행이네."

후지키가 손짓을 하며 소파로 이동해서 나오미도 그 뒤를 따랐다.

"지난번 사건에 이어 자네가 또다시 위험한 일을 겪었어." 소파에 마주 앉자 후지키가 말했다.

"이번에는, 아니, 이번에도, 상당히 무서웠어요."

솔직한 마음이었다. 그때 닛타가 오지 않았더라면. 생각만 해도 몸이 벌벌 떨린다. 실은 아직도 밤이면 악몽에 시달린다.

"경찰 참고인 조사는 이제 일단락이 되었나?"

"네, 닛타 형사님이 최대한 부담되지 않게 신경을 써줬어요."

"그렇군."

그때 노크 소리가 들렸다. 네에, 라고 응하고 후지키는 나오미를 보았다.

"사실 오늘 자네를 부른 것은 꼭 만나볼 사람이 있어서야."

문이 열리고 누군가 들어왔다. 그 얼굴을 보고 나오미는 할 말을 잃었다.

다름 아닌 구사카베 도쿠야였다. 양복 정장 차림에 넥타이도 단정하게 매고 있었다. 얼굴에 웃음이 떠올라 있었다.

왜 이 사람이 총지배인실에 불쑥 나타났는지 나오미는 전혀 이해가 되지 않았다. 입도 뻥긋하지 못한 채 멍하니 앉아 있었다.

지난번 카운트다운 파티 이후로 결국 구사카베와는 다시 만나지 못했다. 경찰에서 나오미에게 보호 조치를 내렸기 때문이다. 구사카베 쪽에서도 별다른 연락이 없었다. 그래서 예정대로 1월 1일 아침에 미국으로 떠난 모양이라고 생각했었다.

후지키가 허허허 웃었다. "깜짝 놀란 모양이군. 하긴 그럴 만도 하지."

구사카베가 다가와 품속에서 명함을 꺼냈다.

나오미는 급히 자리에서 일어나 명함을 받았다. 그곳에 인쇄된 글자를 보고 다시금 흠칫 놀랐다. '호텔 코르테시아 북미지부 담당국 제2 인사부장 고사카 다이치'라고 적혀 있었기 때문이다.

"코르테시아에서 일하시는 분이었어요?"

"음, 맞아요. 구사카베 도쿠야는 내 숙부님 이름이에요. 속여서 미안해요." 고사카라는 남자가 정중하게 머리를 숙였다.

뭐가 어떻게 된 것인지 몰라서 나오미가 대답을 못 하자 후지키가 "일단 자리에 앉을까?"라고 말했다. "나도 설명해주고 싶은 게 있어."

고사카가 후지키 옆에 앉는 것을 보고 나오미도 자리에 앉았다.

"전에 내가 코르테시아 로스앤젤레스에 대한 얘기를 했었지? 자네를 그쪽에 추천하고 싶다고 했었잖아." 후지키가 말했다. "고사카 씨는 일본인 스태프 선발을 담당한 분이야."

"예에?" 나오미는 고사카의 얼굴을 마주 보았다.

그는 하얀 이를 내보였다. "네, 맞아요."

"하지만 왜……. 그럼 그건 어떻게 된 거예요? 프러포즈라든가 장미의 길, 그리고 또……."

"정말 미안해요." 고사카가 다시 머리를 숙였다. "그게 내가 일하는 방식이라서."

"일하는 방식……."

"내가 자네 이야기를 고사카 씨에게 했더니, 그렇게 우수한 직원이라면 테스트를 해봐도 괜찮겠느냐는 거야. 그러니 나도 물러설 수 없어서 좋으실 대로 하라고 맞받아쳤지. 그랬더니 정말로 그런 일을 꾸몄지 뭔가."

후지키의 말을 듣고 어떻게 된 일인지 서서히 감이 잡혔다. 나오미는 다시 고사카를 돌아보았다.

"그러면 그건 모두 거짓말이었어요?"

"그렇죠. 미안합니다."

"혹시 가노 다에코 씨도?"

맞아요, 라고 고사카가 고개를 끄덕였다.

"그녀는 나와 함께 일하는 어시스턴트예요. 대학 때 연극을 했던 사람이라서 연기력이 제법 뛰어난 편이죠."

"가노 다에코 씨와 시오도메의 카페에 함께 계신 것을 목격한 사람이 있었어요."

"12월 30일이지요? 그날 누군가 본 모양이군요. 실은 그녀가 시오도메의 호텔에서 묵고 있었거든요."

그 말을 듣고서야 깨달았다. 시오도메 쪽에 코르테시아 계열의 비즈니스호텔이 있는 것이다. 그러고 보니 오오키는 업무차 시오도메에 갔던 스태프가 목격했다고 말했었다. 그 스태프도 그쪽 비즈니스호텔에 볼일이 있었던 것이다.

나오미는 눈만 깜작거리면서 멍하니 후지키의 빙글빙글 웃는 얼굴을 바라보다가 그 시선을 고사카에게로 향했다. "저를 완벽하게 속이셨네요."

"별 까다로운 손님이 다 있다고 생각했지요?"

"까다로운 손님이라기보다, 네, 해드리기 힘든 일을 요청하신다고는 생각했어요."

"이런 말은 좀 단순한지도 모르지만, 사실 컨시어지라면 프러포즈를 연출하는 일쯤은 당연히 해내야 합니다. 한마디로, 사랑을 고백하려는 고객의 마음을 전해주기만 하면 되는 일이거든요. 프러포즈라는 것은 하는 쪽보다 받는 쪽이 대응하기가 더 어려워요. 특히 거절해야 하는 경우는 더욱 그렇지요. 최대한 상대를 상처 입히지 않고 상대의 마음을 존중하면서 거절하려면 어떻게 해야 하는가. 거기서 컨시어지의 실력이 여실히 드러난다고 생각했어요. 그런 점에서……." 고사카는 등을 곧추세우고 나오미를 지그시 바라보았다. "야마기시 씨의 연출은 아주 훌륭했어요. 그 스위트피에는 정말 감탄했습니다. 가노 다에코 씨도 깜짝 놀랐다고 하더군요."

가노 다에코라는 것은 본명인 모양이다.

고맙습니다, 라고 나오미는 감사 인사를 했다. 그저 고객의 요청에 열심히 응하려고 했을 뿐인 일이라서 이런 칭찬을 듣고는 뭔가 복잡한 기분이 들었다.

"야마기시 씨의 대응이 너무도 대단한 바람에 나도 모르게 욕심이 나더군요. 좀 더 테스트해보고 싶어진 거예요."

고사카의 말에 나오미는 저절로 몸이 젖혀졌다. "그러면 나카네 미도리의 그 일도?"

"그래요. 라운지에서 우연히 그 여자를 본 순간에 퍼뜩 생각이 났죠. 이름도 모르는 낯선 여자에게 한눈에 반해버렸다, 어떻게든 단둘이 식사하고 싶다, 라고 부탁하면 이 컨시어지는 어떤 대응을 해줄지, 아주 흥미진진했죠."

"그 말씀에는 솔직히 당황했어요." 나오미는 본심을 토로했다.

"흠, 그랬겠지요. 하지만 야마기시 씨는 포기하지 않고 키다리 아저씨 작전을 제안해줬어요. 역시나 대단하더군요. 그 시점에 설령 작전이 실패로 끝났다고 해도 야마기시 씨에게는 충분히 합격점을 줄 수 있다고 생각했어요."

"고맙습니다. 하지만 설마 일이 그렇게 될 줄은……."

"그러게 말이에요. 그 여자가 실은 남자였다니. 게다가 살인범이었다니. 사건의 전말을 듣고 새해 벽두부터 악몽을 꾸는 건가 했어요." 고사카가 머리를 휘휘 저으며 말했다.

"고사카 씨는 그 범인과 단둘이 식사까지 했다고 하던데," 후지키가 말했다. "부자연스러운 점을 전혀 느끼지 못했어요?"

그 물음에 고사카는 얼굴을 찌푸렸다.

"네에, 참으로 부끄러울 따름입니다. 전혀 이상한 점을 감지하지 못했어요. 멋진 여자분과 시간을 함께할 수 있어서 행운이라고까지 생각했죠. 솔직히 지금 몹시 우울합니다. 내가 이렇게 사람 보는 눈이 없나 하고요."

"그건 저도 마찬가지예요." 나오미는 말했다. "경찰에서도 그 점을 몇 번이나 묻더라고요. 정말로 눈치채지 못했느냐고. 닛타 형사님 말로는 현재 범인이 맨얼굴이어서, 화장을 하면 어떻게 달라지길래 다들 그렇게 감쪽같이 속아 넘어가느냐고 대부분의 형사님들이 이해를 못 하는 모양이에요."

"그렇다면 화장한 얼굴을 꼭 한 번 보라고 해야겠네요. 아, 나도 나중에 경찰에 참고인 조사를 받으러 가야 해요. 어휴, 벌써부터 골치가 아프네." 고사카가 고개를 툭 떨궜다.

"그나저나 고사카 씨, 가장 중요한 얘기를 해야지요?" 후지키가 쓴웃음을 지으며 말했다.

아 참, 그렇지, 라고 그는 얼굴을 들고 나오미 쪽을 향했다.

"이래저래 일도 많았지만, 조금 전에도 말했듯이 야마기시 씨는 이번 테스트에 합격입니다. 우리와 함께 일해주셨으면 해요. 코르테시아 로스앤젤레스에 꼭 필요한 인재입니다. 긍정적으로 검토해주시기 바랍니다."

고사카의 열의에 찬 말에 나오미는 마음이 흔들렸다. 여전히 사건의 충격이 남아 있어서 그런 건 생각할 여유도 없었다. 하지만 자신을 필요로 해주는 곳이 있다는 것은 행복한 일이었다.

로스앤젤레스인가.

왜 그런지 닛타의 얼굴이 머릿속에 떠올랐다.

50

메뉴를 펼쳐 보고 노세가 으힉 하고 놀란 소리를 흘렸다.

"커피가 천 엔? 대체 뭐가 들었길래 이렇게 비싼 거야."

"그냥 평범한 커피예요." 닛타는 말했다. "하지만 원하는 만큼 마실 수 있어요. 잔이 비면 부탁하지 않아도 웨이트리스가 와서 따라주거든요."

"그건 일종의 끼워 팔기 상술이잖아. 나는 한 잔이면 충분하니까 500엔으로 깎아달라고 하면 안 될까?"

"글쎄요. 다음에 음료부장을 만나면 얘기해볼게요."

"꼭 부탁해. 이런 가격이면 도저히 마음 편히 여기에 올 수 없잖아." 농담인지 진심인지 알 수 없는 어조로 말하고 노세는 메뉴판을 덮었다.

닛타는 왼손을 내밀어 물이 든 유리컵을 들면서 흘낏 손목시계를 보았다. 약속 시간에서 2분이 지난 참이다.

두 사람은 호텔 코르테시아도쿄의 라운지에 와 있었다. 그날 구사카베 도쿠야가 처음으로 나카네 미도리를 보고는 한눈에 반했다고 한 곳이다. 물론 지금 기다리는 상대는 그 두 사람은 아니다.

닛타는 카페 안을 둘러보았다. 테이블도 소파도 하나같이 최고급이다. 음료를 나르는 웨이트리스의 유니폼도 고급스럽고 움직임도 여간 세련된 게 아니다. 커피가 천 엔씩이나 하는 이유다.

저 안쪽 자리에 한 남자가 앉아 있었다. 나이는 삼십 대 중반쯤이나 될까. 회색 스웨터를 입은 약간 통통한 인물이다. 그가 이따금 이쪽을 살펴보는 것을 닛타는 자리에 앉은 직후부터 눈치채고 있었다.

문득 바라보니 입구에 한 여자가 서 있었다. 감색 원피스 차림에 캐멀색 코트는 팔에 걸치고 있었다. 얼굴이 작고 또렷한 눈매가 인상적이었다. 저 사람이구나, 라고 닛타는 금세 알았다. 노세도 마찬가지였는지 닛타와 거의 동시에 의자에서 일어섰다.

여자는 닛타 쪽 테이블로 시선을 향한 뒤, 약간 긴장한 표정으로 다가왔다. 테이블 위에는 검은 종이봉투가 있었다. 그게 미리 약속한 신호였다.

"가사기 씨지요?" 여자가 바로 옆에까지 왔을 때 닛타가 물었다. 네, 라고 그녀가 대답하는 것을 듣고 명함을 내밀었다. "닛타라고 합니다. 갑작스럽게 나오시라고 해서 죄송합니다."

경시청의 닛타 형사라고 자기소개를 하지 않은 것은 주위의 귀를 염려했기 때문이다.

이어서 노세도 명함을 꺼냈다. 그녀가 받아 들기를 기다렸다가 닛타는 "자, 여기 앉으시죠"라고 맞은편의 의자를 권했다. 상대의 자기소개는 필요하지 않았다. 가사기 미오라는 이름은 이미 알고 있다.

테이블을 끼고 마주 앉았다. 시선을 떨군 가사기 미오는 잔뜩 긴장한 표정이었다. 형사들과 대면하는 것이니 당연하다.

웨이트리스가 다가와 그녀 앞에 물이 든 유리잔을 내려놓았다.

"뭐든 원하시는 걸로 주문하세요." 닛타가 가사기 미오 앞에 메뉴를 내밀었다. "참고로, 여기 프레시 오렌지주스가 꽤 괜찮습니다."

"네, 그러면 그걸로." 그녀가 작은 소리로 말했다.

닛타는 웨이트리스에게 커피 두 잔과 오렌지주스를 주문한 뒤에 새삼 가사기 미오 쪽으로 얼굴을 향했다. 그녀는 아직 고개를 숙이고 있었다.

"오늘 여기에 혼자 오셨습니까?"

닛타가 묻자 가사기 미오는 몸을 흠칫하더니 네, 라고 가냘프게 대답했다.

"그렇습니까." 그녀의 어깨 너머로 안쪽 자리에 시선을 내달렸다. 회색 스웨터의 남자와 눈이 마주쳤다. 상대는 당황한 기색으로 급히 얼굴을 돌렸다.

닛타는 그녀에게로 시선을 되돌렸다.

"전화로도 말씀드렸지만 모리사와 히카루가 체포됐어요. 상당히 큰 사건이라서 뉴스에도 여러 번 나왔으니까 가사기 씨도 들으셨겠지요?"

"네……. 깜짝 놀랐어요."

"가사기 씨의 이름은 모리사와의 스마트폰에서 찾았어요. 2년 전에 주고받은 메시지가 남아 있었거든요. 모리사와에게 가사기 씨가 특별한 존재였던 것 같아서 연락을 드리게 됐습니다."

가사기 미오가 살짝 얼굴을 들었다. "모두 다?"

닛타는 고개를 갸우뚱했다. "뭐가요?"

"주고받은 내용이 모두 다 남아 있었나요, 그 스마트폰에?"

아, 하고 닛타는 고개를 끄덕였다.

"모두 다인지 어떤지는 확실치 않습니다. 모리사와가 삭제한 것이 있을지도 모르니까요. 하지만 가사기 씨와의 관계를 제삼자가 짐작하기에 충분할 만큼의 내용은 보존되어 있었다, 라고 말씀드릴 수 있습니다."

가사기 미오의 아름다운 눈썹이 살짝 찌푸려졌다. 불쾌함과 두려움이 새삼 밀려왔을 것이다.

"모리사와는 계속 묵비권을 행사하고 있어요." 닛타가 다시 입을 열었다. "범행 내용에 대해 우리는 대부분 파악했습니다. 증거도 대부분 갖춰져서 더 이상 변명할 여지가 없습니다. 기소되면 틀림없이 유죄가 나올 거예요. 다만 아직 밝혀지지 않은 것이 범행 동기예요. 지극히 특수한 개성과 가치관이 관련되었다는 것은 본인을 만나보면 충분히 알 수 있지만, 구체적으로 어떤 감정에 따라 그런 범행에 이르렀는지 전혀 짐작할 수가 없습니다. 모리사와 본인이 입을 열지 않는 한, 그 동기에 대한 추정은 피해자를 통해 얻을 수밖에 없게 됐어요. 하지만 두 명의 피해자, 즉 무로세 아미 씨와 이즈미 하루나 씨는 이미 이 세상 사람이 아닙니다. 그렇다면 그 두 사람과 똑같은 상황에 처했지만 다행히 별다른 피해 없이 무사했던 가사기 씨가 유일하게 그것을 밝혀주실 수 있는 분입니다."

가사기 미오의 속눈썹이 파르르 떨렸다. "다시는 떠올리고 싶지 않은 일인데……."

"네, 그러시겠죠. 이해합니다." 닛타는 머리를 숙였다. "하지만 모리사와의 내면에 도사린 어둠을 파헤치기 위해서는 가사기 씨의 협조가 꼭 필요합니다. 부디 잘 부탁드립니다."

옆에서 노세도 깊숙이 머리를 숙였다.

잠깐 실례합니다, 라고 머리 위에서 여자 목소리가 났다. 웨이트리스가 마실 것을 가져온 모양이다. 닛타는 얼굴을 들고 각자의 음료가 테이블에 차려지는 것을 말없이 바라보았다.

웨이트리스가 물러가자 가사기 미오는 빨대를 포장지에서 꺼내 오렌지주스를 한 모금 마셨다. 바짝 긴장했던 얼굴이 아주 조금이지만 풀리는 것 같았다. "아, 이 주스, 정말 맛있네요."

"그렇죠?" 닛타는 웃음을 건네고 블랙커피를 후룩 마셨다.

가사기 미오는 두 손을 무릎에 얹고 흘끗 닛타를 보더니 다시 눈을 떨구었다. "어디서부터 이야기하면 될까요?"

"가사기 씨가 이야기하기 편한 데서부터 해주시면 됩니다."

가사기 미오는 몇 번 크게 숨을 내쉬었다. 그때마다 가냘픈 어깨가 오르내렸다.

"나는……." 마치 중얼거리듯이 그녀가 이야기하기 시작했다. "남성공포증이 있었어요."

닛타는 옆자리의 노세와 시선이 마주쳤다. 예상했던 키워드가 튀어나왔기 때문이다. 다시 가사기 미오를 바라보며 네에, 라고 응했다.

"내가 어째서 그렇게 되었는지, 그건 별로 말하고 싶지 않은데……."

"네, 괜찮습니다." 닛타는 곧바로 대답했다. "원치 않는다면 그 점은 질문하지 않겠습니다. 자, 그럼 모리사와를 처음에 어떻게 만났는지, 거기서부터 얘기하는 건 어떨까요?"

가사기 미오는 한결 마음이 놓인 표정으로 꾸벅 고개를 끄덕였다.

"내가 그 사람을 만난 것은 어느 강연회장에서였어요. 그날 강연의 주제가 남성공포증이었어요. 참가자는 전원이 여성이에요. 여성에 한해서 참석할 수 있는 행사였으니까요."

"하지만 거기에 모리사와가 와 있었다는 건가요?"

"네, 내 옆자리에 앉았던 게 그 사람이었어요."

"여성에 한해서 참석하는 강연이었는데도?"

"강연회장 입구에서는……." 가사기 미오가 다시 긴 숨을 내쉰 뒤에 말을 이었다. "티켓만 보여주면 되니까요. 진짜 여성인지 아닌지, 그런 것까지 확인할 수는 없잖아요."

"아, 모리사와가 여장을 하고 왔었군요." 닛타가 말했다.

네, 라고 가사기 미오가 턱을 끄덕였다.

"부자연스럽게 보이지는 않았습니까?"

"전혀 그런 게 없었어요. 남자일지도 모른다는 건 정말 생각조차 못 했어요."

가사기 미오는 처음으로 닛타의 눈을 똑바로 마주 보았다. 잘못된 길로 끌어들인 불빛이 얼마나 교묘한 것이었는지 알아달라고 호소하는 듯한 눈빛이었다.

"모리사와 쪽에서 먼저 말을 걸었습니까?"

네, 라고 그녀는 대답했다.

"분명하게 기억나지는 않지만, 뭔가 사소한 일로 나한테 말을 걸었어요. 말투가 기품 있고 온화하고, 그러면서도 잘난 척하는 듯한 게 전혀 없었어요. 참 괜찮은 여자다, 라는 게 첫인상이었습니다. 다른 여자에게는 없는 신비한 분위기가 있었어요."

그자는 자신의 이름을 '마키무라 미도리'라고 밝혔다. 강연회가 끝난 뒤, 차나 한잔하자고 청해왔다. 가사기 미오도 좀 더 이야기를 나누고 싶은 마음이 있어서 거절하지 않았다.

"둘이 이런저런 이야기를 했는데 정말 마음이 잘 맞는다고 느껴졌어요. 그 남자, 아니, 그때는 그 여자였죠. 그 여자는 자신이라면 도움이 되어줄 수 있다, 마음의 병을 낫게 해줄 수 있다, 라고 몇 번이나 말했습니다. 열의가 있다고 할까 진정성이 있다고 할까, 아무튼 꼭 다시 만나고 싶어지게 하는 힘을 가진 말투였어요."

"그러다가 점점 교제가 시작되었다는 말씀이군요."

"네."

"모리사와는 언제 자신의 정체를 밝혔습니까?"

"처음으로 우리 집에 왔을 때였어요. 만난 지 한 달쯤 되었을 때예요."

방에서 단둘이만 있게 되자 가사기 미오는 비로소 그때까지 느껴본 적이 없는 위화감을 품었다. 굳이 말하자면 그건 냄새 때문이었다. 마키무라 미도리의 몸에서 배어나는 뭔가가 가사기 미오를 불안하게 만들었다.

그것을 눈치챘는지, 오늘은 꼭 고백하고 싶은 게 있다면서 마키무라 미도리는 짐을 들고 욕실로 사라졌다. 다시 나타난 그녀를 보고 가사기 미오는 하마터면 비명을 지를 뻔했다. 남자의 모습으로 바뀌었기 때문이다.

"이건 나의 또 하나의 모습이다, 라고 그 남자는 말했습니다. 생물학적으로는 남성이고, 사회적으로나 공적으로도 이 남성의 얼굴을 사용하고 있다, 라고 했어요."

"이른바 성동일성 장애라는 건가요?"

가사기 미오는 고개를 가로저었다.

"아뇨, 그 남자는 그 단어를 지독히 싫어했어요. 자신은 어느 쪽도 아니다, 라는 게 그의 설명이었어요. 남자도 아니고 여자도 아니고 그 양쪽을 모두 초월한 존재다, 라고 자주 말했었어요."

"초월한 존재라……."

"언제쯤부터였지요?" 지금까지 말없이 앉아 있던 노세가 처음으로 입을 열었다. "모리사와는 언제부터 그런 생각을 하게 되었을까요. 철이 들 무렵부터인가요?"

가사기 미오는 글쎄요, 라고 고개를 갸우뚱했다.

"하지만 여동생의 영향이 꽤 컸던 것처럼 얘기하기는 했어요."

"여동생?" 닛타가 물었다.

"쌍둥이 여동생이 있었대요. 그 얘기는 정말 수없이 많이 했어요."

닛타는 스마트폰을 꺼냈다. 모리사와 히카루의 프로필에 대해서는 이미 입력되어 있었다.

이것이구나. 가족 구성에 대한 기록을 보고 이해가 되었다. 분명 모리사와에게는 쌍둥이 여동생이 있었다.

"이름은 세라, 맞습니까?"

"네, 세라라고 했어요."

"여동생에 대해 모리사와가 어떤 이야기를 했지요?"

"그건 그러니까, 자매 소꿉놀이를 했다고……."

"자매 소꿉놀이?"

"네."

가사기 미오가 들려준 이야기는 다음과 같은 것이었다.

모리사와 히카루의 말에 따르면, 세라는 요정처럼 아름다웠다고 한다. 히카루와는 사이가 좋아서 무슨 일을 하든 함께였고 어딘가 나갈 때도 꼭 붙어 다녔다.

두 사람이 열 살 때, 부모가 이혼을 했다. 두 사람은 어머니 쪽으로 가게 되었다. 의사였던 어머니는 집을 비우는 일이 많았다. 두 사람은 힘을 합해 그런 어머니를 도와주려고 했다.

중학생이 되면서 세라는 몰래몰래 화장을 하기 시작했고 점점 더 아름다워졌다. 어느 날, 세라가 기묘한 제안을 했다. 히카루를 여자처럼 화장해주고 싶다는 것이었다. 남자가 그런 짓을 하는 건 이상하다고 말했지만, 틀림없이 훨씬 더 예뻐질 테니까 꼭 해주겠다면서 세라는 물러서지 않았다. 결국 히카루는 그녀가 하라는 대로 얼굴을 맡겼다.

화장을 끝내고 거울을 본 히카루는 깜짝 놀랐다. 그곳에 비친 것은 아름다운 소녀였다. 거울 앞에 둘이 나란히 서자 그야말로 자매로 보였다.

그 뒤부터 둘이서 은밀히 '자매 소꿉놀이'를 하게 되었다. 언니 역할은 항상 히카루였다. 그 스스로 기묘한 짓이라고 생각하면서도 재미있었다.

다행히 히카루에게는 명확한 변성기가 없었고, 고등학생이 된 뒤에도 몸매가 남자다워지는 일도 없어서 이 비밀 놀이는 계속 이어졌다.

히카루와 세라가 열여덟 살이 되었을 때, 어머니가 교통사고로 사망했다. 두 사람은 의료법인을 경영하는 집안 친척들의 도움을 받으며 대학에 진학했고 도쿄에서 함께 살기 시작했다.

거기까지 이야기한 참에 문득 가사기 미오의 입이 무거워졌다. 그다음을 이야기해야 하나 말아야 하나, 망설이는 것처럼 보였다.

"왜 그러시죠?" 닛타가 물었다.

"아뇨, 그 자매 소꿉놀이 이야기는 거기까지예요." 가사기 미오는 오렌지주스 잔을 끌어당기더니 빨대를 입에 물었다.

"그 세라라는 여동생은……." 노세가 수첩을 들여다보며 천천히 말했다. "스물한 살 때 사망한 것으로 나와 있군요. 거기에 대해서는 뭔가 들은 게 있습니까?"

마침 닛타도 물어보려던 내용이었다. "네, 어떻습니까?"라고 대답을 재촉했다.

"……자살했대요." 가사기 미오가 혼잣말을 중얼거리듯이 말했다.

"원인은?" 닛타는 그녀의 얼굴을 지그시 바라보며 물었다.

가사기 미오는 괴로운 듯 미간을 찌푸리더니 눈을 질끈 감고 심호흡을 한 차례 한 뒤에 다시 눈을 떴다.

"성폭행이에요. 하지만 범인은 잡히지 않았고, 성폭행을 당했다는 소문만 퍼져서 결국 그걸 견디지 못하고……." 거기까지 말하는 게 한계였는지, 가사기 미오는 입가를 가린 채 고개를 떨궜다.

그녀 자신의 힘겨운 기억과 겹쳐졌는지도 모른다. 남성공포증이라고 했으니 당연히 뭔가 원인이 있을 터였다. 대부분은 성추행이나 성폭행 같은 폭력 때문이라고 들었다.

"조금만 이야기를 앞으로 되돌릴까요." 노세가 말했다. "갑자기 남자로 변해서 나타난 모리사와를 보고 가사기 씨는 어땠습니까? 당시에는 남성공포증이 있었다고 하셨는데."

가사기 미오는 당혹스러운 표정으로 입을 파르르 떨었다. 어떻게 대답해야 할지 망설이고 있는 것처럼 보였다.

"몸이 떨리는 증상이…… 나타나지 않았어요."

"몸이 떨리는 증상?"

"그때까지는 남자와 단둘이 있게 되면 계속 온몸이 벌벌 떨리는 증상이 있었어요. 숨이 가쁘고 맥박도 빨라지고……. 근데 그때는 아무렇지도 않았어요. 그때뿐만이 아니라 그 남자와는 매번 한 방에 같이 있어도 마음이 평온했어요. 게다가 여동생과의 그런 얘기도 들었기 때문에 이 사람은 다르다는 생각이 들었어요. 다른 남자들과는 전혀 다르다, 라고."

"그렇게 그 사람에 대한 믿음이 생긴 거군요."

닛타의 물음에 가사기 미오는 고개를 끄덕였다.

"그 사람은 만날 때마다 나를 구해주고 싶다고 했어요. 인류 전체를 위해서는 남자가 필요할지도 모르지만 개인의 행복을 위해서는 남자 따위 필요 없다, 남자가 없는 작은 세계를 만들고 그 안에서 살아가면 된다고 했어요. 그때까지 그런 식으로 확신 있게 말해준 사람은 아무도 없었거든요. 나는 뭔가 큰 구원을 받은 것 같아서 이 사람을 믿고 따라가면 어떻게든 행복하게 해줄 거라는 마음이 들게 됐어요."

"그리고 실제로 그를 따랐군요."

"네, 그때는……." 가사기 미오는 시선을 떨구었다. "뭔가에 홀려 정신이 나갔던 것 같아요. 왜 그렇게까지 그 사람을 굳게 믿었는지, 왜 그 사람을 그렇게 신처럼 생각했는지, 나도 잘 모르겠어요. 돌이켜보면 뭔가 미쳤었다고 말할 수밖에 없지만, 그때는 그 사람이 하는 말은 당연히 맞는다고만 생각했어요. 전혀 의문 같은 것도 없이, 그냥 그 사람이 시키는 대로 하는 것에만 집중했어요."

"구체적으로는 어떤 것을 하라고 했지요?"

"행동 하나하나를 세세하게 관리했어요. 어디에 가는지 무엇을 하는지 누구를 만나는지, 사전에 다 보고하라고 했어요. 모든 것을 그의 허가를 얻은 다음에 하는 거예요. 내 마음대로 뭔가를 하면 비판을 받았어요. 그렇기는 한데 그 사람은 절대로 폭력 같은 건 휘두르지 않아요. 너를 구해주려고 온 힘을 다하고 있는데 그런 나를 왜 배신하느냐면서 눈물을 흘리는 거예요. 그 모습을 보면 내가 너무 잘못했고 너무 미안하다는 생각밖에 안 들어요."

완전한 세뇌구나, 라고 닛타는 생각했다. 가사기 미오는 모리사와 히카루에게 마인드 컨트롤을 당했던 것이다.

"관리한 것은 행동뿐이었습니까?" 노세가 물었다. "그 밖에도 모리사와가 지시한 일이 있었을 텐데요. 이를테면 옷차림이라든가."

가사기 미오의 얼굴이 한순간에 창백해졌다. 그러더니 서서히 핏기가 되살아나고 이윽고 붉게 물들어갔다.

"……네, 그렇습니다. 그 사람을 만날 때는 반드시 특별한 옷차림을 하라고 했어요."

"롤리타 취향의 옷을?"

닛타가 묻자 그녀는 힘없이 고개를 끄덕였다.

"그런 때에 모리사와는 어떤 모습이었어요?"

가사기 미오는 어렵게 침을 삼킨 다음에 입을 열었다. "여장을 했었어요. 우리 집에 오면 그 사람은 곧바로 여자로 변신하고 여자 행동을 했습니다. 다시 남자가 되는 건 집에 돌아가기 직전이었어요. 그동안에 나한테는 인형 같은 옷을 입고 있으라고 했어요. 세라 씨가 그런 옷을 좋아했다고 얘기하면서."

"그렇군요." 닛타는 노세와 시선을 마주친 뒤에 다시 그녀 쪽을 향했다. "그런 관계가 얼마나 지속됐습니까?"

"6개월 정도였어요."

닛타는 고개를 끄덕였다. 모리사와의 스마트폰에 남아 있는 기록과 일치한다.

"그런 관계가 끝나게 된 데는 뭔가 이유가 있었던가요?"

"그게…… 실은 그 얼마 전부터 마음에 변화가 나타났어요."

"어떤 변화가?"

"좀 신기한 게, 남자와도 얘기를 할 수 있더라고요. 몸이 떨리는 증상도 없어지고……."

"모리사와 이외의 남자와 함께 있어도 아무렇지도 않게 되었다는 말인가요?"

"전혀 아무렇지도 않은 건 아니지만, 몸도 마음도 상당히 편안해졌어요. 그러던 참에 우연히 한 남자를 알게 될 기회가 있었고, 그가 나를 식사에 초대해줬어요."

"그 초대에 응하셨어요?"

가사기 미오는 고개를 가로저었다. "아뇨, 남자를 만나는 건 그 사람이 단호하게 금지한 일이라서 응할 수 없었어요."

"그 남자분의 식사 초대에는 어떻게 거절을?"

"사정이 있어서 갈 수 없다고만 말했는데……."

"그랬더니 거절을 받아줬어요?"

"아뇨, 이해할 수 없다는 기색이었어요. 그 뒤로 얼굴을 마주

할 때마다 어떤 사정인지 알고 싶다고 했어요. 그가 착한 사람이라는 것을 잘 알고 있었으니까 나도 힘이 들었죠. 그래서 결국 어느 날……."

"모리사와에 대한 얘기를 했군요."

가사기 미오는 말없이 고개를 끄덕였다.

"그랬더니 그 남자분은 뭐라고?"

"조종당하는 거라고 했어요. 최면 같은 것에 걸려서 참된 자신을 잃어버린 거라고. 나는 그렇지 않다고 저항했지만 그는 현재 상태가 얼마나 비정상적인지 강한 어조로 얘기해줬어요. 그는 내가 스토커를 집 안에 불러들인 것이나 마찬가지라고 했어요. 그가 진심을 다해 이야기해주는 것을 듣다 보니까 차츰차츰 그의 말이 옳은 듯한 마음이 들어서 그렇다면 어떻게 하는 게 좋겠느냐고 물어봤어요. 그는 지금 당장 도망쳐야 한다, 그러기 위해 자신이 기꺼이 도와주겠다고 말해주더라고요."

정말 좋은 사람을 만났구나, 라고 닛타는 생각했다. 그 만남은 그녀에게는 거의 기적 같은 일이었다.

"그래서 어떻게 도망칠 수 있었습니까?"

"회사에 사표를 내고, 원룸은 해약하고 짐을 처분한 뒤에 캐리어 하나만 들고 집을 나왔어요. 새로 살 집은 그가 찾아줬습니다. 모리사와가 나한테 따로 쥐여줬던 스마트폰은 내버리고 내 스마트폰도 해약해버렸어요. 다행히 주민등록은 나가노현의 본가에 그대로 있어서 옮길 필요는 없었고요."

"그 뒤로 모리사와가 접촉을 시도해온 적은 없었습니까?"

"네, 없었어요."

그랬을 거라고 닛타는 납득했다. 이번에 가사기 미오의 연락처는 나가노현의 본가에 문의해서 알게 되었다. 그 본가의 주소는 해약한 스마트폰의 통신회사에서 알아냈지만 영장 없이는 알려주지 않는 정보였다.

"직장은 그만뒀다고 하셨지요? 어떤 회사였습니까?"

"마네킹 공장이었어요."

"마네킹?"

"마네킹의 얼굴을 그리는 일이에요."

"아하, 네……." 세상에는 별별 직업이 다 있다. 어쩌면 남성공포증 때문에 사람을 마주해야 하는 직업은 일부러 피했던 것인지도 모른다. "그러면 지금은 어떤 일을?"

지금은, 이라면서 가사기 미오는 살짝 턱을 치켜들었다. "비닐하우스에서 딸기를 재배하고 있어요."

"딸기?"

"네, 그에게서 하나하나 배워가면서……." 아주 잠깐 입가가 빙그레 풀어졌다.

마네킹 화가와 딸기 재배를 생업으로 하는 남자가 어떻게 서로 만나게 되었는지 궁금했지만 사생활을 지나치게 파고드는 얘기인 것 같아서 닛타는 질문을 삼갔다.

"참 좋은 일이군요. 두 분은 결혼하실 예정은?"

"네, 이제 곧 하려고요."

"그렇습니까. 진심으로 축하드립니다. 결혼식장을 정하실 때, 이 호텔 예식장도 한번 둘러보세요. 여기, 아는 사람이 있거든요. 소개해드리겠습니다."

"고맙습니다. 하지만 그렇게 화려하게 올릴 계획이 아니라서……." 발그레하게 뺨을 붉히는 가사기 미오의 얼굴은 이제 완전히 편안해진 표정이었다.

닛타는 노세를 돌아보았다. 그 밖에 또 다른 질문이 있느냐는 눈짓을 보냈는데 노세는 조용히 고개를 저었다.

등을 꼿꼿이 세워 자세를 가다듬고 닛타는 가사기 미오 쪽을 향했다.

"덕분에 수사에 큰 참고가 됐습니다. 협조해주신 데 대해 깊이 감사드립니다."

"이제 다 됐나요?"

"네, 다 끝났습니다. 수고하셨습니다."

가사기 미오가 의자에서 일어서는 것을 보고 닛타와 노세도 자리를 털고 일어났다. 그러자 안쪽에 앉아 있던 회색 스웨터의 남자가 다급한 기색으로 자리에서 일어섰다. 이쪽을 향했을 때 닛타와 눈이 마주쳤다.

닛타가 인사를 건네자 남자는 겸연쩍은 얼굴로 머리를 긁적이며 출구로 향했다.

가사기 미오가 실례합니다, 라고 인사를 건네고 테이블을 떠났다. 그런 그녀를 조금 전의 남자가 입구에서 기다리고 있었다. 두 사람이 나란히 라운지에서 나가는 것을 닛타와 노세는 선 채로 배웅했다.

51

모리사와 히카루가 그 형사에게라면 이야기하겠다면서 닛타를 지명한 것은 1월 10일의 일이었다.

증거 확보에 차출되었던 닛타는 급히 돌아와 경시청 취조실에서 모리사와를 마주하게 되었다.

모리사와는 마이클 잭슨의 마스크를 벗겨냈을 때의 얼굴 그대로였다. 단정한 용모지만 분명한 남자 얼굴이다. 머리도 짧았다.

닛타를 마주하고 모리사와는 피식 웃었다. "「M. 버터플라이」를 알고 있나?"

"영화를 말하는 거라면, DVD로 봤습니다."

닛타의 대답에 모리사와는 한심하다는 듯이 콧잔등에 주름을 잡았다.

"존 론? 흥, 그건 그냥 남자일 뿐이야. 그런 여장 따위에 속아 넘어갈 남자는 없어. 그렇게 생각하지 않았나?"

"예, 그렇게 생각했어요."

"그렇지?" 모리사와는 만족스러운 듯 고개를 끄덕였다.

「M. 버터플라이」는 문화대혁명 당시의 중국을 무대로 한 희곡으로, 토니상을 수상했다. 프랑스 대사관의 외교관이 경극의 주연 여배우를 사랑하고 그녀를 애인으로 만들어 아이까지 낳게 했다고 생각했지만, 사실 그녀는 스파이였고 게다가 남자였다는 스토리다.

"그 희곡은 실화를 바탕으로 한 것이었어."

"그렇다고 하더군요."

"여장한 남자에게 반해버리다니, 속아 넘어간 그 외교관은 눈이 뭔가 잘못된 거였나?"

닛타가 대답하지 않자 모리사와는 흐뭇한 듯 입가를 풀며 웃었다.

"그 외교관의 심정이 이해가 안 되는 것도 아닌 모양이지?"

"그런 이야기를 하려고 나를 지명했습니까?"

"이런 이야기도 하고 싶었지. 당신에게 이야기하는 게 더 재미있을 것 같았거든."

귓속에 남는 중성적인 목소리지만 남자 얼굴의 모리사와에게서 나와도 전혀 위화감은 없었다. 하지만 그 나카네 미도리에게서 나온 것도 분명 이 목소리였던 것이다. 그때는 완전히 여자 목소리로만 들렸었다. 아니, 애초에 의문을 품지도 않았었다.

"그자는 조사가 끝이 났나?" 모리사와가 물었다. "기노 요시오라는 남자. 붕대를 둘둘 감은 미라 남자 말이야."

"그걸 왜 묻는 건데요?"

"스토리 전개상, 거기서부터 시작하면 알아듣기 쉽기 때문이야. 어때, 조사했어?"

"일단 조사는 끝났어요. 본인의 진술에 따르면, 핼러윈 파티 때 미라 남자로 가장한 모습을 사진으로 찍어 SNS에 올렸더니 최근에 아르바이트를 해보겠느냐는 제안이 들어왔다더군요. 12월 31일 밤에 카운트다운 파티에 참가해 전화 지시대로 움직여주기만 하면 일류 호텔 무료 숙박권에 따로 사례비까지 챙겨주겠다고. 괜찮은 일거리인 것 같아서 덥석 달려들었다고 하던데요."

"그 밖에도 몇 명의 후보자가 있었지만 그래도 그자가 가장 믿을 만했어. 역시나 기대했던 대로 아주 잘 움직여줬어."

"기노 요시오라는 이름으로 예약한 것은 당신이에요?"

"그래, 내가 예약했어. 범죄에도 유머가 필요하다는 게 내 지론이거든. 근데 한심하지 않나? 일류 호텔의 오퍼레이터가 한자를 듣고도 눈치를 못 채다니."

"유머를 받아준 게 아닐까요?"

"뭐, 그런 거라면 다행이지. 그러면 다음으로, 그자에 대한 조사는 어떻게 됐지? 그 우치야마 미키오라는 자."

"일단 끝이 난 상태예요."

닛타의 대답을 듣고 모리사와의 쌍꺼풀 짙은 눈에는 악의에 찬 빛이 감돌았다.

"최악의 사내라고 생각하지 않나? 어린 학생들을 가르치는 입장에 선 자가 불륜을 저질렀어. 그래도 진심으로 사랑한 것이었다면 어느 정도 인정해줄 수도 있겠지. 하지만 여자가 살해되었는데도 불똥이 제 머리 위에 떨어질까 봐 신고조차 하지 않았어."

"우치야마에 대한 얘기는 이즈미 하루나 씨에게서 들었어요?"

"아니, 내가 하루나에게 지급해준 스마트폰에 그자와 주고받은 메시지가 남아 있었어. 나와 함께 있을 때 하루나 자신의 스마트폰에 연락이 오면 누구냐고 캐물을 것 같으니까 거꾸로 내가 준 스마트폰으로 연락을 주고받은 모양이야. 그러고는 나를 만나는 동안에는 전원을 꺼둔 거야."

우치야마가 하루나에게 전화해도 연결되지 않는 일이 자주 있었다고 말했던 것이 생각났다.

"내가 왜 그 남자를 이용했다고 생각하나?" 뭔가 의미심장한 얼굴로 모리사와가 물었다. "미라 남자처럼 돈으로 외부 사람을 쓰는 방법도 있었어. 왜 그러지 않았는지 알겠어?"

"미라 남자에 비해 역할이 중요했기 때문인가요?"

"그런 점도 있지." 모리사와는 고개를 끄덕였다. "어이없는 실수를 했다가는 일을 그르치고 말 테니까. 하지만 이유는 그것만이 아니야."

"우치야마에 대한 처벌?"

"그런 점도 아주 크지. 방금 말했던 것처럼 그자는 참으로 비열한 사내야. 벌을 줄 필요가 있었어. 하지만 그것 말고도 좀 더 큰 이유가 있어."

"그게 뭐죠?"

"모르겠어? 흥, 알 리가 없지. 당신을 부른 것은 바로 그걸 가르쳐주기 위해서야. 와아, 이것 참, 재미있군. 아주 재미있어."

가학적으로 눈을 번뜩이며 말하는 모리사와의 얼굴에 닛타는 주먹을 한 방 먹여주고 싶었다. 하지만 물론 그럴 수는 없다. 게다가 피의자가 수다스러워졌을 때는 방해하지 않는 것이 취조관의 철칙이다. 최대한 감정이 얼굴에 드러나지 않게 주의하면서 그다음 말을 기다렸다.

"그것을 설명하기 전에 시곗바늘을 조금만 뒤로 돌려볼까?" 모리사와는 오른손 검지를 빙글 돌렸다. "내가 체크아웃을 한 장면까지 되돌리는 거야. 아, 그러고 보니 당신, 나카네 미도리가 전해준 감사 인사는 들으셨나?"

"들었어요."

"그 인사의 반은 진심이었어. 야마기시 나오미 씨라고 했던가? 그녀와 당신 덕분에 나는 실로 즐거운 시간을 보낼 수 있었잖아. 자, 나머지 반은 뭘까? 물론 비웃음이었지."

대꾸할 말이 없어서 닛타는 그냥 침묵하기로 했다.

"호텔을 나와 집에 가자마자 화장을 지우고 가발을 벗어 던졌어. 마이클 잭슨 옷으로 갈아입고 가방을 챙겨 들고 집을 나섰지. 가방 속에는 마이클 잭슨 마스크와 호텔리어 유니폼, 그리고 가면이 있었어. 참고로, 유니폼은 동일한 것을 인터넷 쇼핑으로 구입했어. 실물과는 미묘한 차이가 나지만 겉으로 보기에는 거의 다를 게 없는 물건이야. 호텔로 돌아가는 택시 안에서 마이클 잭슨 마스크를 썼어. 택시비를 건네줄 때 운전기사가 눈을 둥그렇게 뜨고 쳐다보던데? 아, 호텔 도어맨은 태연하게 맞이해줬어. 곧장 호텔 정면 현관을 지나 엘리베이터를 타고 3층으로 갔어. 파티장 앞이 한창 사람들로 붐비던 때였지. 야마기시 나오미 씨도 있었어. 잠시 뒤에는 당신도 나타났고."

그때구나, 라고 닛타는 머릿속을 더듬었다. 이나가키의 지시에 따라 각자의 위치에 배치되던 때다. 가까이에 마이클 잭슨 마스크를 쓴 자가 있었던 것이 기억났다. 미라 남자의 모습도 얼핏 눈에 띄었던 것 같다.

"자아, 여기서 새로운 퀴즈를 내볼까? 방금 말한 것처럼 나는 일단 집에 돌아갔다가 다시 호텔로 향했지만, 굳이 이틀 전부터 나카네 미도리로 호텔에 투숙했던 이유는 뭐라고 생각하나?"

마치 품평이라도 하듯이 이쪽의 얼굴을 들여다보는 모리사와의 시선을 닛타는 정면으로 맞받았다.

"경비 상황을 정탐하러 온 건가요?"

딩동댕, 이라고 모리사와는 손가락을 번쩍 들었다.

"바로 그거야. 경찰 측이 얼마나 잘 준비하고 계시는지 확인해두고 싶었거든. 하지만 그건 위험한 도박이기도 했어. 경찰에서 분명 사건이 일어난 원룸의 방범 카메라 영상을 확보했을 테니까 말이야. 그런 상황에 뛰어들기 위해서는 또 하나의 얼굴을 써먹을 필요가 있었어. 나카네 미도리, 본명은 마키무라 미도리라는 여자의 얼굴. 그런데 마키무라 미도리에 대해 당신들, 뭔가 알아냈었나?"

"당신이 체크인 때 사용한 신용카드를 조사했어요." 닛타는 대답했다. "10여 년 전에 발행된 정식 카드였고 같은 명의의 은행 계좌도 있었죠. 어디서 입수했어요?"

"인터넷 불법 사이트. 여자 얼굴을 써먹기 위해서는 여자로서의 신분증명도 필요하다고 생각했거든. 요새는 어려워졌지만 예전에는 인터넷에서 뭐든 살 수 있었어. 타인 명의의 스마트폰도."

아무래도 맞는 말인 것 같았다. 이번 범행에는 두 대의 스마트폰이 사용되었지만 둘 다 타인 명의의 것이었다.

"마키무라 미도리로 변장하는 것에는 자신이 있었어. 절대로 알아채지 못할 거라고 확신했지." 모리사와의 말에는 자부심 같은 것이 담겨 있었다. "하지만 여자라고 무조건 의심받지 않는다는 보장은 없어. 오히려 연말에 혼자서 시내 호텔에 이틀씩 투숙하는 여자라면 경찰의 눈에는 부자연스럽기 짝이 없는 존재로 비쳐지겠지. 그래서 부부간에 온 것처럼 꾸미기로 했는데 오히려 그게 더 의심을 산다는 걸 알았어. 경찰은 하우스키핑 때를 틈타 투숙객 전원의 방이며 짐을 조사해볼 게 틀림없다. 방범 카메라로 방에 드나드는 정황도 감시할 것이다. 함께 온 사람이 없다는 것쯤은 금세 들켜버린다. 자, 그러면 어떻게 할 것인가. 이래저래 궁리하던 끝에 어차피 의심을 받을 거라면 철저히 의심을 받는 쪽으로 해보자는 생각이 떠올랐어. 그래서 스토리를 만들어내기로 했지."

"스토리?"

"마키무라 미도리의 슬픈 러브스토리. 세상 떠난 연인을 그리워하며 끝내 이루지 못한 약속을 지키기 위해 그 장소에 찾아왔다, 라는 줄거리야. 하지만 경찰을 속이기 위해서는 완벽한 준비가 필요했지. 거기에 꽤 손이 많이 갔어. 가장 힘들었던 게 어디 사는 누구를 세상 떠난 연인으로 만들어내느냐는 것이었어. 가공의 인물이어서는 경찰을 속일 수 없어. 그래서 친지의 의료법인에서 알아낸 정보를 활용하기로 했어. 법인 간에는 데이터 전체를 공유하고 있으니까. 그렇게 해서 찾아낸 것이 나카네 신이치로라는 인물이야. 독신으로 혼자 살던 사람이고 사망한 시점도 나쁘지 않지. 무엇보다 12월 31일이 생일이라는 게 마음에 쏙 들었어. 스토리가 한층 풍성해지거든."

모리사와는 한껏 고조된 얼굴로 얘기하고 있었다. 마치 자신 있는 작품을 찍어낸 영화감독이 메이킹 영상 속에서 제작 비화를 털어놓는 것 같았다.

"완벽한 준비를 한 끝에 호텔로 파고들었어. 그리고 첫 번째 화살을 쏘아 올렸지. 나카네 미도리라고 이름을 댄 거야. 신용카드를 요구하리라는 것을 미리 다 예상하고 사용한 가명이야. 방에 들어가면 룸서비스로 샴페인을 주문한다. 다음 날 아침은 모닝 세트 2인분. 방범 카메라로 출입구를 감시했다면 수상쩍은 이 여자에게 남편이 없다는 것쯤은 금세 밝혀졌겠지만……." 모리사와가 닛타의 얼굴을 빤히 쳐다보며 물었다. "어때, 감시는 잘했었나?"

"그 시점에는 아직 거기까지 얘기가 되지는 않았어요. 당신에게 동반자가 없는 게 아니냐는 의심이 나온 것은 하우스키핑을 한 다음이었죠. 이것저것 부자연스러운 점이 나타났으니까요."

"담배와 라이터는 있는데 꽁초가 없다. 문고본이 출간됐는데도 하드커버의 책을 갖고 왔다. 그런 거?"

"그렇습니다."

모리사와는 빰을 풀며 웃었다. "다행이군. 제법이네, 너무 사소한 것이라서 알아차리지 못하는 거 아닌가 걱정했었는데."

"그 뒤에 방범 카메라 영상으로 당신 이외의 사람은 그 방에 드나들지 않았다는 것을 확인했어요."

"오호, 그래, 대략 내가 상정했던 그대로야. 하지만 그건 예상 밖이었어. 식사 때에 병 샴페인을 서비스해준 것까지는 괜찮았는데, 호텔 서비스라면서 꽃 선물이 들어왔을 때는 뭔가 좀 이상하다고 느꼈어. 내가 확신을 갖게 된 것은 그 영상 쇼 때였어. 당신이 방 안까지 들어오는 것을 보고 경찰이 정탐을 온 거라고 확신했지. 제대로 된 호텔리어라면 절대로 그런 짓은 하지 않아. 게다가 그 한참 전부터 당신이 형사일지도 모른다고 의심했었어."

"그래요?" 닛타는 놀라서 물었다. "어째서 그런 의심을?"

"그야 프런트를 잠시만 관찰해보면 알 수 있어. 당신은 프런트 업무를 거의 하지 않았어. 앞쪽에 옛날 귀족 같은 얼굴의 프런트 클러크가 가로막고 서서 혹시라도 당신이 호텔 업무를 하게 될까 봐 자신이 도맡아 부지런히 움직였어. 프런트에 수사원이 잠입한다는 건 이미 예상한 일이었으니까, 아, 분명 저 사람은 형사겠구나, 라고 대번에 알아봤지. 내친김에 한 가지 더 말하자면, 그 키가 껑충한 벨보이도 형사였지? 벨보이는 원래 룸서비스 따위는 하지 않아."

아무래도 닛타 쪽이 먼저 변장의 가면이 벗겨졌던 모양이다. 패배감에 어금니를 악물 수밖에 없었다.

"형사가 방에까지 밀고 들어왔다면 이쪽도 일생일대의 명연기를 펼쳐야겠지? 나도 꽤 진지하게 노력했어."

"그 눈물은, 어떻게……"

닛타가 묻자 모리사와는 신이 난 듯 코를 벌름거렸다.

"나는 내 몸뿐만 아니라 마음도 자유자재로 컨트롤할 수 있거든. 눈물을 흘리고 싶을 때는 언제라도 흘릴 수 있어."

"그렇군요. 내가 그 눈물에는 깜빡 속아 넘어갔네요." 닛타는 솔직하게 말했다.

"그렇지?" 모리사와는 만족스러운 듯 가슴을 내밀었다. "하지만 마무리를 할 필요가 있었어. 거기서 등장한 게 마지막 작은 소재거리, 그 케이크 사진이야. 과연 실제로 사진 그대로 만들어 줄지, 약간 미심쩍기는 했지만 일단 만들어달라고 부탁하는 것에 의미가 있었어. 그랬더니만 또 한 번 내 예상 밖의 일이 뛰어들었어. 나카네 부부를 만나고 싶다는 고객이 있다는 거야. 나는 그것도 경찰의 정탐이 틀림없다고 생각했어. 그래서 마침 잘됐다, 케이크 모형을 앞에 두고 나카네 신이치로와의 슬픈 사랑 이야기를 펼쳐놓자, 라고 생각한 거야.

"그런데 말이지," 모리사와가 양팔을 크게 펼쳤다. "야마기시 씨가 데려온 남자의 얘기를 듣고 어처구니가 없더라고. 구사카베라고 했던가? 나 원 참, 나카네 미도리에게 한눈에 반했다지 뭐야. 그야말로 「M. 버터플라이」하고 똑같아. 만일 나 혼자였다면 배를 붙잡고 웃어버렸을 거야. 물론 웃지는 않았지. 진지한 얼굴로 정중하게 거절했어. 그랬더니 그 남자가 야마기시 씨를 불러서 이런저런 얘기를 하는 것을 보고, 바로 지금이 슬픈 러브스토리를 펼쳐놓을 때라고 생각했어. 어차피 이야기할 거, 경찰 쪽 사람이 입회해주시는 게 좋지. 그래서 당신을 불러달라고 했던 거야."

닛타는 엇 하는 소리를 흘렸다. 그것도 모리사와가 미리 계획했던 일 중의 하나였는가.

"솔직히 대답해봐." 모리사와가 말했다. "일말의 의심도 없이 믿어버렸지? 나카네 신이치로와 마키무라 미도리의 슬픈 러브스토리, 그게 지어낸 얘기일 거라고는 상상도 못 했을걸?"

닛타는 어떤 대답을 해야 할지 잠시 망설이다가 결국 고개를 끄덕여주었다. "예, 전혀 의심하지 못했어요."

"그래, 바로 그거야." 모리사와의 눈빛이 한층 더 번뜩였다. "어떤 일을 의심하고 또 의심한 끝에 마침내 의문이 풀려버리면 인간이란 더 이상 그 일에 대해서는 의심하지 않게 돼. 마키무라 미도리가 체크아웃한 뒤에 살인 사건이 일어났더라도 아무도 그녀에 대해서는 깊이 조사해보려고 하지 않았을 거야. 왜냐면 그녀에 대해서는 이미 다 알고 있다고 생각하기 때문이지. 사건과는 아무 관계가 없다, 조사해볼 필요도 없다, 라고 말이지."

그곳만 별도의 생물인 것처럼 잘도 돌아가는 그 혀를 바라보며 닛타는 세뇌당한 피해자들의 심리가 조금쯤은 이해가 되는 것 같았다. 생각지도 못한 얘기를 논리정연하게, 게다가 물 흐르듯 유창하게 늘어놓는 것을 듣다 보면 어느새 자신이 지독히 머리 나쁜 인간인 듯한 느낌이 드는 것이다.

"얘기가 자꾸 옆길로 빠진다고 생각할지도 모르지만, 걱정할 거 없어, 이제 원래의 길로 돌아갈 거니까." 모리사와가 다시 이야기를 시작했다. "마이클 잭슨의 옷과 가면을 쓰고 호텔로 돌아온 나는 우치야마에게 전화해서 가방을 들고 방에서 나오라고 지시했어. 그리고 파티장이 있는 3층이 아니라 2층에서 엘리베이터를 내리라고 했지. 한편으로 나 역시 해야 할 일이 있었어. 펭귄 옷으로 온몸을 가린 우치야마를 경찰이 제대로 마크하고 있는지 어떤지 확인하는 일이야. 이제 새삼 말할 필요도 없겠지만 우치야마는 교란 작전을 위해 투입한 것이었어. 그런데 경찰이 놈을 마크해주지 않으면 아무 의미가 없잖아. 그래서 경찰이 놈을 주목할 수 있도록 미리 손을 써뒀어. 가명을 쓰게 한 것도 그렇고, 부자연스러운 택배가 오고, 식사는 모두 자기 방에서 했던 것도 그렇지. 파티에 참가하지 않을 거면서 가장을 하고 나온 것도 방범 카메라로 다 지켜봤다면 분명 수상하게 생각했겠지. 하지만 무엇보다 학수고대했던 것은 경찰이 하루나 주변을 훑어서 우치야마의 존재를 발견해주는 거야. 그러면 틀림없이 놈은 요주의 인물로 취급될 테니까, 경찰이 밀착 마크를 할 거라고."

"교란 작전으로 미라 남자처럼 돈을 써서 사람을 고용한 게 아니라 우치야마를 이용한 것은 그런 이유 때문이었어요?"

"그렇지. 이제야 겨우 알아들은 모양이군."

"우치야마의 움직임을 경찰이 추적하는지 아닌지는 어떻게 확인했어요?"

닛타의 질문에 모리사와는 만면에 웃음을 지으며 눈을 부릅떴다.

"그거야, 바로 그 얘기를 하고 싶었어. 자, 어떻게 했을 것 같아?"

"모르겠어요."

머리를 굴려봤자 쓸데없다는 생각에 깨끗이 인정해줬다.

"그때의 상황을 떠올려보면 좋겠지? 3층은 코스튬과 가면을 쓴 사람들이 넘쳐나고 있었어. 그 속에는 가장한 수사원도 섞여 있겠지. 한편 2층은 거의 아무도 없어. 그런데 펭귄 차림의 우치야마가 그 2층에서 내린 거야. 자, 경찰 입장에서는 어떻게 할까? 더 이상 방범 카메라만 들여다보고 있을 수 없게 되겠지. 그렇다면 당연히 2층에 가 있어도 부자연스럽지 않은 수사원에게 상황을 살펴보라는 지시를 내릴 거야." 그렇게 말하고 모리사와는 닛타의 가슴을 손끝으로 가리켰다. "당신이 계단을 내려가는 것을 보고 경찰이 우치야마를 제대로 감시해주고 있다고 확신했어. 호텔리어로 변장한 수사원이 있는지 없는지, 있다고 한다면 그게 누구인지, 그것을 파악해내는 게 나카네 미도리에게는 가장 큰일이었어."

모리사와의 의기양양한 얼굴을 보며 이 이야기를 하고 싶어서 나를 이곳에 불러들였구나, 라고 닛타는 깨달았다. 수사를 위해 형사를 호텔리어로 변장시킨 것이 오히려 방해가 되었다, 너희는 무능한 경찰이다, 라는 말을 하고 싶은 것이다.

"그다음은 자세한 설명을 할 필요가 없겠지? 마이클 잭슨에서 호텔리어 유니폼으로 갈아입고 교회식 예식장으로 이동했어. 호텔리어로 변장한 것은 혹시라도 방범 카메라에 내 모습이 잡혀도 수상하게 생각하지 않게 하기 위해서야. 예식장 안에 도착해서 두 대의 스마트폰으로 번갈아가며 거래 상대의 지시를 우치야마에게 전달했어. 거래 상대에게 돈 가방이 예식장에 있다고 알려주고 전화를 끊은 뒤, 미라 남자에게 가방을 회수하라고 메시지를 보냈어. 문밖에서 소리가 들려온 것은 그 직후야. 거래 상대가 왔다고 하기에는 너무 빠른 타이밍이었어. 숨을 죽이고 있었더니 누군가 들어오길래 스턴건으로 뒤를 덮쳤지. 야마기시 씨라는 것은 손발을 꽁꽁 묶고 있는 사이에 알았지만, 역시 황천길의 동반자가 되게 하는 수밖에 없었어. 거래 상대인 여자가 들어온 것은 그 잠시 뒤였고."

후우 숨을 토해내고 모리사와는 차가운 눈빛을 닛타에게 던졌다.

"예식장을 나와 3층으로 내려간 다음의 일은 당신도 알고 있지? 가면을 쓰고 있었던 탓에 내 정체를 들켜버렸다는 것은 참으로 어이없는 일이지만, 일단 당신의 안식眼識에는 경의를 표하기로 하지."

"고맙군요." 닛타는 슬쩍 머리를 숙였다. "그런데 왜 하필 감전사예요? 그 밖에 다른 방법도 많을 텐데."

"여성을 보기 흉한 사체로 만들고 싶지 않았기 때문이야. 당사자도 고통을 느끼는 일 없이 죽을 수 있어. 하지만 그 두 사람은 내 연인도 아니었으니까 그따위 배려는 필요 없었는지도 모르겠네."

"타이머를 사용한 것은 전기 차단기가 떨어질 것을 예상했기 때문인가요?"

"그렇지. 아무도 없는 예식장의 차단기가 떨어지면 경비원이 당장 달려오게 돼. 카운트다운 제로일 때 저승에 가는 것도 멋있다고 생각했고. 그나저나 타이머의 시각을 잘못 맞췄다니, 정말 어처구니없는 실수였어." 모리사와는 파이프의자 등받이에 몸을 기대고 양팔을 툭 떨구었다. "내가 하고 싶은 얘기는 여기까지야. 나머지는 당신 좋으실 대로 조서를 써도 돼."

"동기는 뭐예요?"

닛타가 묻자 모리사와는 코웃음을 쳤다.

"거래 상대 여자에게서 얘기를 못 들었나? 부탁을 받았다니까, 주범 여자를 죽여달라고."

"그쪽이 아니라 이즈미 하루나 씨를 살해한 동기 말입니다. 혹은 무로세 아미 씨 쪽이라도 무방하겠죠." 닛타는 옆의 서류를 손에 들었다. "12월 3일 밤, 당신이 이즈미 씨의 원룸에서 나오는 장면이 방범 카메라에 찍혔어요. 그리고 3년 반 전인 6월 13일, 무로세 씨의 원룸에서 나오는 장면도 영상으로 확인했습니다. 단지 이쪽은 마키무라 미도리 씨였죠. 메이크업과 머리 스타일이 달라서 얼른 알아볼 수는 없었지만."

모리사와는 삼백안이 되어 있었다. 증오감이 그 눈빛에서 뿜어져 나왔다. "그건 얘기하고 싶지 않아."

"어째서?"

"신성한 내용이기 때문이야. 관계없는 자에게는 밝힐 수 없어."

닛타는 서류를 내려놓고 팔짱을 끼면서 모리사와를 정면으로 바라보았다.

"나 좋을 대로 조서를 쓰라고 했죠? 그렇다면 내가 상상한 것을 얘기해도 될까요?"

모리사와가 쓰윽 노려보았다. "어떤 상상?"

"조금 전에 당신은 눈물을 흘리고 싶을 때는 언제든지 흘릴 수 있다고 했어요. 혹시 여동생을 떠올리면 눈물이 나는 거 아닙니까?"

그 즉시 모리사와의 얼굴이 바짝 긴장하면서 불그레해졌다. 그 얼굴을 정면으로 쏘아보면서 닛타는 말을 이어갔다.

"며칠 전에 가사기 미오 씨를 만났습니다. 당신의 마수에서 벗어난 유일한 여성이죠. 당신이 그녀에게 무슨 짓을 했는지, 그녀에게서 무엇을 원했는지, 자세한 얘기를 들었어요. 당신이 왜 여장을 하게 되었는지, 그 이유까지 포함해서."

"됐어." 모리사와가 말했다. "그만해."

"결국 당신은 그녀들에게서 여동생의 자취를 찾으려고 했어요. 불행한 형태로 여동생을 잃고 난 뒤에 자신도 남자이면서 남성을 부정하게 되었겠죠. 마음의 균형을 유지하기 위해 여성으로 변장했지만 더 이상 예전처럼 자매 소꿉놀이는 할 수 없어요. 그래서 여동생의 대역을 찾아다닌 거예요."

"그만하라고 했잖아!" 모리사와가 책상을 내리쳤다. 눈에 핏발이 서 있었다.

"그런데 어렵사리 찾아서 세뇌한 여동생의 대역이 다른 남자에게 마음을 열었다. 그건 당신한테는 결코 간과할 수 없는 배신

행위였다. 그 마음을 원래대로 돌려놓을 수 없다는 것을 깨달았을 때, 왜곡된 애정은 증오로 변해버렸다…….”

“시끄러워, 입 닥쳐. 너 따위가 내 마음을 어떻게 알아? 나의 신성한 마음을?”

“신성하다고? 당신이 한 짓은 어차피 살인이에요. 그게 뭐가 신성하다는 겁니까?”

“뭐라고!” 모리사와가 벌떡 일어섰다.

기록 담당 형사가 급히 몸을 일으켰다. 그것을 닛타는 손으로 제지했다.

“반론이 있어요?”

“물론이지. 내가 가르쳐줄 테니까 잘 들어. 참된 사실을, 참된 동기를. 똑똑히 들으라고, 이번 사건의 동기를.” 모리사와가 증오를 고스란히 드러내며 부르짖었다.

“거래 상대가 죽여달라고 부탁했기 때문이라고 했잖아요.”

모리사와는 눈을 부릅뜨고 닛타에게 얼굴을 바짝 들이댔다. “전혀 아니야.”

“그러면 어떻게 된 겁니까?”

그러자 모리사와는 두 팔을 허리에 짚고 턱을 치켜들며 닛타를 한껏 내려다보았다.

“결국 그 여자들과의 거래에 편승하기는 했지만, 사실 내 마음은 흔들리고 있었어. 1억 엔을 준비하는 것쯤은 그리 어렵지도 않고 딱히 아까울 것도 없었지만 이런 천박한 거래에 응하느니

차라리 깨끗이 경찰에 체포되는 게 낫지 않을까 하는 마음도 있었다는 거야. 그렇게 망설이던 참에 공범이라는 여자에게서 연락이 왔어. 주범 격의 여자를 죽여달라는 거였어. 처음에는 놀랐지만 점차 흥분되는 것을 느꼈어. 왜였는지 알아?"

알지 못했기 때문에 닛타는 말없이 고개를 저었다.

"드디어 복수할 수 있는 때가 왔다고 생각했기 때문이야."

"복수?" 닛타는 미간을 좁혔다.

"너희 경찰들에 대한 복수." 모리사와는 집게손가락을 닛타의 코끝으로 향했다. "세라를 죽인 경찰에의 복수."

"여동생의 죽음은 자살이었잖아요, 성폭행 사건으로 인한."

"그래, 내 여동생은 비열한 성폭행범 때문에 지옥 같은 상황에 굴러떨어졌어. 하지만 그 지옥에서 그 아이를 더욱더 유린한 것이 너희 경찰들이야. 취조실에서 여동생이 어떤 일을 겪었는지, 너희가 알기나 해? 성폭행을 당했던 때의 일을 여러 명의 형사 앞에서 수없이 되풀이해서 얘기하게 하고 세세한 것을 꼬치꼬치 캐묻고, 게다가 인형을 상대로 어떤 자세로 성폭행을 당했는지 연기까지 하라고 했어. 그래도 그 아이는 경찰이 범인을 잡아줄 거라고 믿고 그 모든 것을 참고 견뎠어. 필사적으로 견뎌냈다고. 그런데 어떻게 됐지? 결과가 어떻게 나왔어? 경찰은 결국 범인을 잡지 못했어. 담당 형사가 흐릿하게 웃으면서 여동생에게 뭐라고 했는지 알아? 아가씨, 개한테 물린 셈 치고 얼른 잊어버려요……. 그렇게 말했어. 개한테 물렸다고? 영혼을 잃을 정도의 일이었는데?"

모리사와는 두 손을 움켜쥐었다. 그 주먹이 와들와들 떨리고 있었다.

"그 아이가 자살을 꾀한 것이 그 얼마 뒤였어." 낮은 목소리로 말한 뒤, 다시금 닛타를 노려보았다. "언젠가는 그 원한을 풀어주겠다고 다짐했었어. 그러던 참에 이번 일이 일어났지. 절호의 기회라고 생각했지. 살인범을 체포하기 위해 경찰은 만전의 대비 태세를 하고 있었어. 그런 가운데 또다시 살인 사건이 일어난다면 어떻게 될까. 경찰의 권위는 땅에 떨어지겠지. 사회적인 비난을 받고 웃음거리가 되겠지. 바로 그거야. 그보다 더 통쾌한 일도 없어. 천국의 세라에게도 고개를 들 수 있겠지. 그래서 그 천박한 제안을 받아들이기로 했어. 그 여자들의 거래에 응한 거야. 모든 게 세라를 위한 일이야. 복수를 위한 일이야. 이건 반드시 내 손으로 해치우겠다고 생각했어. 세라를 위해서. 내 목숨을 걸고서라도. 반드시 해치울 거라고. 세라의 복수를……. 그 원한을……."

모리사와의 부르짖음은 점차로 비장함이 더해지면서 울리기 시작했다. 그와 동시에 그 자신도 천천히 무릎부터 무너져 내렸다. 마지막에는 머리를 두 손으로 끌어안고 바닥에 무릎을 꿇은 채 그저 소리를 내질렀다. 그것은 이미 말이라고는 할 수 없는 부르짖음이었다.

52

택시 문이 열리고 닛타가 내리기도 전에 어서 오십시오, 라는 인사가 날아왔다. 올려다보니 이제는 낯이 익은 도어맨이 웃고 있었다. 독특한 디자인의 긴 모자가 잘 어울렸다.

"고마워요."

택시에서 내려 정면 현관의 유리문으로 들어서기 전에 찬찬히 주위를 둘러보았다.

"왜 그러십니까?" 도어맨이 물었다.

"아뇨, 이쪽에서는 제대로 바라본 적이 없었던 것 같아서요. 나는 항상 저 안쪽에서만 돌아다녔으니까." 유리문 너머를 가리키며 말했다.

"예, 그러셨죠." 도어맨이 고개를 끄덕였다.

"역시 일류 호텔이네. 정면 현관도 멋있어요."

"고맙습니다. 즐거운 시간 되시기 바랍니다." 도어맨이 머리를 숙였다.

닛타는 유리문을 지나 안으로 들어갔다. 호텔 코르테시아도쿄의 로비 전체를 둘러보았다. 눈에 익은 풍경일 텐데도 처음 찾아온 것처럼 긴장감이 느껴졌다.

눈에 익은 벨보이가 웃는 얼굴로 인사를 건넸다. 마주 인사하고 프런트로 향했다.

프런트 카운터에는 우지하라의 모습이 있었다. 닛타가 다가가

자 지금껏 한 번도 보여준 적이 없는 최고의 웃음으로 맞아주었다. "어서 오십시오. 체크인이십니까?"

"네, 닛타 고스케입니다."

우지하라는 손도 빠르게 단말기를 두드렸다.

"오래 기다리셨습니다, 닛타 고객님. 오늘부터 일박, 디럭스 더블을 이용하시는 것으로, 괜찮겠습니까?"

"틀림없습니다."

"그러면 여기에 기입을 부탁드려도 될까요." 우지하라는 숙박표와 볼펜을 닛타 앞에 놓았다.

묘한 느낌이었다. 이 숙박표는 질릴 만큼 봤지만 기입은 처음이다. 게다가 볼펜이 정말 부드럽게 잘 써지는 것에도 적잖이 놀랐다.

"다 됐습니다."

"감사합니다." 우지하라는 숙박표를 손에 들고 닛타 쪽으로 얼굴을 기울였다. "다른 형사한테 들었는데, 범인이 닛타 씨의 정체를 알아본 것은 내가 대응을 잘못한 탓이라는 게 사실이에요?"

"아뇨, 우지하라 씨의 대응 때문이라기보다 내가 프런트 업무를 하지 않은 게 부자연스럽게 보여서……."

우지하라는 눈을 떨구고 고개를 저었다.

"그런 걸 눈치채는 사람도 있군요. 죄송합니다. 내 실수였어요."

"에이, 전혀 그렇지 않아요."

"다음부터는 조심하겠습니다."

"아뇨, 다음이라는 건 없어요. 저도 이제 지긋지긋하거든요."

우지하라는 뭔가 좀 더 하고 싶은 말이 있는 듯한 기색이었지만, 닛타의 말도 맞는다고 생각했는지 원래의 웃는 얼굴로 돌아와 다시 체크인 수속에 들어갔다.

"오래 기다리셨습니다, 닛타 고객님. 이쪽이 카드키입니다. 마침 빈방이 있어서 업그레이드해드렸습니다." 카드키 홀더를 내밀며 우지하라가 말했다.

"엇, 정말요? 큰 행운인데?"

"코너 스위트룸이랍니다."

우와, 라고 탄성을 올리다가 방 번호를 보고 흠칫했다. 1701호실이었다.

"이, 이건 바로 그……."

나카네 미도리가 묵었던 방이다.

우지하라는 빙긋이 웃었다. "오늘부터 영업을 재개해도 좋다는 경찰의 허가가 내려왔습니다. 닛타 고객님이 영업 재개 후 첫 손님이십니다. 편히 이용해주시기 바랍니다." 그러고는 공손히 머리를 숙였다.

닛타는 쓴웃음을 짓고 프런트를 물러 나왔다.

컨시어지 데스크로 갔더니 야마기시 나오미가 자리에서 일어나 인사를 건넸다.

"안녕하십니까? 코르테시아도쿄에 어서 오십시오."

"로스앤젤레스 근무는 언제부터예요?" 닛타가 물었다.

"5월부터."

"그럼 앞으로 석 달이나 남았군요."

야마기시 나오미는 진지한 얼굴로 고개를 저었다.

"석 달밖에 안 남았다고 해야죠. 준비할 게 너무 많아서 시간이 짧아요."

"괜찮아요, 당신이라면." 닛타는 가볍게 받아쳤다. "정 힘들면 내가 로스앤젤레스에 대해 상세히 설명해드리죠."

"감사합니다, 기회가 되신다면."

"그러면 그 기회를 만들어볼까요. 오늘 저녁에 함께 식사라도, 어때요?" 닛타는 카드키를 내보였다. "뜻하지 않게 코너 스위트가 내 손에 들어왔거든요. 인룸 다이닝, 어떨까요?"

야마기시 나오미는 당혹스러운 표정이었다. "저녁 식사 때라면 아직 근무시간이에요."

"그래서 안 된다는 건가요?" 닛타는 그녀의 얼굴을 지그시 들여다보았다. "당신은 컨시어지잖아요?"

야마기시 나오미는 잠시 생각해본 뒤, 묘안이 생각난 듯한 얼굴을 이쪽으로 향했다.

"닛타 고객님, 내일 밤은 어떠실까요?"

"내일 밤?"

"내일이라면 근무시간을 바꿀 수 있으니까요."

“아하, 오케이! 자, 그러면 내일 밤에.” 그렇게 말하다가 닛타는 퍼뜩 생각나는 게 있어서 오른손을 내밀었다. “당신에게 감사 인사를 못 했군요. 이번에도 수사에 협조해주셔서 고마워요.”

야마기시 나오미는 허를 찔린 듯한 표정을 보인 뒤에 빙긋이 웃으며 손을 내밀었다. “저야말로 목숨을 구해주신 것, 평생 잊지 못할 거예요.”

둘이서 악수했다. 야마기시 나오미의 손은 부드러웠다.

“로스앤젤레스에서도 열심히 해주십쇼.”

“닛타 씨도 건강하게 잘 지내시기를.”

손을 놓고 닛타는 걸음을 옮겼지만 곧바로 멈춰 서서 뒤돌아보았다.

“내일 밤에 갈 레스토랑 좀 찾아줄래요? 느긋하게 대화할 수 있는 곳이 좋은데.”

“잘 알겠습니다.” 야마기시 나오미는 자신감이 넘치는 표정으로 말했다. “그럼 편히 쉬십시오.”

닛타는 가볍게 손을 들어 응하고 큰 걸음으로 엘리베이터 홀로 향했다.

카운트다운 파티에서 모두 함께 춤을

'호텔 코르테시아도쿄'는 『매스커레이드 호텔』과 『매스커레이드 이브』를 읽어본 독자에게는 이제 익숙한 이름일 것이다. 도쿄 시내에 자리한 일류 호텔로, 이곳에는 만만치 않은 수완을 가진 호텔리어 야마기시 나오미가 근무 중이다. 프런트 클러크로 일하던 그녀는 이번에는 호텔 고객의 요청과 상담에 전천후로 대응해주는 컨시어지로 등장한다. 지방 출신으로, 도쿄의 대학에 입시를 치르기 위해 10여 년 전, 처음으로 호텔 코르테시아도쿄에서 숙박한 인연이 있었다.

그때 나오미는 이 호텔에서 이틀 밤을 묵었다. 이틀 연달아 시험이 있었기 때문이다. 시험 첫날, 그녀는 시험장에 도착한 뒤에야 작은 물건 하나를 깜빡 잊고 온 것을 알았다. 어머니가 건네준 합격 기원 부적을 호텔 방 탁자에 놓아둔 채 오고 만 것이다. (……) 그런데 시험이 시작되기 직전에 시험장 담당자가 다가와 나오미에게 봉투 하나를 내밀었다. 호텔 직원이 가져다 준 것이라고 했다. 안에는 부적과 메모지가 들어 있었다. 메모지에는 '소중한 물건인 것 같아 전해드립니다. 시험 잘 치르시기를 빕니다'라고 적혀 있었다.

—『매스커레이드 호텔』, 66쪽에서

고객의 만족을 위해 최선을 다하는 호텔리어, 어떤 돌발 상황에도 당황하지 않고 문제를 처리하는 그 전문성에 감동을 받은 것이 계기가 되어 대학 졸업 후에 이 호텔에 취직했다. 자신의 직업에 대한 자부심과 책임감이 강하고, 뛰어난 관찰력으로 고객의 비밀(가면)을 간파하지만 그것을 끝까지 지켜주는 것도 호텔리어의 의무라는 신념을 갖고 있다. 타고난 호기심은 그 신념이 맹신으로 흐르지 않도록 하는 굄돌의 역할을 해준다.

그녀와 한 팀이 되어 사건을 해결하는 또 다른 주인공은 도쿄 경시청의 닛타 고스케 형사다. 삼십 대 중반, 매섭지만 잘생긴 얼굴에 '형사답지 않게' 세련된 분위기를 풍기는 인물이다. 부친의 직장을 따라 중학교 때 2년여를 로스앤젤레스에서 살았던 해외파여서 영어가 유창하다. 이른바 '미국 물 먹은 엘리트'인 그가 엉뚱하게도 형사를 꿈꾸게 된 이야기는 이 시리즈의 두 번째 책에 나온다.

고등학교 때부터는 일본 학교에 다녔다. 대학 법학과에 입학한 건 경찰 일에 흥미가 있어서였다. 하지만 그런 얘기를 들은 아버지는 어이없어했다. "형사사건을 다룬다는 건 손해 보기 딱 좋은 일이야. 형법 자체가 고대 함무라비 법전과 별반 차이가 없어. 물건을 훔친 자는 감옥에 처넣는다, 사람을 죽인 자는 사형시킨다, 그야말로 단순하고 야만적인 세계라고. 게다가 변호사를 목표로 한다면 또 모르겠지만 경찰이라니, 나 원 참. 어때, 진로를 바꿔볼 생각은 없어?" 미국에서 국제전화로 그런 말을 해 왔다. 닛타는 그럴 생각은 없다고 딱 잘라 대답했다. 어려서부터 미스터리 소설을 좋아해서 항상 지능범과의 대결을 꿈꿔 왔다.

—『매스커레이드 이브』, 78쪽에서

어떤 선입견에도 얽매이지 않는 대담한 발상, 범인의 눈높이에서 유추하는 상상력, 현장에서의 사소한 정보를 놓치지 않는 매의 시선으로 정확한 추리를 해낸다. 발품을 팔며 차곡차곡 자료를 쌓아가는 타입의 형사라기보다 명석한 두뇌를 기반으로 범인과 게임하듯이 단숨에 진실을 파고드는 신세대형 형사다. 정의감이 뛰어나다는 것은 말할 것도 없다. 자신만만하고 자유로운 기질이라서 선배 형사들에게 그의 언동은 때때로 건방지게 비치기도 한다. 시리즈의 첫 번째 책 『매스커레이드 호텔』은 영화화가 결정되어 2019년에 개봉 예정인데 닛타 역에 기무라 다쿠야가 캐스팅되었다는 소식을 듣고 고개가 끄덕여졌다. 참고로, 나오미 역은 나가사와 마사미라고 한다.

노세 형사는 『매스커레이드 호텔』에 이어서 등장한 재미있는 조연이다. 패션 센스 제로, 동작이 굼뜨고 우둔해 보이는 중년 아저씨여서 닛타는 그를 처음 만났을 때 은근히 피했을 정도다. 하지만 자신의 수훈보다 동료를 돋보이게 해주는 데서 기쁨을 느끼는 우직한 인물이고, 겉모습과는 다르게 범인의 주변을 감지해내는 촉이 뛰어나다. 세심한 배려와 진심 어린 성의誠意로 사건 관련자의 비밀스러운 증언을 이끌어내는 특기가 있다. 닛타와는 대조적이면서도 상호 보완적인 환상의 콤비로 활약한다. 이번 이야기에서는 시나가와 관할서에서 경시청 수사 1과로 자리를 옮긴 것으로 나온다. 숨은 보물 같은 노세 형사의 영전이 마치 잘 아는 이웃 아저씨가 출세한 것처럼 반갑고 흐뭇했다. 등장인물들과 어느새 친숙해지고 공감하게 되는 것은 시리즈 소설의 큰 재미가 아닌가 싶다.

프런트에서 닛타를 사사건건 견제하는 우지하라는 이번에 처음 등장한 인물이다. 야마기시 나오미처럼 호텔리어로서의 직업의식이 투철한 사람이다. 다만 고객의 만족에 집중한다기보다 규칙 자체에 지나치게 몰입하는 오류를 범한 것처럼 보이는 구석이 있다. 구사카베와 함께, 일관성이라는 면에서는 칭찬할 만

하지만 스스로의 직분에 충실한 것이 뜻밖에도 수사에 방해가 되는 아이러니를 낳았다.

『매스커레이드 나이트』에서는 감동적인 두 편의 러브스토리가 펼쳐진다. 진심으로 사랑하지만 장애아를 위해 헌신하는 길을 포기할 수 없어 그 남자의 장미꽃 프러포즈를 거절해야 하는 스위트피의 여인. 결혼을 앞두고 병으로 세상을 떠난 남자의 생일 이벤트 약속을 지켜주기 위해 홀로 추억의 호텔을 찾은 코너 스위트룸의 여인. 다만 이 사랑에는 뜻밖의 대반전이 기다리고 있다. 순수는 조작하기 쉽고, 뒤틀려 변질된 악은 찾아내기 어렵다.

상처 입은 영혼에게 상담과 구원을 빙자해 접근하는 자는 상대를 서서히 길들여 거부하기 힘든 신뢰 관계를 형성하고, 이윽고 교주와 신자처럼 강력한 종속 관계로 강화된다. 마치 그루밍 범죄를 보는 것 같다. '남자 따위 필요 없다. 남자가 없는 작은 세계를 만들고 그 안에서 살아가면 된다'는 악마의 속삭임이 깊은 상처에 허덕이던 그녀들의 귀에 얼마나 솔깃한 속삭임으로 들렸을지, 상상할수록 오싹해지는 기분이다. 가사기 미오의 다음과 같은 말에 공감하지 않을 수 없었다.

"뭔가에 홀려 정신이 나갔던 것 같아요. 왜 그렇게까지 그 사람을 굳게 믿었는지, 왜 그 사람을 그렇게 신처럼 생각했는지, 나도 잘 모르겠어요. 돌이켜보면 뭔가 미쳤었다고 말할 수밖에 없지만, 그때는 그 사람이 하는 말은 당연히 맞는다고만 생각했어요. 전혀 의문 같은 것도 없이, 그냥 그 사람이 시키는 대로 하는 것에만 집중했어요."

그 악마는 뒤틀리고 병든 정신이었다.

불편부당한 제도의 억압과 폭력에도 침묵할 수밖에 없었던 여성이 비명을 지르고, 남성을 두려워하다 못해 극단적 혐오로 흘러간다. 남성은 그 흐름에 재차 반발하며 그 진의를 부정한다. 그런 혼돈에 이 소설은 본의였든 아니든 작은 경종이 될지도 모른다. 맨 처음 부르짖은 아픈 비명의 정신으로 되돌아가 무엇을 향해 싸워야 할지 다시 한번 되짚어보는 작은 기회가 되었으면 한다.

'매스커레이드 나이트'는 새해맞이 카운트다운 파티다. 저마다 원하는 가면과 코스튬으로 한껏 차려입고 호텔이라는 비일상의 공간에서 새로운 날들을 향해 한바탕 즐기는 자리. 호텔 코르테시아의 이 연례행사에서 사랑하는 남녀 독자가 아무 거리낌 없이 손을 맞잡고 함께 춤출 수 있기를 바라 마지않는다.

매스커레이드 나이트

지은이 히가시노 게이고
옮긴이 양윤옥
펴낸이 김영정

초판 1쇄 펴낸날 2018년 8월 30일
초판 10쇄 펴낸날 2024년 12월 20일

펴낸곳 (주)현대문학
등록번호 제1-452호
주소 06532 서울시 서초구 신반포로 321 (잠원동, 미래엔)
전화 02-2017-0280
팩스 02-516-5433
홈페이지 www.hdmh.co.kr

ISBN 978-89-7275-899-0 03830